BLANC MORTEL

ROBERT GALBRAITH

BLANC MORTEL

roman

Traduit de l'anglais
par FLORIANNE VIDAL

BERNARD GRASSET
PARIS

L'édition originale de cet ouvrage a été publiée en 2018 par Sphere,
sous le titre :

LETHAL WHITE

Blanc mortel est aussi un livre audio.
Écoutez-en un extrait, lu par Lionel Bourguet

La lecture intégrale sera disponible aux éditions Audiolib le 5 juin 2019.

La liste complète des crédits pour les citations de *Rosmersholm*,
les paroles et musiques, figure page 697 et suivantes.

ISBN : 978-2-246-81964-6

à Di et Roger

et à la mémoire
de l'adorable Spike blanc

PROLOGUE

*Le bonheur – chère Rebekka – le bonheur, c'est avant
tout la joie sereine qu'on éprouve à se sentir innocent.*

HENRIK IBSEN, *Rosmersholm*

C E PORTRAIT DE MARIAGE pourrait être le couronnement de sa carrière, songeait le photographe. Encore faudrait-il que les deux cygnes consentent à glisser côte à côte sur le glacis vert foncé du lac.

Il aurait pu demander au jeune couple de se déplacer, mais ç'aurait été dommage. À cet endroit, la lumière filtrée par les ramures des grands arbres conférait à la mariée, dont les boucles blond cuivré ruisselaient sur les épaules, la beauté diaphane d'un ange préraphaélite, tout en soulignant d'un trait avantageux les pommettes sculptées de son époux. De mémoire, il n'avait jamais photographié de couple aussi beau. Avec Mr. et Mrs. Matthew Cunliffe, nul besoin de déployer les trésors de tact dont il usait habituellement, ni de rechercher l'angle idéal pour mieux dissimuler les bourrelets de la dame (celle-ci était un poil trop mince, à son goût, mais la photo n'en serait que meilleure) ni de suggérer au monsieur de « fermer la bouche pour la suivante », Mr. Cunliffe ayant de solides dents blanches parfaitement plantées. Il n'y avait qu'un seul détail ennuyeux, encore qu'on puisse l'effacer à la retouche : la cicatrice que Mrs. Cunliffe avait à l'avant-bras, une marque livide, violacée, portant encore la trace des points de suture.

Lorsque le photographe avait débarqué chez ses parents, dans la matinée, elle portait un genre d'attelle en jersey et en caoutchouc. Mais quand elle l'avait retirée pour la séance photos, il avait eu un coup au cœur. Il s'était même demandé si elle n'avait pas tenté de se suicider avant le mariage, ce qui ne l'aurait pas autrement surpris car, en vingt ans de métier, il en avait vu des vertes et des pas mûres.

« J'ai subi une agression », avait expliqué Mrs. Cunliffe – ou plutôt Robin Ellacott, car elle n'était pas encore mariée à ce moment-là. Le photographe était un homme impressionnable. Il avait dû prendre sur lui pour évacuer l'image horrible qui s'était affichée dans sa tête : celle d'une lame affûtée tranchant la peau douce et pâle de la jeune femme. Par bonheur, le bouquet de roses blanches que tenait Mrs. Cunliffe à présent projetait une ombre bienvenue sur l'odieuse cicatrice.

Et ces maudits cygnes. Si au moins ils pouvaient avoir la bonne idée d'aller barboter ailleurs. Mais non, le mâle ne cessait de plonger la tête dans l'eau et, chaque fois, la pyramide duveteuse qui lui servait d'arrière-train surgissait au milieu du lac, tel un iceberg emplumé. Et comme ses contorsions produisaient des ondes à la surface, il serait très difficile de le supprimer numériquement comme l'avait suggéré le jeune Mr. Cunliffe, lequel n'avait sans doute aucune idée de la complexité de l'opération. Quant à la femelle, elle poursuivait sa promenade le long de la rive : gracieuse, sereine et carrément hors champ.

« Ça y est, c'est bon ? demanda la mariée dont l'impatience devenait palpable.

— Tu es superbe, ma petite fleur », lui lança le père du marié, Geoffrey, posté derrière le photographe. Il avait déjà un petit coup dans le nez, apparemment. Un peu plus loin, les autres parents du couple, le témoin du marié et les demoiselles d'honneur, observaient la scène à l'ombre des arbres. La benjamine du cortège, une petite fille de dix-huit mois à peine, pleurnichait parce qu'on lui avait interdit de jeter des cailloux dans le lac. Penchée sur elle, sa mère lui parlait en continu, ce qui produisait un murmure agaçant dans l'arrière-fond.

« Ça y est, c'est bon ? répéta Robin en ignorant l'intervention de son beau-père.

— Presque, mentit le photographe. Tournez-vous encore un peu plus vers Matthew, s'il vous plaît, Robin, voilà, comme ça. Maintenant, faites-moi un grand sourire ! Allez, on sourit. »

Une curieuse tension planait dans l'air, qui n'était pas seulement due à l'obligation de tenir la pose. Le photographe n'en avait cure. Il n'était pas conseiller matrimonial. Certains couples commençaient à s'engueuler avant même qu'il ait fini de régler la lumière. Un jour, une jeune mariée avait fichu le camp au beau milieu de la réception. Pour faire rire ses amis, il ressortait parfois un cliché raté datant de 1998, sur lequel on voyait un marié donner un coup de boule à son témoin.

Il avait beau les trouver splendides l'un et l'autre, il n'aurait pas misé un centime sur la solidité de leur couple. Non seulement la cicatrice de la mariée lui faisait froid dans le dos, mais il trouvait que cette noce en général avait quelque chose de sinistre et de détestable.

« Bon, ça ira comme ça, dit brusquement le marié en lâchant la taille de sa femme. On a ce qu'il faut, non ?

— Attendez, attendez, l'autre cygne arrive ! », s'énerva le photographe.

À l'instant précis où Matthew s'était écarté de Robin, la femelle qui jusqu'alors rôdait de l'autre côté du lac avait mis le cap sur son compagnon.

« On dirait que ces deux cons le font exprès, hein, Linda ? dit Geoffrey à la mère de la mariée, avant d'ajouter avec un rire gras : Satanés bestiaux.

— Aucune importance, dit Robin en relevant la longue jupe qui cachait ses escarpins aux talons légèrement trop bas. Les photos seront très bien, j'en suis sûre. »

Abandonnant l'ombre des arbres pour la lumière aveuglante du soleil, elle s'élança vers le manoir XVIIᵉ devant lequel les invités allaient et venaient en buvant du champagne et en admirant la vue sur le parc.

« C'est son bras, je pense. Elle a très mal », dit la mère de la mariée au père du marié.

Tu parles, songea le photographe en ricanant intérieurement. *Ils se sont pris le bec dans la voiture.*

Tout à l'heure, en sortant de l'église sous les confettis, les deux jeunes gens faisaient plutôt bonne figure mais, depuis qu'ils étaient arrivés dans cet hôtel de charme, on voyait bien, à leur air crispé, qu'ils se retenaient pour ne pas exploser devant tout le monde.

« Ça lui passera. Elle a juste besoin d'un verre, dit Geoffrey, l'air bonhomme. Va donc la rejoindre, Matt. »

Matthew s'était déjà précipité derrière sa femme dont les souliers fins ralentissaient la progression. Voyant les deux mariés foncer vers le manoir, le cortège nuptial se mit en branle et les suivit à travers la pelouse, les robes en mousseline vert amande des demoiselles d'honneur ondoyant sous la brise tiède.

« Robin. Il faut qu'on parle.

— Je t'écoute.

— Attends une minute, tu veux ?

— Si j'attends, la famille va nous rattraper. »

Matthew jeta un coup d'œil derrière lui. Elle avait raison.

« Robin...

— *Ne me touche pas le bras !* »

Avec la chaleur, sa cicatrice l'élançait encore plus. Robin avait hâte de renfiler sa robuste attelle de protection mais le sac qui la contenait devait se trouver dans leur suite nuptiale, et elle ignorait où c'était.

À présent, elle distinguait mieux les invités agglutinés dans l'ombre de la façade. Chaque femme était identifiable à son chapeau. Sue, la tante de Matthew, arborait une capeline bleu électrique, large comme une roue de chariot ; la belle-sœur de Robin, Jenny, portait en équilibre sur sa tête une espèce de meringue piquée de plumes jaunes. Dans leurs costumes de cérémonie, les hommes formaient une masse sombre indifférenciée. À cette distance, il lui était impossible de voir si Cormoran Strike faisait partie du groupe.

« Arrête-toi, veux-tu ? », insista Matthew. Ils avaient une bonne longueur d'avance sur la famille qui venait de ralentir pour calquer son allure sur celle de la petite fille.

Robin s'immobilisa.

« J'ai été choqué de le voir surgir comme ça, c'est tout, démarra prudemment Matthew.

— Et moi, tu crois que je m'attendais à ce qu'il débarque en plein milieu de la cérémonie et qu'il renverse les fleurs ? », répliqua Robin.

Matthew aurait pu se contenter de cette réponse s'il n'y avait eu ce petit sourire qu'elle s'efforçait de dissimuler. Il revoyait constamment l'expression radieuse sur le visage de sa femme au moment où son ancien patron avait fait irruption dans l'église. Il ignorait s'il pourrait un jour pardonner à Robin d'avoir dit « oui » en fixant son regard non pas sur lui, son mari, mais sur la silhouette massive et bancale de l'horrible Cormoran Strike. D'autant plus que ce fâcheux incident n'avait certainement échappé à aucune des personnes présentes dans la nef.

La famille n'allait pas tarder à les rattraper. Matthew saisit délicatement Robin par le haut du bras en veillant à ne pas effleurer sa cicatrice, et l'entraîna avec lui. Elle se laissa faire, sans doute parce qu'elle espérait retrouver Strike parmi les invités, supposa-t-il.

« Dans la voiture, j'ai dit que si tu retravailles pour lui…

— … ça confirmera que je suis "foutrement stupide" », le coupa Robin.

Robin commençait à différencier les silhouettes en costume noir sur la terrasse. Mais Strike demeurait invisible. Il était grand. Normalement, elle aurait déjà dû le repérer, même parmi ses frères et ses oncles qui mesuraient tous plus d'un mètre quatre-vingts. L'exaltation qu'elle avait ressentie en le voyant entrer dans l'église n'était plus d'actualité, et son humeur, après être montée en flèche, menaçait à présent de s'écraser sur le sol comme un oisillon ayant raté son premier envol. Strike était sûrement parti après la messe, au lieu de faire comme les autres et de monter à bord du minibus dépêché par l'hôtel. Sa brève apparition n'était rien de plus qu'un acte de politesse. Il était venu pour marquer le coup, pas pour lui demander de réintégrer son poste à l'agence.

« Écoute-moi », dit Matthew sur un ton plus aimable. Robin comprenait que lui aussi avait scruté la foule et que, ne voyant pas dépasser la tête de Strike, il en avait tiré la même conclusion qu'elle. « Ce que j'essayais de te dire dans la voiture, c'est que tu es libre de choisir, Robin. Mais pour l'amour du ciel, tu sais bien que je m'inquiète ! S'il voulait… s'il veut te reprendre… c'était un boulot dangereux… tu ne diras pas le contraire.

— Oui, c'était dangereux », répondit Robin que sa cicatrice continuait à faire souffrir.

Elle se retourna. Son père, sa mère et tous les autres allaient bientôt les rejoindre. L'odeur de l'herbe tiède, à la fois douce et piquante, lui montait à la tête. Le soleil tapait dur sur ses épaules nues.

« Si tu allais voir tatie Robin ? », dit la sœur de Matthew à sa petite fille.

Croyant bien faire, l'enfant prénommée Grace saisit Robin par son mauvais bras et s'y suspendit. Robin poussa un cri de douleur.

« Oh, je suis désolée, Robin – Gracie, lâche ta...

— Champagne ! », beugla Geoffrey. Il prit Robin par l'épaule et l'entraîna vers la foule des convives qui n'attendaient plus qu'elle.

Les toilettes messieurs étaient propres et sans odeur. Le contraire eût été étonnant dans un hôtel aussi luxueux. Assis dans une cabine, loin de la chaleur et de la cohue, Strike regrettait de n'avoir pas apporté une pinte de bière avec lui. Mais un tel geste aurait sans doute confirmé l'impression qu'il semblait faire auprès des invités : celle d'un taulard alcoolique ayant obtenu une permission de sortie pour assister à ce mariage. Il avait dû jurer qu'il faisait partie de la noce Ellacott-Cunliffe pour que les employés de l'hôtel consentent à le laisser passer, et encore sans grand enthousiasme.

Même en temps normal, quand il n'était pas couvert de plaies et de bosses, Strike avait tendance à intimider les gens. Sa stature, son air sombre, voire taciturne, le faisaient souvent passer pour un boxeur. Mais aujourd'hui, c'était encore pire : le boxeur venait de descendre du ring. Son nez cassé avait viré au pourpre et doublé de volume, ses deux yeux étaient pochés, et l'une de ses oreilles, horriblement enflée, s'ornait de points de suture noirs bien visibles sur la peau rouge sang. Heureusement, un épais bandage cachait la blessure au couteau qui fendait la paume de sa main droite. Il avait mis son costume chic, mais celui-ci était fripé et couvert de taches de vin datant de son dernier repas au restaurant. À son actif, on devait toutefois reconnaître qu'il avait choisi des chaussures assorties avant de partir à toute vitesse pour le Yorkshire.

Strike bâilla, ferma ses paupières douloureuses, et posa la tête contre la cloison fraîche. Il était tellement crevé qu'il aurait pu s'endormir ici même, sur le siège des cabinets. Mais il devait absolument parler à Robin, lui présenter ses plates excuses et lui demander – la supplier si nécessaire – de bien vouloir reprendre son poste à l'agence. Il avait cru voir de la joie dans son regard

14

quand leurs yeux s'étaient croisés, à l'église. Et en passant devant lui au bras de Matthew, à la fin de la cérémonie, elle lui avait souri d'un air radieux. Du coup, il avait traversé le cimetière à fond de train pour rejoindre sur le parking son ami Shanker qui dormait dans la Mercedes empruntée pour la journée, et lui demander de suivre le minibus jusqu'à l'hôtel où avait lieu la réception.

Strike souhaitait n'assister ni au repas ni aux discours. D'ailleurs, il n'avait jamais renvoyé le carton d'invitation qui lui était parvenu peu de temps avant qu'il ne licencie Robin. Il voulait seulement quelques minutes en tête à tête. Mais visiblement, c'était une gageure. Il avait oublié comment se passaient les mariages. Tout à l'heure, pendant qu'il la cherchait sur la terrasse bondée, il avait vu les invités le regarder comme une bête curieuse. Expérience plutôt désagréable. Comme il avait horreur du champagne, il avait refusé la coupe qu'on lui proposait et s'était retranché vers le bar, en quête d'une bière. Un jeune homme brun ayant vaguement la bouche et le front de Robin l'avait suivi, drainant dans son sillage une poignée de congénères attirés comme lui par l'étrange personnage.

« C'est vous Strike, hein ? », lança le jeune homme brun.

Le détective acquiesça d'un hochement de tête.

« Martin Ellacott. Le frère de Robin.

— Comment allez-vous ? dit Strike en levant sa paume bandée pour lui signifier qu'une poignée de main était inenvisageable. Vous savez où elle est ?

— Photos, répondit Martin avant de montrer du doigt l'iPhone qu'il tenait dans la main gauche. On parle de vous aux infos. Vous avez chopé l'Éventreur de Shacklewell.

— Oh. Mouais. »

Malgré sa paume entaillée et son oreille presque sectionnée, les terribles événements qui s'étaient déroulés à peine douze heures plus tôt lui semblaient noyés dans les brumes du passé. Le contraste était si grand entre la tanière sordide où il avait coincé le tueur et ce magnifique hôtel quatre-étoiles que les deux lieux paraissaient appartenir à des mondes parallèles.

Une femme blonde, dont l'impressionnant chapeau turquoise vacillait dangereusement, venait d'entrer dans le bar. Elle aussi tenait un téléphone à la main et ses yeux faisaient de rapides allers et retours entre l'écran et Strike, comme pour vérifier que la personne en chair et en os correspondait bien à son double virtuel.

« Désolé, faut que j'aille pisser », dit Strike au jeune Martin. Et il fila avant que quelqu'un d'autre s'avise de l'aborder. C'est ainsi qu'ayant vaincu la méfiance du personnel d'accueil, il avait trouvé refuge dans les toilettes.

Après un second bâillement, Strike consulta sa montre. La séance photos était certainement terminée, à présent. En grimaçant de douleur, les antalgiques qu'on lui avait donnés à l'hôpital ayant cessé d'agir depuis un certain temps, Strike se leva, déverrouilla la porte de la cabine et sortit pour réintégrer la terrasse bondée et son statut de bête curieuse.

Un quatuor à cordes était installé au fond de la salle de banquet encore vide. Quand retentirent les premières notes de musique, les convives se placèrent tous en ligne à l'entrée pour présenter leurs félicitations. Robin ne s'en souvenait pas mais, au cours des dernières semaines, quelqu'un avait dû lui proposer une haie de réception et elle avait sans doute dit oui sans trop réfléchir. Elle avait tellement négligé les préparatifs de ses noces, laissant les autres décider à sa place, que depuis le matin elle passait de surprise en surprise. Par exemple, elle avait totalement oublié que la séance photos était censée avoir lieu dans le parc de l'hôtel et non à la sortie de l'église. Si seulement Matthew et elle ne s'étaient pas précipités dans la Daimler juste après la messe, peut-être aurait-elle pu parler à Strike et lui demander – le supplier si nécessaire – de la reprendre à l'agence. Mais il était parti sans se retourner, et maintenant elle ne savait plus si elle aurait le courage, ou l'humilité nécessaire pour l'appeler et plaider sa cause.

Comparée à la forte luminosité du parc, la salle de banquet était presque obscure. Il y avait des boiseries sur les murs, des tentures de brocart aux fenêtres, des peintures dans des cadres dorés. Les gerbes de fleurs diffusaient leur parfum capiteux. Les cristaux, l'argenterie luisaient sur les nappes immaculées. La musique du quatuor à cordes, qui auparavant résonnait dans l'espace vide, fut rapidement noyée sous la rumeur des convives gravissant les marches du perron. Déjà ivre de champagne et de bière, tout ce petit monde discutait et riait à qui mieux mieux.

« Et c'est parti ! hurla Geoffrey qui semblait s'amuser plus que les autres. Qu'ils défilent ! »

Si la mère de Matthew avait encore été de ce monde, Geoffrey n'aurait pu donner ainsi libre cours à son exubérance. Robin savait que feue Mrs. Cunliffe, laquelle réprouvait les manifestations trop spontanées, qu'elles soient de joie ou d'autre chose, lui aurait décoché les coups de coude et autres regards assassins dont elle avait le secret. Postée au premier rang de la file, la sœur de Mrs. Cunliffe, Sue, arborait un air un peu guindé ; on lui avait refusé le privilège de s'asseoir à la table des mariés.

« Comment vas-tu, ma chérie ? », souffla-t-elle en faisant claquer une bise près de l'oreille de Robin. Déprimée, malheureuse, Robin, qui déjà se reprochait de ne pas déborder de bonheur, réalisa brusquement à quel point cette femme, sa tante par alliance, la détestait. « Jolie robe », ajouta la tante Sue en reportant vite son regard sur le beau Matthew.

« J'aurais tant aimé que ta mère… », déclara-t-elle avant de s'interrompre dans un hoquet et d'enfouir son visage dans le mouchoir qu'elle avait préparé à cet effet.

Les amis, les parents plus ou moins proches, continuaient d'affluer dans la salle, distribuant par centaines sourires, embrassades et autres poignées de main. Prenant son rôle très au sérieux, Geoffrey gratifiait d'étreintes pataudes tous ceux qui passaient à sa portée et n'osaient lui résister.

« Alors comme ça, il est venu », dit Katie, la cousine préférée de Robin. Katie aurait pu faire partie du cortège si elle n'avait pas été enceinte jusqu'aux yeux. La date prévue pour l'accouchement tombait le jour même et Robin se demandait comment elle faisait pour marcher. Quand elle se pencha pour l'embrasser, Robin sentit son ventre dur comme une pastèque.

« De qui tu parles ? s'étonna Robin au moment où Katie esquissait un pas de côté pour faire la bise à Matthew.

— De ton patron. Strike. J'ai vu Martin l'aborder, tout à l'heure, dans le…

— Je crois qu'on t'a placée là-bas, Katie, intervint Matthew en désignant une table au milieu de la salle. Tu dois avoir hâte de t'asseoir. Ce n'est pas trop pénible avec cette chaleur ? »

Les invités suivants passèrent devant Robin sans qu'elle les remarque. Elle répondait machinalement à leurs vœux de bonheur tout en surveillant le bout de la file du coin de l'œil. Avait-elle bien entendu Katie ? Strike était-il vraiment là, dans cet hôtel ? L'avait-il suivie après l'église ? Allait-il apparaître tout à coup ? Où s'était-il caché pendant tout ce temps ? Elle l'avait cherché partout – sur la terrasse, dans le hall, au bar. L'espoir qui venait de naître retomba aussitôt. Martin ne brillait pas par sa délicatesse. Peut-être l'avait-il chassé ? Mais non, se reprit-elle, Strike ne se serait pas laissé faire, il n'avait rien d'une faible créature. Et l'espoir ressurgit de nouveau. Soumise à ces fluctuations émotionnelles, Robin se sentait incapable d'afficher un bonheur qu'elle n'éprouvait pas mais dont l'absence n'échappait point à Matthew et ne faisait qu'alimenter sa rancœur.

« Martin ! », lança-t-elle gaiement en apercevant son jeune frère, lequel venait de s'enfiler trois pintes avec ses copains.

« T'es au courant, j'imagine ? » dit-il en s'approchant d'elle, son portable à la main. La veille, il avait dormi chez un ami pour laisser sa chambre à des parents venus du sud de l'Angleterre.

« Au courant de quoi ?

— Qu'il a attrapé l'éventreur pas plus tard qu'hier soir. »

Martin lui montra l'article sur l'écran. Robin eut un hoquet de surprise en découvrant l'identité de l'assassin. C'était l'homme qui l'avait poignardée. Sa douleur à l'avant-bras se réveilla illico.

« Il est encore par ici ? lui demanda Robin, abandonnant toute précaution. Strike ? Il a dit qu'il restait ?

— Pour l'amour du ciel, pesta Matthew.

— Désolé, souffla Martin, craignant d'essuyer les foudres de son beau-frère. Je vais me mettre dans la queue. »

Il s'éloigna d'un pas chaloupé. Robin se tourna vers Matthew. Sa mauvaise conscience était presque tangible. Elle émanait de lui comme une aura sur une image thermique.

« Tu le savais », dit-elle en serrant étourdiment la main d'une grand-tante qui se penchait vers elle, croyant recevoir un baiser.

— Je savais quoi ?

— Que Strike avait attrapé… »

Elle s'interrompit car elle venait de remarquer la présence de Tom, le vieux copain de fac de Matthew, devenu depuis lors son collègue de travail, accompagné de sa fiancée, Sarah. Tom lui tint un discours dont elle n'entendit quasiment rien tant elle était impatiente d'apercevoir Strike.

« Tu le savais », répéta Robin, lorsque Tom et Sarah se furent éloignés. Il y eut une nouvelle interruption. Geoffrey avait reconnu un cousin du Canada et le faisait bruyamment savoir. « Avoue !

— Je l'ai entendu aux infos ce matin », bredouilla Matthew en laissant errer son regard vers l'entrée, par-dessus la tête de Robin. Son visage se figea brusquement. « Eh bien, le voilà. Ton vœu est exaucé. »

Robin se tourna. Strike venait de pénétrer dans le hall. Une barbe de trois jours, quelques centimètres au-dessus un œil cerné de gris, de violet, une oreille rouge et enflée, retenue par des points de suture. Quand leurs regards se croisèrent, il leva sa main bandée puis esquissa un sourire penaud qui s'acheva en grimace.

« Robin, dit Matthew. Écoute, je dois te dire…

— Une minute, l'interrompit-elle avec dans la voix une allégresse qui se faisait attendre depuis le matin.

— Avant que tu lui parles, je dois te dire que…

— Matt, je t'en prie, ça ne peut pas attendre ? »

Strike passa sans s'arrêter devant les autres membres de la famille en leur montrant sa main blessée en guise d'excuse. De toute façon, personne n'avait envie de le retenir. Geoffrey lui décocha un regard furibond. La mère de Robin, qui pourtant l'avait trouvé sympathique la seule fois où ils s'étaient vus, se révéla incapable d'esquisser ne serait-ce qu'un petit sourire lorsqu'il la salua en l'appelant par son prénom. Dans la salle du banquet, les invités observaient attentivement la scène.

« Vous n'étiez pas obligé d'en faire autant », lui dit Robin lorsqu'il s'arrêta devant elle. Elle regarda son visage tuméfié avec un sourire qu'il lui rendit bien volontiers, malgré la douleur que cela lui causait. Tout compte fait, il ne regrettait pas les trois cent cinquante bornes qu'il venait de parcourir sur un coup de tête. Ce bel accueil les valait largement. « Vous avez fait une entrée fracassante, c'est le moins qu'on puisse dire. Pourquoi n'avoir pas appelé, tout simplement ?

— Ouais, désolé d'avoir renversé les fleurs, répondit Strike en s'adressant également à Matthew qui faisait la tête. J'ai appelé mais…

— Je n'avais pas mon téléphone, ce matin », dit Robin. Ils bloquaient la file mais elle s'en moquait éperdument. « Allez-y, passez, lança-t-elle joyeusement à la patronne de Matthew, une grande femme rousse.

— En fait, j'ai appelé... avant-hier, je crois bien.

— Comment ça ? s'écria Robin tandis que Matthew, guindé, échangeait quelques politesses avec Jemima.

— Oui, deux fois. J'ai même laissé un message.

— Je n'ai reçu aucun appel, aucun message. »

Tous les bruits environnants – bavardages, tintements de vaisselle, même la douce mélodie jouée par le quatuor à cordes – s'éloignèrent subitement, comme si une épaisse bulle de silence venait d'atterrir sur elle, la coupant de l'instant présent.

« Quand dites-vous... qu'avez-vous... avant-hier ? »

Depuis l'instant où elle avait débarqué chez ses parents, elle avait été constamment accaparée par toutes sortes de tâches ennuyeuses. Ce qui ne l'avait pas empêchée de vérifier son portable aussi souvent que possible, toujours en cachette, espérant découvrir un appel ou un texto de Strike. Le matin même, à une heure, seule au fond de son lit, elle avait consulté l'historique, au cas où un coup de fil lui aurait échappé. Mais la rubrique était vide, l'historique effacé. Une maladresse de sa part, certainement. Après tout, elle avait à peine fermé l'œil au cours des deux dernières semaines. À cause de cette fatigue accumulée, elle avait dérapé, appuyé sur la mauvaise touche et voilà, plus d'historique...

« Je ne compte pas rester, marmonna Strike. Je voulais juste m'excuser et vous demander de...

— Mais il faut que vous restiez », dit-elle en l'attrapant par le bras comme pour l'empêcher de s'enfuir.

Elle avait du mal à respirer tant son cœur battait vite. Elle sentait qu'elle était devenue blême. La salle bruyante commençait à tanguer autour d'elle.

« Je vous en prie, restez, répéta-t-elle sans le lâcher, ignorant Matthew qui fulminait à côté. Je dois... je souhaite vous parler. Maman ? », appela-t-elle.

Linda sortit aussitôt du rang, comme si elle s'attendait à être sollicitée. Et elle n'avait pas l'air contente du tout.

« Peux-tu trouver une place pour Cormoran, s'il te plaît ? lui demanda Robin. À la table de Stephen et Jenny, ce serait parfait. »

Sans un sourire, Linda entraîna Strike avec elle. Ne restaient que quelques personnes dans la file des invités. Robin n'en pouvait plus de devoir sourire et répondre aimablement aux félicitations des uns et des autres.

« Pourquoi n'ai-je aucune trace des appels de Cormoran ? », marmonna-t-elle à Matthew pendant qu'un vieux monsieur s'éloignait à petits pas vers la salle sans avoir été ni accueilli ni remercié.

— C'est ce que j'essayais de t'expliquer...

— Pourquoi je n'ai pas eu ces appels, Matthew ?

— Robin, on ne pourrait pas remettre ça à plus tard ? »

La vérité lui tomba dessus avec une telle soudaineté que Robin étouffa un cri.

« C'est toi qui as effacé mon historique, articula-t-elle, son esprit accomplissant une série de déductions en une fraction de seconde. Tu m'as demandé mon code, dans la station-service, quand je suis revenue des toilettes. » Voyant la tête des mariés, les deux derniers invités jugèrent préférable de passer leur chemin. « Tu as pris mon téléphone. Tu as dit que c'était pour notre lune de miel. Tu as écouté son message ?

— Oui, répondit Matthew. Et je l'ai supprimé. »

La bulle de silence explosa, remplacée par un hurlement strident. Sa tête se mit à tourner. Elle était là, dans sa longue robe en dentelle blanche qu'elle détestait et qu'elle avait dû faire retoucher parce que leur mariage avait déjà été repoussé une fois, clouée sur place par les obligations mondaines qui pesaient sur elle. À la limite de son champ visuel, des visages se mêlaient par dizaines dans un brouillard tourbillonnant. Les invités affamés attendaient qu'elle donne le signal.

Puis elle aperçut Strike, de dos. Il était debout près de Linda, devant la table de son grand frère Stephen. Un serveur était en train de rajouter un couvert. Robin s'imagina courant vers lui et disant : « Sortons d'ici. » Comment réagirait-il si elle faisait une chose pareille ?

Ses parents avaient dépensé des milliers de livres pour ses noces. La salle de banquet était bondée. Tout le monde attendait que les mariés rejoignent leur place à la table d'honneur. Plus blanche que sa robe, Robin s'avança au bras de son époux sous un tonnerre d'applaudissements.

Excessivement pointilleux, le serveur n'en finissait pas de disposer assiettes, verres et couverts, comme s'il prenait un malin plaisir à embarrasser Strike, lequel n'avait d'autre choix que patienter derrière sa chaise sous les regards indiscrets des convives. Linda, qui mesurait presque trente centimètres de moins que lui, attendait que le jeune serveur rectifie la position de la fourchette à dessert, puis tourne l'assiette des entrées de telle manière que son décor s'aligne sur celui de ses voisines. Le bout de visage que Strike apercevait sous le chapeau gris argent ne l'encourageait guère à entamer la conversation.

« Merci beaucoup », dit-il quand le serveur finit par lui laisser le champ libre. À peine eut-il effleuré le dossier de sa chaise que Linda lui toucha la manche. Un geste en apparence délicat mais violent comme une gifle tant il véhiculait de colère et d'indignation. Linda ressemblait énormément à sa fille. Elle avait les mêmes cheveux blond cuivré, quoique un peu moins épais, et les mêmes yeux gris-bleu, rehaussés par la couleur de son chapeau.

« Qu'est-ce que vous faites ici ? », demanda-t-elle entre ses dents pendant que les serveurs s'agitaient autour d'eux, apportant les hors-d'œuvre tant attendus dont l'apparition détourna fort heureusement l'attention des convives.

« Je suis venu demander à Robin de revenir à l'agence, dit-il, profitant que les regards étaient à présent braqués sur les mets.

— Vous l'avez licenciée. Ça lui a brisé le cœur. »

Il aurait eu matière à répliquer mais préféra s'abstenir par respect pour elle, sachant combien elle avait dû souffrir quand sa fille avait reçu cette terrible blessure au bras.

« Elle a subi trois agressions pendant qu'elle travaillait pour vous, dit Linda dont les joues s'empourpraient à vue d'œil. Trois. »

Strike aurait pu lui rétorquer, en toute sincérité, qu'il voulait bien endosser la responsabilité de la première, mais qu'en revanche, la deuxième n'aurait jamais eu lieu si Robin avait obéi à ses ordres. Quant à la troisième, elle était simplement la conséquence de son insubordination précédente. De plus, en n'en faisant qu'à sa tête, elle avait failli compromettre une enquête pour meurtre et l'avenir de l'agence par la même occasion.

« Elle ne dort plus. La nuit, je l'entends... »

Les yeux de Linda brillaient de colère. Elle s'écarta en murmurant : « Vous n'avez pas de fille. Vous ne pouvez pas comprendre par quoi nous sommes passés. »

Puis, avant que Strike épuisé trouve quelque chose à lui répondre, elle fit volte-face et s'éloigna vers la table des mariés. En la suivant des yeux, il croisa le regard de Robin. Elle n'avait pas encore touché à son assiette et l'observait d'un air angoissé, comme si elle craignait qu'il parte. Il haussa les sourcils et se laissa tomber sur sa chaise.

Le type costaud assis à sa gauche eut un mouvement de recul. En se tournant vers lui, Strike découvrit une mâchoire carrée, des sourcils touffus et, entre les deux, les yeux de Robin.

« Vous devez être Stephen », dit-il.

Le frère aîné de Robin grogna une réponse sans cesser de le dévisager. Aussi grands et baraqués l'un que l'autre, ils prenaient tellement de place que Stephen frôla Strike avec le bras quand il voulut attraper sa bière. Le reste de la tablée n'avait d'yeux que pour le nouveau venu. Strike salua tout le monde avec un geste amical de la main avant de se rappeler qu'elle était bandée. En fait, il avait surtout réussi à se faire davantage remarquer.

« Bonjour, moi c'est Jenny, la femme de Stephen, dit la brune bien charpentée assise à la gauche du grand frère de Robin. Tenez, je crois que vous en avez besoin. »

Elle empoigna la pinte posée devant elle et la passa par-dessus l'assiette de son mari. Strike l'aurait embrassée. Pour éviter d'aggraver son cas, il se contenta d'un cordial « merci » et descendit d'un seul coup la moitié du verre. Du coin de l'œil, il vit Jenny murmurer quelque chose à l'oreille de Stephen, lequel se tourna vers lui, attendit qu'il pose sa bière sur la nappe, s'éclaircit la gorge et dit en bougonnant :

« On doit vous féliciter, j'imagine.

— Pourquoi ? », demanda Strike sur un ton neutre.

Le regard de Stephen s'adoucit très légèrement.

« D'avoir attrapé l'assassin.

— Ouais ! », marmonna Strike. Il prit sa fourchette de la main gauche et la planta dans la mousse de saumon qu'il engloutit en deux ou trois bouchées. Voyant le visage hilare de Jenny, il comprit un peu tard qu'il s'était comporté comme un rustre. « Désolé, dit-il. J'avais très faim. »

Visiblement, Stephen comprenait le problème.

« Y a pas grand-chose à bouffer là-dedans, fit-il en contemplant sa propre assiette. Rien que de l'air.

— Cormoran, dit Jenny, faites coucou à Jonathan, là-bas. C'est aussi un frère de Robin. »

Strike se tourna dans la direction qu'elle lui indiquait. Un jeune homme mince ayant le même teint laiteux que sa sœur lui adressait des signes enthousiastes depuis la table voisine. Un peu gêné, Strike lui répondit d'un geste bref.

« Vous voulez la récupérer, pas vrai ? lança Stephen.

— Ouais, dit Strike. J'aimerais bien. »

Il s'attendait à une réplique cinglante, mais non. Stephen poussa un long soupir.

« Je devrais m'en réjouir. Je l'ai jamais vue plus heureuse qu'à l'époque où elle bossait pour vous. Quand on était gosses, je me fichais d'elle parce qu'elle voulait être flic. J'aurais mieux fait de me taire », dit-il en portant à ses lèvres la bière qu'on venait de lui apporter. Il parvint à en absorber une quantité impressionnante avant de poursuivre. « On a vraiment été dégueulasses avec elle, quand j'y repense, enfin... eh ben, je trouve qu'elle se défend un peu mieux ces derniers temps. »

Voyant Stephen se retourner vers la table des mariés, Strike s'autorisa à faire de même. Robin ne mangeait pas, ne parlait pas, ne regardait pas Matthew.

« Pas maintenant, mon vieux », dit Stephen. Surpris, Strike pivota sur son siège et vit le bras de son voisin tendu entre lui-même et l'un des amis de Martin, comme pour faire barrage. Le jeune homme derrière eux se tenait penché vers Strike, s'apprêtant sans doute à lui poser une question. Il battit en retraite, un peu confus.

« À la tienne, dit Strike en finissant la pinte de Jenny.

— Va falloir t'y habituer, dit Stephen en engloutissant sa mousse de saumon d'un coup d'un seul. T'as chopé l'Éventreur de Shacklewell. T'es une vedette maintenant, mon pote. »

On dit souvent qu'après un choc, les choses nous apparaissent comme dans un brouillard. Mais pour Robin, ce n'était pas le cas. Au contraire, elle percevait nettement les moindres détails de la salle autour d'elle : les rectangles lumineux que le soleil projetait sur le sol à travers les fenêtres tendues de rideaux, le ciel bleu émail au-delà des vitres, les nappes blanches damassées encombrées de coudes et de verres posés au hasard, les visages qui rougissaient au fur et à mesure du repas à force de rires et d'alcool, le profil sévère de la tante Sue que n'altérait en rien le joyeux bavardage de ses voisins, le ridicule chapeau jaune qui tanguait sur la tête de Jenny quand celle-ci plaisantait avec Strike. Robin ne voyait que son dos, mais elle le regardait si souvent qu'elle aurait pu dessiner de mémoire les plis de son veston, les cheveux bruns et touffus qui frisottaient derrière sa tête ou ses oreilles dissymétriques, la gauche ayant enflé à cause de la blessure au couteau.

Non, ses facultés visuelles n'étaient pas amoindries par le choc qu'elle avait reçu tout à l'heure, à l'entrée de la salle. En revanche, elle avait du mal avec les sons, et sa perception du temps semblait également affectée. Par exemple, elle se souvenait qu'à un certain moment, Matthew lui avait conseillé de manger mais elle n'avait réagi qu'en voyant le serveur emporter son assiette intacte. Tout ce qu'on lui disait devait d'abord franchir les murailles qui s'étaient refermées autour d'elle après que Matthew lui avait avoué sa perfidie. Et tandis qu'elle se sentait emprisonnée dans cette cellule invisible, totalement coupée du reste du monde, l'adrénaline qui fusait dans ses veines lui enjoignait inlassablement de se lever et de partir.

Si Strike n'était pas venu à sa noce, elle n'aurait peut-être jamais su qu'il voulait la reprendre, jamais su qu'elle pouvait s'épargner la honte, la colère et l'humiliation qui la consumaient depuis cet horrible soir où il l'avait virée. Matthew l'avait sciemment privée de la seule chose qui aurait été susceptible de la sauver et dont elle pleurait la perte chaque nuit, quand tout le monde dormait : l'estime d'elle-même. Il l'avait coupée de ce métier qui avait tant signifié pour elle, de l'amitié dont elle avait compris trop tard l'importance fondamentale dans sa vie. Matthew lui avait menti, et il continuait à le faire. Il avait souri, il avait ri, alors qu'elle-même, comme une âme en peine, traînait son cafard jour après jour en essayant de faire croire à son entourage qu'elle se réjouissait d'avoir renoncé à la vie dont elle avait toujours rêvé. Matthew était-il dupe ? Croyait-il vraiment à ce bonheur feint ? S'il était tombé dans le panneau, cela signifiait qu'elle venait d'épouser un homme qui ne la connaissait absolument pas. Et dans le cas contraire...

On débarrassait les assiettes à dessert. Devant la mine inquiète du serveur qui lui demandait si elle désirait quelque chose d'autre, puisqu'elle n'avait rien avalé depuis le début du repas, Robin se fendit d'un sourire et répondit :

« Un pistolet chargé, si vous avez ça en cuisine. »

Abusé par son ton sérieux, il commença par sourire, avant de prendre un air perplexe.

« C'est pas grave, dit-elle. Laissez tomber.

— Pour l'amour du ciel, Robin », s'écria Matthew. Et dans un mélange de plaisir et de rage, elle comprit qu'il paniquait, qu'il tremblait à l'idée de ce qu'elle était capable de faire, à l'idée de ce qui allait se passer ensuite.

On apporta le café dans des pichets en argent ouvragé. Robin regarda les serveurs s'affairer autour des tables, remplir les tasses, disposer les assiettes de petits-fours. Elle vit Sarah Shadlock dans sa robe-bustier turquoise se précipiter aux toilettes pour ne pas rater les discours. Elle attendit que Katie la suive d'un pas lourd, fatigué, avec son gros ventre et ses chaussures plates, et ensuite, pour la énième fois, ses yeux se posèrent sur le dos de Strike. Il discutait avec Stephen tout en se gavant de mignardises. Elle se félicita de lui avoir choisi cette place. Elle avait toujours su qu'il s'entendrait bien avec son grand frère.

Puis quelqu'un réclama le silence. Il y eut une dernière vague de bruits en tout genre : froissements de tissu, tintements de porcelaine, raclements de chaises sur le sol au moment où les convives qui tournaient le dos changèrent de position pour faire face aux orateurs. Robin croisa le regard de Strike. Il arborait une expression indéchiffrable. Ils restèrent un long moment les yeux dans les yeux. Strike ne détourna les siens qu'en voyant le père de Robin se lever, rajuster ses lunettes et démarrer son discours.

Strike aurait donné cher pour pouvoir s'allonger sur un lit. Faute de lit, il aurait volontiers regagné la Mercedes, baissé le dossier du siège et piqué un roupillon à côté de Shanker. Il avait dormi deux heures à peine au cours des deux derniers jours. Bientôt, à cause des puissants antalgiques dont il venait de reprendre une dose, et des quatre pintes de bière qu'il avait ingurgitées, il se sentit piquer du nez. La tête appuyée sur son poing fermé, il perdit connaissance quelques secondes et se réveilla en sursaut quand sa tempe dérapa sur ses articulations.

Il n'avait jamais demandé à Robin comment ses parents gagnaient leur vie. Michael Ellacott fit peut-être allusion à sa profession durant son discours mais Strike avait dû rater ce passage. Il l'aurait bien vu prof dans un lycée. Peut-être à cause de son visage affable et de ses lunettes à monture d'écaille. Ses enfants avaient hérité de sa haute stature, mais seul Martin avait eu droit à ses cheveux bruns et à ses yeux noisette.

Le discours avait été écrit, ou peut-être réécrit, après le licenciement de Robin, et ça se sentait. Michael fit l'éloge de sa fille en des termes affectueux et admiratifs. Il évoqua son intelligence, sa persévérance, sa générosité, sa gentillesse. Il dit toute la fierté qu'il ressentait à son égard, et là, il dut s'interrompre le temps de s'éclaircir la gorge. En revanche, la partie qu'il aurait dû consacrer à ses réussites demeura notoirement absente. Bien sûr, dans cette salle pareille à une gigantesque boîte à cigares, peuplée de convives emplumés et encravatés, il eût été inconvenant d'aborder certains sujets délicats, comme les épreuves dont elle avait triomphé au cours de son existence. Pourtant, aux yeux de Strike, le seul fait qu'elle y ait survécu constituait la preuve flagrante qu'elle possédait effectivement toutes les qualités énoncées plus haut. Malgré le sommeil qui embrumait son esprit, il estima que la moindre des choses aurait été que son père le reconnaisse publiquement.

Or, il semblait être le seul à penser ainsi. Il sentit même une légère vague de soulagement parmi l'assistance au moment où Michael conclut son discours sans avoir prononcé les mots couteau, cicatrice, masque de gorille ou passe-montagne.

À présent, c'était au marié de prendre la parole. Matthew se leva sous les applaudissements. Robin garda ses deux mains posées sur ses cuisses. Elle regardait fixement, derrière la fenêtre en face d'elle, le soleil qui déclinait dans un ciel sans nuages, projetant sur la pelouse des ombres allongées.

Quelque part dans la salle, une abeille bourdonnait. Strike, qui par courtoisie avait lutté contre le sommeil pendant le discours de Michael, s'installa plus confortablement sur sa chaise, croisa les bras et ferma les yeux. Pendant une minute ou deux, il entendit Matthew expliquer qu'il connaissait Robin depuis l'enfance mais qu'il avait dû attendre la classe de Première pour remarquer que la petite fille qui l'avait autrefois battue lors d'une course en sac était devenue une charmante...

« Cormoran ! »

Il se réveilla en sursaut, vit la tache humide étalée sur son plastron et comprit qu'il avait bavé. Puis il jeta un regard embué à Stephen qui venait de lui donner un coup de coude.

« Tu ronflais », marmonna Stephen.

Il n'eut pas le temps de répondre. Sous une salve d'applaudissements, Matthew se rassit, sérieux comme un pape.

C'était bientôt fini... certainement. Mais non, voilà que le témoin de Matthew prenait le relais. Strike venait de s'apercevoir qu'il avait très envie d'uriner. Il pria le ciel que le témoin n'en fasse pas des kilomètres.

« Matt et moi on s'est connus sur un terrain de rugby », commença-t-il tandis que des vivats jaillissaient d'une table de jeunes gens éméchés, dans le fond de la salle.

« On monte, dit Robin. Maintenant. »

Depuis qu'ils s'étaient assis à la table d'honneur, c'était les premiers mots qu'elle adressait à son mari. Les applaudissements couronnant le discours du témoin venaient de s'apaiser. Strike s'était levé. Robin le vit s'arrêter devant un serveur pour demander son chemin et comprit qu'il cherchait juste les toilettes. De toute façon, depuis qu'il lui avait proposé de revenir travailler, elle se sentait moins inquiète. Le regard qu'ils avaient échangé au-dessus des hors-d'œuvre lui avait paru explicite : il ne partirait pas avant d'avoir obtenu sa réponse.

« L'orchestre sera là dans une demi-heure, dit Matthew. On est censés... »

Mais Robin marchait déjà vers la porte, transportant avec elle le sas invisible qui l'avait protégée durant tout le repas. Grâce à lui, Robin avait pu assister sans s'énerver au discours de son père, à celui plus maladroit de Matthew et au rabâchage par le témoin des sempiternelles anecdotes de club sportif. Tandis qu'elle se frayait un chemin entre les invités, Robin eut vaguement l'impression que sa mère essayait d'attirer son attention. Elle choisit de l'ignorer. Elle était restée sagement assise tout au long du repas et des discours. Elle méritait bien de souffler un peu.

Robin releva sa jupe sur ses souliers bon marché, monta l'escalier et s'engagea au hasard dans un couloir au sol recouvert d'une moquette épaisse. Matthew trottinait derrière elle.

« Excusez-moi, dit-elle en s'adressant à l'adolescent en gilet qui sortait d'un cagibi une corbeille à linge montée sur roulettes. Où se trouve la suite nuptiale ? »

Il la regarda, regarda Matthew, et son visage se fendit d'un sourire goguenard. Oui, goguenard.

« Ne soyez pas stupide, lâcha-t-elle froidement.

— Robin ! cria Matthew.

— Par ici », bredouilla le gamin, rouge comme une pivoine.

Robin partit dans la direction indiquée. C'était Matthew qui avait la clé. Il avait passé la nuit précédente à l'hôtel avec son témoin, mais pas dans la suite nuptiale.

Quand Matthew ouvrit la porte, elle découvrit le lit semé de pétales de roses, le champagne dans un seau à glace et la grande enveloppe marquée MR. ET MRS. CUNLIFFE. Soulagée, elle vit également le sac qu'elle avait préparé pour leur mystérieuse lune de miel. Elle ouvrit la fermeture Éclair, plongea son bras valide à l'intérieur, trouva l'attelle qu'elle avait retirée avant la séance photos, l'enfila en évitant d'appuyer sur sa cicatrice encore fraîche, arracha son alliance et la posa d'un coup sec sur la table de nuit, près du seau à champagne.

« Qu'est-ce que tu fais ? dit Matthew, aussi terrifié que furieux. Que… Tu veux tout annuler ? Tu ne veux plus de ce mariage ? »

Robin le dévisagea. Elle avait cru qu'elle se sentirait mieux une fois seule avec lui, libre d'exprimer ce qu'elle avait sur le cœur. Mais sa trahison était si énorme qu'elle ne trouvait pas ses mots. Ce silence faisait peur à Matthew, elle le voyait à son regard intense, à ses épaules crispées. Volontairement ou pas, il s'était placé à mi-chemin entre elle et la porte.

« Bon, démarra-t-il, je sais que j'aurais dû...

— Tu savais ce que ce boulot signifiait pour moi. Tu le savais.

— Je ne voulais pas que tu y retournes, d'accord ? hurla Matthew. Tu t'es fait agresser, poignarder, Robin !

— C'était ma faute !

— Il t'a fichue à la porte !

— Parce que j'ai fait une chose qu'il m'avait interdit de faire...

— *Je me doutais que tu prendrais sa défense !* beugla Matthew, perdant tout contrôle. Je me doutais que si tu lui parlais, tu reviendrais vers lui la queue entre les jambes, comme une chienne !

— Tu n'as pas à prendre ce genre de décision à ma place ! Merde ! hurla-t-elle. Personne n'a le droit d'intercepter mes appels et de détruire mes messages, tu comprends ça, Matthew ? »

Finie, la retenue, finis, les faux-semblants. Les rares fois où l'un parvenait à entendre ce que disait l'autre, c'était parce qu'il ou elle devait reprendre son souffle. L'amertume et le ressentiment fusaient à travers la chambre comme des javelots enflammés se consumant avant même d'atteindre leur cible. Robin gesticulait en poussant parfois un petit cri de douleur quand son bras lui ordonnait de se calmer. Possédé par une sainte fureur, Matthew montrait du doigt la cicatrice indélébile qu'elle devait à son obstination imbécile. Il n'était plus question d'excuses et encore moins de pardon. C'était comme si les escarmouches ayant ponctué les douze derniers mois aboutissaient enfin à une guerre ouverte, sur tous les fronts. Derrière la fenêtre, l'après-midi laissait place à la soirée. Robin avait mal à la tête, son estomac faisait des siennes et elle craignait de se mettre à suffoquer.

« Tu me reprochais mes horaires... mais tu te fichais éperdument que j'aie enfin trouvé un travail qui me plaisait. Alors, tu as *menti* ! Tu savais à quel point ça comptait pour moi et tu as *menti* ! Comment as-tu osé effacer mon historique, comment as-tu pu supprimer mes messages... ? »

Elle se laissa tomber dans un gros fauteuil orné de franges, la tête dans les mains, étourdie par la violence de sa fureur et ses conséquences sur un estomac vide.

Quelque part, au loin, dans l'un des couloirs feutrés de l'hôtel, une porte se ferma, une femme gloussa de rire.

« Robin », fit Matthew d'une voix rauque.

L'entendant approcher, elle leva la main pour l'arrêter.

« Ne me touche pas.

— Robin, je n'aurais pas dû faire ça, je sais. Mais je ne voulais pas que tu sois encore blessée. »

Elle percevait à peine le son de sa voix. Elle en voulait à Matthew, certes, mais pas seulement à lui. Strike aussi lui avait causé du tort. Pourquoi n'avait-il pas insisté ? Il aurait dû la rappeler jusqu'à ce qu'elle décroche. *S'il avait fait cela, je ne serais peut-être pas dans cette situation maintenant.*

Cette pensée avait quelque chose d'effrayant.

Si j'avais su que Strike voulait me reprendre, aurais-je quand même épousé Matthew ?

Entendant bruire le tissu de son veston, Robin devina que Matthew regardait sa montre. Ne les voyant pas revenir, leurs invités allaient-ils penser qu'ils étaient en train de consommer leur union ? Robin imaginait Geoffrey débitant des blagues salaces à leur propos. L'orchestre devait être en place depuis une heure au moins. De nouveau, elle se rappela les dépenses auxquelles ses parents avaient consenti pour ce mariage. De nouveau, elle se rappela que la fois d'avant, quand la date de la cérémonie avait été reportée, ils n'avaient pu récupérer leurs arrhes.

« Très bien, articula-t-elle d'une voix blême. Allons retrouver les autres. Et dansons. »

Elle se leva en lissant sa jupe d'un geste machinal. Matthew prit un air suspicieux.

« Tu es sûre ?

— On va faire comme si de rien n'était, aujourd'hui. Certaines personnes sont venues de très loin. Maman et papa se sont saignés aux quatre veines. »

Elle souleva un peu sa jupe et se dirigea vers la sortie.

« Robin ! » Elle fit volte-face, croyant qu'il lui dirait « je t'aime », qu'il lui sourirait, la supplierait de lui laisser une chance.

« Tu devrais remettre ça », dit-il en lui tendant l'anneau qu'elle venait de retirer, le visage aussi figé que celui de sa femme.

Comme Strike s'ennuyait mais ne voulait pas repartir sans avoir parlé à Robin, il avait décidé de tuer le temps en buvant. Par délicatesse, il était sorti de la zone de protection dressée par Stephen et Jenny, pour les laisser libres de bavarder avec leurs proches. Il savait comment éloigner les importuns sans trop se fatiguer. Sa stature impressionnante et son air taciturne faisaient l'affaire, le plus souvent. Pendant un temps, il resta seul au bout du comptoir, un verre de bière entre les mains, puis il passa sur la terrasse et s'écarta des autres fumeurs pour regarder l'horizon se teinter de corail tout en humant les parfums douceâtres de la prairie. Même Martin et ses amis n'avaient plus la force de le harceler. Ayant bu plus que de raison, ils fumaient en cercle comme un groupe d'adolescents.

Au bout d'un moment, les invités furent habilement rassemblés puis refoulés vers la salle lambrissée qui, en leur absence, s'était transformée en dancing. On avait retiré la moitié des tables, poussé les autres le long des murs. Les musiciens et leurs instruments poireautaient derrière les enceintes. Mais les mariés ne se montraient toujours pas, ce qui semblait amuser prodigieusement un gros bonhomme rougeaud trempé de sueur que Strike identifia comme le père de Matthew. Il l'entendit débiter quelques blagues salaces puis il vit approcher une femme en robe-fourreau turquoise. Quand elle l'aborda en tendant la main, les plumes piquées sur son chapeau lui chatouillèrent le bout du nez.

« Cormoran Strike, n'est-ce pas ? Quel honneur ! Sarah Shadlock. »

Strike la connaissait par cœur. Il savait qu'elle avait couché avec Matthew à la fac, alors qu'il sortait avec Robin depuis plusieurs années. Strike lui montra son bandage.

« Oh, mon pauvre ! »

Un homme dégarni et probablement plus jeune qu'il ne paraissait se présenta en titubant derrière Sarah.

« Tom Turvey, dit-il en essayant de fixer ses deux yeux sur Strike. Beau boulot. Bravo, mon vieux. *Putain de beau boulot.*

— Ça fait des siècles que nous rêvons de vous rencontrer, s'écria Sarah. Nous sommes de vieux amis de Matt et Robin.

— L'Éventreur de Shackle... Shacklewell, hoqueta le dénommé Tom. Putain de beau boulot.

— Comme je vous plains, mon pauvre, répéta Sarah en tâtant le biceps de Strike. Ce n'est pas lui qui vous a fait ça, rassurez-moi, dit-elle, les yeux posés sur son visage tuméfié.

— Tout l'monde ici voudrait savoir, intervint Tom avec un

sourire idiot. Ils osent pas vous interroger mais c'est pas l'envie qui leur manque. C'est vous qui auriez dû faire un discours, pas Henry.

— Ha ha, s'esclaffa Sarah. Un discours ! C'est bien la dernière chose que vous avez envie de faire, j'imagine. Je présume que vous avez foncé ici tout de suite après avoir attrapé – enfin, heu… – c'est bien cela ?

— Désolé, répondit Strike, impassible, la police m'a demandé la plus grande discrétion.

— Mesdames et messieurs, lança nerveusement le maître de cérémonie que le retour discret des mariés avait pris de court, veuillez accueillir Mr. et Mrs. Cunliffe ! »

Sans le moindre enthousiasme, le couple s'avança jusqu'au centre de la piste. Tout le monde applaudit, sauf Strike. Le chanteur du groupe prit le micro que lui tendait le maître de cérémonie.

« Nous allons commencer en interprétant leur chanson fétiche. »

Matthew attrapa Robin par la taille pour l'inviter à danser.

Le photographe sortit de l'ombre, se remit à mitrailler les jeunes époux et fit la grimace en constatant la réapparition de l'affreuse attelle.

Aux premières mesures de « Wherever You Will Go » par The Calling, Robin et Matthew se mirent en mouvement mais, pour éviter de se regarder, chacun détourna la tête.

> *So lately, been wondering,*
> *Who will be there to take my place*
> *When I'm gone, you'll need love*
> *To light the shadows on your face…*[1]

Un choix étrange pour une « chanson fétiche », songea Strike… Alors qu'il se faisait cette réflexion, il vit Matthew pencher son beau visage vers Robin, serrer plus fermement sa taille menue et lui murmurer quelque chose à l'oreille.

_____

« 1. L'autre jour, je me demandais,
Qui sera là pour prendre ma place
Quand je serai parti, tu auras besoin d'amour
Pour dissiper les ombres sur ton visage… »

La décharge électrique qu'il reçut au plexus solaire le sortit brutalement de sa torpeur. Toute la journée, à cause de la fatigue, du relâchement et de l'alcool, il avait flotté dans un brouillard comateux qui l'avait empêché de songer aux conséquences pratiques de ce mariage. Et maintenant, il les regardait virevolter sur la piste de danse, Robin dans sa longue robe blanche, une couronne de roses dans les cheveux, Matthew en costume sombre, la joue contre celle de sa charmante épouse, et il était bien obligé d'admettre la vérité : depuis des mois, il espérait de tout son cœur que Robin renonce à se marier. Il voulait qu'elle reste libre, libre de reprendre sa place dans le duo qu'ils avaient formé, elle et lui. Libre de... si jamais l'occasion se présentait... en d'autres circonstances... libre d'inventer avec lui, un jour peut-être, une autre façon d'être ensemble.

Et merde.

Si elle voulait vraiment lui parler, elle n'aurait qu'à l'appeler. Il posa son verre vide sur un rebord de fenêtre, fit demi-tour et plongea dans la foule. Les gens s'écartèrent sur son passage, tant sa mine était renfrognée.

Robin le vit s'éloigner alors qu'elle projetait son regard fixe à travers la salle qui tournoyait autour d'elle. La porte s'ouvrit. Il disparut.

« Lâche-moi.

— Quoi ? »

Elle se dégagea, releva encore une fois le pan de sa jupe pour disposer d'une plus grande liberté de mouvements et, tantôt marchant, tantôt courant, traversa la piste de danse en manquant renverser au passage son père et la tante Sue qui valsaient mollement à quelques mètres d'elle. Matthew resta planté au beau milieu de la salle, à regarder Robin se faufiler entre les convives surpris, en direction de la porte qui venait de se refermer.

« Cormoran ! »

Strike était sur l'escalier du perron mais il se retourna en l'entendant crier son nom. Il la trouva charmante avec ses longs cheveux ondulés qui dansaient librement sous la couronne de roses du Yorkshire.

« Félicitations. »

Elle descendit deux marches en s'appliquant à respirer pour défaire le nœud qui lui serrait la gorge.

« Vous voulez vraiment que je revienne ? »

Il se força à lui sourire.

« J'ai roulé pendant des heures avec Shanker dans une bagnole que je le soupçonne fort d'avoir volée. Bien sûr, je veux que vous reveniez. »

Elle se mit à rire, des larmes plein les yeux.

« Shanker est ici ? Vous auriez pu lui proposer d'entrer !

— Shanker ? Dans cet hôtel ? Il aurait fait les poches de tous les invités avant de s'attaquer à la caisse du bar. »

Elle partit d'un nouvel éclat de rire, mais cette fois les larmes débordèrent et roulèrent sur ses joues.

« Où allez-vous dormir ?

— Dans la voiture, sur le trajet du retour. Connaissant Shanker, ce voyage va me coûter une petite fortune. Mais peu importe, grogna-t-il en la voyant ouvrir la bouche. Le jeu en valait la chandelle puisque vous revenez. Franchement, je ne regrette pas.

— Je veux un contrat, cette fois, dit Robin sur un ton ferme qui contredisait son regard noyé. Un contrat en bonne et due forme.

— Accordé.

— Bon OK. On se revoit... »

Quand pourraient-ils se revoir, au fait ? Elle était censée partir en voyage de noces et rester absente pendant deux semaines.

« Tenez-moi au courant », dit Strike.

Il se tourna pour finir de descendre.

« Cormoran !

— Quoi ? »

Elle se précipita et s'arrêta une marche au-dessus de lui, si bien que leurs yeux étaient au même niveau.

« Comment l'avez-vous attrapé ? Je veux tout savoir. »

Il sourit.

« Ce sera pour plus tard. Mais je vais quand même vous dire une chose : je n'aurais pas réussi sans vous. »

Ils ne sauraient jamais lequel des deux fit le premier geste. Peut-être bougèrent-ils en même temps. Toujours est-il qu'ils se retrouvèrent l'un contre l'autre avant de comprendre ce qu'il se passait. Le menton de Robin sur l'épaule de Strike, le visage de Strike dans les cheveux de Robin. Il dégageait une odeur de sueur, de bière et de désinfectant ; elle avait sur la peau le parfum des roses, mêlé à cette fragrance délicate qu'il regrettait un peu plus chaque jour depuis qu'ils ne travaillaient plus ensemble. Son corps frêle lui semblait à la fois nouveau et familier, comme si leur dernière étreinte remontait à de nombreuses années, comme si ce contact charnel lui avait manqué sans qu'il en ait eu conscience. Au-dessus d'eux, derrière les battants de la porte, le chanteur déroulait sa rengaine :

I'll go wherever you will go
If I could make you mine...[1]

Aussi brusquement qu'ils s'étaient empoignés, Strike et Robin se séparèrent. Voyant des larmes ruisseler sur ses joues, Strike faillit perdre la tête et lui lancer « Venez avec moi », mais certains mots, une fois prononcés, ne s'effacent ni ne s'oublient. Ces mots-là, par exemple.

« Tenez-moi au courant », répéta-t-il. Il voulut sourire mais son visage le faisait trop souffrir. Alors, il esquissa un geste d'adieu avec sa main bandée et s'en alla sans se retourner.

Elle le regarda s'éloigner en essuyant nerveusement les larmes sur ses joues. S'il avait dit « Venez avec moi », elle n'aurait pas hésité un seul instant : oui mais ensuite ? Elle déglutit, s'essuya le nez d'un revers de main, se retourna, releva encore une fois le pan de sa jupe et remonta lentement les marches du perron pour retrouver son mari.

« 1. J'irai où tu iras
Si tu veux bien être mienne... »

PREMIÈRE PARTIE

Un an plus tard

1

Il veut grandir... Je sais de source sûre qu'il cherche
un collaborateur compétent.

HENRIK IBSEN, *Rosmersholm*

TEL EST LE DÉSIR UNIVERSEL DE GLOIRE, que ceux qui y parviennent par hasard ou contre leur gré ne doivent s'attendre à aucune pitié.

Après la capture de l'Éventreur de Shacklewell, Strike avait craint pendant des semaines que sa réussite, la plus retentissante de sa carrière, ne porte un coup fatal à son agence de détective. Les deux affaires précédentes lui avaient valu un certain battage médiatique mais ce n'était rien comparé à la catastrophe qui menaçait à présent de s'abattre sur lui en détruisant tout ce qu'il avait patiemment construit. La viabilité de l'agence pour laquelle il avait tant œuvré, tant sacrifié, reposait en grande partie sur la discrétion. Strike devait pouvoir arpenter les rues de Londres sans craindre d'être reconnu. Or, après la capture du tueur en série, la conscience populaire s'était emparée de la figure du talentueux détective, faisant de lui un être hors norme, un sujet de débat télévisé, bref un objet de curiosité d'autant plus attirant qu'il refusait de se prêter au jeu des médias.

Puis, dans un second temps, ayant épuisé l'affaire de l'Éventreur, la presse s'intéressa à la jeunesse de Strike. Certains journalistes la qualifiaient de « haute en couleur » mais, pour lui, elle n'était qu'une tumeur invalidante qu'il portait en lui depuis toujours, et préférait oublier : son père, une vieille star du rock, sa mère, une groupie décédée, sa carrière dans l'armée, interrompue par la perte d'une moitié de sa jambe droite. Des scribouillards sans vergogne avaient même osé brandir des carnets de chèques sous le nez de sa demi-sœur, Lucy, avec laquelle il avait grandi. Certains de ses vieux copains d'armée leur avaient livré au débotté tels ou tels commentaires qui, une fois dépouillés de leur humour un peu fruste et imprimés noir sur blanc, ressemblaient fort à des remarques désobligeantes. Le père que Strike n'avait vu que deux fois dans sa vie, et dont il ne portait pas le nom, avait fait une déclaration par l'intermédiaire de son agent, évoquant des relations épisodiques et très discrètes. En fin de compte, Strike avait subi pendant un an plusieurs répliques du tremblement de terre initial. Et encore à présent, il n'était pas tout à fait sûr d'être tiré d'affaire.

Cela dit, se voir sacrer meilleur enquêteur de Londres n'avait pas que des inconvénients. Après la clôture du procès, les nouveaux clients avaient commencé à se bousculer au portillon, à tel point qu'à eux deux, Robin et Strike ne pouvaient physiquement plus traiter toutes les affaires qu'ils acceptaient. Estimant préférable de faire profil bas quelque temps encore, Strike avait choisi de passer l'essentiel de ses journées au bureau et de recruter des enquêteurs free lance – ex-policiers, ex-militaires pour la plupart, les autres venant de la sécurité privée. Ils abattaient le plus gros du boulot dans la journée et Strike se réservait les filatures de nuit. Après une année à enchaîner les contrats rémunérateurs, Strike avait pu augmenter substantiellement le salaire de Robin, rembourser ses dettes et s'acheter une BMW série 3, vieille de treize ans.

Comme il avait une voiture et de nouveaux collaborateurs, Lucy et les amis de Strike le croyaient à l'aise financièrement. Mais il n'en était rien. Une fois qu'il avait acquitté les frais de parking, exorbitants dans le centre de Londres, et payé ses employés, il lui restait à peine de quoi assumer ses dépenses courantes et régler le loyer du deux pièces au-dessus de son bureau, où il réchauffait ses repas sur une méchante plaque électrique.

Travailler avec des auto-entrepreneurs engendrait un tas de chicaneries administratives. Sans oublier que les enquêteurs à la fois disponibles et compétents se comptaient sur les doigts d'une main. Strike n'en avait trouvé qu'un avec lequel il bossait plus ou moins régulièrement : Andy Hutchins, un homme maigre et flegmatique ayant dix ans de plus que lui, un ancien policier chaudement recommandé par son ami Eric Wardle, inspecteur au Met. Hutchins avait pris sa retraite anticipée après une attaque qui l'avait laissé presque paralysé de la jambe gauche. On lui avait ensuite diagnostiqué une sclérose en plaques. Lors de son entretien d'embauche, il avait expliqué à Strike qu'il était sujet à de grosses baisses de régime ; sa maladie avait un caractère imprévisible, avait-il précisé, mais depuis trois ans il n'avait pas eu de nouvelles alertes. Il suivait un régime pauvre en graisses qui, pour Strike, équivalait à une cruelle punition : pas de viande rouge, pas de fromage, pas de chocolat et surtout pas de friture. Andy possédait de précieuses qualités. Méthodique et patient, il faisait son boulot sans qu'on ait besoin de vérifier après lui, ce qui n'était pas le cas de ses autres collaborateurs, Robin mise à part. Même après tout ce temps, Strike s'étonnait encore de la fulgurante ascension de son associée qui était passée du poste de secrétaire intérimaire à celui de détective à part entière.

Ils étaient devenus collègues mais Strike doutait qu'ils soient toujours amis.

Tout avait commencé deux jours après le mariage de Robin et Matthew. Strike ne pouvait plus allumer la télé sans entendre son nom. Harcelé par les journalistes, il avait dû quitter son domicile et, déclinant les invitations de ses amis et de sa sœur, s'était retranché dans un Travelodge près de la station Monument. À l'abri dans sa chambre d'hôtel, il avait enfin trouvé le calme et la solitude dont il avait tellement besoin. Il avait dormi tout son soûl sans craindre d'être dérangé par quiconque, et sifflé neuf canettes de bière en pensant à Robin. Chaque fois qu'un nouveau cadavre atterrissait au fond de la poubelle, à l'autre bout de la pièce, son envie de lui téléphoner grimpait d'un cran et sa précision au lancer diminuait d'autant.

Ils n'avaient plus eu de contact depuis le soir du gros câlin sur les marches de l'hôtel, une scène que Strike avait maintes fois rejouée dans sa tête au cours des jours suivants. Robin devait vivre l'enfer en ce moment même, songeait-il. À force de l'imaginer coincée à Masham, se demandant si elle devait opter pour le divorce ou l'annulation du mariage, cherchant un acquéreur pour leur appartement, affrontant en simultané les assauts de la presse et les reproches de sa famille, il s'était décidé à l'appeler, sans trop savoir ce qu'il lui dirait. Il voulait juste entendre sa voix. Malgré son état d'ébriété, il avait fourragé dans son sac de sport, trouvé son portable, mais s'était aperçu aussitôt après qu'il avait oublié le chargeur chez lui et que la batterie était à plat. Ne se décourageant pas pour si peu, il avait appelé les renseignements avec le téléphone de l'hôtel. L'opérateur lui avait plusieurs fois demandé de répéter en articulant mais, au bout du compte, il avait réussi à obtenir le numéro des parents de Robin.

C'est son père qui avait décroché.

« 'soir, j'peux parler à Robin, siouplaît ?

— Robin ? Je regrette, elle est en voyage de noces. »

Il y eut deux secondes de flottement, le temps que Strike réalise.

« Allô ? » avait insisté Michael Ellacott. Puis, sur un ton rageur : « Encore un journaliste, je suppose. Ma fille est à l'étranger et j'aimerais que vous cessiez d'appeler chez moi. »

Après cela, Strike s'était remis à boire jusqu'à perdre connaissance.

Il avait ruminé sa fureur et sa déception des jours durant, tout en sachant pertinemment qu'il n'avait aucun droit de s'immiscer dans la vie privée de sa collaboratrice, comme n'importe qui aurait pu le lui confirmer, d'ailleurs. Pourtant, il ne décolérait pas. Robin n'était pas celle qu'il croyait puisqu'elle était capable de monter dans un avion avec l'homme que Strike appelait « l'autre con » quand il pensait à lui. Mais à trop rester enfermé dans son Travelodge en attendant que son nom disparaisse des infos, et bien qu'il se fût procuré un chargeur flambant neuf et assez de bière pour tenir un siège, Strike avait commencé à déprimer.

Alors, pour s'enlever Robin de la tête, il décida de sortir et de voir du monde. C'est ainsi qu'il accepta une invitation qu'en temps normal il aurait déclinée : un dîner avec l'inspecteur Eric Wardle, sa femme April et leur amie Coco. Strike n'était pas dupe, il s'agissait d'un traquenard, Coco ayant déjà tenté de savoir par l'intermédiaire de Wardle si Strike était célibataire.

Coco était une femme menue, avec un joli visage, un corps souple et des cheveux rouge tomate. Le jour, elle était tatoueuse, et le soir, danseuse dans un cabaret burlesque. Il aurait dû s'apercevoir du danger, car les signes étaient tous là. Avant même qu'ils commencent à boire, Coco s'était mise à glousser puis à hurler

42

de rire. Strike l'avait emmenée dans sa chambre au Travelodge comme il aurait monté un pack de Tennent's.

Ensuite, il avait pris ses distances. Il n'en était pas très fier mais après tout, l'un des rares avantages de vivre incognito était que les amantes d'un soir avaient beaucoup de mal à retrouver votre trace.

Strike passa un an à se demander pourquoi Robin avait choisi de rester avec Matthew. Il supposait qu'elle l'aimait trop pour le voir tel qu'il était vraiment. Lui-même avait rencontré quelqu'un. Cette relation durait depuis dix mois, un record insurpassé depuis qu'il avait quitté Charlotte, la seule femme qu'il ait jamais envisagé d'épouser.

Au quotidien, les deux détectives n'entretenaient plus que des rapports strictement professionnels. Strike n'avait qu'à se féliciter du travail de Robin. Vive et méticuleuse, elle suivait toutes ses directives avec le talent et l'esprit d'initiative qu'il lui avait toujours connus. Néanmoins, Strike lui trouvait un air pincé qu'elle n'avait pas autrefois. Elle semblait nerveuse et, à une ou deux reprises, alors qu'il répartissait les tâches entre ses différents collaborateurs, il l'avait surprise à regarder dans le vague, comme si elle était ailleurs. Robin avait survécu à deux attaques potentiellement mortelles et son comportement actuel correspondait aux symptômes de la névrose post-traumatique. Après avoir perdu sa jambe en Afghanistan, Strike lui aussi avait vécu des états de dissociation : le monde réel s'effaçait autour de lui et il revivait les quelques secondes d'angoisse ayant précédé la désintégration du char Viking où il était enfermé, de sa carrière militaire et de sa jambe droite par la même occasion. Depuis ce jour, il avait très peur d'occuper la place du passager dans une voiture. Et il faisait encore des cauchemars sanglants dont il se réveillait en sueur.

Pourtant, les quelques fois où il avait tenté d'aborder la question, sur le ton calme et raisonnable qui sied à un employeur, Robin l'avait sèchement rembarré. Dans sa voix, il avait décelé une rancœur qui, selon lui, datait de son licenciement. En plus, elle réclamait systématiquement les boulots les plus pénibles, les surveillances de nuit par exemple, si bien que Strike devait se torturer les méninges pour lui refiler des missions moins risquées, dans des lieux fréquentés de préférence, tout en évitant qu'elle s'en aperçoive.

Entre eux, ils étaient toujours aimables et courtois, ne parlant de leur vie privée que par allusions et le plus rarement possible. Quand Robin et Matthew avaient déménagé pour s'installer dans un autre quartier, Strike avait tenu à ce qu'elle prenne une semaine de congés. D'abord Robin avait refusé, puis elle avait fini par accepter, Strike lui ayant fait remarquer sur un ton sans appel qu'elle ne s'était pas reposée depuis un an.

Le lundi précédent, un enquêteur que Strike avait embauché récemment, et qui s'était révélé aussi nul que prétentieux, avait précipité sa mobylette contre le pare-chocs arrière du taxi qu'il était censé filer. Le type était un ancien des Red Caps, la police militaire, mais Strike ne le connaissait ni d'Ève ni d'Adam. Il l'avait fichu à la porte avec plaisir, trop content de pouvoir passer ses nerfs sur quelqu'un. Son bailleur venait de l'informer qu'il avait fait affaire avec un promoteur, comme la plupart des propriétaires de locaux commerciaux sur Denmark Street. Ce qui signifiait que Strike risquait de perdre à la fois son bureau et son appartement.

Et pour couronner cette série d'emmerdes, l'intérimaire qu'il avait embauchée pour traiter les tâches administratives et répondre au téléphone en l'absence de Robin était absolument insupportable. Denise s'exprimait d'une voix geignarde mais assez forte pour traverser la porte de son bureau. Et comme en plus elle était très bavarde, Strike en était réduit à écouter de la musique dans un casque. Raison pour laquelle, ce jour-là, Denise dut crier et tambouriner un bon moment avant qu'il s'aperçoive de sa présence.

« Quoi ?

— Je viens de trouver ça, fit-elle en lui collant sous le nez une note griffonnée à la main. C'est marqué "clinique"… et devant, il y a un mot qui commence par "V"… le rendez-vous est dans une demi-heure – j'aurais peut-être dû vous le rappeler ? »

Strike reconnut l'écriture de Robin. En effet, le premier mot était illisible.

« Non, répondit-il. Vous pouvez mettre ça à la poubelle. »

En espérant que, peut-être, Robin s'était résolue à chercher un thérapeute qui l'aide à surmonter ses problèmes psychologiques,

Strike coiffa de nouveau son casque et se replongea dans sa lecture. Mais comme il avait du mal à se concentrer, il décida de partir plus tôt à son rendez-vous. Il devait rencontrer un candidat au poste qui venait de se libérer. Et s'il l'avait convoqué dans son pub préféré, c'était avant tout pour que Denise ne soit pas sur son dos pendant l'entretien.

Pendant plusieurs mois après la capture de l'Éventreur de Shacklewell, Strike avait dû éviter le Tottenham, les journalistes ayant appris par la rumeur qu'il s'agissait de son QG. En entrant, il promena un regard méfiant à travers la salle et, voyant que la voie était libre, s'avança vers le comptoir, commanda une pinte de Doom Bar et alla s'installer dans un coin tranquille.

Strike avait pris la résolution d'arrêter les frites, qui constituaient la base de son alimentation. Entre la diminution des graisses et l'augmentation de sa charge de travail, il avait réussi à perdre quelques kilos. Et comme sa jambe amputée avait un peu moins de poids à supporter, il s'asseyait avec plus de facilité et sans grimacer de soulagement. Strike prit une gorgée de bière, étira son genou par habitude, apprécia la relative souplesse de l'articulation, puis ouvrit le dossier cartonné qu'il avait emporté avec lui.

L'abruti qui s'était encastré dans le taxi avec sa mobylette était l'auteur des notes classées à l'intérieur, d'où leur piètre intérêt. Strike ne pouvait se permettre de perdre ce client mais Hutchins et lui-même avaient déjà du boulot par-dessus la tête. Non, il fallait absolument embaucher quelqu'un d'autre, et vite. Pourtant, il hésitait. Avait-il eu raison de convoquer cet homme qu'il n'avait pas revu depuis cinq ans sans prendre d'abord conseil auprès de Robin ? N'était-il pas en train de commettre une gigantesque bêtise ? Mais il était trop tard pour changer d'avis. Sam Barclay venait d'entrer dans le Tottenham, pile à l'heure.

À sa dégaine, il reconnut aussitôt son ancien compagnon d'armes, natif de Glasgow. Barclay avait la boule à zéro ou presque, un pull col en V passé sur un T-shirt, un jean étroit et des baskets plus blanches que blanches. Strike se leva, main tendue. Barclay, qui l'avait remis tout aussi vite, lui lança avec un sourire fendu jusqu'aux oreilles :

« Tu t'es déjà servi ?

— Tu en veux une ? », demanda Strike en se dirigeant vers le bar.

En attendant qu'on lui donne la pinte de Barclay, Strike observa ce dernier dans le miroir au-dessus du comptoir. L'ancien carabinier avait à peine plus de trente ans mais ses cheveux grisonnaient déjà. Mis à part ce détail, il n'avait pas changé. Avec ses sourcils touffus, ses grands yeux bleus tout ronds et sa mâchoire solide, il ressemblait à un hibou affable. Strike l'avait toujours apprécié, même à l'époque où il montait le dossier qui devait le conduire devant la cour martiale.

« Tu fumes toujours ? demanda Strike en se rasseyant après avoir déposé le verre plein devant son vieil ami.

— Maintenant je vapote, dit Barclay. On a un bébé.

— Toutes mes félicitations. Tu te refais une santé, alors ?

— Ouais, quelque chose comme ça.

— Tu deales toujours ?

— J'ai jamais dealé, répliqua vivement Barclay, t'es bien placé pour le savoir. Usage récréatif, point barre.

— Alors, où est-ce que tu l'achètes ?

— Sur le Net, dit Barclay en prenant une gorgée. Facile. La première fois, je me suis dit "c'est quoi cette connerie ?". Et après, j'ai pensé "Ben, y a qu'à tenter l'aventure". Ils vous envoient le truc comme si c'était un paquet de clopes. Et ils ont du choix. Internet, c'est génial. »

Il éclata de rire puis demanda : « Bon, alors, de quoi il s'agit ? J'aurais jamais pensé avoir de tes nouvelles. »

Strike hésita.

« J'ai peut-être un boulot pour toi. »

Un ange passa. Barclay le regarda fixement, puis jeta sa tête en arrière et partit d'un rire énorme.

« Oh, putain ! Pourquoi tu l'as pas dit tout de suite, mec ?

— Qu'en penses-tu ?

— Je fume pas tous les soirs, dit Barclay avec le plus grand sérieux. Je t'assure. Ma femme aime pas ça. »

Strike réfléchissait, la main posée sur le dossier.

Il enquêtait sur une affaire de drogue en Allemagne quand il avait fait la connaissance de Barclay. Dans l'armée britannique, la drogue faisait l'objet d'un trafic comme partout ailleurs dans la société, mais cette fois, apparemment, il s'agissait d'une opération de grande envergure, d'où l'intervention de la Brigade spéciale d'investigation. Soupçonné de jouer un rôle majeur dans l'affaire, Barclay s'était retrouvé dans une salle d'interrogatoire après qu'on eut découvert parmi ses affaires un kilo de marocain d'excellente qualité.

Barclay se disait victime d'un coup monté. Strike, qui assistait à l'entretien, était tenté de le croire, surtout parce que l'homme lui paraissait trop intelligent pour planquer son shit dans un sac militaire qui lui appartenait. Mais par ailleurs, il avait été prouvé que Barclay était un consommateur régulier et plusieurs témoins l'avaient vu se comporter bizarrement. Estimant pour sa part que Barclay n'était qu'un bouc émissaire, Strike avait décidé de creuser de son côté.

Ce faisant, il avait déterré un autre genre de trafic. Des matériaux de construction, des fournitures techniques, rien que des trucs faciles à refourguer, faisaient l'objet de commandes trop fréquentes pour être honnêtes. Strike était déjà tombé sur ce type de malversations, mais là c'était un peu différent. Les deux officiers ayant commandé les articles en question étaient comme par hasard à l'origine de la plainte contre Barclay.

Quand ce dernier se retrouva en tête à tête avec Strike, il fut très surpris d'entendre un sergent de la BSI lui parler contrats de construction au lieu de l'interroger sur le trafic de drogue. D'abord méfiant, et pensant qu'on ne le prendrait pas au sérieux étant donné sa position d'accusé, Barclay finit par admettre la vérité. Non seulement il avait remarqué des anomalies que d'autres n'avaient pas vues ou choisi de ne pas voir, mais il avait aussi commencé à dresser la liste détaillée des matériaux volés. Malheureusement pour lui, les deux officiers avaient eu vent de ses intentions et, peu de temps après, le kilo de haschisch s'était retrouvé dans son sac militaire.

Quand Barclay lui montra le carnet – qui, soit dit en passant, était bien mieux caché que la drogue – où il avait consigné la fameuse liste, Strike fut impressionné par la rigueur dont il avait fait preuve, pour un homme n'ayant pas été formé aux techniques d'investigation. Quand il lui demanda pourquoi il avait entrepris cette recherche que personne ne lui avait commandée et qui lui avait causé tellement d'emmerdes, Barclay haussa ses larges épaules et répondit : « Vous trouvez ça juste, vous, qu'ils volent l'armée ? C'est l'argent des contribuables qu'ils s'mettent dans la poche, ces fumiers. »

Strike avait consacré à cette affaire plus d'heures qu'elle ne le méritait si l'on en croyait ses collègues. Mais au bout du compte, entre les notes de Barclay et les preuves que Strike avait rassemblées entre-temps pour étayer le dossier, les deux officiers furent mis en accusation. Le BSI avait récolté toutes les louanges, bien sûr. Mais au préalable, Strike s'était assuré que Barclay s'en sortirait blanchi.

Il y avait un peu plus d'ambiance dans le pub, à présent. « Quand tu dis "boulot", demanda Barclay, tu parles d'enquêtes, c'est ça ? »

Strike voyait bien que l'idée lui plaisait.

« Ouais, répondit Strike. Qu'est-ce que tu as fait depuis notre dernière rencontre ? »

La réponse était triste mais guère surprenante. Après l'armée, Barclay avait eu le plus grand mal à obtenir et à conserver un travail régulier. En fait, il avait surtout bossé pour son beau-frère, lequel dirigeait une société de peinture et de décoration.

« C'est ma femme qui ramène l'argent du ménage, avoua-t-il. Elle gagne bien.

— OK, dit Strike, d'après mes estimations, je pense pouvoir t'employer deux jours par semaine, pour commencer. Tu me factureras tes heures. Si ça ne marche pas, tu pourras mettre fin à l'accord, et moi pareil. Ça te semble correct ?

— Ouais, répondit Barclay, ouais, ça me va. Tu paies combien, au fait ? »

Ils discutèrent de ses émoluments pendant cinq minutes. Strike lui expliqua le statut d'auto-entrepreneur, lui précisa qu'il devrait conserver les factures pour obtenir le remboursement de ses frais professionnels. Après quoi, il ouvrit le dossier et le retourna pour le lui montrer.

« Il s'agit de filer ce mec, dit-il en désignant la photo d'un jeune homme joufflu coiffé d'épais cheveux bouclés. Je veux savoir qui il fréquente et ce qu'il fait. Photos à l'appui.

— Ouais, c'est bon, dit Barclay en sortant son portable pour photographier la tête du type et son adresse.

— Aujourd'hui, j'ai mis quelqu'un d'autre sur l'affaire, mais demain matin à 6 heures pétantes, je veux que tu sois devant chez lui. »

Barclay ne broncha pas en entendant l'heure, ce qui était plutôt bon signe.

« Qu'est-ce qu'elle devient, la p'tite ? demanda Barclay en rangeant son portable. Celle qu'était dans les journaux avec toi ?

— Robin ? fit Strike. Elle est en vacances. Elle revient la semaine prochaine. »

Ils se séparèrent sur une cordiale poignée de main. Strike s'autorisa un court instant d'optimisme avant d'être rappelé à la triste réalité. Il était temps de regagner le bureau, ce qui signifiait retrouver Denise, sa voix de crécelle, sa tendance à parler la bouche pleine et son incapacité à retenir qu'il détestait le thé au lait.

Mais avant de rentrer, il lui fallait d'abord traverser les interminables chantiers qui défiguraient Tottenham Court Road. Strike attendit d'avoir dépassé le segment le plus bruyant pour composer le numéro de Robin et lui apprendre qu'il avait embauché un nouveau collaborateur. Son appel passa directement sur répondeur. Supposant qu'elle était à son rendez-vous dans la mystérieuse clinique, il raccrocha sans laisser de message.

En chemin, une idée lui vint à l'esprit. Et si, contrairement à ce qu'il croyait, Robin ne consultait pas un psychologue mais… ?

Le téléphone sonna dans sa main : le numéro de l'agence était affiché.

« Allô ?

— Monsieur Strike ? gémit Denise au creux de son oreille. Monsieur Strike, pourriez-vous rentrer au plus vite, je vous en prie ? Je vous en prie… il y a là un monsieur qui veut vous parler. C'est urgent… »

Strike entendit un grand bruit dans le fond, puis un homme hurla quelque chose d'incompréhensible.

« Je vous en supplie, venez vite ! répéta Denise, terrifiée.

— J'arrive ! », promit Strike. Puis il essaya de courir.

2

*Il n'a pas l'air d'un homme qu'on peut laisser entrer
au salon.*

HENRIK IBSEN, *Rosmersholm*

À BOUT DE SOUFFLE, tenaillé par une vive douleur au genou droit, Strike dut s'accrocher à la rampe pour gravir les dernières marches de l'escalier métallique menant à son bureau. De l'autre côté de la porte en verre dépoli, deux personnes hurlaient : l'une des voix appartenait à un homme, l'autre, suraiguë, était celle d'une femme terrorisée. Quand Strike déboula dans la pièce, Denise, le dos collé au mur, poussa un cri étouffé : « Merci mon Dieu ! »

L'individu qui se tenait devant lui avait dans les vingt-cinq ans. Des mèches brunes désordonnées encadraient son visage sale et décharné. Ses grands yeux étincelaient au fond de leurs orbites creuses. Son T-shirt râpé ne valait guère mieux que son jean et son sweat à capuche, raides de crasse. L'une de ses baskets en cuir menaçait de perdre sa semelle. Une odeur de chien mouillé monta aux narines de Strike.

De toute évidence, il avait affaire à un malade mental. L'inconnu était affligé d'un tic nerveux. Toutes les dix secondes, il se touchait le bout du nez, lequel était devenu rouge à la longue, puis il se donnait un petit coup sur l'os du sternum qui rendait un son creux. Son bras avait à peine rejoint sa place initiale le long de son corps qu'il le repliait de nouveau et sa main s'envolait vers son nez. On aurait dit qu'il voulait se signer mais avait oublié comment faire ou préférait abréger pour gagner du temps. Nez, poitrine, temps

50

mort ; nez, poitrine, temps mort. Ce mouvement mécanique était d'autant plus pénible à regarder que le jeune homme l'effectuait sans presque s'en rendre compte. Il ressemblait à ces pauvres hères qui hantent les rues de la capitale et dont personne ne se soucie : le malheureux qu'on côtoie dans le métro et dont on évite soigneusement le regard, la femme hallucinée postée au coin de la rue et qui vous pousse à changer de trottoir. Tous ces fragments d'une humanité brisée qu'on oublie aussitôt après les avoir croisés.

« Vous lui ? cracha l'homme qui l'observait intensément. Vous Strike ? Vous le détective ? » Il se toucha le nez.

Brusquement, son autre main, celle qui ne bougeait pas constamment, se posa sur sa braguette. Denise couina comme si elle redoutait qu'il n'expose son anatomie. Et de fait, c'était tout à fait possible.

« Oui, c'est moi, répondit Strike en se déplaçant pour s'interposer entre l'homme et sa secrétaire. Ça va, Denise ?

— Oui, souffla-t-elle sans pour autant s'écarter du mur.

— J'ai vu une gosse se faire tuer, dit l'inconnu. Étrangler.

— OK, fit Strike sur un ton parfaitement égal. Si on allait dans mon bureau pour en parler ? »

D'un geste, il lui indiqua le chemin.

« Faut que je pisse ! dit l'autre en se remettant à tripoter sa braguette.

— Par ici. »

Strike lui montra les toilettes sur le palier. Quand la porte se referma, Strike s'adressa discrètement à Denise.

« Que s'est-il passé ?

— Il voulait vous voir, mais quand j'ai dit que vous n'étiez pas là, il s'est mis en colère et il a commencé à cogner partout !

— Appelez la police, murmura Strike. Dites-leur que nous avons un malade chez nous. Peut-être un psychotique. Mais avant de téléphoner, attendez qu'il soit entré dans mon bureau. »

La porte des toilettes s'ouvrit avec fracas. L'inconnu sortit, la braguette béante. Visiblement, il ne portait pas de sous-vêtements. Denise se remit à glapir. L'homme se toucha le nez, la poitrine, une première fois puis une deuxième, comme si la touffe de poils pubiens exposée à la vue de tous était le cadet de ses soucis.

« Par ici », dit Strike, le plus aimablement possible. La puanteur qui s'était dissipée un court instant le saisit de nouveau à la gorge quand l'autre passa devant lui en traînant les pieds et entra dans son bureau.

Strike lui proposa de s'asseoir. Il posa les fesses au bord du siège réservé aux clients.

« Quel est votre nom ? demanda Strike en s'installant dans son fauteuil.

— Billy. » Sa main passa très vite de son nez à sa poitrine. Au bout de la troisième fois, il l'immobilisa en l'attrapant avec l'autre.

« Donc, vous avez vu une enfant se faire étrangler, Billy ? », commença Strike.

La voix de Denise leur parvint depuis la pièce voisine :

« Police, vite !

— Qu'est-ce qu'elle a dit ? », fit Billy en tournant ses grands yeux creusés vers la porte. Sa main se crispa sur son poignet pour l'empêcher de bouger.

« Ce n'est rien, dit Strike. J'ai pas mal d'affaires en cours, vous savez. Parlez-moi de cette enfant. »

Strike prit un bloc et un stylo en évitant les gestes brusques comme si Billy était un petit oiseau effarouché.

« Il l'a étranglée, là-haut, près du cheval. »

Denise parlait de plus en plus fort. La cloison était si peu épaisse qu'on distinguait nettement ce qu'elle disait au téléphone.

« Ça s'est passé quand ? demanda Strike en griffonnant.

— Ça fait des années… j'étais gamin. C'était une petite fille mais après, ils ont dit que c'était un petit garçon. Jimmy était là, il dit qu'il a rien vu, mais moi si. Je l'ai vu faire. Il l'a étranglée. J'ai tout vu.

— Là-haut, près du cheval, vous disiez ?

— Oui, juste à côté du cheval. Mais c'est pas là qu'ils l'ont enterrée, la gosse. Le gosse. Ils l'ont enterrée au fond du ravin, près de chez notre père. Je les ai vus faire, je peux vous montrer l'endroit. Elle voudra pas que je creuse, mais vous, elle vous laissera.

— Donc, c'est Jimmy qui l'a étranglée ?

— Jimmy n'a jamais étranglé personne ! répliqua Billy, furieux. Il était là, avec moi. Il dit que ça ne s'est jamais passé, mais il ment, il était là. Il a peur, oui.

— Je vois, dit Strike, qui ne voyait rien du tout mais continuait quand même à prendre des notes. Bon, pour démarrer mon enquête, j'ai besoin de votre adresse. »

Strike craignait un peu que Billy ne se cabre mais non, il attrapa spontanément le bloc et le stylo qu'on lui tendait. Une nouvelle bouffée malodorante dériva vers Strike. Billy se mit à écrire puis subitement, se ravisa.

« Vous n'irez pas chez Jimmy, hein ? Parce que sinon, il va me casser la gueule. Vous pouvez pas y aller.

— Non, non, fit Strike, conciliant. J'ai juste besoin de votre adresse pour mes dossiers. »

De l'autre côté de la porte, la voix grinçante de Denise retentit à nouveau.

« Envoyez-moi quelqu'un, très vite. Il est vraiment perturbé !

— Qu'est-ce qu'elle raconte ? », demanda Billy.

Au grand dam de Strike, Billy arracha la feuille sur laquelle il écrivait et la froissa dans son poing, lequel s'envola ensuite vers son nez avant de toucher sa poitrine.

« Ne faites pas attention, dit Strike. Denise est au téléphone avec l'un de mes clients. Voulez-vous boire quelque chose, Billy ?

— Comme quoi ?

— Thé ? Café ?

— Pourquoi ? demanda Billy, toujours plus soupçonneux. Pourquoi vous voulez que je boive ?

— C'était juste une proposition. Vous pouvez refuser.

— J'ai pas besoin de médicaments !

— Je n'en ai aucun ici, répondit Strike.

— Je ne suis pas fou ! Il a étranglé la gosse et ils l'ont enterrée dans le ravin près de la maison de notre père. Enveloppée dans une couverture. Une couverture rose. C'était pas ma faute. J'étais juste un gamin. J'avais pas demandé à venir. J'étais juste un petit gamin.

— Ça fait combien de temps, d'après vous ?

— Des années... j'arrête pas d'y penser », dit Billy. Ses yeux brûlaient littéralement dans son visage émacié. Son poing tremblant, refermé sur le papier froissé, faisait d'incessants allers et retours entre son nez et sa poitrine. « La petite fille, ils l'ont enterrée dans une couverture rose, au fond du ravin près de la maison de mon père. Mais après ça, ils ont dit que c'était un garçon.

— Où est la maison de votre père, Billy ?

53

— Elle ne me laissera pas revenir. Mais vous, vous pouvez creuser. Vous pouvez y aller. Ils l'ont étranglée, je vous jure, répéta Billy en fixant Strike d'un air hagard. Jimmy disait que c'était un garçon. Ils l'ont étranglée, là-haut, près du... »

On entendit frapper. Avant que Strike puisse l'en empêcher, Denise passa la tête dans le bureau. On la sentait plus brave maintenant que son patron était là pour la protéger.

« Ils arrivent », dit-elle en soulignant ses propos d'un clin d'œil entendu. Une telle attitude aurait déstabilisé des individus plus équilibrés que Billy. « Ils ne vont pas tarder.

— Qui ne va pas tarder ? s'écria Billy en bondissant sur ses pieds. Qui va venir ? »

Denise retira vivement sa tête et referma la porte. Strike l'entendit s'appuyer contre le battant pour empêcher Billy de sortir.

« Le livreur. J'attends un paquet, dit Strike en se levant. Continuez, parlez-moi de...

— Qu'est-ce que vous avez fait ? », hurla le jeune homme. Il s'avança vers la porte en se touchant frénétiquement le nez et la poitrine. « Qui va venir ?

— Personne », dit Strike, mais déjà Billy essayait d'ouvrir. Rencontrant une résistance, il se jeta sur la porte, l'épaule en avant. On entendit un cri perçant. Denise avait été projetée sur le côté. Strike n'eut pas le temps de contourner son bureau. Billy sortit de l'agence à toute vitesse, s'engouffra dans l'escalier et dévala les marches métalliques trois par trois. Sachant qu'il n'avait aucune chance de rattraper un homme jeune et, de toute évidence, plus agile que lui, Strike fit volte-face en pestant et se dirigea vers la fenêtre. Soulevant la vitre d'un geste brusque, il se pencha dehors et vit Billy disparaître au coin de la rue.

« Bordel ! »

Sur le trottoir d'en face, un homme qui s'apprêtait à entrer chez le vendeur de guitares regarda autour de lui en se demandant sans doute qui braillait ainsi.

Strike recula et se tourna, furieux, vers Denise qui, plantée sur le seuil, s'appliquait à épousseter ses vêtements. Chose incroyable, elle semblait très fière d'elle-même.

« Vous avez vu ? J'ai essayé de le bloquer, dit-elle en se rengorgeant.

— Ouais, répondit Strike à deux doigts d'exploser. J'ai vu.

— La police est en chemin.

— Fantastique.

— Voulez-vous une tasse de thé ?

— Non, grogna-t-il.

— Bon, alors je vais donner un petit coup dans les toilettes, dit-elle avant d'ajouter en soupirant : J'imagine qu'il n'a pas tiré la chasse. »

3

*Et, cette lutte, je l'ai soutenue seul et dans le plus
complet silence.*

HENRIK IBSEN, *Rosmersholm*

ROBIN PARCOURAIT UNE RUE qu'elle connaissait mal, dans
le quartier de Deptford, quand elle se sentit tout à coup
gagnée par une étrange allégresse. Cela faisait bien longtemps qu'elle n'avait pas été d'aussi bonne humeur. Le soleil de
l'après-midi, les boutiques colorées, les bruits de la rue en général,
tout lui semblait beau, rempli d'énergie. Mais surtout, elle se
réjouissait à l'idée que plus jamais elle ne remettrait les pieds dans
la clinique Villiers Trust.

La psy n'avait pas apprécié qu'elle interrompe sa thérapie du
jour au lendemain.

« Nous recommandons de poursuivre le traitement jusqu'au
bout, avait-elle insisté.

— Je sais, répondit Robin, seulement voilà... je pense en avoir
tiré tout le bien possible. »

La femme l'avait gratifiée d'un sourire glacial.

« La thérapie comportementale et cognitive a super bien fonctionné, reprit Robin. Elle m'a aidée à gérer mon anxiété, je vais
continuer à... »

Elle avait inspiré à fond, les yeux braqués sur les chaussures
plates de la psy, puis s'était forcée à la regarder en face.

« ... Mais ce qu'on fait maintenant ne me semble pas très utile. »

Un autre silence s'ensuivit. Après cinq séances, Robin y était
habituée. Dans une conversation normale, on trouverait impoli,

voire insultant, de fixer longuement son interlocuteur sans rien dire, mais dans le cadre d'une thérapie psychodynamique, avait-elle appris, c'était une pratique courante.

Son généraliste l'avait d'abord adressée à un thérapeute conventionné qui recevait gratuitement, mais la liste d'attente était tellement longue qu'elle avait décidé, avec l'accord tacite de Matthew, de suivre un traitement payant. Matthew, elle le savait, avait dû se retenir pour ne pas lui faire remarquer que le meilleur des remèdes consistait à cesser ce travail auquel elle devait sa névrose posttraumatique et qu'il estimait sous-payé par rapport aux risques qu'il lui faisait courir.

« Voyez-vous, avait enchaîné Robin, récitant la tirade qu'elle avait préparée. Il y a déjà trop de gens dans ma vie qui croient savoir ce qui est bon pour moi.

— Certes, fit la psy sur un ton que Robin aurait qualifié de condescendant en dehors des murs de la clinique, nous en avons parlé...

— ... et... »

Robin était conciliante et polie de nature. Mais par ailleurs, sa psy l'avait souvent encouragée à exprimer ce qu'elle ressentait tout au fond d'elle-même, dans cette petite pièce minable où se déroulaient les séances, entre un chlorophytum dépassant d'un pot verdâtre et des mouchoirs en papier grand modèle posés sur la table basse en pin.

« ... et pour être honnête, je trouve que vous êtes comme eux. »

Nouveau silence.

« Eh bien, dit la psy avec un petit rire, je suis là pour vous aider à tirer vos propres conclusions au sujet de...

— Oui, mais vous le faites en... vous me bousculez tout le temps, dit Robin. On dirait un combat. Vous mettez en doute tout ce que je dis. »

Robin ferma les yeux, submergée par une vague de fatigue. Elle avait mal partout. Toute la semaine, elle avait assemblé des meubles en kit, déplacé des caisses de livres, suspendu des tableaux.

« Je sors d'ici épuisée, dit-elle en rouvrant les yeux. Je rentre chez moi et je retrouve mon mari qui se comporte exactement comme vous. Il boude, il se mure dans le silence, il me reprend

57

sur tout et n'importe quoi. Après cela, je téléphone à ma mère, et rebelote. La seule personne qui n'est pas sans arrêt sur mon dos à essayer de... »

Elle s'interrompit un instant.

« ... C'est mon associé au boulot.

— Mr. Strike », souffla la thérapeute.

Le fait que Robin refuse de parler de ses relations avec Strike avait fait l'objet de vives discussions entre elles. Robin s'était contentée de confirmer que son associé ignorait à quel point l'affaire de l'Éventreur l'avait affectée. Leurs relations personnelles n'avaient absolument rien à voir avec ses problèmes actuels, avait-elle déclaré. La psy remettait Strike sur le tapis à chaque séance mais Robin s'obstinait à évacuer le sujet.

« Oui, dit Robin. Lui.

— Vous avez vous-même admis n'avoir jamais évoqué franchement vos problèmes devant lui.

— Donc, fit Robin comme si elle n'avait pas entendu, si je suis venue aujourd'hui c'est juste pour vous dire que j'arrête. Je le répète, la thérapie m'a beaucoup aidée et je continuerai à faire les exercices. »

En réalisant que sa patiente ne prévoyait même pas de terminer la séance, la psy prit un air scandalisé. Mais comme elle avait payé d'avance, Robin se sentait libre de partir, estimant de surcroît que la femme aurait dû la remercier pour l'heure de liberté qu'elle lui offrait. Rien ne presse, se disait-elle à présent. Elle avait mieux à faire que se précipiter chez elle pour continuer à déballer les cartons. Par exemple, elle pourrait s'acheter un Cornetto et le déguster en flânant dans les rues ensoleillées de son nouveau quartier.

Poursuivant sa bonne humeur comme un papillon, de peur qu'elle ne s'échappe, Robin emprunta une rue plus tranquille en s'efforçant de mémoriser son nouvel environnement. Une chose était sûre, elle ne regrettait pas l'appartement de West Ealing, tellement chargé de mauvais souvenirs. Durant le procès, la preuve avait été faite que l'Éventreur de Shacklewell l'avait suivie et épiée beaucoup plus longtemps qu'elle ne l'avait cru. Elle avait même appris par la police qu'il s'était aventuré jusqu'à Hastings Road pour la guetter à la sortie de chez elle, planqué derrière des voitures en stationnement.

Malgré son impatience, elle avait dû attendre onze mois avant de pouvoir s'installer ailleurs. La raison principale était que Matthew, ayant décroché un boulot rémunérateur et touché l'héritage de sa mère, tenait absolument à vivre dans un quartier huppé. Les parents de Robin, estimant que leur logement actuel n'était plus vivable, avaient proposé de les aider. Mais l'immobilier à Londres était inabordable. Par trois fois, Matthew avait craqué pour des appartements bien au-dessus de leurs moyens. Par trois fois, ils avaient renoncé à l'achat d'un bien qui, selon Robin, finirait par se vendre à un prix dépassant de plusieurs milliers de livres la somme dont ils disposaient.

« C'est ridicule ! répétait-il obstinément. Ça devrait valoir beaucoup moins cher !

— Ça vaut le prix que les acheteurs sont prêts à mettre », lui répondait Robin, agacée qu'un comptable ne comprenne rien aux lois du marché. Pour échapper à l'ombre du tueur qui hantait toujours ses rêves, elle aurait emménagé n'importe où, même dans une chambre de bonne.

Elle allait faire demi-tour pour regagner la rue principale quand son œil fut attiré par un portail, ouvert dans un mur de briques, dont les montants latéraux en forme de piliers supportaient d'étranges sculptures.

Deux énormes crânes humains, rongés par le temps, chacun posé sur une paire de tibias croisés, avec, en arrière-plan, une haute tour carrée. Robin aurait bien vu ces œuvres macabres orner la maison d'un pirate dans un film fantastique. Alors qu'elle s'avançait pour examiner leurs orbites noires et béantes, elle aperçut un peu plus loin une église, des tombes moussues et, autour, des centaines de roses épanouies.

Le temps de finir sa glace, Robin fit le tour de l'église St. Nicholas, une curieuse bâtisse en briques rouges accolée à une tour-clocher constituée de pierres grossièrement équarries. Après quoi, elle avisa un banc dont le bois chauffé au soleil lui brûla presque les cuisses quand elle s'y assit. Elle s'étira pour soulager ses reins endoloris, ferma un instant les yeux en humant le délicieux parfum des roses, et soudain, se trouva transportée un an auparavant, dans la suite nuptiale où un bouquet de roses écarlates avait assisté à une scène pour le moins surprenante.

59

Matthew, son père, la tante Sue, les parents de Robin et son frère Stephen avaient tous convergé vers la suite où elle s'était réfugiée pour échapper à son mari, furieux qu'elle ait osé le planter au beau milieu de la piste de danse. Robin était en train d'enlever sa robe quand ils avaient fait irruption, les uns derrière les autres.

S'était ensuivie une terrible cacophonie. Comprenant le premier que Matthew s'était permis de supprimer les messages de Strike, Stephen avait ouvert les hostilités. De sa voix d'ivrogne, Geoffrey demanda pourquoi Strike avait eu droit au repas, alors qu'il n'avait pas renvoyé son carton d'invitation. Matthew leur cria de sortir, tous autant qu'ils étaient, que cette histoire ne concernait que Robin et lui. Quant à Sue, elle répétait en boucle : « Jamais une mariée n'est partie pendant la première danse. *Jamais de la vie !* »

Ayant enfin saisi l'affaire de l'historique effacé, Linda joignit ses reproches à ceux de Stephen. Geoffrey voulut prendre la défense de son fils et, se jetant dans la mêlée, demanda à Linda pourquoi elle tenait tant à ce que sa fille retourne travailler pour un homme qui n'avait pas su la protéger. Sur ces entrefaites, Martin débarqua, soûl comme un cochon et, sans raison apparente, balança son poing dans la figure de Matthew. N'en pouvant plus, Robin courut dans la salle de bains pour vomir, chose étonnante par ailleurs puisqu'elle n'avait rien avalé de la journée.

Cinq minutes plus tard, elle dut ouvrir pour laisser entrer Matthew qui saignait du nez. Et c'est là, dans cette salle de bains, alors que leurs familles respectives s'écharpaient derrière la porte, que Matthew, des feuilles de papier toilette sous les narines, lui proposa de l'accompagner aux Maldives, non pour une escapade en amoureux mais pour discuter en tête à tête, « loin de tout ça », précisa-t-il d'une voix rauque en montrant la direction d'où provenaient les cris. Puis, avec un regard réprobateur : « En plus, on va avoir la presse sur le dos. À cause de cette histoire d'éventreur, ils ne vont pas te lâcher. »

Il la dévisageait au-dessus du papier ensanglanté, furieux d'avoir été humilié sur la piste de danse, puis frappé par son beau-frère Martin. En gros, il l'invitait à un séminaire de réflexion sur une île paradisiaque, ce qui n'avait pas grand-chose de romantique. Et si, après avoir discuté, ils tombaient d'accord sur le fait que ce mariage était une erreur, ils rentreraient au bout des quinze jours prévus, feraient une annonce conjointe et s'en iraient chacun de son côté.

Et la pauvre Robin, accablée, tiraillée entre les nausées, les douleurs au bras, les sentiments puissants qu'elle avait éprouvés quand Strike l'avait serrée contre lui et la peur d'être à nouveau harcelée par les journalistes, vit tout à coup en Matthew non pas un allié, mais au moins une échappatoire. L'idée de monter à bord d'un avion, en laissant derrière elle ce tourbillon de questions, de ragots, de colère, de sollicitude mal placée, de conseils non désirés qui, elle le savait, continuerait à l'emporter tant qu'elle n'aurait pas quitté le Yorkshire, lui parut soudain terriblement séduisante.

Ils échangèrent à peine deux mots pendant les longues heures de vol. Robin se fichait bien de savoir à quoi pouvait songer Matthew. Elle-même ne pensait qu'à Strike et, tout en regardant les nuages défiler derrière son hublot, elle se repassait en boucle la scène de l'étreinte sur les marches.

Suis-je amoureuse de lui ? se demanda-t-elle à maintes reprises sans parvenir à une réponse ferme et définitive.

Des jours durant, elle tourna et retourna cette question dans sa tête, gardant secrète sa tourmente intérieure tandis qu'elle arpentait avec Matthew les plages de sable blanc, en parlant des blocages et des ressentiments qui empoisonnaient leur vie. La nuit, Matthew dormait sur le canapé du salon, Robin à l'étage, dans un grand lit garni d'une moustiquaire. Parfois, ils se disputaient, parfois ils se retranchaient dans un silence chargé de rancœur. Matthew surveillait constamment le téléphone de Robin, l'allumait régulièrement pour vérifier si elle avait reçu un appel, un texto. Il craignait que Strike ne cherche à la joindre, bien sûr.

Mais il s'inquiétait inutilement, ce qui ne faisait qu'ajouter à la détresse de Robin. Apparemment, Strike n'avait aucune envie de la contacter. Le câlin sur les marches, auquel ses pensées s'accrochaient comme un chien renifle un réverbère pour y trouver l'odeur qui l'enivre, n'avait donc pas eu la même importance pour lui que pour elle.

Nuit après nuit, Robin déambulait seule sur la plage en écoutant le grondement de la mer, son bras blessé transpirant sous l'attelle en caoutchouc. Elle laissait son téléphone dans le salon pour que

Matthew ne soit pas tenté de la suivre, au prétexte de vérifier qu'elle ne communiquait pas avec Strike dans son dos.

Le soir du septième jour, profitant que Matthew avait regagné leur bungalow sans elle, Robin se résolut à l'appeler. Elle avait tout calculé, même si elle n'osait pas se l'avouer. Il y avait une ligne fixe dans le bar et elle connaissait le numéro de l'agence par cœur. Son coup de fil passerait directement sur le portable de Strike. Elle ignorait totalement ce qu'elle dirait quand il décrocherait, elle savait juste qu'il lui suffirait d'entendre sa voix pour comprendre si elle l'aimait vraiment. En écoutant la tonalité résonner comme un écho lointain dans le combiné, elle sentit sa bouche se dessécher.

On avait décroché mais personne ne parlait. Robin entendit des bruits de tissu froissé, un gloussement, puis une voix vibra dans l'écouteur.

« Allô ? Ici Cormy-Warmy… »

La femme partit d'un rire rauque, tonitruant. Dans le fond, Robin identifia la voix de Strike. On le sentait contrarié mais la situation semblait l'amuser un peu aussi. Il était sûrement ivre.

« Donne-moi ça ! Je ne plaisante pas, donne-moi ce… »

Robin reposa brutalement le combiné sur son socle. Son visage, sa poitrine étaient trempés de sueur. Elle avait honte, elle se sentait salie. Strike était avec une femme. Cet éclat de rire prouvait qu'ils étaient intimes, ô combien ! Elle le taquinait, décrochait à sa place, l'appelait (quelle horreur !) « Cormy ».

Si jamais, un de ces jours, Strike lui parlait de cet appel interrompu, elle nierait avoir essayé de le joindre, décida-t-elle. Elle mentirait, feindrait l'ignorance…

Entendre cette personne glousser au téléphone lui avait fait l'effet d'une gifle. S'il était capable de coucher avec une autre si peu de temps après l'avoir serrée sur son cœur – et elle aurait mis sa main au feu que cette fille venait de coucher avec Strike ou était sur le point de le faire –, ça voulait dire qu'il ne se torturait pas jour et nuit pour tenter d'analyser ses sentiments pour elle.

Le sel sur ses lèvres lui donnait soif. Ses pieds lourds s'enfonçaient dans le sable blanc, creusant un sillon derrière elle tandis que les vagues se brisaient sur la grève. Puis enfin, les larmes coulèrent. Confondrait-elle l'amitié, la gratitude, avec un autre sentiment plus profond ? se demandait Robin. Engloberait-elle dans un même attachement le métier de détective et l'homme qui lui avait ouvert la voie ? Elle admirait Strike, bien sûr, et elle avait beaucoup d'affection pour lui. Ensemble, ils avaient vécu nombre d'aventures passionnantes. Quoi d'étonnant à ce qu'elle se sente proche de lui ? Mais de là à parler d'amour !

Robin marchait sous la brise tiède avec pour seuls compagnons le bourdonnement des moustiques et le murmure du ressac. Elle replia son avant-bras douloureux contre sa poitrine, et son esprit chagrin la renvoya vers le passé. Elle avait eu très peu d'expériences masculines, pour une femme qui allait bientôt fêter son vingt-huitième anniversaire. À dire vrai, elle n'avait connu que Matthew. Depuis dix longues années, il avait été son unique amant mais aussi son refuge, son port d'attache. Si elle s'était entichée de Strike – une expression vieillotte que sa mère aurait sans doute employée –, c'était peut-être à cause de ce manque d'expérience. N'était-il pas normal qu'après être restée si longtemps fidèle à Matthew, elle ait un beau jour levé le nez et réalisé qu'il existait d'autres vies possibles, d'autres chemins à emprunter ? N'avait-elle pas mis des siècles à s'apercevoir que Matthew n'était pas le seul homme sur Terre ? Oui, bien sûr, et par conséquent, comme elle passait le plus clair de son temps avec Strike, c'était évidemment sur lui qu'elle avait projeté ses doutes, sa curiosité et son insatisfaction.

Étant parvenue, selon elle, à raisonner la partie d'elle-même qui persistait à se languir de Strike, Robin prit une grande décision au huitième soir de sa lune de miel. Elle rentrerait à Londres plus tôt que prévu et annoncerait leur rupture à leurs deux familles. Elle dirait à Matthew qu'elle ne le quittait pas pour un autre homme, qu'elle était parvenue à ce choix douloureux après avoir mûrement réfléchi et conclu qu'ils étaient trop mal assortis pour rester ensemble.

Elle se rappelait encore la panique mêlée d'appréhension qui la tenaillait lorsqu'elle était rentrée dans le bungalow, prête à se lancer dans une ultime bagarre qui finalement n'aurait jamais lieu. Matthew était avachi dans le canapé. En la voyant apparaître, il bredouilla : « Maman ? »

Son visage, ses bras et ses jambes luisaient de sueur. En s'approchant, Robin vit à l'intérieur de son bras gauche un réseau de veines noires, comme s'il s'était injecté de l'encre.

« Matt ? »

En entendant sa voix, il réalisa qu'il avait pris sa femme pour sa mère défunte.

« Je… je me sens mal, Rob… »

Elle se précipita sur le téléphone pour appeler la réception. À l'arrivée des secours, Matthew avait recommencé à délirer par intermittence. Après avoir découvert une égratignure sur le dos de sa main, le médecin diagnostiqua un phlegmon et, à en juger d'après sa tête et celle de son assistante, Robin conclut qu'il s'agissait d'un truc grave. Matthew croyait voir des ombres bouger dans les recoins de la pièce.

« Qui est-ce ? demandait-il à Robin. Qui est ce type caché là-bas ?

— Il n'y a personne, Matt. »

Elle lui tint la main pendant que le médecin et l'infirmière discutaient de son éventuelle hospitalisation.

« Ne me quitte pas, Rob.

— Je vais rester avec toi. »

Elle avait voulu dire qu'elle resterait auprès de lui le temps qu'il se remette, non qu'elle ne le quitterait jamais. Mais à ce moment précis, Matthew avait fondu en larmes.

« Oh, merci mon Dieu. Je croyais que tu allais m'abandonner… je t'aime, Robin. Je sais, j'ai merdé, mais je t'aime… »

Le médecin lui fit avaler des antibiotiques et s'éloigna pour téléphoner. Matthew s'accrochait à sa femme, la remerciait. Parfois, il ouvrait les yeux pour scruter les ombres qui, répétait-il, se cachaient dans la pièce. Par deux fois encore, il crut apercevoir sa mère. Seule dans l'obscurité veloutée de la nuit tropicale, Robin écoutait les insectes volants se précipiter contre les moustiquaires, assise au chevet de l'homme qu'elle aimait depuis l'âge de dix-sept ans.

Ce n'était pas un phlegmon. L'infection disparut au bout de vingt-quatre heures, grâce aux antibiotiques. Mais Robin ne l'avait jamais vu aussi faible et vulnérable. Le médecin lui avait recommandé de garder le lit quelques jours et, tandis qu'il se remettait, Matthew ne quittait pas des yeux la femme qui veillait auprès de lui, comme s'il craignait que sa promesse n'ait qu'une durée limitée.

« On ne va pas tout balancer par la fenêtre comme ça, hein ? dit-il, la gorge serrée. Toutes ces années passées ensemble ? »

Il évoqua le bon vieux temps, les moments partagés, et elle le laissa parler en songeant à cette fille qui s'était mise à glousser au téléphone en appelant Strike « Cormy ». Elle se disait que, dès leur retour en Angleterre, elle demanderait l'annulation du mariage pour cause de non-consommation. Elle pensait à tout l'argent que ses parents avaient dépensé pour cette journée exécrable.

Les abeilles bourdonnaient parmi les roses du cimetière. Robin se demanda où elle serait actuellement si Matthew ne s'était pas blessé sur ce corail. C'était une question qu'elle se posait très souvent. D'ailleurs, les séances de thérapie auxquelles elle venait de mettre un terme lui avaient surtout permis d'exprimer les doutes qui l'assaillaient depuis le jour où elle avait renoncé à divorcer.

Au cours des mois suivants, essentiellement durant les périodes d'accalmie, elle s'était parfois félicitée d'avoir laissé une chance à leur couple. Mais parfois aussi, pendant les nuits sans sommeil, elle se reprochait la lâcheté, la passivité dont elle avait fait preuve en ne reprenant pas sa liberté après l'incident des Maldives.

Elle n'avait jamais expliqué à Strike les raisons qui l'avaient poussée à un tel compromis. C'était peut-être à cause de cela que leurs relations étaient devenues si froides, si distantes. Dès qu'elle avait repris son travail à l'agence, Robin avait constaté un changement dans l'attitude de Strike à son égard – cela dit, peut-être avait-elle changé elle aussi, depuis le fameux soir où elle avait tenté de l'appeler depuis le bar de la plage.

« Vous la portez toujours, à ce que je constate », avait-il lâché en voyant son alliance.

Son ton l'avait agacée, comme l'avait agacée le fait qu'il n'ait cherché à savoir ni pourquoi elle la portait encore ni si sa vie actuelle lui convenait, comme si leur étreinte sur les marches de l'hôtel n'avait jamais eu lieu.

Que ce soit voulu ou pas, ils n'avaient plus retravaillé ensemble depuis l'affaire de l'Éventreur. Déçue, Robin avait décidé d'imiter son associé et de ne plus avoir avec lui que des échanges purement professionnels.

Mais parfois elle craignait d'avoir baissé dans son estime, après s'être montrée si conventionnelle, si pusillanime. Quelques mois auparavant, au cours d'une conversation un peu guindée, il avait suggéré qu'elle prenne des vacances et lui avait demandé si elle s'estimait totalement remise de son agression. Robin s'était sentie offensée, comme s'il avait mis en doute son courage. Redoutant de se retrouver de nouveau sur la touche et de perdre la seule chose à laquelle elle tenait en ce moment, elle lui avait juré qu'elle allait parfaitement bien puis s'était jetée à corps perdu dans le travail.

Son portable se mit à vibrer. Robin le sortit de son sac. C'était Strike. Visiblement, il avait déjà cherché à la joindre tout à l'heure, pendant qu'elle faisait ses adieux à la clinique Villiers Trust.

« Bonjour, dit-elle. J'ai raté votre dernier appel, désolée.

— Pas de problème. L'emménagement se passe bien ?

— Impeccable.

— Je voulais juste vous dire que j'avais engagé un nouvel enquêteur. Il s'appelle Sam Barclay.

— Formidable, dit Robin en regardant une mouche se poser sur une énorme rose couleur chair. Ses antécédents ?

— Il était dans l'armée, répondit Strike.

— Police militaire ?

— Heu... pas tout à fait. »

En écoutant l'histoire de Sam Barclay, Robin se surprit à sourire malgré elle.

« Donc, vous avez embauché un peintre-décorateur doublé d'un fumeur de joints.

— Il ne fume pas, il vapote », la corrigea Strike. Robin comprit qu'il souriait lui aussi. « Il essaie de décrocher. Il vient d'avoir un bébé.

— Eh bien, ce monsieur me paraît... intéressant. »

Elle attendit, mais Strike n'en dit pas davantage.

« On se voit samedi soir, alors », hasarda-t-elle.

Robin s'était sentie obligée d'inviter Strike à leur pendaison de crémaillère. Ayant déjà convié Andy Hutchins, leur collaborateur free lance le plus régulier et le plus fiable, elle ne pouvait décemment pas le laisser hors du coup. Chose surprenante, il avait accepté.

« Ouais, à samedi.

— Vous venez avec Lorelei ? », s'enquit Robin en s'efforçant d'adopter un ton détaché.

Strike crut déceler une légère ironie dans sa question, comme si elle voulait l'inciter à admettre que sa petite amie était affligée d'un prénom ridicule. Autrefois, il n'aurait pas hésité à lui demander en blaguant si elle avait un problème avec les « Lorelei », et ils auraient bien ri. Mais en ce moment, il évitait les terrains glissants.

« Ouais, elle sera là. L'invitation valait bien pour deux…

— Oui, bien sûr, le coupa Robin. Parfait, on se voit…

— Ne quittez pas », dit Strike.

Il était seul dans le bureau, Denise étant rentrée plus tôt chez elle sur sa demande. D'abord, elle avait refusé de partir – elle était payée à l'heure, après tout. Strike avait dû promettre de lui verser sa journée complète pour qu'elle consente à rassembler ses affaires, ce qu'elle fit en jacassant tout du long.

« Il s'est passé un drôle de truc, cet après-midi », reprit Strike.

Sans l'interrompre une seule fois, Robin l'écouta relater dans les moindres détails la brève visite de Billy à l'agence. Quand il eut terminé, Robin eut l'impression de retrouver le Strike qu'elle avait connu un an plus tôt, avant la période de glaciation.

« Il a de graves problèmes mentaux, c'est évident, conclut Strike, le regard tourné vers le ciel clair derrière la fenêtre. Une psychose peut-être.

— Oui mais…

— Je sais ce que vous allez dire, l'interrompit Strike en ramassant le bloc sur lequel Billy avait commencé à écrire son adresse avant d'arracher la feuille, et en le retournant machinalement au creux de sa main. Soit il est malade et c'est pour ça qu'il croit avoir vu une enfant se faire étrangler, soit il est malade et il a effectivement vu une enfant se faire étrangler. »

Ils restèrent silencieux durant quelques secondes. Chacun tournait l'histoire de Billy dans sa tête en sachant que l'autre faisait de même. Une brève cogitation entre collègues qui se termina de manière abrupte lorsqu'un cocker, que Robin n'avait pas vu approcher entre les rosiers, posa sa truffe froide sur la peau nue de son genou. Elle hurla.

« Qu'y a-t-il ?

— Rien – un chien…

— Où êtes-vous ?

— Dans un cimetière.

— Quoi ? Mais pourquoi ?

— Je visite le quartier, c'est tout. Je ferais mieux de rentrer, dit-elle en se levant. J'ai encore un meuble à assembler.

— Vous avez bien raison, dit Strike en reprenant son ton sec. On se voit samedi.

— Je suis navré, dit le maître du cocker pendant que Robin rangeait son portable. Vous avez peur des chiens ?

— Absolument pas », fit Robin en souriant. Elle caressa la tête dorée de l'animal. « J'ai été surprise, voilà tout. »

Elle repassa entre les deux crânes géants et, sur le chemin qui la ramenait vers sa nouvelle maison, se mit à songer au dénommé Billy. Strike l'avait décrit avec un tel réalisme que Robin avait l'impression de l'avoir rencontré.

Absorbée dans ses pensées, elle oublia de lever les yeux en arrivant devant le pub White Swan, comme elle le faisait systématiquement depuis une semaine. Juché en hauteur, à l'angle du bâtiment, il y avait un bas-relief représentant un cygne. Et chaque fois qu'elle passait par là, l'oiseau figé dans la pierre lui rappelait le jour calamiteux de son mariage.

4

Mais que pensez-vous faire en ville ?

HENRIK IBSEN, *Rosmersholm*

À UNE DIZAINE DE KILOMÈTRES DE LÀ, dans son bureau, Strike posa son portable et alluma une cigarette. Il trouvait réconfortant l'intérêt que Robin avait manifesté à propos de Billy, surtout après le pénible entretien qu'il avait eu avec la police. Les deux flics, débarqués trente minutes après le départ du jeune homme, avaient pris un malin plaisir à lui faire répéter qu'il ne connaissait ni le nom de famille ni l'adresse de son visiteur, un dangereux schizophrène probablement, tout cela pour mieux souligner le fait que le fameux Cormoran Strike était loin d'être infaillible.

Le soir tombait. Un rayon de soleil oblique vint caresser le bloc ouvert sur son bureau, révélant un léger relief. Strike posa sa cigarette dans un cendrier qu'il avait volé autrefois dans un bar en Allemagne, attrapa le carnet et le pencha d'un côté et de l'autre pour tenter de déchiffrer les caractères en négatif. Puis, avec un crayon à papier, il noircit délicatement la surface de la feuille. Les lettres capitales étaient mal alignées mais on lisait clairement « Charlemont Road ». Billy avait dû appuyer moins fort pour le numéro de la rue. Strike crut deviner un 5 ou alors un 8 incomplet, mais d'après l'espace occupé sur la feuille, il y avait au moins deux chiffres, ou bien un chiffre et une lettre.

Son incurable passion pour les situations insolites et les énigmes apparemment indéchiffrables rejaillit brusquement à la surface. Malgré la faim, la fatigue, et l'envie qui le tenaillait de monter chez lui, il arracha la feuille, passa dans la pièce voisine et alluma l'ordinateur.

Il y avait plusieurs rues Charlemont au Royaume-Uni mais, partant du principe que Billy n'avait sûrement pas les moyens de se payer un long trajet en train, Strike décida que celle d'East Ham était sans doute la bonne. Deux William étaient inscrits dans les registres disponibles sur le Net, mais l'un et l'autre avaient plus de soixante ans. Se rappelant la réaction apeurée de Billy à l'idée que Strike puisse aller « chez Jimmy », il rechercha ensuite les Jimmy et les James, et tomba sur un certain James Farraday, quarante-neuf ans.

Strike nota l'adresse sous les gribouillages de Billy. Pourtant, il doutait que Farraday fût le Jimmy en question. D'abord, le numéro de son domicile ne comportait ni 5 ni 8, et ensuite, les vêtements crasseux dans lesquels Billy se baladait laissaient supposer qu'il vivait avec un individu peu regardant sur l'hygiène. Or, après vérification, Farraday semblait avoir une épouse et deux filles.

Strike éteignit l'ordinateur et resta plusieurs minutes devant l'écran noir, le regard dans le vague, à repasser dans sa tête le récit de Billy. Un récit curieusement détaillé. Le fait qu'il ait spécifié la couleur de la couverture l'intriguait tout particulièrement. Une telle précision cadrait mal avec un délire psychotique.

Puis il se rappela qu'il devait se réveiller tôt le lendemain pour aller gagner sa croûte. Alors il se leva mais, avant de partir, glissa dans son portefeuille la feuille de papier avec l'écriture en négatif de Billy et l'adresse de Farraday.

La ville de Londres, qui avait récemment célébré le Jubilée de diamant de la Reine, s'apprêtait à accueillir les Jeux olympiques. Les drapeaux britanniques et les logos LONDON 2012 fleurissaient un peu partout – sur des pancartes, des bannières, des banderoles, des porte-clés, des tasses, des parapluies. Des tonnes de produits dérivés, marqués des anneaux olympiques, s'entassaient dans toutes les vitrines ou presque. Strike trouvait que le logo ressemblait à des bouts de verre fluorescents juxtaposés au hasard. Quant à la mascotte, elle lui évoquait une paire de molaires affublée d'un œil de cyclope.

La fébrilité qui s'était emparée de la capitale était sans doute à mettre en relation avec la crainte, typiquement britannique, que la nation se couvre de ridicule. Un problème revenait dans toutes les conversations : le nombre insuffisant de billets disponibles à la vente. Ceux qui n'avaient pas obtenu satisfaction critiquaient vertement le système de loterie institué pour laisser à chacun une chance d'assister à une épreuve au moins. Strike, qui espérait voir un match de boxe, n'avait eu droit à rien mais il avait beaucoup ri lorsque Nick, son vieux copain de lycée, lui avait proposé sa place pour l'épreuve de dressage à laquelle Ilsa, sa femme, se réjouissait d'assister.

Ce vendredi-là, Strike était censé surveiller les faits et gestes d'un chirurgien esthétique basé sur Harley Street, une rue apparemment immunisée contre la fièvre olympique. Épargnés par les logos et autres drapeaux criards, les solennels édifices victoriens contemplaient le monde du haut de leurs façades impavides.

Strike avait mis son beau costume italien pour passer inaperçu dans ce quartier chic. Posté près d'une entrée d'immeuble, il faisait semblant de téléphoner tout en surveillant, sur le trottoir d'en face, la porte du cabinet médical partagé entre deux associés dont le plus âgé n'était autre que le client de Strike.

« Dr Craignos », comme Strike avait surnommé sa cible, ne semblait guère pressé de lui fournir les indices qu'il recherchait. Peut-être était-il rentré dans le rang de crainte d'être dénoncé par son confrère, lequel le soupçonnait d'avoir réalisé deux augmentations mammaires sans respecter les règles éthiques attachées à leur profession.

« Je lui ai demandé de se justifier mais sa réponse ne m'a pas convaincu. Cet homme est... heu... un séducteur, avait ajouté le chirurgien aux cheveux blancs, d'un air compassé mais soucieux. Il l'a toujours été. Avant de lui parler, j'ai fouillé dans son ordinateur. Et je suis tombé sur un site très spécial où des jeunes femmes désirant améliorer leur apparence physique sollicitent des dons en argent contre des photos d'elles-mêmes dans des positions... explicites. Je crains que... je n'en sais rien mais... il se pourrait que certaines de ses patientes se fassent opérer sans avoir... à débourser un sou. Sur ses conseils, deux parmi les plus jeunes ont appelé un numéro que je ne connais pas, et la personne au bout du fil leur a laissé entendre qu'elles n'auraient rien à payer si elles acceptaient de souscrire "un accord d'exclusivité". »

Jusqu'à présent, Strike n'avait pas vu Craignos avec une femme en dehors des heures de consultation. Il passait ses lundis et ses vendredis dans le cabinet de Harley Street et, le reste de la semaine, opérait dans une clinique privée. Strike l'avait suivi pas à pas, en vain. Dans la journée, quand il sortait du cabinet ou de la clinique, c'était pour aller au coin de la rue s'acheter du chocolat, auquel il semblait accro. Chaque soir, quand il partait au volant de sa Bentley retrouver sa femme et ses enfants à Gerrards Cross, Strike le filait dans sa vieille BMW bleue.

Ce jour-là, les deux chirurgiens et leurs épouses devaient assister à un dîner au Royal College of Surgeons. Strike avait donc laissé la BMW dans le parking qui lui coûtait les yeux de la tête. La journée s'était écoulée avec une lenteur exaspérante, Strike n'ayant rien d'autre à faire que changer de jambe d'appui assez souvent pour soulager son moignon tandis qu'il poireautait, adossé tantôt contre une rambarde, tantôt contre un parcmètre ou une porte d'immeuble. La patientèle qui entrait et sortait en flux continu du cabinet de Craignos était exclusivement composée de jeunes femmes, la plupart minces et élégantes. À cinq heures, le portable de Strike vibra dans sa poche de poitrine. Son client venait de lui envoyer un texto.

Vous pouvez rentrer chez vous, nous n'allons pas tarder à sortir pour aller au Dorchester.

Au lieu d'obéir, Strike continua à faire le guet. Les deux associés apparurent sur le trottoir un quart d'heure plus tard. Son client était reconnaissable à ses cheveux blancs et à sa haute taille ; Craignos, lui, était un homme mince et pimpant, au teint sombre et aux cheveux d'un noir brillant, vêtu d'un costume trois-pièces. Strike attendit qu'ils montent dans un taxi, puis il bâilla, étira ses membres engourdis et se prépara à regagner son domicile où il dînerait d'un plat à emporter.

Presque malgré lui, il sortit son portefeuille et en retira la feuille de papier froissée portant l'adresse tronquée de Billy.

Toute la journée, il s'était dit que, peut-être, si jamais Craignos quittait le cabinet de bonne heure, il essayerait de pousser jusqu'à Charlemont Road. Mais à présent, il était fatigué et sa jambe le faisait souffrir. D'un autre côté, si Lorelei apprenait qu'il était libre, elle trouverait normal de recevoir sa visite. Or, il avait déjà prévu de dormir chez elle le lendemain, en revenant de la pendaison de crémaillère de Robin. Et il n'avait jamais passé deux nuits d'affilée chez Lorelei, même quand l'occasion s'était présentée. Il voulait rester maître du temps qu'il lui consacrait.

Comme s'il cherchait un prétexte, il leva les yeux vers le ciel, puis soupira. Pas un nuage, malheureusement. En plus, il avait tellement de boulot à l'agence qu'il craignait de ne pouvoir se libérer avant longtemps. Donc, s'il devait se rendre à Charlemont Road, c'était ce soir ou jamais.

5

*Que tu aies horreur des réunions populaires et... des
douceurs qu'on y recueille, c'est assez naturel.*

HENRIK IBSEN, *Rosmersholm*

C'ÉTAIT LA SORTIE DES BUREAUX. Strike mit plus d'une heure pour aller de Harley Street à l'East End. Et quand finalement il arriva sur Charlemont Street, une voie résidentielle qui s'étirait sur des centaines de mètres, son moignon lui faisait très mal. Un autre que lui se serait évité tous ces embêtements en rangeant Billy dans la catégorie malade mental. Mais Strike n'était pas comme ça.

Les maisons mitoyennes offraient toutes un aspect différent : certaines étaient peintes, d'autres crépies, d'autres encore n'avaient rien sur leurs murs. Des drapeaux britanniques étaient accrochés aux fenêtres, signe que la fièvre olympique avait contaminé le quartier, à moins qu'on ait oublié de les retirer après le Jubilée royal. Les courettes à l'avant servaient de jardinets ou de dépôts d'ordures, au choix. À la moitié de la rue, un vieux matelas crasseux avait été abandonné sur le trottoir, à qui voudrait le récupérer.

En posant les yeux sur la résidence de James Farraday, Strike se dit que la soirée risquait d'être longue. C'était l'une des maisons les mieux entretenues du quartier. On avait ajouté une petite véranda en verre coloré autour de la porte d'entrée, de jolis rideaux froncés garnissaient les fenêtres, et la boîte aux lettres en laiton luisait sous le soleil déclinant. Strike appuya sur la sonnette en plastique et attendit.

Au bout de quelques secondes, une femme énervée lui ouvrit.

Profitant de l'occasion, un chat tigré se faufila par l'entrebâillement. Le visage maussade de la femme semblait comme vissé au-dessus de son tablier de cuisine orné d'un personnage du dessin animé *Love is...* Une odeur de viande rôtie chatouilla les narines de Strike.

« Bonsoir, dit-il en salivant malgré lui. Vous pouvez peut-être m'aider. Je cherche Billy.

— Vous vous trompez d'adresse. Il n'y a pas de Billy chez nous. »

Elle repoussa le battant.

« Il m'a dit qu'il habitait chez Jimmy, dit Strike juste avant que la porte ne se ferme.

— Pas de Jimmy non plus.

— Désolé, je croyais qu'il y avait un James...

— Oui, mais personne ne l'appelle Jimmy. Vous faites erreur. »

La porte claqua.

Strike et le chat tigré se regardèrent. Avec un air dédaigneux, l'animal posa son arrière-train sur le paillasson et démarra sa toilette, comme pour lui signifier que ses problèmes lui passaient loin au-dessus de la tête.

Strike retourna sur le trottoir, alluma une cigarette et regarda à droite et à gauche en essayant de calculer le nombre de maisons dans la rue. Peut-être deux cents, grosso modo. Combien de temps lui faudrait-il pour frapper à toutes ces portes ? Plus qu'il n'en avait à disposition ce soir et les jours suivants, en tout cas. Déçu, il se remit en marche sans écouter son genou endolori. Il observait les fenêtres en passant, dévisageait les personnes qu'il croisait, dans l'espoir de déceler un air de famille. À deux reprises, il s'arrêta pour interroger des habitants qui entraient ou sortaient de chez eux, disant qu'il cherchait deux amis, « Jimmy et Billy », dont il avait égaré l'adresse. Mais cela ne donna rien.

Il avait beaucoup de mal à réprimer son boitement.

Il arriva enfin devant une rangée de maisons reconverties en appartements. Les portes d'entrée formaient des paires, accolées l'une à l'autre. À l'avant, pas de jardinet, juste des chapes de béton.

Strike ralentit. Sur une porte, parmi les plus délabrées, une moitié de feuille A4 était punaisée. Il ressentit un frémissement, trop léger pour mériter le nom de pressentiment. Toutefois, il s'approcha.

Le message griffonné disait ceci :

19 h 30 réunion initialement prévue au pub se tiendra au foyer municipal Well sur Vicarage Lane — à gauche au bout de la rue Jimmy Knight

Strike souleva le papier avec un doigt et, voyant que le numéro sur le battant se terminait par 5, alla jeter un coup d'œil par la fenêtre du rez-de-chaussée.

Un vieux drap était accroché à la vitre crasseuse, sans doute pour cacher le soleil. Un bout s'était détaché, si bien qu'on pouvait voir ce qu'il y avait à l'intérieur, c'est-à-dire pas grand-chose à part un canapé convertible ouvert, une méchante couette jetée par-dessus, un tas de vêtements dans un coin et une télé portable posée sur une caisse en carton. C'était à peine si l'on apercevait la moquette sous les canettes de bière vides et les cendriers pleins de mégots. Trouvant la décoration prometteuse, Strike effectua une translation dans l'autre sens et frappa un bon coup sur la porte.

Personne ne vint ouvrir. On n'entendait aucun bruit.

Strike relut la note affichée et s'en alla. Dès qu'il eut tourné à gauche sur Vicarage Lane, le foyer municipal se profila à quelques mètres devant lui. Sur le fronton, « THE WELL » était écrit en grosses lettres brillantes.

Un homme portant une casquette Mao, une fine barbe grisonnante et un T-shirt Che Guevara délavé, faisait le pied de grue devant les portes en verre, une liasse de tracts à la main. Il regardait le nouveau venu approcher, d'un œil soupçonneux. Et pour cause. Strike avait retiré sa cravate mais son costume italien faisait tache dans ce quartier. Quand le vieux militant comprit où se dirigeait le type bien sapé, il fit un pas de côté pour lui interdire l'entrée du foyer.

« Je sais, je suis à la bourre, dit Strike d'un air embêté. Je viens juste de voir que le lieu de la réunion avait changé. »

Bien que déstabilisé par son assurance et sa carrure de déménageur, l'homme en casquette n'était pas du genre à capituler devant l'ennemi.

« Vous représentez qui ? »

Strike avait eu le temps d'apercevoir, imprimés en lettres capitales sur les tracts, les termes DÉSACCORD – DÉSOBÉISSANCE – PERTURBATION mais aussi, tombant comme un cheveu sur la soupe, JARDINS OUVRIERS. Une caricature maladroite montrait cinq hommes d'affaires obèses tirant sur des cigares dont la fumée formait les anneaux olympiques.

« Mon père, répondit Strike. Il a peur qu'on lui bétonne son jardin ouvrier.

— Ah », fit le barbu en dégageant le passage. Strike prit un tract et entra dans le foyer municipal. D'abord, il ne vit personne sauf une femme aux cheveux gris d'origine antillaise qui se tenait de dos et regardait par une porte entrouverte ce qui se passait dans la salle de réunion. Strike entendait mal mais, d'après le timbre de la voix et la cadence, il devina qu'une femme était en train de prononcer un discours. Se sentant observée, la dame aux cheveux gris se retourna vivement. Ses yeux se posèrent sur le costume de Strike. Elle parut troublée, mais pas pour la même raison que l'homme à la casquette.

« Vous êtes du Comité olympique ? murmura-t-elle.

— Non. Je viens juste par curiosité. »

Elle lui tint la porte.

Le public se composait d'une quarantaine de personnes installées sur des chaises en plastique. Strike choisit la première disponible, s'assit et promena son regard sur les têtes devant lui, espérant apercevoir la tignasse hirsute de Billy.

L'oratrice se tenait devant la table du fond qui servait de pupitre aux intervenants, et faisait les cent pas tout en parlant. C'était une jeune femme aux cheveux rouges comme ceux de Coco, l'amante d'un soir dont Strike avait eu tant de mal à se débarrasser, et elle s'exprimait de manière assez confuse, terminant rarement ses phrases, se perdant dans d'inutiles digressions. Elle avait aussi une fâcheuse tendance à manger les voyelles. Strike eut l'impression qu'elle parlait depuis un bout de temps.

« … pense aux squatteurs et aux artistes qui sont tous… vu qu'ils forment une communauté à part entière et donc ils arrivent 'vec des 'spèces d'écritoires et ils disent, genre, tirez-vous, ça vaut mieux 'pour vous, et voilà comment ça commence, les emmerdes, hein, c'est comme un ch'val de Troie – c'est une attaque en règle contre, j'veux dire... »

Le public était composé pour moitié d'étudiants. Parmi les gens plus âgés, Strike identifia un certain nombre de militants endurcis à leurs T-shirts imprimés de slogans gauchistes, du même style que celui du camarade qui tractait à l'extérieur. Par-ci, par-là, on apercevait des individus moins marqués politiquement, sans doute de simples citoyens ayant en commun de désapprouver la tenue des Jeux olympiques à Londres, des marginaux, des artistes vivant peut-être dans des squats, et aussi un couple de gens âgés qui discutaient à voix basse et s'inquiétaient probablement pour le sort de leur jardin ouvrier. Ces derniers affichaient un air pénétré, comme s'ils étaient à la messe. En fait, ils s'ennuyaient ferme. Strike supposa qu'ils craignaient d'attirer l'attention en quittant la salle avant la fin de l'intervention. Près d'eux, un jeune homme couvert de piercings et de tatouages anarchistes se curait les dents sans la moindre discrétion.

À la table, derrière l'oratrice, trois personnes étaient assises : une femme d'âge mûr et deux hommes qui parlaient entre eux, séparés par une chaise vide. Le premier avait une bonne soixantaine d'années. Sa carrure impressionnante, sa mâchoire carrée et son expression pugnace en disaient long. Il avait dû tenir pas mal de piquets de grève et faire plier nombre de directions récalcitrantes, durant sa carrière de militant. Son voisin était beaucoup plus jeune. Quelque chose dans ses yeux sombres et creusés poussa Strike à relire le tract qu'il tenait en main.

COMITÉ DE RÉSISTANCE OLYMPIQUE (CORO)
15 JUIN 2012
19 HEURES 30 – PUB WHITE HORSE, EAST HAM E6 6EJ

INTERVENANTS :

LILIAN SWEETING, PRÉSERVATION DE LA NATURE, E. LONDON

WALTER FRETT, ALLIANCE DES TRAVAILLEURS/MILITANT CORO,

FLICK PURDUE, MOUVEMENT ANTI-PAUVRETÉ/MILITANTE CORO,

JIMMY KNIGHT, VRAI PARTI SOCIALISTE/ORGANISATEUR CORO.

Malgré son menton broussailleux et la propreté douteuse de ses vêtements et de sa personne en général, l'homme aux yeux sombres était loin d'être aussi négligé que Billy. Sa dernière coupe de cheveux devait dater de deux mois, grand maximum. Strike lui donnait dans les trente-cinq ans et, bien que son visage soit plus carré et son corps plus musclé, il avait les cheveux bruns et la peau claire de son jeune visiteur. Se basant sur ces maigres indices, Strike décida que Jimmy Knight était le frère aîné de Billy.

Ayant fini de discuter avec son camarade de l'alliance des travailleurs, Jimmy se rencogna dans son siège, croisa ses bras épais sur sa poitrine et prit un air préoccupé. Manifestement, le discours de la jeune femme l'ennuyait autant que le reste de l'auditoire, lequel se montrait de plus en plus distrait.

Soudain, Strike sentit qu'on l'observait. L'homme d'allure banale était assis dans la rangée juste devant lui. Quand Strike croisa son regard bleu, il reporta vite son attention vers Flick qui parlait toujours. Strike examina son jean bien propre, son T-shirt uni, sa coupe bien dégagée autour des oreilles et se dit qu'il aurait pu éviter de se raser avant de venir. Cela dit, pour surveiller un groupuscule de troisième zone comme CORO, le Met n'avait pas besoin d'envoyer la crème des agents. Strike n'était toutefois pas étonné de sa présence ; tous les mouvements susceptibles de perturber ou d'empêcher l'organisation des Jeux olympiques faisaient l'objet d'un contrôle étroit.

Non loin de l'agent sous couverture, Strike repéra un jeune homme de type pakistanais. Grand, mince, vêtu d'une chemise élégante, il regardait fixement l'oratrice en se rongeant les ongles de la main gauche. Strike le vit sursauter et retirer vivement son doigt dont l'ongle saignait.

« Très bien », tonna une voix masculine. Réagissant à l'autorité, les auditeurs se redressèrent sur leurs sièges. « Merci beaucoup, Flick. »

Jimmy Knight se leva pour les inciter à applaudir. Sous les acclamations, Flick fit le tour de la table et se posa sur la chaise libre entre les deux hommes.

Avec son jean élimé et son T-shirt fripé, Jimmy Knight ressemblait aux types qui s'étaient succédé dans le lit de la mère de Strike. Il l'aurait bien vu bassiste dans un groupe minable, ou bien roadie avec ses bras solides couverts de tatouages. Le flic aux yeux bleus semblait nettement plus attentif. C'était pour Jimmy qu'il était là.

« Bonsoir tout le monde et merci de votre présence. » Sa forte personnalité électrisait la salle comme les premières mesures d'un tube planétaire. Ces quelques mots suffirent à Strike pour comprendre à qui il avait affaire. Dans l'armée, ce genre d'individu était soit extrêmement précieux soit carrément nuisible. Comme pour Flick, on avait du mal à savoir de quelle région il venait, en l'entendant parler. On discernait toutefois un léger grasseyement campagnard sous un accent cockney tout aussi fabriqué mais plus réussi que celui de la jeune femme.

« La moissonneuse olympique a pénétré dans East London ! »
Ses yeux brûlants balayèrent le public captivé.

« Écrasant les maisons, renversant les cyclistes, retournant cette terre qui nous appartient à tous. Ou plutôt nous appartenait.

« Lilian nous a expliqué comment ils détruisent le biotope des animaux et des insectes. Je suis ici pour vous parler de ce qu'ils font aux communautés humaines. Ils bétonnent les sols qui nous nourrissent. Et pour quoi faire ? Pour construire les logements sociaux ou les hôpitaux dont nous avons tant besoin ? Bien sûr que non ! Non, pour bâtir des stades à coups de milliards. Les vitrines du système capitaliste, mesdames et messieurs. On nous demande d'encenser les élites alors que là-bas, au-delà des barrières, la liberté des gens ordinaires est partout attaquée, réduite, supprimée.

« Dans tous ces communiqués que les médias bourgeois gobent et régurgitent, on nous répète qu'il faut célébrer les Jeux olympiques. Ils fétichisent le drapeau, ils entraînent les classes moyennes dans une frénésie chauviniste ! Ils portent un culte à nos glorieux médaillés – mais l'or, le vrai, tombe dans les poches de ceux qui ferment les yeux devant un bocal contenant la pisse de quelqu'un d'autre ! »

Il y eut un murmure d'approbation, quelques applaudissements.

« Ils voudraient qu'on s'excite pour que les jeunes des écoles fassent du sport et, pendant ce temps, ils nous piquent nos terrains de jeux pour les revendre à prix d'or ! Si l'hypocrisie était une discipline olympique, la Grande-Bretagne raflerait toutes les médailles ! Au prétexte qu'ils savent faire du vélo ou du judo, nous divinisons des individus sur lesquels sont investis des millions, des individus qui eux-mêmes s'enrichissent en servant de cache-sexe à ces enfoirés qui détruisent la planète, fraudent le fisc et font la queue pour voir leur nom inscrit sur des barrières – ces mêmes barrières qui empêchent le peuple d'occuper ses propres terres ! »

Les applaudissements, auxquels ne se joignirent ni Strike ni le vieux couple ni l'élégant jeune homme brun, récompensaient autant la performance d'acteur que le discours en lui-même. Le beau visage canaille de Jimmy rayonnait d'une sainte colère.

« Vous voyez ça ? reprit-il en ramassant sur la table un prospectus frappé du logo "2012", celui que Strike trouvait affreux. Bienvenue aux Jeux olympiques, mes amis. Le rêve mouillé d'un salaud de fasciste. Vous voyez ce logo ? Vous le voyez ? C'est un svastika brisé ! »

Un énorme rire se répandit dans la salle. L'estomac de Strike se mit à gargouiller mais, par chance, les acclamations enthousiastes couvrirent le bruit. Y a-t-il des boutiques d'alimentation dans le quartier ? se demanda-t-il. Peut-être aurait-il le temps de sortir, de s'acheter un casse-croûte et de revenir. Il en était là de ses réflexions quand l'Antillaise aux cheveux gris ouvrit la porte de la salle d'un geste décidé. Il suffisait de voir sa tête pour comprendre que la réunion CORO avait dépassé les délais impartis.

Mais Jimmy était loin d'avoir terminé son discours.

« Cette prétendue célébration de l'esprit olympique, du fair play et du sport amateur ne sert qu'à légitimer la répression et l'autoritarisme ! Réveillez-vous : Londres sera bientôt une zone militarisée ! L'État britannique, cette puissance coloniale impérialiste qui a peaufiné ses méthodes au cours des siècles passés, prend l'excuse des Jeux olympiques pour déployer impunément sa police, son armée, ses hélicoptères et ses fusils contre les citoyens ordinaires ! Un millier de caméras de surveillance en plus – grâce à des lois votées en catimini – et vous croyez peut-être qu'ils les retireront quand cette grande fiesta capitaliste se terminera ?

« Rejoignez-nous ! beuglait Jimmy tandis que l'employée du foyer municipal marchait vers lui en rasant le mur, mal à l'aise mais bien déterminée à faire respecter le règlement. CORO participe à l'immense mouvement populaire pour la justice et la résistance à l'oppression ! Nous faisons cause commune avec tous les groupements de gauche présents dans la capitale ! Nous organiserons des manifestations pacifiques, nous emploierons tous les moyens légaux qui sont encore à notre disposition dans cette ville menacée d'occupation ! »

De nouveaux applaudissements ponctuèrent sa tirade. Les gens âgés à côté de Strike semblaient très déçus.

« Très bien, très bien, oui, je sais, dit Jimmy à l'employée du foyer qui s'était placée devant lui et faisait signe au public de se lever et de partir. Ils veulent qu'on s'en aille, ricana Jimmy en branlant du chef. Évidemment. »

Quelques-uns sifflèrent.

« Ceux qui en veulent plus peuvent nous retrouver au pub, annonça-t-il. L'adresse est sur les tracts ! »

La plupart applaudirent. Le flic en civil se leva. Le vieux couple fila vers la sortie.

6

Moi-même, je passe tout particulièrement pour un furieux fanatique.

HENRIK IBSEN, *Rosmersholm*

LES CHAISES CLAQUÈRENT sur le parquet, les sacs accrochés aux dossiers furent récupérés par leurs propriétaires et le plus gros du public évacua lentement la salle. Certains ne semblaient pas décidés à partir. Strike fit quelques pas vers Jimmy mais fut devancé par le jeune homme de type pakistanais qui fondit littéralement sur sa cible. Jimmy échangea encore quelques mots avec Walter, le représentant de l'Alliance des travailleurs, puis apercevant le nouveau venu, lui dit au revoir et fit un pas en direction de celui qu'il prenait certainement pour un converti.

Mais à peine le jeune homme eut-il prononcé trois mots que Jimmy se rembrunit. Ils continuèrent à discuter à mi-voix dans la salle quasiment vide pendant que Flick et une bande de jeunes attendaient dans un coin. La gérante du foyer était en train de ranger les chaises devant leur nez mais aucun d'entre eux ne fit mine de l'aider, comme s'ils estimaient la tâche trop dégradante.

« Laissez-moi vous donner un coup de main », proposa Strike. Joignant le geste à la parole, il ajouta trois chaises sur une pile déjà haute. Cet exercice lui déclencha une douleur dans le genou mais il n'y prit pas garde.

« Merci bien, fit-elle, essoufflée. Je crois que c'est la dernière fois… »

Elle laissa passer Walter, plus quelques autres. Personne ne la remercia.

« … qu'ils utilisent cette salle, poursuivit-elle avec aigreur. Je n'avais pas compris de quoi il était question. Leur tract parle de désobéissance civile et de je ne sais quoi d'autre.

— Vous êtes pour les Jeux ? demanda Strike en posant une autre chaise sur la pile.

— Ma petite-fille fait partie d'un club d'athlétisme. Nous avons des tickets pour les épreuves. Elle a hâte d'y être. »

Jimmy était toujours absorbé dans sa conversation. Les deux hommes semblaient en désaccord. Jimmy était tendu, ses yeux se déplaçaient constamment autour de la salle, comme s'il cherchait une issue. Ou peut-être voulait-il s'assurer que personne n'écoutait. Ils marchèrent à pas lents vers la sortie sans cesser de discuter. Strike avait beau dresser l'oreille, les copains de Jimmy faisaient tellement de bruit en martelant le parquet avec leurs chaussures, qu'il ne captait que des bouts de phrase.

« … des années, mec, tu piges ? s'énervait Jimmy. Alors tu peux bien faire ce qui te chante, c'est toi qui t'es engagé… »

Ensuite, leur dialogue devint totalement inaudible. Strike aida l'employée à rassembler les dernières chaises. Quand elle éteignit la lumière, il lui demanda de lui indiquer la direction du White Horse.

Cinq minutes plus tard, et bien qu'il se soit promis de manger plus sainement, Strike achetait un paquet de chips et s'engageait sur White Horse Road au bout de laquelle se trouvait le pub éponyme.

Tout en grignotant, Strike essayait d'imaginer un prétexte pour aborder Jimmy Knight. Comme l'avait démontré la réaction du vieil admirateur du Che, devant la porte du foyer, le costume qu'il portait n'était guère susceptible d'attirer la confiance d'un militant anticapitaliste. Jimmy avait suffisamment d'expérience pour s'attendre à ce que la police lui cherche des poux dans la tête, et tout particulièrement en ce moment, à la veille des Jeux olympiques. D'ailleurs, l'agent aux yeux bleus était toujours là ; il le suivait comme son ombre, les mains dans les poches. Donc, en premier lieu, Strike allait devoir convaincre Jimmy qu'il n'était pas un espion.

Le White Horse était un affreux bâtiment en préfabriqué donnant sur un carrefour animé, face à un parc. Un monument aux morts peint en blanc, avec des couronnes de coquelicots proprement disposées à sa base, se dressait de l'autre côté de la rue, tel un éternel reproche envers le lieu de perdition dont il devait supporter le voisinage. Devant le pub, sur le trottoir fendillé, semé de mauvaises herbes et jonché de mégots, les buveurs de bière grillaient clope sur clope. Strike repéra vite Jimmy, Flick et les autres, sous l'énorme bannière du West Ham qui décorait la vitrine. Le jeune homme brun et élégant avait disparu mais le policier en civil traînait encore à la périphérie du groupe.

Strike entra commander une pinte. À l'intérieur, il y avait d'autres drapeaux ornés de la croix de St. George, et divers gadgets portant la marque du club de foot. Strike ressortit, armé d'une chope de John Smith's, alluma une cigarette et s'avança vers Jimmy et sa bande. Il resta un bon moment debout derrière Flick avant qu'ils réalisent que le grand type en costume avait quelque chose à leur dire. Aussitôt, ils se turent et prirent un air soupçonneux.

« Salut, dit Strike, je m'appelle Cormoran Strike. Je peux vous parler, Jimmy ? C'est au sujet de Billy.

— Billy ? Pourquoi ?

— Il s'est présenté hier à mon bureau. Je suis détective pri…

— C'est Chizzle qui l'envoie ! s'écria Flick en se tournant vers Jimmy, paniquée.

— Par ici ! »

Sous les regards mi-hostiles mi-curieux des autres membres du groupe, Strike suivit Jimmy à l'écart de la foule et constata non sans étonnement que Flick leur emboîtait le pas. Quand l'activiste passa devant eux, des individus au crâne rasé portant des T-shirts de West Ham le saluèrent d'un signe de tête. Il s'arrêta devant deux bornes anciennes, peintes en blanc et surmontées d'une tête de cheval, vérifia de nouveau que personne ne les espionnait et demanda :

« C'est quoi votre nom déjà ?

— Cormoran, Cormoran Strike. Billy est bien votre frère ?

— Mon jeune frère, ouais. Vous disiez qu'il était venu vous voir ?

— Ouais, hier après-midi.

— Vous êtes détective… ?

— Privé. Oui. »

Strike vit luire une étincelle dans les yeux de Flick, comme si elle venait de comprendre quelque chose. Sans le gros trait d'eyeliner et les cheveux rouge tomate, son visage pâle et joufflu aurait pu être qualifié d'innocent. Elle pivota vers Jimmy.

« Jimmy, c'est le…

— L'Éventreur de Shacklewell ? », dit Jimmy en lorgnant Strike par-dessus la flamme de son briquet. Il alluma sa cigarette et ajouta : « Lula Landry ?

— C'est moi aussi », reconnut Strike.

La bouche tordue par un rictus, Flick le passait en revue de la tête aux pieds.

« Billy est venu vous voir ? répéta Jimmy. Pourquoi ?

— Il dit qu'il a vu une enfant se faire étrangler. »

Jimmy cracha la fumée par les narines comme un taureau furieux.

« Ouais. Il a la tête en vrac. Trouble schizo-affectif.

— Il m'a paru malade, en effet, confirma Strike.

— Alors, comme ça, il vous a dit qu'il avait vu une enfant se faire étrangler ?

— Ça m'a intrigué et du coup, me voilà », dit Strike.

Les lèvres de Jimmy s'étirèrent dans un sourire tenant de la grimace.

« Ne me dites pas que vous l'avez cru.

— Non, répondit Strike sans mentir, mais je pense que dans son état, il ne devrait pas traîner dans les rues. Il a besoin d'aide.

— Pour moi, il est pas pire que d'habitude, fit Jimmy avant de demander à Flick, l'air de rien : Et toi, qu'est-ce que t'en penses ?

— Ben, j'dis que…, commença-t-elle en regardant Strike avec une animosité mal dissimulée. Il a des hauts et des bas. Quand il prend ses médicaments, ça va. »

Son accent avait changé. À présent, elle parlait comme une jeune femme de la classe moyenne. Strike vit qu'elle avait une chassie collée au coin de l'œil. Le pinceau de l'eye-liner était passé dessus. Strike qui avait vécu dans la crasse une bonne partie de son enfance supportait mal le manque d'hygiène chez les autres, sauf quand ils étaient trop pauvres ou trop malades pour prendre soin d'eux-mêmes.

« Vous étiez dans l'armée, pas vrai ? renchérit-elle, mais Jimmy lui coupa la parole.

— Comment il a fait pour vous trouver ?

— Les Renseignements ? proposa Strike. Je ne vis pas dans une grotte.

— Billy ne sait pas appeler les Renseignements.

— En tout cas, il a trouvé le chemin.

— Il n'y a pas d'enfant morte, déclara Jimmy. Tout ça, c'est dans sa tête. Il raconte n'importe quoi quand il est en crise. Vous avez remarqué son tic ? »

Jimmy imita, avec une précision choquante, le mouvement compulsif que Billy faisait avec sa main. Flick ricana.

« Ouais, j'ai remarqué, dit Strike, impassible. Donc, vous ignorez où il est ?

— Je ne l'ai pas vu depuis hier matin. Qu'est-ce que vous lui voulez ?

— Comme je disais, dans son état, j'aimerais mieux qu'il ne traîne pas seul dans les rues.

— Ça, c'est ce qu'on appelle de l'altruisme, s'écria Jimmy. Le riche et célèbre détective s'inquiète pour notre Bill. »

Strike ne répondit pas.

« Vous étiez dans l'armée, pas vrai ? répéta Flick.

— Ça fait un bail, dit Strike en baissant les yeux vers elle. Je ne vois pas le rapport.

— C'était juste pour savoir. » Ses joues s'empourprèrent quand elle enfourcha son cheval de bataille. « Vous n'avez pas toujours été aussi attentif au bien-être des gens, pas vrai ? »

Strike, qui avait souvent entendu ce type d'argument, s'abstint de répondre. S'il lui avait dit qu'il avait rejoint les forces armées dans l'espoir de passer des enfants au fil de la baïonnette, elle l'aurait probablement cru.

Jimmy semblait porter peu d'intérêt aux opinions antimilitaristes de Flick.

« Ne vous tracassez pas pour lui, dit-il. Des fois, il débarque à la maison sans prévenir et après il se tire. Il fait ça tout le temps.

— Où loge-t-il quand il n'est pas avec vous ?

— Chez des amis, dit Jimmy d'un air évasif. Je ne les connais pas tous. » Puis, se contredisant : « J'irai jeter un œil dans la soirée. Pour m'assurer qu'il va bien.

— Vous ferez bien », répondit Strike en finissant sa bière puis en tendant le verre vide à un barman tatoué qui passait d'un consommateur à l'autre pour débarrasser. Il tira une dernière fois sur sa cigarette, laissa tomber le mégot qui rejoignit ses semblables sur le ciment fissuré, l'écrasa sous son talon artificiel et sortit son portefeuille.

« Soyez sympa, dit-il à Jimmy en lui tendant une carte de visite, prévenez-moi quand Billy refera surface. J'aimerais avoir de ses nouvelles. »

Flick ricana. Jimmy, lui, parut surpris.

« Ouais, d'accord. Ouais, comptez sur moi.

— Savez-vous quel bus je dois prendre pour regagner Denmark Street ? », demanda Strike. Il n'avait pas le courage de refaire le trajet jusqu'au métro et il avait vu des bus passer devant le pub à une fréquence assez tentante. Jimmy, qui semblait bien connaître le quartier, lui indiqua la station.

« Merci beaucoup. » En rangeant son portefeuille dans sa veste, Strike ajouta sur un ton désinvolte : « Au fait, Jimmy, Billy dit que vous étiez présent quand l'enfant a été étranglée. »

Flick tourna vivement la tête vers son compagnon. Une réaction valant aveu. Jimmy en revanche parvint à se maîtriser. À peine vit-on frémir ses narines.

« Ouais, c'est horrible ce qu'il peut raconter des fois. Certains jours, il dit que notre défunte mère y était, elle aussi. Bientôt, il verra le pape.

— C'est bien triste, en effet, dit Strike. J'espère que vous le retrouverez. »

Il prit congé d'un signe de main et les laissa plantés tous les deux, au milieu du trottoir. Toujours aussi affamé malgré le paquet de chips, il se traîna jusqu'à l'arrêt ; la douleur dans son moignon était devenue insupportable.

Après quinze minutes d'attente, le bus arriva. Assis quelques sièges devant lui, deux jeunes débattaient interminablement des mérites de la dernière recrue de West Ham, Jussi Jääskeläinen, dont ni l'un ni l'autre ne parvenaient à prononcer le nom, sans doute parce qu'ils étaient ivres. Le genou en feu, Strike regardait le paysage défiler derrière la vitre. Il avait hâte de retrouver son lit mais n'arrivait pas à se détendre.

C'était agaçant, pourtant il devait admettre que son incursion sur Charlemont Road n'avait pas effacé le léger doute qui le taraudait depuis la visite de Billy à l'agence. Pire encore, le regard atterré que Flick avait lancé à Jimmy et surtout son exclamation involontaire « C'est Chizzle qui l'envoie ! » avaient transformé ce doute impalpable en une montagne de questions sans réponse. Au fond de lui, Strike sentait qu'il ne retrouverait pas de sitôt sa tranquillité d'esprit.

7

Pensez-vous rester ici ? Définitivement, je veux dire.

HENRIK IBSEN, *Rosmersholm*

ROBIN AURAIT BIEN AIMÉ PROFITER du week-end pour se délasser, après une semaine passée à déballer des cartons et à monter des meubles. Matthew, lui, avait hâte d'être à samedi soir. Il avait invité quasiment tous ses collègues à leur pendaison de crémaillère. Il n'était pas peu fier d'habiter dans une rue chargée d'histoire, où se dressaient encore les demeures des charpentiers de marine et des capitaines au long cours ayant vécu à l'époque où Deptford était un immense chantier naval. En attendant de pouvoir s'offrir un appartement dans les beaux quartiers, comme il l'ambitionnait, Matthew estimait que leur petite rue pavée, bordée de vieilles bâtisses pittoresques, et leur maison proprette avec ses fenêtres à guillotine et ses chérubins sculptés au-dessus de la porte d'entrée constituaient une « première étape » fort convenable. Et cela, même s'ils n'étaient que locataires.

Quand Robin avait suggéré de louer plutôt que d'acheter, Matthew avait d'abord refusé. Elle avait fini par le convaincre en arguant qu'elle ne supporterait pas de rester un an de plus sur Hastings Road à attendre vainement qu'ils trouvent un logement dans leurs prix. Malgré les sous de l'héritage et le nouveau poste de Matthew, ils avaient juste de quoi payer le loyer de cette maisonnette de trois pièces sans toucher à l'argent que leur avait rapporté la vente d'Hastings Road.

Le propriétaire, un éditeur qui venait d'être muté à New York dans la maison mère, s'était déclaré ravi de faire leur connaissance.

C'était un homo d'une quarantaine d'années à qui Matthew, avec son look impeccable, avait tellement plu qu'il avait tenu à venir en personne lui remettre les clés le jour de l'emménagement.

« Je suis d'accord avec la définition que donne Jane Austen du locataire idéal, lui avait-il dit sur le trottoir : "Un homme marié, sans enfant ; on ne peut rien souhaiter de mieux." Voyez-vous, seules les femmes savent entretenir une maison. À moins que vous ne partagiez les tâches ménagères ?

— Oui, bien sûr », avait répondu Matthew en souriant. Robin qui, à ce moment-là, passait derrière eux en transportant une caisse remplie de plantes en pot, avait dû se retenir pour ne pas leur balancer une remarque caustique.

Elle soupçonnait que Matthew s'était dispensé de préciser à ses collègues et amis qu'ils n'étaient que locataires. De plus en plus souvent, elle se surprenait à relever ses attitudes hypocrites, ses mesquineries, et elle s'en voulait de penser constamment du mal de lui. Parfois même, elle se punissait pour cela. Voilà pourquoi elle avait accepté l'idée de la crémaillère, puis acheté de l'alcool, des gobelets en plastique, fait la cuisine et préparé tout comme il le fallait. Matthew, pour sa part, avait poussé les meubles et passé plusieurs soirs à constituer la playlist qui maintenant sortait en hurlant du dock où il avait posé son iPod. Les premières mesures du « Cutt Off » de Kasabian résonnèrent à l'instant même où Robin se précipitait à l'étage pour se changer.

Ayant décidé de se coiffer comme le jour de son mariage, elle s'était mis des bigoudis. Voyant que les invités n'allaient pas tarder à arriver, elle commença à les dérouler d'une main tout en ouvrant sa penderie de l'autre. Elle s'était acheté une robe moulante gris perle mais craignait que cette couleur ne lui aille pas au teint. Après une seconde d'hésitation, elle sortit la robe vert émeraude de chez Roberto Cavalli qu'elle n'avait jamais portée en public. C'était son vêtement le plus cher, le plus chic aussi : le « cadeau de départ » que Strike lui avait offert à l'époque où, travaillant pour lui comme secrétaire intérimaire, elle l'avait aidé à démasquer son premier tueur. Toute contente, elle l'avait montrée à Matthew, lequel avait si mal réagi qu'elle n'avait jamais osé la porter.

Curieusement, tandis qu'elle tenait sa belle robe plaquée contre elle, Robin se prit à songer à Lorelei, la petite amie de Strike.

Lorelei ne portait que des couleurs chatoyantes et se la jouait pin-up des années 40 en rabattant ses beaux cheveux bruns sur un œil, à la Veronica Lake. Robin savait que Lorelei était aussi grande qu'elle, avait trente-trois ans et tenait sur Chalk Farm Road un magasin de vêtements vintage et de costumes de théâtre dont elle était à la fois copropriétaire et cogérante. Strike avait laissé filer cette information, un jour. Robin avait retenu le nom de l'enseigne et l'avait cherchée sur Internet en rentrant chez elle. Il s'agissait apparemment d'une boutique prestigieuse et bien achalandée.

« Il est moins le quart, annonça Matthew en faisant irruption dans la chambre, son T-shirt par-dessus la tête. Je vais vite me doucher. »

Puis il vit la robe sujette à polémique.

« Je croyais que tu mettais la grise. »

Leurs yeux se croisèrent dans le miroir. Matthew était très séduisant, avec son torse bronzé et son beau visage aux traits réguliers, si réguliers que son reflet les reproduisait à l'identique.

« Je crains qu'elle ne me fasse le teint pâle.

— Moi je préfère la grise. J'aime quand tu es pâle. »

Elle se fendit d'un sourire.

« Très bien, dit-elle. Je mettrai la grise. » Après s'être changée, elle se passa les mains dans les cheveux pour aérer ses boucles, enfila des sandales à lanières argentées et se dépêcha de descendre. Elle avait presque atteint le vestibule quand la sonnette retentit.

Si on lui avait demandé de parier qui seraient les premiers arrivés, Robin aurait dit sans hésiter Sarah Shadlock et Tom Turvey, lesquels venaient de se fiancer. Elle se doutait que Sarah essaierait de la prendre au dépourvu, qu'elle s'arrangerait pour visiter les lieux avant tout le monde et choisir un endroit d'où elle pourrait surveiller l'apparition des autres invités. Et, comme de bien entendu, quand Robin ouvrit la porte, elle tomba sur Sarah en tailleur rose pétard, une énorme gerbe de fleurs dans les bras, et Tom tenant un pack de bières et une bouteille de vin.

« Oh, mais c'est *magnifique*, Robin », roucoula Sarah en franchissant le seuil. Elle regarda autour d'elle, puis embrassa vaguement Robin, les yeux braqués sur l'escalier que Matthew descendait en boutonnant sa chemise. « *Adorable*. Tiens, c'est pour toi. »

Les lys orientaux atterrirent entre les bras de Robin.

« Merci, dit-elle. Je vais les mettre dans l'eau. »

Ils ne possédaient pas de vase assez grand mais Robin ne pouvait quand même pas les laisser tremper dans l'évier. Le rire de Sarah résonnait jusque dans la cuisine, rivalisant avec Chris Martin et Rihanna dont le duo « Princess of China » sortait à plein volume de l'iPod de Matthew. Robin prit un seau dans le placard, ouvrit le robinet et réussit à s'asperger d'eau.

Il avait été question, à une époque, que Matthew renonce à prendre sa pause-déjeuner en compagnie de Sarah. Elle se souvenait parfaitement qu'ils avaient même envisagé de couper les ponts, quand elle avait découvert que Matthew l'avait trompée avec Sarah sept ans auparavant. Mais depuis, les choses avaient évolué, Tom avait aidé Matthew à obtenir un poste bien payé dans la société qui l'employait et, comme à présent Sarah arborait à son doigt un énorme solitaire, Matthew estimait qu'il n'y avait désormais plus d'obstacle à ce qu'ils fréquentent les futurs Mr. et Mrs. Turvey.

Robin les entendait marcher à l'étage. Matthew leur faisait visiter. Elle souleva le vase improvisé et le poussa dans un coin du plan de travail, près de la bouilloire, tout en se demandant si Sarah ne lui avait pas offert ces fleurs dans le seul but de l'éloigner quelques minutes. Sarah n'avait jamais renoncé à draguer ouvertement Matthew, comme elle le faisait depuis la fac.

Robin se versa un verre de vin, sortit de la cuisine et tomba sur les trois autres qui revenaient dans le salon.

« … paraît que Lord Nelson et Lady Hamilton ont vécu au numéro 19, mais la rue s'appelait Union Street en ce temps-là, disait Matthew. Bon, qui veut un verre ? Tout est dans la cuisine.

— C'est trop beau, répéta Sarah. Les maisons de caractère ont tendance à se faire rares. Vous avez eu beaucoup de chance.

— Nous sommes en location, précisa Robin.

— Vraiment ? », dit Sarah en la fixant d'un œil perçant. Robin la laissa tirer ses propres conclusions non pas sur l'état du marché immobilier mais sur celui de leur couple.

« Jolies boucles d'oreilles, s'écria Robin pour changer de sujet.

— Oui, tu aimes ? répondit Sarah en écartant ses cheveux. C'est Thomas qui me les a offertes pour mon anniversaire. »

La sonnette retentit à nouveau. Robin alla ouvrir en espérant découvrir l'un de ses rares amis. Elle savait que ce n'était pas Strike, en tout cas. Son patron avait l'habitude d'arriver en retard chaque fois qu'elle le conviait à un événement privé.

« Oh, merci mon Dieu, s'écria Robin, surprise de se sentir aussi soulagée en voyant Vanessa Ekwensi sur le pas de la porte.

Vanessa était officier de police : une grande femme noire avec des yeux en amande, une silhouette de mannequin et une assurance que Robin lui enviait. Elle était venue seule. Son petit ami, qui lui aussi travaillait pour le Met mais dans le service de médecine légale, avait déjà un engagement. Robin s'avoua déçue : elle aurait aimé faire sa connaissance.

« Ça va ? », demanda Vanessa en entrant, une bouteille de vin rouge à la main. Elle portait une robe-fourreau du plus beau pourpre. Robin songea avec regret à la robe Cavalli vert émeraude qui dormait là-haut dans la penderie.

« Oui, merci, dit-elle. Suis-moi. Il y a un espace fumeur, par-derrière. »

Elle lui fit traverser le salon et passa sans s'arrêter devant Sarah et Matthew qui rigolaient tous les deux en se moquant du crâne dégarni de Tom.

Le mur du jardinet était couvert de lierre. Des arbustes bien taillés se dressaient dans des pots en terre cuite. Robin, qui ne fumait pas, avait disposé çà et là des cendriers, des chaises pliantes et quelques bougies pour chauffe-plats. La voyant faire, Matthew avait demandé d'un air pincé pourquoi elle se donnait autant de mal pour les fumeurs. Tout en sachant pertinemment où il voulait en venir, elle avait fait celle qui ne comprenait pas.

« Je croyais que Jemima fumait. Je me trompe ? », avait-elle répliqué, faussement confuse. Jemima était la patronne de Matthew.

« Oh, avait-il bredouillé. Eh bien… oui, mais juste en société.

— Et tu ne penses pas qu'elle sera en société, ce soir ? », avait-elle soufflé d'une voix doucereuse.

Robin revint dans la cuisine chercher un verre pour Vanessa. À son retour, elle la vit allumer une cigarette, ses jolis yeux posés sur Sarah Shadlock qui décidément trouvait désopilante la calvitie de son fiancé, et Matthew qui renchérissait allègrement.

« C'est elle, n'est-ce pas ? demanda Vanessa.

— C'est elle », confirma Robin.

Elle apprécia son soutien tacite. Les deux femmes se voyaient régulièrement. Elles avaient coutume de se retrouver au cinéma ou dans de modestes restaurants. Dans les premiers temps, leurs conversations avaient surtout porté sur le boulot, la politique ou la mode. Puis un soir, alors qu'elles se connaissaient depuis des mois, Robin lui avait fait l'historique de sa relation avec Matthew. Robin appréciait sa compagnie plus que celle des autres femmes de son entourage. Matthew, qui l'avait croisée à deux reprises, disait qu'il la trouvait « froide », mais sans argumenter.

Vanessa avait eu pas mal d'hommes dans sa vie. Elle avait même envisagé de se marier mais avait rompu parce que son fiancé la trompait. Parfois, Robin se disait que Vanessa devait la prendre pour une oie blanche, elle qui n'avait couché qu'avec un seul garçon, celui qu'elle fréquentait depuis le lycée et qu'elle venait d'épouser.

Peu après, une douzaine d'invités s'engouffrèrent dans le salon : des collègues de Matthew avec leurs compagnes. On devinait qu'ils avaient fait un détour par le pub d'à côté avant de venir. Robin laissa Matthew leur montrer où étaient les bouteilles. Il s'exprimait sur ce ton exagérément cordial qu'il adoptait toujours avec ses amis du boulot et que Robin trouvait horripilant.

À présent, il y avait tellement de monde qu'on pouvait à peine bouger. Robin faisait les présentations, proposait à boire, déballait des gobelets et se faufilait entre les groupes, munie de deux plateaux parce que la cuisine était désormais impraticable. En voyant arriver Andy Hutchins et sa femme Louise, elle s'accorda quelques minutes de pause pour profiter de ses invités à elle.

« Je vous ai préparé un plat spécial, confia Robin à Andy en les escortant jusqu'au jardinet à l'arrière. Je vous présente Vanessa. Elle est du Met. Vanessa, voici Andy et Louise… Ne bougez pas, je vais vous le chercher. Sans lactose, n'est-ce pas ? »

Quand elle entra dans la cuisine, Tom était adossé au frigo.

« Désolée, Tom, il faut que je… »

Il cligna les yeux puis fit l'effort de se déplacer. Déjà ivre, pensa-t-elle, et il était à peine neuf heures. Robin entendait Sarah rire à gorge déployée, à l'extérieur.

« J'vais t'aider », bredouilla Tom en lui tenant la porte du frigo.

Robin se pencha pour attraper l'assiette garnie, sans lactose et sans graisse cuite, qu'elle avait posée sur l'étagère du bas. « Seigneur, t'as un super beau cul, Robin. »

Elle se releva sans faire de commentaire. Malgré son sourire d'ivrogne, elle voyait la détresse émaner de lui comme une brume glacée. Elle savait par Matthew que Tom souffrait d'un terrible complexe à cause de ses cheveux, qu'il envisageait même de se faire greffer des implants.

« Jolie chemise, dit Robin.

— Ah bon ? Elle te plaît ? C'est elle qui me l'a achetée. Il paraît que Matt a la même.

— Euh… je ne sais plus.

— Tu ne sais plus, répéta Tom avec un petit rire malveillant. Moi qui te prenais pour une grande détective ! Tu ferais mieux de surveiller ce qui se passe chez toi, Rob. »

Robin le considéra un instant, hésitant entre la pitié et la colère, puis décidant qu'il était trop bourré pour qu'elle lui dise le fond de sa pensée, sortit de la cuisine en emportant l'assiette d'Andy.

La première chose qu'elle vit lorsque la foule s'ouvrit sur son passage, c'était que Strike était dans le jardin. Il lui tournait le dos et parlait avec Andy. À ses côtés, Lorelei portait une robe en soie écarlate ; ses cheveux bruns et brillants tombaient en cascade sur son dos comme dans une publicité pour shampooing de luxe. Robin ne s'était pas absentée longtemps mais Sarah avait réussi à s'immiscer dans le groupe. Vanessa capta le regard de Robin et lui fit un petit sourire en coin.

« Bonsoir, dit Robin en posant l'assiette garnie sur le guéridon en fer forgé près d'Andy.

— Bonsoir Robin ! dit Lorelei. Votre rue est vraiment charmante !

— Oui, hein ? », répondit Robin. La bise de Lorelei claqua quelque part près de son oreille.

Strike se pencha vers elle, lui aussi. Au lieu de ses lèvres, Robin sentit sa joue mal rasée effleurer la sienne. Une seconde plus tard, il décapsulait l'une des canettes de Doom Bar qu'il avait apportées.

Robin avait prévu de n'aborder avec lui que des sujets anodins et de jouer à la parfaite maîtresse de maison, dans l'espoir de le convaincre qu'elle n'avait aucun regret, que la vie avec Matthew comportait des avantages assez agréables pour compenser les inconvénients. Mais elle voulait aussi l'interroger sur Billy et l'enfant étranglée. Malheureusement, Sarah monopolisait l'attention en racontant des anecdotes sur Christie's, où elle travaillait.

« Ouais, "The Lock" sera mis aux enchères le 3. Constable, ajouta-t-elle, indulgente envers ceux qui n'avaient pas ses grandes connaissances en histoire de l'art. Il devrait dépasser les 20.

— 20 000 ? demanda Andy.

— Vingt millions », corrigea-t-elle avec un petit rire condescendant.

Robin entendit Matthew s'esclaffer derrière elle et, machinalement, fit un pas de côté pour le laisser entrer dans le cercle. Il semblait positivement captivé, nota Robin, comme chaque fois qu'il était question de grosses sommes d'argent. C'était peut-être de cela dont il parlait avec Sarah, songea-t-elle, quand ils se retrouvaient le midi pour déjeuner : l'argent.

« "Gimcrack" a dépassé les 22, l'année dernière. Un Stubbs. Dans la catégorie Tableaux de maître, il arrive en troisième au niveau du prix. »

Du coin de l'œil, elle vit la main aux ongles écarlates de Lorelei se glisser dans celle de Strike dont la paume portait encore la marque du couteau qui avait également déchiré l'avant-bras de Robin.

« Mais je vous ennuie avec mes histoires ! s'interrompit Sarah, hypocrite. J'arrête de parler boulot ! Avez-vous eu des billets pour les Jeux olympiques ? Tom – mon fiancé – est furieux. On a tiré le *ping pong*. » Elle accompagna ce mot d'une grimace comique. « Et vous ? »

Robin vit Strike et Lorelei échanger un regard furtif et comprit qu'ils se plaignaient mutuellement de devoir endurer une énième conversation sur ce sujet. Regrettant soudain qu'ils soient là, Robin s'écarta du groupe.

Une heure plus tard, dans le salon, Lorelei dansait pendant que Strike discutait avec un ami et collègue de Matthew des chances qu'avait l'équipe britannique de remporter la Coupe d'Europe de foot. Robin, à laquelle il n'avait pas dit un mot depuis qu'ils s'étaient fait la bise dans le jardin, entra avec une assiette d'amuse-gueule, s'arrêta un instant pour parler à une femme rousse, puis reprit sa tournée. Strike avait déjà remarqué qu'elle s'était coiffée comme le jour de son mariage.

Ayant toujours en tête le mystérieux rendez-vous à la clinique, Strike prit le temps de mieux l'observer dans sa robe grise très ajustée. Visiblement, elle n'était pas enceinte et le fait qu'elle boive du vin ne faisait que confirmer cette impression. Cela dit, il fallait du temps pour réussir une fécondation *in vitro*.

En face de Strike, à l'autre bout de la pièce, se tenait l'inspecteur Vanessa Ekwensi, à demi cachée par les danseurs. Il avait été surpris de la voir ici. Adossée contre un mur, Vanessa discutait avec un homme blond qui, à en juger d'après son air fasciné, avait oublié qu'il portait une alliance. Elle accrocha le regard de Strike et, avec un sourire désabusé, lui fit comprendre qu'elle ne verrait pas d'inconvénient à ce qu'il interrompe son tête-à-tête. Sa conversation footballistique n'était pas si passionnante qu'il ne puisse s'en passer. Strike attendit l'instant propice, prit congé de son interlocuteur et se faufila entre les danseurs pour la rejoindre.

« Bonsoir.

— Bonsoir, dit Vanessa en tendant la joue avec la grâce qui accompagnait tous ses gestes. Cormoran, je vous présente Owen – désolée, je n'ai pas retenu votre nom de famille ? »

Cinq minutes plus tard, Owen semblait avoir perdu tout espoir d'obtenir la moindre faveur, que ce soit le simple plaisir de flirter avec une jolie femme ou le numéro de téléphone de celle-ci.

« J'ignorais que Robin et vous étiez si proches, dit Strike pendant que Owen s'éloignait.

— Ouais, on est amies depuis quelque temps, répondit Vanessa. Je lui ai envoyé un petit mot quand j'ai su que vous l'aviez virée.

— Oh, fit Strike en avalant une gorgée de Doom Dar. Je vois.

— Elle a appelé pour me remercier et on est allées prendre un verre. »

Robin n'en avait jamais parlé à Strike. Mais quoi d'étonnant à cela ? Ne faisait-il pas l'impossible pour éviter tous les sujets un tant soit peu personnels depuis que Robin était rentrée de son voyage de noces ?

« Jolie maison », lança-t-il en s'empêchant de comparer cette pièce décorée avec goût avec son salon-cuisine sous les combles.

Matthew devait bien gagner sa vie pour se payer une telle baraque, songea-t-il, le salaire de Robin, même après augmentation, étant notoirement bas.

« Oui, je trouve aussi, dit Vanessa. Ils sont en location. »

Le regard de Strike s'arrêta sur Lorelei qui dansait au milieu du salon. Il réfléchit un instant à ce que Vanessa venait de lui apprendre. Quelque chose dans le ton qu'elle avait employé laissait entendre qu'elle aussi doutait que ce choix fût seulement dicté par les contraintes du marché immobilier.

« Tout ça à cause d'une bactérie marine, dit Vanessa.

— Pardon ? », fit Strike, complètement largué.

Elle lui jeta un regard appuyé puis secoua la tête en riant.

« Non rien, rien du tout. »

À la faveur d'un temps mort entre deux morceaux, la voix de Matthew parvint aux oreilles de Strike : « Ouais, ç'aurait pu être pire, disait-il à la femme aux cheveux roux. On a eu des billets pour la boxe. »

Y a de la veine que pour la crapule, songea Strike avec humeur tout en cherchant ses cigarettes dans sa poche.

« Tu t'es bien amusé ? demanda Lorelei dans le taxi, à une heure du matin.

— Pas vraiment », répondit Strike en regardant fixement les phares des véhicules qu'ils croisaient.

Il avait eu l'impression que Robin l'évitait. Après la relative cordialité de leur coup de fil, le jeudi précédent, il s'était attendu à... quoi ? Une conversation, un rire ? Il aurait aimé savoir comment évoluaient ses relations avec son mari mais, pour le coup, il n'était guère plus avancé. Elle et Matthew avaient l'air de s'entendre plutôt bien et pourtant le fait qu'ils soient en location l'intriguait. Devait-on en conclure qu'ils hésitaient – peut-être même inconsciemment – à s'investir ensemble dans des projets durables ? Un contrat de bail n'engageait pas à grand-chose. Et puis, il y avait l'amitié entre Robin et Vanessa Ekwensi, que Strike voyait comme un signe d'émancipation vis-à-vis de Matthew.

Tout ça à cause d'une bactérie marine.

Qu'est-ce que Vanessa entendait par là ? Y avait-il un rapport avec la mystérieuse clinique ? Robin était-elle malade ?

Au bout d'un long moment, il songea enfin à demander à Lorelei comment elle avait trouvé la soirée.

« J'ai vécu mieux, soupira-t-elle. Ta Robin connaît pas mal de gens barbants, j'ai l'impression.

— Ouais. Je crois que la plupart des invités étaient des amis de son mari. Il est comptable. Et un peu con », ajouta-t-il pour le plaisir.

Le taxi roulait à travers la nuit. Absorbé dans ses pensées, Strike revoyait la silhouette de Robin moulée dans sa robe grise.

« Pardon ? », dit-il en refaisant surface. Il lui semblait que Lorelei avait dit quelque chose.

« Je te demandais : à quoi penses-tu ?

— À rien », mentit Strike et, comme il n'avait pas envie de parler, il glissa le bras autour de son épaule, la serra contre lui et l'embrassa.

8

*Mais depuis, ma foi, ce Mortensgård s'est relevé. Il
y a beaucoup de gens qui ont recours à cet homme.*

HENRIK IBSEN, *Rosmersholm*

L E DIMANCHE SOIR, ROBIN ÉCRIVIT À STRIKE pour lui demander
ce qu'il prévoyait pour elle le lendemain, étant donné
qu'elle avait clos tous ses dossiers avant de prendre sa
semaine de congé. La réponse fut relativement sèche : « Revenez
à l'agence », ce qu'elle fit comme de dû le lundi matin, impatiente
de retrouver les locaux minables de Denmark Street malgré la froideur peu compréhensible de son associé.

Quand elle arriva, à 8 h 45, la porte de Strike était ouverte et
lui assis derrière son bureau, le portable collé à l'oreille. Le soleil
dessinait des taches dorées sur la vieille moquette. Le murmure de
la circulation fut bientôt remplacé par le sifflement de la bouilloire.
Cinq minutes plus tard, Robin posait une tasse fumante de Typhoo
bien fort devant Strike qui leva le pouce en articulant silencieusement « merci ». Puis elle rejoignit son poste de travail, vit qu'une
lumière clignotait sur le téléphone, composa le code de la messagerie et entendit une voix féminine lui annoncer qu'elle avait raté
un appel. Le message avait été déposé dix minutes avant qu'elle
n'arrive, sans doute pendant que Strike était soit dans l'escalier soit
déjà en communication.

Elle entendit un homme à la voix cassée murmurer dans son
oreille : « Je suis désolé, monsieur Strike, je n'aurais pas dû m'enfuir comme ça. Mais je ne pourrai pas revenir vous voir. Il m'empêche de sortir. Il a piégé les portes... »

La fin de la phrase était noyée sous les sanglots. Inquiète, Robin essaya d'attirer l'attention de Strike mais ce dernier, tout à sa conversation, avait tourné son fauteuil vers la fenêtre. Entre deux gémissements, Robin parvint à capter quelques bribes.

« … peux pas sortir… je suis tout seul…

— Bon, d'accord, dit Strike. Alors, disons mercredi. Ça vous va ? Super. Bonne journée.

— … je vous en prie, aidez-moi, monsieur Strike ! », continuait à supplier la voix sur le répondeur.

Robin pressa la touche du haut-parleur. Les cris et les sanglots se répandirent dans la pièce.

« Si j'essaie de m'échapper, tout va exploser, monsieur Strike, je vous en prie, aidez-moi, venez me chercher, je n'aurais pas dû venir, je lui ai dit que je savais pour la gamine mais c'est plus grave, beaucoup plus grave, je croyais pouvoir lui faire confiance… »

Le fauteuil pivota dans l'autre sens, Strike se leva et sortit de son bureau à grandes enjambées. On entendit un bruit sourd dans le haut-parleur, comme si l'homme avait laissé tomber son téléphone. Les pleurs étaient encore audibles mais à peine.

« C'est lui, dit Strike. Billy, Billy Knight. »

Les sanglots reprirent de plus belle. Billy se remit à parler. On aurait dit que ses lèvres étaient collées au micro.

« Il y a quelqu'un derrière la porte, murmurait-il, paniqué. Aidez-moi. Aidez-moi, monsieur Strike. »

La communication s'interrompit.

« Notez le numéro », ordonna Strike. À l'instant où Robin tendait le bras pour composer le code adéquat, la sonnerie du téléphone retentit. Elle décrocha en regardant Strike au fond des yeux.

« Bureau de Cormoran Strike, j'écoute.

— Euh… oui, bonjour », prononça une voix grave et distinguée.

Robin grimaça en faisant non de la tête.

« Et merde », grommela Strike. Puis il fit volte-face et alla chercher sa tasse de thé.

« J'aimerais parler à Mr. Strike, je vous prie.

— Malheureusement, il est déjà en ligne », mentit Robin.

Ils avaient pour principe de rappeler systématiquement leurs clients. C'était une méthode qu'ils avaient adoptée un an auparavant et qui leur permettait d'éviter les journalistes et les plaisantins.

« Je patienterai, déclara son interlocuteur sur un ton vexé, comme s'il n'avait pas l'habitude d'être traité ainsi.

— Ça risque d'être long, je le crains. Puis-je vous demander votre numéro ? Il vous rappellera dès que possible.

— Avant dix minutes alors. Je dois sortir pour un rendez-vous. Dites-lui que je souhaite discuter avec lui d'un travail que j'aimerais lui confier.

— Malheureusement, je ne peux vous garantir que Mr. Strike sera personnellement disponible pour ce travail, répondit Robin, suivant toujours la procédure destinée à décourager les médias. Notre agence est saturée de demandes, en ce moment. »

Elle rapprocha le crayon et le bloc posés sur son bureau.

« Quel genre de travail… ?

— Je n'en parlerai qu'avec Mr. Strike, répondit l'homme, péremptoire. Dites-lui bien que je ne veux personne d'autre. Je m'appelle Chizzle.

— Pouvez-vous épeler ? demanda Robin qui doutait d'avoir correctement entendu.

— C-H-I-S-W-E-L-L. Jasper Chiswell. Je suis joignable au numéro suivant. »

Robin nota le numéro, lui souhaita une bonne journée et raccrocha pendant que Strike prenait place dans le canapé en skaï qu'ils avaient acheté pour leurs clients et qui avait la fâcheuse habitude d'émettre des bruits suspects chaque fois qu'on s'asseyait ou changeait de position.

« Un certain Jasper Chizzle, dont le nom s'écrit "Chiswell", souhaite vous proposer un travail. Il ne veut personne d'autre que vous. » Robin s'interrompit et plissa le front. « Ce nom me dit quelque chose.

— Normal. C'est le ministre de la Culture.

— Oh ! mon Dieu, s'écria Robin. *Bien sûr !* Le grand type avec des cheveux bizarres !

— C'est lui. »

L'évocation de ce personnage politique suscita chez Robin une série de souvenirs vagues et plus ou moins décousus. Chiswell avait fait parler de lui, autrefois. Il y avait eu cette histoire de démission forcée, suivie d'un retour en grâce. Et plus récemment, un nouveau scandale, une autre campagne de presse...

« Ce n'est pas son fils qui s'est retrouvé en prison pour homicide, il n'y a pas si longtemps ? demanda-t-elle. C'est bien le même Chiswell, n'est-ce pas ? Son fils avait renversé une jeune maman alors qu'il conduisait sous l'empire de la drogue. »

Strike recentra son attention comme si elle s'était envolée au loin. Il faisait une drôle de tête.

« Ouais, ça me dit quelque chose.

— Il y a un problème ?

— Plus d'un, même, répondit Strike en frottant son menton hérissé de barbe. Premièrement : vendredi dernier, j'ai trouvé le frère de Billy.

— Comment ?

— C'est une longue histoire. En fait, Jimmy fait partie d'un groupuscule opposé aux Jeux olympiques. Ce truc s'appelle "CORO". Bref, Jimmy était avec une fille et quand ils ont su que j'étais détective privé, elle s'est écriée : "C'est Chiswell qui l'envoie." »

Strike s'accorda un instant de réflexion, le temps de prendre une gorgée de thé parfaitement infusé.

« Chiswell n'a pas besoin de moi pour surveiller CORO, poursuivit-il comme s'il pensait tout haut. Il y a déjà un policier en civil sur l'affaire. »

Bien qu'impatiente d'en apprendre davantage, Robin resta muette pour éviter d'interrompre ses cogitations. Elle savait faire preuve de retenue et Strike appréciait cette qualité chez elle. C'était ce qui lui manquait le plus quand elle n'était pas là.

« En plus, reprit-il comme s'il ne s'était jamais tu, le gars qui s'est retrouvé en taule pour homicide n'est pas son seul fils. Il avait un frère aîné, Freddie, qui est mort en Irak. Ouais. Le major Freddie Chiswell, compagnie des Hussards de la Reine. Il a été tué dans l'attaque de son convoi, à Bassorah. J'ai enquêté sur cette affaire, quand je bossais encore pour la BSI.

— Donc, vous *connaissez* Chiswell ?

— Non, je ne l'ai jamais vu. En général, on ne rencontre pas les familles... Mais j'ai déjà croisé sa fille. Deux ou trois fois, il y a quelques années. Charlotte et elle se connaissent depuis le lycée. »

Robin frissonna légèrement en l'entendant prononcer ce prénom. Elle ne l'aurait jamais avoué, mais tout ce qui concernait Charlotte l'intéressait beaucoup. C'était la femme qui avait partagé la vie de Strike durant seize ans, par intermittence, et avec laquelle il se serait marié si leur relation ne s'était pas terminée lamentablement et, sans doute, pour toujours.

« Dommage qu'on ait raté le numéro de Billy, dit Strike en repassant sa grosse main poilue sur son menton.

— Je ferai bien attention la prochaine fois qu'il vous contactera, promit Robin. Comptez-vous rappeler Chiswell ? Il était sur le point de sortir pour se rendre à un rendez-vous.

— Je suis curieux de savoir ce qu'il veut. Mais d'abord, avons-nous de la place pour un nouveau client ? Voyons voir... »

Il se rencogna dans le canapé, croisa les mains derrière la tête et se mit à contempler le réseau de fissures que la lumière rasante du soleil faisait apparaître au plafond. *Rien à fiche,* songea-t-il. De toute façon, bientôt ce ne serait plus son problème...

« J'ai envoyé Andy et Barclay sur la piste du petit Webster. Au fait, Barclay s'en sort bien. Il a tenu la planque pendant trois jours et m'a fourni un excellent rapport, avec photos et tout le reste.

« Et puis il y a notre bon vieux Dr Craignos qui n'a toujours rien fait de répréhensible.

— Dommage, dit Robin avant de se corriger. Non, ce n'est pas ce que je voulais dire. Tant mieux. » Elle se frotta les yeux. « Ce boulot a tendance à inverser mon sens des valeurs. Qui surveille Craignos aujourd'hui ?

— Je comptais vous demander de le faire, mais le client a appelé hier après-midi. Il avait oublié de me dire que Craignos était à Paris pour un colloque. »

Les yeux toujours rivés au plafond, les sourcils froncés par une intense réflexion, Strike poursuivit :

« Et n'oublions pas que le Salon de l'informatique commence demain et dure deux jours. Qu'est-ce qui vous tente : Harley Street ou le hall des expositions d'Epping Forest ? On peut alterner, si vous voulez. Vous préférez passer la journée de demain avec Craignos ou avec des centaines de geeks puants en T-shirt de superhéros ?

— Ils ne sentent pas tous mauvais, répliqua Robin. Votre copain Spanner, par exemple...

— Vous n'imaginez pas la quantité de déodorant dont il s'asperge avant de venir ici », dit Strike.

Spanner avait restructuré leurs systèmes informatique et téléphonique, quelques mois auparavant, quand l'agence avait bénéficié d'une forte rentrée d'argent. C'était le plus jeune frère de Nick, le vieil ami de Strike. Robin lui avait tapé dans l'œil, ce qui n'avait échappé ni à Strike ni à l'intéressée elle-même.

Strike replongea dans ses pensées en se frottant le menton.

« Je vais rappeler Chiswell et lui demander ce qu'il cherche, dit-il enfin. On ne sait jamais, il a peut-être quelque chose d'intéressant à nous proposer, contrairement à l'avocat qui soupçonne sa femme de coucher à droite et à gauche. C'est bien le suivant sur la liste, n'est-ce pas ?

— Lui ou l'Américaine mariée au vendeur de Ferrari. Ils sont tous les deux en attente. »

Strike soupira. Les infidélités constituaient l'essentiel de leur fonds de commerce.

« J'espère que Chiswell n'a pas épousé une femme volage. Ça me ferait des vacances. »

Le canapé produisit ses habituelles flatulences quand Strike le quitta pour regagner son bureau.

« Donc je peux m'occuper de la paperasse qui traîne ? lança Robin.

— Si vous voulez », répondit Strike en refermant la porte derrière lui.

Robin se retourna vers son ordinateur. Elle avait retrouvé sa bonne humeur. Dehors, un chanteur des rues attaqua les premières mesures de « No Woman, No Cry ». Tout à l'heure, pendant qu'ils discutaient de Billy Knight et de Chiswell, elle avait eu l'impression que tout était redevenu comme avant. Avant qu'il ne la licencie, avant qu'elle épouse Matthew. Ça faisait un an déjà.

Dans son bureau, Strike composa le numéro de Chiswell, lequel décrocha dès la première sonnerie.

« Chiswell, aboya-t-il.

— Ici Cormoran Strike. Vous avez eu mon associée en ligne, il y a cinq minutes.

— Ah, oh, oui, répondit le ministre qui, d'après les bruits environnants, semblait assis à l'arrière d'une voiture. J'ai un travail à vous confier. Mais je ne veux pas en discuter au téléphone. Je suis pris jusqu'à ce soir, malheureusement, mais demain c'est possible.

— *Ob-observing the hypocrites...* chantait l'homme dans la rue.

— Désolé, demain je ne peux pas, répondit Strike en fixant les brins de poussière qui volaient dans un rayon de soleil. Pour tout dire, je n'ai aucun créneau avant vendredi. Pourriez-vous au moins me donner une idée de ce que vous recherchez, monsieur le Ministre ? »

Chiswell lui répondit sur un ton à la fois anxieux et coléreux.

« Pas au téléphone. Mais sachez que vous ne regretterez pas le déplacement, si c'est l'argent qui vous fait hésiter.

— Ce n'est pas une question d'argent mais de disponibilité. Je suis terriblement pris jusqu'à vendredi.

— Oh, pour l'amour du ciel... »

Chiswell avait dû poser son téléphone. Strike l'entendit s'adresser à quelqu'un en hurlant.

« ... *gauche*, espèce d'abruti ! *À gauche*, bon sang ! Non, je vais marcher. Je vais marcher, je vous dis. Ouvrez cette putain de portière ! »

Dans le fond, un homme bredouilla :

« Toutes mes excuses, monsieur le Ministre, c'était marqué *Interdit*...

— Je m'en bats l'œil ! Ouvrez cette... *ouvrez cette putain de portière !* »

Strike attendit, les sourcils en accent circonflexe. Il entendit une portière claquer, des bruits de pas rapides. Puis Jasper Chiswell reprit l'écoute.

« Ce boulot est urgent ! siffla-t-il.

— Si ça ne peut pas attendre vendredi, vous devrez vous adresser à quelqu'un d'autre, j'en ai peur.

— *My feet is my only carriage* », chantait l'homme dans la rue.

Chiswell resta muet durant quelques secondes.

« Je ne veux personne d'autre que vous. Je vous expliquerai quand on se reverra mais... très bien, puisque c'est impossible avant vendredi... retrouvons-nous au Pratt's Club. Sur Park Place. Venez pour midi, je vous invite.

— Très bien, répondit Strike, toujours plus intrigué. On se voit au Pratt's. »

Il raccrocha, rejoignit Robin occupée à décacheter et à trier le courrier, et lui résuma l'entretien téléphonique qu'il venait d'avoir avec le ministre Chiswell. Elle chercha Pratt's sur Google.

« Je ne savais pas que ces endroits-là existaient encore, dit-elle, incrédule, après avoir consulté la page à l'écran.

— Quels endroits ?

— C'est un club réservé aux hommes… typiquement tory… les femmes n'y sont pas admises, sauf si elles sont invitées par un membre… et "pour éviter la confusion", lut Robin sur la page Wikipédia, "tous les employés s'appellent George".

— Et si c'est une femme ?

— Apparemment, ils en ont recruté une dans les années 80, répondit Robin, avec une moue mi-amusée, mi-réprobatrice. Ils l'ont appelée Georgina. »

9

Cher ami – dans ton intérêt comme dans le mien, ne me demande pas pourquoi.

HENRIK IBSEN, *Rosmersholm*

LE VENDREDI SUIVANT, à 11 heures 30, Strike rasé de frais et vêtu de son beau costume sortit de la station Green Park et s'engagea sur Piccadilly. Les bus à impériale passaient devant les vitrines des boutiques de luxe, chargées de marchandises éclectiques, liées au grand événement sportif qui se préparait : médailles en chocolat enveloppées dans du papier doré, chaussures aux couleurs de l'Union Jack, vieilles affiches sportives et, encore et toujours, le logo olympique que Jimmy Knight avait comparé à un svastika brisé.

Strike s'était accordé une marge de temps suffisante pour parcourir sans se presser la distance qui le séparait du club. Il venait de passer deux journées fatigantes et sa jambe avait été mise à rude épreuve. La veille, il s'était rendu au Salon de l'informatique à Epping Forest en espérant qu'il pourrait s'asseoir de temps à autre. Sa cible était un jeune informaticien qui s'était fait virer de la start-up dont il était l'un des associés. On le soupçonnait de chercher à vendre les plans d'une nouvelle application à la concurrence. Pendant des heures, Strike l'avait suivi de stand en stand, notant ses moindres déplacements, les contacts qu'il établissait. Il croyait que le type finirait par se poser quelque part. Mais il s'illusionnait. Dans ce lieu, personne ne s'asseyait jamais. À la cafétéria, les consommateurs restaient debout devant des tables hautes. Pareil pour le snack japonais où les clients mangeaient leurs sushis avec les doigts, à même la boîte. En tout, sa cible avait passé huit heures tantôt à déambuler, tantôt à piétiner. Et comme, la veille déjà, Strike avait fait le pied de grue toute la journée sur Harley Street, il était rentré chez lui vanné, souffrant le martyre. Quand il avait retiré sa prothèse, la poche de gel qui faisait tampon entre son moignon et son tibia artificiel était quasiment collée à la peau. En passant sous les arcades ombragées du Ritz, Strike espérait que chez Pratt's, il trouverait au moins un fauteuil confortable et assez large pour qu'il y tienne à son aise.

Il prit à droite sur St. James's Street qui descendait en pente douce vers le palais St. James, un fleuron de l'architecture du XVIᵉ siècle. Strike ne fréquentait guère ce quartier huppé, n'ayant ni les moyens ni l'envie de dépenser son argent dans les boutiques de prêt-à-porter masculin, les armureries ou les cavistes installés là depuis des siècles. Pourtant, en se rapprochant de Park Place, un souvenir revint le hanter. Il avait emprunté cette rue plus de dix ans auparavant, avec Charlotte.

Au lieu de la descendre comme il le faisait aujourd'hui, ils avaient monté la rue en pente pour retrouver le père de Charlotte, décédé depuis, dans un bon restaurant italien. À l'époque, Strike venait de quitter l'armée et s'était réconcilié avec la jeune femme. Leurs amis, de part et d'autre, ne comprenaient pas ce qu'ils faisaient ensemble. Pour eux, cette relation était vouée à l'échec. Dans l'entourage de Strike, Charlotte était mal vue, voire détestée. Et dans l'entourage de Charlotte, Strike, fils illégitime d'une rock star à la réputation sulfureuse, passait pour un rustre, un simple caprice d'enfant gâtée, la preuve vivante que Charlotte la provocatrice, la rebelle, ne changerait décidément jamais de caractère. Pourtant, Strike avait courageusement servi son pays. Mais sa carrière militaire ne signifiait rien pour eux, ou plutôt elle ne faisait que confirmer son incapacité à épouser l'une des leurs, parce que les beaux messieurs de l'aristocratie britannique faisaient leurs armes dans les régiments de cavalerie ou chez les Gardes et que jamais ils n'auraient l'idée saugrenue d'entrer dans la police militaire.

Sur le seuil du restaurant italien, Charlotte lui avait serré très fort la main. À présent, il aurait eu du mal à retrouver l'établissement mais il se souvenait parfaitement de la rage qu'il avait lue sur le visage de Sir Anthony lorsqu'ils s'étaient avancés vers sa table.

Il avait immédiatement compris que le père de Charlotte ignorait qu'ils s'étaient remis ensemble. En fait, il s'attendait à la voir arriver seule. Charlotte était coutumière des mensonges par omission, lesquels étaient systématiquement suivis d'une grande scène charlottienne. C'était plus fort qu'elle. Charlotte adorait provoquer des conflits. Strike le savait depuis toujours. Parfois, en plein délire mythomaniaque, elle pouvait avoir des accès de sincérité. Par exemple, peu avant qu'ils se séparent pour de bon, elle lui avait avoué qu'elle ne se sentait vivante que dans les moments de crise.

Lorsqu'il arriva sur Park Place et vit la rangée d'édifices blanc cassé qui s'étirait devant lui, Strike réalisa que le souvenir de Charlotte accrochée à sa main sur le seuil du restaurant ne le faisait plus souffrir. Il se sentait guéri, comme un alcoolique qui, pour la première fois, renifle une odeur de bière sans se mettre aussitôt à transpirer ou à chercher un moyen de combler le manque. *C'est peut-être ça,* songea-t-il en marchant vers la porte noire de Pratt's, surmontée d'une superbe balustrade en fer forgé. Deux ans après qu'il l'eut quittée définitivement à cause d'un dernier mensonge, impardonnable celui-là, peut-être était-il enfin débarrassé de ce qu'il considérait parfois, bien qu'il ne soit pas superstitieux, comme un triangle des Bermudes, une zone de turbulences où il redoutait d'être aspiré dans un gouffre d'angoisse et de désespoir, par le sort mystérieux que Charlotte lui avait jeté.

Porté par ce relatif élan d'optimisme, Strike frappa chez Pratt's.

Une petite femme replète vint lui ouvrir. Avec sa volumineuse poitrine et son allure guillerette, elle lui fit l'effet d'un rouge-gorge ou d'un troglodyte. Quand elle prit la parole, il nota un léger accent des Cornouailles.

« Vous devez être monsieur Strike. Monsieur le Ministre n'est pas encore là. Mais je vous en prie, entrez. »

Ils traversèrent le vestibule et entrèrent dans une salle dotée d'une énorme table de billard. Les couleurs sombres dominaient, allant du bordeaux au vert bouteille en passant par le brun des boiseries. Son hôtesse, la fameuse Georgina, supposa-t-il, lui fit descendre un escalier aux marches si raides que Strike dut se tenir à la rampe.

La salle en sous-sol lui parut confortable. Son plafond était si bas qu'il semblait reposer sur le grand vaisselier où s'alignaient toutes sortes de plats en porcelaine, les plus haut perchés étant presque incrustés dans la corniche en plâtre.

« Nous n'avons pas beaucoup de place, dit-elle en soulignant l'évidence. Six cents membres inscrits. Mais nous ne pouvons servir que quatorze repas à la fois. Vous prenez quelque chose, monsieur Strike ? »

Il déclina sa proposition mais accepta de s'asseoir dans l'un des gros fauteuils en cuir groupés autour d'une antique table de bridge.

Une voûte séparait le salon de l'espace de restauration. Deux couverts avaient été dressés sur la longue table qu'il apercevait à l'autre bout, sous de minuscules fenêtres garnies de volets. En dehors de Georgina et de Strike, la seule personne visible était le chef en blouse blanche qui s'activait dans une cuisine grande comme un mouchoir de poche, juste derrière lui. L'homme lui souhaita la bienvenue dans un anglais mâtiné d'un fort accent français et se remit à trancher son rôti de bœuf.

Ce club était à l'opposé des lieux branchés où Strike traquait les maris et les femmes infidèles. Des restaurants subtilement éclairés pour mettre en valeur le mobilier en verre ou en granite, peuplés d'impitoyables critiques gastronomiques perchés comme des vautours sur des chaises design horriblement inconfortables. Chez Pratt's, la lumière plus que tamisée était dispensée par des appliques en cuivre fixées sur les murs grenat, entre des poissons naturalisés, des scènes de chasse et autres caricatures politiques. Sur un côté de la pièce, dans une niche tapissée de carreaux bleu et blanc, on apercevait un vieux poêle en fonte. Les assiettes en porcelaine, la moquette râpée, la grande table de réfectoire, les pots de Ketchup et de moutarde posés dessus, tout cela contribuait à créer une ambiance simple et chaleureuse, comme si une bande de gamins, fils d'aristocrates, avaient rassemblé les objets qui leur plaisaient le plus dans le monde des adultes – jeux, alcools, trophées – pour les entreposer ici, dans ce sous-sol où une aimable grand-mère les attendait pour leur distribuer sourires, compliments et paroles de réconfort.

Midi sonna, mais toujours pas de Chiswell. Pour le faire patienter, « Georgina » lui présenta le club où elle et son mari, le chef cuisinier, vivaient à demeure. En l'écoutant, Strike ne pouvait s'empêcher de penser que, dans cette rue, le prix du mètre carré devait battre des records. Pour entretenir ce petit bijou qui, aux dires de Georgina, avait été créé en 1857, son propriétaire, quel qu'il soit, déboursait sans doute des sommes folles.

« Il appartient au duc de Devonshire, oui, dit-elle en se rengorgeant. Avez-vous vu notre livre des paris ? »

Strike tourna les pages du gros volume relié cuir où jadis on enregistrait les paris. Dans les années 70, quelqu'un y avait écrit en lettres énormes : « Mrs. Thatcher va former un nouveau gouvernement. Pari : un homard au dîner, plus gros qu'une bite en érection[1]. »

Il souriait encore lorsque la sonnette de la porte d'entrée retentit à l'étage supérieur.

« Ce doit être le ministre », fit Georgina en se précipitant dans l'escalier.

Strike remit le livre des paris sur l'étagère et regagna son siège. Des pas lourds résonnèrent au plafond, puis la voix excédée qu'il avait entendue au téléphone le lundi précédent dériva vers lui.

« … Non, Kinvara, je ne peux pas. Je viens de t'expliquer pourquoi. J'ai un déjeuner…, non, ne fais pas ça… Cinq heures, alors, oui… oui… *oui* ! Au revoir ! »

Strike vit d'abord deux grands pieds chaussés de cuir noir, puis Jasper Chiswell apparut dans sa totalité en jetant des regards féroces autour de lui. Strike émergea de son fauteuil.

« Ah, fit Chiswell dont les yeux le détaillaient sous leurs sourcils touffus. Vous êtes là. »

Jasper Chiswell portait assez bien ses soixante-huit ans. C'était un homme grand et robuste, bien qu'un peu voûté. Il arborait une tignasse grise qui, trop extravagante pour être vraie, était toutefois bien à lui. Les caricaturistes en faisaient leur miel. En plus d'être raides et plutôt longs, ses cheveux se dressaient sur sa tête comme une perruque mal peignée ou, pour les mauvaises langues, une brosse de ramoneur. À cela s'ajoutaient un visage large et rubicond, des yeux minuscules et une lèvre inférieure protubérante qui lui donnait l'aspect d'un gros bébé boudeur sur le point de piquer une colère.

---

1. Allusion à un événement cocasse qui s'est déroulé en 1979, durant la campagne électorale de Margaret Thatcher, et a donné lieu à des commentaires grivois, encore présents dans la mémoire des Britanniques.

« Ma femme, dit-il à Strike en brandissant le portable qu'il tenait toujours en main. Elle débarque à Londres sans prévenir. Et en plus, elle râle. Comme si je pouvais tout lâcher pour elle. »

Chiswell tendit à Strike une grande main moite, puis se débarrassa du lourd pardessus qu'il avait mis en dépit de la chaleur. Au passage, Strike nota l'épingle piquée dans sa cravate militaire défraîchie. Le non-initié y aurait vu un cheval à bascule ; Strike, lui, reconnut immédiatement le White Horse of Hanover. Les deux hommes prirent place dans les fauteuils.

« Queen's Own Hussars, dit Strike en désignant l'épingle d'un geste du menton.

— Tout juste, répondit Chiswell. Georgina, je prendrai un peu de ce sherry que vous m'avez servi quand je suis venu avec Alastair. Et vous ? aboya-t-il à l'intention de Strike.

— Rien merci. »

Chiswell n'était bien sûr pas aussi négligé que Billy Knight mais il ne sentait pas très bon non plus.

« Tout juste, le fameux régiment de cavalerie. Aden, Singapour. C'était le bon temps. »

Il n'avait pas l'air dans son assiette. De près, son visage semblait couvert de plaques. On voyait d'énormes pellicules accrochées aux racines de ses cheveux drus et de larges auréoles sur sa chemise bleue, au niveau des aisselles. En bref, il ressemblait à un homme soumis à une intense pression, comme la majorité des clients de Strike. Quand son sherry arriva, il en avala la moitié d'un coup.

« On s'y met ? proposa-t-il et, sans attendre la réponse, brailla : On va manger maintenant, Georgina. »

Dès qu'ils s'installèrent à la table garnie d'une nappe blanche amidonnée, comme celles du mariage de Robin, Georgina apparut avec les assiettes. D'épaisses tranches de rôti de bœuf froid, accompagnées de pommes de terre bouillies. C'était une nourriture de cantine, classique et sans chichis, mais pas mauvaise pour autant. Quand leur hôtesse les eut laissés en tête à tête dans la salle chichement éclairée aux murs chargés de gravures et de poissons empaillés, Chiswell reprit la parole.

« Vous étiez au meeting de Jimmy Knight, dit-il sans préambule. Un policier en civil vous a identifié. »

Strike hocha la tête. Chiswell enfourna une patate, la broya à grands coups de mâchoire, l'avala et poursuivit :

« J'ignore qui vous paie pour rassembler des infos compromettantes sur Jimmy Knight, et ce que vous avez peut-être déjà trouvé le concernant, mais sachez que je suis prêt à vous donner le double.

— Je n'ai rien de compromettant sur Jimmy Knight. Personne ne m'a payé pour assister à ce meeting. »

Chiswell parut décontenancé.

« Mais alors, qu'est-ce que vous faisiez là-bas ? Ne me dites pas que vous protestez contre les Jeux olympiques ? »

Le « p » de « protestez » fut tellement explosif qu'un petit bout de pomme de terre jaillit d'entre ses lèvres et atterrit sur la nappe.

« Non, répondit Strike. Je recherchais une personne qui aurait pu assister à ce meeting mais qui n'y était pas. »

Chiswell attaqua sa tranche de rôti comme si le bœuf lui avait causé du tort. Pendant un moment, on n'entendit aucun bruit sinon les claquements des couverts contre la porcelaine. Chiswell embrocha sa dernière pomme de terre bouillie, la fit disparaître tout entière, posa couteau et fourchette dans son assiette et déclara :

« Je songeais à embaucher un détective quand j'ai appris que vous filiez Knight. »

Strike ne répondit rien. Chiswell le considéra d'un œil suspicieux.

« On dit que vous êtes très fort.

— Merci pour le compliment. »

Chiswell le dévisageait avec une expression à la fois désabusée et furieuse. Il semblait se demander s'il pouvait compter sur lui ou si Strike serait une nouvelle déception dans une vie déjà bien pourvue en la matière.

« Je suis victime d'un chantage, monsieur Strike, dit-il de but en blanc. Exercé par deux hommes qui ont formé une alliance temporaire et probablement instable. L'un d'eux s'appelle Jimmy Knight.

— Je vois », dit Strike.

Lui aussi reposa son couteau et sa fourchette. Georgina avait dû comprendre, sûrement grâce à un sixième sens, que Strike et Chiswell avaient terminé leur plat car elle arriva pour débarrasser, emporta les assiettes et revint un instant plus tard avec une tarte à la mélasse. Quand elle eut de nouveau disparu dans la cuisine, les deux hommes se servirent copieusement et Chiswell reprit son récit.

« Je vous fais grâce des détails sordides, fit-il sur un ton sans appel. Tout ce que vous avez besoin de savoir c'est que Jimmy Knight est au courant d'une chose que j'ai faite et qui ne doit surtout pas venir aux oreilles de ces messieurs du quatrième pouvoir. »

Strike resta coi. Chiswell dut estimer que son silence avait valeur d'accusation car il s'empressa d'ajouter :

« Aucun crime n'a été commis. Cette chose pourrait en défriser quelques-uns, mais elle n'était pas illégale à ce... c'est sans importance, dit Chiswell avant d'avaler une bonne gorgée d'eau. Knight est venu me voir il y a environ deux mois et il m'a réclamé 40 000 livres contre son silence. J'ai refusé. Il m'a menacé de tout révéler mais, comme il ne semblait pas avoir de preuves de ce qu'il avançait, j'ai tenu bon.

« Et comme ensuite, je n'ai vu aucun article paraître dans la presse, j'en ai conclu que j'avais eu raison. Il est revenu à la charge quelques semaines plus tard. La somme avait diminué de moitié mais de nouveau, j'ai refusé.

« C'est à ce moment-là, j'imagine, qu'il a dû se rapprocher de Geraint Winn. Histoire de faire monter la pression.

— Désolé, je ne vois pas qui est... ?

— Le mari de Della Winn.

— Della Winn, la ministre des Sports ? s'étonna Strike.

— Oui, bien sûr. Della-Winn-la-ministre-des-Sports », répliqua Chiswell.

La très honorable Della Winn, comme Strike ne pouvait l'ignorer, était une femme politique d'une petite soixantaine d'années originaire du Pays de Galles. Aveugle de naissance, elle avait défendu les Droits de l'homme en tant qu'avocate avant de se présenter au Parlement. Elle suscitait beaucoup de respect et d'admiration même en dehors de son parti, les Libéraux-Démocrates. Aimant à poser pour les photographes accompagnée de son chien-guide, une femelle Labrador jaune pâle, on la voyait souvent dans la presse ces derniers temps à cause de son engagement en faveur des Jeux paralympiques. Strike se souvenait de l'avoir vue en personne, quand elle avait visité l'hôpital de Selly Oak où il avait séjourné après avoir perdu sa jambe en Afghanistan. Elle lui avait donné l'impression d'une femme intelligente et pleine d'empathie. En revanche, son mari était pour lui un parfait inconnu.

« J'ignore si Della est au courant de ses magouilles, dit Chiswell en piquant un morceau de tarte avant de poursuivre, la bouche pleine. Je suppose que oui, mais elle ne s'en mêle pas. Dans le cas où elle devrait démentir. Qui pourrait imaginer sainte Della impliquée dans un chantage ?

— Son mari a essayé de vous soutirer de l'argent ? demanda Strike, incrédule.

— Oh non, pensez-vous ! Geraint veut seulement m'obliger à démissionner.

— Et pour quelle raison ?

— Il y a entre nous une inimitié qui remonte à loin, et ne repose sur rien du tout, soit dit en passant. Mais c'est hors de propos, ajouta Chiswell en branlant du chef. Geraint m'a servi un petit discours hypocrite, "j'espère que ce n'est pas vrai" et "je vous offre une chance de vous expliquer". C'est un petit homme pervers et méchant qui a passé sa vie à tenir le sac à main de sa femme et à répondre au téléphone à sa place. Naturellement, il jubile maintenant qu'il se sent investi d'un semblant de pouvoir. »

Chiswell prit une gorgée de sherry.

« Donc, comme vous pouvez le constater, je suis pris au piège, monsieur Strike. Même si j'étais tenté de satisfaire aux exigences de Jimmy Knight, je devrais également affronter un homme qui veut ma disgrâce, et qui est peut-être en passe de mettre la main sur des preuves.

— Comment Winn pourrait-il les obtenir ? »

Chiswell engloutit un autre morceau de tarte à la mélasse puis jeta un œil par-dessus son épaule pour vérifier que Georgina était toujours dans la cuisine.

« J'ai entendu dire, souffla-t-il en projetant devant lui des particules de pâte, qu'il y aurait des photos.

— Des photos ? répéta Strike.

— Winn ne les possède pas encore, c'est évident. Sinon, tout serait fini. Mais il a peut-être un plan pour se les procurer. Ça oui. »

Il termina son dessert, puis il ajouta :

« Bien sûr, il se peut que ces photos soient sans danger pour moi. Il n'y a pas de marques distinctives, pour autant que je sache. »

Strike nageait en pleine confusion. Il brûlait de demander « quelles marques distinctives, monsieur le Ministre ? », mais il s'abstint.

« Ça s'est passé voilà six ans, reprit Chiswell. Je ne cesse de retourner cette histoire dans ma tête. D'autres personnes sont impliquées, certaines ont pu parler mais j'en doute, j'en doute énormément. Trop à perdre. Non, il n'y a que Knight et Winn qui posent problème, et ce qu'ils peuvent déterrer. Je soupçonne fort que si Winn met la main sur les photos, il les refilera directement à la presse. Mais pas Knight. Lui, il veut juste de l'argent.

« Voilà où j'en suis, monsieur Strike. *A fronte praecipitium, a tergo lupi*. Je vis avec cette épée de Damoclès au-dessus de la tête depuis des semaines. Et ce n'est pas une partie de plaisir, vous pouvez me croire. »

Voyant Chiswell l'observer entre les fentes de ses paupières, Strike ne put s'empêcher de le comparer à une taupe levant son nez aveugle vers la pelle qui menace de l'écraser.

« En apprenant que vous étiez à ce meeting, j'ai supposé que vous enquêtiez sur Knight et que peut-être vous aviez découvert des choses. J'en suis venu à la conclusion suivante : pour mettre fin à cette situation infernale, il faut trouver un moyen de dissuasion adapté à chacun de ces individus. Et le plus vite possible, avant qu'ils ne mettent leurs sales pattes sur ces photos. Combattre le mal par le mal, en somme.

— Le chantage par le chantage ? dit Strike.

— Je veux juste qu'ils me fichent la paix, répliqua Chiswell. J'ai agi en accord avec la loi, et avec ma conscience. »

Chiswell n'était pas un homme très sympathique, mais Strike se mettait quand même à sa place. Vivre sous la menace permanente de voir son nom traîné dans la boue devait être une véritable torture, surtout que le ministre n'en était pas à son premier scandale, comme Strike l'avait appris la veille au soir en effectuant une recherche rapide sur son client potentiel. Il était tombé sur des commentaires sarcastiques au sujet de la liaison qui avait sonné le glas de son premier mariage. Certains articles évoquaient sa seconde épouse et le séjour d'une semaine en clinique qu'elle avait effectué pour « surmenage », ou bien encore le terrible accident au cours duquel son plus jeune fils avait tué une mère de famille, alors qu'il conduisait sous l'empire de la drogue.

« C'est un gros boulot, monsieur Chiswell, dit Strike. Il faudra deux ou trois personnes à plein temps pour enquêter de manière exhaustive sur Knight et Winn, surtout si vous êtes pressé.

— Je me fiche de ce que ça coûtera. Si vous devez mettre tous vos hommes sur l'affaire, faites-le. Je me refuse à croire que Winn, ce sale petit crapaud, n'ait jamais rien commis d'illégal. Il y a quelque chose de cocasse dans ce couple. L'aveugle auréolée de sainteté... » Sa moue boudeuse s'accentua. « ... et l'homme de main qui passe son temps à comploter, à poignarder les gens dans le dos, à profiter de tout ce qui se présente pourvu que ce soit gratuit. Ils ont forcément des casseroles au cul. Forcément.

« Quant à Knight, cet agitateur communiste, je suis sûr qu'il a fait des trucs que la police ignore. Ce type a toujours été une tête brûlée, irrécupérable.

— Vous connaissiez Jimmy Knight avant qu'il vous fasse chanter ? demanda Strike.

— Mais oui. Les Knight sont originaires de ma circonscription. Son père travaillait pour ma famille, comme homme à tout faire. Je n'ai jamais connu la mère. Je crois qu'elle est morte avant qu'ils emménagent tous les trois à Steda Cottage.

— Je vois », dit Strike.

Il se rappela les paroles angoissées de Billy : « *J'ai vu une enfant se faire étrangler et personne ne me croit* », sa main qui passait constamment de son nez à sa poitrine comme dans un signe de croix raté et sa description précise de la couverture rose enveloppant le corps sans vie de l'enfant.

« Monsieur Chiswell, je dois vous dire quelque chose avant que nous définissions les termes de notre accord. Si j'ai assisté au meeting de CORO c'était dans l'espoir d'y trouver le jeune frère de Knight. Billy. »

La ride entre les yeux myopes de Chiswell se creusa davantage.

« Mais oui, je me rappelle qu'ils étaient deux, mais ils avaient une grosse différence d'âge. Jimmy était plus vieux... d'une dizaine d'années au moins. Je n'ai pas revu... Billy n'est-ce pas ?... depuis bien longtemps.

— Il a de graves problèmes mentaux, dit Strike. Il est venu me voir lundi dernier pour me raconter une drôle d'histoire, puis il s'est enfui sans demander son reste. »

Chiswell attendit. Strike sentait une certaine tension en lui.

« Billy prétend avoir assisté à la strangulation d'une jeune enfant, quand il était petit. »

Chiswell ne recula pas d'horreur, ne se mit pas en colère, ne demanda pas si Strike l'accusait, ni en quoi il était concerné. Il n'eut aucune des réactions disproportionnées qui trahissent les coupables, et pourtant Strike aurait juré que Chiswell connaissait déjà cette histoire.

« Et d'après lui, qui a étranglé cette enfant ? demanda-t-il en jouant avec le pied de son verre.

— Il ne me l'a pas dit… il n'en sait peut-être rien.

— Vous pensez que le chantage de Knight repose là-dessus ? Un meurtre d'enfant ? demanda Chiswell à brûle-pourpoint.

— Je voulais juste vous dire pourquoi je surveillais Jimmy.

— Je n'ai pas de mort sur la conscience, déclara catégoriquement Jasper Chiswell, avant de finir son verre d'eau. Nul ne peut être tenu responsable des conséquences fortuites », ajouta-t-il en le reposant sur la table.

10

J'ai cru que nous, ensemble, nous pourrions y parvenir.

Henrik Ibsen, Rosmersholm

UNE HEURE PLUS TARD, le détective et le ministre sortaient du 14 Park Place. Ils marchèrent sur quelques mètres et s'arrêtèrent au coin de St. James's Street. Après le café, Chiswell était devenu moins grincheux et moins abscons, sans doute parce qu'il se félicitait d'avoir conclu un accord susceptible de le soulager du fardeau presque intolérable qui l'écrasait depuis des semaines. Ils s'étaient entendus sur les termes du contrat et Strike s'estimait satisfait. Cette affaire promettait d'être la plus rentable et la plus intéressante que l'agence ait eu à traiter depuis un bon bout de temps.

« Eh bien, merci monsieur Strike, dit Chiswell en projetant son regard vers le bout de la rue. Je dois vous laisser. J'ai rendez-vous avec mon fils. »

Pourtant il ne bougeait pas.

« C'est vous qui avez enquêté sur la mort de Freddie », dit-il abruptement, en épiant la réaction de Strike.

Strike ne s'attendait pas à ce que Chiswell aborde le sujet, surtout en pleine rue et après l'éprouvante discussion qu'ils venaient d'avoir. C'était comme si l'idée venait de lui traverser la tête.

« Oui, répondit-il. Je suis désolé. »

On aurait dit que Chiswell n'avait d'yeux que pour la galerie d'art qu'on apercevait une vingtaine de mètres plus loin.

« Je me souviens d'avoir lu votre nom sur le rapport, dit Chiswell. C'est un nom qui ne s'oublie pas. »

Il déglutit, les yeux toujours fixés sur la devanture de la galerie. Il semblait peu désireux de se rendre à son rendez-vous.

« Un garçon formidable, Freddie. Formidable. Il avait intégré le même régiment de cavalerie que celui où j'avais fait mes armes... enfin presque. Comme vous le savez, les Queen's Own Hussars ont fusionné avec les Queen's Royal Irish Hussars en 1993. Donc pour lui, c'était les Queen's Royal Hussars.

« Plein de promesses. Plein de vie. Mais bien sûr, vous ne l'avez pas connu.

— Non, répondit Strike avant d'ajouter, par simple politesse : C'était votre fils aîné, n'est-ce pas ?

— L'aîné de mes quatre enfants, confirma Chiswell avec un hochement de tête. Deux filles, précisa-t-il sur un ton évasif car après tout, ce n'étaient que des femmes, et encore un garçon. Celui-là a fait de la prison. Vous l'avez peut-être lu dans la presse ?

— Non », mentit Strike, sachant par expérience combien il était pénible de voir sa vie privée étalée à la une des journaux. Il trouvait plus délicat, quoique peu crédible, de feindre l'ignorance et de laisser les gens fournir leur propre version.

« Raff ne m'a jamais causé que des problèmes. Je lui ai trouvé un boulot là-bas. »

D'un doigt épais, il désigna la vitrine de la galerie d'art.

« Il a abandonné ses études d'histoire de l'art, expliqua Chiswell. Le propriétaire de cette galerie est un ami à moi. Il a bien voulu l'embaucher. Ma femme dit que c'est une cause perdue. Il a renversé une jeune femme. Il était défoncé. »

Strike ne répondit rien.

« Eh bien, au revoir », fit Chiswell comme s'il émergeait d'une séance d'hypnose. Il lui tendit sa main moite, puis s'éloigna d'un bon pas, emmitouflé dans le gros pardessus qui ne cadrait pas avec la température de cette belle journée de juin.

Strike continua sur St. James's Street, mais dans la direction opposée. Tout en marchant, il sortit son portable. Robin décrocha à la troisième sonnerie.

« Il faut qu'on se voie, dit Strike sans préambule. On a un nouveau boulot. Un truc énorme.

— Flûte ! gémit-elle. Je suis coincée sur Harley Street. Je ne voulais pas vous déranger pendant votre entretien avec Chiswell, mais la femme d'Andy s'est cassé le poignet en tombant d'un escabeau. J'ai dit que je m'occuperais de Craignos le temps qu'il la conduise à l'hôpital.

— Merde. Où est Barclay ?

— Toujours sur Webster.

— Craignos est dans son cabinet ?

— Oui.

— On prend le risque, dit Strike. En général, il rentre directement chez lui le vendredi. Là c'est urgent. On ne peut rien décider par téléphone. Retrouvons-nous au Red Lion sur Duke of York Street, voulez-vous ? »

S'étant abstenu de boire de l'alcool au déjeuner, Strike préférait la retrouver dans un pub, où il pourrait s'offrir une bière, plutôt qu'à l'agence. S'il s'était fait remarquer au White Horse d'East Ham à cause de son beau costume, en revanche au Red Lion sur Duke of York Street, il se fondrait dans la masse. Deux minutes plus tard, il entrait dans le confortable pub victorien, dont le décor, surtout à cause des appliques en cuivre et des vitraux, lui rappela le Tottenham. Après avoir posé sa pinte de London Pride sur une table à l'écart, il alluma son portable pour chercher des renseignements sur Della Winn et son mari. Un article de presse attira son attention. On y parlait des futurs Jeux paralympiques en citant fréquemment le nom de la ministre des Sports.

« Salut », dit Robin en arrivant vingt-cinq minutes plus tard. Elle jeta son sac sur le siège en face de lui.

— Vous buvez quelque chose ? proposa-t-il.

— C'est bon, j'y vais », dit Robin. Quand elle revint avec un verre de jus d'orange, elle demanda : « Alors ? », Strike lui sourit. Elle avait du mal à contenir son impatience. « Racontez ! Que voulait Chiswell ? »

La salle, disposée en fer à cheval autour d'un comptoir, était littéralement bondée. Rien que des gens bien habillés, les uns ayant quitté le bureau avant l'heure pour fêter le début du week-end autour d'un verre, les autres finissant leur journée de travail dans une ambiance agréable, comme c'était le cas pour Strike et Robin. Strike lui raconta son entrevue le plus discrètement possible.

« Oh, fit-elle platement quand il eut terminé. Donc nous... nous sommes censés trouver des trucs dégueulasses sur Della Winn ?

— Sur son mari, la corrigea Strike. Et Chiswell préfère parler de "moyens de dissuasion". »

Robin sirotait son jus d'orange sans rien dire.

« Le chantage est puni par la loi, Robin, reprit Strike en interprétant correctement son silence gêné. Knight essaie de lui soutirer 40 000 livres et Winn veut le forcer à quitter son poste.

— Donc il compte se défendre en les faisant chanter à son tour et nous allons lui donner un coup de main.

— C'est ce qu'on fait tous les jours, non ? On fouille dans la vie privée des gens pour déterrer leurs sales petits secrets. Il est un peu tard pour avoir mauvaise conscience, Robin. »

Strike prit une bonne gorgée de bière. Il était contrarié par l'attitude de Robin mais aussi parce que, en réagissant aussi vivement, il avait laissé voir son ressentiment. Elle vivait avec son mari dans une jolie maison bourgeoise sur Albury Street, pendant que lui croupissait dans un deux pièces rempli de courants d'air, et encore, plus pour longtemps puisqu'il en serait bientôt expulsé. Jamais auparavant on ne leur avait offert un boulot susceptible d'occuper trois personnes à plein temps, et durant plusieurs mois peut-être. Ce boulot, Strike l'avait accepté avec empressement. Et il aurait fallu qu'il s'en excuse ? Il en avait marre de tirer le diable par la queue, marre de passer dans le rouge à la banque chaque fois que les clients se faisaient rares. Il avait des ambitions pour son agence et il ne pouvait espérer les atteindre qu'en équilibrant ses comptes et en mettant de l'argent de côté. Il savait qu'il avait raison et pourtant, il se sentit obligé d'argumenter.

« Nous sommes comme des avocats, Robin. Toujours du côté du client.

— Et ce banquier d'affaires qui cherchait sa femme, vous l'avez bien envoyé sur les r…

— … parce que je savais qu'il lui ferait du mal si jamais il la retrouvait. Ça se voyait comme le nez au milieu de la figure.

— Eh bien, dit Robin en le défiant du regard, imaginez que cette chose pour laquelle ils le font chanter… »

Elle ne put terminer sa phrase. Pris dans une conversation animée avec un collègue, un grand type venait de heurter le dossier de sa chaise. Robin fut projetée en avant et renversa le jus d'orange posé sur la table.

« Hé toi ! gueula Strike pendant que Robin tentait d'éponger sa robe trempée. Ça te gênerait de t'excuser ?

— Oh, j'y crois pas », fit l'homme d'une voix traînante en découvrant l'ampleur des dégâts. Plusieurs personnes s'étaient retournées pour regarder. « C'est moi qui ai fait ça ?

— Ouais, qui d'autre ? tonna Strike en se levant pour contourner la table. Et j'ai toujours pas entendu tes excuses !

— Cormoran ! souffla Robin, inquiète.

— Eh bien… désolé », dit l'homme du bout des lèvres, comme s'il lui faisait une énorme concession. Quand il vit la taille de Strike, ses regrets prirent des accents plus sincères. « Veuillez accepter mes exc…

— Dégage, gronda Strike, puis, se tournant vers Robin : On échange nos places. Comme ça, si un autre abruti nous refait le coup, c'est moi qu'il arrosera. »

Embarrassée mais touchée par sa sollicitude, Robin attrapa son sac à main, tout aussi mouillé que sa robe, et se posa sur la chaise de Strike, lequel était parti lui chercher des serviettes en papier au bar.

« Merci », dit-elle quand il revint.

C'était compliqué de s'opposer frontalement à un homme qui venait de s'asseoir dans une flaque de jus d'orange pour vous épargnez ce même désagrément. Sans cesser d'éponger le devant de sa robe d'été, Robin se pencha vers lui et dit à mi-voix :

« Vous savez, ce qui m'inquiète, c'est l'histoire de Billy. »

Le tissu de coton était si fin qu'une fois mouillé, il lui collait à la peau. Strike s'efforça de la regarder dans les yeux.

« J'ai posé la question à Chiswell.

— Ah bon ?

— Évidemment. C'est la première chose à laquelle j'ai pensé quand il m'a dit que le frère de Billy le faisait chanter.

— Et qu'a-t-il répondu ?

— Qu'il n'avait pas de mort sur la conscience mais que "nul ne peut être tenu responsable des conséquences fortuites".

— Qu'est-ce que ça peut bien vouloir dire ?

— Je lui ai demandé. Il m'a donné un exemple : un homme laisse tomber un bonbon, un enfant le ramasse et s'étouffe avec.

— *Pardon ?*

— Je pense comme vous. Billy n'a pas rappelé, je suppose ? »

Robin fit non de la tête.

« Écoutez, il est plus que probable que Billy ait eu un genre d'hallucination, reprit Strike. Quand j'ai décrit la scène à Chiswell, je n'ai noté en lui ni peur ni culpabilité… » Tout en disant cela, Strike se rappela qu'il avait vu une ombre passer sur le visage du ministre. Il avait même eu l'impression qu'il connaissait déjà cette histoire.

« À ce propos, sur quoi se basent-ils pour le faire chanter ? demanda Robin.

— Je n'en sais rien. Une chose qui, selon lui, se serait déroulée voilà six ans, ce qui ne cadre pas avec le récit de Billy puisqu'il était déjà adulte à ce moment-là. Chiswell dit que ce qu'il a fait était peut-être immoral pour certains mais sûrement pas illégal, du moins pas à l'époque. Ce qui implique qu'aujourd'hui ça l'est. »

Strike étouffa un bâillement. Il avait un coup de pompe, sans doute à cause de la bière et de la chaleur. Or, il devait passer la soirée chez Lorelei.

« Et vous lui faites confiance ? s'étonna Robin.

— Est-ce que je lui fais confiance ? s'interrogea Strike à haute voix, les yeux fixés sur le miroir orné de ciselures extravagantes accroché derrière Robin. Je dirais qu'aujourd'hui, il s'est montré sincère avec moi parce qu'il n'avait pas le choix. Mais le reste du temps, j'imagine qu'il est comme tout le monde. Parfois il ment, parfois il dit la vérité.

— Il ne vous a pas plu, j'espère ? demanda Robin, incrédule. J'ai lu certaines choses sur son compte.

— Et ?

— Il est pour la peine de mort, contre l'immigration, il a voté contre l'allongement du congé maternité… »

Elle ne vit pas le regard involontaire de Strike sur son ventre.

« … ardent défenseur des valeurs familiales, ce qui ne l'a pas empêché de tromper sa femme avec une journaliste…

— Bon, très bien, je ne le prendrais pas comme copain de beuverie mais, quelque part, je trouve que ce type n'a vraiment pas de chance. Il a perdu un fils, l'autre vient de tuer une mère de…

— Justement, c'est ça le problème. Il considère que les petits délinquants sont juste bons à enfermer, et quand son fils renverse

125

une pauvre femme, il fait des pieds et des mains pour obtenir une réduction de p... »

Elle s'interrompit brusquement. Une voix familière venait de retentir : « Robin ! Quel plaisir de te voir ! »

Sarah Shadlock se dirigeait vers elle, flanquée de deux hommes.

« Oh mon Dieu, marmonna Robin avant de lancer malgré tout un cordial : Salut Sarah ! »

Elle aurait payé cher pour éviter cette rencontre. Sarah allait s'empresser de raconter à Matthew qu'elle l'avait trouvée en tête à tête avec Strike dans un pub de Mayfair, alors que voilà une heure à peine, Robin avait déclaré à son mari au téléphone qu'elle était seule sur Harley Street.

Sarah se faufila entre les tables pour lui faire la bise, ce dont elle se serait abstenue si elles avaient été seules l'une et l'autre, Robin le savait pertinemment.

« Ma chérie, que t'est-il arrivé ? Tu es toute collante ! »

Ici, dans ce quartier chic, Sarah était encore plus snob qu'ailleurs, mais plus amicale aussi, curieusement.

« Ce n'est rien. J'ai renversé du jus d'orange, voilà tout.

— Cormoran ! » Sarah se pencha pour planter un baiser sur la joue de Strike qui, à la grande joie de Robin, resta de marbre. « Alors, vous êtes sur une enquête ? demanda Sarah en leur adressant un sourire de connivence.

— On bosse », lâcha Strike.

Comme personne ne l'invitait à s'asseoir, Sarah fit demi-tour et longea le bar dans l'autre sens, suivie par ses deux collègues.

« J'avais oublié que Christie's était juste à côté », marmonna Robin.

Strike vérifia l'heure à sa montre. Il ne voulait pas aller chez Lorelei dans cette tenue. D'ailleurs, son costume n'était plus mettable maintenant qu'il s'était assis sur la chaise de Robin.

« Il faut qu'on décide d'un plan d'action. Parce que ça commence dès demain.

— OK », dit Robin, non sans une certaine appréhension. Cela faisait longtemps qu'elle n'avait pas travaillé le week-end. Matthew s'y était habitué.

« Pas de panique, la rassura Strike comme s'il lisait dans ses pensées. Je n'aurai pas besoin de vous avant lundi. Comme je disais, ce job nécessitera au moins trois personnes. J'estime que nous avons rassemblé assez d'éléments pour clôturer le dossier Webster. Donc, on met Andy à plein temps sur Dr Craignos, on informe les deux clients suivants sur la liste qu'ils devront patienter encore un peu, et on prend Barclay avec nous sur l'affaire Chiswell. Lundi, vous allez à la Chambre des Communes.

— Où ça ? fit Robin, surprise.

— Vous êtes la filleule de Chiswell. Vous voulez faire carrière au Parlement. Votre parrain vous a proposé un stage dans le bureau qui gère sa circonscription, lequel se trouve dans le même couloir que celui de Della Winn, dirigé par son époux. Vous faites connaissance, vous le poussez à parler... »

Il prit une gorgée de bière et la regarda par-dessus son verre en fronçant les sourcils.

« Quoi d'autre ? demanda Robin, redoutant ce qui allait suivre.

— Vous sentez-vous capable d'enfreindre la loi ? dit Strike si doucement qu'elle dut se pencher pour l'entendre.

— Eh bien, en général, je suis contre, répondit-elle, ne sachant si elle devait rire ou s'inquiéter. C'est un peu à cause de ça que j'ai choisi ce métier.

— Et si la loi est floue et qu'il n'y a pas d'autre moyen pour obtenir une information ? N'oublions pas que Winn commet un grave délit en faisant pression sur un ministre de la Couronne pour l'obliger à quitter son poste.

— Vous songez à placer des micros dans le bureau de Winn ?

— Gagné ! », dit Strike. Mais devant son air dubitatif, il crut bon d'ajouter : « Écoutez, d'après ce que dit Chiswell, Winn a une grande gueule et un esprit brouillon, raison pour laquelle il est consigné dans ce bureau à la Chambre, loin du ministère des Sports que dirige son épouse. Il paraît qu'il ferme rarement sa porte, ne se gêne pas pour discuter à haute voix d'affaires confidentielles concernant ses administrés, laisse des documents sensibles traîner dans la cuisine commune. Il y a de fortes chances pour que vous puissiez lui soutirer des renseignements, même sans micro, mais on ne peut pas mettre tous nos œufs dans le même panier. »

Robin avala les deux gouttes de jus d'orange qui restaient au fond de son verre et, après avoir réfléchi, déclara :

« Très bien, je le ferai.

— Vous êtes sûre ? insista Strike. Bon d'accord. Mais pas question de pénétrer dans les locaux avec un micro, vu que vous devrez passer sous un portique de sécurité. J'ai dit à Chiswell que je lui en refilerai quelques-uns demain. Il vous les remettra une fois que vous serez entrée.

« Vous allez devoir changer de nom. Quand vous l'aurez choisi, envoyez-le-moi par texto, que je le transmette à Chiswell. Cela dit, vous pourriez réutiliser "Venetia Hall". Chiswell est tout à fait le genre de mec à avoir une filleule prénommée Venetia. »

« Venetia » était le deuxième prénom de Robin. Strike l'avait toujours trouvé désopilant mais, ce jour-là, Robin était trop stressée pour remarquer son petit sourire narquois.

« Et il faudra trouver un déguisement aussi, reprit Strike. Rien de trop compliqué, mais Chiswell se rappelle vous avoir vue dans la presse l'année dernière, donc on doit partir du principe que Winn risque de vous reconnaître lui aussi.

— Pas de perruque, dit-elle. Il fait trop chaud. Je pourrais essayer les lentilles de contact colorées. Et mettre des lunettes par-dessus. » Incapable de dissimuler son sourire ravi, elle répéta, tout excitée : « La Chambre des Communes ! »

Sa joie fut de courte durée. La tête blonde de Sarah Shadlock venait de s'introduire dans son champ visuel, de l'autre côté du bar. Sarah s'était repositionnée pour mieux espionner Robin et Strike.

« Sortons », dit Robin.

Pendant qu'ils marchaient vers le métro, Strike l'informa que Barclay s'occuperait de Jimmy Knight.

« Je ne peux pas le faire moi-même, ajouta-t-il avec regret. J'ai grillé ma couverture. Jimmy et ses potes de CORO connaissent tous ma tête.

— Alors, que ferez-vous ?

— Je remplirai les blancs, je suivrai d'autres pistes, je ferai les nuits en cas de nécessité.

— Pauvre Lorelei », dit Robin.

Ça lui avait échappé. Comme la circulation était bruyante, elle espérait qu'il n'avait pas entendu.

« Est-ce que Chiswell a parlé de son fils mort en Irak ? enchaîna-t-elle comme on couvre un rire involontaire par un toussotement.

— Ouais. Freddie était son préféré, c'est évident. Ce qui en dit long sur ses facultés de jugement.

— Pourquoi ?

— Freddie Chiswell était un connard de première. J'ai mené pas mal d'enquêtes sur des officiers morts au front, mais jamais on ne m'a autant demandé si le défunt avait été abattu dans le dos par un de ses hommes. »

Robin prit un air choqué.

« *De mortuis nil nisi bonum ?* », demanda Strike.

Robin avait appris bon nombre de citations latines depuis qu'elle travaillait avec Strike.

« Quand même, ça reste son père, dit-elle simplement, comme si Jasper Chiswell lui semblait tout à coup moins détestable. Il n'allait pas dire du mal de lui. »

Ils se séparèrent au bout de la rue, Robin pour aller acheter des lentilles de contact colorées, Strike pour rejoindre la bouche de métro.

Il se sentait inhabituellement joyeux après sa conversation avec Robin. Pendant qu'ils réfléchissaient ensemble aux moyens d'aborder cette affaire épineuse, il avait vu certains aspects de leur amitié refaire surface. Il avait apprécié son enthousiasme à l'idée de s'introduire dans la Chambre des Communes ; il s'enorgueillissait d'avoir pu lui offrir cette chance. Même quand elle lui avait reproché de croire aveuglément aux assertions de Chiswell, il avait aimé son attitude.

Juste avant d'entrer dans la station, Strike fit brusquement un quart de tour sur lui-même, ce qui agaça copieusement l'homme d'affaires qui marchait derrière lui. Le type évita la collision en pestant dans sa barbe et le dépassa d'un air hautain. Strike, indifférent, s'appuya contre un mur baigné de soleil, sortit son portable et composa le numéro de l'inspecteur Eric Wardle tout en savourant la douce chaleur qui imprégnait le tissu de son veston.

Strike avait été sincère en disant à Robin que, d'après lui, Chiswell n'avait pas étranglé d'enfant, mais tout de même, ce dernier avait curieusement réagi au récit de Billy. Et comme, d'après les déclarations du ministre, les Knight avaient vécu sur son domaine, Strike savait maintenant que Billy avait passé son enfance dans l'Oxfordshire. Donc, s'il voulait s'enlever de la tête cette histoire de couverture rose, il ne lui restait plus qu'à chercher si un ou une enfant avait disparu dans cette région, voilà une vingtaine d'années.

11

Étouffons tous les souvenirs dans la liberté, dans la joie, dans la passion.

HENRIK IBSEN, *Rosmersholm*

LORELEI BEVAN HABITAIT dans le quartier de Camden un appartement à la décoration éclectique, situé juste au-dessus de sa florissante boutique de prêt-à-porter vintage. Strike débarqua à 19 heures 30 avec dans une main une bouteille de pinot noir, et dans l'autre son portable collé à l'oreille. Lorelei lui ouvrit, esquissa un sourire indulgent en le voyant au téléphone, comme d'habitude, l'embrassa sur la bouche, prit la bouteille et retourna dans la cuisine d'où s'échappait une appétissante odeur de Pad Thai.

« ... ou alors, essaie de t'infiltrer chez CORO », dit Strike à Barclay. Il referma la porte derrière lui et pénétra dans le salon dominé par une grande sérigraphie, le portrait d'Elizabeth Taylor par Andy Warhol. « Je t'envoie tout ce que j'ai sur Jimmy. Il fricote avec deux bandes différentes. S'il travaille ? Aucune idée. Son QG c'est le White Horse à East Ham. Je crois qu'il supporte les Hammers.

— Ça pourrait être pire, dit Barclay à voix basse, car son bébé venait de s'endormir, et non sans mal. Chelsea par exemple.

— Tu devras lui avouer que tu étais dans l'armée », poursuivit Strike en s'affalant dans un fauteuil. Pour plus de confort, il souleva sa jambe et la posa sur un pouf carré. « C'est écrit sur ta tête.

— Pas de problème, répondit Barclay. Je lui ferai le coup du pauvre gars qui s'est engagé sans savoir où il mettait les pieds.

Les gauchistes adorent ces histoires à la con. Ils vont me chouchouter. »

Strike sortit ses cigarettes en souriant jusqu'aux oreilles. Malgré ses doutes initiaux, il commençait à se dire qu'il avait bien fait d'embaucher Barclay.

« Très bien, mais ne tente rien avant que je te rappelle. Dimanche, sans doute. »

Au moment où Strike raccrochait, Lorelei apparut sur le seuil et lui tendit un verre de vin rouge.

« Tu as besoin d'aide dans la cuisine ? demanda Strike sans faire mine de bouger.

— Non, reste là. C'est bientôt prêt », dit-elle avec un sourire. Strike remarqua son joli tablier, style années 50.

Il alluma sa cigarette pendant qu'elle repartait vers la cuisine. Lorelei était non fumeuse mais ne voyait pas d'inconvénient à ce que Strike grille une Benson de temps à autre, tant qu'il se servait du cendrier kitsch, orné de caniches cabriolants, qu'elle réservait à cet usage.

En tirant sur sa clope, il se surprit à envier Barclay. Il aurait tant aimé être à sa place, se faire admettre auprès de Knight et infiltrer sa bande de gauchos. Du temps où il était dans la police militaire, Strike avait eu un faible pour ce type de mission. Comme la fois où quatre soldats basés en Allemagne s'étaient laissé embrigader dans un groupuscule d'extrême droite. Strike avait réussi à les convaincre qu'il partageait leurs idées sur la suprématie de la race blanche et la nécessité de créer un super État ethno-nationaliste, s'était introduit dans l'une de leurs réunions et avait fini par les coincer. Ce qui lui avait procuré une immense satisfaction.

Il mit Channel 4 et regarda les infos en fumant et en sirotant son verre de vin, tout ragaillardi à l'idée du délicieux Pad Thai qui l'attendait, suivi peut-être d'autres agréables surprises. Une fois n'était pas coutume, ce soir il avait décidé de faire comme tout le monde, et de profiter d'un moment de détente avant le week-end.

Strike et Lorelei s'étaient rencontrés à l'anniversaire d'Eric Wardle. Une soirée qui s'annonçait mal puisque Coco y était. Il ne l'avait pas revue depuis le jour où il lui avait téléphoné pour lui dire que c'était fini entre eux. Coco avait bu comme un trou et à 1 heure du matin, alors qu'il discutait sur un canapé avec

Lorelei, elle avait déboulé, leur avait balancé son verre de vin à la figure et s'était enfuie dans la nuit. Strike ignorait alors que les deux femmes étaient de vieilles amies ; il ne l'avait appris qu'au matin, en se réveillant dans le lit de Lorelei. Strike avait estimé que c'était le problème de Lorelei, pas le sien, et Lorelei avait trouvé qu'à tout prendre, elle préférait garder Strike et oublier Coco.

« Comment tu fais ? lui avait demandé Wardle, perplexe, quand ils s'étaient revus par la suite. Mince alors, j'aimerais bien connaître ton... »

En voyant Strike lever ses gros sourcils, Wardle s'était subitement interrompu, comprenant qu'il avait été à deux doigts de lui faire un compliment.

« Il n'y a aucun secret, avait dit Strike. C'est juste que certaines femmes sont attirées par les unijambistes en surpoids avec un nez de boxeur et des poils pubiens sur la tête.

— Si tu veux mon avis, le fait que ces femmes-là circulent librement prouve que les psys ne font pas leur boulot dans ce pays », avait conclu Wardle. Strike avait éclaté de rire.

Lorelei était son vrai prénom. Sa mère l'avait choisi en référence non pas à la nymphe de la mythologie germanique mais au personnage joué par Marilyn Monroe dans *Les Hommes préfèrent les blondes*, son film fétiche. Dans la rue, les hommes se retournaient sur son passage, mais chez Strike, elle ne suscitait ni la passion ni les tourments qu'il avait connus avec Charlotte. Il se demandait pourquoi. Était-ce parce que Charlotte l'avait rendu moins sensible ou parce que Lorelei était moins envoûtante ? Il n'en savait rien. De la même façon, ils ne s'étaient jamais dit « je t'aime ». Strike la trouvait désirable, spirituelle, mais rien de plus. Et par commodité, il préférait croire que Lorelei pensait comme lui.

Le soir de leur rencontre chez Wardle, après quelques œillades appuyées, Strike s'était levé pour traverser le salon obscur et venir s'asseoir auprès d'elle. Lorelei venait de rompre une relation qui avait duré cinq ans. Il avait choisi de la croire quand elle lui avait dit son soulagement de vivre enfin seule, libre de toute contrainte. Mais, tout récemment, quand il lui avait annoncé qu'il risquait d'être pris chaque week-end, il avait cru déceler en elle certains signes de contrariété, comme les premières gouttes éparses annonçant l'orage. Il avait voulu crever l'abcès mais elle s'était récriée : *Non, non, bien sûr que non, s'il faut que tu travailles...*

Pourtant, Strike avait été clair dès le début : ses horaires étaient aléatoires et ses finances en berne. Tant qu'ils seraient ensemble, il n'irait pas voir ailleurs, mais si elle cherchait une vie stable et sans surprises, il était le mauvais candidat. L'accord avait semblé lui plaire au départ, mais si, au bout de dix mois, il ne lui convenait plus, rien n'empêchait qu'ils y mettent un terme. Du moins, c'était ainsi que raisonnait Strike. Peut-être l'avait-elle deviné, car elle évitait soigneusement toute dispute. Lui, ça l'arrangeait, non seulement parce qu'il détestait les conflits, mais aussi parce que Lorelei lui plaisait. Il aimait coucher avec elle et trouvait préférable – pour une raison sur laquelle il ne voulait pas s'éterniser – d'avoir une femme dans sa vie, en ce moment.

Le Pad Thai était délicieux, la conversation légère et distrayante. Strike n'entra pas dans les détails de sa nouvelle affaire, se contentant de dire qu'elle serait sans doute à la fois intéressante et rémunératrice. Ils firent la vaisselle ensemble puis se retirèrent dans la chambre aux murs rose bonbon et aux tentures imprimées de motifs kitch : cowgirls et poneys.

Lorelei aimait s'habiller en vamp. Ce soir-là, elle avait enfilé un corset et des bas noirs. Peu de femmes avaient comme elle le talent de mettre en scène leurs jeux érotiques sans tomber dans le ridicule. Avec sa jambe unique et son nez cassé, Strike aurait pu se sentir de trop dans ce charmant boudoir où tout n'était que délicatesse et frivolité, mais Lorelei incarnait si bien Aphrodite que Héphaïstos se prit au jeu et finit même par oublier Matthew et Robin.

Tout compte fait, rien ne valait le plaisir d'être avec une femme qui vous désirait vraiment, songeait-il le lendemain au déjeuner, tandis qu'ils étaient assis côte à côte à une terrasse de café, chacun lisant son journal, pendant que Strike tirait sur sa cigarette et que Lorelei promenait ses ongles impeccablement vernis sur le dos de sa main poilue. Alors, pourquoi lui avoir dit qu'il devait retourner travailler cet après-midi ? Certes, il avait promis de passer voir Chiswell à Belgravia pour lui remettre les engins d'écoute, mais il aurait pu ensuite retourner chez elle et retrouver la chambre rose, les bas et le corset. Perspective assez tentante, au demeurant.

Pourtant, au-dedans de lui, une force implacable refusait de se soumettre. Passer deux nuits de suite avec Lorelei briserait le rythme qu'il s'était imposé ; après cela, il n'y aurait plus qu'un pas à faire pour tomber dans la vie de couple, voire pire. Or, Strike était incapable de s'imaginer marié et père de famille. Avec Charlotte, il avait commencé à faire des projets dans ce sens. C'était à l'époque où il essayait de recommencer sa vie avec une demi-jambe en moins. Quant à sa vie précédente, celle qu'il avait vraiment choisie, elle s'était arrêtée sur une route poussiéreuse d'Afghanistan, emportée par une bombe artisanale. Il s'était trouvé projeté dans un nouveau corps, une nouvelle réalité. Parfois, il se disait que sa décision d'épouser Charlotte avait été le symptôme le plus criant de son désespoir, à la suite de son amputation. Il avait dû réapprendre à marcher et, presque aussi difficile, à exister en dehors de l'armée. Pendant deux ans, il avait tenté de se raccrocher à certains éléments de son passé tout en regardant le reste disparaître à tout jamais. Son allégeance à l'armée, Strike l'avait reportée sur Charlotte et la possibilité d'une vie avec elle.

« Bonne initiative, lui avait balancé son vieil ami Dave Polworth quand Strike lui avait annoncé ses prochaines fiançailles. Ce serait dommage de gâcher ton entraînement au combat. Le problème, mon vieux, c'est que maintenant tu risques vraiment d'y laisser ta peau. »

Avait-il vraiment cru à ce mariage ? Comment avait-il pu imaginer que Charlotte accepterait l'existence qu'il lui proposait ? Après tout ce qu'ils avaient traversé, comment avait-il pu croire qu'ils trouveraient la rédemption ensemble ? Deux êtres abîmés, inaptes, chacun à sa manière. Strike repensait à tout cela, assis au soleil à côté de Lorelei, et il se disait que oui, pendant quelques mois, il y avait cru absolument, tout en sachant que c'était impossible, en s'interdisant de se projeter au-delà de quelques semaines, en serrant Charlotte dans ses bras la nuit comme si elle était la dernière femme sur Terre, comme si la fin du monde pouvait seule les séparer.

« Tu veux un autre café ? proposa Lorelei.

— Il vaut mieux que j'y aille.

— On se revoit quand ? demanda-t-elle pendant que Strike réglait l'addition.

— Je te l'ai dit. Ce nouveau boulot va me prendre un temps fou. Difficile pour l'instant de prévoir quoi que ce soit. Je t'appelle demain. On s'organise une soirée dès que j'ai un créneau.

— Très bien, dit-elle en souriant, puis elle ajouta doucement : Embrasse-moi. »

Il se pencha. Elle pressa ses lèvres pulpeuses contre les siennes. Ce baiser lui remit en mémoire les moments les plus mémorables du début de la matinée. Puis ils s'écartèrent, Strike sourit, lui dit au revoir et la laissa sur la terrasse avec son journal.

Le ministre de la Culture accueillit Strike sur le seuil de sa maison d'Ebury Street comme s'il avait hâte de le voir partir. Il prit la boîte contenant les micros et marmonna : « Bien, parfait, je les lui transmettrai. » Il était sur le point de refermer la porte quand il se ravisa. « Au fait, comment s'appelle-t-elle ?

— Venetia Hall », dit Strike.

Strike tourna les talons et repartit d'un pas lourd le long de la rue paisible bordée de maisons cossues, vers la station de métro et Denmark Street.

En entrant, son bureau lui parut étrangement triste et spartiate comparé à l'appartement de Lorelei. Strike se dépêcha d'ouvrir les fenêtres pour laisser entrer la clameur de la rue. Les amateurs de musique continuaient à fréquenter assidûment les marchands de vieux disques et d'instruments installés au rez-de-chaussée. Des boutiques dont l'avenir était malheureusement compromis par les prochains travaux de réhabilitation. Strike aimait cette ambiance où le bruit des moteurs, des klaxons, des conversations et des pas se mêlait aux riffs de guitare joués par des acheteurs potentiels et au son des bongos qu'un musicien des rues faisait résonner au loin. Strike s'installa devant l'ordinateur en sachant qu'il allait devoir passer des heures sur Internet ne serait-ce que pour commencer à dresser le portrait des divers protagonistes de l'affaire Chiswell.

Si l'on sait où chercher, et pourvu qu'on en ait le temps et la capacité, on peut reconstituer maints parcours de vie enfouis dans le cyberespace, comme les exosquelettes parfois morcelés, parfois étonnamment préservés, de l'existence qu'ont menée dans le monde réel leurs avatars de chair de sang. Strike était expert en la matière. Il connaissait des combines permettant de s'introduire dans les confins du Net. Cela étant, on trouvait parfois des trésors sur les réseaux sociaux les plus banals. Il suffisait ensuite de croiser les références pour obtenir des informations détaillées sur n'importe quel individu, même si ce dernier n'avait jamais eu l'intention de partager sa vie privée avec le monde entier.

D'abord, Strike fit monter Google Maps. Il voulait voir le lieu où Jimmy et Billy avaient grandi. Steda Cottage était trop insignifiant pour être inscrit sur la carte. En revanche, Chiswell House y figurait bel et bien, à la sortie du village de Woolstone. Strike perdit cinq minutes à survoler les bois autour de la demeure principale, notant çà et là des petits carrés vides qui auraient pu être des fermes – *ils l'ont enterrée au fond du ravin, près de la maison de notre père* – puis il renonça et orienta ses recherches vers le frère aîné, celui qui avait toute sa tête.

CORO avait un site Internet. Strike y trouva, coincé entre d'interminables diatribes contre le capitalisme et le néolibéralisme, un calendrier des manifestations auxquelles Jimmy prévoyait de participer, activement ou pas. Strike imprima ces documents et les ajouta au dossier. Ensuite, via un lien, il bascula sur le site du Vrai Parti Socialiste, encore plus surchargé que celui de CORO. Il y trouva un autre article interminable signé Jimmy, prônant la dissolution « de l'État d'Israël et de son régime d'apartheid » et l'anéantissement du « lobby sioniste » qui tenait sous sa botte le système capitaliste occidental. Strike nota que Jasper Chiswell faisait partie de « l'élite politique occidentale » dont Jimmy donnait la liste des membres en bas de page. Il avait même droit à la mention « s'est publiquement déclaré prosioniste ».

Flick, la copine de Jimmy, apparaissait sur deux photos. Sur l'une, prise lors d'une manifestation contre Trident, elle était brune, et sur l'autre, où elle acclamait Jimmy pendant un congrès du Vrai Parti Socialiste, elle était teinte en blond rosé. Un autre lien le conduisit sur le compte Twitter de Flick, un mélange détonant de mièvreries et d'injures. Par exemple, au-dessus d'une vidéo montrant un chaton éternuant si fort qu'il tombait de son panier, elle avait écrit : « J'espère que tu vas te choper un putain de cancer du cul, connard de tory. »

Apparemment, ni Jimmy ni Flick ne possédaient de biens immobiliers, l'un des rares points communs qu'ils avaient avec Strike. Il eut beau fouiller partout sur le Net, impossible de savoir comment ils gagnaient leur vie. À moins qu'écrire des articles sur des sites d'extrême gauche rapporte plus qu'il ne l'imaginait. Jimmy louait le misérable logement de Charlemont Road à un dénommé Kasturi Kumar. Sur les réseaux sociaux, Flick laissait entendre qu'elle vivait à Hackney, mais Strike n'avait trouvé aucune adresse en ligne.

Il décida alors de creuser plus profondément et tomba sur un James Knight, dont l'âge pouvait correspondre, qui semblait avoir cohabité pendant cinq ans avec une certaine Dawn Clancy. Bien que saturée d'emojis, la page Facebook de Dawn se révéla très instructive. Jimmy et elle avaient été mariés. Dawn était coiffeuse, avait géré avec succès un salon à Londres et s'était ensuite installée à Manchester, sa ville natale. Elle avait treize ans de plus que Jimmy, pas d'enfant et aucun contact avec son ex-mari. En réponse au post intitulé « Tous les hommes sont des pourris » d'une copine à elle qui venait de se faire larguer, Strike découvrit le commentaire suivant : « Ouais, ce type est une merde mais lui, il t'a pas fait de procès ! C'est encore moi qui gagne ! »

Intrigué, Strike chercha dans les registres des tribunaux et, après avoir fureté un peu, trouva quelques perles rares. Jimmy avait été arrêté pour s'être bagarré une première fois pendant une marche anticapitaliste et une deuxième lors d'une manifestation contre Trident. Strike n'en fut pas autrement surpris. Mais il y avait d'autres choses, bien plus intéressantes. Jimmy figurait sur une liste de plaignants abusifs éditée par le ministère de la Justice. Cela signifiait que ce monsieur avait l'habitude de faire des procès à tout-va, si bien qu'au bout d'un certain temps, on avait fini par lui interdire « d'engager une procédure devant les tribunaux civils sans en avoir obtenu l'autorisation préalable ».

Pendant un temps, Jimmy avait certainement bien profité de son argent – ou de celui de l'État. Au cours de la décennie précédente, il avait intenté des actions contre un tas d'entreprises, ou de particuliers. La justice lui avait donné raison une fois seulement, en 2007. Zanet Industries avaient dû lui verser des indemnités parce qu'ils l'avaient licencié sans respecter la procédure.

Jimmy s'était présenté devant la cour sans se faire assister d'un avocat. Trop heureux d'avoir remporté la victoire, il avait utilisé la même méthode pour les procès suivants, entre autres contre un garagiste, un voisin, un journaliste qu'il accusait de l'avoir diffamé, deux agents du Met qu'il accusait de l'avoir frappé, deux employeurs et finalement son ex-épouse qu'il accusait de l'avoir harcelé et privé de ses moyens de subsistance.

Dans l'armée, Strike avait croisé des individus qui refusaient l'assistance d'un avocat. Ces types étaient soit déséquilibrés soit tellement arrogants que ça revenait au même. Cette manie procédurière révélait que Jimmy était un homme cupide et sans principes, intelligent mais dépourvu de discernement. Il était toujours bon de connaître les faiblesses de celui dont on voulait pénétrer les secrets. Strike imprima le nom des gens que Jimmy avait poursuivis en justice, plus l'adresse actuelle de son ex-épouse, et ajouta le tout au dossier.

Il était près de minuit quand Strike monta chez lui pour tenter de rattraper son manque de sommeil. Le lendemain dimanche, il se leva de bonne heure et descendit pour s'occuper cette fois de Geraint Winn. Il resta devant son ordinateur jusqu'à ce que le jour baisse. Un autre dossier cartonné, étiqueté CHISWELL, était à présent posé sur le bureau près de son coude, bourré de renseignements glanés à droite et à gauche, mais tous recoupés et confirmés, sur les deux maîtres chanteurs de son client.

Il bâilla, s'étira, et soudain entendit les bruits qui entraient dans le bureau par les fenêtres ouvertes. Les boutiques de musique avaient baissé leurs rideaux, les bongos s'étaient tus mais la circulation faisait toujours autant de raffut sur Sharing Cross Road. Strike se leva en prenant appui sur la table. Sa cheville, la vraie, était engourdie après toutes ces heures qu'il avait passées assis devant l'écran. Il regagna son bureau en boitillant et regarda par la fenêtre le ciel orangé qui s'étirait sur les toits de la ville.

On était dimanche soir. Dans moins de deux heures, l'Angleterre rencontrerait l'Italie pour les quarts de finale de la coupe d'Europe de football à Kiev. Exceptionnellement, Strike s'était offert un petit plaisir : un abonnement Sky pour pouvoir regarder les matchs. Le petit poste qu'il avait chez lui, son deux pièces pouvant difficilement accueillir un écran plus large, n'était peut-être pas le support idéal pour un événement d'une telle ampleur, mais il voulait éviter de passer la soirée au pub, sachant que le lendemain, il devrait se lever tôt pour retrouver Dr Craignos. Une perspective qui ne l'enchantait guère.

Il regarda sa montre. Il avait le temps de passer chez le Chinois avant le match, mais il devait également appeler Barclay et Robin qui attendaient ses instructions pour les prochains jours. Il allait attraper son portable quand un petit carillon l'informa qu'il avait reçu un mail.

Dans l'objet, était écrit : « Enfants disparus dans l'Oxfordshire. » Strike reposa son portable et ses clés sur le bureau puis il cliqua sur la pièce jointe.

Strike

Voilà ce que j'ai obtenu vite fait. Faute de dates précises ça n'a pas été facile. 2 cas d'enfants disparus dans les comtés d'Oxfordshire/Wiltshire au cours des années 90. Les enquêtes n'ont rien donné, que je sache. Suki Lewis, 12 ans, s'est enfuie du foyer qui l'hébergeait, en octobre 1992. On ignore où elle est maintenant. Immamu Ibrahim, 5 ans, a disparu en 1996 en même temps que son père. On pense qu'ils sont en Algérie. En l'absence d'informations plus précises, on ne peut pas faire grand-chose.

Amitiés, E

12

C'est un temps d'équinoxe chargé d'orage que nous vivons.

HENRIK IBSEN, *Rosmersholm*

L E SOLEIL COUCHANT PROJETAIT UN RAI de lumière orangée sur le duvet derrière Robin, assise à sa coiffeuse dans la chambre spacieuse qu'elle partageait avec Matthew. Comme les voisins faisaient un barbecue, l'odeur des grillades avait remplacé le parfum du chèvrefeuille qui tout l'heure embaumait l'air. Matthew était au rez-de-chaussée. Robin l'avait laissé vautré sur le canapé du salon, une bouteille de Peroni bien glacée à la main, en train de regarder les joueurs à l'échauffement avant le match Angleterre-Italie.

Elle ouvrit le tiroir de la coiffeuse et sortit les lentilles de contact colorées qu'elle y avait cachées. La veille, elle en avait essayé plusieurs paires chez l'opticien, et s'était décidée pour des lentilles noisette qui faisaient plus naturel avec ses cheveux blond cuivré. Vite, elle sortit la première, la colla sur son iris bleu-gris, puis la deuxième. Elle devait s'habituer à les porter. Idéalement, elle aurait dû les garder tout le week-end, mais elle y avait renoncé en voyant la réaction de Matthew.

« Tes yeux ! s'était-il exclamé après l'avoir dévisagée, perplexe, durant quelques secondes. Bon sang, mais c'est horrible ! Enlève ça ! »

Comme ils avaient déjà passé le samedi à s'engueuler à cause de son travail, elle s'était dit que les porter pendant le reste du week-end ne ferait qu'envenimer les choses, car ces lentilles rappelleraient à Matthew la mission délicate qu'elle était censée accomplir la semaine suivante. Il semblait penser que s'introduire clandestinement dans la Chambre des Communes équivalait à une trahison. Et le fait qu'elle refuse de lui dire qui était son client et surtout qui elle était chargée d'espionner, n'avait rien arrangé.

Robin se répétait en boucle que Matthew se faisait du souci pour elle, qu'il ne fallait donc pas lui tenir rigueur de son comportement. C'était un exercice mental qu'elle accomplissait comme on s'inflige une pénitence : *tu ne peux lui reprocher d'être inquiet pour toi, tu as failli te faire tuer l'année dernière, il ne veut que ton bien.* Seulement voilà, le fait qu'elle ait pris un verre avec Strike le vendredi précédent semblait le préoccuper bien davantage que sa sécurité.

« Je te trouve sacrément hypocrite », dit-il.

Chaque fois qu'il piquait une colère, la peau autour de son nez et de sa lèvre supérieure avait tendance à se crisper. Robin avait noté ce détail plusieurs années auparavant, mais aujourd'hui il lui provoquait une sorte de répulsion. Elle n'en avait jamais parlé à sa psy. C'était trop puissant, trop viscéral.

« En quoi suis-je hypocrite ?

— Tu vas boire des coups avec lui et…

— Matt, je travaille avec…

— … et après, tu râles quand je déjeune avec Sarah.

— Va donc déjeuner avec elle ! répliqua Robin dont le pouls s'accéléra immédiatement. Vas-y, ne te gêne pas ! Quand je l'ai croisée au Red Lion, elle était avec des mecs, des collègues de travail. Tu devrais appeler Tom pour lui dire que sa fiancée va boire des coups avec ses collègues ! À moins que je sois la seule à ne pas pouvoir le faire ? »

À présent, la peau autour de son nez et de sa bouche ressemblait à une muselière, songea Robin. Une muselière couleur chair pour un chien méchant.

« Tu m'en aurais parlé si Sarah ne t'avait pas surprise avec lui ?

— Oui, rétorqua Robin, hors d'elle, et je suis sûre que tu aurais quand même réagi comme un con. »

Cette dispute, l'une des nombreuses – mais pas la pire – qu'ils avaient eues depuis un mois, s'était prolongée pendant la journée du dimanche. L'accalmie était intervenue deux heures auparavant, sans doute parce que Matthew se réjouissait à l'idée de regarder le match de foot. Il était redevenu aimable et, pour faire la paix, Robin était allée lui chercher une Peroni à la cuisine. Après quoi, elle l'avait embrassé sur le front et s'était éclipsée, grandement soulagée, pour aller essayer ses lentilles de contact et préparer ses affaires en prévision du lendemain.

Robin cligna les yeux plusieurs fois pour dissiper les picotements, puis elle fit trois pas vers le lit où était posé son ordinateur portable. En s'approchant, elle vit qu'un mail de Strike venait de s'afficher.

Robin,
Ci-joint quelques infos sur les Winn. Je vous appellerai d'ici ce soir pour un court briefing.
CS

Robin était un peu contrariée. Normalement, Strike était juste censé « remplir les blancs » et s'occuper des nuits. Il croyait peut-être qu'elle était restée les bras croisés tout le week-end ? Elle cliqua sur la première pièce attachée. Strike y avait résumé les découvertes qu'il avait faites sur le Net.

Geraint Winn
Geraint Ifon Winn, né le 15 juillet 1950 à Cardiff. Père mineur. Études secondaires, rencontre Della à l'université de Cardiff. Travaille comme « agent immobilier » avant de devenir son directeur de campagne. Après son élection, Della le place à la tête de son bureau à la Chambre. Je n'ai rien trouvé sur son métier précédent. Aucune société n'est enregistrée à son nom. Il vit avec Della à Bermondsey, Southwark Park Road.

Strike avait réussi à dénicher deux mauvais clichés où on le voyait avec sa célèbre épouse. Robin avait trouvé les mêmes de son côté. Elle était bien placée pour savoir combien Strike avait dû galérer pour obtenir un portrait de Geraint ; elle-même y avait passé des heures la nuit précédente, pendant que Matthew dormait. Les reporters devaient estimer que ce petit bonhomme maigrichon et dégarni n'apportait pas grand-chose de plus à leurs photos. Avec ses lunettes à monture épaisse, son absence de lèvres, son menton fuyant et ses dents en avant, Robin trouvait qu'il ressemblait à un gecko géant.

Suivait une présentation de la ministre des Sports.

Della Winn

Née le 8 août 1947 à Vale of Glamorgan, Pays de Galles, où elle a grandi. Nom de jeune fille Jones. Ses deux parents étaient professeurs. Aveugle de naissance à cause d'une microphtalmie bilatérale. Fréquente l'École royale St. Enodoch pour les Handicapés visuels entre 5 et 18 ans. Remporte de nombreux trophées de natation étant adolescente. (Voir articles joints pour plus de détails, et le site de l'association caritative The Level Playing Field).

Bien que Robin ait lu des pages et des pages sur Della durant le week-end, elle se plongea avec diligence dans les deux articles en question mais n'en apprit guère plus. Della avait travaillé pour un fameux organisme de défense des Droits de l'homme puis s'était présentée aux élections législatives dans la circonscription galloise dont elle était originaire. Elle plaidait depuis toujours pour la pratique du sport dans les quartiers défavorisés, elle avait pris fait et cause pour les athlètes handicapés et supporté un certain nombre de projets de réinsertion par le sport des blessés de guerre. Son œuvre caritative, The Level Playing Field, soutenait les jeunes athlètes rencontrant des problèmes dans l'exercice de leur discipline, que ce soit par manque d'argent ou du fait de leur handicap. Au moment de son lancement, The Level Playing Field avait bénéficié d'une large couverture médiatique. Plusieurs sportifs célèbres avaient donné de leur temps pour collecter des fonds.

Les deux articles que Strike lui avait envoyés en pièces attachées évoquaient un élément biographique que Robin connaissait déjà : les Winn, comme les Chiswell, avaient perdu un enfant. La fille unique de Della et Geraint s'était donné la mort à l'âge de seize ans, un an avant que Della se présente au Parlement. Cette tragédie était mentionnée dans tous les profils que Robin avait pu lire sur Internet, même ceux qui vantaient les nombreuses réussites de la ministre. Dans son discours d'intronisation à la Chambre, elle avait prôné la création d'un numéro d'urgence dédié aux personnes harcelées, mais à part cela, elle n'avait jamais parlé du suicide de son enfant.

Le portable de Robin sonna. Après avoir vérifié que la porte de la chambre était bien fermée, elle répondit.

« Vous avez vite décroché, dit Strike, la bouche pleine de nouilles chinoises. Désolé je ne m'y attendais pas, je me suis acheté un plat préparé.

— J'ai lu votre mail », commença Robin. Elle entendit un claquement et comprit que Strike ouvrait une canette de bière. « Très utile, merci.

— Votre déguisement est prêt ?

— Oui », répondit Robin en se tournant vers le miroir. C'était incroyable, il suffisait de changer la couleur des yeux pour transformer un visage. Avec une paire de lunettes en plus, elle deviendrait une autre femme.

« Et vous en savez assez sur Chiswell pour jouer sa filleule ?

— Naturellement.

— Je vous écoute. Impressionnez-moi.

— Né en 1944, dit Robin sans lire ses notes. Études classiques au Merton College à Oxford. Admis au régiment des Queen's Own Hussars, fait son service à Aden et à Singapour.

« Première épouse, Lady Patricia Fleetwood, trois enfants : Sophia, Isabella et Freddie. Sophia est mariée, vit dans le Northumberland. Isabella dirige le bureau de Chiswell au Parlement…

— Ah bon ? fit Strike, un peu surpris, tandis que Robin se félicitait de lui avoir appris quelque chose.

— C'est la fille que vous connaissez ? demanda-t-elle, se souvenant des paroles de Strike, l'autre jour au bureau.

— "Connaître" c'est un bien grand mot. Je l'ai rencontrée deux ou trois fois avec Charlotte. Tout le monde l'appelait "Izzy Chizzy". Vous savez, ces sobriquets qu'affectionnent les gens de la haute.

— Lady Patricia a divorcé de Chiswell après qu'il a mis enceinte une journaliste politique…

— … laquelle donna naissance au fils dévoyé de la galerie d'art.

— Exactement... »

Robin déplaça la souris sur son écran et ouvrit une photo qu'elle avait sauvegardée. Un beau jeune homme brun vêtu d'un costume anthracite gravissait les marches d'un tribunal, accompagné d'une femme élégante aux cheveux noir corbeau et aux yeux cachés par des lunettes de soleil. Elle lui ressemblait de manière frappante mais avait l'âge d'être sa mère.

« ... Chiswell et sa journaliste se sont séparés peu après la naissance de Raphael, poursuivit Robin.

— La famille l'appelle "Raff", intervint Strike. Et la seconde épouse ne l'aime pas. Elle estime que Chiswell aurait dû le déshériter après l'accident de voiture. »

Robin prit note.

« Super. Merci. L'épouse actuelle de Chiswell, Kinvara, n'était pas en grande forme, l'année dernière », embraya Robin en cliquant sur une autre photo. Une rousse plantureuse dans une robe noire moulante, un lourd collier de diamants autour du cou, fixait l'objectif en faisant la moue. Elle avait une trentaine d'années de moins que Chiswell, et si Robin n'avait pas su qu'ils étaient mariés, elle les aurait crus père et fille.

« Surmenage, dit Strike en devançant son commentaire. Mouais. Alcool ou drogue, d'après vous ? »

Robin entendit un autre bruit sec. La canette de Tennent's avait dû atterrir dans la corbeille à papier. Donc il était seul. Lorelei ne mettait jamais les pieds dans le deux pièces sous les combles.

« Qui sait ? dit Robin en fixant toujours la photo de Kinvara Chiswell.

— Dernière chose, reprit Strike. Ça vient de tomber. Deux enfants ont disparu dans l'Oxfordshire à l'époque où se situe l'histoire de Billy, enfin à peu près. »

Il y eut un bref silence.

« Vous êtes toujours là ? demanda Strike.

— Oui... Pourtant vous disiez que, d'après vous, Chiswell n'avait pas étranglé d'enfant.

— Et je continue à le penser. Les dates ne correspondent pas. En plus, si Jimmy avait appris qu'un ministre tory était coupable de meurtre, il n'aurait pas attendu vingt ans pour le faire chanter. Mais j'aimerais quand même bien savoir si Billy délire ou s'il a vraiment assisté à la scène. Je vais creuser un peu autour des deux noms que Wardle m'a donnés et si je tombe sur une piste, je vous demanderai peut-être d'interroger Izzy. Elle pourrait se souvenir d'une disparition près de Chiswell House et vous fournir certaines clés. »

Robin ne répondit pas.

« Comme je disais dans le pub, Billy est très malade, renchérit Strike, sur la défensive. Ce n'est probablement qu'un coup d'épée dans l'eau. » Strike devinait ce qu'elle pensait : il avait déjà failli compromettre des missions bien payées et mécontenter des clients riches pour courir après des mystères que d'autres auraient considérés comme quantité négligeable. « C'est juste que je…

— … que vous ne serez tranquille qu'après en avoir eu le cœur net, compléta Robin. Très bien. Je comprends. »

Comme elle ne le voyait pas, Strike en profita pour sourire et frotter ses yeux fatigués.

« Bonne chance pour demain, dit-il. N'hésitez pas à m'appeler en cas de besoin.

— Qu'avez-vous prévu de faire ?

— Paperasse. L'ex-épouse de Jimmy Knight ne travaille pas le lundi. J'irai la voir à Manchester mardi. »

Robin ressentit une bouffée de nostalgie. L'année précédente, Strike et elle étaient partis sur les routes pour interroger des femmes victimes d'hommes violents. Elle se demanda s'il y avait pensé lui aussi, en organisant ce déplacement.

« Vous regardez Angleterre-Italie ?

— Ouais, dit Strike. Vous avez autre chose à me dire ?

— Non, non, répondit rapidement Robin, de peur qu'il s'imagine qu'elle cherchait à le retenir. Alors, à bientôt. »

Il lui dit au revoir, elle raccrocha aussitôt et balança son portable sur le lit.

13

Mais je pourrais bien dire que ça m'est égal.

HENRIK IBSEN, *Rosmersholm*

L E LENDEMAIN MATIN, Robin se réveilla en sursaut avec
l'impression d'étouffer, ses doigts crispés sur sa gorge
comme pour dénouer des mains invisibles. Elle allait sortir
de la chambre quand Matthew se réveilla à son tour et la regarda,
désorienté.

« Ce n'est rien, je vais bien », marmonna-t-elle sans lui laisser le
temps de parler. Puis elle trouva la poignée en tâtonnant, ouvrit la
porte et passa dans le couloir.

Le plus surprenant n'était pas qu'elle ait ce genre de crise,
mais plutôt qu'elle n'en ait pas eu plus souvent depuis qu'elle
avait entendu cette histoire d'enfant étranglée. Robin savait précisément ce qu'on ressentait quand on vous attrapait par le cou et
qu'on serrait, quand l'obscurité vous envahissait le cerveau et que
vous aviez conscience de vivre vos derniers instants. Elle avait dû
faire une thérapie à cause de ces fragments de mémoire, tranchants
comme des lames, qui, à l'inverse des souvenirs normaux, avaient
le pouvoir de l'extraire brutalement de son corps et de la projeter
vers son passé. Et voilà qu'à nouveau, elle reniflait l'odeur de la
nicotine qui tachait les doigts de l'Étrangleur, de nouveau elle sentait dans son dos le ventre mou, la chemise trempée de sueur de
l'homme au couteau.

Elle verrouilla la porte de la salle de bains et s'assit par terre,
sans rien enfiler par-dessus le T-shirt large qu'elle portait pour
dormir. Elle se concentra sur son souffle, le froid du carrelage

sous ses cuisses nues. Comme on le lui avait appris, elle écouta son cœur qui battait la chamade, visionna l'adrénaline qui courait dans ses veines, sans chercher à combattre la panique, juste en la regardant. Au bout d'un moment, elle nota une légère odeur de lavande, celle du gel douche qu'elle avait utilisé la veille au soir, puis elle entendit un avion passer dans le ciel.

Tu es en sécurité. Ce n'était qu'un rêve. Juste un rêve.

Malgré les deux portes fermées, elle reconnut l'alarme du portable de Matthew. Quelques minutes plus tard, il frappait à la porte.

« Tu vas bien ?

— Oui, très bien », répondit Robin assez fort pour couvrir le bruit de l'eau qui coulait.

Elle ouvrit.

« Tout va bien, c'est sûr ? insista-t-il en l'observant.

— J'avais juste envie de faire pipi », répliqua joyeusement Robin. Et elle revint dans la chambre pour mettre ses lentilles de contact colorées.

Avant de devenir détective, Robin s'était inscrite dans une agence d'intérim, Temporary Solutions, qui l'envoyait faire des remplacements de secrétariat à droite et à gauche. Les nombreuses entreprises où elle avait travaillé ne formaient plus à présent qu'une masse confuse dans sa mémoire. Seules subsistaient les anomalies, les étrangetés, tout ce qui sortait de l'ordinaire. Par exemple, elle se rappelait le patron alcoolique dont elle réécrivait les courriers par pure gentillesse, le tiroir qu'elle avait ouvert un jour et qui contenait un dentier et un caleçon taché, le jeune homme assis au bureau en face d'elle, qui l'avait surnommée « Bobbie » et lui avait fait des avances plus que maladroites, la femme qui avait tapissé les cloisons de son box avec des photos de l'acteur Ian McShane, la fille qui avait rompu avec son copain par téléphone sans paraître s'apercevoir du silence qui s'était abattu sur l'open space. Robin doutait que l'un de ses anciens collègues se souvienne d'elle plus qu'elle se souvenait d'eux, même dans le cas du dragueur timide qui l'appelait « Bobbie ».

En revanche, dès l'instant où elle avait pénétré dans l'enceinte de Westminster, Robin avait su qu'elle garderait à jamais gravé en elle tout ce qu'elle allait vivre durant les prochains jours.

Elle frissonna de plaisir rien qu'en laissant les touristes derrière elle pour franchir le portail gardé par un policier. Et quand elle s'avança vers le palais, avec ses incroyables moulures dorées soulignées d'ombre par le soleil matinal et sa fameuse tour-horloge qui se découpait sur le ciel, elle n'arrivait quasiment plus à contenir son excitation.

Strike lui avait indiqué la porte par laquelle elle devait entrer. Elle donnait sur un long vestibule en pierre à peine éclairé. Mais avant de s'y engager, Robin devait passer par un détecteur de métaux et une machine à rayons X, comme dans les aéroports. Tandis qu'elle décrochait son sac de son épaule pour le déposer sur le tapis roulant, Robin remarqua une grande femme blonde d'une trentaine d'années, légèrement débraillée. Postée un peu en retrait, elle tenait à la main un petit paquet enveloppé de papier Kraft. Elle regarda Robin poser pour la photo qui figurerait sur le passe temporaire qu'elle devrait désormais porter à son cou, suspendu au bout d'une lanière, et quand l'agent de sécurité lui donna l'autorisation d'entrer, fit un pas en avant.

« Venetia ?

— Oui, répondit Robin.

— Izzy », dit la femme avec un sourire et une poignée de main. Elle portait un chemisier vague avec de grosses fleurs écrasées imprimées dessus, et un pantalon à jambes larges. « De la part de papa. » Elle lui remit le paquet. « Je suis vraiment *naaavrée*, il faut qu'on se dépêche – ravie que vous soyez à l'heure… »

Elle partit au pas de gymnastique. Robin s'élança derrière elle.

« … Je dois imprimer un tas de pages à remettre en urgence au ministère du Numérique, de la Culture, des Médias et des Sports, DCMS. En ce moment, je suis carrément débordée. Comme papa est ministre de la Culture, avec les Jeux olympiques qui arrivent, je ne vous raconte pas… »

Elles traversèrent le grand hall en courant presque et, arrivées tout au bout, sous les hauts vitraux, s'engouffrèrent dans une série de corridors labyrinthiques. Izzy parlait en continu, sur ce ton assuré et un tantinet emphatique propre à l'aristocratie britannique. Robin ne put s'empêcher d'admirer sa capacité respiratoire.

« J'attends les vacances parlementaires et je m'en vais. Je

monte une boîte de décoration intérieure avec mon ami Jacks. Ça fait cinq ans que je suis ici. Papa n'est pas content. Il veut un assistant vraiment compétent et le seul qu'il appréciait nous a fait faux bond. »

Elle se retourna vers Robin qui peinait à la suivre.

« Vous ne connaîtriez pas quelqu'un, par *hasaaard* ?

— Je crains que non, répondit Robin qui ne s'était fait aucun ami quand elle était intérimaire.

— On y est presque », annonça Izzy après avoir suivi un nombre incalculable de couloirs étroits au sol garni d'une moquette vert sapin. La couleur des banquettes dans la Salle des Débats, songea Robin en se rappelant les reportages à la télé. Finalement, elles débouchèrent dans un passage flanqué de plusieurs épaisses portes en bois encadrées de chambranles en ogive.

« Là, murmura Izzy en désignant la première à droite, c'est chez Winn. Et ici, c'est chez nous. »

Izzy s'arrêta devant la dernière porte à gauche et s'effaça pour laisser entrer Robin.

Le local était exigu et plein comme un œuf. De ses fenêtres cintrées garnies de voilages, on apercevait la terrasse d'un bar où des silhouettes se découpaient en ombres chinoises sur l'arrière-fond presque aveuglant de la Tamise. Il y avait deux bureaux, une multitude d'étagères encombrées et un fauteuil vert défoncé. Sur un côté, un rideau, vert lui aussi, cachait en partie une bibliothèque chargée de dossiers empilés n'importe comment. Juché sur une armoire de classement, un petit poste de télé montrait l'intérieur de la Chambre des Communes et ses banquettes en cuir vert, actuellement inoccupées. Une étagère basse supportait des mugs dépareillés et une bouilloire qui avait taché le papier peint au-dessus. Une imprimante ronronnait dans un coin. Plusieurs feuillets avaient atterri sur la moquette râpée.

« Et merde », dit Izzy en les ramassant précipitamment pendant que Robin fermait la porte. Elle les tapota, en fit une liasse et posa celle-ci sur son bureau.

« Je suis *positivement* ravie que papa ait fait appel à vous, embraya-t-elle. Il est tellement sous pression, le pauvre, et ça tombe vraiment mal, vu tout ce qu'il y a à faire en ce moment. Mais vous allez nous sortir de ce mauvais pas, Strike et vous, n'est-ce pas ? Ce Winn est un sale petit bonhomme, ajouta-t-elle en s'emparant d'un classeur en cuir. Un *bon à rien*, vous voyez le genre. Depuis combien de temps travaillez-vous avec Strike ?

— Deux ans environ, dit Robin en déballant le paquet qu'Izzy lui avait remis.

— On se connaît, il vous l'a dit ? J'ai fait mes études avec son ex, Charlie Campbell. Belle fille mais pas facile. Vous l'avez déjà rencontrée ?

— Non », répondit Robin. Charlotte avait failli lui rentrer dedans deux ans auparavant, devant le bureau de Strike, mais depuis elle ne l'avait jamais revue.

« Strike m'a toujours fait craquer », dit Izzy.

Robin se retourna vers elle, surprise, mais Izzy continuait à ranger les feuillets dans le classeur comme si de rien n'était.

« Les autres ne le comprenaient pas mais moi si. Il était si viril et tellement… comment dire… sans concessions.

— Sans concessions ? répéta Robin.

— Il ne se laissait emmerder par personne. Il se fichait comme d'une guigne de ce que les gens pensaient de lui, vous savez…

— Qu'il n'était pas assez bien pour elle ? »

Robin regretta aussitôt ce qu'elle venait de dire. Elle s'était sentie obligée de voler au secours de Strike. Une réaction étrange et plus encore absurde : si quelqu'un était capable de se défendre tout seul, c'était bien lui.

« Je suppose, dit Izzy, à nouveau plantée devant l'imprimante. Ces derniers mois ont été un calvaire pour papa. Ce n'est pas comme s'il avait fait quelque chose de mal ! lança-t-elle sur un ton farouche. Un jour c'est légal, le lendemain ça ne l'est plus. Papa n'y est pour rien.

— Qu'est-ce qui n'est pas légal ? fit Robin d'un air innocent.

— Désolée, répondit Izzy avec gentillesse mais fermeté. Comme dit papa, moins de gens sont au courant, mieux ça vaut. »

Elle regarda le ciel à travers les rideaux. « Pas besoin de mettre une veste, qu'en pensez-vous ? Non… désolée, il faut que j'y aille. Papa a besoin de ces documents, il rencontre les sponsors des Jeux olympiques à 10 heures. Bonne chance. »

Elle sortit du bureau dans une envolée de tissu fleuri et de mèches blondes, laissant Robin sur sa faim mais étrangement rassurée. Le fait que Izzy puisse donner un avis si tranché sur la question tendait à prouver que Chiswell n'avait rien fait de bien méchant. À supposer bien sûr qu'il ait dit la vérité à sa fille.

Robin finit de déchirer le papier Kraft et, comme elle s'y attendait, découvrit au fond de la boîte la demi-douzaine de micros que Strike avait remis à Jasper Chiswell durant le week-end. En tant que ministre de la Couronne, Chiswell n'avait pas à franchir les portails de sécurité, comme l'avait fait Robin en arrivant. Elle examina les engins. Ils ressemblaient à des prises de courant classiques et ils étaient conçus pour être branchés sur de vraies prises, lesquelles continuaient à fonctionner normalement. L'enregistreur intégré démarrait dès que quelqu'un se mettait à parler. Robin entendait son cœur battre dans le silence qui avait envahi la pièce après le départ d'Izzy. Elle commençait à mesurer la difficulté de la tâche qui l'attendait.

Elle retira sa veste, la suspendit, et sortit de son sac la grosse boîte de Tampax vide dans laquelle elle avait prévu de planquer sa réserve de micros. Elle en garda un, rangea les autres à l'intérieur et glissa la boîte dans le dernier tiroir de son bureau, tout en bas. Ensuite, elle inspecta les étagères surchargées et trouva une boîte à archives vide. Elle y déposa le micro et entassa par-dessus une liasse de feuillets dactylographiés pris au sommet d'une pile marquée « à broyer ». Ainsi équipée, Robin respira un bon coup et sortit dans le couloir.

La porte de Winn était ouverte, à présent. Quand Robin arriva à sa hauteur, elle aperçut un jeune homme grand et mince, de type indo-pakistanais, portant des lunettes aux verres épais. Il tenait une bouilloire à la main.

« Bonjour ! dit Robin en calquant son approche sur l'attitude franche et cordiale d'Izzy. Nous sommes voisins ! Je m'appelle Venetia Hall. Et vous ?

— Moi c'est Aamir, marmonna l'autre avec l'accent des quartiers populaires londoniens. Aamir Mallik.

— Vous travaillez pour Della Winn ?

— Ouais.

— Oh, c'est une femme tellement formidable, s'écria Robin. J'ai toujours voulu suivre son exemple. »

Aamir ne répondit pas mais, à son attitude, Robin comprit

qu'elle dérangeait. Elle avait l'impression d'être un roquet gambadant entre les jambes d'un cheval de course.

« Ça fait longtemps que vous travaillez ici ?

— Six mois.

— Vous allez boire un café ?

— Non », répliqua-t-il comme si elle lui faisait des avances. Puis il pivota sur les talons et se dirigea vers les toilettes.

Accrochée à la boîte d'archives, Robin poursuivit son chemin en se demandant si l'attitude du jeune homme était due à la timidité. Elle penchait davantage pour de l'antipathie. Pourtant, se faire un ami dans le bureau de Winn lui aurait bien facilité les choses. Elle trouvait assez pénible de devoir passer pour la filleule de Jasper Chiswell, une femme dans le genre d'Izzy. Au fond d'elle-même, elle savait que Robin Ellacott du Yorkshire aurait mieux su apprivoiser un garçon comme Aamir.

Mais elle allait devoir jouer le jeu maintenant qu'elle était là. Au lieu de retourner immédiatement dans le bureau d'Izzy, Robin décida de prendre son temps et de visiter les lieux.

Les bureaux de Chiswell et de Winn se trouvaient à l'intérieur du palais de Westminster lui-même. Un édifice qui ressemblait beaucoup à une université ancienne, avec ses plafonds gothiques, ses grandes bibliothèques, ses salons de thé et son atmosphère très particulière, à la fois majestueuse et confortable.

Elle emprunta un passage en partie couvert, dominé par de grandes sculptures représentant une licorne et un lion, prit un escalier mécanique et déboucha sur Portcullis House. C'était un Cristal Palace version contemporaine. Le toit était formé de panneaux de verre triangulaires encastrés entre des montants épais de couleur noire. Dans le vaste atrium qui s'étirait sous la verrière, on apercevait un café où venaient se restaurer aussi bien les élus que les fonctionnaires du Parlement. Des arbres de belle taille s'alignaient de part et d'autre de l'allée centrale ornée de bassins étroits et peu profonds dont les eaux miroitaient comme du mercure sous le soleil de juin.

L'air bruissait d'activité, comme dans une ruche peuplée d'individus en prise directe sur le monde. Robin s'avança sous les triangles de verre et passa devant des journalistes politiques perchés sur des banquettes en cuir. Les uns téléphonaient ou consultaient leur portable, les autres pianotaient sur leur ordinateur. D'autres encore interpellaient tel ou tel élu pour solliciter un commentaire. Robin se demanda si elle aurait aimé travailler ici, à supposer qu'elle n'eût jamais croisé le chemin de Strike.

Ses explorations s'achevèrent par le troisième et dernier bâtiment, abritant les bureaux personnels des parlementaires. C'était aussi le moins intéressant et le plus vieillot. Avec sa vieille moquette, ses murs beige et ses rangées de portes identiques, on se serait cru dans un hôtel trois étoiles. Robin fit demi-tour, sa boîte à archives serrée contre elle, et cinquante minutes après l'avoir quitté, retrouva le couloir d'où elle était partie. Elle s'arrêta devant la porte de Winn. Après avoir regardé à droite et à gauche, elle colla son oreille contre le panneau de chêne et crut entendre bouger à l'intérieur.

« Comment ça se présente ? », demanda Izzy quand Robin regagna leur bureau, deux minutes plus tard.

— Je n'ai pas encore vu Winn.

— Il est sûrement avec Della au DCMS. Il est tout le temps fourré au ministère. Un café, ça vous dit ? »

Avant même qu'elle se lève, son téléphone sonna.

Pendant que Izzy répondait à une électrice furieuse de n'avoir pu obtenir de billets pour les épreuves de plongeon – « Oui, madame, moi aussi j'adore Tom Daley, disait-elle en lançant des coups d'œil comiques à Robin. Mais c'est une loterie, madame » –, Robin prépara deux tasses de café lyophilisé et y ajouta quelques gouttes de lait UHT. Combien de fois avait-elle répété ces mêmes gestes dans tous les horribles bureaux où elle avait travaillé ? songeait-elle. Et soudain, elle se sentit immensément soulagée d'avoir définitivement tourné le dos à cette vie sans saveur.

« Elle a raccroché, dit platement Izzy avant de reposer le combiné. De quoi parlions-nous ? Ah oui, Geraint. Il en veut beaucoup à Della de ne pas l'avoir embauché comme SPAD.

— C'est quoi un SPAD ? demanda Robin, en posant la tasse d'Izzy et en allant s'asseoir derrière l'autre bureau.

— Un conseiller spécial. Ils ont des contrats à durée déterminée mais un statut bien plus prestigieux que les simples vacataires. Seulement voilà, on ne donne pas ce genre de poste à un membre de la famille, ça ne se fait pas. De toute façon, Geraint est trop nul. Elle ne voudrait pas de lui, même si la loi l'y autorisait.

— J'ai rencontré son assistant, dit Robin. Aamir. Il n'a pas été très aimable.

— Oh, il est bizarre, marmonna Izzy. Avec moi, il est tout juste poli. C'est probablement parce que Geraint et Della détestent papa. Je n'ai jamais su pourquoi mais on dirait qu'ils détestent tous les Chiswell sans distinction – au fait, ça me rappelle que papa vient de m'envoyer un texto. Mon frère Raff va passer dans la semaine pour donner un coup de main. Peut-être que si Raff travaille bien, ajouta Izzy sans paraître y croire, il pourra me remplacer quand je partirai. Raff n'est pas au courant de cette histoire de chantage et il ne sait pas qui vous êtes. Donc, ne lui dites rien, voulez-vous ? Je crois que papa a quelque chose comme quatorze filleules. Raff n'y verra que du feu. »

Izzy reprit une gorgée de café et ajouta sur un ton brusquement attristé :

« Je suppose que vous êtes au courant pour Raff. C'était dans tous les journaux. Cette pauvre femme… c'est horrible. Elle avait une petite fille de quatre ans…

— Oui, j'ai dû lire quelque chose, dit Robin, laconique.

— Je suis la seule de la famille à lui avoir rendu visite en prison. Ils étaient tous trop écœurés par ce qu'il avait fait. Kinvara – la femme de papa – a dit qu'il aurait dû prendre perpète, mais elle n'imagine pas une seconde comme c'était horrible là-bas… Les gens ne savent pas à quoi ressemble une prison… je veux dire, je sais qu'il a fait une chose terrible, mais… »

Elle s'interrompit. Robin se demanda, peut-être un peu méchamment, si Izzy entendait par là qu'un jeune homme aussi raffiné que son demi-frère n'avait pas sa place derrière les barreaux. Certes, il avait dû en baver mais, après tout, se dit Robin, il avait pris de la drogue, était monté dans sa voiture et avait fauché une jeune maman.

« Je croyais qu'il travaillait dans une galerie d'art ? s'étonna Robin.

— Il était chez Drummond mais il a déconné, soupira Izzy. En fait, papa l'a embauché ici pour garder un œil sur lui. »

Avec l'argent du contribuable, songea Robin en se rappelant une fois de plus la peine incroyablement légère dont le fils du ministre avait écopé pour avoir tué une femme sous l'empire de la drogue.

155

« Il a déconné ? Qu'est-ce qu'il a fait exactement ? »

À sa grande surprise, Izzy passa en une seconde de la tristesse au rire.

« Oh mon Dieu, excusez-moi, ce n'est pas drôle. Il a baisé avec sa collègue dans les toilettes, s'esclaffa-t-elle. Ça n'a rien de très glorieux mais… il venait de sortir de prison, et Raff est joli garçon et il a toujours su obtenir ce qu'il voulait. Ils auraient dû réfléchir aussi ! On lui donne un beau costume, on le fait travailler avec une jolie petite blonde diplômée des Beaux-Arts… Il fallait s'y attendre. Bon, comme vous pouvez l'imaginer, le propriétaire de la galerie n'était pas vraiment ravi. Imaginez, il les a entendus s'activer derrière la porte. Il a dit à Raff que c'était son dernier avertissement. Et quand ils ont remis ça, quelque temps après, papa a piqué une mégacrise et il a décidé de l'envoyer ici. »

Pour sa part, Robin ne trouvait pas son histoire particulièrement désopilante. Mais Izzy était trop absorbée par ce qu'elle disait pour s'en apercevoir.

« On ne sait jamais, ce boulot pourra peut-être les rapprocher », dit-elle avec optimisme. Elle regarda sa montre.

« J'ai des coups de fil à passer. Je ferais mieux de m'y mettre », soupira-t-elle en posant sa tasse pour attraper le téléphone. Mais soudain elle se figea. Une voix masculine, un peu chantante, venait de retentir dehors.

« C'est lui ! C'est Winn !

— Bon, j'y vais, dit Robin en récupérant la boîte à archives.

— Bonne chance ! », murmura Izzy.

Dès qu'elle émergea dans le couloir, Robin aperçut Winn sur le seuil de son bureau. Il discutait avec Aamir qui lui se trouvait à l'intérieur. Elle déchiffra les lettres orange tracées au marqueur sur le dossier qu'il tenait contre lui : « The Level Playing Field ». Entendant des pas, il se tourna vers Robin.

« Bien le bonjour », dit-il avec l'accent de Cardiff. Il fit un pas en arrière pour se placer sur son chemin.

En l'espace de trois secondes, le regard de Winn passa de son cou à sa poitrine avant de remonter vers sa bouche et enfin ses yeux. Il ne lui en fallut pas davantage pour comprendre à qui elle avait affaire. Quand elle était intérimaire, elle avait croisé pas mal de types dans son genre, ceux qui vous reluquaient si effrontément

156

que vous vous sentiez ridicule, maladroite, qui vous mettaient la main aux fesses sous prétexte de se faufiler derrière vous ou de passer une porte trop étroite, qui se penchaient sur votre épaule soi-disant pour lire un truc sur votre écran et se permettaient des remarques oiseuses sur votre tenue vestimentaire avant de passer à des compliments sur votre physique, à l'occasion des pots entre collègues. Si vous le preniez mal, ils répondaient avec un air indigné « Mais c'était pour rire ! », et si jamais vous alliez vous plaindre, ils devenaient carrément agressifs.

« D'où sortez-vous, jolie demoiselle ? demanda Geraint, comme s'il était en terrain conquis.

— Je fais un stage chez oncle Jasper, répondit Robin, tout sourires.

— Oncle Jasper ?

— Jasper Chiswell, dit Robin en veillant à prononcer "Chizzle" comme le faisaient tous les membres de la famille. C'est mon parrain. Je m'appelle Venetia Hall », ajouta-t-elle en tendant la main.

Tout chez lui tenait de l'amphibien, jusqu'à sa paume moite. Plus qu'à un gecko, songea-t-elle, il ressemblait à une grenouille, avec son petit ventre proéminent, ses membres filiformes, ses cheveux rares et plutôt graisseux.

« Comment se fait-il que vous soyez la filleule de Jasper ?

— Oncle Jasper et papa sont de vieux amis, dit Robin qui avait préparé son texte.

— Ils se sont connus à l'armée ?

— Non, à l'Administration des Domaines, répondit Robin.

— Je vois, dit Geraint avant d'ajouter : Jolis cheveux. Ils sont naturels ?

— Oui. »

De nouveau, il la déshabilla du regard. Elle dut faire un gros effort pour continuer à sourire. Enfin, après quelques minutes passées à s'extasier et à glousser à s'en faire mal aux joues, Robin réussit à lui fausser compagnie, non sans lui avoir d'abord promis de l'appeler en cas de besoin. Elle sentit son regard dans son dos jusqu'à ce qu'elle disparaisse au bout du couloir.

Comme Strike lorsqu'il avait découvert les tendances procédurières de Jimmy Knight, Robin venait de trouver le point faible de Winn. Aussi étrange que cela puisse paraître, Winn et ses semblables étaient persuadés que leur ignoble baratin était apprécié par celles qui le subissaient. À l'époque où elle travaillait en intérim, elle avait passé un temps considérable à repousser leurs avances, à éviter de les croiser dans les bureaux, à réfléchir avant de parler, parce que ces hommes-là voyaient des allusions lubriques derrière chaque plaisanterie, fût-elle la plus innocente, et que la jeunesse et l'inexpérience constituaient pour eux une irrésistible tentation.

Jusqu'où était-elle prête à aller pour obtenir sur lui des informations compromettantes ? se demanda-t-elle en marchant d'un bon pas, comme si elle avait effectivement des documents à remettre de toute urgence. Tout en parcourant les couloirs interminables, Robin s'imaginait penchée sur le bureau de Winn, en l'absence d'Aamir bien entendu, lui offrant une vue imprenable sur son décolleté, lui demandant des tas de conseils et rigolant à ses blagues à deux balles.

Puis brusquement, son imagination s'affola et elle vit, comme si c'était vrai, les bras de Winn se tendre vers elle, son visage luisant s'approcher du sien, sa bouche trop mince s'entrouvrir... Elle sentit ses mains moites lui bloquer les bras, son ventre mou s'écraser contre le sien pour l'obliger à reculer jusqu'à l'armoire à dossiers...

La moquette verte, les sièges verts, les chambranles en ogive, les panneaux carrés formaient un brouillard autour d'elle. Un Winn imaginaire était en train de l'agresser. Elle franchit en trombe la porte devant elle comme si en courant elle pouvait échapper à la panique...

Respire. Respire. Respire.

« C'est assez impressionnant la première fois qu'on entre ici, hein ? »

L'homme avait une voix douce et un certain âge.

« Oui », répondit Robin sans trop savoir ce qu'elle disait. *Respire.*

« En stage ? » Puis : « Vous allez bien, ma chère ?

— Crise d'asthme », articula Robin.

Elle s'était déjà servie de cette excuse. Une crise d'asthme justifiait qu'elle ait besoin de se poser, de respirer profondément, de reprendre pied dans la réalité.

« Vous avez un inhalateur ? », s'inquiéta le vieil appariteur.

Il portait une redingote à queue-de-pie, une cravate blanche et un gros insigne tarabiscoté indiquant sa fonction. Robin songea au lapin blanc d'Alice.

« Je l'ai laissé dans mon bureau. Mais ça va aller. J'ai juste besoin d'une petite pause... »

La vaste salle dans laquelle Robin se trouvait regorgeait de dorures et de couleurs étincelantes, ce qui n'améliorait guère son impression d'étouffement. De style néo-gothique, le Vestibule des Députés, qu'elle connaissait pour l'avoir souvent vu à la télévision, était placé dans le prolongement de la Chambre. Du coin de l'œil, elle aperçut les statues monumentales de Thatcher, Attlee, Lloyd George et Churchill. Quant aux autres Premiers Ministres, leurs bustes en bronze s'alignaient le long des murs. Robin n'osait les regarder tant ils lui faisaient penser à des têtes coupées. Les corniches, les entrelacs, les sculptures dansaient devant ses yeux, comme pour se moquer d'elle et de son incapacité à supporter leur luxuriante beauté.

Elle entendit des pieds de chaise racler le sol. L'appariteur lui proposa de s'asseoir et demanda à un collègue d'aller chercher un verre d'eau.

« Merci... merci... », bredouilla Robin. Elle avait l'impression de se donner en spectacle. Si jamais Strike apprenait cela, il la renverrait chez elle séance tenante, lui dirait qu'elle n'était pas faite pour ce métier. Elle n'en parlerait pas non plus à Matthew pour qui ces crises étaient l'inévitable conséquence de la bêtise qu'elle avait faite en réintégrant son poste à l'agence.

L'appariteur continuait à lui parler gentiment pour l'aider à se décontracter. Au bout de quelques minutes, elle récupéra l'usage de son cerveau et, tandis que son souffle reprenait un rythme normal, le vieil homme lui raconta que le buste en bronze d'Edouard Heath était devenu vert après qu'on eut posé la statue en pied de Thatcher à côté de lui, et qu'on avait dû lui faire subir un traitement spécial pour lui redonner sa couleur d'origine.

Robin rit poliment, se leva et lui tendit son verre vide avec tous ses remerciements.

Et elle, quel traitement devrait-elle subir pour redevenir comme avant ? songeait-elle en rebroussant chemin.

14

*... Comme je serais heureux si je pouvais apporter un
peu de lumière dans cette laideur ténébreuse.*

HENRIK IBSEN, *Rosmersholm*

STRIKE SE LEVA TÔT, LE MARDI MATIN. Après la douche, il
enfila sa prothèse et ses vêtements, versa du thé bien fort
dans une bouteille Thermos, sortit du frigo les sandwichs
qu'il avait préparés la veille et les mit dans un sac à provisions
avec deux paquets de biscuits Club, du chewing-gum, des chips au
sel et au vinaigre. Après quoi, il quitta son appartement et, dans
la clarté de l'aube, rejoignit le parking où l'attendait sa BMW. Il
avait rendez-vous à 12 heures 30 pour se faire couper les cheveux
chez l'ex-épouse de Jimmy Knight, à Manchester.

Une fois au volant, ses provisions à portée de main, Strike enfila
les baskets qu'il gardait toujours dans la voiture et donnaient à son
pied artificiel une meilleure prise sur la pédale de frein. Ensuite, il
sortit son portable et composa un texto pour Robin.

En se basant sur les noms fournis par Wardle, Strike avait passé
presque tout son lundi à traquer sur le Net les deux enfants portés
disparus vingt ans auparavant dans l'Oxfordshire. Wardle avait mal
orthographié le prénom du garçon, ce qui lui avait fait perdre un
temps précieux, mais il avait quand même fini par exhumer d'anciens articles liés à l'affaire. La mère d'Imamu Ibrahim affirmait
que son mari, dont elle était séparée, avait kidnappé son fils pour
l'emmener en Algérie. Il avait ensuite trouvé mention d'Imamu et
de sa mère sur le site Internet d'une organisation humanitaire spé-
cialisée dans la résolution des conflits en matière de droits de garde

au plan international. Strike en avait conclu que l'enfant avait été retrouvé sain et sauf en Algérie.

Le sort de Suki Lewis, la fille de douze ans qui s'était enfuie d'un foyer d'accueil à Swindon, était autrement plus mystérieux. Depuis sa disparition en 1992, Suki ne figurait sur aucun document mais Strike avait malgré tout découvert une photo d'elle dans un vieux magazine. Elle était si floue qu'on discernait à peine les traits de l'enfant. Petite pour son âge, Suki avait les dents en avant, un visage émacié et des cheveux bruns coupés court.

C'était une petite fille, mais après ils ont dit que c'était un petit garçon.

Ce qui signifiait peut-être qu'un enfant au physique androgyne avait disparu de la surface de la Terre au moment, et dans le secteur, où Billy Knight prétendait avoir assisté au meurtre d'un garçon-fille.

Le texto à Robin disait ceci :

Si vous pouvez glisser ça dans la conversation, demandez à Izzy si elle se souvient d'une fillette de 12 ans nommée Suki Lewis. Elle s'est enfuie d'un foyer près de leur maison il y a vingt ans.

Le soleil levant faisait luire les grains de poussière sur le pare-brise. Strike éprouvait moins de plaisir à conduire qu'autrefois. Il n'avait pas les moyens de s'acheter un véhicule adapté à son handicap et, bien que la BMW soit équipée d'une boîte de vitesses automatique, il n'était pas très à l'aise avec les pédales. Parfois même, quand il devait réagir vite, il retrouvait ses vieux réflexes et cherchait le frein ou l'accélérateur avec son pied gauche.

Sur la M6, Strike espérait pouvoir se maintenir à 90 km/h, mais un connard dans une Corsa Vauxhall se mit à lui coller au train.

« Tu vas doubler, abruti ? », grommela Strike.

Il n'avait nullement l'intention d'accélérer car cette allure pépère lui évitait de trop utiliser son pied artificiel. Il se borna donc à lancer des regards furibonds dans le rétro, jusqu'à ce que le conducteur de la Vauxhall finisse par piger et déboîte.

Ce problème étant réglé, il parvint à se détendre autant que possible, descendit sa vitre pour mieux profiter de la belle journée d'été, et se remit à penser à Billy et à la petite Suki Lewis.

Elle ne me laissera pas creuser, avait dit Billy dans le bureau, l'autre jour, entre deux gestes compulsifs. *Mais vous, elle vous laissera.*

De qui parlait-il, se demanda Strike, qui était ce « elle » ? La nouvelle occupante de Steda Cottage ? Peut-être, oui. Elle n'avait sûrement pas envie que Billy arrache ses plates-bandes pour déterrer un cadavre.

Il tendit le bras gauche, fouilla dans le sac à provisions, sortit un paquet de chips et l'ouvrit d'un coup de dents. Puis il se répéta pour la énième fois que cette histoire n'était probablement qu'une chimère. Suki Lewis pouvait être absolument n'importe où, bien vivante. Les enfants disparus ne mouraient pas systématiquement. Peut-être que Suki avait été enlevée par l'un de ses parents, elle aussi. Il y a vingt ans, Internet n'en était qu'à ses premiers balbutiements, les forces de police communiquaient peu d'une région à l'autre, et donc les gens pouvaient refaire leur vie ou changer d'identité bien plus facilement que de nos jours. Et même, à supposer que Suki ne soit plus de ce monde, il y avait peu de chances qu'elle ait fini étranglée, et encore moins que la chose se soit passée sous les yeux de Billy. La plupart des gens diraient que dans cette histoire, il y avait beaucoup de fumée sans feu.

En engloutissant ses chips par poignées, Strike songeait que lorsqu'il s'efforçait de penser comme « la plupart des gens », il évoquait systématiquement sa demi-sœur Lucy, la seule parmi les huit membres de sa fratrie disparate à l'avoir accompagné tout au long de son enfance chaotique. Lucy représentait à ses yeux tout ce qu'il y avait de plus conventionnel et de terre à terre, et ce, bien qu'ils aient grandi ensemble dans un environnement dangereux, macabre et effrayant.

Avant que Lucy, à l'âge de quatorze ans, ne s'installe en permanence chez leur tante et leur oncle en Cornouailles, ils vivaient tous les deux avec leur mère. Leda les avait traînés d'un logement à l'autre : ils avaient dormi dans des squats, des communautés, des appartements en location, chez des amis. Elle restait rarement au même endroit plus de six mois, exposant ses enfants à toutes sortes d'individus excentriques, perturbés, drogués. La main droite sur le volant, la gauche fouillant de nouveau dans le sac à la recherche des biscuits maintenant, Strike se remémora certaines scènes cauchemardesques auxquelles Lucy et lui-même avaient assisté étant petits : le jeune homme psychotique qui se battait contre un diable invisible dans un sous-sol à Shoreditch, l'adolescent qui se faisait martyriser par les membres d'une communauté quasi mystique à Norfolk (le pire lieu où Leda les ait emmenés, selon lui). Il revoyait aussi Shayla, l'une des amies de Leda, une femme fragile, prostituée à ses heures, pleurant à chaudes larmes parce que son compagnon violent avait causé des dommages irréversibles au cerveau de son petit garçon.

Cette enfance précaire et souvent traumatisante avait poussé Lucy à rechercher l'exact opposé une fois adulte, c'est-à-dire une vie stable, banale, sans imagination. Elle avait épousé un métreur vérificateur que Strike détestait, et fait avec lui deux fils qu'il connaissait à peine. Lucy aurait certainement rangé l'histoire de Billy et du garçon-fille étranglé dans la catégorie « élucubrations d'un esprit dérangé », comme toutes les choses auxquelles elle ne supportait pas de songer. Lucy avait besoin de croire que la violence et l'étrangeté faisaient partie d'un passé mort et enterré, qu'une fois leur mère décédée la vie avait repris son cours normal, en toute sécurité.

Strike comprenait cela. Certes, ils étaient totalement différents, certes Lucy avait le don de l'exaspérer, mais il l'aimait. Et pourtant, il ne pouvait s'empêcher de la comparer à Robin. Celle-ci était issue de la petite-bourgeoisie de province, sa famille était un modèle de stabilité mais, contrairement à Lucy, c'était une fille extrêmement courageuse. Toutes les deux avaient été confrontées à la violence et au sadisme. Lucy avait réagi en s'enterrant là où elle pensait que personne ne lui ferait plus aucun mal ; Robin, elle, bravait le danger presque tous les jours, enquêtant sur d'autres crimes, dénouant d'autres traumatismes, mue par un élan qui la poussait à faire jaillir la vérité cachée sous l'apparente complexité des choses. Comme lui.

Tandis que le soleil grimpait dans le ciel, faisant luire la poussière qui mouchetait son pare-brise crasseux, Strike ressentit un pincement au cœur. Il aurait tant aimé que Robin soit auprès de lui, en ce moment. Elle n'avait pas sa pareille pour décortiquer les hypothèses. Si Robin était là, elle ouvrirait la bouteille Thermos, lui verserait une tasse de thé. *On rigolerait.*

À deux ou trois occasions, dernièrement, ils avaient recommencé à plaisanter ensemble. Ce changement datait du jour où Billy avait débarqué à l'agence avec son histoire d'enfant étranglée. Un témoignage assez troublant pour briser la glace qui les séparait depuis un an, comme un obstacle permanent à leur amitié... *ou à autre chose*. L'espace de quelques secondes, Strike retrouva la sensation de son corps pressé contre le sien, sur les marches de l'hôtel, il crut renifler le parfum des roses blanches et celui qui planait dans l'air, au bureau, quand Robin était là...

Strike grimaça intérieurement, attrapa une cigarette, l'alluma et se recentra sur le présent, c'est-à-dire Manchester et les questions qu'il prévoyait de poser à Dawn Clancy, la femme qui durant cinq ans avait été Mrs. Jimmy Knight.

15

*Oui, en voilà une, celle-là. Avec moi, elle a toujours
fait la fière.*

Henrik Ibsen, Rosmersholm

Pendant que Strike roulait vers le nord, Robin se faisait convoquer, sans la moindre explication, par le ministre de la Culture en personne.

Le ministère de la Culture, des Médias et des Sports était un vaste bâtiment blanc de style édouardien, situé à deux pas du palais de Westminster. En passant devant les groupes de touristes massés sur le trottoir baigné de soleil, Robin aurait presque envié leur insouciance tant elle redoutait ce rendez-vous. Au téléphone, Chiswell lui avait paru de fort méchante humeur.

Elle aurait donné cher pour avoir quelque chose à lui offrir. Mais elle n'était dans la place que depuis un jour et demi et tout ce qu'elle pouvait dire avec certitude c'était que sa première impression sur Geraint Winn était à présent confirmée. Il s'agissait effectivement d'un individu paresseux, indiscret, vaniteux et lubrique. Comme la porte de son bureau restait ouverte la plupart du temps, tout le monde profitait de sa voix chantante et surtout de ses conversations. Il parlait sans retenue de problèmes privés concernant les électeurs de sa circonscription, lâchait le plus souvent possible des noms de célébrités, de politiciens en vue, tout cela pour faire croire que diriger un bureau de député était une activité purement récréative pour un homme de son importance.

Chaque fois qu'il voyait Robin passer dans le couloir, il l'interpellait bruyamment pour lui signifier qu'il désirait sa présence.

Robin entrait dans son jeu, profitait de ces grands saluts pour engager la conversation. Mais curieusement, Aamir Mallik ne cessait de décourager ses initiatives. Elle ignorait s'il le faisait exprès ou pas, mais quand elle parlait avec Winn, il avait systématiquement une question à poser à son chef. Mieux encore, pas plus tard que tout à l'heure, alors qu'elle passait dans le couloir, il s'était levé et lui avait claqué la porte au nez.

Avec ses dentelles de pierre, ses colonnades et sa façade néoclassiques, le robuste bâtiment abritant le DCMS offrait un aspect impressionnant, vu de dehors. Les espaces intérieurs, eux, avaient été repensés selon des critères plus modernes. Dans le hall, Robin découvrit un grand nombre d'œuvres d'art contemporaines, dont une sculpture en verre suspendue sous la coupole dominant l'escalier central. Escalier que Robin emprunta, escortée par une jeune femme dynamique. Croyant avoir vraiment affaire à la filleule du ministre, celle-ci prit la peine de lui présenter les lieux.

« La salle Churchill, dit-elle en lui indiquant une porte sur la gauche tandis qu'elles tournaient à droite. C'est de ce balcon qu'il a prononcé son discours, le jour de la victoire. Le bureau du ministre est par là… »

Elles longèrent un large couloir incurvé, prolongé par un open space. Des hommes et des femmes aussi jeunes qu'élégants étaient assis derrière des bureaux éclairés à droite par d'immenses fenêtres, lesquelles donnaient sur une vaste cour circulaire cernée de murs en pierre blanche percés d'ouvertures, un dispositif architectural qui faisait penser à un amphithéâtre romain. On était à des années-lumière du cagibi que Izzy occupait à la Chambre des Communes. Ici, on ne buvait pas de café lyophilisé, on se servait de l'énorme et luxueux percolateur qui trônait sur un bureau près d'un assortiment de dosettes.

Les bureaux sur la gauche étaient séparés de l'allée incurvée par des cloisons et des portes en verre. De loin, Robin aperçut le ministre assis dans son fauteuil, sous un tableau contemporain représentant la Reine. Il parlait au téléphone. Les voyant arriver, il fit un geste brusque à l'intention de son accompagnatrice, laquelle introduisit la visiteuse dans le bureau ministériel avant de s'éclipser. Un peu gênée, Robin resta debout en attendant qu'il raccroche. Une voix suraiguë sortait du combiné et, bien que Robin fût à trois mètres de l'appareil, elle comprit que la femme au bout du fil faisait une crise de nerfs.

« Je dois te laisser, Kinvara ! aboya Chiswell. Oui… on en discutera plus tard. *Il faut que j'y aille.* »

Reposant le téléphone plus rudement que nécessaire, le ministre désigna à Robin le siège face à lui. Ses épais cheveux gris se dressaient sur sa tête comme une couronne d'épines, sa lèvre inférieure proéminente rajoutait une note boudeuse à son visage crispé de colère.

« La presse commence à faire des siennes, grogna-t-il. C'était ma femme. Le *Sun* l'a appelée ce matin pour qu'elle confirme les rumeurs. Elle a demandé "quelles rumeurs ?" mais le type n'a pas répondu. Il tentait le coup, j'imagine. Au cas où elle aurait lâché un truc sans réfléchir. »

Il regarda Robin en fronçant les sourcils, comme si son aspect ne lui convenait pas.

« Quel âge avez-vous ?

— Vingt-sept ans.

— Vous faites plus jeune. » Dans sa bouche, ce n'était pas un compliment.

« Vous avez pu installer le micro ? embraya-t-il.

— Malheureusement non.

— Où est Strike ?

— À Manchester, il interroge l'ex-épouse de Jimmy Knight. »

Chiswell produisit un grognement offusqué, puis se leva. Robin bondit hors de son fauteuil.

« Alors, je vous conseille de retourner d'où vous venez et de vous remettre au boulot, dit Chiswell avant d'ajouter, sans changer de ton : Un hommage à la Sécurité sociale. » Il s'avança vers la porte. « Tout le monde va nous prendre pour des dingues.

— Je vous demande pardon ? », bredouilla Robin, perplexe.

Chiswell ouvrit la porte en verre et lui indiqua le chemin, à savoir tout droit en traversant l'open space où étaient assis ses jeunes et élégants collaborateurs, non loin de la superbe machine à café.

« La cérémonie d'ouverture, expliqua-t-il en lui emboîtant le pas. Encore un coup de ces sales gauchistes. On a gagné deux foutues guerres mondiales et ils préfèrent célébrer la Sécurité sociale plutôt que notre glorieuse armée.

— Vous racontez n'importe quoi, Jasper, dit une voix profonde et suave, agrémentée d'un accent gallois. Nous avons des parades militaires en veux-tu en voilà. Cette fois, il s'agit de fêter un autre genre de victoire. » Della Winn, la ministre des Sports, se tenait pile à la sortie du bureau de Chiswell, son labrador presque blanc au bout d'une laisse. C'était une grande femme au port majestueux, avec un front large et des cheveux gris coiffés en arrière. Ses lunettes de soleil étaient si opaques que Robin n'apercevait même pas ses yeux. Elle avait lu quelque part que sa cécité avait été causée par une malformation congénitale rare. En fait, ses globes oculaires ne s'étaient pas développés. Il lui arrivait de mettre des prothèses, surtout pour les photos officielles. Ce jour-là, Della avait sur elle un grand nombre de bijoux en or, dont un large collier d'intailles. Elle était en bleu ciel de la tête aux pieds. Sur l'un des documents que Strike avait imprimés, on disait que Geraint lui préparait ses vêtements chaque matin et que, n'ayant pas un goût très sûr, il choisissait des pièces de la même couleur. Sur l'instant, Robin avait trouvé le détail assez touchant.

Chiswell ne parut guère enchanté de la voir surgir ainsi, ce que Robin trouvait compréhensible étant donné qu'elle était l'épouse de l'homme qui le faisait chanter. Della, pour sa part, ne semblait nullement gênée.

« Je me disais qu'on pourrait prendre une seule voiture pour aller à Greenwich, renchérit-elle, pendant que son labrador reniflait l'ourlet de la jupe de Robin. Ça nous permettra de revoir ensemble les plans pour le 12. Que fais-tu, Gwynn ? ajouta-t-elle en sentant la chienne tirer sur sa laisse.

« Elle me renifle, dit timidement Robin en tapotant la tête de Gwynn.

— Je vous présente ma filleule, euh…

— Venetia, dit Robin car, manifestement, Chiswell ne retrouvait pas son prénom.

— Comment allez-vous ? fit Della en tendant la main. Vous êtes venue saluer votre parrain ?

— Non, je fais un stage dans son bureau au Parlement », dit Robin en serrant sa main chaude, chargée de bagues. Chiswell s'écarta pour lire le document que lui présentait un jeune homme tiré à quatre épingles.

« Venetia », répéta Della, toujours tournée vers Robin. Un léger nuage apparut sur son beau visage en partie masqué par les lunettes noires. « Quel est votre nom de famille ?

— Hall », répondit Robin.

Robin réprima un frisson de panique comme si elle craignait d'avoir été démasquée. Absorbé dans sa lecture, Chiswell s'éloigna lentement des deux femmes, laissant Robin à la merci de Della.

« Vous êtes l'escrimeuse, dit la ministre.

— Pardon ? », répondit Robin, déroutée. Les jeunes gens qui entouraient la machine à café futuriste s'étaient retournés pour les écouter d'un air poliment intéressé.

« Oui, reprit Della. Oui, je me souviens de vous. Vous étiez dans l'équipe d'Angleterre avec Freddie. »

Della ne souriait plus. Chiswell, penché sur un bureau, biffait des phrases sur le document.

« Non, je n'ai jamais pratiqué l'escrime, répondit Robin qui nageait en pleine confusion.

— Mais si, bien sûr que si, insista Della. Ne dites pas le contraire. La filleule de Jasper, dans l'équipe de Freddie. »

Devant un tel étalage d'arrogance et de certitude, Robin jugea inutile de protester davantage, surtout que de plus en plus de gens levaient le nez pour les écouter. Donc, elle se contenta de murmurer : « Eh bien, je suis ravie de vous avoir vue », et la laissa en plan.

« *Revue*, vous voulez dire », répliqua Della. Mais Robin ne répondit pas.

16

Un homme au passé si trouble... Voilà qu'il se met à
jouer les leaders populaires ! Et ça marche !

HENRIK IBSEN, *Rosmersholm*

STRIKE ENTRA DANS LA VILLE DE MANCHESTER après avoir passé quatre heures et trente minutes au volant. Il descendit de sa BMW avec un total manque de grâce, puis consacra quelques secondes à s'étirer, appuyé contre la voiture, histoire de soulager son dos et sa jambe. Par chance, il avait trouvé à se garer non loin de « Stylz » sur Burton Road, une belle rue bordée de commerces et d'immeubles résidentiels. La devanture rose vif du salon de coiffure était coincée entre un café et un Tesco Express. Des photos de mannequins boudeurs aux cheveux teints de couleurs improbables garnissaient la vitrine.

Avec son carrelage en damier et ses murs du même rose que la chambre de Lorelei, le petit salon semblait viser une clientèle jeune et branchée. Mais au moment où Strike poussa la porte, il n'y avait que deux personnes à l'intérieur, dont une femme forte d'une soixantaine d'années, coiffée de papillotes en aluminium et plongée dans un magazine féminin. Strike fit le pari que Dawn était la blonde peroxydée qui lui tournait le dos et bavardait avec animation avec la dame âgée dont elle permanentait les cheveux bleus.

« J'ai rendez-vous avec Dawn », dit Strike à la jeune fille assise à l'accueil, laquelle parut un peu surprise de voir un homme aussi grand et viril entrer dans cette bonbonnière sentant la laque et le shampooing. La blonde se retourna en entendant son nom. Sa peau criblée de taches brunes dénonçait un usage abusif des machines à bronzer.

« Je suis à vous dans un moment, jeune homme », dit-elle en souriant. Strike se posa sur une banquette, près de la vitre.

Cinq minutes plus tard, elle l'escortait jusqu'au grand fauteuil rose posé au fond de la pièce.

« Alors, qu'est-ce que je vous fais ? », lui demanda-t-elle en l'invitant d'un geste à s'asseoir.

« Je ne suis pas venu pour une coupe, dit Strike en restant debout. Je réglerai le tarif, pour vous dédommager, mais... » Il sortit de sa poche une carte de visite et son permis de conduire. « Je m'appelle Cormoran Strike. Je suis détective privé et j'aimerais qu'on parle de votre ex-mari, Jimmy Knight. »

Elle prit un air perplexe, ce qui pouvait se comprendre, puis le dévisagea, soudain captivée.

« Strike ? répéta-t-elle d'une voix blanche. Celui qui a coincé l'Éventreur ?

— Oui, c'est moi.

— Seigneur, qu'est-ce que Jimmy a fait ?

— Pas grand-chose, dit rapidement Strike. Je veux juste reconstituer son parcours. »

Elle n'en croyait pas un mot, bien sûr. Son visage était botoxé, supposa Strike en observant son front bizarrement lisse et brillant au-dessus d'une paire de sourcils soigneusement redessinés au crayon. Seul son cou ridé trahissait son âge.

« C'est fini. Ça fait des siècles que c'est fini. Je ne parle jamais de lui. Moins j'en dis, mieux je me porte. »

Mais son attitude disait tout le contraire. Strike la sentait frémir d'excitation, de curiosité. Radio 2 braillait dans le fond. Dawn se tourna vers les deux clientes assises devant les miroirs.

« Sian ! », appela-t-elle. La jeune fille à l'entrée sursauta. « Retire donc les papillotes et surveille la permanente, ma chérie. » Elle hésita, la carte de visite au bout des doigts. « Je ne suis pas sûre, dit-elle pour se faire prier.

— Pas d'obligation. Ce n'est qu'une enquête de routine. »

Cinq minutes plus tard, ils étaient tous les deux assis dans le réduit qui servait d'arrière-boutique. Elle lui servait une tasse de café au lait en papotant, un peu blême à cause de l'éclairage au néon. À ses traits encore fins, il comprenait que Jimmy ait eu le béguin pour elle, bien qu'elle eût treize ans de plus que lui.

« … Ouais, c'était pendant une manif contre les armes nucléaires. J'étais venue avec une amie, Wendy, elle était à fond dans tous ces trucs. Végétarienne », ajouta-t-elle en fermant la porte de communication avec le pied. Elle sortit un paquet de Silk Cut et le lui tendit. « Vous voyez le genre.

— Merci, j'ai les miennes », dit Strike. Il prit son briquet, alluma la Silk Cut de Dawn, puis sa Benson. Ils crachèrent la fumée ensemble. Elle croisa les jambes vers lui et reprit aussitôt.

« … Bon, bref. Jimmy faisait un discours. Sur les armes et la somme qu'on aurait pu économiser pour la reverser aux services de santé et tout. Faut dire… qu'il sait causer, le Jimmy.

— Oui, je suis au courant, reconnut Strike. Je l'ai déjà entendu.

— Ouais, ça m'a plu. J'ai mordu à l'hameçon, j'ai même avalé la canne à pêche. Je le prenais pour Robin des Bois. »

Strike sentit venir la blague. Elle devait la faire souvent.

« Sauf que lui, il gardait l'argent », dit-elle.

Elle venait de divorcer quand elle avait rencontré Jimmy. Son premier mari l'avait quittée pour une employée du salon de coiffure qu'ils tenaient ensemble, à Londres. Dawn s'en était bien sortie puisqu'elle avait pu conserver la boutique. À côté du voyou plein aux as qui l'avait laissée choir, Jimmy faisait figure de héros romantique. Pas encore remise de sa rupture, Dawn était tombée raide amoureuse.

« Mais il y avait toujours des filles autour de lui. Vous connaissez les gauchistes. Certaines étaient vraiment jeunes. Pour elles, il était comme une popstar ou ce genre de choses. J'ai appris plus tard combien il en avait eu. Entre-temps, il avait vidé tous mes comptes. »

Dawn raconta précisément à Strike comment Jimmy l'avait persuadée de financer un procès pour licenciement abusif contre son ex-employeur, Zanet Industries.

« Il est très à cheval sur ses droits, Jimmy. Et il est loin d'être bête. Zanet a été condamné à lui verser 10 000 livres. J'en ai jamais vu la couleur. Il a tout dépensé pour ses autres procès. Même moi, il a essayé de me traîner devant les tribunaux, après notre séparation. Perte de revenus ! Quelle blague ! Je l'ai entretenu pendant cinq ans à rien foutre. Et lui, au lieu de me remercier, il dit qu'il a travaillé avec moi, qu'il m'a aidée à développer ma boîte sans rien demander en échange. Et en plus, il se serait chopé une maladie professionnelle, de l'asthme, à cause des produits chimiques – c'est dingue, toutes les conneries qu'il peut inventer. Dieu merci, ils l'ont débouté. Mais après, il a essayé de m'attaquer pour harcèlement. Il disait que j'avais rayé sa voiture. »

Elle écrasa sa cigarette et en prit une autre.

« Bon, j'avoue, c'est moi, ajouta-t-elle avec un petit sourire espiègle. Vous savez qu'ils l'ont mis sur une liste ? Il ne peut plus poursuivre personne, maintenant.

— Ouais, j'ai appris, dit Strike. Pendant que vous étiez ensemble, a-t-il participé à des activités tombant sous le coup de la loi ? »

Dawn alluma sa clope en épiant Strike par-dessus son briquet. Elle attendait toujours de savoir ce que Jimmy avait fait de si grave pour que Strike se soit lancé à ses trousses. Au bout d'un moment, elle finit par répondre :

« Je ne suis pas trop sûre qu'il vérifiait l'âge de toutes les gamines qu'il sautait. J'ai entendu dire, par la suite, que l'une d'entre elles… mais bon, on avait rompu, à ce moment-là. Ce n'était plus mon problème », conclut Dawn pendant que Strike notait.

« Et dès qu'il était question des Juifs, il pétait un câble. Israël est responsable de tous les maux, qu'il disait. Le sionisme : je n'en pouvais plus de l'entendre rabâcher ce mot. Comme s'ils n'avaient pas assez souffert, marmonna Dawn. Ouais, son patron chez Zanet était juif. Ils ne pouvaient pas se sentir.

— Vous vous rappelez son nom ?

— C'était comment déjà ? » Elle tira sur sa cigarette en essayant de froncer les sourcils. « Paul quelque chose… Lobstein, c'est ça. Paul Lobstein. J'imagine qu'il bosse toujours chez Zanet.

— Avez-vous gardé des contacts avec Jimmy, ou quelqu'un de sa famille ?

— Seigneur, non. Bon débarras. Le seul parent que je lui connaissais c'était le petit Billy, son frère. »

Elle s'adoucit un peu en prononçant ce nom.

« Il n'était pas bien. Il est venu habiter chez nous un moment.

C'était un amour, vraiment, mais il n'était pas bien. Jimmy disait que c'était à cause de leur père. Une brute. Il les avait élevés tout seul et il les battait comme plâtre, d'après ce que disaient les garçons. À coups de ceinture ou avec ce qui lui tombait sous la main. Jimmy s'est tiré à Londres et le pauvre petit Billy est resté tout seul avec lui. Pas étonnant qu'il soit comme ça.

— Que voulez-vous dire ?

— Il avait un… un tic, c'est ça qu'on dit ? »

Elle imita très précisément le geste compulsif que Strike avait observé dans son bureau.

« Je sais qu'ils l'ont mis sous médicaments. Après ça, il est parti de la maison. Pendant un moment, il a partagé un appart avec d'autres jeunes de son âge. Depuis le divorce, je ne l'ai pas revu. C'était un gentil garçon, ouais, mais Jimmy était mal à l'aise avec lui.

— Comment cela ? s'étonna Strike.

— Jimmy n'aimait pas qu'il parle de leur enfance. Je ne sais pas, je pense qu'il s'en voulait d'avoir laissé son frangin seul avec le père. Il y avait quelque chose de drôle dans cette histoire… »

Strike voyait que Dawn n'avait pas songé à tout cela depuis bien longtemps.

« Drôle comment ? insista-t-il.

— Une ou deux fois, Jimmy avait un coup dans le nez, et il m'a dit que son père brûlerait en enfer à cause de ce qu'il faisait pour gagner sa vie.

— Je croyais qu'il travaillait comme homme à tout faire.

— Ah bon ? Eux, ils disaient qu'il était menuisier. Qu'il bossait pour la famille de ce politicien, c'est quoi son nom, déjà ? Celui avec les cheveux. »

Elle mit les mains au-dessus de sa tête, doigts écartés, pour imiter la tignasse de Chiswell.

« Jasper Chiswell ? suggéra Strike en prononçant le nom comme il s'écrivait.

— Oui, c'est ça. Le vieux Knight logeait gratuitement dans une petite ferme sur la propriété de ces gens-là. Les garçons ont passé leur enfance là-bas.

— Et donc, il a dit que son père brûlerait en enfer à cause de ce qu'il faisait pour gagner sa vie ? répéta Strike.

— Ouais. C'est peut-être juste parce qu'il travaillait pour des gens de droite. Avec Jimmy, tout était politique. Je ne comprends pas ça, s'énerva Dawn. Il faut bien vivre. Imaginez que je demande à mes clients comment ils votent avant de leur couper les...

« Bon Dieu, Mrs. Horridge ! », s'écria-t-elle brusquement. Elle écrasa son mégot et sauta sur ses pieds. « J'espère que Sian n'a pas oublié de lui enlever les rouleaux, sinon je vais la retrouver chauve. »

17

Il est donc incorrigible, pour finir.

HENRIK IBSEN, *Rosmersholm*

ROBIN PASSA UNE BONNE PARTIE DE L'APRÈS-MIDI à arpenter le couloir en espérant avoir enfin l'occasion de poser un micro dans le bureau de Winn. En vain. Winn s'était absenté pour un déjeuner de travail mais Aamir, lui, n'avait pas bougé de sa place. Robin allait et venait, sa boîte à archives dans les bras, en attendant que le jeune homme sorte pour aller aux toilettes. Chaque fois que quelqu'un faisait mine de s'arrêter pour engager la conversation, elle se réfugiait dans le bureau d'Izzy.

Finalement, à 16 h 10, la chance lui sourit. Geraint Winn apparut à l'angle du couloir et s'avança vers elle en titubant légèrement, sans doute à cause de ce qu'il avait bu au cours de sa longue pause-déjeuner. Contrairement à son épouse, il semblait enchanté de la voir.

« La voilà ! brailla-t-il. Justement, j'ai un mot à vous dire ! Venez donc, entrez ! »

Et il poussa la porte de son bureau. Perplexe, mais curieuse de découvrir enfin l'intérieur de la pièce qu'elle était censée mettre sur écoute, Robin le suivit.

Aamir travaillait en bras de chemise. Sa table impeccablement rangée ressemblait à une petite oasis de sérénité émergeant du fatras général. Le bureau de Winn croulait sous les piles de dossiers. Robin repéra le logo orange du Level Playing Field sur un tas de lettres dactylographiées posées en évidence. Il y avait une prise au niveau de la plinthe, juste au-dessous. Robin n'aurait pas rêvé meilleur emplacement pour le micro.

« Vous vous connaissez ? demanda Geraint, jovial. Venetia, Aamir. »

Il lui désigna un fauteuil encombré de chemises cartonnées qui penchaient dangereusement.

« Redgrave a rappelé ? lança Winn à l'intention d'Aamir, tout en s'escrimant à retirer son veston.

— Qui donc ?

— Sir Steve Redgrave ! », répéta Winn en se tournant vers Robin et en levant les yeux au ciel. Elle se sentit gênée, surtout quand elle entendit Aamir répondre « non » d'une voix tendue.

« Level Playing Field », commenta Winn.

S'étant enfin débarrassé du veston récalcitrant, il le jeta sur le dossier de son fauteuil d'un geste théâtral. Le veston glissa piteusement et atterrit en tas sur la moquette. Faisant comme si de rien n'était, Geraint s'installa à son bureau et tapota l'enveloppe marquée du fameux logo orange, posée au sommet de la pile. « Notre œuvre de bienf... » Il rota. « Oh pardon... notre œuvre de bienfaisance. Vous savez, les sportifs handicapés, démunis. Les gens de la haute se bousculent pour nous soutenir. Sir Steve ne demande qu'à... » Il rota encore. « Pardon... qu'à nous aider. Bien, maintenant, je voudrais m'excuser. Au nom de ma pauvre femme. »

Il semblait s'amuser énormément. Du coin de l'œil, Robin vit Aamir jeter sur son patron un regard cinglant, comme une griffe qui jaillit et se rétracte aussitôt.

« Je ne comprends pas, dit Robin.

— Elle confond les noms. Ça lui arrive tout le temps. Si je ne la surveillais pas, nous aurions des tas de problèmes, des courriers envoyés aux mauvais destinataires... elle vous a prise pour une autre. Je l'ai eue au téléphone ce midi, elle n'arrêtait pas de dire que vous étiez Verity Pulham, une personne que notre fille a croisée autrefois, il y a des années. Une autre filleule de Chiswell. Je l'ai tout de suite détrompée et j'ai dit que je vous transmettrais ses excuses. Quelle sotte ! Quand elle pense avoir raison, elle ne lâche jamais le morceau, mais... » Il leva les yeux au ciel en se touchant le front, l'image même du mari résigné à se sacrifier pour son épouse acariâtre. « ... J'ai fini par lui faire entendre raison.

— Eh bien, dit prudemment Robin, je suis ravie qu'elle ait corrigé son erreur parce que visiblement, elle ne porte pas Verity dans son cœur.

— À vrai dire, cette gamine était une petite salope », répondit Winn, toujours radieux. Il semblait prendre plaisir à prononcer ce mot. « Voyez-vous, elle a fait du mal à notre fille.

— Oh non ! s'écria Robin, se rappelant tout à coup que Rhiannon Winn s'était suicidée. Je suis désolée. C'est terrible.

— Vous savez, enchaîna Winn en se carrant au fond de son siège et l'inclinant vers le mur, mains croisées derrière la tête, vous m'avez l'air bien trop gentille pour faire partie de la famille Chiswell. » La chose ne faisait plus aucun doute, il était pompette. Robin nota également que son haleine sentait la vinasse. Aamir lui décocha un autre de ses regards empoisonnés. « Que faisiez-vous avant de venir ici, Venetia ?

— J'étais dans les relations publiques. J'ai eu envie de me consacrer à autre chose. Un métier plus intéressant. La politique ou peut-être l'humanitaire. J'ai lu des articles sur le Level Playing Field, dit-elle sans mentir. Ça m'a l'air formidable. Vous aidez aussi les mutilés de guerre, n'est-ce pas ? Hier, j'ai vu l'interview de Terry Byrn. Le cycliste paralympique. »

Et durant cette interview, une chose l'avait frappée : Byrn avait été amputé sous le genou, comme Strike.

« Le sort des vétérans vous intéresse tout particulièrement, je vois, dit Winn. C'est normal. » L'estomac de Robin bondit et retomba.

« Pardon ?

— Freddie Chiswell ? insista Winn.

— Oh oui, bien sûr, souffla Robin. Mais je ne le connaissais pas très bien. Il était un peu plus vieux que moi. Quel choc horrible quand on a appris qu'il… qu'il s'était fait tuer !

— Oui, horrible, répondit Winn platement. Della était foncièrement opposée à la guerre en Irak. Votre oncle Jasper, en revanche, y était foncièrement favorable. »

Dans le bref silence qui suivit, Robin entendit vibrer la suite logique de sa phrase : Chiswell n'avait eu que ce qu'il méritait.

« Euh, je ne sais pas trop, dit Robin sans s'avancer. Oncle Jasper s'est prononcé sur la base des éléments dont on disposait à l'époque. Cela dit, on ne peut pas l'accuser d'avoir agi par intérêt personnel, étant donné que son fils est parti se battre.

« — Bien sûr, si vous présentez les choses sous cet angle, je n'ai plus rien à dire », répliqua Winn.

Il leva les deux mains comme s'il se rendait. Le dossier de son siège dérapa légèrement contre le mur, ce qui l'obligea à réagir très vite pour maintenir son équilibre. Après deux secondes de panique, il réussit à empoigner le bord de son bureau puis se projeta vers l'avant et redressa la situation. Robin dut se faire violence pour ne pas éclater de rire.

« Geraint, intervint Aamir. Ces lettres doivent être signées si nous voulons les poster à 17 heures.

— Il n'est que 16 heures 30, répondit Winn en regardant sa montre. Oui, Rhiannon faisait partie de l'équipe nationale d'escrime junior.

— Magnifique, dit Robin.

— Une sportive, comme sa mère. À quatorze ans, elle était dans l'équipe du Pays de Galles. Je l'emmenais partout en voiture pour qu'elle participe à ses tournois. Nous avons passé des centaines d'heures à sillonner la région ensemble. À seize ans, elle a intégré l'équipe junior de Grande-Bretagne.

« Mais les Anglais lui battaient froid, reprit Winn avec une touche de rancœur celtique. Parce qu'elle n'étudiait pas dans vos belles écoles privées. Dans ce milieu, tout est affaire de relations. Verity Pulham n'était pas très douée pour l'escrime. Mais il a fallu attendre qu'elle se casse la cheville pour que Rhiannon, qui était bien meilleure qu'elle, soit admise dans l'équipe nationale.

— Je vois », fit Robin en veillant à ne pas trop tomber dans la compassion. Après tout, elle était censée appartenir à l'autre camp. De toute façon, si les Winn avaient une dent contre les Chiswell ça ne pouvait pas être à cause de cette histoire-là. Et pourtant, l'amertume dans la voix de Geraint montrait qu'il n'avait jamais pardonné. « Je trouve qu'on devrait toujours privilégier le talent, c'est sûr.

— Oui, on devrait. Regardez donc... »

Une fois qu'il eut trouvé son portefeuille, Geraint sortit une vieille photo. Robin tendit la main pour la prendre mais, au lieu de la lui donner, il se leva maladroitement, faillit trébucher sur une pile de livres, fit le tour du bureau et se pencha vers elle, si près qu'elle sentit son souffle sur son cou. C'était le portrait de sa fille.

Rhiannon Winn en tenue d'escrimeuse, rayonnante de fierté, levait sa médaille d'or devant l'objectif du photographe. C'était une jeune fille pâle et menue. Robin ne lui trouva guère de ressemblance avec l'un ou l'autre de ses deux parents. Peut-être y avait-il un peu de Della dans son front large et intelligent. Geraint continuait à souffler comme un phoque près de son oreille. Robin résistait à l'envie de s'écarter quand soudain une image se forma dans sa tête. Celle de Geraint Winn, un large sourire sur ses lèvres absentes, traversant à grands pas un gymnase rempli d'adolescentes en sueur. Devait-elle avoir honte de douter que Geraint ait consenti à véhiculer sa fille aux quatre coins du pays par simple dévouement paternel ?

« Qu'est-ce que vous avez là ? », demanda Geraint. Il se pencha davantage et toucha la cicatrice violacée sur l'avant-bras nu de Robin.

Robin se rétracta. Les nerfs autour de la blessure étaient encore très sensibles. Elle ne supportait aucun contact.

« Je suis passée à travers une porte en verre quand j'avais neuf ans », dit-elle. Mais l'atmosphère propice aux confidences s'était dissipée comme une fumée de cigarette.

Du coin de l'œil, elle apercevait la silhouette d'Aamir, raide comme une statue, derrière son bureau. Le sourire de Geraint s'était mué en grimace. Elle connaissait suffisamment le monde du travail pour comprendre qu'en une seconde, le pouvoir venait de changer de main. Elle qui avait su exploiter l'ébriété de Geraint à son avantage, se retrouvait à présent devant un homme amer et soupçonneux. Mais il était trop tard pour regretter son geste.

« Je me demandais, monsieur Winn, murmura-t-elle, si vous pourriez me donner quelques conseils pour ma carrière. J'hésite entre la politique et l'humanitaire et vous êtes la seule personne de mon entourage à baigner dans les deux domaines.

— Oh, fit Geraint en clignant les yeux derrière ses grosses lunettes. Eh bien, oui… je n'y vois pas d'in…

— Geraint, gronda Aamir, les lettres…

— Oui, oui, très bien. Nous parlerons de tout cela plus tard, dit-il à Robin avec un clin d'œil.

— Génial », s'écria-t-elle, enchantée.

En sortant du bureau, Robin jeta un petit sourire à Aamir qui resta de marbre.

18

Aha ! Nous en sommes là ! Déjà !

HENRIK IBSEN, Rosmersholm

STRIKE AVAIT PASSÉ PRESQUE NEUF HEURES sur les routes depuis le matin. Ses provisions étaient épuisées, et son cou, son dos et ses jambes lui faisaient un mal de chien. La première étoile venait de s'allumer dans le ciel quand son portable se mit à sonner. Comme sa sœur Lucy avait coutume de lui téléphoner à cette heure-là « pour papoter », il décida d'ignorer l'appel ainsi que les deux suivants. Il l'aimait beaucoup mais n'éprouvait que peu d'intérêt pour les résultats scolaires de ses fils, les prises de bec entre parents d'élèves et les problèmes de boulot de son géomètre vérificateur de mari. La quatrième fois, voyant s'afficher le numéro de Barclay, il freina, se rangea sur un bas-côté mal dégagé qui donnait sur un champ, coupa le moteur et répondit.

« C'est bon, dit Barclay laconiquement. J'ai ferré Jimmy.

— Déjà ? s'étonna Strike. Comment ?

— En lui coupant la parole, au pub, répondit Barclay. Il débitait des tas de conneries sur l'indépendance de l'Écosse. Le grand truc avec les gauchos c'est qu'ils adorent quand on casse du sucre sur l'Angleterre. J'ai bu à l'œil tout l'après-midi.

— Bon sang, dit Strike, en entamant un nouveau paquet après les vingt clopes qu'il avait déjà grillées dans la journée. Ça c'est du beau boulot, Barclay.

— Attends la suite. Tu aurais dû les voir quand je leur ai sorti mon couplet sur l'armée et ses pratiques impérialistes. Putain, ils sont trop crédules, ces mecs. Je dois assister à un meeting de CORO demain.

— Comment Knight gagne-t-il sa vie ? Tu as une idée ?

— Il m'a dit qu'il écrivait des articles pour des sites d'extrême gauche. Il vend des T-shirts CORO aussi, et un peu de dope. De la merde, soit dit en passant. On est allés chez lui, après le pub. Je te jure, je préférerais fumer des cubes de Viandox. J'ai dit que je lui en trouverais de la bonne. On mettra ça sur les frais généraux, d'accord ?

— Oui, à la rubrique "confiserie", dit Strike. Bon, très bien, tiens-moi au courant. »

Barclay raccrocha. Saisissant l'occasion pour se dégourdir les jambes, Strike descendit de voiture, sa cigarette à la main, alla s'accouder contre une clôture face à un grand pré sombre et téléphona à Robin.

« C'est Vanessa », annonça Robin quand elle vit le numéro de Strike s'afficher sur l'écran de son téléphone.

Matthew et elle s'étaient fait livrer un curry et l'avaient mangé en regardant les infos à la télé. Matthew était rentré fourbu de son boulot. Il commençait à se faire tard et elle voulait s'épargner une nouvelle engueulade.

Elle attrapa son portable et franchit les portes-fenêtres pour rejoindre le patio où les fumeurs s'étaient massés, le soir de la pendaison de crémaillère. Après avoir vérifié qu'elle avait bien refermé derrière elle, Robin pressa sur la touche verte.

« Bonsoir. Tout va bien ?

— Ça va. Je ne vous dérange pas ? On peut parler ?

— Oui », dit Robin le dos appuyé contre le mur du jardin. Un papillon de nuit s'évertuait à entrer dans la maison mais ne parvenait qu'à se cogner contre la vitre. « Comment ça s'est passé avec Dawn Clancy ?

— Je n'ai rien obtenu d'utile. Je croyais tenir une piste, une sombre histoire de vengeance entre Jimmy et l'un de ses anciens patrons, mais j'ai appelé la boîte en question et on m'a dit que le pauvre type était mort d'une crise cardiaque en septembre dernier. Après quoi, Chiswell m'a annoncé au téléphone que le *Sun* s'était manifesté.

— Oui, confirma Robin. Ils ont téléphoné à sa femme.

— On s'en serait bien passé », répondit Strike. Robin trouva l'expression un peu faible. « Je me demande qui les a tuyautés.

— Je penche pour Winn », dit Robin en s'appuyant sur l'attitude dont il avait fait preuve l'après-midi même, la façon qu'il avait de se vanter, de lâcher des noms de gens célèbres pour épater la galerie. « Je le vois très bien contacter un journaliste et lui dire qu'il y a un papier saignant à faire sur Chiswell, même s'il n'a aucune preuve de ce qu'il avance. Sérieusement, ajouta-t-elle sans espérer de réponse, d'après vous, qu'est-ce que Chiswell a pu faire de mal ?

— Ce serait bien de le savoir, mais là n'est pas notre priorité, dit Strike d'une voix lasse. Chiswell nous paie pour lui fournir des munitions contre Winn. À ce propos…

— Je n'ai toujours pas réussi à placer le micro, dit Robin en devançant sa question. Je suis restée après la fermeture des bureaux mais en partant, Aamir a verrouillé la porte. »

Strike soupira.

« Bon, pas de précipitation, sinon on risque de tout faire foirer, dit-il. Et c'est ce qui nous pend au nez, si jamais le *Sun* se ramène. Essayez encore. Allez-y de bonne heure, n'importe quoi.

— Entendu, je ferai mon possible. J'ai quand même appris un truc bizarre aujourd'hui. » Robin lui expliqua que Della l'avait confondue avec une autre filleule de Chiswell. Et elle poursuivit avec l'histoire de Rhiannon et de l'équipe d'escrime. Strike ne parut guère intéressé.

« Je doute que cela explique pourquoi les Winn veulent pousser Chiswell à la démission. Et n'oubliez pas…

— … les moyens avant le mobile, dit-elle en citant la devise de Strike.

— Absolument. Écoutez, pouvez-vous me retrouver après le boulot demain ? On a besoin d'un vrai débriefing.

— Très bien.

— Barclay fait du bon boulot, de son côté, dit Strike en retrouvant brusquement son énergie. Il est déjà dans les petits papiers de Jimmy.

— Oh, tant mieux. »

Après avoir promis de lui envoyer par texto l'adresse d'un pub pour le lendemain, Strike raccrocha, laissant Robin perdue dans ses pensées. Elle resta encore un moment dans le jardin obscur et silencieux à regarder de nouvelles étoiles s'allumer dans le ciel.

Barclay fait du bon boulot, de son côté.

Contrairement à Robin qui, elle, n'avait rien trouvé à part une broutille sur Rhiannon Winn.

Le papillon frétillait toujours contre les vitres des portes coulissantes, essayant désespérément de rejoindre la lumière.

Imbécile, songea Robin. *C'est bien mieux là-dehors.*

Repensant avec quelle facilité elle avait menti à Matthew tout à l'heure, quand Strike avait appelé, Robin s'étonna de n'éprouver aucun remords à présent. Non seulement elle ne culpabilisait pas, mais en plus, elle était contente de s'être aussi bien débrouillée. En observant le papillon s'acharner contre la vitre, Robin se remémora la réponse de sa psy quand elle lui avait confié qu'elle se demandait sans cesse où finissait le vrai Matthew et où commençait l'image qu'elle se faisait de lui.

« Les gens changent en dix ans, avait-elle dit. Pourquoi chercher à savoir si vous vous êtes trompée sur son compte autrefois ? C'est peut-être simplement que vous avez changé tous les deux. »

Le lundi suivant, ils fêteraient leur premier anniversaire de mariage. Matthew avait proposé de passer le week-end dans un hôtel chic, près d'Oxford. Chose curieuse, cette perspective ne déplaisait pas à Robin. En effet, elle avait constaté ces derniers temps qu'ils s'entendaient mieux quand ils étaient ailleurs. Comme si le fait de se retrouver dans un autre contexte, entourés d'inconnus, les arrachait à leurs incessantes querelles. Histoire de le dérider, elle lui avait raconté quelques anecdotes amusantes (pour elle) sur la Chambre des Communes, comme celle du buste de Ted Heath qui était devenu subitement vert. Matthew était resté impassible tout du long, comme pour lui faire comprendre qu'il désapprouvait cette mission d'infiltration jusque dans ses moindres aspects.

Ayant pris sa décision, Robin ouvrit les portes-fenêtres. Le papillon la suivit dans le salon en frétillant de joie.

« Qu'est-ce que raconte Vanessa ? », demanda Matthew, les yeux collés sur l'écran. Robin reprit sa place sur le canapé. Les lys orientaux de Sarah Shadlock étaient posés sur une table à côté d'elle, toujours aussi frais au bout de dix jours. Leur parfum entêtant écrasait même l'odeur du curry.

« J'ai pris ses lunettes de soleil sans le faire exprès, la dernière fois qu'on s'est vues, dit Robin, avec un regard faussement exaspéré. Elle veut les récupérer. Ce sont des Chanel. J'ai dit que je passerais demain matin, avant le boulot.

— Des Chanel ? », fit Matthew avec un sourire que Robin jugea condescendant. Se réjouissait-il d'avoir trouvé une faiblesse chez Vanessa ? Ou l'appréciait-il davantage, sachant qu'elle attachait de l'importance aux grandes marques au point de tenir à récupérer au plus vite ses lunettes ?

« Du coup, je devrai partir à six heures, annonça Robin.

— Six heures ? fit-il en grimaçant. Je suis crevé, je n'ai pas envie de me réveiller si…

— Je peux dormir dans la chambre d'amis, si tu veux.

— Oh, dit Matthew, radouci. Ouais. OK. Merci. »

19

Je ne le fais pas de gaieté de cœur ; mais – enfin* –
l'implacable nécessité –

HENRIK IBSEN, *Rosmersholm*

ROBIN SORTIT DE LA MAISON à 5 heures 45, le lendemain matin. Le soleil n'était qu'une brume rougeâtre sur l'horizon. Il faisait assez doux pour se passer de veste. Quand elle arriva devant le pub du coin, son regard s'attarda sur le cygne sculpté au-dessus de la porte. Elle dut obliger son esprit à se fixer sur la journée qui l'attendait et non sur l'homme qu'elle avait laissé derrière elle.

Une heure plus tard, tandis qu'elle longeait le couloir pour rejoindre son poste de travail, Robin s'aperçut que la porte de Geraint était déjà ouverte. Elle passa rapidement la tête à l'intérieur. Il n'y avait personne mais la veste d'Aamir était pendue au dossier de son fauteuil.

Elle courut jusqu'au bureau d'Izzy, l'ouvrit avec sa clé et fila droit vers le tiroir où elle avait rangé la boîte de Tampax. Elle attrapa un micro, colla sous son bras une pile d'agendas périmés censés lui servir d'alibi et ressortit précipitamment.

Juste avant de passer devant la porte entrebâillée, elle retira de son poignet le bracelet en or qu'elle avait mis à dessein et le jeta de manière à ce qu'il roule dans le bureau de Geraint.

« Oh mon Dieu ! », s'écria-t-elle.

Comme rien ne bougeait, Robin cogna du poing sur le battant en disant : « Il y a quelqu'un ? » Puis elle jeta un œil. La pièce était toujours inoccupée.

Robin fila droit vers la double prise visible au-dessus de la plinthe, sous le bureau de Geraint. Elle s'agenouilla, sortit le micro de son sac, débrancha la prise du ventilateur, enfonça le micro à la place, rebrancha le ventilateur par-dessus, vérifia qu'il marchait et enfin, aussi essoufflée que si elle venait de courir un cent mètres, inspecta la moquette autour d'elle, à la recherche de son bracelet.

« Qu'est-ce que vous faites ? »

Aamir était debout sur le seuil, en bras de chemise, une tasse de thé à la main.

« J'ai frappé, fit Robin, en se sentant rougir comme une pivoine. J'ai laissé tomber mon bracelet, il a roulé… Oh, le voici. »

Il était pile sous le fauteuil d'Aamir. Robin dut ramper pour l'atteindre.

« Il appartient à ma mère, mentit-elle. Elle n'apprécierait pas que je le perde. »

Elle glissa le bijou à son poignet, récupéra les agendas qu'elle avait posés sur le bureau de Geraint et, se composant un sourire ingénu, sortit précipitamment. En passant près de lui, elle vit du coin de l'œil que Aamir l'observait entre ses paupières plissées.

En rentrant dans le bureau d'Izzy, elle jubilait littéralement. Ce soir, quand ils se retrouveraient au pub, elle aurait au moins une bonne nouvelle à annoncer à Strike. Barclay n'était plus le seul à faire du bon travail. Robin était si absorbée dans ses pensées qu'elle ne vit pas tout de suite qu'il y avait quelqu'un d'autre dans la pièce. Soudain, une voix masculine retentit juste derrière elle : « Qui êtes-vous ? »

Le présent s'effaça. Ses deux agresseurs s'étaient jetés sur elle par-derrière. Robin se retourna en hurlant, prête à combattre pour sa vie : les papiers s'envolèrent, son sac tomba par terre, s'ouvrit, son contenu se répandit sur le sol.

« Oh, mon Dieu, je suis désolé ! dit l'homme. Pardonnez-moi ! »

Mais Robin n'arrivait plus à respirer. Ses oreilles sifflaient, des gouttes de sueur perlaient sur toute la surface de sa peau. Elle se pencha pour ramasser ses affaires, mais elle tremblait si fort qu'elles lui échappaient des mains.

Pas maintenant. Pas maintenant.

Il lui parlait ; elle ne comprenait pas. De nouveau, le monde se fragmentait. Un monde rempli de terreur et de dangers. L'homme lui tendit un tube d'eye-liner et un flacon de larmes artificielles mais elle ne voyait qu'une forme floue devant elle.

« Oh, super, bredouilla Robin, sans trop savoir ce qu'elle disait. Pardon. Toilettes. » Elle partit en courant. Dans le couloir, elle croisa deux personnes qui la saluèrent. Leurs voix étaient comme brouillées par des parasites. Elle leur répondit quelque chose d'incompréhensible tant elle était pressée de trouver refuge dans les toilettes.

L'assistante du secrétaire d'État à la Santé se mettait du rouge à lèvres devant un lavabo. Elle tourna la tête pour lui dire bonjour. Robin la dépassa comme une flèche, s'engouffra dans une cabine et poussa le verrou d'une main tremblante.

Robin savait qu'on ne pouvait juguler un accès de panique en l'attaquant de front : cela n'aurait fait que le renforcer, lui donner des armes qui se seraient retournées contre elle. Non, elle devait enfourcher sa peur comme un cheval emballé et l'obliger à ralentir l'allure. Donc, elle resta sans bouger, bras écartés, mains plaquées sur les cloisons de chaque côté, en répétant des mots dans sa tête, comme une dresseuse essayant d'amadouer la bête effrayée qui se terrait en elle.

Allons, tout va bien, tout va bien, tout va bien...

Lentement, la panique reflua. Robin attendit encore un peu, le temps que son cœur cesse de cogner comme un fou dans sa gorge, puis elle baissa ses mains engourdies, ouvrit les yeux en clignant les paupières à cause des néons. Plus aucun bruit.

Robin passa la tête hors de la cabine. La femme qui se maquillait était partie. Il n'y avait personne, hormis son propre reflet, pâle dans le miroir. Après s'être aspergé le visage à l'eau froide, elle s'épongea avec des serviettes en papier, rajusta ses lentilles de contact et sortit.

On aurait dit que des gens se disputaient dans le bureau dont elle s'était enfuie cinq minutes auparavant. Robin respira un bon coup avant d'entrer.

Jasper Chiswell se retourna et lui décocha un regard cinglant, sa tignasse grise dressée autour de son visage rose vif. Izzy était debout derrière son bureau. L'inconnu n'avait pas bougé. Trois paires d'yeux étaient à présent rivées sur elle, ce dont elle se serait bien passée, étant donné ce qu'elle venait de vivre.

« Qu'est-ce qu'il a fait ? lui demanda Chiswell.

— Rien, dit-elle en se remettant à transpirer.

— Vous êtes sortie en courant de cette pièce. Est-ce qu'il… » Chiswell désigna l'autre homme. « … a essayé de vous… faire des avances ?

— Que… ? Mais non ! J'ai été surprise. Je ne savais pas qu'il était là. C'est tout… il a parlé et j'ai sursauté. Et ensuite… » Elle sentit ses joues passer du rouge à l'écarlate. « Ensuite, j'ai eu besoin d'aller aux toilettes. »

Chiswell se retourna vers le jeune homme aux cheveux noirs.

« Mais aussi, qu'est-ce qui t'a pris de débarquer aux aurores ? »

Robin réalisa que l'homme brun n'était autre que Raphael. En voyant des photos de lui sur le Net, elle s'était dit que le plus jeune fils Chiswell, avec son physique latin hérité de sa mère italienne, faisait tache dans cette famille de blonds à la peau pâle, typiquement anglais. En revanche, elle n'avait pas remarqué à quel point il était beau. Il portait son costume gris anthracite, sa chemise blanche et sa cravate à pois bleu foncé avec une élégance infinie. Il avait le teint sombre, presque basané, des pommettes sculptées, des yeux aussi noirs que ses cheveux, lesquels étaient longs et faussement négligés, et une bouche large avec une lèvre supérieure charnue, contrairement à celle de son père, ce qui ajoutait une nuance de vulnérabilité à son visage.

« Je croyais que tu appréciais la ponctualité, papa », dit-il en levant les bras et en les rabaissant dans un geste d'impuissance.

Son père se tourna vers Izzy. « Trouve-lui quelque chose à faire. »

Chiswell s'éclipsa. Mortifiée, Robin s'avança jusqu'à son bureau. On aurait pu entendre une mouche voler. Puis, quand les bruits de pas eurent disparu au loin, Izzy prit la parole.

« Il est soumis à un stress perpétuel, mon petit Raff. Ce n'est pas ta faute. Franchement, il pique des colères pour un oui pour un non.

— Je suis vraiment désolée, articula Robin. Je ne sais pas ce qui m'a pris.

— Pas de souci, répondit-il avec une intonation qu'on pouvait qualifier de "snob". Au fait, pour info, je ne suis pas un délinquant sexuel. »

Robin rit nerveusement.

« Vous êtes la filleule inconnue ? Enfin de moi, tout du moins. Mais personne ne me dit jamais rien. Venetia, c'est cela ? Je suis Raff.

— Euh... oui... enchantée. »

Ils se serrèrent la main, Robin se rassit et se mit à brasser des papiers pour se donner une contenance, bien consciente que ses joues changeaient constamment de couleur.

« On ne sait plus où donner de la tête, en ce moment », reprit Izzy. Robin vit qu'elle s'efforçait, et dans un but pas entièrement désintéressé, de persuader Raphael que leur père n'était pas un patron aussi pénible qu'il pouvait le paraître. « Nous sommes en sous-effectif, les Jeux olympiques arrivent à grands pas, TDV lui cherche des poux dans la tête...

— TDV ? Qu'est-ce que c'est que ce truc ? demanda Raphael en se laissant choir dans le fauteuil défoncé avant de desserrer sa cravate et de croiser ses longues jambes.

— TDV, quoi ! répéta Izzy. Sois gentil, penche-toi et allume la bouilloire pendant que tu es là. J'ai besoin d'un café, tout de suite. TDV ça veut dire Tinky Deuxième Version. C'est comme ça que Fizzy et moi on appelle Kinvara. »

Pendant les pauses café avec Izzy, Robin avait appris les différents sobriquets par lesquels se désignaient les membres de la famille Chiswell. Sophia, la grande sœur d'Izzy, était « Fizzy » et ses trois enfants portaient le genre de surnoms qu'on donne habituellement aux animaux de compagnie, à savoir : « Pringle », « Flopsy » et « Pong ».

« Pourquoi Tinky Deuxième Version ? », demanda Raff en dévissant gracieusement un bocal de café lyophilisé. Robin suivait chacun de ses gestes tout en faisant semblant de travailler. « Qui était la première ?

— Oh, allons, Raff, ne me dis pas que tu n'as jamais entendu parler de Tinky. Cette horrible infirmière australienne que grand-papa a épousée alors qu'il devenait gâteux. Il a claqué presque toute sa fortune pour elle. Elle avait déjà plumé un autre vieil excentrique, avant lui. Grand-papa lui avait acheté un cheval de course qui n'a jamais rien gagné, et des tas de bijoux d'un mauvais goût atroce. Papa a failli aller en justice pour pouvoir la déloger quand grand-papa est mort. Dieu merci, elle a été emportée par un cancer du sein avant qu'il ne se ruine en frais d'avocats. »

Robin leva les yeux, surprise par la brutalité de sa conclusion.

« Vous l'aimez comment, Venetia ? demanda Raphael en versant du café soluble dans les mugs.

— Au lait et sans sucre, s'il vous plaît, dit-elle sans autre commentaire, estimant préférable de se faire oublier après sa récente incursion dans le bureau de Winn.

— TDV a épousé papa pour son fric, renchérit Izzy, *et* comme Tinky, elle est dingue de chevaux. Tu sais qu'elle en a neuf aujourd'hui ? Neuf !

— Neuf quoi ? demanda Raphael.

— Neuf chevaux, Raff ! s'enflamma Izzy. Des bêtes à moitié folles, mal dressées, totalement imprévisibles qu'elle bichonne comme les gosses qu'elle n'a pas eus et pour lesquelles elle dépense des fortunes ! Mon Dieu, j'aimerais tant que papa la quitte. Passe-moi la boîte de biscuits, mon chou. »

Raff s'exécuta. Sentant le regard du jeune homme posé sur elle, Robin s'appliqua derechef à son prétendu travail.

Le téléphone sonna.

« Bureau de Jasper Chiswell, j'écoute », dit Izzy en essayant de soulever le couvercle de la boîte avec une seule main. Sur un ton nettement plus froid, elle ajouta presque aussitôt : « Tiens, bonjour, Kinvara. C'est trop bête, vous venez de rater papa... »

En souriant devant l'air faussement compassé de sa demi-sœur, Raphael lui prit la boîte, l'ouvrit et la présenta à Robin qui refusa d'un petit signe de tête. Un torrent de paroles indistinctes se déversait du combiné.

« Non... non, il est parti... Il est juste passé dire bonjour à Raff... »

La voix au bout du fil grimpa encore d'un ton, devenant carrément stridente.

« Il est retourné au ministère, il a une réunion à dix heures, dit Izzy. Je ne peux pas... eh bien, c'est qu'il est très occupé, tu sais, les Jeux olymp... oui... au revoir. »

Izzy reposa violemment le combiné sur son socle et, d'un geste furieux, retira sa veste.

« Elle devrait faire une autre *cure de repos*. La dernière n'a pas été très efficace, apparemment.

— Izzy ne croit pas aux maladies mentales », dit Raphael à Robin.

Il continuait à l'observer avec une légère curiosité. Sans doute pour l'obliger à sortir de son mutisme, supposa Robin.

« Bien sûr que j'y crois, Raff ! répliqua Izzy, piquée au vif. Ne dis pas n'importe quoi, tu veux ? J'étais vraiment triste pour elle quand c'est arrivé je t'assure, Raff. Kinvara a accouché d'un enfant mort-né il y a deux ans, ajouta-t-elle en aparté, pour Robin. C'est une chose horrible, naturellement, et j'ai trouvé parfaitement normal qu'elle soit un peu… vous savez… après ça. Mais non… je suis désolée, reprit-elle en revenant vers Raphael, elle s'en sert comme d'une excuse. Je t'assure, Raff. Elle croit que ça lui donne le droit de faire tout ce qui lui passe par la tête et… en plus, elle aurait fait une mère épouvantable, de toute façon, lança-t-elle comme un défi. Elle ne supporte pas de ne pas être au centre de l'attention. Dès qu'on ne s'occupe plus d'elle, elle commence à faire sa gamine – *ne me laisse pas seule, Jasper, j'ai très peur quand tu n'es pas avec moi la nuit.* Elle invente des mensonges débiles… des coups de fil bizarres, des hommes qui se cachent derrière les buissons, qui tripotent les chevaux.

— *Quoi ?* », réagit Raphael, amusé. Mais Izzy l'empêcha d'aller plus loin.

« Oh seigneur ! Bon, papa t'a laissé ses recommandations sur cette feuille, là. »

Elle se leva précipitamment, attrapa un classeur en cuir posé sur le radiateur et partit en jetant par-dessus son épaule : « Raff, sois gentil, pendant que je suis partie, écoute les messages sur le répondeur et prends-les en notes. OK ? »

La grosse porte en bois claqua derrière elle. Robin et Raphael se retrouvèrent en tête à tête. Elle qui était déjà gênée par la présence du jeune homme quand Izzy était là, ne savait maintenant plus où se mettre. Surtout qu'il s'obstinait à la couver de ses beaux yeux noirs.

Il a pris de l'ecstasy, il a renversé la mère d'un enfant de quatre ans, il n'a même pas effectué le tiers de sa peine et à présent, son père lui verse un salaire avec l'argent des contribuables.

« Comment ça marche ? demanda Raphael en se déplaçant vers le bureau de sa sœur.

— Il suffit d'appuyer sur Play, j'imagine », marmonna Robin, tenant sa tasse d'une main et feignant de griffonner des trucs sur un calepin de l'autre.

Les messages sortirent les uns après les autres du haut-parleur, noyant les murmures qui montaient de la terrasse sous la fenêtre aux rideaux fermés.

Un dénommé Rupert demandait que Izzy le rappelle au sujet de l'« AGM ».

Une certaine Mrs. Ricketts exposa pendant deux bonnes minutes les problèmes de circulation sur la route de Banbury.

Une femme en colère déclara qu'elle en avait assez de parler à une machine et qu'un député digne de ce nom devrait faire l'effort de répondre personnellement à chacun de ses administrés. Puis elle utilisa le temps qu'il lui restait pour déblatérer sur ses voisins dont l'arbre empiétait toujours sur son terrain, malgré les demandes réitérées de la municipalité.

Après quoi, une voix grave, menaçante, presque théâtrale, vibra dans le silence.

« Il paraît qu'ils se pissent dessus quand ils meurent, Chiswell. Est-ce que c'est vrai ? Aboule les 40 000, sinon je verrai combien les journaux sont prêts à me donner. »

20

Nous avons pris confiance l'un dans l'autre.

HENRIK IBSEN, *Rosmersholm*

POUR SON RENDEZ-VOUS AVEC ROBIN, le mercredi soir, Strike avait choisi le Two Chairmen parce qu'il était proche du Palais de Westminster, à l'intersection de deux petites rues chargées d'histoire – Old Queen Street et Cockpit Steps –, coincé entre des immeubles désuets dont les façades formaient des lignes brisées. Ce n'est qu'au moment où, traversant la chaussée de son pas claudiquant, il vit l'enseigne métallique suspendue au-dessus de la porte d'entrée que Strike réalisa que les « Two Chairmen » n'avaient rien à voir avec des présidents de conseil d'administration, comme il aurait pu s'y attendre, mais que le nom du pub faisait référence aux laquais qui autrefois véhiculaient les gens riches dans des chaises à porteurs. Malgré sa fatigue et la douleur qui vrillait dans sa jambe, il trouva l'image cocasse et assez appropriée à la situation, même si la personne transportée était une gente dame tout de blanc vêtue et pas un ministre corpulent affligé d'une tignasse ébouriffée et d'un caractère de cochon.

Le pub était plein. C'était l'heure de la sortie des bureaux. Strike redoutait de devoir rester debout, perspective fort désagréable pour un homme qui avait fait des centaines de kilomètres en voiture la veille et venait de passer la journée sur Harley Street, à surveiller le Dr Craignos.

Strike acheta sa pinte de London Pride au comptoir et vit qu'une table près de la fenêtre était sur le point de se libérer. Nécessité faisant loi, il se précipita et atteignit la banquette surélevée placée de dos à la rue avant le petit groupe de personnes qui semblaient dési-reuses de l'annexer. Il avait décidé d'occuper une table de quatre et défiait quiconque de l'en déloger. Cela dit, son physique impres-sionnant et son air taciturne suffirent à dérouter l'ennemi qui, bien qu'en nombre supérieur, ne se sentait pas de taille à négocier un compromis.

Voyant du parquet sur le sol, Strike rangea le pub dans la caté-gorie « convivial chic ». Sur le mur du fond, une fresque à demi effacée montrait des hommes en perruque XVIIIᵉ, échangeant des ragots. Les autres étaient garnis de boiseries et de gravures mono-chromes. Strike jeta un coup d'œil par la fenêtre pour voir si Robin arrivait. Déçu, il attaqua sa bière en lisant les dernières nouvelles sur son portable, préférant éviter de regarder le menu posé devant lui et surtout la photo du poisson pané qui le faisait saliver.

Il était 18 heures 30 et Robin avait promis de le rejoindre à 18 heures. Incapable de résister davantage, Strike commanda de la morue avec des frites et une deuxième pinte. Puis il se lança dans la lecture d'un article du *Times*. Il y était question de la cérémonie d'ouverture des Jeux olympiques, ou plutôt des multiples problèmes qui risquaient de se poser à cette occasion et qui, selon le journaliste, menaçaient de plonger dans le déshonneur la nation tout entière.

Vers 45, Strike commença à s'inquiéter. Il allait lui téléphoner quand elle fit irruption dans le pub, les joues rouges, avec des lunettes dont il savait qu'elle n'avait pas besoin et l'expression de quelqu'un qui brûle de partager une nouvelle importante mais ne veut pas le montrer.

« Très bien les yeux noisette, dit-il quand elle s'installa en face de lui. Ça vous change énormément. Alors, qu'avez-vous à m'ap-prendre ?

— Comment savez-vous que… ? Eh bien, plein de trucs, avoua-t-elle, ayant renoncé à le faire languir. Je voulais vous appeler avant mais j'ai eu du monde autour de moi toute la journée, et ce matin, j'ai failli me faire surprendre au moment où je branchais le micro.

— Vous l'avez branché ? Toutes mes félicitations !

— Merci. J'ai besoin d'un coup à boire, ne bougez pas. » Elle revint avec un verre de vin rouge et enchaîna aussitôt par le mes-sage que Raphael avait trouvé le matin même sur le répondeur.

« Je n'ai pas pu obtenir le numéro du correspondant parce qu'il y avait quatre messages après celui-ci. Leur système téléphonique ne date pas d'hier. »

Strike fronça les sourcils et demanda : « Comment a-t-il prononcé le nom de Chiswell, vous vous en souvenez ?

— Comme il faut. *Chizzle.*

— Ce qui collerait avec Jimmy, dit Strike. Que s'est-il passé ensuite ?

— Raff en a parlé à Izzy quand elle est revenue. » Strike crut détecter une petite gêne au moment où elle prononça le prénom « Raff ». « Visiblement, il ignorait ce dont il s'agissait. Izzy a immédiatement appelé son père. Chiswell a pété un câble. Je l'entendais hurler au bout du fil mais je n'ai quasiment rien compris à ce qu'il disait. »

Strike se caressa le menton en réfléchissant.

« Y avait-il quelque chose de particulier dans la voix de cet inconnu ?

— Il parlait avec l'accent londonien. Sur un ton menaçant.

— "Ils se pissent dessus quand ils meurent", répéta Strike entre ses dents. »

Robin avait autre chose à dire mais un souvenir pénible avait brusquement surgi en elle et lui desséchait la gorge.

« La strangulation provoque…

— Ouais, l'interrompit Strike. Je sais. »

Ils burent en silence.

« Si c'est bien Jimmy, reprit Robin, il a appelé le ministère à deux reprises aujourd'hui. »

Elle ouvrit son sac et le pencha vers Strike pour lui montrer le micro caché dedans.

« Vous l'avez récupéré ? fit-il, abasourdi.

— Et remplacé par un autre, dit Robin avec un sourire de triomphe impossible à dissimuler. Voilà pourquoi je suis en retard. L'occasion s'est présentée, j'en ai profité. Aamir, l'assistant de Winn, était parti. Geraint est entré dans mon bureau alors que je rassemblais mes affaires, pour me draguer.

— Sans blague ? dit Strike, moqueur.

— Je suis ravie que ça vous amuse, répliqua froidement Robin. Ce n'est pas quelqu'un de bien.

— Désolé. Qu'est-ce qui vous fait dire ça ?

196

— Croyez-moi sur parole. J'ai croisé des tas de types dans son genre quand je bossais en entreprise. C'est un pervers, mais pire que ça. Vous savez ce qu'il m'a dit ? » Son indignation montait aussi vite que le rouge sur ses joues. « Que je lui rappelais sa fille morte. Et après, il a touché mes cheveux.

— Vos cheveux ? répéta Strike en retrouvant son sérieux.

— Il a pris une mèche sur mon épaule et l'a peignée avec les doigts. Après, il a dû réaliser ce que je pensais de lui et il a essayé le truc de l'amour paternel. Bref, j'ai dit que je devais aller aux toilettes et je lui ai demandé de m'attendre, pour qu'on parle de ses activités humanitaires. J'ai filé dans le couloir et c'est là que j'ai échangé les micros.

— Excellente initiative, Robin.

— J'ai écouté l'enregistrement en venant ici…, ajouta-t-elle en sortant les écouteurs de sa poche, et en les tendant à Strike.

— Et… j'ai rembobiné jusqu'au passage le plus intéressant. »

Strike chaussa les écouteurs. Robin lança l'enregistrement depuis son sac à main.

« … À 15 heures 30, Aamir. »

Geraint, reconnaissable à son accent gallois, fut interrompu par la sonnerie d'un portable. Des pas s'approchèrent du micro, la sonnerie s'arrêta et Geraint dit :

« Oh, bonjour Jimmy… un petit mom… Aamir, allez fermer cette porte. »

D'autres bruits de pas, de semelles frottant sur la moquette.

« Oui, Jimmy… ? »

S'ensuivit un long silence ponctué de phrases décousues comme si Geraint essayait d'interrompre la tirade de son interlocuteur mais sans y parvenir.

« Waouh – bien, att… Jimmy, éc… Jimmy, écoutez, je vous dis, *écoutez* ! Je sais que vous avez perdu gros, Jimmy, je comprends votre amertume – Jimmy, je vous en prie ! Nous comprenons ce que vous ressentez – ce n'est pas juste, Jimmy, ni Della ni moi ne sommes nés avec une cuiller d'argent dans la bouche – mon père était mineur de fond, Jimmy ! Maintenant écoutez, s'il vous plaît ! Nous sommes sur le point d'obtenir ces photos ! »

À ce moment, Strike crut percevoir, mais très faiblement, la voix de Jimmy Knight au téléphone.

197

« Je comprends votre point de vue, reprit Geraint, mais je vous en supplie, ne faites pas de vagues, Jimmy. Il ne vous donnera pas... Jimmy, écoutez ! Il ne vous donnera pas l'argent qu'il vous doit, il a été parfaitement clair là-dessus. Maintenant, c'est la presse ou rien. Donc... il nous faut la preuve, Jimmy ! La preuve ! » Il y eut quelques marmonnements inintelligibles.

« Qu'est-ce que je viens de vous dire ? Oui... non, mais les Affaires étrangères... non, pas vraiment... non, Aamir a un contact... oui... oui... bon, très bien... c'est promis, Jimmy. Parfait... oui, très bien. Oui. Au revoir. »

Le bruit d'un portable qu'on pose brutalement, puis de nouveau la voix de Geraint.

« Mais quel connard. »

Strike entendit encore des pas. Il jeta un coup d'œil à Robin qui fit rouler son poignet pour lui dire de patienter. Quelque trente secondes plus tard, la voix d'Aamir s'élevait, timide et tendue.

« Geraint, Christopher ne m'a rien promis pour les photos. »

Malgré le rendu métallique de l'enregistrement et un froissement de papier dans l'arrière-fond, le silence qui suivit était lourd de sens.

« Geraint, avez-vous entend... ?

— Oui, j'ai entendu ! éclata Winn. Dieu du ciel, mon garçon, à quoi ça sert de sortir premier de la London School of Economics si vous êtes infoutu d'obliger cet abruti à vous donner les photos ? Je ne vous demande pas de les sortir physiquement du ministère, juste d'en obtenir des copies. Ça ne devrait pas être si compliqué.

— J'ai déjà eu trop d'ennuis, bredouilla Aamir.

— Eh bien, après tout ce que Della a fait pour vous, j'aurais cru que...

— Je lui en suis reconnaissant, s'empressa de répondre Aamir. Vous savez bien... Bon d'accord, je vais... je vais essayer. »

S'ensuivirent d'autres froissements de papier, d'autres pas feutrés. Puis Strike entendit un déclic. L'enregistrement s'arrêtait automatiquement au bout de trente secondes de silence et se remettait en marche dès que quelqu'un reprenait la parole. Quand il redémarra, Strike entendit une voix masculine inconnue demander si Della assisterait au « sous-comité » dans l'après-midi.

Strike retira les écouteurs.

« Vous avez bien tout saisi ? s'enquit Robin.

— Je crois que oui. »

Elle se cala au fond de son siège en considérant Strike d'un air interrogatif.

« Les Affaires étrangères ? répéta-t-il à mi-voix. Que diable a-t-il pu faire pour que les Affaires étrangères conservent des photos ?

— Je croyais qu'on ne devait pas s'intéresser à ce qu'il avait fait ? répliqua Robin en haussant les sourcils.

— Je n'ai jamais dit que ça ne m'intéressait pas. Juste que nous n'étions pas payés pour le découvrir. »

Le fish and chips arriva. Strike remercia la serveuse et versa une bonne dose de ketchup dans son assiette.

« Izzy avait l'air sincèrement étonnée quand elle a pris connaissance du message, dit Robin, méditative. Elle n'aurait pas pu adopter ce ton si son père avait... vous savez... tué quelqu'un. »

Elle préférait éviter le verbe « étrangler ». Trois crises de panique en trois jours lui suffisaient amplement.

« Je dois avouer, dit Strike en mastiquant ses frites, que cet appel anonyme est assez... À moins que... » Il s'interrompit, comme saisi par une révélation soudaine. « À moins que Jimmy essaye de compromettre Chiswell dans l'affaire Billy, en plus du reste. Un meurtre d'enfant n'a pas besoin d'être prouvé pour jeter le discrédit sur un ministre qui a déjà la presse au cul. Vous savez comment ça se passe sur Internet. Pour beaucoup d'adeptes des réseaux sociaux, un tory ne vaut guère mieux qu'un tueur d'enfant. Jimmy a peut-être voulu faire monter la pression. »

D'un air maussade, Strike piqua encore quelques frites avec sa fourchette.

« J'aimerais bien savoir où est Billy. Dommage qu'on n'ait personne de libre pour partir à sa recherche. Barclay ne l'a pas vu et Jimmy ne lui a même pas dit qu'il avait un frère.

— Billy disait qu'on le retenait captif, rappela Robin, hésitante.

— Pour être honnête, je pense que nous ne devrions pas ajouter foi à tout ce qu'il dit. J'ai connu un type qui servait dans les Shiners. Il avait eu un épisode psychotique, à l'entraînement. Il croyait que des cafards couraient sous sa peau.

— Dans les quoi ?

— Les Shiners. Un régiment de fusiliers. Vous voulez une frite ?

— Je ne préfère pas », soupira Robin, bien qu'elle fût affamée. Elle avait envoyé un texto à Matthew pour prévenir qu'elle serait en retard et il avait répondu qu'il l'attendrait pour passer à table. « Écoutez, je ne vous ai pas tout dit.

— Suki Lewis ? demanda Strike, plein d'espoir.

— Je n'ai pas encore eu l'occasion de m'entretenir seule à seule avec Izzy. Non, c'est autre chose. La femme de Chiswell prétend que des hommes rôdent la nuit dans les buissons autour de chez elle et tripotent ses chevaux.

— Des hommes ? répéta Strike. Au pluriel ?

— Je vous rapporte les paroles d'Izzy. Elle dit aussi que Kinvara est une hystérique qui ne cherche qu'à se rendre intéressante.

— Ça commence à devenir un thème récurrent, vous ne trouvez pas ? Les gens qu'on dit trop fous pour avoir effectivement vu ce qu'ils prétendent avoir vu.

— Vous pensez que c'était Jimmy ? Dans le parc des Chiswell ? »

Strike réfléchit tout en mâchant.

« Je ne vois pas l'intérêt pour lui d'aller rôder dans un parc ou de tripoter des chevaux. À moins qu'il n'ait cherché à effrayer Chiswell. Je demanderai à Barclay si Jimmy a une voiture ou s'il a fait allusion à un déplacement dans l'Oxfordshire. Kinvara a-t-elle appelé la police ?

— C'est la question que Raff a posée, quand Izzy est revenue », dit Robin. De nouveau, Strike crut déceler un léger embarras lorsqu'elle prononça le prénom du fils Chiswell. « Kinvara prétend que les chiens aboyaient, qu'elle a vu l'ombre d'un homme dans le jardin et qu'il s'est enfui. Elle dit qu'il y avait des empreintes de pas sur la piste d'entraînement le lendemain matin. Et qu'un de ses chevaux avait été blessé avec un couteau.

— Elle a fait venir un vétérinaire ?

— Je ne sais pas. Ce n'est pas simple de poser des questions quand Raff est dans le bureau. Je ne veux pas avoir l'air trop curieuse. Il ignore qui je suis. »

Strike repoussa son assiette et chercha ses cigarettes dans sa poche.

« Des photos, marmonna-t-il en revenant au sujet principal. Des photos qui se trouvent au ministère des Affaires étrangères. Bon Dieu, qu'y a-t-il sur ces photos de si compromettant pour Chiswell ? Il n'a jamais travaillé pour les Affaires étrangères, que je sache.

— Non, dit Robin. Le plus haut poste qu'il ait occupé est celui de ministre du Commerce. Il a dû démissionner à cause de sa liaison avec la mère de Raff. »

L'horloge en bois au-dessus de la cheminée montrait qu'il était temps pour elle de partir. Elle ne fit pas un geste.

« Ce Raff vous plaît bien, à ce que je vois ? dit Strike à brûle-pourpoint.

— Pardon ? »

Robin redouta d'avoir rougi.

« Qu'entendez-vous par là ?

— Ce n'est qu'une impression. Vous le jugiez sévèrement avant de le rencontrer.

— Vous voudriez que je lui dise ses quatre vérités alors que je suis censée être la filleule de son père ? s'étonna Robin.

— Non, bien sûr que non », dit Strike. Robin avait la nette impression qu'il se moquait d'elle.

« Je ferais mieux d'y aller », dit-elle, vexée. Elle prit les écouteurs qui traînaient sur la table et les remit dans son sac. « J'ai promis à Matt de rentrer pour dîner. »

Elle se leva, lui dit au revoir et sortit du pub.

Strike la regarda partir en se reprochant vaguement de l'avoir taquinée. Il resta encore quelques minutes seul face à sa bière, puis régla l'addition et sortit sur le trottoir pour allumer une cigarette et appeler le ministre de la Culture, lequel répondit à la deuxième sonnerie.

« Ne quittez pas », dit Chiswell. Strike entendait des bruits de foule derrière lui. « Il y a un monde fou dans cette salle. »

Une porte claqua, le bruit diminua considérablement.

« J'assiste à un dîner, expliqua Chiswell. Vous avez quelque chose pour moi ?

— Rien de bien réjouissant, j'en ai peur, dit Strike en s'éloignant vers Queen Ann Street dont les façades blanches luisaient sous le soleil couchant. Mon associée a pu brancher un micro dans le bureau de Mr. Winn, ce matin. Nous l'avons enregistré alors qu'il discutait au téléphone avec Jimmy Knight. L'assistant de Winn – un certain Aamir, je crois – essaie d'obtenir une copie des photos dont vous m'avez parlé. Auprès du ministère des Affaires étrangères. »

Le silence qui suivit dura si longtemps que Strike crut qu'ils avaient été coupés.

« Monsieur le ministre… ?

— Je suis là ! grogna Chiswell. C'est le jeune Mallik, n'est-ce pas ? Le petit salopard. *Le petit salopard.* Il s'est déjà fait virer une fois. Qu'il essaie un peu ! S'il ose ! Est-ce qu'il s'imagine… Je sais des choses pas très jolies sur Mr. Aamir Mallik. Ah, mais oui ! »

Strike attendit, un peu surpris, que Chiswell l'éclaire sur cette série de remarques décousues, mais rien ne vint. L'autre se contentait de respirer bruyamment dans le téléphone en faisant les cent pas sur une moquette, d'où les petits chocs sourds qu'il percevait.

« C'est tout ce que vous avez à m'apprendre ? reprit soudain le ministre.

— Il y a encore une chose. Mon associée dit que votre femme aurait vu un homme ou des hommes rôder sur votre propriété, la nuit.

— Oh, oui, dit Chiswell sur un ton désinvolte. Ma femme possède des chevaux et elle se fait du souci pour eux.

— Vous ne pensez pas qu'il y ait un rapport avec… ?

— Nullement, je vous assure. Kinvara est parfois… Bon, disons-le clairement, elle est constamment sur les nerfs. Ses chevaux, par exemple, elle a toujours peur qu'on les lui vole. Ne perdez pas votre temps à courir après les ombres qui se cachent dans les sous-bois de l'Oxfordshire. Mes problèmes sont ici, à Londres. Est-ce que c'est tout ? »

Ayant reçu une réponse affirmative, Chiswell marmonna un au revoir et raccrocha. Quant à Strike, il partit en boitant vers la station St. James's Park.

Dix minutes plus tard, assis dans le métro, Strike croisa les bras, étendit les jambes et posa un regard vague sur la vitre en face de lui.

Cette enquête reposait sur des bases très inhabituelles. Jamais auparavant il n'avait eu à traiter une affaire de chantage dont la victime rechignait à avouer les causes. Mais, après tout, songea Strike, il n'avait jamais eu de ministre parmi sa clientèle non plus. De même, il ne voyait pas tous les jours débarquer dans son bureau des jeunes gens probablement psychotiques proclamant avoir assisté au meurtre d'une enfant. Pourtant, depuis qu'il avait fait la une des journaux pour la première fois, Strike recevait constamment des messages d'individus plus ou moins déséquilibrés, messages qui, au début, s'étaient retrouvés dans « le tiroir aux cinglés », comme il l'appelait malgré les protestations amusées de Robin, et qui avaient été transférés par la suite dans une armoire de classement qu'ils remplissaient à moitié.

Ce qui le préoccupait avant tout, c'était le lien entre l'enfant étranglée et le chantage exercé contre Chiswell, bien qu'à vrai dire ce lien fût évident : Jimmy et Billy étaient frères. Donc, quelqu'un (vraisemblablement Jimmy, si l'on se fiait au message sur le répondeur que Robin lui avait rapporté mot pour mot) avait décidé de mettre en relation le ministre Chiswell et l'histoire de Billy, encore que la raison du chantage ne puisse être un meurtre d'enfant, parce que si Chiswell avait été impliqué dans un tel crime, Geraint aurait plutôt choisi de le dénoncer à la police. Comme on ne peut s'empêcher de titiller un abcès dentaire du bout de la langue, l'esprit de Strike revenait continuellement sur les figures des deux frères Knight. D'un côté Jimmy : le voyou charismatique, éloquent, séducteur, arnaqueur, bagarreur ; et de l'autre Billy, le jeune homme fragile, crasseux, halluciné, miné par un souvenir peut-être illusoire mais néanmoins atroce.

Ils se pissent dessus quand ils meurent.

Mais qui ? Encore une fois, Strike entendit la voix de Billy Knight.

Ils l'ont enterrée dans une couverture rose, au fond du ravin près de la maison de mon père. Mais après ça, ils ont dit que c'était un garçon...

Son client venait de lui signifier qu'il n'y avait rien à trouver dans l'Oxfordshire et que ses investigations devaient se limiter à la ville de Londres.

Pendant qu'il vérifiait le nom de la station où le métro venait de s'arrêter, Strike repensa au trouble de Robin quand elle parlait de Raphael Chiswell. Il bâilla, ressortit son portable et tapa le nom du fils cadet de son client. En premier lieu, il tomba sur des photos de lui montant les marches du palais de justice où s'était tenu son procès pour homicide involontaire.

Il passa d'une image à l'autre mais, plus il en voyait, plus le beau jeune homme en costume sombre lui devenait antipathique. D'abord, le fils Chiswell lui faisait penser à un mannequin italien, mais il y avait encore autre chose qui l'horripilait. Comme si cet homme trop parfait réveillait de vieilles blessures, de vieilles rancunes, le souvenir des affronts que Strike avait subis de la part de ses congénères friqués. Raphael était du même acabit que Jago Ross, le riche héritier que Charlotte avait épousé après sa rupture avec Strike : haute société, vêtements griffés, université prestigieuse. Pour ces gens-là, les petites erreurs de parcours ne portaient guère à conséquence puisqu'ils pouvaient se payer les meilleurs avocats et ressemblaient comme deux gouttes d'eau aux fils des magistrats censés les punir.

Le métro redémarra. Strike perdit la connexion. Il rangea son portable, recroisa les bras et se remit à contempler l'absence de paysage derrière la vitre en tentant de se convaincre que tout allait bien. Mais le malaise qui avait pris possession de lui ne le quittait pas. Bien au contraire, comme un chien qui réclame sa pâtée, il revenait constamment au-devant de son esprit.

Il venait de se rendre compte d'une chose : il n'avait jamais imaginé que Robin puisse être attirée par un autre homme que Matthew, sauf bien sûr le jour de ses noces, quand lui-même l'avait tenue contre lui sur le perron de l'hôtel et que, l'espace d'un bref instant...

Mécontent de s'être laissé distraire par des pensées stériles, Strike donna un coup de pied dans le tas et recentra sa réflexion sur l'affaire en cours : une curieuse histoire mettant en scène un ministre de la Couronne, des chevaux blessés au couteau et un cadavre enterré au fond d'un ravin, dans une couverture rose.

21

Il y a, dans cette maison, quelqu'un qui joue son jeu derrière ton dos.

HENRIK IBSEN, *Rosmersholm*

« POURQUOI AVEZ-VOUS TANT DE CHOSES À FAIRE, alors que moi je me roule les pouces ? », demanda Raphael à Robin, le vendredi en fin de matinée.

Robin était revenue de Portcullis House après avoir filé Geraint. S'étant placée à bonne distance derrière lui, elle avait pu voir les sourires polis des jeunes femmes qu'il saluait se muer en grimaces de dégoût dès qu'il avait le dos tourné. Puis Geraint avait disparu dans une salle de conférences au premier étage et Robin avait fait demi-tour, espérant vaguement pouvoir s'introduire à nouveau dans le bureau et récupérer le deuxième micro. Mais en passant, elle avait vu par la porte entrouverte Aamir penché sur son ordinateur.

« Raff, je vais te donner un truc à faire, marmonna Izzy en martelant les touches de son clavier. Attends juste un instant, mon chou. Il faut que je termine ça, c'est pour la présidente locale du parti. Papa doit passer signer d'ici cinq minutes. »

Elle lança un coup d'œil harassé à son frère qui, avachi dans le fauteuil, ses longues jambes étendues devant lui, les manches relevées, la cravate défaite, s'amusait avec le passe Visiteur pendu à son cou.

« Pourquoi tu n'irais pas boire un café sur la terrasse ? », suggéra Izzy. Robin comprit qu'elle tentait de l'éloigner avant l'arrivée de leur père.

205

« Vous m'accompagnez, Venetia ?

— Impossible, dit Robin. J'ai du boulot. »

Le ventilateur posé sur le bureau d'Izzy venait de pivoter dans sa direction, lui apportant un peu d'air frais. C'était une belle matinée de juin mais, à cause des rideaux, la clarté du dehors n'entrait dans la pièce que sous la forme d'une brume lumineuse. Sur la terrasse en dessous, les membres du personnel parlementaire, déformés par la perspective et le voilage, ressemblaient à des spectres luisants. Dans le bureau, l'atmosphère était confinée. Robin avait eu beau mettre une robe en coton et relever ses cheveux en queue-de-cheval, elle avait tellement chaud que, toutes les cinq minutes, elle essuyait d'un revers de main la sueur qui perlait sur sa lèvre.

Comme elle l'avait dit à Strike, la présence de Raphael ne lui facilitait pas la tâche. Par exemple, quand elle était seule avec Izzy, elle n'avait pas besoin d'inventer des excuses pour sortir dans le couloir. Qui plus est, Raphael ne la quittait pas des yeux. Rien à voir avec les regards lubriques de Geraint Winn, bien entendu. Elle n'approuvait pas l'attitude de Raphael, et pourtant, quelquefois, elle était à deux doigts de le plaindre. Il avait l'air tellement angoissé quand son père était dans les parages et puis – il était beau, *n'importe qui* l'aurait remarqué. C'était surtout à cause de sa beauté que Robin évitait de le regarder : pour ne pas perdre son objectivité.

Il faisait tout pour se rapprocher d'elle et elle ne cessait de décourager ses initiatives. La veille, il l'avait surprise alors qu'elle tentait d'écouter une conversation téléphonique, derrière la porte entrebâillée de Geraint. Elle avait entendu Aamir prononcer le mot « enquête » et en conclut, confortée par les maigres indices qu'elle avait pu glaner par-ci par-là, qu'il parlait du Level Playing Field.

« Mais ce n'est pas une enquête publique, n'est-ce pas ? demandait Aamir, inquiet. Ça n'a rien d'officiel ? Pour moi, c'était de la simple routine... Mr. Winn était persuadé que son courrier à l'organisme de contrôle avait répondu à toutes les interrogations sur le financement de... »

Robin savait que Winn pouvait apparaître à tout moment mais l'occasion était trop belle. Elle n'avait simplement pas prévu que le danger viendrait d'ailleurs.

« Que faites-vous là ? Vous écoutez aux portes maintenant ? », s'était esclaffé Raphael.

Robin s'était éloignée aussitôt mais, en entendant la porte claquer dans son dos, elle avait compris qu'à l'avenir, Aamir veillerait à la tenir fermée.

« Vous êtes toujours aussi émotive ou c'est moi ? avait demandé Raphael en lui courant après. Allez, venez donc prendre un café, je m'ennuie comme un rat mort. »

Elle avait refusé sèchement. Mais à présent, tandis qu'absorbée dans une activité de façade, elle repensait à l'attitude de Raphael, Robin prenait conscience que quelque part – tout au fond d'elle-même – son insistance la flattait. On frappa à la porte et, au grand étonnement de Robin, Aamir Mallik entra dans le bureau avec à la main une liste de noms. Fébrile mais déterminé, il se tourna vers Izzy et dit :

« Ouais, euh, bonjour. Geraint aimerait bien ajouter les donateurs du Level Playing Field sur la liste des invités à la réception des Jeux paralympiques, le 12 juillet.

— Cette réception n'est pas de mon ressort, répliqua Izzy. C'est le DCMS qui l'organise, pas moi. *Pourquoi* c'est toujours à *moi* qu'on s'adresse dès qu'il y a un truc à régler ? ajouta-t-elle en écartant d'un geste vif sa frange trempée de sueur.

— Geraint aimerait qu'ils y assistent », bredouilla le pauvre Aamir. La feuille de papier tremblait entre ses doigts.

Robin se demanda si elle aurait l'aplomb de s'introduire sur-le-champ dans le bureau que Aamir venait de quitter et de faire l'échange des micros ? Elle se leva le plus discrètement possible.

« Pourquoi il ne s'adresse pas à Della ? embraya Izzy.

— Della est occupée. Il s'agit juste de huit personnes, plaida Aamir. Vraiment, il…

— *"Parole de la vierge Lachesis, fille de Nécessité !"* »

La voix tonitruante du ministre de la Culture le précéda dans le bureau. Vêtu d'un costume fripé, Chiswell s'encadra sur le seuil, obligeant Robin à battre en retraite. Elle regagna son siège tout aussi discrètement qu'elle l'avait quitté. Quant à Aamir, il se crispa comme s'il craignait de recevoir un coup.

« Savez-vous qui est Lachesis, monsieur Mallik ? tonna Chiswell.

— Pas vraiment non, répondit Aamir.

— Non ! Vous n'avez pas étudié les mythes grecs dans votre lycée expérimental à Harringay ? Raff, toi qui m'as l'air d'avoir du temps à revendre, explique donc à monsieur Mallik qui est Lachesis.

— Je ne sais pas non plus, répondit Raphael en fixant son père entre ses épais cils noirs.

— Tu plaisantes, j'imagine. Lachesis est l'une des trois Parques. Elle mesure la durée de vie allouée à chaque homme. Elle sait quand notre tour viendra. Vous n'êtes pas féru de Platon, monsieur Mallik ? Catulle est plus dans vos cordes, je suppose. Il a produit quelques jolis poèmes sur les personnes dans votre genre. *Pedicabo ego vos et irrumabo, Aureli pathice et cinaede Furi.* Poème 16, lisez-le, il vous plaira. »

Izzy et Raphael le regardaient, éberlués. Aamir resta figé quelques secondes, comme s'il avait oublié ce qu'il était venu faire, puis il tourna les talons et regagna son bureau à grandes enjambées.

« Un peu de culture classique, ça ne fait de mal à personne, dit Chiswell en le regardant s'éloigner, avec un mélange de satisfaction et de malice. Il n'est jamais trop tard pour apprendre, n'est-ce pas, Raff ? »

Le portable de Robin vibra sur son bureau. Un texto de Strike. Pourtant, ils étaient convenus de ne pas se contacter dans la journée, sauf en cas d'urgence. Elle glissa le téléphone dans son sac.

« Où sont les documents que je dois signer ? demanda Chiswell à Izzy. As-tu terminé la lettre pour cette conne de Brenda Bailey ?

— Elle s'imprime. »

Pendant que Chiswell apposait sa signature au bas de chaque lettre en respirant comme un bouledogue dans la pièce silencieuse, Robin prétexta avoir oublié quelque chose et se précipita dans le couloir.

Pour éviter les importuns, elle suivit une pancarte indiquant la direction de la chapelle au sous-sol et trouva le petit escalier aux marches de pierre qui débouchait dans la crypte.

On se serait cru dans un coffre à bijoux médiéval tant les murs dorés étaient chargés de motifs et de symboles, héraldiques autant que religieux. Au-dessus de l'autel, des portraits de saints parés de couleurs éclatantes. En face, une rangée de tuyaux d'orgue bleu ciel garnis de rubans d'or et de fleurs de lis écarlates. Robin alla vite s'asseoir sur l'un des bancs en velours rouge et ouvrit le message de Strike.

J'ai besoin d'un service. Barclay a passé 10 jours sur Jimmy Knight, mais il vient d'apprendre que sa femme doit travailler ce week-end et il n'a personne pour s'occuper du bébé. Andy part ce soir pour une semaine à Alicante avec sa famille. Je ne peux pas filer Jimmy, il me connaît. CORO participe à une marche anti-missile demain. Ça démarre à 14 heures, à Bow. Pouvez-vous y aller ?

Robin contempla un long moment l'écran de son portable, puis elle poussa un gémissement qui se répercuta sur les parois de la crypte.

C'était la première fois depuis plus d'un an que Strike lui demandait au débotté de faire des heures supplémentaires. Ça tombait mal. Le week-end prochain, Matthew et elle devaient fêter leur anniversaire de mariage. Ils avaient réservé un hôtel de luxe et leurs valises étaient déjà dans le coffre de la voiture. Elle était censée retrouver Matthew après le travail, dans deux heures, pour prendre aussitôt la route du Manoir aux Quat'Saisons. Si elle lui faisait faux bond, il serait furieux.

Dans l'ambiance feutrée de la chapelle tapissée d'or, Robin se remémora les paroles que Strike avait prononcées lorsqu'il avait accepté de lui payer un stage de formation aux techniques de filature.

J'ai besoin d'une personne capable de travailler de longues heures d'affilée, même le week-end... vous présentez de réelles aptitudes pour ce métier mais l'homme que vous allez épouser s'oppose à ce que vous l'exerciez...

Et elle lui avait répondu qu'elle se fichait de ce que pensait Matthew, qu'elle prenait seule ses décisions.

Quel engagement devait-elle respecter à présent ? Elle avait dit à Matthew qu'elle ne divorcerait pas, qu'elle voulait donner une chance à leur couple. En plus, Strike ne pouvait pas lui reprocher de tirer au flanc. Depuis deux ans, elle avait fait des tas d'heures supplémentaires, et gratuitement en plus.

Robin mit un temps fou à rédiger sa réponse, supprimant des mots pour les remplacer par d'autres, hésitant à chaque syllabe.

Je suis vraiment navrée mais c'est notre anniversaire de mariage. L'hôtel est réservé. Nous partons ce soir.

Elle aurait voulu ajouter autre chose mais quoi ? « Mon mariage bat de l'aile donc cet anniversaire est important » ? « J'aimerais mille fois mieux me déguiser en manifestante et surveiller Jimmy Knight » ? Elle pressa sur « envoyer ».

Après quoi, elle resta assise à attendre sa réponse comme le verdict d'un médecin, le regard perdu parmi les vrilles qui couvraient le plafond de la crypte. Des visages étranges l'observaient, cachés parmi les moulures, comme des divinités sylvestres pointant le nez hors des feuillages. Les anges, les croix chrétiennes côtoyaient les figures héraldiques, les représentations païennes. Cette chapelle n'était pas qu'un lieu de dévotion. Elle parlait aussi de magie, de superstitions remontant au plus haut Moyen Âge.

Les minutes s'égrenaient et Strike ne répondait pas. Robin se leva et fit le tour de la chapelle. Dans le fond, elle trouva un placard qu'elle ouvrit. À l'intérieur, gravé sur une plaque commémorative, elle lut le nom d'Emily Davison. La célèbre suffragette avait passé une nuit dans cette crypte pour pouvoir déclarer la Chambre des Communes comme son domicile lors du recensement de 1911, soit sept ans avant que les citoyennes britanniques n'obtiennent le droit de vote. Emily Davison n'aurait pas approuvé qu'une femme place son mariage défaillant au-dessus de sa liberté de travailler, songea piteusement Robin.

Son portable vibra. Elle baissa les yeux, pleine d'appréhension. Strike avait répondu en deux lettres :

OK

Une boule de plomb glissa de sa poitrine vers son estomac. Elle savait pertinemment que Strike vivait toujours dans le minuscule deux pièces au-dessus de son bureau et qu'il travaillait aussi bien la semaine que les week-ends. Il était le seul célibataire de l'agence et donc, pour lui, la frontière entre vie professionnelle et vie privée était sinon inexistante, du moins flexible et poreuse. Contrairement à Barclay, Hutchins et elle. Pire que tout, Robin ne voyait aucun moyen de lui signifier qu'elle regrettait, qu'elle comprenait, qu'elle aimerait que les choses soient autrement, sans devoir du même coup évoquer leur étreinte sur les marches de l'hôtel, un instant dont ils n'avaient jamais parlé et qui remontait à tellement loin que peut-être il en avait perdu le souvenir.

Comme une âme en peine, Robin sortit de la crypte en tenant toujours contre elle les documents qui avaient servi de prétexte à son départ précipité.

Quand elle poussa la porte du bureau, Raphael était seul. Il tapait sur l'ordinateur d'Izzy mais trois fois moins vite qu'elle.

« Izzy est avec papa, dit-il. Ils sont partis faire un truc si barbant que je ne sais même plus ce que c'est. Ils ne vont pas tarder. »

Robin se fendit d'un sourire et se rassit à sa place en pensant toujours à Strike.

« Il était un peu bizarre, ce poème, non ? embraya Raphael.

— Pardon ? Oh, ce truc en latin ? Oui, en effet.

— J'ai eu l'impression qu'il l'avait appris juste pour embarrasser Mallik. Personne ne connaît par cœur des tirades en latin. »

Strike lui aussi semblait connaître par cœur un certain nombre de citations latines, songea Robin. « Non, bien sûr que non, dit-elle.

— Est-ce qu'il a quelque chose contre lui ?

— Vraiment je l'ignore », mentit Robin.

Ayant épuisé toutes les méthodes susceptibles de tromper son ennui, elle se remit à brasser de la paperasse.

« Vous êtes là pour combien de temps, Venetia ?

— Je ne sais pas trop. Jusqu'aux vacances parlementaires, probablement.

— Sincèrement, ça vous plaît de travailler au Parlement ? Je veux dire, pour de bon ?

— Mais oui, dit-elle. Ça m'intéresse.

— Que faisiez-vous avant ?

— Relations publiques. C'était assez distrayant, mais j'avais envie de changer.

— Pour épouser un député ? demanda-t-il avec un petit sourire.

— Je n'ai vu personne ici que j'aimerais épouser.

— Vous me vexez », dit Raphael en soupirant.

Robin se sentit rougir. Pour donner le change, elle se pencha, ouvrit un tiroir et prit quelques objets au hasard.

« Est-ce que Venetia Hall sort avec quelqu'un ? insista-t-il.

— Oui. Il s'appelle Tim. Nous sommes ensemble depuis un an.

— Ah bon ? Qu'est-ce que fait ce cher Tim ?

— Il travaille chez Christie's », lâcha Robin.

Cette idée lui était venue après avoir vu les collègues de Sarah Shadlock au Red Lion. Des types en costume sur mesure, issus des meilleures écoles. C'était ainsi qu'elle imaginait les conquêtes masculines de la filleule de Chiswell.

— Et vous ? lui renvoya-t-elle. Izzy m'a dit...

— La fille de la galerie ? l'interrompit Raphael. Il n'y avait rien de sérieux entre nous. Elle était trop jeune pour moi. Ses parents l'ont expédiée à Florence, de toute façon. » Il avait fait pivoter son siège et maintenant, il l'observait d'un air sérieux, comme s'il cherchait à découvrir en elle ce qu'une banale conversation ne pouvait lui apprendre. Robin détourna les yeux. L'heureuse élue du pseudo-Tim n'aurait jamais soutenu un regard aussi brûlant.

« Vous croyez à la rédemption ? », demanda-t-il brusquement.

Sa question la prit par surprise. Elle y décela une beauté grave et tragique, comme cette chapelle mystérieuse qui miroitait au bas d'un escalier en colimaçon.

« Je... oui, j'y crois », dit-elle.

Il avait pris un crayon sur le bureau d'Izzy et jouait à le faire tourner entre ses longs doigts effilés. Et toujours ce regard intense posé sur elle, comme pour la percer à jour.

« Vous savez ce que j'ai fait ? Avec ma voiture ?

— Oui », répondit-elle.

Un long silence s'installa entre elle et lui. Un silence peuplé d'éclairs et de silhouettes indistinctes. Elle imagina Raphael derrière le volant, couvert de sang, le corps disloqué de la jeune mère sur la chaussée, les véhicules de police, la bande jaune délimitant la scène d'accident, les automobilistes qui passaient au ralenti, les yeux écarquillés. S'il la regardait ainsi, songea Robin, c'était peut-être qu'il attendait une parole de miséricorde, comme si elle avait le pouvoir de lui pardonner sa faute. Parfois la sollicitude d'un inconnu, ou d'une simple relation, pouvait vous aider à remonter la pente, alors que les efforts déployés par vos proches ne faisaient que vous enfoncer davantage, se dit-elle en se rappelant le vieil appariteur qui, sans chercher à savoir ce qui l'affectait, lui avait tendu une main secourable dans le Vestibule des Députés. Ses paroles amicales, sa voix rauque lui avaient permis de reprendre pied dans la réalité.

La porte en s'ouvrant les fit sursauter. Une rousse plantureuse déboula dans la pièce, un passe Visiteur suspendu à un cordon autour de son cou. Robin reconnut Kinvara, l'épouse de Jasper Chiswell, dont elle avait vu des photos sur le Net.

« Bonjour », dit Robin pour attirer l'attention de Kinvara qui semblait n'avoir d'yeux que pour Raphael, lequel s'était remis à taper sur son clavier.

« Vous devez être Venetia », lui lança Kinvara en tournant vers elle ses prunelles dorées. Elle avait une voix de petite fille et des traits légèrement bouffis. « Mais vous êtes jolie ! Personne ne m'avait dit que vous étiez si jolie. »

Robin ne trouva rien à répondre. Kinvara se laissa tomber dans le fauteuil défoncé où Raff avait coutume de s'asseoir et retira les lunettes de soleil griffées qu'elle portait en serre-tête, libérant une masse de longs cheveux roux qu'elle secoua pour les aérer. Ses jambes, ses bras nus étaient criblés de taches de rousseur. Son ample poitrine tirait sur les boutonnières de sa robe-chemise verte sans manches.

« Vous êtes la fille de qui ? demanda-t-elle avec une certaine exubérance. Jasper ne m'a rien dit. D'ailleurs, en règle générale, il ne me dit que ce qu'il est *obligé* de me dire. J'ai l'habitude. Il paraît que vous êtes l'une de ses filleules. »

Personne n'avait cru bon d'avertir Robin que Kinvara ignorait qui elle était vraiment. Izzy et Chiswell n'avaient peut-être pas imaginé qu'elles se retrouveraient l'une en face de l'autre.

« De Jonathan Hall », répondit Robin, gênée. Elle s'était préparé un CV relativement crédible mais qui risquait de ne pas tenir la route devant Mrs. Chiswell, laquelle connaissait certainement tous les amis et relations de son mari.

« Qui est-ce ? demanda Kinvara. Je suppose que je devrais le savoir, Jasper sera fâché que j'aie oublié…

— Mon père est dans la gestion immobilière et…

— Oh, j'y suis ! La propriété du Northumberland ! l'interrompit Kinvara sans toutefois manifester un grand intérêt. C'était avant moi. »

Merci mon Dieu, soupira mentalement Robin.

Kinvara croisa les jambes et replia ses bras sur sa vaste poitrine. Son pied s'agitait nerveusement. Elle se tourna vers Raphael et lui jeta un regard dur, voire méchant.

« Vas-tu te décider à dire bonjour, Raphael ?

— Bonjour, dit-il.

— Jasper m'a demandé de le retrouver ici mais si tu préfères que j'attende dans le couloir, je peux, reprit Kinvara de sa voix haut perchée.

— Bien sûr que non, marmonna Raphael en fixant son écran, les sourcils froncés.

— C'est que je m'en voudrais de déranger », insista Kinvara en regardant alternativement Robin et son beau-fils. Robin se rappela soudain l'histoire de la blonde dans le cabinet de toilette de la galerie d'art. Pour la deuxième fois, elle fit semblant de chercher quelque chose dans un tiroir. Heureusement, quelques secondes après, les voix de Chiswell et d'Izzy retentirent à l'extérieur.

« ... à 10 heures, pas plus tard, ou je n'aurai pas le temps de lire ce foutu machin. Et dis à Haines que c'est lui qui parlera à la BBC. Je n'ai pas de temps à perdre avec une bande d'idiots qui... Kinvara. »

Chiswell s'arrêta net sur le seuil et lui balança, sans la moindre trace d'affection : « Je t'avais dit de me retrouver au ministère, pas ici.

— Moi aussi je suis ravie de te voir, Jasper, répliqua Kinvara en se levant et en lissant les plis de sa robe. Après ces trois jours loin de toi.

— Bonjour, Kinvara, dit Izzy.

— J'avais oublié ce détail, poursuivit Kinvara en ignorant consciencieusement sa belle-fille. J'ai essayé de te joindre toute la matinée...

— Je t'avais dit que je serais en réunion jusqu'à treize heures, gronda Chiswell. Et si c'est encore au sujet de ces foutues saillies...

— Non, ce n'est pas au sujet des saillies, Jasper. En fait, je préférerais qu'on parle en privé mais si tu veux que tes enfants entendent ce que j'ai à dire, ça m'est égal.

— Bonté divine, grommela Chiswell. Viens, suis-moi, je trouverai bien une salle libre...

— Il y avait un homme hier soir, dit Kinvara, et il... *ne me regarde pas comme ça, Isabella !* »

Izzy la fixait d'un air sceptique. Elle leva les sourcils, entra dans le bureau et fit comme si Kinvara n'existait plus.

« Jasper, la nuit dernière, j'ai vu un homme dans les bois près de la maison ! Il tenait une bêche, fit-elle d'une voix assez tonitruante pour qu'elle résonne jusqu'au bout du couloir. Je n'ai pas rêvé, il y avait un homme avec une bêche, je l'ai vu, et il s'est enfui quand les chiens lui ont couru après ! Tu n'arrêtes pas de dire que je fais des histoires pour rien mais moi, j'ai peur dans cette maison la nuit et si tu continues à ne rien faire, je vais devoir appeler la police ! »

22

*Est-ce que, pour la bonne cause, tu n'accepterais pas
de la prendre ?*

HENRIK IBSEN, *Rosmersholm*

L E LENDEMAIN, STRIKE ÉTAIT D'UNE HUMEUR massacrante.
Pourquoi, nom d'un chien, devait-il se trimbaler à l'autre
bout de la ville, un samedi matin, par une chaleur d'enfer,
lui, l'associé principal et le fondateur de l'agence, alors qu'il avait
trois collaborateurs et une jambe artificielle ? fulminait-il en se
dirigeant clopin-clopant vers Mile End Park où devait se tenir la
marche de protestation. Pourquoi ? Parce qu'il n'avait pas de bébé
à garder, pas de femme immobilisée par une fracture du poignet,
pas de vacances prévues en Andalousie, pas d'anniversaire de
mariage à célébrer ce week-end. Et sous le prétexte qu'il n'était
pas marié, c'était donc à lui de se sacrifier et de renoncer à un
week-end de repos pourtant bien mérité.

Tous les reproches dont Robin avait craint qu'il ne l'accable
tournaient en boucle dans la tête de Strike : elle vivait dans une
vraie maison sur une jolie rue pavée alors que lui se contentait
d'un deux pièces minable sous les combles ; le ridicule anneau
d'or qu'elle portait au doigt lui conférait un statut et des droits dont
lui-même était privé ; il avait encore déçu Lorelei en se décom-
mandant à la dernière minute ; et pire que tout, Robin, qui lui avait
promis de tout partager équitablement, l'avait laissé choir platement pour courir retrouver son petit mari.

Certes, depuis deux ans qu'elle travaillait avec lui, Robin avait
effectué des centaines d'heures supplémentaires non payées.

Certes, il reconnaissait qu'elle s'était donnée sans compter à chacune de ses missions. Et il lui en savait gré. Mais ça ne l'empêchait pas de se dire que, pendant qu'il clopinait sur ce trottoir comme un imbécile pour assister à un événement qui risquait de lui prendre des heures pour pas grand-chose, elle et son abruti de mari roulaient tranquillement vers leur hôtel de merde pour y passer un week-end en amoureux. Une pensée qui ne l'aidait guère à supporter les douleurs qui pulsaient dans sa jambe et son dos.

Mal rasé, vêtu d'un vieux jean, d'un sweat à capuche délavé et d'une paire de baskets éculées, Strike pénétra dans le parc, un sac à provisions au bout du bras. Au loin, les manifestants se regroupaient. Craignant que Jimmy ne le reconnaisse, il avait failli ne pas venir mais s'était ravisé après avoir reçu le dernier texto de Robin (auquel il n'avait pas répondu, tant il était furieux).

Kinvara Chiswell est passée au bureau. Elle prétend avoir vu un homme avec une bêche dans les bois près de leur maison la nuit dernière. Chiswell lui aurait déconseillé de prévenir la police mais elle dit qu'elle les appellera quand même s'il ne fait rien pour remédier à la situation. À ce propos, Kinvara ne sait pas que Chiswell a fait appel à nous. Elle m'a vraiment prise pour Venetia Hall. Et il semble que la commission de contrôle financier soit en train d'enquêter sur les activités du Level Playing Field. J'essaie d'en savoir davantage.

Ce message n'avait fait qu'assombrir encore l'humeur de Strike. Il aurait préféré que Robin lui apporte une preuve bien tangible contre Geraint Winn car, entre le *Sun* qui cherchait des poux dans la tête de Chiswell et Chiswell lui-même qui n'était pas à prendre avec des pincettes, il commençait à craindre que cette enquête ne vire à l'échec.

Barclay lui avait dit que Jimmy Knight possédait une Suzuki Alto vieille de dix ans qu'il n'utilisait jamais parce qu'elle n'avait pas passé le contrôle technique. En revanche, il n'avait pu lui garantir que Jimmy ne s'amusait pas à rôder la nuit sur la propriété Chiswell, située à une centaine de kilomètres de Londres. Mais Strike estimait la chose improbable.

D'un autre côté, Jimmy aurait très bien pu demander à l'un de ses copains sur place d'intimider la femme de Chiswell. Ayant grandi là-bas, il devait connaître encore pas mal de gens. Autre possibilité, plus inquiétante : Billy s'était peut-être échappé du lieu, réel ou imaginaire, où il disait qu'on le retenait prisonnier et traînait dans les bois pour tenter de prouver qu'un enfant était bel et bien enterré dans une couverture rose, près de l'ancienne ferme de son père, ou, poussé par quelque obsession paranoïde, pour frapper les chevaux de Kinvara à coups de bêche.

Incapable de faire le tri entre ces multiples possibilités, conscient que le *Sun* pouvait à tout moment lui mettre des bâtons dans les roues et que, n'ayant trouvé aucun moyen de pression contre les deux maîtres chanteurs, il n'était pas plus avancé que le jour où il avait accepté cette affaire, Strike avait finalement estimé qu'il n'avait d'autre choix que de suivre toutes les pistes, même les plus improbables. Voilà pourquoi, malgré la fatigue, la douleur physique et la quasi-certitude que le jeu n'en valait pas la chandelle, il s'était extirpé de son lit un samedi matin, avait sanglé sa prothèse sur un moignon déjà légèrement enflé et, en évitant de penser aux heures de marche qui l'attendaient, s'était mis en route pour Mile End Park.

Quand il fut assez proche pour distinguer les traits de chaque manifestant, Strike sortit de son sac à provisions un masque de Guy Fawkes, le visage blanc aux sourcils arqués et à la fine moustache qui sert d'emblème au collectif de hackers Anonymous, et s'en affubla. Puis il roula le sac en boule, le jeta dans une poubelle et se dirigea en boitillant vers les banderoles et autres pancartes proclamant « PAS DE MISSILES CHEZ NOUS ! », « PAS DE SNIPER DANS NOS RUES ! » ou « NE JOUEZ PAS AVEC NOS VIES ! ». Le mot « Démission » était couramment associé à des portraits du Premier Ministre. Marcher dans l'herbe avec une jambe artificielle était une véritable épreuve, Strike en avait fait maintes fois l'expérience. Quand il finit par repérer les bannières CORO à leur couleur orange et au logo figurant les anneaux olympiques brisés, il transpirait à grosses gouttes.

La douzaine d'activistes CORO traînait derrière un groupe de jeunes qui bavardaient. Strike rajusta le masque en plastique qui ne cessait de glisser, n'étant pas prévu pour les nez cassés. À quelques mètres de lui, Jimmy Knight discutait avec deux jeunes femmes qui riaient à gorge déployée comme s'il venait de dire un truc désopilant. Strike appuya sur le masque pour que ses yeux soient bien en face des trous, puis il passa en revue le reste de la troupe. Le fait qu'il n'y ait nulle part de chevelure rouge tomate ne signifiait pas que Flick avait changé de teinture mais simplement qu'elle n'était pas là.

Les hommes chargés de l'organisation firent ranger les manifestants en une file plus ou moins droite. Strike se mêla à la foule mais sans se presser, silhouette massive, énigmatique et silencieuse. En fait, les syndicalistes du service d'ordre, sans doute impressionnés, se bornèrent à canaliser le cortège autour de lui comme s'il était un rocher au milieu d'un torrent. Strike prit position derrière CORO. En le voyant approcher, un jeune homme maigrichon qui portait le même masque que lui réussit à lever les deux pouces avant de se faire refouler vers la queue. Strike lui retourna son geste.

Jimmy tirait sur une cigarette roulée et continuait à plaisanter avec les deux filles qui rivalisaient pour attirer son attention. La plus brune, et la plus séduisante aussi, tenait une pancarte montrant sur une face David Cameron peint sous les traits d'Hitler aux Jeux olympiques de 1936. Une véritable œuvre d'art. Strike eut tout loisir d'en admirer les détails avant que le cortège ne s'ébranle. Encadrés par les forces de police et d'autres membres du service d'ordre identifiables à leurs vestes fluo, les manifestants sortirent du parc et s'engagèrent sur Roman Road, une longue avenue en ligne droite.

Le bitume était un peu mieux adapté à son handicap mais Strike avait toujours aussi mal au genou. Au bout d'un moment, la foule se mit à scander : « Missiles DE-HORS ! Missiles DE-HORS ! »

Deux photographes de presse marchaient à reculons en mitraillant les premiers rangs.

« Hé, Libby, dit Jimmy à la fille tenant la pancarte joliment peinte. Tu veux grimper sur mes épaules ? »

Sa compagne regarda avec envie Jimmy mettre un genou à terre et Libby s'asseoir à califourchon sur sa nuque puis brandir la caricature de Cameron à bout de bras devant l'objectif des photographes.

« Montre-leur tes nénés, comme ça on fera la une ! lui cria Jimmy.

— Jimmy ! », gloussa-t-elle, faussement choquée. L'autre fille eut un sourire crispé. Les appareils photo crépitèrent et Strike, grimaçant de douleur derrière son masque, fit encore un gros effort pour cacher son boitement.

« Tu as vu celui qui avait le plus gros appareil ? Il le tournait tout le temps vers toi, dit Jimmy quand il finit par reposer Libby.

— Putain, si ma mère me voit aux infos, elle va péter un câble », dit-elle, surexcitée, avant de reprendre sa place à côté de lui. Jimmy se mit à la taquiner parce qu'elle avait peur de la réaction de ses parents, et elle, pour se venger, lui donnait des petites claques, des petites bourrades. Elle devait avoir quinze ans de moins que lui, minimum, se dit Strike.

« Tu t'amuses bien, Jimmy ? »

Comme le masque amenuisait son champ de vision, Strike dut attendre que la fille aux cheveux rouges ébouriffés soit face à lui pour comprendre que Flick avait rejoint la manifestation. Sa soudaine apparition surprit tout autant Jimmy.

« Ah, te voilà ! », dit-il avec un enthousiasme peu convaincant.

Flick décocha un regard acéré à la dénommée Libby, qui accéléra le pas, intimidée. Jimmy voulut prendre Flick par la taille mais elle le repoussa.

« Holà ! s'écria-t-il en jouant l'offensé. Qu'est-ce qui se passe ?

— À ton avis, abruti ? », grommela Flick.

Jimmy ignorait par quel bout la prendre. Sa belle gueule de voyou exprimait autant d'agacement que de méfiance. De nouveau, il essaya de passer le bras autour de sa taille. Il eut droit à une bonne tape sur la main.

« Holà, répéta-t-il, plus agressif. C'est quoi cette histoire ?

— Tu m'envoies faire le sale boulot à ta place et, pendant ce temps, tu te pavanes comme un coq ? Tu me prends pour une conne ou quoi ?

« Les missiles DE-HORS ! », beugla un organisateur dans son mégaphone. La foule reprit en chœur. La femme à la coupe Mohican qui marchait à côté de Strike poussait des cris rauques et aussi perçants que ceux d'un paon. Les braillements des manifestants avaient au moins un avantage : ils lui permettaient de grogner tout son soûl chaque fois que son pied artificiel touchait le macadam. Ses ahanements faisaient vibrer le masque en plastique sur son visage trempé de sueur. Devant lui, Jimmy et Flick

220

continuaient de se disputer. Malgré le manque de visibilité, il ne perdait rien de la scène mais, à cause du vacarme, n'entendait pas ce qu'ils se disaient. À la faveur d'une accalmie, il put malgré tout glaner quelques bouts de phrases.

« J'en ai ras-le-bol, disait Jimmy. C'est pas moi qui ramasse des minets dans les bars dès que…

— Tu m'avais jetée ! répliqua Flick en essayant de pas hurler. Tu m'avais jetée, putain ! Tu disais que tu ne voulais pas de relation mono…

— J'ai dit ça sous le coup de la colère. J'étais stressé. Billy me prenait la tête. Si j'avais su que tu irais aussitôt dans ce bar pour lever un foutu…

— Tu disais que tu en avais marre de…

— Bordel de merde, j'étais trop vénère. J'ai dit des tas de trucs que je pensais pas. Si j'allais baiser ailleurs chaque fois que tu me prends le chou…

— Ah ouais ? Tu sais, des fois je me dis que si tu me gardes c'est juste à cause de Chis…

— *Moins fort, putain !*

— … et aujourd'hui, tu crois que je me suis marrée dans cette baraque de… ?

— Je t'ai remerciée, non ? On en a parlé, bordel ! Si j'avais pas eu ces tracts à imprimer, je serais allé avec toi…

— En plus, je fais le ménage, renchérit-elle dans un sanglot. C'est dégoûtant, et aujourd'hui tu m'envoies… c'était horrible, Jimmy, il devrait être à l'hôpital, il est dans un état… »

Jimmy regarda autour de lui. De nouveau, Strike essaya de modérer son boitement. Mais il avait de plus en plus mal. Dès que le poids de son corps passait sur sa jambe droite, il avait l'impression que des fourmis venimeuses lui dévoraient le moignon.

« On l'emmènera à l'hôpital, dit Jimmy, conciliant. Je te le promets. Si on le relâche maintenant, il va tout faire foirer. Tu sais comment il est… Quand Winn aura les photos… hé ! » Jimmy réussit enfin à l'attraper par la taille. « Écoute, je te remercie du fond du cœur pour ce que tu as fait.

— Ouais, à cause du fric », dit Flick dans un sanglot. Elle s'essuya le nez d'un revers de main. « Parce que tu saurais même pas ce que Chiswell a fait si… »

Jimmy l'attira rudement contre lui. Elle résista pour la forme puis desserra les lèvres. Ils s'embrassèrent longuement tout en marchant. Strike voyait leurs langues s'agiter. Serrés l'un contre l'autre, ils avaient un peu de mal à garder l'équilibre mais ils continuaient à avancer au milieu de leurs camarades qui les regardaient en souriant, sauf la fille que Jimmy avait prise sur ses épaules.

« Jimmy », susurra Flick en reprenant son souffle, toujours blottie contre lui. Elle le fixait d'un air langoureux, à présent. Sa colère n'était plus qu'un lointain souvenir. « Je pense que tu devrais aller discuter avec lui. Franchement. Il n'arrête pas de parler de ce détective.

— Quoi ? s'écria Jimmy, bien qu'il ait parfaitement entendu.

— Strike. Cet abruti de soldat unijambiste. Billy est obsédé par lui. Il croit qu'il va venir le sauver. »

Ils allaient bientôt atteindre le point d'arrivée de la manifestation : Bow Quarter sur Fairfield Road où la tour carrée d'une ancienne usine d'allumettes, où devaient être entreposés plusieurs des fameux missiles, se découpait sur le ciel.

« Le sauver ? répéta Jimmy, méprisant. Bordel de merde. Ce n'est pas comme si on le torturait. »

Les manifestants rompirent les rangs et se dispersèrent sur les rives d'un étang qui se trouvait au beau milieu du site controversé. Strike aurait donné cher pour pouvoir faire comme eux, s'asseoir sur un banc ou s'appuyer contre un arbre, histoire de soulager un peu son genou. La peau de son moignon, trop fragile pour supporter les frottements répétés, était très irritée. Au niveau de l'articulation, ses tendons trop sollicités réclamaient du repos et une poche de glace. Mais il ne pouvait pas s'arrêter car Jimmy et Flick venaient de s'écarter des autres activistes CORO pour marcher le long de la berge.

« Il voulait te voir mais je lui ai dit que tu étais occupé, reprit Flick. Alors il s'est mis à pleurer. C'était horrible, Jimmy. »

Feignant de s'intéresser au jeune homme noir qui, muni d'un micro, montait sur l'estrade dressée face au public, Strike se rapprocha encore un peu.

« Je m'occuperai de lui quand j'aurai l'argent, répondit Jimmy comme s'il regrettait sa dureté. Oui, je m'occuperai de lui... et de toi. Je n'oublierai pas ce que tu as fait. »

Elle parut apprécier. Du coin de l'œil, Strike la vit rougir de plaisir. Jimmy sortit un paquet de tabac et des feuilles Rizla de la poche de son jean et se roula une cigarette.

« Alors comme ça, il parle toujours de ce putain de détective ?

— Ouais. »

Jimmy alluma sa clope et fuma en silence pendant un moment, les yeux sur la foule.

« Tu veux que je te dise ? fit-il brusquement. Je vais aller le voir maintenant. Pour qu'il se calme. On a juste besoin qu'il se tienne à carreau encore un petit bout de temps. Tu viens ? »

Il lui tendit la main, Flick la prit en souriant. Ils s'éloignèrent.

Strike leur laissa une petite longueur d'avance, puis il retira son masque, son vieux sweat à capuche, chaussa les lunettes de soleil qu'il avait emportées au cas où, et leur emboîta le pas, jetant masque et sweat sur un tas de banderoles abandonnées.

Mais Jimmy ne marchait plus comme à la manif. Il allait tellement vite à présent que tous les dix pas, Flick devait trottiner pour le rattraper. Strike souffrait le martyre. Les terminaisons nerveuses de sa peau irritée étaient à vif, ses muscles surmenés, tétanisés, demandaient grâce.

Il transpirait abondamment, boitait de plus en plus bas. Les passants le dévisageaient. Il sentait leurs regards compatissants dans son dos. Il savait que c'était un peu sa faute. Il aurait dû suivre jusqu'au bout ses foutues séances de rééducation, faire un vrai régime amaigrissant. Dans un monde idéal, il aurait pris un jour de congé, retiré sa prothèse et passé du temps assis ou couché, une poche de glace sur le genou. Mais non, il refusait d'abandonner, d'écouter son corps qui lui hurlait de s'arrêter. Et pourtant la distance entre lui et le couple qui cavalait devant ne cessait de s'accroître. Les mouvements compensatoires qu'il devait faire avec les bras et le torse viraient au grotesque. Il pouvait juste espérer que ni Jimmy ni Flick n'auraient l'idée de se retourner, parce que s'ils le voyaient claudiquer de la sorte, c'en serait fini de sa couverture. Pestant, haletant, Strike les vit disparaître dans la station Bow, un petit édifice en briques rouges de l'autre côté de la rue.

Quand il descendit du trottoir, une douleur épouvantable lui déchira l'arrière de la cuisse droite, comme un coup de poignard. Sa jambe se déroba et, emporté par son élan, il tomba de tout son long. Sa main tendue dérapa sur l'asphalte, sa hanche, son épaule, sa tête heurtèrent la chaussée. Non loin de lui, une femme hurla de frayeur. Les passants croyaient avoir affaire à un ivrogne, songea-t-il. Il avait déjà vécu cela. Humilié, furieux, fou de douleur, Strike parvint toutefois à se hisser sur le trottoir et à ramener sa jambe droite avant qu'une voiture ne l'écrase. Une jeune femme s'approcha pour lui proposer son aide. Il lui aboya dessus et le regretta aussitôt.

« Désolé », coassa-t-il mais elle avait déjà rejoint ses deux amies.

Il se traîna jusqu'à la rambarde qui bordait le trottoir et resta assis un moment, le dos appuyé contre un poteau, couvert de sueur et d'écorchures, se demandant comment il allait faire pour se relever. Quand il toucha son moignon, il sentit une boursouflure grosse comme un œuf. Il s'était déchiré un tendon, songea-t-il en gémissant. La douleur était si vive qu'il avait envie de vomir.

Strike sortit son portable. L'écran était fissuré. Il avait dû tomber dessus.

« Merde, merde et remerde », marmonna-t-il en fermant les yeux, le crâne posé sur le métal froid.

Il resta sans bouger quelques minutes encore. Les gens passaient devant lui sans un regard, comme s'il était un clochard, un poivrot. Puis, après avoir soupesé toutes les options qui se présentaient à lui, il ouvrit les yeux, s'essuya le visage d'un revers de manche et composa le numéro de Lorelei.

23

Et tu étais là à dépérir, à t'étioler, dans les ténèbres de ton mariage.

HENRIK IBSEN, *Rosmersholm*

RÉTROSPECTIVEMENT, ROBIN SE DISAIT que ce week-end d'anniversaire avait été voué à l'échec avant même de commencer, dès l'instant où, assise dans la chapelle de la Chambre des Communes, elle avait répondu à Strike qu'elle ne pourrait pas filer Jimmy.

Espérant soulager son sentiment de culpabilité, elle avait parlé du texto de Strike à Matthew quand il était passé la chercher en voiture devant le Parlement. Déjà énervé par les embouteillages – il détestait circuler en Land Rover à Londres le vendredi soir –, Matthew avait réagi au quart de tour. D'abord, il lui avait demandé pourquoi elle se mettait dans un état pareil alors que Strike la faisait bosser comme une esclave depuis deux ans. Puis il avait déversé un tel flot d'invectives contre son patron qu'elle n'avait eu d'autre choix que de prendre sa défense. Ils se disputaient encore lorsque, une heure plus tard, Matthew remarqua que la main gauche de Robin, qu'elle agitait tout en parlant, ne portait ni alliance ni bague de fiançailles. Bien sûr, Robin ne les mettait pas quand elle devait jouer Venetia Hall, célibataire. Et le matin, elle avait totalement oublié qu'elle ne repasserait pas par Albury Street avant de partir en week-end.

« Merde alors ! C'est notre anniversaire de mariage et tu n'es même pas foutue de penser à tes bagues ? », hurla Matthew.

Quatre-vingt-dix minutes plus tard, ils se garaient devant la façade ocre de l'hôtel de charme. Un portier au sourire radieux s'avança pour aider Robin à descendre de voiture. Elle eut presque du mal à lui dire « merci » tant sa gorge était nouée de colère.

Ils échangèrent à peine deux mots pendant le dîner dans le restaurant étoilé. Robin, qui aurait tout aussi bien pu avaler de la poussière et du polystyrène, regardait les gens attablés autour d'eux. Matthew et elle étaient de loin les plus jeunes de la salle. Elle se demandait si ces autres couples avaient eux aussi connu des passages à vide et comment ils s'en étaient sortis.

Cette nuit-là, ils dormirent le dos tourné.

Robin se réveilla le samedi en prenant subitement conscience que chaque moment passé dans cet hôtel, chaque pas dans le parc merveilleusement entretenu, avec son allée plantée de lavandes, son jardin japonais, son verger et son potager bio, coûtaient une petite fortune. Matthew s'était peut-être fait la même réflexion car au petit déjeuner, il se montra plus aimable. Malgré cela, la conversation avait tendance à s'écarter des sentiers balisés, dérivant régulièrement vers des zones dangereuses dont ils se dépêchaient de sortir. Robin sentait monter une migraine mais, sachant que le moindre signe négatif de sa part risquait de conduire à une nouvelle querelle, elle renonça à demander des antalgiques au personnel de service. C'est un comble, songea-t-elle. Ils étaient censés célébrer l'anniversaire de leur mariage et ils n'avaient pas le moindre souvenir agréable à évoquer. Pareil pour leur voyage de noces. Alors, de quoi pouvaient-ils parler ? De guerre lasse, ils finirent par discuter du boulot de Matthew en se promenant dans les jardins.

Le samedi suivant, Matthew devait disputer un match de criquet au profit d'une œuvre de charité sponsorisée par son entreprise. Matthew avait hâte d'y être. Il était aussi bon dans ce sport qu'il l'avait été au rugby, ce qui le remplissait d'orgueil. Robin l'écouta se vanter et dénigrer par avance son ami Tom, qu'il disait empoté ; elle rit quand il fallait rire, s'exclama, produisit les onomatopées qui convenaient. Et pendant ce temps, une autre partie d'elle-même, malheureuse et transie, se demandait ce qu'il se passait à Londres, si Strike s'était rendu à la manif, s'il avait obtenu quelque chose d'utile. Elle se demandait aussi comment elle, Robin, avait pu épouser le type égoïste et prétentieux qui marchait à ses côtés et qui ressemblait vaguement au charmant garçon qu'elle avait aimé autrefois.

La nuit suivante, pour la toute première fois, Robin fit l'amour avec Matthew non parce qu'elle en avait envie mais pour éviter la dispute qui aurait éclaté si jamais elle avait refusé. C'était leur anniversaire de mariage et donc il allait de soi qu'ils devaient faire l'amour, comme on appose un cachet sur un document notarié. Une formalité qui ne lui procura aucun plaisir. Quand Matthew jouit, les yeux de Robin s'emplirent de larmes amères. Et la partie d'elle-même malheureuse et transie se manifesta de nouveau, s'étonnant qu'il ne remarque pas le chagrin qui l'étouffait, se demandant comment il pouvait croire un seul instant que leur couple était viable.

Après que Matthew eut roulé sur le côté, après qu'il eut dit tous les mots qu'on dit dans ces moments-là, Robin replia son bras sur ses yeux humides et, pour la première fois, lui répondit « Je t'aime aussi » en sachant qu'il n'en était rien.

Elle attendit qu'il s'endorme puis, très discrètement, elle prit son portable sur la table de nuit. Aucune nouvelle de Strike. Alors, elle chercha des photos de la manif sur Internet et crut reconnaître l'homme aux cheveux crépus qui marchait au milieu de la foule, le visage caché derrière un masque Anonymous. Robin retourna l'écran éclairé contre la table de nuit et ferma les yeux.

24

... sa passion sauvage, effrénée – qu'elle exigeait que je partage.

HENRIK IBSEN, *Rosmersholm*

SIX JOURS PLUS TARD, UN VENDREDI, tôt dans la matinée, Strike regagnait son deux pièces mansardé au 24 Denmark Street. Il marchait avec des béquilles, sa prothèse était rangée dans le gros sac qu'il portait à l'épaule, la jambe droite de son pantalon repliée et retenue par des épingles, et son visage arborait une expression dissuadant quiconque de lui adresser un regard de sympathie.

Il n'avait pas vu de médecin. Après être venue à son secours à bord d'un taxi dont le chauffeur l'avait ensuite aidée, moyennant un généreux pourboire, à hisser Strike jusque chez elle, Lorelei avait téléphoné à son généraliste, lequel n'avait pas daigné se déplacer, arguant qu'il préférait le voir dans son cabinet.

« Comment voulez-vous que je fasse ? avait rétorqué Strike en s'emparant de l'appareil. Que je vienne à cloche-pied ? Je me suis claqué l'ischio-jambier, point barre. Je connais le refrain : repos, glace et tout le bazar. Ce n'est pas la première fois. »

Contraint et forcé, il avait enfreint la règle du jamais-deux-nuits-de-suite-chez-une-femme puisqu'il était resté quatre jours et cinq nuits dans l'appartement de Lorelei. Maintenant il le regrettait mais, sur l'instant, avait-il eu le choix ? Comme Chiswell aurait pu le dire, il s'était retrouvé *a fronte praecipitium, a tergo lupi*. Strike avait promis de dîner avec elle, le soir après la manifestation, et s'étant trop souvent décommandé par le passé sous des prétextes fallacieux, il avait décidé cette fois de lui avouer la vérité. Du même coup, il avait dû accepter son aide. Depuis, il se disait qu'il aurait mieux fait d'appeler ses vieux amis Nick et Ilsa, ou même Shanker. Mais il était trop tard, le mal était fait.

Il se rendait bien compte à quel point il se montrait injuste et ingrat envers Lorelei. D'ailleurs, cette pensée ne fit qu'aggraver sa mauvaise humeur, tandis qu'il gravissait péniblement l'escalier, son gros sac suspendu à l'épaule. Il avait vécu des moments agréables durant son séjour chez elle mais l'ambiance s'était brusquement dégradée la veille au soir, et par sa faute à lui uniquement. Il n'aurait jamais dû baisser la garde, se reprochait-il. À force d'accepter les tasses de thé, les câlins et les petits plats maison, fatalement, la chose qu'il voulait à tout prix éviter depuis sa rupture avec Charlotte avait fini par arriver. La nuit dernière, alors qu'ils étaient couchés dans le noir, la tête de Lorelei posée sur sa poitrine velue, elle avait murmuré « Je t'aime ».

Luttant pour garder l'équilibre, Strike déverrouilla sa porte en grimaçant et, quand elle s'ouvrit d'un coup, faillit s'étaler par terre. Il referma violemment derrière lui, se débarrassa de son sac, franchit l'espace qui le séparait de la cuisine attenante au salon, s'affala sur la petite chaise devant la table en formica et jeta ses béquilles sur le sol, soulagé d'être enfin chez lui, seul, même si dans son état, cette solitude risquait de poser certains problèmes pratiques. Il aurait dû rentrer plus tôt, évidemment, mais il allait mal et, de toute façon, il n'aurait pas pu travailler sur le terrain. Alors, il avait choisi la facilité en restant au calme dans un fauteuil, son moignon posé sur un grand pouf carré, et en envoyant ses instructions par texto à Robin et à Barclay pendant que Lorelei lui fournissait le boire et le manger.

Strike alluma une cigarette en pensant à toutes les femmes qu'il avait connues depuis sa rupture avec Charlotte. D'abord, il y avait eu Ciara Porter, un mannequin superbe : ils avaient passé ensemble une nuit torride et s'étaient quittés bons amis le lendemain matin. Quelques semaines plus tard, alors que Strike faisait la une des journaux pour avoir résolu l'affaire Landry, Ciara l'avait appelé. Apparemment, sa soudaine célébrité l'avait miraculeusement fait passer du statut d'amant d'un soir à celui de petit ami sortable. Il avait refusé de la revoir. Dans son métier, il valait mieux éviter les filles qui cherchaient à se faire photographier avec lui.

Ensuite, il y avait eu Nina qui travaillait chez un éditeur et dont il s'était servi pour obtenir des informations sur une affaire. Une femme charmante et qu'il aurait dû traiter avec un peu plus de délicatesse, se disait-il à présent. En fait, il l'avait profondément déçue. Il n'en était pas fier mais ça ne l'empêchait pas de dormir.

Avec Elin, les choses s'étaient passées différemment. Elle était belle, mais surtout très tolérante, raison pour laquelle leur liaison avait duré plusieurs mois. À l'époque, elle essayait de divorcer d'un homme riche et, pour cette raison, tenait à rester discrète. Cette vie bien compartimentée semblait leur convenir à tous les deux, jusqu'à ce qu'un soir, dans un restaurant, Strike renverse un verre de vin sur la robe d'Elin et sorte en trombe de la salle. Il l'avait ensuite appelée pour s'excuser mais elle avait rompu avant même qu'il termine sa phrase. Comme il l'avait humiliée devant les clients du Gavroche et qu'elle avait sans doute dû payer une grosse note de pressing, Strike, par courtoisie, s'était abstenu de lui répondre « J'allais justement te dire que c'était fini entre nous ».

Après Elin, il y avait eu Coco, mais il préférait ne pas trop y penser. Et maintenant, Lorelei. Il l'aimait mieux que les quatre autres, et regrettait d'autant plus qu'elle lui ait dit « Je t'aime ».

Deux ans auparavant, Strike s'était fait une promesse, ce qui était rare car il ne promettait que ce qu'il pouvait tenir. Avant Charlotte, il n'avait jamais dit « Je t'aime », et si un jour il redisait ces mots, il devrait être sûr et certain d'avoir rencontré la femme avec laquelle il souhaitait vivre jusqu'à la fin de ses jours. Sinon, il ne ferait que reproduire en beaucoup moins bien ce qu'il avait connu avec Charlotte. S'il ne l'avait pas aimée si fort, il n'aurait jamais supporté les déchirements, la violence, les incessantes ruptures et réconciliations qui avaient ponctué leur relation. Une relation qu'il savait pourtant vouée à l'échec depuis le départ. L'amour selon Strike était synonyme de souffrance, une souffrance voulue, consentie. Et cet amour-là, il ne l'avait pas trouvé dans la chambre de Lorelei, avec ses rideaux parsemés de poneys et de cow-girls.

Donc, la nuit dernière, quand elle lui avait fait sa déclaration à mi-voix, il était resté coi. Et quand elle lui avait demandé s'il avait entendu, il avait marmonné : « Ouais, j'ai entendu. »

Strike prit son paquet de cigarettes. *Ouais, j'ai entendu.* Au moins, il s'était montré honnête. Non, il n'avait pas de problèmes d'audition. Ensuite, il y avait eu une longue plage de silence. Puis, Lorelei s'était levée et avait passé trente minutes dans la salle de bains. Supposant qu'elle était allée pleurer mais discrètement, par respect pour lui, Strike avait attendu, couché sur le dos, en se demandant ce qu'il allait pouvoir dire pour la consoler sans toutefois lui mentir. En même temps, il était parfaitement conscient qu'elle ne voudrait entendre qu'une seule chose, celle que jamais il ne lui dirait : « Je t'aime aussi. »

Quand elle était revenue se coucher, il l'avait serrée contre lui. Elle l'avait laissé lui caresser l'épaule quelques minutes, avant de déclarer qu'elle voulait dormir.

Qu'est-ce que j'étais censé faire, bordel ? demanda-t-il à une interlocutrice imaginaire qui ressemblait comme deux gouttes d'eau à sa sœur Lucy.

Tu aurais pu refuser le thé et les pipes, ricana une voix à laquelle Strike répondit aussi sec *Je t'emmerde.*

Son portable sonna. Comme il avait protégé l'écran fendillé avec du film alimentaire, le numéro inconnu s'afficha comme à travers une carapace translucide.

« Strike.

— Salut Strike, c'est Culpepper. »

Dominique Culpepper, ex-journaliste à *News of the World* du temps où ce journal paraissait encore, lui avait jadis fourni quelques boulots alimentaires. Les relations entre les deux hommes n'avaient jamais été cordiales, mais étaient devenues carrément mauvaises après que Strike eut refusé à Culpepper l'exclusivité sur ses deux dernières affaires. Culpepper, qui travaillait à présent pour le *Sun*, ne s'était pas gêné pour exposer la vie privée de Strike suite à l'arrestation de l'Éventreur de Shacklewell.

« Je me demandais si tu aurais un peu de temps pour un job », démarra Culpepper.

Toi, mon cochon, tu ne manques pas de culot.

« De quel genre ?

— Je cherche des trucs compromettants sur un ministre.

— Lequel ?

— Je te le dirai si tu acceptes.

— Je suis plutôt débordé en ce moment. Quel genre de trucs compromettants ?

— C'est justement ce que tu es censé découvrir.

— Comment sais-tu qu'ils existent, ces trucs compromettants ?

— Par une source bien placée, répondit Culpepper.

— Pourquoi faire appel à moi si tu as une source bien placée ?

— Parce que la source en question refuse de parler. Il a juste dit qu'il y avait anguille sous roche. Un bon tas d'anguilles, même.

— Désolé, Culpepper, c'est impossible. J'ai du boulot par-dessus la tête.

— Vraiment ? On est prêts à y mettre le prix, Strike.

— Je m'en sors pas trop mal en ce moment, répondit le détective en allumant une deuxième cigarette à la braise de la première.

— Ça ne m'étonne pas, mon salaud, dit Culpepper. Très bien, je vais demander à Patterson. Tu le connais ?

— L'ancien du Met ? J'ai dû le croiser une ou deux fois. »

La conversation se termina sur des politesses aussi peu sincères d'un côté que de l'autre. Strike remâcha son inquiétude pendant un moment, puis chercha le nom de Culpepper sur Google et découvrit qu'il avait signé un article sur le Level Playing Field deux semaines auparavant.

Évidemment, Chiswell n'était pas le seul ministre susceptible d'être traîné dans la boue par le *Sun*, mais le fait que Culpepper ait récemment navigué dans l'entourage des Winn ne laissait guère planer le doute. Robin avait eu raison de soupçonner Geraint de passer des infos au *Sun*. À cause de lui, Chiswell allait bientôt se retrouver avec Patterson sur le dos.

Culpepper savait-il que Chiswell était son client ? se demanda-t-il. Et si oui, l'avait-il appelé pour lui soutirer des informations ? La chose lui paraissait improbable. Si tel avait été le cas, il n'aurait pas commis l'erreur de mentionner Patterson.

Strike connaissait Mitch Patterson de réputation : l'année précédente, ils avaient travaillé deux fois sur la même affaire de divorce, mais pas pour le même conjoint. Officier dans la police métropolitaine, il avait pris sa retraite avant l'heure. Patterson avait des cheveux prématurément gris et le visage d'un carlin en colère. Eric Wardle l'avait décrit comme un individu antipathique mais qui « obtenait des résultats ».

Bien sûr, avait ajouté Wardle, comme dans son nouveau métier

Patterson ne pourrait plus employer la force pour faire parler les gens, il allait perdre « un outil essentiel à sa réussite ».

Strike appréhendait l'immixtion de Patterson dans l'affaire Chiswell. Reprenant son portable, il constata que Robin et Barclay n'avaient toujours pas donné de nouvelles. Cela faisait douze heures qu'ils ne s'étaient pas manifestés. La veille au téléphone, Strike avait dû rassurer Chiswell qui, s'inquiétant du manque de résultats, lui avait exposé ses doutes concernant Robin.

Agacé par le silence de ses deux collaborateurs autant que par son immobilité forcée, Strike envoya le même texto à Robin et à Barclay :

Le *Sun* a essayé de m'embaucher pour enquêter sur Chiswell. J'attends de vos nouvelles, asap. Besoin d'infos utiles IMMÉDIATEMENT.

Il tira ses béquilles vers lui, se leva pour aller examiner le contenu du frigo et des placards et ne trouva que de la soupe en boîte. Il devrait s'en contenter à moins de descendre acheter autre chose au supermarché. Après avoir jeté dans l'évier un reste de lait périmé, il se prépara un mug de thé noir, retourna s'asseoir à la table en formica, alluma une troisième cigarette et songea à faire quelques étirements, pour faciliter la guérison de ses ischio-jambiers.

Son téléphone sonna de nouveau. C'était Lucy. Il laissa son appel passer sur la messagerie. La dernière chose dont il avait besoin en ce moment c'était d'entendre parler d'une réunion parents-professeurs.

Quelques minutes plus tard, Strike était aux toilettes quand elle appela de nouveau. Il revint dans la cuisine à cloche-pied, la braguette ouverte, espérant qu'il s'agissait de Robin ou de Barclay. Voyant s'afficher le nom de sa sœur, il poussa un juron et retourna d'où il venait.

La troisième fois, comprenant qu'elle ne renoncerait pas, Strike reposa bruyamment la boîte de soupe qu'il était en train d'ouvrir et attrapa son portable.

« Lucy, je suis occupé, de quoi s'agit-il ?

— C'est Barclay.

— Ah ! Enfin. Des nouvelles ?

— Un petit truc sur Flick, la copine de Jimmy, si ça peut aider.

— Tout peut aider, maugréa Strike. Pourquoi avoir attendu avant de m'appeler ?

— J'ai découvert ce truc voilà dix minutes à peine, répondit Barclay sans se démonter. Elle parlait avec Jimmy dans la cuisine. Elle a piqué du fric à son travail.

— Quel travail ?

— Elle ne l'a pas dit. Le problème c'est que Jimmy n'est pas très sympa avec elle, d'après ce que j'ai vu. À mon avis, il se fiche qu'elle se fasse pincer. »

Strike entendit un bip dans le téléphone. Quelqu'un d'autre essayait de le joindre. Il vérifia et vit que c'était encore Lucy.

« J'ai autre chose. Sur lui cette fois-ci, reprit Barclay. Hier soir, Jimmy avait fumé et il a dit qu'il connaissait un ministre qui avait du sang sur les mains.

Bip. Bip. Bip.

« Strike ? Tu es là ?

— Ouais, j'écoute. »

Barclay ne connaissait pas l'histoire de Billy.

« Qu'est-ce qu'il a dit exactement ?

— Il déblatérait sur tout et n'importe quoi, le gouvernement, les tories… et comment c'était une belle bande d'enfoirés. Et puis, il a ajouté : "… et des putain d'assassins." Pourquoi tu dis ça ? je lui ai demandé. Et c'est là qu'il m'a répondu "J'en connais un qui a du sang sur les mains. Un tueur de gosses". »

Bip. Bip. Bip.

« Remarque, c'est pas la subtilité qui les étouffe, les mecs de CORO. Jimmy parlait peut-être de la diminution des allocations familiales. Pour eux, ça équivaut à des meurtres. Non pas que j'apprécie tant que ça la politique de Chiswell…

— Aurais-tu aperçu Billy, par hasard ? Le frère de Jimmy ?

— Que dalle. Et personne ne parle de lui non plus. »

Bip. Bip. Bip.

« Jimmy n'a pas fait un petit saut dans l'Oxfordshire, dernièrement ?

— Pas pendant que je le surveillais. »

Bip. Bip. Bip.

« Très bien, dit Strike. Continue à creuser. Tiens-moi au courant s'il y a du nouveau. »

Il raccrocha et, d'un doigt nerveux, prit l'appel de Lucy.

« Salut, dit-il. J'ai du taf en ce moment. Est-ce que je peux te... ? »

Mais dès que Lucy eut commencé à parler, Strike devint blême. Avant qu'elle ait fini d'exposer la raison de son appel, il attrapa ses clés et se mit en quête de ses béquilles.

25

Nous tâcherons de te neutraliser.

HENRIK IBSEN, *Rosmersholm*

ROBIN DÉCOUVRIT LE TEXTO DE STRIKE à 8 h 50, alors qu'elle pénétrait dans le couloir menant aux bureaux d'Izzy et de Winn. Elle était si impatiente de le lire qu'elle s'arrêta net.

« Oh merde », souffla-t-elle en apprenant les intentions du *Sun* envers Chiswell. Elle s'adossa contre le mur, près d'une porte en chêne au jambage en ogive, hermétiquement close comme toutes les autres et, rassemblant tout son courage, rappela Strike.

Ils ne s'étaient plus reparlés depuis qu'elle avait refusé de filer Jimmy à la manif. Quand elle lui avait téléphoné le lundi suivant pour s'excuser, elle était tombée sur Lorelei.

« Oh, bonjour Robin, c'est moi ! »

Le plus terrible avec Lorelei c'était qu'elle était sympathique. Pour des raisons qu'elle préférait ne pas creuser, Robin aurait largement préféré qu'elle ne le soit pas.

« Il est sous la douche, désolée ! Il a passé le week-end ici. Il s'est blessé au genou en suivant quelqu'un. Il ne m'a pas donné de détails mais je suppose que vous êtes au courant ! Il m'a appelée au secours parce qu'il ne pouvait plus se relever. C'était horrible. Je l'ai rejoint en taxi et le chauffeur l'a aidé à monter les escaliers. Il ne peut plus mettre sa prothèse, il marche avec des béquilles…

— Dites-lui juste que j'ai appelé, articula Robin dont l'estomac venait de se changer en glace. Il n'y a rien d'urgent. »

Robin avait maintes fois repassé cette conversation dans sa

tête. Lorelei avait sans conteste une façon bien à elle de parler de Strike, comme si elle en était propriétaire. C'était à Lorelei qu'il avait téléphoné quand il était dans la panade *(Et tu t'étonnes ? Il n'allait quand même pas t'appeler dans l'Oxfordshire !)*, chez Lorelei qu'il avait passé la fin du week-end *(C'est normal, ils sortent ensemble !)*, Lorelei qui prenait soin de lui, qui le consolait et peut-être même renchérissait quand il se plaignait du manque de professionnalisme de Robin, sans lequel il n'aurait peut-être jamais eu son accident.

Et voilà que maintenant, elle allait devoir lui avouer qu'en l'espace de cinq jours, elle n'avait rien découvert d'intéressant. Le bureau de Winn auquel elle avait pu si facilement accéder au cours des deux semaines précédentes était désormais fermé à clé en l'absence de ses occupants. Robin aurait parié qu'Aamir était à l'initiative de cette décision. Il se méfiait d'elle depuis l'histoire du bracelet en or et plus encore, depuis que Raphael l'avait interpellée dans le couloir alors qu'elle écoutait à la porte.

« Courrier. »

Robin se retourna et vit le chariot qui roulait vers elle, poussé par un aimable monsieur aux cheveux gris.

« Je vais prendre celui de Chiswell et de Winn. Nous avons une réunion, tout à l'heure », dit-elle spontanément. L'homme lui remit une pile de lettres ainsi qu'une boîte percée d'une fenêtre en cellophane, derrière laquelle Robin aperçut un fœtus en plastique grandeur nature très ressemblant. Sur le couvercle était écrit : *La loi autorise mon assassinat.*

« Oh mon Dieu, c'est horrible », s'écria Robin.

L'homme gloussa.

« C'est rien comparé à certains trucs qu'ils reçoivent des fois, répliqua-t-il. Vous vous rappelez la poudre blanche dont on a entendu parler aux informations ? De l'anthrax, qu'ils disaient. De la poudre de perlimpinpin, oui ! Oh, et un jour j'ai livré de la merde en boîte. Ça puait même à travers l'emballage. Le bébé c'est pour Winn, pas pour Chiswell. Elle est en faveur de l'avortement. Vous vous plaisez ici ? renchérit-il comme s'il s'apprêtait à tailler une bavette.

« J'adore, dit Robin, le regard fixé sur l'une des enveloppes dont elle s'était cavalièrement emparée. Excusez-moi. »

Elle fit demi-tour, remonta le couloir à toute vitesse et, cinq minutes plus tard, déboucha sur le Terrace Café donnant sur la Tamise au-delà d'un petit muret agrémenté de lampadaires noirs en fer forgé. À gauche, le pont de Westminster, à droite le pont de Lambeth, l'un du même vert que les bancs de la Chambre des Communes, l'autre rouge comme ceux de la Chambre des Lords. Sur la rive opposée, se dressait la façade blanche de County Hall. Et entre les deux, le fleuve immense avec sa surface huileuse d'un gris translucide et ses profondeurs obscures et boueuses.

Elle trouva une place à bonne distance des consommateurs, rares à cette heure matinale, et se concentra sur la lettre qui avait attiré son attention. Le nom et l'adresse de l'expéditeur étaient écrits au dos, d'une main tremblante : Sir Kevin Rodgers, 16 The Elms, Fleetwood, Kent. Ayant lu quasiment tout ce qui concernait l'œuvre caritative fondée par les Winn, Robin savait que Sir Kevin, qui avait remporté une médaille d'argent au 110 mètres haies durant les Jeux olympiques de 1956, faisait partie des bienfaiteurs du Level Playing Field.

De nos jours, quel genre de messages estimait-on nécessaire de transmettre par voie postale alors qu'il était tellement plus simple de téléphoner ou d'envoyer un mail ?

Grâce à son portable, elle trouva le numéro de Sir Kevin et de Lady Rodgers à l'adresse indiquée sur l'enveloppe. Ils étaient assez âgés pour posséder encore une ligne fixe, pensa-t-elle. Après avoir avalé une bonne gorgée de café, elle répondit au texto de Strike :

J'ai une piste, vous rappelle asap.

Puis elle passa en numéro masqué, ressortit le stylo et le calepin qu'elle venait d'utiliser pour inscrire les coordonnées téléphoniques de Sir Kevin et appela.

Une vieille dame répondit au bout de trois sonneries. Robin essaya, avec un succès très relatif selon elle, d'imiter l'accent gallois.

« Pourrais-je parler à Sir Kevin, je vous prie ?

— C'est Della ?

— Est-ce que Sir Kevin est ici ? redit Robin, un peu plus fort, voulant éviter de mentir ouvertement.

— Kevin ! cria la femme. Kevin ! C'est Della ! »

Robin entendit au bout de la ligne un bruit feutré qui lui évoqua une paire de charentaises.

« Allô !

— Bonjour Kevin », démarra Robin en faisant la grimace. Son accent aurait pu venir de Cardiff comme de Lahore. « Geraint a reçu votre lettre.

— Désolé, vous pouvez répéter, Della ? », bredouilla le vieux monsieur.

Sa surdité était pour elle un avantage autant qu'un inconvénient. Robin répéta en haussant le ton et en détachant les syllabes. Sa troisième tentative fut la bonne.

« Oui, fit Sir Kevin d'une voix navrée, comme je lui ai écrit, s'il n'intervient pas très vite, je devrai démissionner. Vous êtes une vieille amie, Della, et la cause que vous défendez était – est – éminemment louable. Mais je dois penser à ma position. Je l'avais prévenu.

— Mais pourquoi, Kevin ? s'étonna Robin en prenant son stylo.

— Il ne vous a pas montré ma lettre ?

— Non, répondit Robin, ce qui n'était pas faux.

— Oh mon Dieu, murmura Sir Kevin. Eh bien, tout d'abord… Ces 25 000 livres qui ont disparu, c'est très ennuyeux.

— Quoi d'autre ? demanda Robin en griffonnant.

— Pourquoi cette question ?

— Vous avez dit "tout d'abord". J'en conclus qu'autre chose vous tracasse. »

En fond sonore, Robin entendait maugréer la femme qui avait décroché.

« Della, je ne veux pas parler de cela au téléphone, dit Sir Kevin, embarrassé.

— C'est bien dommage, cher ami, répliqua Robin en imitant le ton suave et impérieux de la ministre des Sports. Moi qui espérais que vous m'expliqueriez.

— Eh bien, il y a l'affaire Mo Farah…

— Mo Farah ? répéta Robin avec une surprise non feinte.

— Que dites-vous ?

— *Mo… Farah ?*

— Vous n'êtes pas au courant ? Oh, mon Dieu. Oh, mon Dieu… »

Robin perçut des bruits de pas, puis la voix de la femme, d'abord assourdie puis plus claire.

« Laisse-moi lui parler – Kevin, donne. Écoutez, Della, Kevin est très contrarié à cause de cela. Il se doutait que vous ne saviez rien et, euh, donc, manifestement, il avait raison. Les gens cherchent toujours à vous épargner, poursuivit-elle, comme si elle estimait regrettable cette attitude trop protectrice, mais le fait est que... non, Kevin, elle doit savoir... que Geraint a fait certaines promesses qu'il ne pourra pas tenir. Il a fait croire à des enfants handicapés et à leur famille qu'ils recevraient la visite de David Beckham, de Mo Farah et de j'ignore qui d'autre. Maintenant que la commission de contrôle est sur le dossier, tout ça va se savoir et je ne veux pas que le nom de Kevin soit mêlé à un scandale. C'est un homme honnête et il a fait tout ce qu'il a pu. Depuis des mois, il demande à Geraint de régulariser ses comptes. Et puis, il y a aussi ce qu'Elspeth a... non, Kevin, je veux juste qu'elle... bref, ça commence à sentir mauvais, Della. Et si ça arrive aux oreilles de la police et de la presse... Je suis désolée mais je dois penser avant tout à la santé de Kevin.

— Qu'est-ce que c'est que cette histoire avec Elspeth ? », insista Robin en écrivant à toute vitesse.

Elle entendit la voix plaintive de Sir Kevin dans l'arrière-fond.

« Je n'en dirai pas davantage au téléphone, déclara Lady Rodgers, réticente. Vous n'aurez qu'à demander à Elspeth. »

Il y eut encore des bruits de pas glissés. Quand Sir Kevin revint en ligne, il semblait au bord des larmes.

« Della, vous savez combien je vous admire. J'aurais tellement aimé que les choses se passent autrement.

— Oui, je comprends, dit Robin. Bon, eh bien, dans ce cas, je vais devoir appeler Elspeth.

— Qu'est-ce que vous dites ?

— Je vais... appeler... Elspeth.

— Oh mon Dieu. Mais vous savez, il n'y a peut-être rien de grave. » Robin allait demander le numéro de Elspeth quand elle se ravisa. La vraie Della ne pouvait pas ne pas l'avoir.

« J'espérais que vous me parleriez de cette histoire avec Elspeth, dit-elle en tenant son stylo au-dessus du calepin, prête à noter.

— Je n'aime pas dire du mal des gens, répondit Sir Kevin

d'une voix plaintive. Ce genre de rumeurs peut détruire une réputation... »

Lady Rodgers s'empara de nouveau du téléphone.

« Nous n'avons rien à ajouter. Toute cette affaire a été très pénible pour Kevin, très stressante. Je suis désolée mais vous n'obtiendrez rien de plus de notre part, Della. Au revoir. »

Robin reposa son portable, prit le temps de vérifier que personne ne l'épiait, puis ralluma l'écran et fit défiler la liste des donateurs du Level Playing Field, parmi lesquels figurait le Dr Elspeth Curtis-Lacey. Son numéro privé n'apparaissait pas sur le site de l'association et, comme Robin le découvrit après avoir contacté les renseignements, n'était pas non plus répertorié dans l'annuaire.

Robin voulut appeler Strike mais tomba directement sur sa messagerie. Elle attendit deux minutes et refit une tentative avec le même résultat décevant. La troisième fois, elle lui envoya un texto :

J'ai des infos sur GW. Appelez-moi.

L'ombre qui tout à l'heure recouvrait entièrement la terrasse avait reculé peu à peu. La douce clarté matinale prenait lentement possession de la table où Robin était assise à siroter son café en attendant que Strike se manifeste. Elle entendit vibrer son téléphone. Son cœur fit un bond mais quand elle vérifia le nom à l'écran, ce n'était que Matthew.

Un pot avec Tom et Sarah ce soir après le boulot, ça te dirait ?

Robin contempla le message avec un mélange de lassitude et d'appréhension. Le match de bienfaisance auquel Matthew se faisait une joie de participer devait se dérouler le lendemain. Du coup, s'ils allaient prendre un verre avec Tom et Sarah ce soir, il ne serait question que de criquet. Elle voyait déjà la scène : pour ne pas changer les bonnes habitudes, Sarah draguerait Matthew, Matthew se moquerait du jeu de Tom et Tom essaierait de se défendre sans y parvenir, ce qui le rendrait furieux. Quant à Robin, comme elle le faisait depuis quelque temps, elle feindrait de s'amuser et de s'intéresser à la conversation, sachant que dans le cas contraire, elle aurait ensuite droit aux reproches de Matthew, comme quoi elle faisait la gueule, se croyait mieux que leurs amis ou (argument qu'il sortait quand ça allait vraiment mal) qu'elle aurait sans doute préféré boire un verre avec Strike. Au moins, songea-t-elle pour se consoler, la soirée se terminerait tôt, car Matthew prenant très au sérieux tout ce qui concernait le sport, voudrait se coucher de bonne heure. Elle répondit donc :

OK, où ?

Et elle se remit à attendre l'appel de Strike.

Au bout de quarante minutes, Robin finit par supposer que Strike était dans l'impossibilité de téléphoner. D'où la question : devait-elle prendre sur elle de contacter Chiswell pour lui révéler ce qu'elle venait d'apprendre ? Strike apprécierait-il qu'elle s'accorde une telle liberté ? Et si elle s'abstenait, lui reprocherait-il de n'avoir pas fourni à Chiswell le moyen de pression qu'il réclamait à cor et à cri ?

Après en avoir débattu avec elle-même, elle appela Izzy dont elle apercevait le haut de la fenêtre depuis sa chaise.

« Izzy, c'est moi. Venetia. Je vous téléphone parce que je ne veux pas parler devant Raphael. J'ai des informations sur Winn pour votre père...

— Oh, génial ! », s'exclama Izzy. Dans le fond, Robin entendit la voix de Raphael « C'est Venetia ? Où est-elle ? », et le cliquetis des touches sur le clavier.

« Je vérifie son agenda, Venetia... Il est au ministère jusqu'à onze heures, et ensuite, il a des réunions tout l'après-midi. Vous voulez que je l'appelle ? Si c'est urgent, il vous recevra tout de suite, j'imagine. »

Robin remit son portable, son calepin et son stylo dans son sac, avala la dernière goutte de café et partit en direction du ministère de la Culture, des Médias et des Sports.

Quand Robin se présenta devant la cloison en verre de son bureau, Chiswell parlait au téléphone en marchant de long en large. Il lui fit signe d'entrer, désigna un canapé bas en cuir posé à deux mètres de sa table de travail et reprit le fil de sa conversation. La personne au bout du fil semblait l'avoir contrarié.

« C'était un cadeau, articulait-il dans le combiné. Un cadeau de mon fils aîné. En or 24 carats, avec une inscription gravée *Nec Aspera Terrent*. Sacrebleu ! », hurla-t-il tout à coup. Robin vit les jeunes gens chic à l'extérieur du bocal tourner la tête d'un air surpris. « C'est du latin ! Passez-moi quelqu'un qui parle *anglais* ! *Jasper Chiswell*. Je suis le *ministre de la Culture*. Je vous ai déjà donné la date... non, impossible... je ne vais pas y passer la journée, merde ! »

S'efforçant de reconstituer l'échange dont elle n'entendait que la partie Chiswell, Robin crut comprendre que le ministre avait égaré une pince à billets ayant pour lui une valeur sentimentale dans un hôtel où il avait emmené Kinvara pour son anniversaire. Pour autant qu'elle puisse le deviner, le personnel de l'établissement non seulement n'avait pas réussi à mettre la main dessus mais manifestait envers la sommité qui avait daigné séjourner chez eux une déférence par trop insuffisante.

« J'exige qu'on me rappelle. C'est inutile, bon sang », marmonna Chiswell avant de raccrocher. Il dévisagea Robin comme s'il avait oublié qui elle était, puis, le souffle court, s'affala dans le canapé en face d'elle. « Je dispose de dix minutes, alors il vaut mieux pour vous que ce soit intéressant.

— J'ai des informations sur Mr. Winn », annonça Robin en sortant son calepin. Et sans attendre sa réponse, elle enchaîna par un court résumé de ce qu'elle avait appris en téléphonant chez Sir Kevin.

« ... et donc je suppose qu'il a encore autre chose à se reprocher, conclut-elle au bout d'une minute et demie à peine. La personne qui pourrait nous renseigner est le Dr Elspeth Curtis-Lacey, mais son numéro n'apparaît nulle part. Il nous faudra sans doute du temps pour arriver à la contacter mais j'ai pensé, dit Robin avec appréhension car les petits yeux de Chiswell étincelaient de colère, que je me devais de vous tenir informé. »

Il resta dix secondes à la fixer d'un air furibond puis, sans transition, se donna une grande claque sur les cuisses, ce qui devait signifier qu'il était content.

« Bien bien bien, fit-il. Il m'a dit que vous étiez son meilleur élément. Eh oui, c'est ce qu'il a dit. »

Chiswell sortit un mouchoir fripé de sa poche et essuya la sueur qui trempait son visage depuis qu'il s'était énervé au téléphone.

« Bien bien bien, redit-il. La journée s'annonce radieuse, tout compte fait. Ils trébuchent l'un après l'autre... Alors comme ça, Winn est un voleur, un menteur et peut-être pire ?

— Oui, enfin, disons qu'il ne peut justifier la disparition des 25 000 livres, répondit Robin pour modérer son enthousiasme, et qu'il a certainement promis trop de choses à...

— Le Dr Elspeth Curtis-Lacey, marmonna Chiswell, plongé dans ses pensées. Ce nom me rappelle...

— Elle a été conseillère libérale-démocrate du Northumberland, dit Robin qui venait de lire cette précision sur le site du Level Playing Field.

— Maltraitance sur enfant, s'écria Chiswell. Ça y est, ça me revient. Maltraitance sur enfant. Elle a fait partie d'une commission d'enquête. Cette femme voit des pédophiles partout. Elle est complètement obsédée. Comme tous les Libéraux-Démocrates. C'est le parti où se regroupent tous les allumés. »

Il se leva, laissant une myriade de pellicules sur le dossier du canapé noir, et se remit à faire les cent pas, le front soucieux.

« Les magouilles autour de cette œuvre de charité finiront par se savoir un jour ou l'autre, dit-il, faisant écho à l'opinion émise par l'épouse de Sir Kevin. Mais ils n'ont surtout pas envie que le scandale éclate maintenant, alors que Della est plongée jusqu'au cou dans la préparation des Jeux paralympiques. Quand il apprendra que je suis au courant, Winn va paniquer. Ouais, je pense que ça pourrait le mettre hors d'état de nuire... un petit moment, en tout cas. En revanche, s'il tripote des gamins...

— De cela, nous n'avons aucune preuve.

— ... c'en sera fini de Winn pour de bon, poursuivit Chiswell en reprenant ses déambulations. Bien bien bien. Je comprends mieux pourquoi Winn voulait que ses donateurs soient invités à notre réception paralympique, jeudi prochain. Il essaie de les caresser dans le sens du poil pour qu'ils restent sur son bateau en train de couler. Le prince Harry devrait assister à l'événement. Les donateurs adorent les têtes couronnées. La moitié d'entre eux s'impliquent dans l'humanitaire uniquement pour ça. »

Il entreprit de gratter son épaisse chevelure grise, et ce faisant révéla les deux auréoles qu'il avait sous les bras.

« Voilà ce qu'on va faire, reprit-il. On va les inviter, ses chers donateurs, et vous aussi, vous viendrez. Comme ça, vous rencontrerez Curtis-Lacey et vous pourrez lui tirer les vers du nez. C'est entendu ? Le 12 au soir ?

— Oui, répondit Robin en notant. Très bien.

— D'ici là, je ferai comprendre à Winn que je sais qu'il a piqué dans la caisse. »

Robin était sur le point de partir quand Chiswell lui lança :

« Un poste d'assistante parlementaire ne vous intéresserait pas, j'imagine ?

— Pardon ?

— Vous pourriez remplacer Izzy ? Combien vous paie ce détective ? Je pourrais vous offrir un salaire équivalent. J'ai besoin de quelqu'un qui ait à la fois un cerveau et des tripes.

— Je... suis très bien là où je suis », répondit Robin.

Chiswell grommela.

« Hum. Bon, c'est peut-être mieux ainsi. J'aurai sûrement encore besoin de vos services, une fois que nous serons débarrassés de Winn et de Knight. Vous pouvez y aller. »

Il lui tourna le dos et attrapa le téléphone.

Quand elle se retrouva sous la lumière du soleil, Robin vérifia son portable. Strike n'avait toujours pas appelé. En revanche, Matthew lui avait envoyé le nom d'un pub à Mayfair, près du lieu où travaillait Sarah, comme par hasard. Elle envisageait cette soirée d'un cœur un peu plus léger qu'avant son entrevue avec Chiswell. Elle se surprit même à fredonner une chanson de Bob Marley sur le chemin du retour.

Il m'a dit que vous étiez son meilleur élément. Eh oui, c'est ce qu'il a dit.

26

Je ne serai nullement seul. Nous sommes deux à partager la solitude ici.

HENRIK IBSEN, *Rosmersholm*

IL ÉTAIT QUATRE HEURES DU MATIN. L'heure où les insomniaques errent dans un monde peuplé d'ombres frissonnantes, où la vie humaine prend un aspect étrange et fragile. Strike se réveilla en sursaut sur une chaise d'hôpital et mit une seconde à émerger. Il sentait juste son corps douloureux et la faim qui lui tordait l'estomac. Puis il vit Jack, son neveu de neuf ans, couché immobile devant lui, des compresses en gélatine posées sur ses yeux, le tube qui s'étirait le long de sa gorge, les cathéters plantés dans son cou et l'un de ses poignets, le sac d'urine suspendu au montant du lit. Le contenu de trois poches à perfusion s'écoulait lentement dans son corps si frêle, si vulnérable, perdu au fond de l'unité de soins intensifs, un espace immense et feutré où l'on entendait seulement ronronner des machines.

Quelque part, au-delà du rideau qui entourait le lit de Jack, une infirmière marchait sur ses semelles en caoutchouc. Ils avaient voulu le dissuader de passer la nuit sur place mais Strike avait tenu bon et sa célébrité, aussi relative soit-elle, combinée à son handicap, avait fait pencher la balance en sa faveur. Ses béquilles étaient posées contre l'armoire, près du lit. Il faisait une chaleur étouffante, comme toujours dans les hôpitaux. Après qu'il eut perdu sa jambe à la guerre, Strike avait passé plusieurs semaines dans des lits en métal comme celui-ci. L'odeur qui flottait autour de lui le ramenait vers un passé douloureux. Sa vie avait basculé du jour au lendemain, il avait dû se réadapter, se familiariser avec un nouveau quotidien semé d'embûches, d'humiliations, de frustrations.

Le rideau trembla, une infirmière impassible en combinaison large entra dans le box. Voyant que Strike ne dormait pas, elle lui adressa un petit sourire automatique, puis saisit l'écritoire à pince accrochée au pied du lit et reporta les mesures – taux d'oxygène, tension artérielle – affichées sur les écrans. Quand ce fut terminé, elle murmura : « Une tasse de thé ?

— Comment va-t-il ? demanda Strike sans chercher à déguiser son angoisse. Comment ça se présente ?

— Il est stable. Inutile de vous inquiéter. C'est tout à fait normal pour l'instant. Du thé ?

— Ouais, je veux bien. Merci beaucoup. »

À l'instant où le rideau se refermait sur l'infirmière, Strike s'aperçut qu'il avait besoin d'uriner. Et bien sûr, il n'avait pas pensé à lui demander de rapprocher ses béquilles. Il se leva tant bien que mal, s'accrocha à l'accoudoir du fauteuil pour assurer son équilibre et sautilla jusqu'au mur pour les prendre. Puis il passa de l'autre côté du rideau et se dirigea vers le rectangle qui brillait à l'autre bout de la salle plongée dans la pénombre.

S'étant soulagé dans un urinoir, sous une lumière bleue, conçue pour que les drogués ne voient pas leurs veines, il poursuivit son chemin vers la salle où, la veille dans l'après-midi, il avait attendu des heures que Jack sorte du bloc opératoire. Le père du camarade chez qui Jack devait passer la nuit au moment où la péritonite s'était déclarée lui avait tenu compagnie, refusant de partir avant que « le petit gars soit hors de danger ». Il lui avait parlé en continu sur un ton surexcité, employant des expressions comme « ils retombent toujours sur leurs pattes, à cet âge-là », « Jack est un dur à cuire », « heureusement qu'on vit à cinq minutes de l'école » ou encore « Greg et Lucy doivent être malades d'angoisse ». Strike n'avait rien répondu, écoutant à peine, se préparant au pire, envoyant des textos à Lucy toutes les trente minutes pour la tenir au courant.

Pas encore sorti du bloc.
Toujours pas de nouvelles.

Finalement, le chirurgien était venu leur dire que Jack, qui avait dû être réanimé à son arrivée à l'hôpital, avait bien supporté l'opération, qu'il avait développé « une forme de septicémie particulièrement grave » et qu'il serait sous peu admis en soins intensifs.

« Je vais faire venir ses camarades, dit le copain de Lucy et Greg. Ça lui remontera le moral.

— C'est trop tôt, répliqua le chirurgien sur un ton sans appel. Il sera sous sédation lourde avec assistance respiratoire durant les prochaines vingt-quatre heures, minimum. Êtes-vous son parent le plus proche ?

— Non, c'est moi, dit enfin Strike, la bouche sèche. Je suis son oncle. Ses parents sont partis à Rome fêter leur anniversaire de mariage. Ils rentrent par le premier vol.

— Ah, je vois. Il n'est pas encore tiré d'affaire mais l'opération s'est bien déroulée. Nous avons nettoyé son abdomen, installé un drain. On va bientôt le descendre.

— C'est ce que je vous disais, claironna l'ami de Lucy et Greg, en se tournant vers Strike qui se retenait pour ne pas craquer. Ils retombent toujours sur leurs pattes !

— Ouais, dit Strike, je ferais mieux de prévenir Lucy. »

Malheureusement, quand Lucy était arrivée à l'aéroport avec son mari, elle s'était aperçue que dans l'affolement elle avait perdu son passeport quelque part entre leur chambre d'hôtel et la porte d'embarquement. Ils avaient donc rebroussé chemin dans le vain espoir qu'on les aiderait à sortir de ce mauvais pas. Mais le temps d'expliquer la situation au personnel de l'hôtel, à la police et à l'ambassade britannique, ils avaient raté le dernier vol de la journée.

Par chance, à 4 h 10 du matin, Strike était seul dans la salle d'attente. Il sortit son portable et le ralluma. Depuis la veille, Robin avait essayé de le joindre douze fois, Lorelei une seulement. Au lieu d'écouter sa messagerie, il envoya un texto à sa sœur dont il se doutait qu'elle ne dormait pas. Le passeport égaré avait été déposé à l'hôtel par le chauffeur de taxi qui l'avait retrouvé dans son véhicule. Lucy avait imploré Strike de lui envoyer une photo de Jack à sa sortie du bloc opératoire. Strike lui avait répondu que la photo ne voulait pas se charger. Après ce qu'elle avait enduré toute la journée, Lucy n'avait pas besoin de voir son fils sous assistance respiratoire, les yeux cachés par des compresses, son petit corps perdu dans une chemise d'hôpital deux fois trop grande pour lui.

Ça se présente bien, lui écrivit-il. Il est toujours sous sédatif mais l'infirmière m'a dit qu'il n'y avait pas lieu de s'inquiéter.

Il pressa sur la touche d'envoi et attendit. Comme il pouvait le prévoir, Lucy répondit moins de deux minutes plus tard.

Tu dois être épuisé. Est-ce qu'ils t'ont donné un lit à l'hôpital ?

Non, je suis assis à son chevet, répondit Strike. Et j'y resterai jusqu'à votre arrivée. Essaie de dormir un peu et ne t'en fais pas trop.

Strike éteignit son portable, se hissa sur son unique pied, mit ses béquilles dans le bon sens et regagna l'unité de soins intensifs.

Un gobelet de thé l'attendait, aussi pâle et laiteux que si Denise elle-même l'avait fait infuser. Il y versa plusieurs sachets de sucre et le but en deux gorgées, son regard passant alternativement de Jack aux appareils qui maintenaient ses fonctions vitales tout en les mesurant. Il ne l'avait jamais regardé si attentivement. En fait, il ne s'était jamais vraiment soucié de lui, malgré les dessins que l'enfant lui faisait et que Lucy lui transmettait.

« Tu es son héros, lui avait dit Lucy à maintes reprises. Il veut faire l'armée comme toi. »

Mais Strike évitait les réunions familiales, en partie parce qu'il n'aimait pas le père de Jack, Greg, en partie parce que Lucy passait son temps à lui prêcher les avantages d'un mode de vie plus conventionnel, ce qu'il trouvait déjà assez exaspérant sans avoir en plus à se coltiner ses deux rejetons dont l'aîné ressemblait beaucoup à son père. Strike ne voulait pas d'enfant. Il admettait à la rigueur que certains d'entre eux se révélaient relativement fréquentables – le petit Jack, par exemple, surtout depuis qu'il ambitionnait d'entrer dans les Bérets rouges – mais jusqu'à ce jour, il avait sciemment raté les fêtes d'anniversaire et les repas de Noël à l'occasion desquels il aurait pu forger des liens plus profonds.

Tout à coup, tandis que l'aube se profilait derrière le rideau translucide séparant Jack du reste du monde, Strike vit pour la toute première fois que l'enfant ressemblait à sa grand-mère, Leda. Il avait ses cheveux bruns, presque noirs, son teint pâle, sa bouche délicatement dessinée. En fait, il aurait fait une charmante petite fille. Mais bientôt la puberté transformerait sa mâchoire, son cou… songea le fils de Leda. Enfin, s'il vivait jusque-là.

Bien sûr qu'il va vivre. L'infirmière a dit…

Il est en soins intensifs, putain. On ne vous colle pas dans ce genre de service pour soigner une crise de hoquet.

Il est costaud. Il veut faire l'armée. Il va guérir.

Il a intérêt, merde. Et dire que je ne l'ai jamais remercié pour ses dessins, même pas un petit texto.

Strike resta encore éveillé un petit bout de temps, puis il sombra dans un sommeil agité.

Le soleil sur son visage l'obligea à ouvrir les yeux. Ébloui, il plissa les paupières. Puis il entendit des pas légers. Quelqu'un approchait en faisant crisser le lino sous ses chaussures. Il y eut un raclement métallique au moment où la personne tira le rideau, dégageant la vue depuis le lit de Jack sur le reste du service où reposaient d'autres formes immobiles. L'infirmière, qu'il n'avait encore jamais vue, lui adressa un sourire ravi. Elle était plus jeune que la précédente, avec de longs cheveux bruns relevés en queue-de-cheval.

« Bonjour ! chantonna-t-elle en s'emparant de l'écritoire. Ce n'est pas tous les jours qu'on reçoit des célébrités ! Je sais tout sur vous. Comment vous avez attrapé le tueur qui…

— C'est mon neveu, Jack », l'interrompit-il. Évoquer l'Éventreur de Shacklewell dans un tel contexte lui paraissait odieux. Le sourire de l'infirmière s'évanouit.

« Ça vous ennuierait d'attendre derrière le rideau ? On va lui prélever du sang, changer ses poches à perfusion, son cathéter. »

Strike empoigna ses béquilles et sortit laborieusement de la salle en évitant de regarder les corps inertes reliés aux machines ronronnantes.

La cafétéria était déjà à moitié pleine quand il arriva. Mal rasé, les yeux lourds de sommeil, il glissa son plateau vers la caisse, paya et réalisa ensuite qu'il devrait choisir entre le porter et tenir ses béquilles. Une jeune fille qui débarrassait les tables identifia son problème et proposa de l'aider.

« Merci bien, grommela Strike quand elle eut posé le plateau sur une table près d'une fenêtre.

— De rien, répondit la fille. Après, vous n'aurez qu'à le laisser là, je m'en occuperai. »

Cette marque de gentillesse l'émut au plus haut point. Au lieu de se jeter sur ses œufs au bacon, il sortit son téléphone et composa un autre texto pour Lucy.

Tout va bien, l'infirmière lui change sa perfusion, je retourne à son chevet dans cinq minutes.

Comme il s'y attendait un peu, son portable sonna au moment où il attaquait son œuf frit.

« On a trouvé un vol, annonça Lucy sans préambule, mais il ne décollera qu'à onze heures.

— Pas de souci, lui dit-il. Je ne bouge pas.

— Il est réveillé ?

— Non, toujours sous sédation.

— Il sera tellement content de te voir s'il se réveille avant... avant... »

Elle éclata en pleurs. Puis elle essaya d'articuler entre deux sanglots :

« ... veux juste rentrer chez nous... veux le voir... »

Pour la première fois de sa vie, Strike se réjouit d'entendre la voix de Greg, lequel s'était emparé du téléphone.

« On ne te remerciera jamais assez, Corm. Notre premier week-end en amoureux depuis cinq ans, tu crois ça ?

— La loi de l'emmerdement maximum.

— Ouais. Il se plaignait de douleurs dans le ventre mais je croyais que ce n'était rien. Qu'il voulait juste qu'on reste. Je me sens sacrément moche maintenant, j'avoue.

— Ne t'inquiète pas, dit Strike, et de nouveau : Je ne bouge pas. »

Ils parlèrent encore un moment, Lucy lui dit au revoir en pleurant et Strike se remit à manger, plus par obligation que par plaisir, au milieu du brouhaha de la cafétéria, entouré de gens aussi angoissés et malheureux que lui, se gavant de nourritures trop grasses et trop sucrées.

Il finissait son dernier morceau de bacon quand il vit arriver un texto de Robin.

J'essaie désespérément de vous joindre. Il faut que je vous parle de Winn. Dites-moi quand vous serez disponible.

Pour l'instant, l'affaire Chiswell était le cadet de ses soucis. Mais en lisant son message, Strike ressentit le besoin irrépressible de fumer une cigarette et d'entendre la voix de Robin. Il laissa son plateau, remercia la jeune fille qui l'avait aidé et repartit en se balançant sur ses béquilles.

Devant l'entrée de l'hôpital, quelques personnes piétinaient en tirant sur leur clope dans le petit matin clair, le cou rentré dans les épaules, comme une meute de hyènes. Strike alluma sa cigarette, aspira goulument la fumée et appela Robin.

« Bonjour, dit-il quand elle décrocha. Désolé pour ce silence mais j'étais à l'hôpital…

— Que s'est-il passé ? Vous allez bien ?

— Ouais, je vais bien. C'est mon neveu, Jack. Il a fait une péritonite hier et… il est… »

Sa voix se brisa. Mortifié, il tenta de se ressaisir. Depuis combien de temps n'avait-il pas pleuré ? se demanda-t-il. Il se souvenait seulement des larmes de douleur et de rage qu'il avait versées dans cet hôpital en Allemagne, où on l'avait évacué après qu'une bombe artisanale lui eut arraché la jambe sur une route d'Afghanistan.

« Merde, murmura-t-il, faute de trouver autre chose à dire.

— Cormoran, que s'est-il passé ?

— Il est… ils l'ont placé en soins intensifs, dit Strike, le visage plissé par l'effort qu'il déployait pour parler normalement, ne pas craquer. Sa maman… Lucy et Greg sont coincés à Rome, et ils m'ont demandé…

— Qui est avec vous ? Lorelei ?

— Seigneur, non. »

Le « Je t'aime » de Lorelei lui paraissait terriblement lointain. Pourtant il datait de deux jours à peine.

« Que disent les médecins ?

— Ils pensent qu'il va se rétablir mais, vous savez, il est… Il est en soins intensifs. Fait chier, dit Strike en s'essuyant les yeux. Désolé. La nuit a été rude.

— Quel hôpital ? »

Il lui donna le nom. Elle prit congé et raccrocha, laissant Strike finir sa cigarette en s'épongeant les joues et le nez avec la manche de sa chemise.

Quand il revint, le service était inondé de soleil et toujours aussi calme. Strike posa ses béquilles contre le mur, reprit sa place dans le fauteuil, ouvrit un exemplaire du journal de la veille, qu'il venait de piquer dans la salle d'attente, et s'absorba dans la lecture d'un article expliquant pourquoi Arsenal risquait de perdre Robin van Persie au profit de Manchester United.

Une heure plus tard, le chirurgien et l'anesthésiste attachés à l'unité de soins intensifs apparurent au pied du lit. Strike dut tendre l'oreille pour saisir ce qu'ils marmonnaient entre eux. Il n'en perçut que quelques bribes.

« … pas pu baisser son taux d'oxygène au-dessous de 50 %… pyrexie persistante… production d'urine a diminué progressivement durant les quatre dernières heures.

— … une autre radio de la poitrine, pour vérifier qu'il n'y a rien aux poumons… »

Strike attendait qu'on lui fournisse la version compréhensible. Enfin, le chirurgien daigna lui parler.

« On va le garder sous sédation. Il a encore besoin d'oxygène et son bilan hydrique laisse à désirer.

— Qu'est-ce que cela signifie ? Son état empire ?

— Non, c'est un phénomène courant. Il a souffert d'une très grave infection. Nous avons dû procéder au lavage complet du péritoine. Je veux une radio de la poitrine juste par précaution, pour m'assurer que nous n'avons rien percé pendant l'opération. Je repasserai plus tard. »

Désorienté, pétri d'angoisse, Strike les vit se diriger vers un adolescent couvert de bandages, entouré d'un plus grand nombre de tubes que Jack. La nuit précédente, à force d'observer toutes ces machines, il s'était mis à les considérer comme des alliées œuvrant sans relâche à la guérison de son neveu. Mais à présent, il les voyait tels des jurés implacables brandissant des notes funestes.

« Merde, marmonna encore Strike en rapprochant son fauteuil

du lit. Jack… ta maman et ton papa… » Il s'arrêta en sentant sous ses paupières un picotement annonciateur. Deux infirmières passèrent. « … Fait chier… »

Au prix d'un immense effort, il parvint à se maîtriser, s'éclaircit la gorge et poursuivit :

« … Désolé, Jack, ta maman n'aimerait pas que je dise des gros mots devant toi… Au fait, c'est ton oncle Cormoran qui est là, au cas où… Bref, maman et papa vont bientôt arriver. OK ? Je resterai avec toi jusqu'à ce que… »

Il s'interrompit au milieu de sa phrase. Robin venait d'apparaître à l'entrée de la salle. Il la vit interroger une infirmière puis se diriger vers lui, simplement vêtue d'un jean et d'un T-shirt. Ses yeux avaient repris leur couleur naturelle, ses cheveux flottaient librement sur ses épaules. Elle tenait un gobelet en plastique dans chacune de ses mains.

L'expression de bonheur mêlé de gratitude que Robin découvrit sur le visage de Strike la récompensa amplement des épreuves qu'elle avait subies avant d'arriver, à savoir une dispute saignante avec Matthew, un voyage en bus avec deux changements et, pour finir, un trajet en taxi. Puis elle aperçut le petit corps allongé sous le drap.

« Oh non, murmura-t-elle en s'immobilisant au pied du lit.

— Robin, vous n'étiez pas obligée de…

— Je sais. » Robin tira une chaise et s'installa près de Strike. « Mais à votre place, j'aimerais que quelqu'un soit là pour me soutenir. Faites attention, c'est chaud », ajouta-t-elle en lui tendant un gobelet.

Il le prit, le posa sur la table de chevet, attrapa la main de Robin, la broya puis la relâcha avant qu'elle-même puisse serrer la sienne en retour. Après quoi, ils contemplèrent l'enfant sans rien dire, jusqu'à ce que Robin, les doigts encore douloureux, brise le silence :

« Il va mieux ?

— Il a encore besoin d'oxygène et il ne fait pas assez pipi. Je ne sais pas ce que ça implique. Si au moins ils donnaient une note entre zéro et dix ou… j'en sais foutrement rien. Oh, et ils vont lui faire une radio de la poitrine au cas où ils lui auraient percé un poumon.

— L'opération a eu lieu quand ?

— Hier après-midi. Ça lui a pris en cours de gym, alors qu'il faisait du cross-country. C'est un ami de Greg et Lucy, un parent d'élève qui habite tout près de l'école, qui l'a accompagné dans l'ambulance. Je les ai retrouvés ici. »

Ni l'un ni l'autre ne soufflèrent mot pendant un long moment.

Puis Strike reprit : « Je suis vraiment nul. Je ne connais pas la date de leurs anniversaires, ni à son frère ni à lui. Je n'ai même pas été foutu de dire son âge quand on me l'a demandé. Le père de son copain en savait plus que moi. Jack veut être soldat, Lucy dit qu'il parle tout le temps de moi. Il me fait des dessins et moi, je ne lui dis même pas merci.

— Oui, mais vous étiez là au moment où il a eu besoin de vous, répondit Robin, feignant d'ignorer que Strike se tamponnait les yeux avec sa manche. Et vous aurez des tas d'occasions de vous faire pardonner.

— Ouais, dit Strike en clignant les paupières. Vous savez ce que je ferai s'il… ? Je l'emmènerai à l'Imperial War Museum. On y passera la journée.

— Bonne idée, dit gentiment Robin.

— Vous l'avez déjà visité ?

— Non.

— C'est intéressant. »

Deux soignants, un homme et la jeune femme que Strike avait envoyée sur les roses quelques heures plus tôt, s'approchèrent du lit.

« On va lui faire une radio, annonça l'infirmière en s'adressant uniquement à Robin. Ça vous ennuierait d'attendre dehors ?

— Combien de temps ? demanda Strike.

— Une demi-heure. Quarante minutes maximum. »

Robin se leva, prit les béquilles de Strike, les lui tendit et, ensemble, ils se dirigèrent vers la cafétéria.

« C'est vraiment sympa de votre part, Robin, dit Strike devant deux autres tasses de thé trop clair et une poignée de biscuits au gingembre. Mais si vous avez des choses à faire…

— Je resterai jusqu'à l'arrivée de Greg et Lucy. Ça doit être terrible pour eux de se savoir si loin de leur fils. Matt a vingt-sept ans et quand il est tombé malade aux Maldives, son père était fou d'inquiétude.

— Ah bon ?

— Ouais, vous savez, quand il… non, c'est vrai, je ne vous en ai jamais parlé.

— Parlé de quoi ?

— Pendant notre voyage de noces, il a souffert d'une grave infection après s'être égratigné sur du corail. Il a même été question de le rapatrier, à un moment. Mais ça s'est arrangé. Ce n'était pas aussi sérieux qu'on l'avait craint au départ. »

Tout en parlant, Robin revoyait la scène. C'était le soir. Elle avait poussé la porte en bois encore chaude de leur bungalow, la gorge serrée par l'angoisse, parce qu'elle s'apprêtait à lui annoncer que sa décision était prise, qu'elle demanderait l'annulation de leur mariage.

« Vous savez, la mère de Matt avait disparu peu de temps auparavant et Geoffrey avait très peur pour son fils… mais tout s'est arrangé », répéta-t-elle en prenant une gorgée de thé tiède, les yeux braqués sur la femme qui, derrière le comptoir, versait une plâtrée de haricots dans l'assiette d'un adolescent malingre.

Strike la regardait. Il devinait qu'elle omettait sciemment une partie de l'histoire. *À cause d'une bactérie marine.*

« Ça devait être effrayant, dit-il.

— Disons que ce n'était pas rigolo », répondit Robin en examinant ses ongles courts et propres. Puis elle vérifia l'heure à sa montre. « Si vous voulez une cigarette, allons-y maintenant. Le temps est presque écoulé. »

Devant l'entrée, ils tombèrent sur un fumeur en pyjama. Il était descendu avec sa perfusion et s'y accrochait comme un naufragé à sa planche. Strike alluma sa clope et inspira en levant les yeux vers le ciel d'azur.

« Je ne vous ai pas demandé comment s'est passé votre week-end d'anniversaire.

— Je suis désolée de vous avoir dit non, répondit-elle précipitamment. Nous avions réservé et…

— Tel n'était pas le sens de ma question. »

Elle hésita deux secondes.

« Pas génial, pour être honnête.

— Ah bon. C'est parfois difficile de prendre du bon temps quand on est sous pression…

— Oui, exactement. »

Après une nouvelle pause, elle demanda :

« Lorelei travaille aujourd'hui, je suppose ?

— J'imagine, répondit Strike. On est quoi ? Samedi ? Ouais, c'est possible. »

Ils gardèrent le silence pendant que la cigarette de Strike diminuait, millimètre par millimètre. Les visiteurs entraient ou sortaient, les ambulances s'arrêtaient devant le service des admissions. Il n'y avait pas de gêne entre eux mais ils sentaient s'accumuler tout un tas de questions, d'extrapolations, de non-dits. Finalement, Strike écrasa son mégot dans le grand cendrier que la plupart des autres fumeurs ignoraient consciencieusement. Il sortit son portable.

« Ils ont embarqué voilà vingt minutes, dit-il en lisant le dernier message de Lucy. Ils devraient être ici vers quinze heures.

— Qu'est-il arrivé à votre portable ? demanda Robin en voyant l'écran protégé par du film alimentaire.

— Je suis tombé dessus, répondit Strike. J'en achèterai un neuf quand Chiswell aura payé ce qu'il nous doit. »

En revenant dans le service, ils croisèrent la machine à rayons X posée sur un chariot poussé par le manipulateur en radiologie.

« Tout est normal au niveau des poumons ! », dit l'homme.

Ils se rassirent au chevet de Jack, discutèrent à voix basse pendant une heure encore, puis Robin partit chercher du thé et des barres chocolatées au distributeur. Pendant qu'ils grignotaient dans la salle d'attente, elle lui fit le récit de ses récentes découvertes au sujet de Winn et de son œuvre caritative.

« Vous vous êtes surpassée, dit Strike en croquant dans son deuxième Mars. Excellent travail, Robin.

— Ça ne vous embête pas que j'en aie parlé à Chiswell ?

— Non, vous n'aviez pas le choix. Maintenant que Mitch Patterson est sur le coup, ça va devenir une course contre la montre. Est-ce que cette femme, Curtis-Lacey, a confirmé sa présence lors de la réception ?

— Je le saurai lundi. Et du côté de Barclay ? Comment s'en sort-il avec Jimmy Knight ?

— Il n'a rien trouvé d'utilisable », soupira Strike en se frottant le menton. Sa barbe poussait à une vitesse incroyable. « Mais j'ai bon espoir. Il est doué, ce Barclay. Il est comme vous. Il a de l'instinct. »

Une famille entra dans la salle d'attente. Le père reniflait, la mère sanglotait et le fils, qui ne devait pas avoir plus de six ans, regardait la jambe absente de Strike comme une nouvelle atrocité s'ajoutant au cauchemar dans lequel il venait de basculer. D'un commun accord, Strike et Robin se levèrent et sortirent de la salle, la seconde portant le gobelet du premier, encombré par ses béquilles.

De retour au chevet de Jack, Strike demanda : « Comment Chiswell a-t-il réagi quand vous lui avez présenté la chose ?

— Il était positivement ravi. Il a même été jusqu'à m'offrir un poste.

— Ce qui m'étonne c'est que ça n'arrive pas plus souvent », dit Strike platement.

Au même instant, l'anesthésiste et le chirurgien refirent leur apparition.

« Bon, son état évolue dans le bon sens, dit l'anesthésiste. Les radios sont correctes, la température baisse. C'est comme ça avec les gosses, dit-il en souriant à Robin. Ils plongent et ils remontent tout aussi vite. On va diminuer le taux d'oxygène pour voir ce que ça donne. Mais je pense que le pire est derrière nous.

— Oh, Dieu merci, souffla Robin.

— Il va vivre ? dit Strike.

— Oh oui, bien sûr que oui, répondit le chirurgien sur un ton légèrement condescendant. Nous connaissons notre métier, dans cet hôpital, vous savez ?

— Il faut que je prévienne Lucy », marmonna Strike en essayant vainement de se lever, comme si ces bonnes nouvelles l'avaient affaibli plus que les mauvaises. Robin récupéra ses béquilles, l'aida à se mettre debout et, tandis qu'il s'éloignait vers la salle d'attente, se rassit, poussa un grand soupir et enfouit son visage dans ses mains.

« C'est toujours pire pour les mères », dit gentiment l'anesthésiste.

Robin ne prit pas la peine de le détromper.

Strike resta absent une vingtaine de minutes. En revenant, il annonça :

« Ils viennent d'atterrir. Je leur ai dit qu'il avait une sale mine, pour qu'ils se préparent. Ils devraient arriver dans une heure environ.

— Génial.

— Vous pouvez y aller, Robin. Je m'en voudrais de ficher en l'air tout votre samedi.

— Oh, fit Robin, subitement déprimée. OK. »

Elle se leva, prit sa veste sur le dossier de la chaise et ramassa son sac.

« Si vous êtes sûr…

— Ouais, ouais, je crois que je vais essayer de piquer un petit roupillon maintenant que le danger est écarté. Je vous raccompagne.

— Pas besoin…

— J'y tiens. J'ai envie d'une autre cigarette. »

Mais quand ils arrivèrent sur le trottoir, Strike continua à marcher près d'elle. Ils passèrent devant les fumeurs attroupés, les ambulances et l'entrée du parking qui semblait s'étendre sur des kilomètres. À travers la brume de poussière, les toits luisaient comme les épines dorsales d'étranges créatures marines.

« Comment êtes-vous venue ? demanda-t-il quand ils furent loin de la foule, près d'un carré de pelouse dont l'odeur se mêlait à celle du bitume surchauffé.

« En bus et après en taxi.

— Permettez-moi de vous rembourser…

— Mais non. Ne soyez pas bête, enfin !

— Eh bien… dans ce cas… merci, Robin. Je suis vraiment très touché. »

Elle leva les yeux en souriant.

« C'est à cela que servent les amis. »

S'appuyant maladroitement sur ses béquilles, il se pencha pour l'embrasser. Le contact fut bref et ce fut elle qui s'écarta la première, craignant qu'il ne perde l'équilibre. Strike avait visé la joue mais Robin avait tourné la tête au dernier moment et la bise avait atterri sur sa bouche.

« Désolé, bredouilla-t-il.

— Ne soyez pas bête, dit-elle à nouveau, en rougissant.

— Bon, je ferais mieux d'y retourner.

— Oui, allez-y. »

Il fit volte-face.

« Donnez-moi des nouvelles du petit », cria-t-elle dans son dos. Il leva une béquille pour répondre oui.

Robin partit sans se retourner. Elle sentait encore la forme de ses lèvres sur les siennes. Sa peau était un peu irritée à cause du frottement de la barbe mais elle résista à l'envie de se gratter, de peur que la sensation ne disparaisse.

Strike, lui, avait oublié qu'il était descendu pour fumer une cigarette. Il se sentait toujours aussi épuisé mais – était-ce le soulagement de savoir qu'il pourrait bientôt emmener Jack au War Museum ou bien autre chose ? – beaucoup plus léger, possédé par une étonnante allégresse, comme s'il venait d'avaler un verre d'alcool cul sec. La pollution, la chaleur, l'odeur de l'herbe coupée, tout lui paraissait différent, comme transcendé.

Quelle chose merveilleuse que de reprendre espoir alors que tout semblait perdu.

27

Ils s'attachent longtemps à leurs morts, ici, à Rosmer-sholm.

HENRIK IBSEN, *Rosmersholm*

QUAND, APRÈS AVOIR TRAVERSÉ LONDRES dans l'autre sens, Robin arriva devant le terrain de cricket, il était dix-sept heures et le match était terminé. Elle retrouva Matthew au bar, douché, rhabillé et si furieux qu'il prononça à peine deux mots. Son équipe avait perdu et ceux d'en face fêtaient bruyamment leur victoire.

N'ayant aucune envie de passer la soirée avec un homme qui l'ignorerait ostensiblement, et ne voyant aucune figure amie parmi les collègues de Matthew, Robin décida de rentrer à la maison au lieu d'aller dîner au restaurant avec les joueurs et leurs compagnes.

Le lendemain matin, Matthew ronflait bruyamment sur le canapé, dans ses vêtements de la veille. Dès qu'il ouvrit un œil, la bagarre démarra. Elle dura des heures et ne déboucha sur rien. Matthew lui reprocha de s'être précipitée au secours de Strike, alors qu'il avait une copine pour lui tenir la main. Robin répéta jusqu'à plus soif qu'elle n'était pas du genre à laisser un ami seul avec un enfant en danger de mort.

Leur querelle franchit des sommets jamais atteints au cours de l'année précédente, pourtant bien pourvue en scènes de ménage. Perdant les pédales, Robin alla jusqu'à dire qu'elle pensait avoir mérité un peu de liberté après toutes ces années où elle avait docilement assisté à des matchs qui ne l'intéressaient pas et qu'elle en avait marre de le voir se pavaner sur tous les terrains possibles et imaginables. Matthew en fut profondément froissé.

« Ça ne t'intéressait pas ? Eh bien, tu aurais pu le dire avant !

— Tu aurais pu le comprendre tout seul, non ? Et pourquoi ça ne t'est jamais venu à l'esprit ? Parce que tu trouves normal que je me réjouisse de tes victoires ? Alors que mes propres réussites…

— Euh… désolé ! Tu peux me rappeler lesquelles ? répliqua Matthew, lui portant le genre de coup bas dont il n'avait jamais usé auparavant. À moins que tu ne considères *ses* réussites comme les tiennes. »

Ils restèrent fâchés trois jours durant. Robin dormait dans la chambre d'amis, se levait de bonne heure et s'en allait pendant que Matthew était sous la douche. Elle ressentait en permanence une douleur derrière les yeux. Dans la journée, elle essayait de penser à autre chose mais, chaque soir, sur le chemin du retour, la tristesse lui retombait dessus comme un couvercle. La colère froide de Matthew remplissait tout l'espace, si bien que leur maison lui semblait plus sombre et plus exiguë que leur ancien appartement sur Hastings-Road.

Matthew était son mari. Elle avait promis de laisser une chance à leur couple. Fatiguée, furieuse, coupable, malheureuse, elle avait parfois l'impression d'attendre que survienne un événement déterminant, qui les libérerait l'un de l'autre dans la dignité, l'intelligence et la raison. Et toujours, ses pensées la ramenaient vers le jour de ses noces, quand elle avait découvert que Matthew avait supprimé les messages de Strike. Elle regrettait amèrement de n'être pas partie sur-le-champ, avant qu'il s'égratigne sur ce corail et qu'elle se retrouve piégée, comme elle l'était à présent, par sa propre lâcheté déguisée en compassion.

Le mercredi matin, Robin marchait vers la Chambre des Communes, mal réveillée, la tête encore farcie de problèmes conjugaux, quand un homme vêtu d'un pardessus s'éloigna des barrières où s'agglutinaient les premiers visiteurs et s'avança dans sa direction. Il était grand, costaud, avec d'épais cheveux gris et une figure plate constellée de rides et de cicatrices d'acné. Robin ne comprit ses intentions qu'en le voyant s'arrêter devant elle, ses grands pieds placés à angle droit pour mieux lui bloquer le passage.

« Venetia ? Je peux vous dire un mot, ma petite ? »

Prise de panique, elle fit un pas en arrière et leva les yeux vers son visage dur, parsemé de cratères. C'était sûrement un journaliste. L'avait-il reconnue ? De près, les lentilles de contact se remarquaient davantage, même à travers les lunettes.

« Vous travaillez pour Jasper Chiswell depuis quelques jours, n'est-ce pas ? Ça se passe bien ? Il vous paie combien ? Vous le connaissez depuis quand ?

— Sans commentaire », dit Robin en esquissant un pas de côté. L'homme en fit autant. Luttant contre la panique qui montait, Robin prit sa voix la plus ferme pour dire : « Ôtez-vous de mon chemin. Je vais être en retard. »

Un couple de jeunes Scandinaves portant des sacs à dos observaient la scène avec inquiétude.

« Je vous donne l'occasion de fournir votre propre version de l'histoire, chérie, profitez-en, reprit l'homme à mi-voix. Réfléchissez. C'est peut-être votre seule chance. »

Il s'écarta. Robin démarra si vite qu'elle se cogna en passant dans l'un de ses sauveteurs potentiels. *Merde, merde, merde…* qui était ce type ?

Ayant franchi sans encombre le scanner de sécurité, elle bifurqua vers le grand hall dallé résonnant sous les pas des fonctionnaires qui rejoignaient leur poste, sortit son portable, appela Strike et tomba sur sa messagerie.

« Rappelez-moi, s'il vous plaît, c'est urgent », marmonna-t-elle.

Au lieu de foncer directement dans le bureau d'Izzy ou d'errer sous la verrière de Portcullis House, elle trouva refuge dans un petit salon de thé comme on en trouvait partout sur les lieux. S'il n'y avait pas eu le comptoir et la caisse enregistreuse posée dessus, on aurait pu se croire dans la salle des professeurs d'un vieux collège. En plus des boiseries sombres et de la moquette vert sapin, Robin nota la présence d'une demi-cloison en chêne qui séparait l'espace réservé aux parlementaires du lieu ouvert au *vulgum pecus*. Elle prit une tasse de café, choisit une table près de la fenêtre, suspendit sa veste au dossier de sa chaise et attendit le coup de fil de Strike. L'ambiance paisible, voire léthargique, qui régnait autour d'elle n'était pas pour lui calmer les nerfs.

Elle dut patienter trois quarts d'heure avant de recevoir enfin son appel.

« Désolé, je vous ai ratée, j'étais dans le métro, fit-il hors d'haleine. Et puis Chiswell a appelé. Il vient juste de raccrocher. On a des problèmes.

— Oh mon Dieu, quoi encore ? », dit Robin, sentant son estomac se crisper sous le coup de la panique.

« Le *Sun* croit que c'est vous la fauteuse de troubles. »

Robin comprit brusquement qui elle avait croisé devant la Chambre des Communes : Mitch Patterson, le détective privé que le journal venait d'embaucher.

« À force de chercher un truc nouveau à raconter sur Chiswell, ils sont tombés sur la charmante jeune personne qui bosse pour lui depuis peu. Vous. J'imagine qu'ils vont essayer de vous contacter. Chiswell a divorcé de sa première épouse à cause d'une femme qu'il avait rencontrée sur son lieu de travail. Le problème c'est qu'il ne leur faudra pas longtemps pour découvrir que vous n'êtes pas vraiment sa filleule. *Ouille…* fait chier…

— Qu'y a-t-il ?

— C'est mon premier jour sur deux jambes depuis longtemps et Dr Craignos s'est enfin décidé à voir une fille en cachette. Chelsea Physic Garden, station Sloane Square, plus quelques minutes de marche. Enfin bref, c'est quoi votre mauvaise nouvelle à vous ?

— Plus ou moins la même chose. Mitch Patterson vient de m'accoster devant le Parlement.

— Merde. Il vous a reconnue ?

— Je ne crois pas mais rien n'est sûr. Je devrais débarrasser le plancher, vous ne pensez pas ? », dit Robin en contemplant le plafond couleur crème et les moulages en arabesques. On pourrait mettre quelqu'un d'autre à ma place. Andy ou Barclay ?

— Pas encore, dit Strike. Si vous partez maintenant, alors que vous avez croisé Mitch Patterson, ils comprendront qu'ils avaient raison. De toute façon, Chiswell veut que vous participiez à cette réception demain soir, pour tenter de soutirer des informations sur Winn à cette donatrice, comment s'appelle-t-elle déjà ? Elspeth ? *Merde, putain* – désolé – pas facile de marcher sur ce sentier, avec tous ces copeaux de bois qu'ils ont semés par terre. Craignos a emmené la fille dans les fourrés. Elle semble avoir dans les dix-sept ans.

« — Vous n'avez pas besoin de votre téléphone pour prendre des photos ?

— Je porte des lunettes avec caméra intégrée... Ah, c'est parti, ajouta-t-il discrètement. Craignos est en train de la peloter au milieu des buissons. »

Robin perçut un léger déclic.

« Je vois arriver de vrais amateurs de botanique, murmura Strike. Ils repassent à découvert. Bien obligés...

« Écoutez, reprit-il, on se retrouve au bureau demain soir, avant la réception. On fera la somme de ce qu'on aura pu glaner entre-temps, on mettra tout à plat et on décidera de la suite. Faites de votre mieux pour récupérer le deuxième micro, mais n'en mettez pas un troisième. Au cas où on devrait vous évacuer en urgence.

— Très bien, dit Robin, pleine d'appréhension. Mais ça risque d'être compliqué. Je suis sûre qu'Aamir se doute de quelque chose... Cormoran, il faut que j'y aille. »

Izzy et Raphael venaient d'entrer dans le salon de thé. Raphael tenait sa demi-sœur par la taille et Izzy semblait se retenir de pleurer. Robin eut juste le temps de raccrocher. Raphael, qui l'avait aperçue, lui indiqua par une grimace que sa sœur n'allait pas fort. Puis il glissa un mot à l'oreille d'Izzy qui hocha la tête et rejoignit Robin, pendant que lui-même se rendait au comptoir.

« Izzy ! dit Robin en lui avançant une chaise. Qu'est-ce qui vous arrive ? »

Izzy s'assit et fondit en larmes. Robin lui tendit une serviette en papier.

« Merci, Venetia, dit-elle d'une voix cassée. Je suis vraiment désolée. Je ne devrais pas en faire un fromage. Je suis sotte. »

Elle prit une inspiration frémissante et se redressa sur sa chaise comme une fille à qui on a répété pendant toute son enfance de s'asseoir bien droite et de se ressaisir.

« Tellement sotte », redit-elle. Ses yeux se remirent à couler.

« Papa s'est comporté comme un salaud, expliqua Raphael en posant un plateau entre elles.

— Ne dis pas ça, Raff, hoqueta Izzy tandis qu'une larme roulait le long de son nez. Il ne le pensait pas, j'en suis sûre. Il était déjà contrarié et je n'ai fait qu'aggraver les choses. Tu savais qu'il avait perdu la pince à billets en or de Freddie ?

— Non, répondit Raphael, guère intéressé.

— Il croit l'avoir oubliée dans un hôtel le jour de l'anniversaire de Kinvara. Quand je suis arrivée, il était au téléphone avec la réception. Ils ne l'ont pas retrouvée. Tu sais comment est papa dès qu'il s'agit de Freddie, même encore aujourd'hui. »

Une expression étrange passa sur le visage de Raphael, comme s'il se rappelait une chose désagréable.

« Et ensuite, reprit Izzy d'une voix chevrotante, il a vu que je m'étais trompée en écrivant la date sur une lettre et il m'a volé dans les plumes… »

Izzy tordait entre ses mains la serviette en papier mouillée de larmes.

« Cinq ans, explosa-t-elle. Ça fait cinq ans que je travaille pour lui et je pourrais compter sur les doigts d'une seule main le nombre de fois où il m'a remerciée. L'autre jour, quand je lui ai dit que je voulais partir, il a répondu "pas avant la fin des Jeux olympiques…" » Sa voix flancha. « "… parce que j'ai autre chose à faire que me coltiner ton remplaçant". »

Raphael marmonna un juron.

« Oh, mais il n'est pas si méchant, en fait », s'empressa d'ajouter Izzy par une volte-face presque comique dont Robin comprit la raison : Izzy venait de se rappeler que Raphael était un éventuel successeur, du moins l'espérait-elle. « Je suis juste un peu déprimée, et du coup je vois tout en noir… »

Son portable sonna. Elle regarda le nom de l'appelant et gémit.

« Non, pas TDV, pas maintenant, je ne peux pas. Raff, parle-lui. »

Elle tendit le portable à son frère qui recula d'horreur comme si c'était une tarentule.

« Je t'en prie, Raff – *je t'en prie…* »

Avec une extrême réticence, Raphael saisit l'appareil.

« Bonjour, Kinvara. C'est Raff. Non, Izzy est sortie du bureau. Non… Venetia n'est pas là… non plus… moi si, évidemment, c'est le téléphone d'Izzy… Il vient de partir pour le parc olympique. Non… non, pas du tout… je ne sais pas où est Venetia… pas ici, en tout cas… oui… oui… OK… au revoir… » Il leva les sourcils. « Elle a raccroché. »

Il poussa le téléphone vers sa sœur, laquelle demanda :

« Qu'est-ce que ça peut lui faire que Venetia soit là ou pas ?

— Tu as droit à trois réponses », plaisanta Raphael. Robin croisa son regard et se tourna subitement vers la fenêtre, les joues en feu. Elle se demandait si Mitch Patterson avait appelé Kinvara pour lui monter le bourrichon.

« Oh, allons…, dit Izzy. Elle n'imagine quand même pas que papa… ? Venetia est assez jeune pour être sa fille !

— Au cas où tu ne l'aurais pas remarqué, c'est aussi le cas de sa femme, répliqua Raphael, et tu sais comment fonctionne Kinvara. Plus leur couple bat de l'aile, plus elle est jalouse. Si papa ne décroche pas chaque fois qu'elle l'appelle, elle fait sa crise de parano.

— Si papa ne décroche pas c'est parce qu'elle le rend dingue, s'écria Izzy dont le ressentiment envers son père venait d'être englouti sous la haine qu'elle éprouvait pour sa belle-mère. Depuis deux ans, elle refuse de mettre un pied hors de la maison, soi-disant pour ne pas s'éloigner de ses foutus canassons. Et tout à coup, les Jeux olympiques s'annoncent, Londres se remplit de célébrités et elle ne pense plus qu'à se pavaner en ville et à jouer la femme de ministre. »

Elle respira à fond, s'épongea le visage et se leva.

« Je ferais mieux de retourner au bureau. Le travail s'accumule. Merci, Raff », dit-elle en lui tapotant doucement l'épaule.

Elle s'éloigna. Raphael la regarda partir, puis se tourna vers Robin.

« Izzy est la seule personne de la famille à m'avoir rendu visite en prison, vous savez ?

— Oui. Elle me l'a dit.

— Et quand j'étais gosse et qu'on m'obligeait à passer les vacances dans cette Chiswell House de merde, elle seule consentait à me parler. Pour tous les autres, j'étais le petit bâtard qui avait brisé leur famille. Ils ne pouvaient pas me sentir. Izzy, elle, me laissait brosser son poney. »

Il fit tourner le café dans sa tasse, l'air abattu.

« Je suppose que vous étiez amoureuse de Freddie le magnifique, comme toutes les autres ? Moi il me détestait. Il m'appelait "Raphaela". Il racontait que papa avait dit à la famille que j'étais une fille.

— Mais c'est horrible », s'indigna Robin. L'expression morose de Raphael vira au sourire humide.

« Vous êtes tellement gentille. »

Il semblait vouloir ajouter quelque chose. Ayant pesé le pour et le contre, il demanda :

« Avez-vous déjà croisé Jack o'Kent lors de vos visites à Chiswell House ?

— Qui ça ?

— Un vieux bonhomme qui travaillait pour papa. Il vivait sur la propriété. Quand j'étais gosse, il me faisait drôlement peur avec son visage émacié, ses yeux fous. Chaque fois que j'étais dans le parc, il surgissait devant moi, venant de nulle part. Je n'entendais jamais le son de sa voix sauf quand il me trouvait sur son passage et qu'il m'injuriait.

— Je... crois avoir entendu parler de lui, mentit Robin.

— Jack o'Kent, c'était le surnom que papa lui avait donné. Qui était véritablement Jack o'Kent ? Un type qui devait fricoter avec le diable, j'imagine. En tout cas, il me donnait des cauchemars. Une fois, il m'a surpris au moment où j'allais entrer dans une grange. J'ai eu la trouille de ma vie. Il a mis son visage tout près du mien et il a dit un truc bizarre : que je n'aimerais pas ce qu'il y avait là-dedans, que c'était dangereux pour les petits garçons... je ne sais plus très bien. Je n'étais qu'un gosse.

— En effet, ça donne la chair de poule, confirma Robin qui n'en perdait pas une miette. Qu'est-ce qu'il y avait dans cette grange ? L'avez-vous découvert un jour ?

— Des machines agricoles, je crois, répondit Raphael sur le ton qu'il aurait adopté pour parler de rituels sataniques.

« Cela dit, il était bon menuisier. C'est lui qui a fabriqué le cercueil de Freddie. Il a dû abattre un chêne pédonculé... Papa voulait que Freddie soit inhumé dans un bois ayant poussé sur le domaine... »

De nouveau, Raphael parut hésiter. Il l'examina un instant, entre ses cils bruns, et finit par se décider :

« Est-ce que papa vous paraît... normal, en ce moment ?

— Que voulez-vous dire ?

— Vous ne trouvez pas qu'il se comporte bizarrement ? Pourquoi s'en est-il pris à Izzy pour trois fois rien ?

— La pression ? suggéra Robin.

— Ouais... peut-être, dit Raphael puis, fronçant les sourcils : Il m'a téléphoné l'autre soir, ce qui en soi est déjà bizarre, vu qu'il ne peut pas me blairer. Juste pour discuter, a-t-il dit. Ça n'était jamais arrivé. Cela dit, il avait beaucoup bu, ça s'entendait à son élocution.

« Enfin bref, il a commencé à délirer sur Jack o'Kent. Je ne comprenais pas où il voulait en venir... Il a parlé de la mort de Freddie, du bébé que Kinvara a perdu, et ensuite... » Raphael se rapprocha. Robin sentit ses genoux toucher les siens sous la table. « Vous vous souvenez du coup de fil qu'on a reçu, le premier jour où j'étais là ? Celui qu'on a écouté sur le répondeur. Les gens qui se pissaient dessus en mourant ?

— Oui, je m'en souviens.

— Papa m'a dit : "C'est la punition. C'était Jack o'Kent. Il vient me chercher." »

Robin le regarda fixement.

« Je ne sais pas qui était ce type au téléphone, renchérit Raphael, mais ça ne pouvait pas être Jack o'Kent. Il est mort depuis des années. »

Robin ne répondit rien. Elle repensait à l'incident des Maldives, quand dans la touffeur de la nuit subtropicale, Matthew l'avait confondue avec sa mère morte. Sous la table, Raphael pressait ses genoux contre les siens. Elle recula un peu sa chaise.

« J'ai passé la moitié de la nuit à me demander s'il n'était pas en train de craquer. Il ne manquerait plus que papa devienne cinglé lui aussi. Ça suffit avec Kinvara et ses hallucinations : les maniaques qui blessent les chevaux, les fossoyeurs...

— Les fossoyeurs ? répéta Robin.

— J'ai dit fossoyeurs ? fit Raphael, surpris. Enfin, vous voyez... des types qui se baladent avec des pelles dans les bois.

— Vous croyez qu'elle se fait des idées ? demanda Robin.

— Je n'en sais rien. Izzy et tous les autres pensent que oui. Ils la considèrent comme une hystérique depuis qu'elle a perdu son bébé. Vous savez qu'elle a accouché en sachant qu'il était mort ? Après, elle n'était plus la même. Mais quand on est un Chiswell, on doit surmonter toutes les épreuves. On met son chapeau et on va inaugurer la kermesse. »

Comme s'il pouvait décrypter les pensées de Robin rien qu'en la regardant, Raphael poursuivit :

« Vous croyez que je la hais pour faire comme les autres, c'est ça ? Kinvara est une sacrée emmerdeuse et elle me prend pour un bon à rien, mais je ne passe pas ma vie à calculer ce qu'elle dépense pour ses chevaux et à retirer cette somme de l'héritage censé revenir à ma nièce et à mes neveux. Ce n'est pas une croqueuse de diamants, quoi qu'en pensent Izzy et *Fizzy*, ajouta-t-il en prononçant le surnom de son autre sœur avec une emphase malicieuse. Ma mère aussi était une croqueuse de diamants, à leurs yeux. Pour eux, les gens sont tous motivés par l'appât du gain. Ils sont incapables d'imaginer autre chose. Je ne suis pas censé connaître le charmant sobriquet dont ils m'ont affublé, selon la bonne vieille tradition chiswellienne, ainsi que celui de ma mère... » Sa peau sombre rougit. « Contrairement aux apparences, Kinvara est sincèrement amoureuse de papa, je le sais. Si c'était l'argent qui l'intéressait, elle aurait pu se trouver un bien meilleur parti. Lui, il est fauché. »

Robin, pour qui l'adjectif « fauché » cadrait mal avec le fait de posséder une grande maison dans l'Oxfordshire, neuf chevaux, un appartement chic à Londres et le gros collier en diamants qu'elle avait vu au cou de Kinvara sur les photos, se garda d'exprimer quoi que ce soit.

« Vous êtes retournée à Chiswell House récemment ?

— Non, pas récemment, répondit-elle.

— La baraque tombe en ruine. Tout est bouffé aux mites.

— Le seul vrai souvenir que j'ai gardé de Chiswell House remonte à bien longtemps. Les adultes parlaient d'une petite fille qui avait disparu.

— Vraiment ? s'étonna Raphael.

— Oui, j'ai oublié son prénom. Je n'étais pas bien grande moi-même. Susan ? Suki ? Quelque chose comme ça.

— Ça ne m'évoque rien, dit Raphael en avançant encore ses genoux. Est-ce que tous les gens que vous rencontrez vous confient leurs secrets de famille au bout de cinq minutes, ou il n'y a que moi ?

— Tim dit tout le temps que j'attire la sympathie. Je devrais peut-être renoncer à la politique et m'installer comme psychologue.

— Ouais, pourquoi pas ? dit-il en la regardant au fond des yeux. Vos verres ne sont pas très épais. Pourquoi ne pas mettre de lentilles de contact ?

— Oh, je... je préfère les lunettes, c'est plus confortable, répondit Robin en rajustant la monture sur son nez et en rassemblant ses affaires. Il faut vraiment que j'y aille. »

Raphael se carra au fond de sa chaise en souriant d'un air rusé.

« Message reçu... Tim a beaucoup de chance. Dites-lui ça de ma part. »

Robin eut un petit rire gêné, se leva et se cogna au coin de la table. En sortant du salon de thé, elle se sentait gauche et légèrement troublée.

Pendant qu'elle regagnait le bureau d'Izzy, Robin réfléchit au comportement du ministre de la Culture. Il n'y avait rien d'étonnant à ce qu'un homme à la merci de deux maîtres chanteurs pique des crises de colère ou tienne des propos incohérents, voire paranoïaques. En revanche, imaginer qu'un homme mort ait pu lui téléphoner était nettement plus préoccupant. Robin l'avait rencontré à deux reprises et n'avait pas eu le sentiment d'avoir affaire à un illuminé croyant aux fantômes ou au châtiment divin. Cela dit, songea-t-elle ensuite, l'alcool faisait souvent ressortir des aspects peu reluisants chez les gens... et soudain, elle revit le visage grimaçant de Matthew quand il s'était mis à hurler dans le salon, le dimanche précédent.

Elle allait passer devant le bureau de Winn quand elle vit la porte entrebâillée. Robin jeta un coup d'œil. Personne, à première vue. Elle frappa deux coups. Pas de réponse.

Elle s'élança et, en moins de cinq secondes, atteignit la prise sous le bureau de Geraint, débrancha le ventilateur et arracha le micro. Elle venait d'ouvrir son sac pour le glisser dedans quand la voix d'Aamir retentit quelque part au-dessus d'elle :

« Qu'est-ce que vous fabriquez ? »

Robin hoqueta de surprise, voulut se lever, se cogna méchamment la tête sous le bureau et poussa un cri de douleur. Aamir s'extirpa du fauteuil placé dans l'angle, derrière la porte, et retira les écouteurs qui lui bouchaient les oreilles. Visiblement, il s'était accordé quelques minutes de pause pour se détendre en écoutant de la musique sur son iPod.

« J'ai frappé ! », plaida Robin en se frictionnant le sommet du crâne, les yeux pleins de larmes. Le micro était dans son autre main. Elle le cacha derrière son dos. « J'ai cru qu'il n'y avait personne !

271

— Qu'est-ce que vous faites ici ? répéta-t-il en marchant vers elle.

Avant qu'elle puisse répondre, la porte s'ouvrit d'un coup et Geraint apparut.

Cette fois, Robin n'eut pas droit aux habituels sourires malsains, vantardises et plaisanteries grivoises, chose d'autant plus surprenante qu'elle était à quatre pattes sous le bureau. Winn semblait avoir rapetissé. Des ombres mauves soulignaient ses yeux rétrécis par les verres de ses lunettes. Il posa un regard perplexe sur Robin, puis sur Aamir, lequel entreprit de lui expliquer ce qui venait de se passer. Un temps mort qui permit à Robin de glisser le micro dans son sac à main.

« Je suis vraiment navrée », dit-elle en se levant, inondée de sueur. La panique montait en elle comme une marée d'équinoxe quand soudain une idée surgit, telle une bouée de sauvetage tombée du ciel. « J'allais vous écrire un mot pour dire que j'étais passée l'emprunter. »

Les deux hommes la regardèrent, médusés. Robin désignait le ventilateur débranché.

« Le nôtre est cassé. Il fait une chaleur épouvantable dans notre bureau. Je me suis dit que vous n'y verriez pas d'inconvénient, ajouta-t-elle en s'adressant à Geraint. Je voulais juste l'emprunter une petite demi-heure. » Elle esquissa un sourire penaud. « Honnêtement, j'ai failli m'évanouir tout à l'heure. »

Elle décolla de sa peau moite le tissu trempé de son chemisier. Le regard de Geraint plongea dans son décolleté et le sourire concupiscent réapparut.

« Je ne devrais pas dire ça mais la chaleur vous va comme un gant », fit-il avec un petit clin d'œil. Robin se força à rire bêtement.

« Bon, eh bien, je pense qu'on pourra s'en passer une petite demi-heure, n'est-ce pas ? », dit-il en prenant Aamir à témoin. Ce dernier ne répondit pas. Raide comme un piquet, il fixait Robin d'un regard ouvertement soupçonneux. Geraint attrapa le ventilateur, le souleva prudemment et le tendit à Robin. Quand celle-ci se tourna pour sortir, il lui donna une petite tape sur les fesses.

« Profitez-en bien.

— Oui, merci, répondit-elle en frissonnant de dégoût. Merci beaucoup, monsieur Winn. »

28

Si cela m'affecte ? Me voir ainsi entravé et contre-carré dans l'œuvre de ma vie.

HENRIK IBSEN, *Rosmersholm*

LES KILOMÈTRES QU'IL AVAIT PARCOURUS la veille pour arriver au Chelsea Physic Garden, puis sillonner ses allées en tous sens, n'avaient pas amélioré l'état de ses ischio-jambiers. Comme son estomac ne supportait plus les antalgiques dont il se gavait, Strike avait arrêté l'ibuprofène quelques heures auparavant. D'où le « léger inconfort » – comme disaient les médecins – qu'il ressentait, ce jeudi après-midi, allongé dans le canapé de l'agence, une jambe et demie étalée devant lui, la moitié restante, à savoir sa prothèse, posée contre un mur.

Sur un cintre accroché à la tringle à rideau, son plus beau costume – au-dessus d'une chemise et d'une cravate – se découpait en ombre chinoise contre la vitre. Sous les jambes molles de cette étrange sentinelle sans tête, il avait déposé une paire de chaussures et des chaussettes propres. Il dînait avec Lorelei ce soir-là et s'était organisé pour ne pas avoir à remonter chez lui avant de partir.

Strike ne l'avait pas contactée durant l'hospitalisation de Jack et, comme à son habitude, Lorelei s'était montrée compréhensive. Elle avait seulement fait remarquer, avec une légère tension dans la voix, qu'affronter seul une telle situation avait dû être très compliqué. Bien sûr, Strike s'était abstenu de préciser que Robin lui avait tenu compagnie. Lorelei lui avait ensuite proposé, sur un ton aimable et conciliant, d'aller dîner en ville « pour pouvoir discuter tranquillement ».

Comme elle avait joué les infirmières pendant cinq jours alors qu'ils sortaient ensemble depuis seulement dix mois, Strike n'avait pas eu le cœur de lui répondre qu'ils pouvaient discuter tout aussi tranquillement par téléphone. Le costume suspendu devant la fenêtre lui rappelait à chaque seconde que, le soir même, il allait devoir répondre à l'inévitable question : « Comment vois-tu notre avenir ensemble ? »

Mais Strike avait d'autres préoccupations, nettement plus graves. D'abord, il trouvait que l'affaire Chiswell prenait un tournant dangereux. Financièrement d'abord. Il mettait sans arrêt la main à la poche pour payer les salaires et rembourser les frais mais n'avait encore reçu aucun paiement de la part de son client. Quant au reste, Robin avait certes réussi à neutraliser provisoirement Geraint Winn, mais Barclay, après des débuts prometteurs, peinait à trouver un moyen de pression contre le premier maître chanteur de Chiswell. Et si jamais le *Sun* entrait en contact avec Jimmy Knight, on risquait la catastrophe. En effet, si Winn ne lui remettait pas comme promis les photographies des Affaires étrangères – et bien que Chiswell soit persuadé qu'il n'irait pas voir les journaux –, Jimmy pouvait décider de sauter sur l'occasion et tout déballer avant qu'il ne soit trop tard. Un homme comme lui, qui intentait des procès pour un oui pour un non, était tout à fait capable de se tirer une balle dans le pied.

Et pour couronner cette série d'emmerdements, Barclay, qui venait de passer des jours et des nuits avec Jimmy et sa bande, lui avait dit au téléphone que sa femme l'avait menacé de divorcer s'il ne regagnait pas le domicile conjugal. Strike lui avait proposé de passer au bureau pour se faire rembourser ses frais et de prendre ensuite deux jours de congés. Quant à Hutchins, si accommodant d'habitude, il rechignait à remplacer Barclay au débotté, préférant continuer à faire le pied de grue sur Harley Street où Dr Craignos avait repris ses consultations.

« C'est quoi le problème ? », lui avait demandé Strike, d'autant plus brutalement que son moignon le faisait souffrir. Il appréciait Hutchins mais n'oubliait pas que l'ex-policier avait pris des jours récemment pour aller en vacances avec sa famille et conduire sa femme à l'hôpital quand elle s'était cassé le poignet. « Je te demande de changer de cible, c'est tout. Je ne peux pas filer Knight, il me connaît.

— Ouais, c'est bon, je vais le faire.

— C'est bien aimable de ta part, avait répondu Strike, hors de lui. Merci. »

À 17 heures 30, il oublia une seconde sa mauvaise humeur en entendant Robin et Barclay monter l'escalier métallique.

« Bonjour », dit Robin en entrant dans le bureau, un gros sac suspendu à l'épaule. Devant l'air interrogateur de Strike, elle expliqua : « Ma tenue pour la réception de ce soir. Je me changerai dans les toilettes, je n'aurai pas le temps de rentrer chez moi. »

Barclay entra derrière elle et referma la porte.

« On s'est croisés en bas, dit-il à Strike, tout joyeux. On a fait connaissance.

— Sam me parlait des joints qu'il avait dû fumer pour faire ami-ami avec Jimmy, s'esclaffa Robin.

— Je faisais semblant, répliqua Barclay, soudain sérieux comme un pape. Jamais pendant le service. »

Les voir rigoler ensemble comme de vieux copains l'énerva d'autant plus qu'il n'arrivait pas à s'extirper du canapé en skaï, lequel, bien entendu, accompagnait ses vains efforts d'une série de flatulences.

« C'est le canapé, dit-il à Barclay qui s'était mis à regarder autour de lui avec un petit sourire. Je vais chercher ton fric.

— Restez assis, je m'en charge », lança Robin en posant son sac pour attraper le carnet de chèques dans le tiroir du bas. Elle le tendit à Strike avec un stylo. Vous voulez du thé, Cormoran ? Sam ?

— C'est pas de refus, dit Barclay.

— Je vous trouve sacrément joyeux, tous les deux, grommela Strike en rédigeant le chèque. Je vous signale qu'on risque de perdre l'affaire qui nous nourrit en ce moment. À moins que vous ne sachiez quelque chose que j'ignore, bien sûr.

— Le seul événement un tant soit peu excitant à Knightville cette semaine, c'est quand Flick s'est engueulée avec l'une de ses colocs, dit Barclay. Une fille prénommée Laura. Elle prétend que Jimmy a volé une carte de crédit dans son sac à main.

— Et c'est le cas ? rétorqua Strike.

— Je crois plutôt que c'est Flick. Je t'ai dit qu'elle s'était vantée de piquer dans la caisse là où elle travaille, tu te rappelles ?

— Oui, exact.

— Tout a commencé au pub. La fille, Laura, était complètement dégoûtée. Elle venait de se prendre la tête avec Flick sur le point de savoir laquelle des deux était la moins petite-bourgeoise. » Malgré ses douleurs et son humeur massacrante, Strike ne put s'empêcher de sourire.

« Ça s'est envenimé. Elles ont commencé à parler de leurs enfances respectives, des poneys, des vacances à l'étranger... Et puis la fameuse Laura a accusé Jimmy de lui avoir chouravé sa carte de crédit toute neuve, quelques mois auparavant. Jimmy est monté sur ses grands chevaux, il a dit que c'était de la diffamation...

— Pas de bol qu'il soit banni des tribunaux, sinon il aurait pu lui intenter un procès, dit Strike en arrachant le chèque de sa souche.

— ... et Laura s'est tirée du pub en gueulant. Et de l'appart par la même occasion.

— Tu as son nom de famille ?

— Non, mais ça devrait pouvoir s'arranger.

— Flick vient de quel milieu ? Elle a fait des études ? demanda Strike pendant que Barclay glissait le chèque dans son portefeuille.

— Ben, elle m'a dit qu'elle avait lâché la fac après avoir raté ses examens de première année.

— Il arrive que des gens très bien abandonnent leurs études », fit remarquer Robin en leur tendant des mugs de thé. Aussi bien Strike qu'elle-même avaient quitté l'université sans diplôme.

« Merci, dit Barclay en prenant le sien. Ses parents sont divorcés, elle ne leur parle plus. Ils n'aiment pas Jimmy mais on ne peut pas leur jeter la pierre. Si ma fille se mettait à la colle avec un glandeur dans son genre, je sais bien comment je réagirais. Quand elle a le dos tourné, il raconte à ses potes comment il s'envoie toutes les nanas. Elles croient qu'elles baisent avec un grand révolutionnaire, qu'elles font ça pour la cause. Flick ne connaît pas la moitié de ce qu'il fricote.

— Il sort avec des mineures ? Son ex-femme m'a laissé entendre qu'il était fiché. Ça pourrait être un moyen de pression.

— Elles ont toutes plus de seize ans, pour autant que je sache.

— Dommage », dit Strike. Il croisa le regard réprobateur de Robin qui revenait vers eux avec sa propre tasse. « Enfin, vous voyez ce que je veux dire. » Il se retourna vers Barclay. « D'après ce que j'ai entendu pendant la manifestation, Flick n'est pas franchement monogame non plus.

— C'est sûr. L'autre jour, l'une de ses copines a balancé une vanne au sujet d'un serveur indien.

— Un serveur ? Je croyais que c'était un étudiant.

— L'un n'empêche pas l'autre, dit Barclay. Je dirais que c'est une... »

Croisant à son tour le regard de Robin, Barclay décida de laisser sa phrase en suspens et prit une gorgée de thé à la place.

« Et de votre côté, quoi de neuf ? demanda Strike à Robin.

— J'ai récupéré le deuxième micro.

— Vous plaisantez ! dit Strike en se redressant sur le canapé.

— Je viens de terminer la transcription. Il y avait des heures d'enregistrement. Pas mal de trucs inutiles mais... »

Elle posa sa tasse, ouvrit la fermeture Éclair de son sac et sortit l'appareil enregistreur.

« ... Il y a un passage bizarre. Écoutez ça. »

Barclay posa les fesses sur l'accoudoir du canapé. Robin se cala au fond de son fauteuil pivotant et lança la bande.

La voix chantante de Geraint se répandit dans le bureau.

« ... les caresser dans le sens du poil et m'arranger pour présenter Elspeth au prince Harry. Bon, il faut que je me sauve, on se voit demain.

— Bonsoir », dit la voix d'Aamir.

Robin regarda les deux hommes, secoua la tête et leur fit signe de patienter.

Il y eut un bruit de porte qui se ferme. Après les habituelles trente secondes de silence et le déclic indiquant la reprise de l'enregistrement, une voix féminine, profonde et mâtinée d'un accent gallois, retentit.

« Tu es là mon chéri ? »

Strike leva les sourcils. Barclay se figea, la bouche pleine de thé.

« Oui, répondit Aamir.

— Viens donc m'embrasser », renchérit Della.

Barclay avala de travers. On entendit claquer un baiser. Des pas, une chaise qu'on déplace, puis des petits coups frappés en rythme.

« Qu'est-ce que c'est ? marmonna Strike.

— Des battements de queue, répondit Robin. Le chien d'aveugle. »

« Donne-moi ta main, reprit Della. Ne t'inquiète pas, Geraint ne va pas revenir, je l'ai envoyé à Chiswick. Là. Très bien. Bon, je voulais avoir une petite conversation avec toi, en tête à tête. Le problème, mon chéri, c'est que tes voisins se sont plaints. Ils disent entendre de drôles de bruits à travers les murs.

— Quels bruits ? fit Aamir d'une voix inquiète.

— Ils pensent à un animal. Un chien qui couine ou qui pleure. Tu n'as pas… ?

— Bien sûr que non. C'est sûrement la télé. Pourquoi aurais-je un chien ? Je travaille toute la journée.

— Je te verrais bien recueillir un pauvre petit chien errant. Tu as si bon cœur…

— Mais non, dit Aamir, toujours plus tendu. Vous n'êtes pas obligée de me croire sur parole. Vous pouvez aller vérifier, si vous voulez. Vous avez la clé.

— Mon chéri, ne te fâche pas. Je ne me permettrais pas d'entrer chez toi en ton absence. Je ne suis pas indiscrète.

— Vous seriez parfaitement dans votre droit, dit-il sur un ton où Strike décela de l'amertume. Cette maison est à vous.

— Je te sens contrarié. Mais tu comprends, il fallait que je t'en parle parce que si le voisin rappelle et que c'est Geraint qui décroche… il se trouve que j'étais là pour lui répondre mais il aurait très bien pu tomber sur lui…

— Je baisserai le volume, à l'avenir, dit Aamir. OK ? Je ferai attention.

— Mon chéri, tu sais qu'en ce qui me concerne tu es libre de faire ce que…

— Écoutez, j'ai réfléchi, l'interrompit Aamir. Je pense vraiment que je devrais vous verser un loyer. Et si…

— On en a déjà parlé. Ne sois pas stupide, je ne veux pas de ton argent.

— Mais…

— En plus de cela, tu n'en aurais pas les moyens. Un logement de quatre pièces, pour toi tout seul ?

— Mais…

— On était d'accord. Quand tu as emménagé, tu semblais content… je pensais que tu l'aimais…

— Mais bien sûr que j'aime cette maison, dit-il sèchement. C'est très généreux de votre part.

— Généreux... il n'est pas question de générosité, pour l'amour du ciel... Bon, écoute, si on allait manger un curry ? Je dois assister à un vote, tard dans la soirée, et j'avais l'intention de dîner au Kennington Tandoori. C'est moi qui régale.

— Désolé, c'est impossible, dit Aamir, toujours plus stressé. Il faut que je rentre.

— Oh, fit Della, beaucoup moins enthousiaste tout à coup. Oh... dommage.

— Je suis désolé, répéta-t-il. Je vous ai dit que j'avais rencontré un ami. Un camarade d'université.

— Ah. Je vois. Eh bien, la prochaine fois, je t'appellerai avant. Tu as un emploi du temps tellement chargé !

— Della, je...

— Ne sois pas bête, je te taquine. Tu ferais quelques pas avec moi, quand même ?

— Oui. Oui, bien sûr. »

Il y eut quelques bruissements, puis le son d'une porte qui s'ouvre. Robin arrêta l'enregistrement.

« Ils couchent ensemble ? s'écria Barclay.

— Pas forcément, dit Robin. C'était peut-être juste une bise.

— "Mon chéri... Donne-moi ta main" ? répéta Barclay. Ça se passe comme ça dans le monde du travail, de nos jours ?

— Il a quel âge, ce type ? intervint Strike.

— Une vingtaine d'années, je dirais, répondit Robin.

— Et elle...

— La soixantaine.

— Et elle le loge gratuitement. Ils n'ont pas de liens familiaux, n'est-ce pas ?

— Non, pour autant que je sache. Mais Jasper Chiswell sait certaines choses sur lui. Quand ils se sont croisés dans notre bureau, il a cité un poème en latin qui, disait-il, pouvait s'appliquer à Aamir.

— Vous ne me l'aviez pas dit.

— Désolée, fit Robin en se rappelant que la scène en question s'était déroulée peu avant qu'elle refuse de se rendre à la manifestation. Ça m'était sorti de l'esprit. Oui, Chiswell a récité une phrase tirée d'un poème latin, puis il a employé l'expression "les personnes dans votre genre".

— Quel était ce poème ?

— Je ne sais pas. Je n'ai pas fait latin. »

Elle regarda sa montre.

« Je vais me changer, je suis censée être au ministère dans quarante minutes.

— Oui, il faut que je me sauve moi aussi, dit Barclay.

— Deux jours, c'est entendu, Barclay ? dit Strike en le regardant marcher vers la porte. Et après, tu retournes t'occuper de Knight.

— T'inquiète, au bout de deux jours avec le marmot, j'aurai besoin d'un break.

— Je le trouve sympa, dit Robin pendant que les pas de Barclay s'éloignaient dans l'escalier.

— Ouais, grogna Strike en récupérant sa prothèse. Il bosse bien. »

Ayant donné rendez-vous à Lorelei en tout début de soirée, il était temps pour lui de se rendre présentable, ce qui n'était pas une mince affaire. Robin alla se changer dans les toilettes exiguës sur le palier. Strike se retira dans son bureau personnel, après avoir raccroché sa prothèse.

Il avait à peine enfilé le pantalon de son beau costume que son portable sonna. Espérant vaguement que Lorelei l'appelait pour reporter leur dîner, il saisit l'appareil à l'écran fendillé et vit, avec une inexplicable appréhension, s'afficher le nom de Hutchins.

« Strike ?

— Qu'est-ce qui cloche ?

— Strike… j'ai merdé. »

Hutchins avait une petite voix.

« Que s'est-il passé ?

— Knight était avec des potes à lui. Je les ai suivis dans un pub. Ils prévoient quelque chose. J'ai vu une pancarte avec la tête de Chiswell dessus…

— Et alors ? tonna Strike.

— Strike, je suis désolé… j'ai eu un vertige… je les ai perdus.

— Espèce d'abruti ! rugit Strike, perdant le peu de sang-froid qu'il lui restait. Pourquoi ne pas m'avoir dit que tu étais malade ?

— J'ai pris beaucoup de congés, dernièrement… Je savais que tu étais sur la brèche… »

Strike mit Hutchins sur haut-parleur, posa le portable, décrocha la chemise du cintre et continua de s'habiller.

« Je suis vraiment désolé, vieux… j'ai des problèmes pour marcher…

— Je sais ce que c'est, bordel ! »

Strike lui raccrocha au nez.

« Cormoran ? appela Robin à travers la porte fermée. Tout va bien ?

— Non, ça ne va pas ! »

Il ouvrit.

Avec le bout de son cerveau qui fonctionnait encore, Strike nota que Robin portait la robe verte qu'il lui avait achetée deux ans auparavant pour la remercier de l'avoir aidé à attraper leur premier tueur. Elle était absolument fascinante.

« Knight a fabriqué une pancarte à l'effigie de Chiswell, dit-il. Il mijote un mauvais coup avec sa bande de potes. Je le *savais*, putain, je *savais* que ça arriverait maintenant que Winn l'a laissé choir… Je vous parie tout ce que vous voulez qu'il va débarquer à votre réception. Merde », dit-il en réalisant qu'il n'avait pas mis ses chaussures. Il fit demi-tour. « En plus, Hutchins les a laissés filer, hurla-t-il par-dessus son épaule. Cet imbécile ne m'a pas dit qu'il était malade.

— Vous pouvez peut-être demander à Barclay de revenir ? suggéra Robin.

— Il doit déjà être dans le métro. Il va encore falloir que je me tape la corvée. » Strike se rassit dans le canapé et enfila ses chaussures. « Comme le prince Harry est attendu là-bas, j'imagine qu'il y aura des centaines de journalistes. Il suffira que l'un d'eux voie cette foutue pancarte pour que Chiswell perde son poste, et nous notre contrat. » Il se remit péniblement sur ses pieds. « Où se passe cette réception ?

— À Lancaster House, dit Robin. Stable Yard.

— Très bien, dit Strike en se dirigeant vers la porte. Attendez-vous à devoir me tirer de prison. Il y a des chances pour que je lui casse la gueule. »

29

Il n'est plus possible aujourd'hui de rester un specta-
teur passif.

HENRIK IBSEN, *Rosmersholm*

L E TAXI QU'IL AVAIT PRIS sur Sharing Cross Road s'engagea sur St. James's Street quelque vingt minutes plus tard. Strike était toujours en communication avec le ministre de la Culture.
« Une pancarte ? Qu'est-ce qu'il y a dessus ?

— Votre tête, dit Strike. Je n'en sais pas plus.

— Et il compte se rendre à la réception ? Eh ben, il est sacré-ment culotté ! » Chiswell hurlait si fort que Strike dut écarter le portable de son oreille. « Si la presse voit ça, tout est foutu ! Vous étiez censé empêcher ce genre de chose !

— Et c'est ce que je vais faire, répliqua Strike, mais si j'étais vous, j'apprécierais qu'on me prévienne. Je vous conseille de…

— Je ne vous paie pas pour me donner des conseils !

— Je ferai tout ce qui est en mon pouvoir », promit Strike. Mais Chiswell avait déjà raccroché.

« Je ne peux pas aller plus loin, mon vieux », dit le chauffeur de taxi en regardant Strike dans son rétroviseur. Sous le miroir, se balançait un mobile en fils de coton multicolores et un dieu Ganesh plaqué or. Le dernier tronçon de St. James's Street était interdit à la circulation. Une foule composée d'admirateurs de la famille royale et de supporters des Jeux olympiques s'agglutinait derrière des barrières amovibles en agitant pour certains des petits fanions aux couleurs de la Grande-Bretagne. Les uns attendaient le prince Harry, les autres les athlètes paralympiques.

« OK, je descends », dit Strike en cherchant son portefeuille.

De nouveau, il se retrouva face aux tours crénelées de St. James's Palace dont l'horloge dorée en forme de diamant luisait sous le soleil couchant. Strike partit en claudiquant vers le bas de la pente, croisa la petite rue de Pratt's et poursuivit son chemin. Les gens bien habillés qui sortaient des bureaux, des galeries d'art ou des cavistes, s'écartaient obligeamment en le voyant passer.

« Merde, merde, merde », marmonnait-il. Un élancement lui traversait l'aine chaque fois qu'il portait le poids de son corps sur sa prothèse. Il était tout proche maintenant, mais ne voyait nulle part de pancartes ou de banderoles à caractère politique. Ayant rejoint la foule, il tourna son regard vers Cleveland Row et repéra l'enclos réservé à la presse et les dizaines de photographes qui guettaient l'arrivée du prince et des athlètes. Une voiture passa avec à son bord une femme brune aux cheveux brillants. Strike crut reconnaître une présentatrice de télévision et, au même instant, réalisa qu'il avait oublié d'appeler Lorelei pour lui dire qu'il serait en retard. Il composa son numéro en toute hâte.

« Bonsoir, Corm », fit Lorelei d'une voix tendue.

Elle devait croire qu'il l'appelait pour annuler leur rendez-vous, songea-t-il.

« Salut, répondit Strike en promenant son regard au-dessus des têtes pour tenter de localiser Jimmy. Je suis vraiment désolé mais il s'est passé un truc et j'ai peur d'être en retard au restaurant.

— Oh, ce n'est pas grave, répondit-elle, manifestement soulagée qu'il vienne quand même. Dois-je les appeler pour changer l'heure de la réservation ?

— Ouais… il se peut que je ne sois libre qu'à huit heures au lieu de sept. »

Il se retourna pour la troisième fois vers Pall Mall et repéra Flick à ses cheveux tomate. Huit militants CORO se dirigeaient vers la foule, dont un jeune homme blond avec des dreadlocks et un type court sur pattes bâti comme un catcheur. Flick était la seule femme de la bande. Tous sauf Jimmy brandissaient des pancartes où figuraient les fameux anneaux olympiques brisés et des slogans comme « DU TRAVAIL PAS DE MÉDAILLES » ou « GARDEZ VOS CANONS ON VEUT DES MAISONS ». Jimmy tenait son panneau à l'envers, collé contre sa jambe.

« Il faut que j'y aille, Lorelei. On se voit plus tard. »

Des policiers en uniforme patrouillaient le long des barrières, talkie-walkie en main, surveillant la zone où était rassemblé le public. Eux aussi avaient repéré les activistes qui à présent fendaient la foule, direction l'enclos des journalistes.

Strike serra les dents, plongea dans la cohue et fonça droit devant lui en jouant des coudes, les yeux braqués sur Jimmy.

30

*Indéniablement, il aurait été plus heureux d'arrêter
le torrent un tantinet plus tôt.*

HENRIK IBSEN, *Rosmersholm*

SON TAXI VENAIT DE S'ARRÊTER devant l'entrée du ministère de la Culture, des Médias et des Sports. Un peu mal à
l'aise dans sa robe verte moulante et ses escarpins à hauts
talons, Robin descendit de voiture sous les regards admiratifs des
passants de sexe masculin. En arrivant devant l'entrée, elle vit Izzy
et Kinvara qui marchaient vers elle sur le trottoir, une cinquantaine
de mètres plus loin. La première portait une tenue orange vif, la
seconde une robe noire trop serrée et un lourd collier de diamants
comme sur la photo que Robin avait trouvée sur le Net.

Robin se faisait du souci pour Strike. Malgré son inquiétude,
elle nota que Kinvara avait l'air contrarié. Quand elles furent assez
proches, Izzy leva les yeux au ciel. Quant à Kinvara, elle la regarda
de haut en bas comme pour lui signifier que sa tenue était déplacée,
voire indécente.

« On avait prévu de se retrouver ici », tonna une voix masculine
près de Robin.

Jasper Chiswell venait de sortir du ministère avec trois cartons
d'invitation dans la main. Il en tendit un à Robin.

« Oui, c'est ce que je viens d'apprendre, dit Kinvara un peu
essoufflée. Ou peut-être avais-je oublié. En tout cas, personne n'a
pris soin de vérifier que j'étais au courant. »

Les passants dévisageaient Chiswell dont la tignasse en brosse
de ramoneur devait leur rappeler quelque chose. Robin vit un

homme en complet donner un coup de coude à sa compagne et pointer le menton vers lui. Une Mercedes noire superbement profilée s'arrêta au bord du trottoir. Le chauffeur descendit, Kinvara fit le tour pour s'asseoir sur la banquette à droite. Izzy s'engouffra par la portière de gauche, prit la place du milieu, et Robin s'installa derrière Chiswell.

Dès que le véhicule démarra, une atmosphère pénible envahit l'habitacle. Par la vitre, Robin regardait les gens entrer dans les boutiques et les pubs pour boire un verre après le boulot. Et elle se demandait anxieusement si Strike avait réussi à trouver Jimmy Knight. Elle aurait donné cher pour pouvoir se téléporter jusqu'à Lancaster House.

« Si je comprends bien, Raphael n'y sera pas, lança brusquement Kinvara.

— Non, répondit Chiswell. Il a pourtant fait des pieds et des mains pour obtenir une invitation. C'est sûrement parce qu'il est amoureux de Venetia. »

Robin se sentit rougir.

« Venetia semble avoir tout un club d'admirateurs, lâcha froidement Kinvara.

— Il va falloir que je discute avec lui en tête à tête, demain, reprit Chiswell. Je trouve qu'il a changé depuis quelque temps, quoi que tu en dises. »

Du coin de l'œil, Robin vit les mains de Kinvara se crisper sur la chaîne de son horrible pochette de soirée dont le fermoir en forme de tête de cheval était orné de petits cristaux. Un silence tendu s'abattit sur eux tandis que la Mercedes ronronnait dans les rues de la ville.

31

Mais il s'est pris une raclée...

Henrik Ibsen, *Rosmersholm*

SANS DOUTE À CAUSE DE L'ADRÉNALINE, Strike ne boitait presque plus tandis qu'il s'approchait de Jimmy et de ses compagnons. Pour eux, les choses ne se passaient pas vraiment comme prévu. Un mouvement de foule s'était produit quand les premières voitures officielles étaient apparues, repoussant les activistes peu avant qu'ils n'atteignent le stand de la presse. Leurs pancartes étaient à présent noyées dans la masse.

Des Mercedes, des Bentley passaient sans s'arrêter mais assez lentement pour que les fans aperçoivent leurs occupants plus ou moins célèbres. Un acteur fit un signe de la main et eut droit en retour à un tonnerre d'applaudissements. Des flashes crépitèrent.

Ayant apparemment renoncé à chercher un meilleur emplacement, Jimmy essayait maintenant de redresser la pancarte qu'il tenait à l'envers contre sa cuisse. Un geste pourtant simple que la foule compacte rendait presque impossible.

Strike bouscula une femme qui lui bloquait le passage et, sans prêter attention à ses cris indignés, rejoignit sa cible en trois enjambées. Sa grosse main s'enroula autour du poignet droit de Jimmy, lequel avait entre-temps réussi à hisser sa pancarte jusqu'à mi-corps, et le rabattit vers le sol. Il lut dans ses yeux que Jimmy l'avait reconnu et au même instant vit son poing partir. Une autre femme hurla.

Jimmy avait visé la gorge. Strike esquiva et, avec le pied gauche, écrasa la pancarte et son piquet. Mais comme sa jambe droite était trop faible pour supporter tout son poids, quand le deuxième coup de poing atteignit son but, Strike perdit l'équilibre. Avant de basculer, il eut le temps de frapper son adversaire dans les parties. L'autre glapit, se plia en deux, heurta Strike et tomba avec lui. Les gens autour d'eux protestaient bruyamment. Quand Strike toucha le bitume, un copain de Jimmy essaya de lui balancer son pied dans la tête. Strike para le coup puis lui tordit la cheville. À travers le tumulte grandissant, il entendit une femme crier :

« Au secours, ils l'agressent ! »

Trop acharné à récupérer la pancarte que la foule piétinait, Strike n'aurait su dire s'il passait pour la victime ou pour l'agresseur. Malgré les pieds qui lui marchaient dessus, il finit par ramasser le rectangle de carton et le déchira en plusieurs morceaux. L'un d'eux resta piqué sous le talon aiguille d'une femme qui s'éloignait en courant pour échapper à la bagarre.

Jimmy lui saisit le cou par-derrière. Strike plia le bras, pivota et lui envoya son coude dans la figure. Jimmy lâcha prise mais un autre type lui décocha un coup de pied dans le ventre. Un troisième le frappa derrière la tête. Des taches rouges explosèrent devant ses yeux.

Il y eut encore des cris, puis un coup de sifflet. Brusquement, la foule autour d'eux se dispersa. Strike avait la bouche en sang mais les morceaux de la pancarte avaient tous disparu, disséminés à travers la cohue. De nouveau, Jimmy le prit au cou mais n'eut pas le temps de serrer car il fut violemment projeté en arrière. Strike l'entendit débiter des chapelets d'insultes. Il tentait de reprendre son souffle quand il se sentit empoigné à bras-le-corps. Quelqu'un l'aidait à se relever. Strike n'opposa aucune résistance. De toute façon, il n'y serait sans doute pas arrivé seul.

32

Et nous pouvons passer à table. Je vous en prie, pro-
viseur.

Henrik Ibsen, Rosmersholm

L A Mercedes tourna au coin de St. James's Street et de
Pall Mall, continua sur Cleveland Row et s'arrêta.
« Qu'est-ce qui se passe ? », grogna Chiswell.

Les hurlements qui s'élevaient de la foule ne ressemblaient
guère aux clameurs enthousiastes que les stars et les têtes couronnées suscitent habituellement. Plusieurs agents en tenue venaient
de faire leur apparition sur le côté gauche de la rue. Ils fonçaient
vers un groupe de gens paniqués qui tentaient d'échapper à un
accrochage entre les forces de l'ordre et une poignée de manifestants. Deux individus débraillés furent bientôt extraits de la mêlée,
ceinturés par des policiers en uniforme : Jimmy Knight et un jeune
homme blond avec des dreadlocks.

Robin retint un cri de désarroi. Strike venait d'apparaître, le
visage en sang. Lui aussi était emmené par la police. Mais la foule
derrière eux ne se calmait pas, bien au contraire. Une barrière se
mit à pencher dangereusement.

« Arrêtez-vous, arrêtez-vous ! », beugla Chiswell à son chauffeur qui venait de redémarrer. Il baissa sa vitre. « Ouvrez, Venetia,
ouvrez votre portière ! Vous, là ! » S'entendant interpeller, le
policier le plus proche se retourna, surpris, et vit le ministre de la
Culture gesticuler en désignant Strike. « Cet homme est avec moi
– lui ! – lâchez-le, bon sang ! »

Le policier n'hésita pas longtemps. Face à une voiture officielle et à un ministre s'exprimant sur un ton impérieux en agitant un carton d'invitation imprimé en relief, il ne pouvait qu'obéir. La violente bagarre opposant les forces de l'ordre aux activistes de CORO et la bousculade qu'elle générait parmi le public attiraient tous les regards. Deux cameramen venaient de quitter le stand de la presse pour filmer l'échauffourée.

« Izzy, pousse-toi… allez, montez, MONTEZ ! », aboya Chiswell à l'intention de Strike.

Robin se serra contre Izzy, s'asseyant presque sur ses genoux. Strike s'installa à sa place et claqua la portière. La Mercedes démarra.

« Qui êtes-vous ? piaillait Kinvara, coincée entre Izzy et la portière de droite. Que se passe-t-il ?

— C'est un détective privé », gronda Chiswell qui avait fait monter Strike sans trop réfléchir aux conséquences de son geste. Il se retourna et le foudroya du regard. « Vous croyez servir mes intérêts en vous faisant arrêter ?

— Ce policier n'était pas en train de m'arrêter, répliqua Strike en se tamponnant le nez du dos de la main. Il voulait prendre ma déposition. Knight s'est jeté sur moi quand je lui ai arraché la pancarte. Merci », dit-il à Robin en aparté, en tirant un mouchoir de la boîte que, en se tortillant, elle avait réussi à attraper sur la plage arrière. « Je l'ai déchirée, elle n'existe plus, ajouta-t-il à travers le mouchoir taché de sang. » Personne ne prit la peine de le féliciter.

« Jasper, insista Kinvara, que se passe… »

— La ferme ! gueula Chiswell sans même la regarder. Je ne peux pas vous laisser descendre maintenant, avec tous ces gens autour, dit-il à Strike qui n'avait pourtant rien demandé. Il y a trop de photographes… Vous venez avec nous à la réception. Je m'en occupe. »

La voiture venait de s'arrêter à un barrage. Des policiers, des agents de sécurité contrôlaient les papiers et les invitations.

« Je ne veux pas entendre un mot, déclara Chiswell. *La ferme* », répéta-t-il à Kinvara qui venait d'ouvrir la bouche.

La Bentley devant eux obtint l'autorisation de passer. La Mercedes s'avança.

Robin serrait les dents, endurant stoïquement la pression du corps de Strike sur sa cuisse et sa hanche gauches. Soudain, entendant un cri derrière la voiture, elle se retourna et vit une jeune femme courir vers eux, poursuivie par une policière. La fille avait des cheveux rouge tomate hirsutes et un T-shirt marqué du logo olympique revu et corrigé.

« Chiswell ! braillait-elle. Il a mis le cheval sur eux. C'est lui qu'a mis ce putain de cheval sur eux. Sale escroc, voleur, assassin… !

— Ce monsieur est invité mais n'a pas reçu son carton, cria Chiswell au policier armé qui gardait la barrière. Cormoran Strike, vous savez, l'unijambiste ! Il était dans les journaux. Il y a eu un cafouillage au service du courrier et son invitation n'est pas partie. Le prince veut faire sa connaissance », ajouta-t-il avec un culot époustouflant.

Strike et Robin ne perdaient rien de la scène qui se jouait derrière la voiture. Deux agents venaient de s'emparer de Flick qui gesticulait vainement. Il y eut encore une dizaine de flashes. Pliant devant l'autorité ministérielle, le policier demanda la carte d'identité de Strike, lequel ne sortait jamais sans ses papiers, même s'ils n'étaient pas tous établis à son nom. Cette fois, il présenta son vrai permis de conduire. La file de véhicules derrière eux commençait à s'allonger. Le prince devait arriver dans une quinzaine de minutes. Le policier finit par les laisser passer.

« Il n'aurait pas dû faire ça, murmura Strike à l'oreille de Robin. M'obliger à monter dans sa voiture, c'est du grand n'importe quoi. »

La Mercedes s'engagea dans la cour d'honneur, décrivit un demi-cercle autour de la pelouse centrale et s'arrêta au pied d'une impressionnante bâtisse couleur miel ressemblant à un château. On y pénétrait par une courte volée de marches garnies d'un tapis rouge de part et d'autre duquel des rampes avaient été aménagées pour les fauteuils roulants. D'ailleurs, un célèbre joueur de base-ball handicapé était justement en train de monter.

Strike ouvrit sa portière, descendit comme il pouvait et se retourna pour aider Robin. Elle prit la main qu'il lui tendait. Sa jambe gauche était complètement engourdie.

« Ça fait plaisir de vous revoir, Corm, fit Izzy tout sourires quand elle émergea à la suite de Robin.

— Salut, Izzy », dit Strike.

Maintenant que Chiswell avait Strike sur les bras, il lui restait à régler la suite de l'affaire. Il gravit rapidement les marches et se présenta à l'un des appariteurs debout à l'entrée. De nouveau, on l'entendit prononcer le mot « unijambiste » tandis que d'autres voitures s'arrêtaient derrière la Mercedes, déversant chacune son chargement d'invités élégamment vêtus.

« C'est quoi cette histoire ? fit Kinvara en contournant le véhicule par l'arrière pour aller parler à Strike. Que se passe-t-il ? Pourquoi mon mari a-t-il besoin d'un détective privé ?

— *Vas-tu te taire enfin, pauvre conne ?* »

Robin fut choquée par la violence de la repartie. Elle voulait bien admettre que Chiswell était stressé et terriblement perturbé mais, à ses yeux, cette franche hostilité trahissait surtout une haine sans mélange.

« Vous deux, dit le ministre en désignant sa femme et sa fille. Vous entrez.

« Quant à vous, donnez-moi une seule bonne raison pour que je continue à travailler avec vous », poursuivit-il en s'adressant à Strike. Plusieurs personnes les dépassèrent sur les marches. « Est-ce que vous réalisez, reprit Chiswell dont la fureur, ne pouvant s'exprimer ouvertement, le faisait postillonner sur la cravate de son interlocuteur, que je viens de me faire traiter d'assassin devant une vingtaine de témoins, dont des journalistes ?

— Ils penseront qu'il s'agit d'une foldingue », répondit Strike.

Sa suggestion ne produisit pas l'apaisement escompté.

« Je veux vous voir demain matin à dix heures, dit Chiswell. Pas dans mon bureau. Venez chez moi, à Ebury Street. » Il se tourna pour partir et, comme si une idée venait de l'effleurer, fit brusquement volte-face. « Et vous aussi », aboya-t-il à Robin.

Les deux détectives le regardèrent pénétrer dans Lancaster House.

« Je crois qu'on va se faire virer, murmura Robin.

— Ouais, ça nous pend au nez », répondit Strike qui souffrait énormément depuis qu'il était descendu de voiture.

« Qu'y avait-il sur cette pancarte, Cormoran ? », demanda Robin.

Strike laissa passer une femme vêtue d'un nuage de mousseline pêche, puis lui souffla à l'oreille :

« Un dessin représentant Chiswell pendu à un gibet au-dessus d'un tas d'enfants morts. Mais il y avait un truc bizarre.

— Quoi donc ?

— Les enfants étaient noirs. »

Tenant toujours le mouchoir sous son nez, Strike chercha son paquet de cigarettes au fond de sa poche, puis se ravisa en se rappelant où ils étaient.

« Écoutez, si la fameuse Elspeth participe effectivement à cette soirée, pourquoi n'iriez-vous pas l'interroger ? Ça nous permettra de justifier la dernière note d'honoraires.

— OK, dit Robin. Au fait, vous saignez derrière la tête. »

Strike essaya vainement de remédier au problème en se servant des mouchoirs qu'il avait stockés dans sa poche. Après quoi, il suivit Robin sur le tapis rouge.

« Il ne faut plus qu'on nous voie ensemble ce soir, lui dit-il en franchissant le seuil sous une débauche de lumières, de dorures et de couleurs éclatantes allant de l'ocre à l'écarlate. Il y a un café sur Ebury Street, pas loin du domicile de Chiswell. Je vous y retrouverai demain à neuf heures avant le peloton d'exécution. Je vous en prie, après vous. »

Il la regarda s'éloigner vers l'escalier monumental et lança :

« Au fait, très jolie robe ! »

33

Qui n'auriez-vous pas ensorcelé – en vous y appliquant ?

HENRIK IBSEN, *Rosmersholm*

LE HALL MAJESTUEUX OCCUPAIT UN ESPACE impressionnant. Son escalier central orné d'un tapis rouge et or donnait d'abord sur un large palier, puis se dédoublait pour atteindre à l'étage des balustrades s'étirant à droite et à gauche. Les murs semblaient revêtus de différentes sortes de marbre, tantôt ocre ou vert pâle, tantôt rose fané. Les sportifs paralympiques étaient orientés vers un ascenseur situé à gauche de l'entrée. Strike, qui n'était guère plus valide qu'eux, choisit de monter par ses propres moyens en s'accrochant à la rampe. Le ciel, qu'on apercevait à travers une gigantesque verrière supportée par des colonnes, éclairait en Technicolor les grands tableaux de l'École vénitienne accrochés aux murs.

S'efforçant d'adopter une démarche naturelle tant il craignait qu'on le prenne pour un ancien athlète paralympique et qu'on l'interroge sur ses exploits passés, Strike se mêla à la foule qui gravissait la volée de droite. Puis il longea le balcon et pénétra dans une petite antichambre dont les fenêtres donnaient sur la cour où étaient stationnées les voitures officielles. Après cette pièce, les invités devaient tourner à gauche et s'engager dans une spacieuse galerie elle-même chargée de tableaux, dont la moquette vert pomme était agrémentée de motifs blancs en forme de médaillons. De hautes fenêtres se dressaient à chaque bout.

« Un rafraîchissement, monsieur ? proposa le serveur posté sur le seuil.

— C'est du champagne ? demanda Strike.

— Du vin pétillant produit en Angleterre, monsieur », répondit l'homme.

Strike se servit sans grand enthousiasme et poursuivit son chemin à travers la foule, dépassant Chiswell et Kinvara qui écoutaient (ou, plutôt, faisaient semblant d'écouter) ce que leur disait un athlète rivé à son fauteuil. Kinvara lui décocha un regard ombrageux mais Strike ne se souciait que d'atteindre le fond de la salle où il espérait trouver soit une chaise, soit une cloison où s'appuyer. Mais il n'y avait pas d'espaces libres entre les tableaux, et comme il ne voyait aucun siège à l'horizon, il fit halte près d'une œuvre monumentale peinte par le Comte d'Orsay, représentant la reine Victoria sur un cheval gris pommelé. Tout en sirotant son vin pétillant, il tenta discrètement d'étancher le sang qui coulait toujours de son nez et de secouer la poussière sur son pantalon.

Des serveurs circulaient d'un groupe à l'autre avec des plateaux chargés de petits-fours. Strike rafla au passage deux minuscules cakes au crabe. En observant la salle autour de lui, il aperçut une deuxième verrière impressionnante, supportée celle-ci par des palmiers dorés.

L'ambiance était joyeuse mais un peu électrique, le prince étant attendu d'une minute à l'autre. Les invités riaient fort, puis se taisaient subitement, en regardant avidement vers les portes. Depuis son poste d'observation, aux pieds de la reine Victoria, Strike repéra une silhouette imposante dans une robe jaune primevère. Della. Elle se tenait face à lui, près d'une cheminée noire rehaussée d'or, une main posée sur le harnais du labrador jaune pâle assis sagement à ses pieds. S'il ne l'avait pas reconnue plus tôt c'était qu'au lieu de ses habituelles lunettes noires, elle avait mis des yeux de verre bleu porcelaine, lesquels lui faisaient un regard curieusement innocent. Posté non loin de son épouse, Geraint avait jeté son dévolu sur une femme mince et effacée qui lançait autour d'elle des regards suppliants, espérant qu'on vienne la sauver.

Un murmure parcourut la salle. Près des portes par lesquelles il était entré, Strike aperçut une chevelure rousse, et autour, des hommes en costume, comme dans un brouillard. La foule se figea, pétrifiée. La tête rousse s'éloigna vers la droite. Strike reprit une gorgée de vin pétillant. Il se demandait laquelle parmi les invitées était la fameuse donatrice ayant des choses à révéler à propos de Geraint Winn, quand son regard tomba sur une grande femme qui se tenait de dos à lui.

Ses longs cheveux bruns étaient vaguement ramenés en chignon et elle portait une robe noire toute simple, voire stricte, qui lui arrivait aux genoux. Elle avait les jambes nues et des bottines à talons aiguilles ouvertes sur le devant. En fait, elle semblait être la seule à ne pas s'être mise sur son trente et un, ce soir. Durant une fraction de seconde, Strike crut à une erreur, puis elle bougea et il vit que c'était elle. Il voulut s'enfuir mais à peine eut-il fait un pas qu'elle se retourna et accrocha son regard.

Elle qui était pâle de nature s'empourpra brusquement. Elle attendait un enfant mais seul son ventre proéminent trahissait son état. Son visage, ses bras, ses jambes étaient toujours aussi fins et délicats. Et malgré sa tenue relativement banale, aucune femme dans la salle ne la surpassait en beauté. Ils restèrent quelques secondes à s'observer sans rien dire, puis elle s'avança vers lui. La rougeur sur ses joues disparut aussi vite qu'elle était venue.

« Corm ?

— Bonsoir Charlotte. »

Si elle songea à l'embrasser, l'expression glaciale de Strike l'en dissuada.

« Mais que fais-tu ici ?

— On m'a invité en tant qu'amputé célèbre. Et toi ? »

Visiblement, elle avait du mal à rassembler ses idées.

« L'une des nièces de Jago est sportive paralympique. Elle... »

Charlotte regarda autour d'elle comme pour repérer la fameuse nièce et prit une gorgée d'eau. Sa main tremblait. Quelques gouttes s'échappèrent. Strike les vit tomber comme de petites perles de verre sur son ventre rebondi.

« ... Eh bien, je ne la vois nulle part, fit-elle avec un rire nerveux. Elle souffre de paralysie cérébrale. C'est une fille remarquable, vraiment, une écuyère hors pair. Comme son père est à Hong-Kong, sa mère m'a proposé de venir. »

Déconcertée par le silence de Strike, elle enchaîna rapidement :

« La famille de Jago aime bien que je sorte, que je m'occupe, mais ma belle-sœur est en colère parce que j'ai mélangé les dates. Ce soir, je croyais avoir rendez-vous au Shard pour dîner. Et je pensais que cette réception était vendredi, c'est-à-dire demain. Sinon, j'aurais choisi une tenue plus princière. Mais j'étais déjà en retard, je n'avais plus le temps de me changer. »

D'un geste navré, Charlotte montra sa petite robe noire et ses bottines à talons hauts.

« Jago n'est pas là ? », dit Strike.

Ses yeux verts mouchetés d'or clignèrent légèrement.

« Non, il est aux États-Unis. » Elle fixa son regard sur la lèvre supérieure de Strike.

« Tu t'es battu ?

— Non », dit-il en recommençant à se tamponner les narines avec le dos de la main. Il se remit d'aplomb sur sa prothèse, prêt à s'en aller. « Eh bien, c'était sympa de…

— Corm, ne t'en va pas », dit-elle en tendant la main. Elle s'arrêta avant que ses doigts touchent la manche de Strike. Son bras retomba. « Non, pas déjà. Je… tu as fait des choses tellement incroyables. J'ai tout suivi dans la presse. »

La dernière fois qu'ils s'étaient vus, Strike saignait pareillement. Elle lui avait jeté un cendrier à la figure. Il se souvenait du texto qu'elle lui avait adressé – « C'était le nôtre » – la veille de son mariage avec Ross. Par « le nôtre » elle avait voulu parler d'un enfant dont elle se disait enceinte et qui aurait disparu avant que Strike ait preuve de son existence. Il se rappelait aussi l'autoportrait qu'il avait reçu sur sa messagerie, quelques minutes après qu'elle eut dit « oui » à Jago Ross, et qui montrait son beau visage de victime sacrificielle.

« Félicitations, dit-il en veillant à la regarder droit dans les yeux.

— Je suis énorme. C'est parce que j'attends des jumeaux. »

Elle ne se toucha pas le ventre, comme Strike avait vu d'autres femmes enceintes le faire quand elles parlaient de leur futur bébé. En revanche, elle baissa la tête, comme surprise d'avoir pris autant de volume. À l'époque où ils sortaient ensemble, elle ne voulait pas d'enfant. Lui non plus d'ailleurs. C'était une chose qu'ils avaient en commun. L'annonce de ce prétendu bébé conçu avec Strike avait donc été une mauvaise surprise pour l'un comme pour l'autre.

Strike se prit à imaginer la progéniture de Jago Ross lovée sous la couche de tissu noir comme des créatures à peine humaines, dignes rejetons d'un homme qui ressemblait à un renard arctique débauché. Strike était content qu'ils existent, si tant est qu'on puisse être à la fois content et triste. Disons plutôt qu'il les considérait comme un obstacle salvateur. Car, plus les minutes passaient, plus il se rendait compte que le pouvoir de séduction de Charlotte opérait toujours sur lui, même après les centaines de disputes, d'esclandres et de trahisons qui avaient émaillé leur relation. Comme autrefois, ses yeux verts mouchetés d'or lisaient en lui comme dans un livre ouvert.

« C'est pour bientôt. À l'échographie, ils ont vu qu'il y avait un garçon et une fille. Jago est ravi d'avoir un fils. Tu es venu accompagné ?

— Non. » En disant cela, il vit briller un point vert derrière l'épaule de Charlotte. Robin parlait avec animation à la femme effacée vêtue de brocart pourpre qui avait fini par échapper à l'emprise de Geraint.

« Jolie », dit Charlotte qui s'était retournée discrètement pour voir qui le captivait ainsi. Elle n'avait pas perdu sa capacité surnaturelle à détecter le moindre signe d'intérêt envers les autres femmes. « Non, attends, articula-t-elle, ce ne serait pas cette fille qui travaille avec toi ? Elle était dans tous les journaux – comment s'appelle-t-elle, Rob… ?

— Non, ce n'est pas elle. »

Il n'était guère surpris que Charlotte connaisse le prénom de Robin, ni qu'elle l'ait identifiée malgré ses lentilles de contact colorées. Elle avait dû prendre ses renseignements.

« Tu as toujours aimé les femmes à la peau laiteuse, n'est-ce pas ? dit Charlotte, faussement enjouée. Cette petite Américaine que tu fréquentais après notre pseudo-rupture en Allemagne avait le même genre de… »

Quelqu'un près d'eux poussa une exclamation étouffée.

« Oh mon Dieu, Charlie ! »

Izzy Chiswell leur fonça dessus, radieuse. Son visage rosé jurait avec l'orange vif de sa robe. Elle n'en était pas à son premier verre de vin, soupçonna Strike.

« Salut, Izz », dit Charlotte en se composant un sourire. Visiblement, elle avait du mal à reprendre pied dans la réalité, comme si les vieilles querelles et blessures ayant tué leur relation à petit feu étaient encore bien présentes dans sa tête.

Strike essaya encore de s'en aller mais soudain la foule s'entrouvrit et le prince Harry apparut en chair et en os quelques mètres devant eux. Calculant que bouger maintenant attirerait sur lui une bonne centaine de regards, Strike tendit le bras et fit sursauter un serveur en lui chipant un verre au passage. Charlotte et Izzy attendirent quelques secondes puis, voyant le prince s'éloigner, se tournèrent l'une vers l'autre.

« Impressionnant ! fit Izzy en admirant le ventre de Charlotte. Tu as passé une écho ? Tu sais ce que c'est ?

— Des jumeaux », marmonna Charlotte. Elle désigna Strike. « Tu te souviens de… ?

— Corm, oui, bien sûr. Il est venu avec nous ! », répliqua joyeusement Izzy sans s'apercevoir de sa gaffe.

Le regard de Charlotte passa de son ancienne camarade de lycée à son ex. Strike la sentait en alerte, impatiente d'en savoir davantage. Elle se déplaça imperceptiblement, comme pour inclure Izzy dans la conversation. Mais en réalité, elle venait de s'arranger pour que Strike ne puisse s'échapper sans demander à l'une ou à l'autre de bien vouloir s'écarter. « Oh, mais bien sûr, j'y suis, s'exclama-t-elle. Tu as enquêté sur la mort au champ d'honneur de Freddie, n'est-ce pas ? Tu m'en as parlé un jour, je m'en souviens. Pauvre Freddie. »

Izzy accueillit l'hommage rendu à son frère défunt en penchant son verre. Puis elle se remit à observer le prince Harry par-dessus l'épaule de son amie.

« Il est chaque jour plus sexy, tu ne trouves pas ? murmura-t-elle.

— Oui, mais il a le pubis carotte, ma chérie », lâcha platement Charlotte.

Strike sourit malgré lui. Izzy hurla de rire.

« À propos, poursuivit Charlotte (qui ne riait jamais à ses propres plaisanteries), ce n'est pas Kinvara Hanratty que je vois là-bas ?

— Mon horrible belle-mère ? répondit Izzy. Eh oui. Tu la connais ?

— Ma sœur lui a vendu un cheval. »

Durant les seize années qu'avait duré leur relation intermittente, Strike avait assisté sans y prendre part à maintes conversations de ce type. Dans le milieu social où baignait Charlotte, tout le monde savait qui était qui. Deux personnes pouvaient ne s'être jamais rencontrées mais se connaître quand même, par l'intermédiaire d'un frère, d'une sœur, d'un cousin, d'un ami ou d'un camarade d'université, ou bien encore parce que leurs parents respectifs étaient liés. Cette microsociété formait une tribu étroitement soudée, refermée sur elle-même et défendant farouchement son territoire. Il était rare que ses membres aillent chercher l'amitié ou l'amour à l'extérieur. Charlotte avait fait exception à la règle en choisissant un homme aussi inclassable que Strike dont l'aspect peu raffiné et le statut social inférieur avaient suscité maints débats et critiques horrifiées de la part de son entourage.

« Eh bien, j'espère qu'Amelia n'aimait pas ce cheval, répondit Izzy, parce que Kinvara va l'abîmer. Elle ne sait pas tenir les brides et je ne te parle pas de son assiette. Ce qui ne l'empêche pas de se prendre pour une écuyère accomplie. Vous montez, Cormoran ? demanda Izzy.

— Non.

— Il se méfie des chevaux », dit Charlotte en le regardant.

Strike ne répondit pas. Il n'avait aucune envie d'exhumer leurs vieilles blagues et encore moins leurs souvenirs partagés.

« Kinvara est blême, regarde-la, reprit Izzy avec une pointe de satisfaction. Papa vient d'insinuer, assez lourdement je l'avoue, qu'il souhaiterait que mon frère Raff me remplace à la Chambre. Personnellement, je trouve ça *fabuleux*. Je n'osais même pas l'espérer. Papa a trop tendance à se laisser influencer par elle, en ce qui concerne Raff. Mais depuis quelques jours, je trouve qu'il reprend l'initiative.

— Je crois que j'ai croisé Raphael, dernièrement, dit Charlotte. Il ne travaillait pas dans la galerie d'art d'Henri Drummond il y a deux mois ? »

Strike regarda sa montre et refit un tour d'horizon. Le prince était maintenant à l'autre bout de la salle et Robin avait disparu. Peut-être avait-elle suivi la donatrice dans les toilettes pour lui tirer les vers du nez.

« Oh seigneur, gémit Izzy. Regardez qui s'amène. Geraint alias le Boulet. Bonsoir, Geraint ! »

Winn avait mis le cap sur eux parce qu'il avait repéré Charlotte.

« Bonsoir, bonsoir, chantonna-t-il en la lorgnant derrière ses lunettes sales, un sourire vicieux sur sa bouche sans lèvres. Je discutais avec votre nièce et elle m'a dit où vous étiez. Notre œuvre de charité est très engagée derrière l'équipe d'équitation. Geraint Winn, dit-il en tendant la main, The Level Playing Field.

— Oh, fit Charlotte. Bonsoir. »

Pendant des années, Strike avait observé sa tactique pour décourager les dragueurs. Elle lui tendit une main molle puis le considéra d'un air vague comme si elle avait déjà oublié qui il était.

Le portable de Strike vibra dans sa poche. Il le sortit et vit s'afficher un numéro inconnu. Bonne excuse pour s'éclipser.

« Il faut que j'y aille, désolé. Excusez-moi, Izzy.

— Oh, quel dommage, dit Izzy en faisant la moue. J'avais des tas de questions à vous poser sur l'Éventreur de Shacklewell ! »

Strike vit Geraint écarquiller les yeux. Maudissant intérieurement l'indiscrétion d'Izzy, il lança « Bonne soirée » et ajouta « Salut » à l'intention de Charlotte.

Il s'éloigna le plus vite possible mais, hélas, quand il voulut prendre l'appel, son correspondant avait raccroché.

« Corm. »

Quelqu'un venait de lui toucher le bras. Il se retourna. Charlotte l'avait suivi.

« Je m'en vais, moi aussi.

— Et ta nièce ?

— Elle a vu Harry, c'est tout ce qui compte pour elle. En fait, elle ne m'aime pas beaucoup. Personne ne m'aime dans cette famille. Qu'est-il arrivé à ton portable ?

— Je suis tombé dessus. »

Il repartit d'un bon pas. Comme Charlotte avait de grandes jambes, elle put rester à sa hauteur malgré son état.

« Je ne crois pas que nous allions dans la même direction, Charlotte.

— À moins que tu ne connaisses une sortie secrète, on a au moins deux cents mètres à faire ensemble. »

Au lieu de répondre, il continua de marcher droit devant lui en claudiquant. Un point vert apparut sur sa gauche. Comme ils arrivaient en haut du grand escalier, Charlotte lui prit délicatement le bras. Elle vacillait sur ses hauts talons. Strike fut tenté de se dégager. Il s'en abstint.

301

Son portable se remit à sonner. Le même numéro inconnu. Charlotte s'arrêta en même temps que lui et le regarda prendre l'appel.

Dès qu'il leva l'appareil, un cri déchirant retentit contre son oreille.

« Ils vont me tuer, monsieur Strike, aidez-moi, aidez-moi, je vous en prie, aidez-moi... »

34

Je n'aurais jamais imaginé... Non, qui aurait bien pu l'imaginer ?

HENRIK IBSEN, *Rosmersholm*

Q UAND ROBIN ARRIVA LE LENDEMAIN MATIN devant le café où ils avaient rendez-vous, près du domicile de Chiswell, le ciel légèrement voilé promettait une autre belle journée d'été. Toutefois, la température était encore très supportable. Robin aurait pu choisir de s'asseoir à l'extérieur, à l'une des tables de bistrot alignées sur le trottoir, mais elle préféra se réfugier au fond de la salle et attendre Strike en serrant sa tasse de café au lait entre ses deux mains et contemplant son visage pâle et ses yeux bouffis dans le reflet du percolateur.

Robin pressentait que Strike serait en retard. Elle était d'une humeur étrange, à la fois impatiente et lasse. Il aurait mieux valu qu'elle ne reste pas seule avec ses pensées, et pourtant, elle était là, sur cette banquette, avec pour unique compagnie le sifflement de la machine à café. Elle frissonnait malgré la veste qu'elle avait enfilée au dernier moment avant de sortir. Et elle redoutait de devoir affronter Chiswell, lequel rechignerait sans doute à payer ce qu'il leur devait, après le fiasco de la veille au soir, quand Strike s'était battu avec Jimmy Knight.

Mais une autre chose la tarabustait. Ce matin-là, elle avait émergé d'un rêve confus, habité par l'ombre menaçante de Charlotte Ross dans sa robe noire et ses bottines à talons aiguilles. À Lancaster House, Robin l'avait reconnue dès que ses yeux s'étaient posés sur elle. Et elle avait eu beau s'interdire de les regarder discuter tous les deux, sa curiosité l'avait emporté, à sa grande honte. Tandis qu'elle passait d'un groupe à l'autre, s'immisçant audacieusement au milieu des conversations pour tenter de démasquer l'insaisissable Elspeth Curtis-Lacey, Robin n'avait cessé de les épier. Et quand ils avaient quitté la soirée ensemble, son estomac s'était littéralement décroché et avait bondi dans sa gorge, comme lors d'une chute d'ascenseur.

Elle était rentrée chez elle comme une zombie, perdue dans ses pensées. Alors, quand Matthew était sorti de la cuisine avec un sandwich, elle s'était sentie un peu coupable. Visiblement, il venait juste d'arriver. Il avait jeté sur sa robe verte le même genre de regard que Kinvara, au début de la soirée. Elle avait voulu monter se coucher mais il lui avait bloqué le passage.

« Robin. Je t'en prie. Il faut qu'on parle. »

Ils étaient donc passés dans le salon et ils avaient parlé. Pour s'épargner une énième dispute, elle avait fait profil bas, s'excusant d'avoir raté le match de cricket qui lui tenait tellement à cœur, d'avoir oublié son alliance à la maison le matin de leur week-end d'anniversaire. Matthew lui avait demandé pardon pour toutes les méchantes choses qu'il lui avait dites le dimanche précédent, notamment celles qui concernaient ses réussites personnelles.

Robin avait eu l'impression de déplacer des pièces sur un échiquier instable, soumis aux premières secousses d'un tremblement de terre. *C'est trop tard, Matthew. Tu ne comprends donc pas que tout cela n'a plus d'importance ?*

À la fin, Matthew avait demandé : « C'est bon, alors, on passe l'éponge ? »

Et elle avait répondu : « Oui, d'accord. On passe l'éponge. »

Il s'était levé et lui avait tendu la main pour l'inviter à en faire autant. Elle avait collé un sourire sur ses lèvres. Puis il l'avait embrassée, langoureusement, en tirant sur sa robe verte, si fort qu'elle avait entendu le tissu se déchirer près de la fermeture Éclair. Et quand elle avait voulu protester, il l'avait fait taire en tenant sa bouche plaquée sur la sienne.

Elle savait qu'elle pouvait l'arrêter, qu'il n'attendait que cela, qu'il testait ses réactions d'une manière odieuse, sournoise. Elle savait aussi qu'il nierait avoir eu de mauvaises intentions, qu'il se ferait passer pour la victime. Elle le détestait d'agir ainsi. Au fond d'elle-même, elle regrettait de n'être pas comme ces femmes qui parviennent à ravaler leur dégoût, à faire abstraction de leurs sentiments. Mais Robin s'était battue si longtemps et avec un tel acharnement pour reprendre possession de son corps qu'elle refusait désormais de le soumettre à un quelconque marchandage.

« Non, dit-elle en le repoussant. Je ne veux pas. »

Comme elle s'y attendait, Matthew la lâcha aussitôt. En voyant son expression de triomphe rageur, elle comprit qu'il ne s'était pas laissé abuser, l'autre nuit à l'hôtel, quand ils avaient fait l'amour, et paradoxalement, elle ressentit envers lui un élan de tendresse.

« Désolée, dit-elle. Je suis fatiguée.

— Ouais. Moi aussi. »

Lorsque Matthew s'éclipsa, la laissant plantée au milieu du salon, un frisson rampa le long de son dos, suivant la déchirure de sa robe verte.

Mais qu'est-ce que fichait Strike ? Il était déjà 9 h 05 et elle se sentait terriblement seule. Elle aurait bien voulu savoir ce qu'il s'était passé entre Charlotte et lui après la réception. En fait, elle cherchait surtout à s'occuper l'esprit. Et n'importe quoi valait mieux que de penser à Matthew.

Comme s'il avait suffi de songer à lui pour qu'il se manifeste, Robin reçut un appel de Strike deux secondes plus tard.

« Désolé, dit-il à peine eut-elle décroché. Un paquet suspect à Green Park. Le métro est à l'arrêt depuis vingt minutes et je viens juste de récupérer du réseau. Je vais faire aussi vite que je peux mais si je n'arrive pas à temps, commencez sans moi.

« Oh mon Dieu, gémit Robin en fermant ses yeux las.

— Désolé, répéta Strike. Je vous rejoins. Au fait, j'ai quelque chose à vous dire. Un truc bizarre est arrivé la nuit dernière – ouais, le métro repart. À tout de suite. »

Il raccrocha et Robin se retrouva de nouveau face à elle-même, confrontée à la perspective peu enviable de devoir assumer seule les reproches de Jasper Chiswell. À cela s'ajoutait le malaise, fait de tristesse et d'appréhension, qui lui collait à la peau depuis la veille sans qu'elle puisse lui donner une forme précise. Elle savait juste qu'il était lié à cette élégante femme brune qui avait sur elle l'avantage d'avoir passé seize ans avec Cormoran Strike. *Un simple enfantillage donc*, se ravisa-t-elle aussitôt. *Pour l'amour du ciel, n'avait-elle pas suffisamment de problèmes dans son couple sans devoir en plus se mêler de la vie amoureuse de Strike, qui d'ailleurs ne la concernait en rien...*

Un picotement sur ses lèvres la renvoya au baiser que Strike lui avait donné par mégarde devant l'hôpital. Comme pour effacer cette sensation, elle but les dernières gouttes de café, puis se leva et sortit dans la rue bordée de maisons XIXe, toutes identiques et bien alignées.

Elle marchait rapidement, non parce qu'elle avait hâte d'essuyer les foudres de leur client mais pour mieux dissiper son malaise.

Arrivée à destination, voyant qu'il était dix heures précises, Robin s'accorda quelques secondes de battement sur le trottoir, près de la porte noire laquée, juste au cas où Strike apparaîtrait au bout de la rue. Ne le voyant toujours pas venir, elle respira à fond, gravit les trois marches blanches du perron, et frappa. La porte était entrebâillée. Elle crut entendre une voix crier : « Entrez. »

Robin pénétra dans un petit vestibule délabré, dominé par un escalier vertigineux. Le papier peint vert olive se décollait par endroits. Elle laissa la porte comme elle l'avait trouvée, et appela :

« Monsieur le ministre ? »

Personne ne répondit. Robin fit un pas vers la droite, frappa à une autre porte et ouvrit.

Le temps se figea. L'espace devant ses yeux parut se replier sur lui-même, se précipiter vers elle et s'introduire dans son cerveau par la rétine. Paralysée de stupeur, la main toujours posée sur la poignée, Robin ne parvenait pas à décrypter la vision de la scène.

Un homme était assis dans un fauteuil Queen Anne, jambes écartées, bras ballants. À la place de sa tête, il y avait un genre de gros navet luisant, avec une bouche béante, mais pas d'yeux.

Puis, au bout d'un moment, Robin réalisa que ce n'était pas un navet mais bien une tête humaine enfermée dans un sac en plastique transparent relié par un tube à une bonbonne. L'homme avait dû mourir asphyxié. Son pied gauche était tordu de biais et l'on voyait un petit trou dans la semelle de sa chaussure ; ses mains aux doigts épais touchaient presque le tapis ; son pantalon portait une tache d'urine à l'entrejambe.

306

L'instant d'après, le déclic se produisit. L'homme assis n'était autre que Chiswell et son épaisse tignasse grise avait été plaquée sur son visage par le même phénomène d'aspiration qui maintenait sa bouche ouverte sous le film plastique, créant cette impression de gouffre obscur.

35

Les chevaux blancs ! En plein jour !

HENRIK IBSEN, Rosmersholm

DEHORS, DANS LA RUE, UN HOMME CRIA. Un ouvrier sans doute, songea Robin. Puis quelque chose en elle lui dit qu'elle avait déjà entendu cette voix, tout à l'heure, quand elle attendait qu'on lui dise d'entrer. Sauf que personne n'était venu l'accueillir et qu'elle s'était faufilée par la porte entrouverte.

Curieusement, elle ne ressentait aucune panique. Pourquoi aurait-elle eu peur ? Certes, ce pantin inerte affublé d'une tête de navet prolongée par un tube était affreux à regarder mais il ne présentait pas de danger. Sachant qu'elle devait à présent vérifier qu'il était bien mort, Robin s'approcha de Chiswell et lui toucha l'épaule en se félicitant que ses cheveux drus, rabattus vers l'avant comme la frange d'un cheval, cachent ses yeux. Sous la chemise rayée, la chair du cadavre était plus ferme et plus froide qu'elle ne s'y attendait.

Puis elle s'imagina que des paroles sortaient de sa bouche béante, et elle recula de frayeur. Ce faisant, elle posa le pied sur un objet dur qui produisit un craquement. Elle venait d'écraser un petit tube en plastique bleu clair comme ceux qu'on achète en pharmacie et qui contiennent des granules homéopathiques.

Robin sortit son portable, composa le 999 et demanda la police. Après l'avoir informée de sa macabre découverte, elle donna l'adresse et s'entendit répondre qu'un agent serait là dans peu de temps.

En évitant de trop regarder Chiswell, elle entreprit d'examiner la pièce autour d'elle. Des rideaux usés, couleur poussière, garnis de petits pompons tristes ; un vieux poste de télévision dans son coffrage en faux bois ; un papier peint décoloré avec une tache plus sombre au-dessus de la cheminée, à la place d'un tableau qui avait été retiré ; des photos dans des cadres argentés. Un environnement terriblement banal que la tête enveloppée de plastique, le tuyau en caoutchouc et la lueur métallique de la bonbonne semblaient transformer en un décor de théâtre. Mis à part que tout était vrai.

Robin régla son portable et se mit à prendre des photos. Regarder la scène à travers un objectif eut pour effet d'en atténuer l'horreur. Elle procéda lentement, méthodiquement, de manière à n'omettre aucun détail.

Devant le cadavre, sur une petite table, étaient posés un verre avec un fond de jus d'orange apparemment, des livres, des papiers éparpillés et une épaisse feuille de papier à lettres blanc cassé dont l'en-tête figurait une rose Tudor, rouge comme une goutte de sang, à côté de l'adresse de Chiswell. On y avait tracé quelques lignes à la main dans une écriture ronde et enfantine.

Ce soir la coupe a débordé. Tu me prends vraiment pour une idiote ? Mettre cette fille dans ton bureau, juste sous mon nez ! Elle est plus jeune que tes propres filles. Tu ne vois pas à quel point tu es ridicule ? Tu ne vois pas que tout le monde se moque de toi ?
Maintenant, ça suffit. Donne-toi en spectacle si ça t'amuse. Moi, je n'en ai plus rien à faire.
Je retourne à Woolstone. Dès que j'aurai pris mes dispositions pour les chevaux, je disparaîtrai pour de bon. Tes ignobles rejetons seront ravis, j'imagine. Et toi, Jasper, le seras-tu ? J'en doute, mais il est trop tard.

K

Robin se pencha pour photographier la lettre. Au même instant, la porte se referma bruyamment. Elle étouffa un cri de surprise et fit volte-face. Strike se tenait à l'entrée du salon, massif, le menton noir de barbe, dans le même costume que la veille. Il regardait fixement la forme inerte affalée dans le fauteuil.

« La police va arriver, dit Robin. Je viens de les appeler. »
Strike s'engagea prudemment dans la pièce.

« Nom de Dieu. »

Il remarqua le tube de granules écrasé sur le tapis, posa le pied à côté et fit encore deux pas pour examiner le tuyau et le visage enveloppé de plastique.

« Raff trouvait qu'il se comportait bizarrement ces derniers temps, dit Robin, mais je doute qu'il imaginait... »

Strike observait en silence.

« C'était là hier soir ? demanda-t-il soudain.

— Quoi ?

— Ça », dit Strike en pointant le doigt.

Une marque semi-circulaire apparaissait au dos de la main de Chiswell, rouge sombre sur la peau livide.

— Je ne sais plus », dit Robin.

Elle était toujours sous le choc et avait le plus grand mal à trier ses idées. Plusieurs scènes récentes s'entrechoquaient dans sa tête : Chiswell apostrophant le policier par la vitre de la voiture, lui ordonnant de laisser passer Strike ; Chiswell traitant Kinvara de pauvre conne ; Chiswell leur donnant rendez-vous ici même le lendemain matin. Normalement, elle aurait dû se souvenir de ses mains.

« Hum, fit Strike en voyant le portable de Robin. Vous avez tout photographié ? »

Elle hocha la tête.

« Vraiment tout ? insista-t-il en montrant d'un geste large l'ensemble des objets posés sur la table. Et ça ? » Il désigna le tube de granules écrasé sur le tapis.

« C'est ma faute. J'ai marché dessus.

— Comment êtes-vous entrée ?

— La porte était entrouverte. J'ai pensé qu'il l'avait laissée comme ça pour nous. Un ouvrier a poussé un cri dans la rue et j'ai cru que c'était Chiswell qui me disait d'entrer. Je m'attendais...

— Ne bougez pas », dit Strike.

Il sortit de la pièce. Robin l'entendit grimper l'escalier puis marcher à l'étage. Elle savait intuitivement qu'il ne trouverait personne. Cette maison lui semblait si vide, si morne. Irréelle comme un décor en carton-pâte. Comme prévu, Strike revint bredouille moins de cinq minutes plus tard.

« Personne. »

Il passa près d'elle et sortit du salon par une autre porte. En entendant ses pas résonner sur le carrelage, Robin comprit que la pièce voisine était une cuisine.

« Rien de rien, dit Strike en réapparaissant.

— Vous parliez d'un truc bizarre qui se serait passé hier soir. »

Robin avait subitement éprouvé le besoin de changer de sujet, pour oublier un peu la présence de ce cadavre grotesque qui semblait prendre toute la place.

« Oui. Billy m'a appelé en disant qu'on essayait de le tuer – qu'on le pourchassait. Il a précisé qu'il se trouvait dans une cabine téléphonique sur Trafalgar Square. J'y suis allé mais il n'y était pas.

— Oh », fit Robin.

Donc, Strike n'avait pas passé la soirée avec Charlotte. En dépit des circonstances dramatiques, Robin nota le fait et s'en réjouit.

« Qu'est-ce que c'est ? », murmura Strike en projetant son regard derrière elle.

Une épée tordue reposait à la verticale dans un coin de mur sombre, au fond de la pièce. Sa lame avait-elle été faussée délibérément ou par accident ? Impossible à dire pour l'instant. Strike contourna le corps pour aller examiner l'objet. Au même instant, ils entendirent une voiture de police s'arrêter devant la maison.

« On leur raconte tout, c'est entendu ? dit Strike.

— Oui.

— Sauf pour les micros. Merde, ils vont les trouver dans votre bureau...

— Non, dit Robin. Je les ai rapatriés chez moi hier, au cas où j'aurais eu besoin d'évacuer rapidement les lieux à cause du *Sun*. »

Strike n'eut pas le temps de la féliciter pour sa belle initiative, des coups puissants retentissaient contre la porte d'entrée.

« Ce fut court mais agréable, grinça Strike en allant ouvrir. Je commençais à m'habituer à ne plus faire la une des journaux. »

DEUXIÈME PARTIE

36

Ce qui s'est passé, on peut le taire – ou du moins l'interpréter comme un égarement passager...

HENRIK IBSEN, *Rosmersholm*

LEUR CLIENT ÉTAIT MORT, mais l'affaire Chiswell n'était pas close pour autant.

Pendant que les services de police accomplissaient les habituelles procédures *post mortem*, Strike et Robin furent conduits dans les locaux de Scotland Yard où on les interrogea séparément. Strike savait qu'au même moment, une tornade d'une rare puissance était en train de balayer les salles de rédaction des journaux londoniens. Et de fait, quand la police les libéra, six heures plus tard, la vie privée de Chiswell était déballée jusque dans ses détails les moins reluisants aussi bien à la télé qu'à la radio. En consultant leur portable, ils tombèrent sur les brèves diffusées par les sites d'informations. Un fatras de théories plus baroques les unes que les autres encombrait les blogs et les réseaux sociaux. Des centaines de caricatures montraient Chiswell tombant sous les coups d'une série d'ennemis hautement fantaisistes. Dans le taxi qui le ramenait à Denmark Street, Strike lut comment Chiswell, capitaliste corrompu, avait été liquidé par la mafia russe pour n'avoir pas payé les intérêts de quelque obscure transaction. Il apprit également que Chiswell, grand défenseur des valeurs nationales, avait été assassiné par un commando islamiste qui voulait le punir d'avoir combattu la montée de la charia.

Strike ne regagna son deux pièces sous les toits que pour prendre quelques affaires et partir s'installer dans la maison de ses vieux amis Nick et Ilsa, respectivement gastro-entérologue et avocate. Cédant à l'insistance de Strike, Robin avait sauté dans un taxi pour rentrer chez elle sur Albury Street où Matthew l'avait accueillie en la serrant dans ses bras, une étreinte faussement consolatrice qui ne valait guère mieux qu'une engueulade.

Quand il apprit que son épouse devait se rendre à une deuxième convocation le lendemain dans les bureaux de Scotland Yard pour subir un interrogatoire plus poussé, le vernis craqua pour de bon.

« C'était à prévoir !

— Ah bon ? Tu serais donc le seul à n'avoir pas été surpris ? répliqua Robin qui venait d'ignorer le quatrième appel de sa mère depuis le début de la matinée.

— Je ne parle pas du suicide de Chiswell…

— … ça se prononce "Chizzle"…

— … je veux dire, je me doutais bien que tu aurais des ennuis à force de traîner dans les locaux du Parlement !

— Ne t'inquiète pas, Matt. Je préciserai à la police que tu étais contre. Je ne voudrais pas que ta carrière en pâtisse. »

D'après elle, son deuxième interrogateur, un homme au costume anthracite et à la voix douce, n'était pas un policier. Robin le trouva plus intimidant que les flics de la veille, même si ces derniers avaient pris un malin plaisir à la cuisiner. Robin lui rapporta tout ce qu'elle avait vu et entendu à la Chambre des Communes, hormis l'étrange conversation entre Della Winn et Aamir Mallik, enregistrée avec le deuxième micro. La scène s'étant déroulée derrière une porte fermée et en dehors des heures de travail, Robin n'aurait pu la surprendre sans faire usage d'un instrument de surveillance. Pour soulager sa conscience, elle tenta de se persuader que cet échange n'avait rien à voir avec la mort de Chiswell. Mais en sortant de l'immeuble de Scotland Yard, elle dut quand même s'avouer qu'elle n'en menait pas large. Elle était même si bouleversée qu'au lieu d'utiliser son portable, elle appela Strike depuis une cabine près du métro en se disant qu'elle devenait parano.

« J'ai subi un deuxième interrogatoire. Je suis quasiment sûre que c'était le MI-5.

— Ça devait arriver, dit Strike dont le ton placide lui apporta quelque réconfort. C'est normal qu'ils se renseignent sur vous. Ils doivent s'assurer que vous êtes bien celle que vous prétendez être.

Avez-vous un endroit où aller en dehors de chez vous ? Je ne crois pas que la presse soit déjà à nos trousses mais ça ne va pas tarder.

— Je pourrais retourner à Masham, mais ça ne les empêchera pas de me retrouver. C'est là qu'ils sont allés après l'affaire de l'Éventreur. »

Contrairement à Strike, elle ne connaissait aucune personne de confiance vivant dans un endroit discret. Tous les gens qu'elle fréquentait étaient des amis de Matthew et, comme ce dernier, ils auraient refusé de l'héberger, sachant qu'elle était dans le collimateur des services de sécurité. Faute d'une meilleure solution, elle rentra donc chez elle, sur Albury Street.

La presse ne vint pas l'importuner. Pourtant, les journaux semblaient presque tout savoir sur le défunt ministre de la Culture. Le *Mail* avait publié une double page sur les divers scandales ayant émaillé sa carrière. « Autrefois considéré comme un futur Premier Ministre », « sa liaison avec la séduisante journaliste italienne, Ornella Serafin, avait brisé son premier mariage », « la voluptueuse Kinvara Hanratty, de trente ans sa cadette », « le lieutenant Freddie Chiswell, son fils aîné, mort en Irak durant le conflit que son père avait résolument soutenu », « le plus jeune de ses enfants, Raphael, dont la virée en voiture sous l'empire de la drogue s'est soldée par la mort d'une jeune maman ».

Les journaux plus sérieux publiaient les hommages de ses amis, de ses collègues : « Un esprit brillant, un ministre très compétent, il avait fait partie de la jeune garde de Thatcher », « quelque tumultueuse qu'ait été sa vie privée, il n'était d'obstacle qu'il ne pouvait franchir », « l'homme public était virulent, voire corrosif, mais le Jasper Chiswell que j'ai connu à Harrow était un garçon subtil et intelligent ».

Après cinq jours de couverture médiatique, le monde ignorait toujours l'implication de Robin et de Strike. Et le mot chantage n'avait pas été prononcé une seule fois.

Le vendredi suivant la découverte du corps de Chiswell, Strike assis au calme dans la cuisine de Nick et Ilsa profitait du soleil matinal qui entrait par la fenêtre derrière lui.

Ses amis étaient au travail. Ayant essayé d'avoir un enfant pendant des années, Nick et Ilsa avaient fini par adopter deux chatons que Nick avait tenu à appeler Ossie et Ricky, comme les joueurs des Spurs qu'il avait adulés dans sa jeunesse. Les petites bêtes, qui n'avaient consenti que récemment à grimper sur les genoux de leurs maîtres, n'appréciaient guère l'intrusion sur leur territoire de cet humain volumineux nommé Strike. Ce matin-là, voyant qu'ils étaient seuls avec le monstre, les chatons avaient trouvé refuge sur un placard de la cuisine. Strike sentait leurs deux paires d'yeux vert pâle posées sur lui, suivant d'en haut ses moindres déplacements.

Non pas qu'il se déplaçât beaucoup, en ce moment. Au cours de la dernière demi-heure, il n'avait quasiment pas bougé, trop occupé à examiner les photos que Robin avait prises dans la maison d'Ebury Street et qu'il venait d'imprimer dans le bureau de Nick, pour plus de commodité. Soudain, causant à Ricky une grande frayeur, Strike mit de côté neuf clichés puis rassembla le reste en une liasse bien carrée. Le poil encore hérissé, le chaton sauta de son perchoir en tortillant le bout de sa queue noire, et attendit la suite des événements.

La première photo sélectionnée était un gros plan de la main gauche de Chiswell. On y voyait nettement la plaie en demi-cercle.

La deuxième et la troisième image montraient sous deux angles différents le verre posé sur la table basse. Les parois transparentes étaient maculées d'un résidu poudreux, au-dessus des quelques gouttes de jus d'orange qui stagnaient au fond.

Les quatrième, cinquième et sixième photos étalées devant Strike représentaient le cadavre de Chiswell, vu sous trois côtés. Robin l'avait photographié de manière à ce qu'on voie la pièce autour de lui. Strike identifia l'épée tordue, à peine visible en arrière-plan, le rectangle sombre au-dessus de la cheminée, à la place du tableau qui avait été enlevé, et vingt centimètres plus bas, deux crochets en cuivre espacés d'environ un mètre.

Les septième et huitième photos, une fois placées côte à côte, restituaient la totalité de la table basse. La lettre d'adieu de Kinvara recouvrait un certain nombre de papiers et de livres. Un courrier dépassait, signé « Brenda Bailey ». Les livres étaient en grande partie cachés. On voyait juste la partie inférieure d'un ouvrage de poche Penguin et, sur la couverture toilée d'une édition ancienne, un bout de titre – « CATUL ». Sous la table, un coin du tapis semblait avoir été retourné.

La neuvième et dernière image, un gros plan que Strike avait obtenu par agrandissement, montrait une poche de pantalon qui bâillait, et à l'intérieur un objet que le flash faisait scintiller. Il tentait de l'identifier quand son portable sonna. C'était son amie et hôtesse, Ilsa.

« Salut », dit-il en se levant. Il saisit le paquet de Benson & Hedges et le briquet posés sur le comptoir derrière lui. Son geste déclencha une fuite éperdue, toutes griffes dehors, Ossie et Ricky craignant manifestement que l'intrus les bombarde avec ce qu'il tenait en main. Vérifiant qu'ils ne risquaient pas de s'échapper, Strike sortit dans le jardin et referma vite la porte derrière lui. « Des nouvelles ?

— Oui, on dirait que tu avais raison. »

Strike se posa sur une chaise en fer forgé et alluma sa cigarette. « Je t'écoute.

— J'ai pris un café avec le type dont je t'ai parlé. Il n'a pas le droit de s'exprimer ouvertement, l'affaire étant confidentielle, mais je lui ai exposé ta théorie et il a dit "C'est *tout à fait* plausible". J'ai ajouté "un autre politicien ?", et il a répondu que c'était probable. J'ai dit qu'à mon avis, la presse ferait appel, et il a répété que ça aussi, c'était probable. »

Strike expira bruyamment.

« Je te revaudrai ça, Ilsa, merci. Et rassure-toi, je ne vous embêterai plus très longtemps.

— Corm, tu ne nous déranges pas, tu le sais.

— Les chats ne m'aiment pas.

— D'après Nick, ils ont compris que tu étais un supporter d'Arsenal.

— La scène britannique a perdu un grand comique quand ton mari a décidé de faire médecine. Ce soir, je vous invite à dîner, et après, je dégage. »

Ensuite, Strike téléphona à Robin. Elle décrocha à la deuxième sonnerie.

« Tout va bien ? demanda-t-elle.

— J'ai compris pourquoi la presse nous laisse tranquilles. Della a obtenu une super-injonction. Les journaux n'ont pas le droit de révéler que Chiswell nous a embauchés, car cela reviendrait à évoquer l'affaire du chantage. Ilsa vient de discuter avec son contact auprès de la Haute Cour, il a confirmé. »

319

Il y eut une pause, le temps que Robin digère la nouvelle.

« Cela signifie que Della a convaincu un juge que personne n'avait jamais fait chanter Chiswell.

— Exactement. Et qu'il nous avait juste demandé de fouiner dans la vie privée de ses adversaires. C'est énorme mais je ne suis pas étonné que le juge y ait cru. Tout le monde considère Della comme une femme irréprochable.

— Mais Izzy sait pourquoi j'étais là, protesta Robin. La famille peut confirmer qu'il était bien victime d'un chantage. »

D'un geste machinal, Strike fit tomber sa cendre dans un pot de romarin.

« Vous croyez ? C'est un peu gênant pour eux, non ? Ils préfèrent peut-être oublier cette regrettable affaire, maintenant qu'il est mort. »

Il prit son silence pour un acquiescement.

« Les journaux vont faire appel de cette injonction, n'est-ce pas ? reprit-elle.

— Ils essayent, m'a dit Ilsa. Si j'étais rédacteur en chef d'un tabloïd, j'enverrais des types pour nous surveiller. Donc, soyons prudents. Je retourne au bureau ce soir. Mais il vaut mieux que vous restiez chez vous.

— Combien de temps ? »

Percevant une tension dans la question de Robin, il se demanda si son inquiétude était uniquement d'ordre professionnel.

« On avisera au jour le jour. Robin, ils savent que vous étiez infiltrée au Parlement. Quand Chiswell était en vie, ils vous pourchassaient déjà. Maintenant qu'il est mort et qu'ils connaissent votre véritable identité, ils ne vont pas se gêner. »

Elle ne répondit rien.

« Comment ça va, côté finances ? », demanda-t-il.

Robin avait tenu à s'occuper de la comptabilité de l'agence, même si ce travail ne l'enchantait pas plus que lui.

« Ça irait mieux si Chiswell avait payé sa note.

— Je vais voir avec la famille, dit Strike en se frottant les yeux. Mais j'hésite à leur réclamer de l'argent avant les funérailles. Ce serait grossier de ma part.

— J'ai encore étudié les photos », renchérit-elle. Depuis la découverte du cadavre, ils faisaient le point chaque jour et, systématiquement, ils reparlaient des photos et de ce qu'ils avaient trouvé dans le salon de Chiswell.

« Moi aussi. Vous avez remarqué autre chose ?

— Oui. Deux petits crochets en cuivre plantés dans le mur. Je pense qu'en temps normal, l'épée était...

— ... suspendue sous le tableau manquant ?

— Tout à fait. D'après vous, elle appartenait à Chiswell ? Quand il était dans l'armée ?

— C'est très possible. Ou à l'un de ses ancêtres.

— Je me demande pourquoi on l'a décrochée. Et comment elle a été tordue.

— Chiswell l'aurait prise pour se défendre contre son meurtrier ?

— C'est la première fois que vous parlez de meurtre », dit tranquillement Robin.

Une guêpe voletait au-dessus de la tête de Strike. Rebutée par la fumée de cigarette, elle s'éloigna en bourdonnant.

« Je plaisantais.

— Vraiment ? »

Strike étendit les jambes et se mit à contempler ses pieds. Comme il ne sortait pas de la maison et qu'il faisait chaud, il ne prenait pas la peine de se chausser. Son pied gauche, qu'il voyait rarement à la lumière du jour, était blanc et poilu. Son pied artificiel en fibre de carbone luisait d'un éclat mat. Les orteils n'étaient pas dessinés.

« J'avoue que pour un suicide, le dispositif est assez inhabituel, dit Strike en remuant ses orteils. Mais ça fait une semaine et la police n'a arrêté personne. Ils ont pourtant vu la même chose que nous.

— Wardle n'a entendu parler de rien ? Vanessa a pris un congé sans solde pour soigner son père malade, sinon je lui aurais posé la question.

— Avec les Jeux olympiques, Wardle est noyé sous les affaires d'antiterrorisme. Cela dit, il a quand même pris le temps de laisser un message hilare sur ma boîte pour me féliciter d'avoir perdu un client.

— Cormoran, avez-vous lu le nom de ces granules homéopathiques que j'ai écrasées ?

— Non. Elles ne figurent pas sur les neuf photos que j'ai sélectionnées. Comment ça s'appelle ?

— Lachesis. Je l'ai lu en agrandissant une image.

— C'est important ?

— Eh bien, l'autre jour, quand Chiswell a déboulé dans notre bureau et qu'il a cité ce poème en latin devant Aamir, avant de faire allusion aux "personnes dans votre genre", il a parlé de Lachesis. Ce serait…

— L'une des trois Parques.

— … Exactement. Celle qui "sait quand notre tour viendra". »

Strike garda le silence quelques secondes.

« Ça sonne comme une menace.

— Oui, dit-elle.

— Vraiment, vous ne savez pas de quel poème il s'agit ? Son auteur peut-être ?

— J'ai beau me creuser les méninges… Attendez ! Chiswell a donné un numéro.

— Catulle, dit Strike en se redressant sur sa chaise de jardin.

— Pourquoi lui ?

— Parce que les poèmes de Catulle sont numérotés, qu'ils n'ont pas de titre et que j'en ai vu un recueil sur la table basse de Chiswell. Catulle a écrit sur des pratiques assez spéciales, comme l'inceste, la sodomie, les viols d'enfants… peut-être a-t-il oublié la zoophilie. Je me souviens toutefois d'un poème qui parle d'un moineau auquel il n'arrive rien de grave.

— Drôle de coïncidence, n'est-ce pas ? dit Robin en ne relevant pas son trait d'esprit.

— Peut-être que Chiswell s'est fait prescrire ces granules et que leur nom lui a rappelé l'une des Parques ?

— D'après vous, c'était le genre d'homme à se soigner à l'homéopathie ?

— Non, admit Strike, mais je doute que le tueur ait laissé un tube de lachesis pour apporter une touche poétique à… »

Strike entendit un carillon dans le téléphone.

« Quelqu'un sonne à la porte, dit Robin. Je ferais mieux…

— Vérifiez d'abord qui c'est », recommanda Strike avec une soudaine appréhension.

Robin marchait. Il entendait le bruit de ses pas amorti par la moquette.

« Oh mon Dieu.

— Qui est-ce ?

— Mitch Patterson.

— Il vous a vue ?

— Non, je suis à l'étage.

— Alors, n'ouvrez pas.

— Je n'en ai pas l'intention. » Elle haletait.

« Ça va ?

— Oui, fit-elle, la gorge serrée.

— Qu'est-ce qu'il… ?

— Je vous rappellerai plus tard. » La communication s'interrompit.

Strike posa le portable sur sa cuisse. Sentant une brûlure au bout des doigts de l'autre main, il réalisa que la cigarette s'était consumée jusqu'au filtre. Il l'écrasa sur les dalles chaudes, la balança dans le jardin du voisin que Nick et Ilsa détestaient et en alluma une autre en songeant à Robin.

Il s'inquiétait pour elle. Il était parfaitement normal qu'elle soit anxieuse et stressée après ce qu'elle venait de vivre. Après tout, elle avait découvert un cadavre et passé des heures à répondre aux questions du MI-5. C'était autre chose qui le préoccupait. Il avait noté chez elle des absences, un manque de concentration. Au téléphone, elle lui avait demandé plusieurs fois la même chose. Et puis, il y avait ce besoin fébrile de reprendre le travail, de retourner dans la rue.

Estimant qu'elle devait se reposer encore quelque temps, Strike ne lui avait pas parlé de la piste qu'il suivait actuellement. Sinon, elle aurait insisté pour lui prêter main-forte.

Pour Strike, l'affaire Chiswell avait commencé non pas le jour où le défunt l'avait embauché, mais à l'instant même où Billy Knight lui avait raconté son histoire d'enfant étranglée puis enterrée dans une couverture rose. Depuis que Billy l'avait appelé au secours depuis une cabine, Strike n'avait cessé de composer le numéro qui s'était affiché sur son portable. Et enfin, la veille dans la matinée, quelqu'un avait décroché, par curiosité sans doute, et confirmé que la cabine se trouvait bien sur Trafalgar Square.

Strike. Cet abruti de soldat unijambiste. Billy est obsédé par lui. Il croit qu'il va venir le sauver.

Il y avait une chance, minime mais une chance quand même,

pour que Billy tente de le rappeler du même endroit. Strike avait donc passé des heures à arpenter Trafalgar Square, la veille, tenaillé par le besoin de faire quelque chose, même s'il savait que cela ne donnerait probablement rien.

Strike avait pris une autre initiative sans en parler à Robin, peut-être parce que cette décision risquait de grever leur budget déjà mal en point. Il avait demandé à Barclay de continuer à surveiller Jimmy et Flick.

« Tu fais ce que tu veux avec ton fric, lui avait répondu l'Écossais. Mais dis-moi au moins ce que je dois chercher.

— Billy et, faute de Billy, tout ce qui sort de l'ordinaire. »

Bien sûr, la prochaine fois que Robin se pencherait sur les comptes, elle s'en apercevrait.

Strike sentit qu'on l'observait. Ossie, le plus courageux des deux chatons, s'était perché au-dessus de l'évier entre les robinets et le fixait à travers la vitre, une expression réprobatrice dans ses yeux de jade.

37

Surmonter cela, jamais je ne pourrai – entièrement.
Toujours subsistera un doute. Une question.

HENRIK IBSEN, *Rosmersholm*

REDOUTANT D'ENFREINDRE LA SUPER-INJONCTION, aucun photographe n'assista aux funérailles de Chiswell à Woolstone. Les agences de presse se bornèrent à publier des communiqués après coup. Strike avait d'abord pensé à envoyer des fleurs, mais s'était abstenu en se disant qu'un tel geste pourrait être perçu comme indélicat, sa note d'honoraires étant toujours en souffrance. Peu après son ouverture, l'enquête sur la mort de Chiswell avait été suspendue dans l'attente d'éléments supplémentaires.

Puis, du jour au lendemain, plus personne ne s'intéressa au défunt ministre. Comme si son cadavre, ballotté une semaine durant par les vagues de la presse à scandale, avait été brusquement englouti sous un monceau d'articles sportifs. Portraits de champions et championnes, pronostics, derniers préparatifs avant l'ouverture des Jeux faisaient à présent les délices des journaux. Le pays tout entier vivait sous l'emprise d'un événement quasi universel auquel même ses détracteurs ne pouvaient échapper.

Robin appelait Strike tous les jours pour qu'il l'autorise à reprendre le travail et se voyait opposer un refus systématique. Ce n'était pas le moment. Mitch Patterson s'était montré à deux reprises autour de chez elle. Et comme si cela ne suffisait pas, un musicien des rues avait passé la semaine sur le trottoir devant l'agence, jouant faux dès que Strike montrait son nez et s'interrompant régulièrement au milieu d'un morceau pour répondre à son portable. De toute évidence, la presse savait que les Jeux olympiques ne dureraient pas éternellement et qu'il y avait encore des articles bien saignants à faire sur Jasper Chiswell et la raison qui l'avait poussé à engager des détectives privés.

Les contacts que Strike avait dans la police étaient incapables de lui fournir le moindre renseignement sur l'enquête. Et par-dessus le marché, il dormait mal, lui qui d'habitude s'assoupissait comme un rien, n'importe où et quelles que soient les circonstances. La nuit, il passait des heures à écouter, fébrile, la rumeur qui grondait de plus en plus fort à l'approche des Jeux. Il n'avait plus eu d'insomnies depuis son retour d'Afghanistan, quand il avait repris connaissance à l'hôpital après l'explosion de la bombe artisanale et que son pied amputé le démangeait si violemment qu'il n'avait pas fermé l'œil pendant une semaine.

Strike n'avait pas revu Lorelei depuis le soir de la réception paralympique. Après avoir laissé Charlotte devant Lancaster House, il s'était précipité à Trafalgar Square, prenant le risque d'aggraver encore son retard, mais il n'avait pas trouvé Billy. Déçu, fatigué, endolori et encore secoué par ses retrouvailles involontaires avec son ex, il avait débarqué dans le restaurant indien en se disant, en espérant même, que Lorelei n'y serait plus.

Or, non seulement elle l'avait attendu patiemment, mais elle l'avait surpris en amorçant d'emblée ce qu'il considérait comme un repli stratégique. Au lieu de l'interroger sur la manière dont il envisageait l'avenir de leur relation, elle s'était platement excusée pour l'autre nuit, s'accusant d'avoir agi stupidement en lui faisant cette déclaration d'amour intempestive, disant qu'elle regrettait de l'avoir placé dans une position inconfortable.

Strike, qui avait déjà bu quelques pintes pour se donner du courage, se trouva brusquement pris de court. Et quand elle ajouta qu'elle lui avait dit « je t'aime » sans aucune arrière-pensée, dans un simple élan de joie et de plaisir, le beau discours qu'il avait préparé dans sa tête retomba comme un soufflé. En plus, Lorelei était vraiment charmante sous la lumière tamisée de la lampe. Alors, à quoi bon se quereller ? Il était tellement plus facile et plus agréable d'accepter ses explications sans chercher à initier une rupture que, tout compte fait, ni l'un ni l'autre ne souhaitaient.

Durant sa semaine chez Nick et Ilsa, ils avaient échangé des textos, ils avaient même parlé au téléphone. Mais moins souvent qu'avec Robin, malgré tout. Lorelei s'était montrée compréhensive quand il lui avait avoué que son défunt client était le ministre qui s'était étouffé avec un sac en plastique et qu'il avait besoin de faire profil bas pendant quelque temps.

Lorelei était restée stoïque quand il avait refusé de regarder avec elle la cérémonie d'ouverture des Jeux olympiques au prétexte qu'il s'était déjà engagé auprès de Lucy et Greg. À la base, Strike avait voulu emmener Jack au War Museum mais, comme Lucy ne lâchait pas son fils d'une semelle, elle s'y était opposée et l'avait invité chez eux à la place. Lorelei avait espéré l'accompagner, pour qu'il lui présente sa famille. Strike avait botté en touche, disant qu'il préférait y aller seul pour profiter de son neveu qu'il avait trop longtemps négligé, et Lorelei avait accepté cette excuse sans rechigner. Elle avait juste demandé s'il serait libre le lendemain soir.

Dans le taxi qui l'emmenait de la station Bromley South au domicile de Lucy et Greg, Strike prit le temps de réfléchir à sa relation avec Lorelei, sachant que Lucy avait coutume de l'interroger sur sa vie sentimentale. C'était d'ailleurs l'une des raisons pour lesquelles il évitait les réunions familiales. Lucy ne se faisait pas à l'idée que son frère soit encore célibataire à presque trente-huit ans. Une fois, elle avait même pris l'initiative d'inviter une femme censée lui plaire. Une situation embarrassante qui lui avait surtout appris à quel point sa sœur se méprenait sur ses goûts et ses aspirations.

À un moment, pendant que le taxi s'enfonçait dans la banlieue résidentielle où habitait sa sœur, Strike trouva enfin le courage de regarder la vérité en face. Si Lorelei consentait à cette relation épisodique, ce n'était pas parce qu'elle aimait la liberté autant que lui, mais parce qu'elle aurait fait n'importe quoi pour le garder.

Derrière sa vitre, défilaient de grandes villas avec double garage et pelouses impeccables. Il pensa à Robin qui ne l'appelait qu'en l'absence de son mari. Il pensa à Charlotte qui lui avait tenu le bras en descendant le grand escalier de Lancaster House, perchée sur ses bottines à talons. Depuis dix mois et demi, il avait la chance de sortir avec une femme qui n'exigeait pas grand-chose de lui, qui était douée pour les jeux érotiques et feignait de n'être pas amoureuse. Soit il prolongeait cette situation aussi agréable que commode le temps de « voir comment les choses évoluaient », une expression qui ne voulait rien dire, soit il estimait qu'en restant avec elle, il ne faisait que repousser l'inéluctable. Et, dans ce cas, il devait rompre le plus vite et le plus nettement possible, ne serait-ce que pour abréger les pleurs et les grincements de dents.

Autant dire que son moral était au plus bas quand le taxi s'arrêta devant la maison de sa sœur. En voyant le magnolia dans le jardin et un rideau s'agiter derrière une vitre, Strike sentit monter la colère. C'était absurde mais il en voulait à Lucy, comme si elle était responsable de tout ce qui n'allait pas dans sa vie amoureuse.

Jack ouvrit la porte sans lui laisser le temps de frapper. Strike lui trouva une mine superbe, surtout par rapport à la dernière fois qu'il l'avait vu. Il se sentait tiraillé entre la joie que lui causait son rétablissement et la contrariété de n'avoir pu l'emmener au musée, une sortie qui de surcroît lui aurait épargné le long et pénible trajet qu'il venait de faire jusqu'à Bromley.

Pourtant, le bonheur sans mélange qu'il lisait sur le visage du petit garçon et les questions dont celui-ci l'abreuvait – l'interrogeant sur les heures qu'ils avaient passées ensemble à l'hôpital et dont heureusement lui-même ne gardait aucun souvenir – le touchaient profondément, de même que son insistance à s'asseoir près de lui, à table, et les efforts qu'il déployait pour monopoliser son attention. Manifestement, Jack estimait qu'ils étaient liés à tout jamais par le fait d'avoir subi l'un et l'autre une grave opération. D'ailleurs, il voulait tout savoir sur l'amputation de son oncle. À un moment, écœuré, Greg posa ses couverts et repoussa son assiette. Strike, qui s'était déjà rendu compte qu'il préférait son fils aîné, prit un malin plaisir à satisfaire la curiosité de l'enfant, sachant que Greg pour une fois s'abstiendrait de les interrompre. Lucy, elle, ne remarquait rien de tout cela. Elle passa presque tout le repas à contempler son frère et son fils avec de grands yeux attendris. Et elle ne posa aucune question indiscrète à Strike dont elle ne semblait attendre qu'une seule chose : qu'il soit gentil et patient avec Jack.

En sortant de table, Strike et Jack étaient devenus les meilleurs amis du monde. L'enfant s'assit près de son oncle pour regarder la cérémonie d'ouverture et, le temps que l'émission démarre, ne cessa de jacasser et de répéter qu'il espérait voir des canons, des fusils et des soldats.

Cette innocente remarque lui rappela son défunt client. Robin lui avait rapporté que Chiswell désapprouvait le choix qui avait été fait de célébrer la Sécurité sociale plutôt que la grandeur militaire britannique durant cette cérémonie d'ampleur internationale. Strike se demanda si Jimmy Knight était lui aussi devant sa télé, prêt à décocher des flèches empoisonnées sur le carnaval capitaliste, comme il disait dans ses discours.

Greg lui tendit une bouteille de Heineken.

« C'est parti ! », fit Lucy, surexcitée.

La cérémonie commença par un compte à rebours. Dès les premières secondes, il y eut un problème : un ballon numéroté refusa d'exploser. *Ça va encore être la merde,* pensa Strike dans une crise de paranoïa patriotique.

Mais la merde en question se fit tellement attendre que Strike resta devant la télé jusqu'au bout, rata – sciemment – le dernier train, accepta de dormir dans le canapé-lit et prit le petit déjeuner du samedi en famille.

« L'agence tourne bien ? lui demanda Greg devant les œufs au bacon préparés par Lucy.

— Je n'ai pas à me plaindre », répondit Strike.

Il évitait de discuter boulot avec Greg, lequel avait été le premier surpris par la réussite de Strike dont il jalousait la brillante carrière militaire. En répondant à ses questions concernant la forme juridique de la société, ses droits et responsabilités envers ses collaborateurs free lance, le statut d'associée salariée de Robin et les perspectives d'évolution de l'agence, Strike devina que Greg nourrissait toujours le secret espoir qu'il finisse par se planter, tant il l'enviait de mener si bien sa barque, alors qu'il n'était après tout qu'un ancien soldat ne connaissant rien aux affaires.

« Mais quel est le but ultime ? lui demanda Greg tandis que son fils attendait une pause dans la conversation pour renfourcher son cheval de bataille. Je suppose qu'à terme, tu ne seras plus obligé d'arpenter les rues et que tu dirigeras tes enquêteurs depuis ton bureau. C'est bien ça que tu recherches, non ?

— Si j'avais voulu rester derrière un bureau, je n'aurais pas quitté l'armée, répliqua Strike. Mon but ultime, comme tu dis, c'est de recruter des collaborateurs fiables, capables d'assurer une charge de travail régulière, et de finir par gagner assez d'argent pour vivre correctement. Pour l'instant, j'essaie surtout de me constituer un petit pécule qui me permettra de survivre durant les périodes de vaches maigres.

— Ça manque un peu d'ambition, répondit Greg. Quand on voit la publicité gratuite que tu as eue après l'affaire de l'Éventreur…

— On ne parle pas de ça à table », décréta Lucy devant sa poêle à frire. Greg regarda subrepticement son fils cadet et se tut, donnant à Jack l'occasion de relancer la conversation avec une question sur les parcours du combattant.

Quand ils se dirent au revoir, après le petit déjeuner, Lucy qui avait apprécié chaque seconde de sa visite serra Strike contre son cœur.

« Tu me diras quand je pourrai sortir avec Jack, demanda Strike en voyant un sourire radieux se dessiner sur le visage de son neveu.

— Promis. Et merci pour tout, Stick. Je n'oublierai jamais ce que…

— Allons, je n'y suis pour rien, dit Strike en lui tapotant le dos. C'est lui qui a tout fait. Il est costaud, n'est-ce pas, Jack ? Merci pour cette charmante soirée, Luce. »

Strike estimait être parti au bon moment. Comme il avait dix minutes à tuer avant le prochain train pour le centre de Londres, il termina sa cigarette devant la gare en repensant à Greg et à Lucy. La trêve n'avait pas duré très longtemps. Dès le matin, l'un et l'autre avaient repris leurs bonnes habitudes. Au petit déjeuner, Greg avait retrouvé ce ton faussement cordial qu'il adoptait toujours pour lui parler. Et pendant qu'il enfilait sa veste, Lucy l'avait coincé dans le vestibule soi-disant pour prendre des nouvelles de Robin, mais surtout pour lui extorquer des confidences sur ses relations amoureuses. Strike pensa brusquement à Lorelei, mais heureusement, la sonnerie de son portable vint dissiper son coup de déprime.

« Allô ?

— C'est Cormoran ? demanda une femme qui s'exprimait sur un ton maniéré.

— Oui. Et vous ? répondit-il, ne l'ayant pas reconnue.

— Izzy Chiswell, fit-elle d'une voix sourde comme si elle était enrhumée.

— Izzy ! répéta Strike, surpris. Euh... comment allez-vous ?

— Oh, je tiens le choc. Nous, euh, nous avons trouvé votre facture.

— Très bien, fit Strike en s'attendant à ce qu'elle pinaille sur la somme relativement élevée.

— Je serais ravie de vous régler aujourd'hui à condition que... vous serait-il possible de passer me voir ? Dans la journée, ça vous irait ? »

Strike regarda sa montre. Pour la première fois depuis des semaines, il était libre jusqu'au soir, où il devait retrouver Lorelei. Et la perspective de toucher un gros chèque n'était pas pour lui déplaire.

« Ouais, ça me va. Où habitez-vous, Izzy ? »

Elle lui donna son adresse à Chelsea.

« J'y serai dans une heure environ.

— Parfait, dit-elle, comme soulagée. À tout de suite alors. »

38

Oh, ce doute mortel !

HENRIK IBSEN, *Rosmersholm*

IL ÉTAIT PRESQUE MIDI QUAND STRIKE ARRIVA à Chelsea. Upper Cheyne Row était une petite rue tranquille bordée de maisons anciennes qui, contrairement à celles d'Ebury Street, formaient un ensemble hétéroclite quoique harmonieux. Celle d'Izzy avait une façade peinte en blanc et une lanterne fixée près de l'entrée. La jeune femme lui ouvrit dix secondes après son coup de sonnette.

En découvrant son pantalon noir coupe large et son pull noir trop chaud pour cette belle journée ensoleillée, Strike se souvint du gros manteau que portait son père le jour où il avait fait sa connaissance. Pour compléter sa tenue de deuil mêlant les codes traditionnels et contemporains, Izzy s'était accroché une croix en saphir autour du cou.

« Entrez, entrez », fit-elle en évitant son regard. Elle recula et d'un geste l'invita à passer dans un grand salon ouvert sur une cuisine américaine, le tout cerné de murs blancs et parsemé de canapés aux couleurs chatoyantes. Strike avisa une cheminée Art nouveau dont le manteau était tenu à bout de bras par des femmes sinueuses, sculptées dans la pierre. Les portes-fenêtres à l'arrière donnaient sur un jardin où des meubles en fer forgé reposaient entre des arbustes décoratifs admirablement taillés.

« Asseyez-vous, dit Izzy en lui désignant l'un des canapés. Du thé ? Du café ?

— Du thé, je veux bien, merci. »

Strike s'installa, retira discrètement les coussins garnis de perles sur lesquels il s'était assis et entreprit d'examiner les lieux. Malgré les tissus aux teintes bigarrées, c'était quand même le style anglais classique qui prédominait. Deux gravures représentant des scènes de chasse étaient suspendues en surplomb d'une console encombrée de photos dans des cadres argentés, dont un portrait de mariage en noir et blanc. Strike reconnut les parents d'Izzy. Jasper Chiswell en grand uniforme, la blonde Lady Patricia souriant de toutes ses dents au milieu d'un nuage de tulle. Au-dessus de la cheminée, une grande aquarelle représentait trois enfants blonds, sans doute Izzy, son défunt frère Freddie et sa grande sœur Fizzy que Strike ne connaissait pas.

Izzy faisait beaucoup de bruit dans la cuisine. Elle laissait tomber des cuillères, ouvrait, fermait des placards sans trouver ce qu'elle cherchait. Strike proposa en vain de l'aider. Finalement, elle parvint à rassembler une théière, deux tasses en porcelaine et une assiette de biscuits sur un plateau et à déposer ce dernier sans encombre quelques mètres plus loin sur une table basse.

« Avez-vous regardé la cérémonie d'ouverture ? demanda-t-elle par politesse en attrapant la théière et la passoire.

— Oui, j'ai regardé. C'était magnifique. Et vous, ça vous a plu ?

— Eh bien, j'ai aimé la première partie. Tous ces trucs sur la révolution industrielle, mais après, j'ai trouvé que c'était un peu, comment dire, politiquement correct. Je doute que les étrangers aient pigé quoi que ce soit à cette mise en scène autour de la Sécurité sociale et, personnellement, je me serais bien passée de cette musique de rap. Si vous voulez du lait et du sucre, servez-vous.

— Merci. »

Il y eut un bref silence, ponctué par les tintements de l'argenterie sur la porcelaine. Une atmosphère feutrée typiquement londonienne mais qu'on ne trouvait que dans les plus riches demeures. Même en plein hiver, l'appartement de Strike n'était jamais totalement silencieux. La journée, il y avait de la musique, des cris, des claquements de pas sur le bitume, et la nuit, quand les piétons désertaient le quartier de Soho, c'était la circulation qui prenait le relais. En plus, ses fenêtres mal jointes battaient au moindre souffle de vent.

« Oups, votre chèque, dit Izzy en sautant sur ses pieds pour aller prendre une enveloppe sur le comptoir de la cuisine. Et voilà.

— Merci beaucoup », dit Strike en la glissant dans sa poche.

Izzy se rassit, prit un biscuit, changea d'avis et le posa dans son assiette. Strike buvait son thé sans plaisir. Il était certainement de la meilleure qualité, songeait-il, mais ça ne l'empêchait pas d'avoir un goût de tisane.

« Heu…, bredouilla-t-elle, je ne sais pas par où commencer. »

Elle examinait ses ongles non manucurés.

« Vous allez me prendre pour une folle, reprit-elle en épiant sa réaction entre ses cils blonds.

— Ça m'étonnerait. » Strike posa sa tasse et adopta une expression qu'il espérait encourageante.

« Savez-vous ce qu'ils ont trouvé dans le jus d'orange de papa ?

— Non.

— Des comprimés d'amitriptyline broyés et mélangés au liquide. Je ne sais pas si vous… ce sont des antidépresseurs. D'après la police, c'est un moyen efficace et indolore de se suicider. Une double précaution… les comprimés et le… sac. » Elle aspira bruyamment une gorgée de thé.

« Ils ont été très gentils, vraiment, les policiers. Enfin, ça fait partie de leur formation, j'imagine. Ils nous ont dit, si l'hélium est assez concentré, il suffit d'une inspiration et vous… vous dormez. »

Elle pinça les lèvres.

« Le problème, c'est que je ne suis pas du tout convaincue que papa ait mis fin à ses jours, reprit-elle d'une voix forte et précipitée, parce qu'il a toujours dit que le suicide était pour les lâches et que c'était horrible pour la famille et les gens qu'on laissait derrière soi.

« Et en plus, il n'y avait aucune boîte d'amitriptyline dans la maison. Pas d'emballage vide, pas de plaquettes entamées. S'ils avaient trouvé une boîte, ils auraient vu le nom de Kinvara inscrit dessus. C'est elle qui prend de l'amitriptyline. Depuis plus d'un an. »

Elle lança un petit coup d'œil à Strike pour voir quel effet ses paroles avaient sur lui. Comme il n'exprimait rien, elle embraya.

« Papa et Kinvara se sont disputés le soir précédent, à la

réception, juste avant que je vous retrouve, Charlie et vous. Papa a dit qu'il avait demandé à Raff de passer à Ebury Street, le lendemain matin. Kinvara s'est énervée, elle a voulu savoir pourquoi et au lieu de lui répondre, papa l'a regardée avec un petit sourire. Et là, elle s'est mise dans tous ses états.

— Pourquoi aurait-elle... ?

— Parce qu'elle nous déteste tous », répliqua Izzy sans attendre la fin de sa question. Ses mains jointes étaient si crispées qu'elles blanchissaient au niveau des jointures. « Comme elle détestait tout ce qui pouvait détourner l'attention et l'affection de papa, dont elle se croyait seule dépositaire légitime. Mais c'est quand même Raff qu'elle hait le plus. Parce qu'il ressemble à sa mère et que Kinvara a toujours eu un complexe vis-à-vis d'Ornella, vu qu'elle est très belle, encore aujourd'hui. Et aussi, elle le hait parce que c'est un garçon et qu'elle a toujours eu peur qu'il prenne la place de Freddie dans le cœur de papa et qu'il revienne dans la succession. Kinvara a épousé papa pour son argent. Elle ne l'a jamais aimé.

— Quand vous dites « qu'il revienne »...

— Papa a rayé Raff de son testament quand il... quand il a eu cet accident... de voiture. C'est Kinvara qui était derrière ça, bien sûr. Elle a poussé papa à couper les ponts avec lui... Enfin bref, à Lancaster House, papa a dit que Raff allait passer chez lui le lendemain, Kinvara est devenue blême et, deux minutes plus tard, elle a annoncé qu'elle partait et elle est partie. Elle prétend être allée à Ebury Street pour lui écrire une lettre de rupture... Mais vous y étiez. Vous avez peut-être vu cette lettre ?

— Oui. Je l'ai vue.

— Oui, donc, elle prétend avoir écrit une lettre, fait ses bagages et pris le train pour Woolstone.

« D'après les questions qu'ils nous ont posées, j'ai l'impression qu'ils croient que papa s'est suicidé parce que Kinvara l'avait quitté. C'est absolument ridicule ! Leur mariage battait de l'aile depuis des années. Il voyait clair dans son jeu. Tous les bobards qu'elle lui racontait, toutes ses grandes scènes mélodramatiques, c'était juste pour le tenir en laisse. Non, franchement, papa ne se serait pas suicidé à cause d'elle, au contraire il aurait pensé bon débarras. Encore aurait-il fallu qu'il prenne cette lettre au sérieux. Mais il savait par expérience que ce n'était que du cinéma. Kinvara a neuf chevaux à entretenir et pas de fortune personnelle. Il aurait fallu qu'elle quitte Chiswell House, comme Tinky Première Version – la troisième femme de grand-papa, expliqua Izzy. C'est curieux, les hommes de ma famille semblent avoir une passion pour les femmes avec des gros seins et des chevaux. »

Izzy rougit sous ses taches de rousseur, inspira profondément et ajouta :

« Je suis persuadée que Kinvara a tué papa. Cette idée m'obsède, je n'arrête pas d'y penser, je ne peux rien faire d'autre. Kinvara croyait dur comme fer qu'il y avait quelque chose entre papa et Venetia – elle s'est méfiée dès la première fois qu'elle a vu Venetia, et après, quand le *Sun* a commencé à fureter, ça l'a confortée dans ses soupçons – et, avec le retour en grâce de Raff, elle a dû se dire que papa s'apprêtait à tourner la page encore une fois. Elle a broyé ses propres antidépresseurs et, quand il a eu le dos tourné, elle a versé la poudre dans son jus d'orange – Papa avait coutume d'en boire un verre au lever. Elle a attendu qu'il s'endorme, elle lui a mis le sac sur la tête et *ensuite* seulement, quand il a cessé de respirer, elle a rédigé cette lettre pour qu'on croie que c'était elle qui voulait divorcer. Après, elle est sortie discrètement de la maison pour retourner à Woolstone comme si elle n'avait jamais fait de détour par Ebury Street. »

À bout de souffle, Izzy toucha la croix suspendue à son cou et se mit à la tripoter fébrilement en guettant la réaction de Strike d'un air de défi.

Ayant autrefois enquêté sur des suicides de militaires, Strike savait que leurs proches étaient confrontés à une forme de deuil très particulière et qu'ils souffraient plus longtemps que si le défunt était tombé sous les balles ennemies. Lui-même avait des doutes sur les circonstances de la mort de Chiswell, mais n'était pas enclin à les partager avec la femme accablée de chagrin qui se tenait devant lui. Ce qui le frappait en premier lieu, dans la diatribe d'Izzy, c'était la haine qu'elle semblait éprouver envers sa belle-mère qu'elle accusait ni plus ni moins d'avoir assassiné son père. Strike aurait bien voulu savoir ce qui la poussait à croire cette femme, au comportement souvent puéril et capricieux avec laquelle lui-même avait passé cinq minutes dans une voiture, capable de mettre au point ce qu'elle venait de présenter comme un meurtre de sang-froid impeccablement orchestré.

« J'imagine que la police a reconstitué les déplacements de Kinvara, dit-il enfin. Dans une affaire comme celle-ci, en général, c'est le conjoint qu'on soupçonne en premier.

— Mais je vous assure qu'ils marchent dans son histoire », répliqua-t-elle.

Donc elle est vraie, se dit Strike en lui-même. Il avait une trop haute opinion du Met pour imaginer qu'ils n'aient pas scrupuleusement vérifié l'emploi du temps de la principale suspecte, à savoir l'épouse ayant accès à la scène de crime et à qui appartenaient les médicaments retrouvés dans l'organisme du défunt.

« Qui d'autre savait que papa buvait du jus d'orange chaque matin ? Qui d'autre avait accès à l'amitriptyline et à l'hélium… ?

— A-t-elle admis avoir acheté l'hélium ? demanda Strike.

— Non, dit Izzy, elle n'admet rien du tout. Elle reste plantée là, à pleurnicher comme une gamine stupide. » Izzy prit une voix haut perchée. « "Je ne sais pas comment cette chose est entrée dans la maison ! Pourquoi vous me harcelez ? Laissez-moi tranquille, je suis en deuil !"

« Je leur ai dit qu'elle avait agressé papa avec un marteau, il y a un an. »

Strike, qui s'apprêtait à reprendre une gorgée de thé, s'arrêta net.

« Quoi ?

— Oui, elle a agressé papa avec un marteau, répéta Izzy dont les yeux bleu pâle se fixèrent sur Strike pour mieux souligner ses propos. Ils ont eu une terrible dispute à cause de… peu importe la raison, mais ils étaient dans l'écurie… à Chiswell House, évidemment. Kinvara a saisi un marteau posé sur une boîte à outils et elle en a donné un bon coup sur la tête de papa. Elle a eu de la chance, elle aurait *déjà* pu le tuer. Il s'en est sorti avec un dysfonctionnement olfactif. Il avait quasiment perdu le goût et l'odorat, il s'énervait pour un oui pour un non. Mais il ne voulait pas que ça s'ébruite. Il l'a envoyée dans une maison de repos et il a dit à tout le monde qu'elle souffrait de "surmenage".

« Seulement voilà, la fille d'écurie était présente quand ça s'est passé et elle nous a tout raconté. Comme papa saignait abondamment, elle a dû appeler le médecin. L'incident se serait retrouvé à la une des journaux si papa n'avait pas fait interner Kinvara en psychiatrie et coupé l'herbe sous le pied des journalistes. »

Izzy saisit sa tasse de thé, mais sa main tremblait si fort qu'elle dut la reposer.

« Les hommes tombent dans le panneau dès qu'elle se met à couiner comme une gamine, enchaîna Izzy, véhémente. C'est incroyable. Même Raff. "Mais enfin, Izzy, elle a perdu un bébé…" Mais s'il entendait le quart de ce qu'elle raconte sur lui dans son dos, il changerait vite de refrain.

« Et la porte d'entrée ? reprit-elle en sautant du coq à l'âne. Vous êtes au courant puisque c'est comme ça que vous avez pu entrer, Venetia et vous. Cette porte ne fermait pas à moins qu'on la claque. Papa le savait. S'il avait été seul, il aurait fait attention à cela, n'est-ce pas ? Mais si Kinvara est sortie de la maison de bonne heure en essayant de ne pas faire de bruit, c'est normal qu'elle l'ait laissée entrouverte, non ?

« Elle n'est pas très futée, vous savez. Elle a sûrement jeté la boîte d'amitriptyline pour éviter qu'on l'accuse. La police ne s'explique pas l'absence d'emballage, je le sais, mais je sais aussi qu'ils penchent pour la thèse du suicide. Et c'est pourquoi j'ai voulu vous voir, Cormoran, termina Izzy en avançant les fesses vers le bord de son siège. Je veux que vous fassiez la lumière sur la mort de papa. »

Strike sentait venir cette proposition depuis que Izzy avait posé le plateau sur la table. La perspective de toucher de l'argent pour chercher une réponse à la question qui l'obnubilait avait de quoi le séduire. Mais, par expérience, il savait qu'un client ne cherchant qu'à confirmer ses propres soupçons avait toujours tendance à poser problème. Strike ne pouvait accepter l'affaire dans ces termes, pourtant Izzy lui faisait de la peine et il ne voulait pas lui opposer un refus brutal.

« Les flics ne supportent pas de m'avoir dans leurs pattes, Izzy.

— Ils ne sont pas obligés de savoir que vous enquêtez sur la mort de papa. Nous pourrions dire que nous vous avons engagé pour rechercher les intrus que Kinvara prétend avoir vus dans le jardin. Ça pourrait bien servir ses affaires si nous la prenions au sérieux maintenant. Du coup, elle ne s'y opposera pas.

— Les autres membres de la famille sont-ils au courant de notre rencontre ?

— Oh oui, dit-elle vivement. Fizzy est d'accord à cent pour cent.

— Ah bon ? Elle aussi soupçonne Kinvara ?

— Mon Dieu non, avoua Izzy, un peu désappointée. Mais elle ne croit pas à la thèse du suicide non plus.

— Et d'après elle, qui a fait le coup, si ce n'est pas Kinvara ?

— Eh bien…, fit Izzy que ses questions embarrassaient visiblement. En réalité, Fizz s'imagine bêtement que Jimmy Knight y est pour quelque chose. Mais c'est n'importe quoi, bien sûr. Jimmy était au poste de police quand papa est mort. Vous l'avez vu aussi bien que moi se faire arrêter la veille au soir. Mais Fizz ne veut rien entendre, elle est *braquée* contre Jimmy ! Je lui ai dit "Comment Jimmy aurait-il pu savoir où était l'amitriptyline et l'hélium ?" mais elle n'écoute pas, elle répète que Knight a voulu se venger…

— Se venger de quoi ?

— Pardon ? bredouilla Izzy qui avait très bien entendu. Oh… c'est sans importance aujourd'hui. C'est fini tout ça. »

Izzy souleva la théière, la porta dans la cuisine et rajouta l'eau chaude qui restait au fond de la bouilloire.

« Fizz perd toute raison dès qu'il s'agit de Jimmy, dit-elle en revenant et en posant sèchement la théière sur la table. Déjà quand nous étions adolescentes, elle ne pouvait pas le sentir. »

Elle se versa une deuxième tasse de thé. Ses joues rosirent encore. Et comme Strike ne disait rien, elle meubla en répétant :

« Cette histoire de chantage n'a rien à voir avec la mort de papa. C'est fini tout ça.

— Vous n'en avez pas parlé à la police, je suppose ? », souffla Strike.

Il y eut un temps mort. Le visage d'Izzy passa du rose au rouge. Elle reprit une gorgée de thé et dit :

« Non. »

Puis, presque sans respirer, elle ajouta : « Je suis désolée, je devine ce que vous pensez, Venetia et vous. Mais aujourd'hui, c'est surtout la mémoire de notre père qui nous importe. Il n'est pas question que la presse s'empare de cette affaire, Cormoran. Si l'on admettait un lien entre le chantage et sa mort, cela voudrait dire qu'il s'est suicidé par peur du scandale. Or je n'imagine pas une seule seconde qu'il se soit suicidé à cause de ça, ni d'autre chose, d'ailleurs.

— Rien d'étonnant à ce que Della ait obtenu si facilement sa super-injonction. En cachant aux autorités qu'il était sous le coup d'un chantage, la propre famille de Chiswell lui a prêté main-forte.

— Ce qui nous intéresse vraiment c'est le souvenir que les gens garderont de papa. Ce chantage... c'est de l'histoire ancienne.

— Mais Fizzy pense quand même que Jimmy est mêlé à la mort de votre père.

— Ce n'est pas – c'était une autre histoire, rien à voir avec ce pourquoi on le faisait chanter, bafouilla Izzy. Jimmy lui en voulait... c'est difficile à expliquer... Bref, Fizz est totalement à côté de la plaque, concernant Jimmy.

— Comment le reste de la famille envisagerait-elle mon éventuel retour ?

— Bien... Raff n'est pas franchement ravi mais il n'a pas son mot à dire. Je prends tout à ma charge.

— Et pourquoi n'est-il pas ravi ?

— Parce que... eh bien, parce que la police l'a interrogé plus que nous autres, parce que – écoutez, Raff ne compte pas. Ce sera moi votre cliente. Tout ce que je veux c'est que l'alibi de Kinvara soit invalidé. Et je sais que vous êtes capable de le faire.

— Malheureusement, je ne peux accepter la mission dans ces termes, Izzy.

— Pourquoi donc ?

— Le client n'a pas à me dire où je dois chercher et où je ne le dois pas. À moins d'obtenir de vous toute la vérité et rien que la vérité, je ne suis pas votre homme.

— Mais si vous l'êtes. Il n'y a pas meilleur que vous. C'est pour ça que papa vous avait embauché et c'est pour ça que je ne veux personne d'autre.

— Alors, il va falloir que vous répondiez quand je vous pose des questions, au lieu de répéter que telle chose compte et que telle autre ne compte pas. »

Elle lui jeta un regard cinglant par-dessus sa tasse, puis, à sa grande surprise, partit d'un rire nerveux.

« C'est bizarre mais cette réponse ne me surprend pas. Je savais que vous réagiriez ainsi. Vous rappelez-vous ce différend avec

Jamie Maugham au Nam Long Le Shaker ? Mais oui, bien sûr. Vous refusiez de lâcher – toute la tablée était contre vous – c'était à quel sujet, déjà ?

— La peine de mort, répondit Strike, pris au dépourvu. Ouais. Je m'en souviens. »

L'espace d'une seconde, il fut transporté loin du joli salon bien rangé d'Izzy, chargé de reliques patriciennes, vers un restaurant vietnamien de Chelsea, bien moins éclairé et un peu louche, où lui-même et un ami de Charlotte s'étaient empoignés verbalement douze ans auparavant. Il revit la figure lisse et porcine de Jamie Maugham, lequel avait voulu humilier le type bizarre que Charlotte avait tenu à inviter en lieu et place de son vieux pote Jago Ross.

« … Jamie était très très très en colère contre vous, renchérit Izzy. Il est avocat émérite aujourd'hui, vous savez ? Et ça marche bien pour lui.

— J'en conclus qu'il a appris à débattre sans perdre son sang-froid », répondit Strike. Izzy gloussa. « Sérieusement, Izzy, reprit-il en revenant au sujet qui les occupait, si vous pensez vraiment ce que vous dites…

— … Oui, je le pense…

— … Alors, j'ai quelques questions à vous poser », dit Strike en sortant un calepin de sa poche.

Toujours hésitante, elle le regarda prendre un stylo.

« Je suis quelqu'un de discret, Izzy. En deux ans, j'ai dû rencontrer une centaine de personnes qui toutes m'ont confié leurs secrets les plus intimes. Jamais rien n'a filtré. Je vous promets qu'aucune information n'ayant pas de rapport avec la mort de votre père ne sortira des murs de mon agence. Mais si vous n'avez pas confiance…

— Si, si, j'ai confiance », répliqua Izzy. Puis elle fit un geste qui le surprit un peu. Elle se pencha en avant et lui toucha le genou. « J'ai confiance en vous, Cormoran, je vous jure, mais c'est… c'est difficile… de parler de papa…

— Je comprends, dit-il en serrant son stylo. Si vous commenciez par me dire pourquoi la police a interrogé Raphael plus que les autres membres de la famille. »

On voyait qu'elle n'avait pas l'intention de répondre. Mais au bout d'un moment, elle finit par s'y résoudre :

« Eh bien, je pense que c'est en partie parce que papa a télé-phoné à Raff de bonne heure ce matin-là. C'est le dernier coup de fil qu'il a passé.

— Qu'est-ce qu'ils se sont dit ?

— Rien d'important. Aucun rapport avec la mort de papa. » Et par crainte de mécontenter Strike, elle ajouta très vite : « À mon avis, si Raff n'est pas ravi par ma décision de vous embaucher, c'est surtout parce qu'il est tombé amoureux de Venetia et que, bien sûr, maintenant, il se sent un peu bête de lui avoir ouvert son cœur.

— Amoureux ? répéta Strike.

— Oui. Du coup, il a l'impression qu'on s'est tous moqué de lui.

— Il n'en demeure pas moins que…

— Je sais ce que vous allez dire, mais…

— … c'est moi qui décide de ce qui compte, Izzy. Pas vous. Donc, reprenons. Je veux savoir… récapitula-t-il en levant un doigt à chacun des points précédemment évacués par Izzy, ce que votre père a dit à Raphael au téléphone le matin de sa mort, sur quoi por-tait la dispute entre votre père et Kinvara quand celle-ci l'a frappé sur la tête avec un marteau, sur quoi portait le chantage dont votre père était victime. »

La croix en saphir lançait des éclats sombres sur la poitrine hale-tante d'Izzy. Quand elle finit par répondre, ce fut sur un ton agacé.

« Ce n'est pas à moi de vous dire de quoi papa et Raff ont parlé, la dernière fois. C'est à Raff qu'il faut le demander.

— Parce que c'était privé ?

— Oui », dit-elle en piquant un énième fard. Strike s'interrogea sur sa sincérité.

« Vous avez dit que votre père avait donné rendez-vous à Raphael chez lui, le jour de sa mort. A-t-il reporté, annulé ce rendez-vous ?

— Il l'a annulé. Écoutez, je préfère que vous posiez la question à Raff, répéta-t-elle.

— Très bien, fit Strike en notant. Pour quelle raison votre belle-mère a-t-elle frappé votre père sur la tête avec un marteau ? »

Les yeux d'Izzy se remplirent de larmes. Elle réprima un san-glot, sortit un mouchoir de sa manche et le pressa sur son visage.

« Je… je ne voulais pas le dire p… parce que je ne voulais pas q… que vous pensiez du mal de lui maintenant qu'il est… maintenant qu'il est…, vous voyez… il a… il a fait quelque chose qui… »

Elle se mit à pleurer sans retenue, avec des grognements peu élégants et des spasmes qui secouaient ses épaules larges. Strike ne pouvait s'empêcher de la plaindre mais se sentait impuissant face à cette bruyante manifestation de chagrin. Izzy tenta de s'excuser entre deux hoquets.

« Je suis… je suis dé…

— Allons, Izzy, ne dites pas de bêtises, grommela-t-il. C'est normal que vous soyez bouleversée. »

Mais elle s'en voulait vraiment d'avoir perdu le contrôle. Elle répéta des « je suis désolée » plus ou moins hachés jusqu'à ce qu'elle parvienne à se maîtriser. Finalement, elle s'essuya la figure comme elle aurait astiqué une vitre et, après un dernier « désolée », se redressa dans son fauteuil et dit avec une fermeté qui forçait l'admiration, étant donné les circonstances :

« Si vous acceptez… après que nous aurons signé le contrat… je vous dirai ce que papa a fait pour que Kinvara le frappe.

— Je suppose que vous m'apprendrez aussi l'objet du chantage exercé par Winn et Knight ?

— Écoutez, dit-elle pendant que ses yeux se mouillaient à nouveau. Je ne peux pas, ce serait salir la mémoire de papa. Les gens retiendront ça et pas les bonnes choses qu'il a faites – je vous en prie, aidez-nous, Corm. Je vous en supplie. Ce n'était pas un suicide, je le *sais*… »

Strike ne répondit rien et attendit que son silence produise l'effet escompté. De fait, Izzy finit par céder.

« Très bien, dit-elle, la gorge serrée, l'air pitoyable. Je vais tout vous dire sur ce chantage, mais seulement si Fizz et Torks donnent leur accord.

— Qui est Torks ? s'enquit Strike.

— Torquil. Le mari de Fizzy. Nous avons juré de n'en parler à personne, mais je vais leur poser la q… question et s'ils sont d'accord, je vous d… dirai tout.

— Vous ne consultez pas Raphael ?

— Il n'est au courant de rien. Il était en prison quand Jimmy a pris contact avec papa et, de toute façon, il n'a pas grandi avec nous, donc il n'a pas pu… Raff n'a jamais su.

« — Et Kinvara ? Elle sait quelque chose ?

— Oh oui, dit Izzy avec une expression narquoise qui déforma son visage habituellement sympathique. Mais elle refuse catégoriquement qu'on vous en parle. Pas par respect envers papa, non, ajouta-t-elle en traduisant correctement l'expression de Strike. Pour se protéger. Kinvara y trouvait son intérêt, voyez-vous. Elle se fichait de ce que papa faisait, du moment qu'elle récoltait les bénéfices. »

39

Mais, bien entendu, j'en parle le moins possible.
Mieux vaut étouffer l'affaire.

HENRIK IBSEN, *Rosmersholm*

LE SAMEDI S'ANNONÇAIT MAL POUR ROBIN, surtout après la nuit qu'elle venait de passer.

Elle s'était réveillée en criant à 4 heures du matin d'un cauchemar persistant dans lequel, traquée par des hommes masqués, elle sillonnait des rues obscures en transportant des engins d'écoute dans un grand sac. La cicatrice sur son avant-bras s'était ouverte et ses poursuivants n'avaient qu'à suivre la trace de son sang sur le sol. Elle devait remettre les micros à Strike mais savait qu'elle n'atteindrait jamais le lieu du rendez-vous…

« Quoi ? avait marmonné Matthew d'une voix endormie.

— Rien », avait répondu Robin. Puis elle était restée allongée, les yeux grands ouverts, jusqu'à ce qu'il soit 7 heures et qu'elle s'estime en droit de se lever.

Depuis deux jours, un homme jeune, blond et dépenaillé, rôdait sur Albury Street et surveillait leur maison sans trop se cacher. Robin en avait parlé à Strike. Ce dernier doutait qu'il s'agisse d'un détective privé. Il penchait plus pour un journaliste débutant, chargé de glaner des renseignements moyennant un salaire bien inférieur à celui de Mitch Patterson, devenu un luxe injustifié.

Matthew et elle avaient déménagé pour s'éloigner du quartier qu'avait hanté l'Étrangleur de Shacklewell. La maison d'Albury Street était censée être un havre de paix, mais hélas, depuis quelques jours, elle aussi était contaminée par la violence et la mort. Au milieu de la matinée, Robin se réfugia dans la salle de bains, craignant que Matthew s'aperçoive qu'elle faisait une crise. Assise sur le carrelage, elle entreprit de juguler sa panique grâce à la technique de restructuration cognitive que sa thérapeute lui avait enseignée, consistant à identifier les pensées automatiques de poursuite, de danger, de douleur qui surgissaient dans son esprit à cause de tel ou tel élément déclencheur. *C'est juste un abruti qui bosse pour le* Sun. *Il cherche un scoop, point barre. Tu es en sécurité. Il ne peut pas t'atteindre. Tu n'as strictement rien à craindre.*

Quand Robin émergea de la salle de bains et descendit dans la cuisine, elle trouva son mari en train de se préparer un sandwich en faisant claquer portes et tiroirs. Il ne lui demanda pas si elle en voulait un.

« J'en ai marre de voir cet enfoiré devant nos fenêtres. Qu'est-ce qu'on va raconter à Tom et à Sarah ?

— Pourquoi cette question ? fit Robin d'une voix blanche.

— On dîne chez eux ce soir !

— Oh non, gémit Robin. Je veux dire, oui bien sûr. Désolée. J'avais oublié.

— Et si ce foutu journaleux nous suit ?

— On l'ignorera, dit Robin. Que peut-on faire d'autre ? »

Son portable sonna à l'étage. Robin se précipita, trop heureuse d'écourter leur conversation.

« Bonjour, dit Strike. J'ai de bonnes nouvelles. Izzy nous a embauchés. Elle veut que nous enquêtions sur la mort de son père. Ou plus exactement, se reprit-il, elle veut que nous trouvions des preuves accusant Kinvara, mais j'ai réussi à élargir le périmètre de la mission.

— Fantastique ! murmura Robin en refermant la porte par précaution, avant d'aller s'asseoir sur le lit.

— Je savais que ça vous ferait plaisir. Bon, pour commencer, on a besoin de savoir où en est la police, et surtout la Scientifique. J'ai tenté ma chance auprès de Wardle mais ses chefs lui ont donné ordre de ne rien nous dire. Comme s'ils se doutaient que je ne lâcherais pas le morceau. Après, j'ai appelé Anstis mais il ne sait rien. Il est à plein temps sur les Jeux olympiques et ne connaît pas l'enquêteur chargé de l'affaire. Donc je me suis dit que vous pourriez en toucher un mot à Vanessa. Est-elle rentrée de son congé sans solde ?

— Oui ! », répondit Robin, tout émoustillée. Pour la première fois, c'était elle et non Strike qui avait le bon contact. « J'ai encore mieux… Vanessa sort avec un type de la Scientifique, Oliver. Je ne l'ai jamais rencontré mais…

— Si Oliver acceptait de nous parler, ce serait génial. Il faut juste trouver une monnaie d'échange. J'appelle Shanker et je lui demande s'il a quelque chose à me vendre. Je vous tiens au jus. »

Il raccrocha. Bien qu'affamée, Robin ne redescendit pas dans la cuisine, préférant rester étendue sur leur magnifique lit en acajou, un cadeau du père de Matthew pour leur mariage. Ce meuble était si lourd et si encombrant que pour en hisser les différentes parties à l'étage et les assembler, il avait fallu toute l'équipe des déménageurs, des litres de sueur et des dizaines de jurons. En revanche, la vieille coiffeuse bon marché de Robin était légère comme une plume. Une fois ses tiroirs enlevés, il avait suffi d'un homme pour la soulever et la déposer entre les deux fenêtres de leur chambre.

Dix minutes plus tard, son portable sonnait de nouveau.

« Vous avez fait vite.

— Oui, on est en veine. Shanker a pris un jour de congé. Et nous avons trouvé un point d'accord. Il connaît un mec dont il ne verrait pas d'inconvénient à ce que la police s'occupe. Dites à Vanessa que nous avons des infos sur Ian Nash.

— Ian Nash ? répéta Robin en se redressant pour saisir un stylo et inscrire le nom. Qui est-ce exactement… ?

— Un gangster. Vanessa verra tout de suite de qui il s'agit.

— Combien ça vous a coûté ? », demanda Robin. Il y avait de l'amitié entre Strike et Shanker mais pour ce dernier, l'affection et les affaires étaient deux choses bien séparées.

« La moitié des honoraires de la première semaine. Mais si Oliver nous donne du lourd, ce sera de l'argent judicieusement dépensé. Comment allez-vous ?

— Pardon ? fit Robin, perplexe. Je vais bien. Pourquoi ?

— Peut-être que la chose ne vous est jamais venue à l'esprit mais j'ai une responsabilité morale, en tant qu'employeur.

— Nous sommes associés.

— Vous êtes associée salariée. Vous pourriez me traîner devant

la justice pour non-respect des règles liées aux conditions de tra
vail.

— Si j'avais voulu vous traîner devant la justice, répondit
Robin en lorgnant la cicatrice violacée de seize centimètres qui
s'étirait sur la peau blanche de son avant-bras, je l'aurais fait
depuis longtemps, non ? En revanche, s'il vous prenait l'envie de
réparer les toilettes sur le palier…

— Je voulais juste dire, insista Strike, qu'il serait naturel que
vous ayez un genre de contrecoup. Tomber sur un cadavre n'a rien
de désopilant.

— Je me porte comme un charme », mentit Robin.

Il faut que je tienne, pensa-t-elle après qu'ils eurent raccroché.
Je ne veux pas tout perdre encore une fois.

40

Vos antécédents sont tellement différents des siens.

Henrik Ibsen, *Rosmersholm*

L E MERCREDI MATIN, à 6 HEURES, après avoir encore dormi dans la chambre d'amis, Robin se leva et enfila un jean, un T-shirt, un sweat-shirt et des baskets. Dans son sac à dos, elle avait glissé une perruque brune achetée en ligne qui lui avait été livrée la veille sous le nez du journaliste fouineur. Elle descendit l'escalier sur la pointe des pieds pour éviter de réveiller Matthew qui ignorait tout de ses projets. De toute façon, il les aurait désapprouvés.

Ils étaient en période de trêve, encore que le dîner du samedi précédent chez Tom et Sarah eût été fort pénible – ou peut-être justement à cause de cela. Certes, la soirée avait mal commencé. Le type du *Sun* les avait effectivement suivis mais Robin avait réussi à le semer en mettant en pratique sa formation aux techniques de contre-surveillance. Par exemple, dans le métro, elle avait obligé Matthew à quitter la rame bondée juste avant la fermeture des portes. Il s'était énervé, disant qu'il trouvait puéril et humiliant de devoir se livrer à de telles manœuvres. En revanche, Matthew lui-même n'aurait pu imputer à Robin le fiasco sur lequel la soirée s'était achevée.

Ce qui avait démarré comme une simple analyse du match de cricket que les deux hommes avaient disputé et perdu s'était peu à peu transformé en duel à fleurets non mouchetés. Tom avait lancé le premier assaut, en disant d'une voix pâteuse que Matthew était loin d'être aussi bon qu'il le pensait, que son arrogance avait exaspéré les autres joueurs de l'équipe, que peu de gens l'appréciaient au bureau et qu'il prenait ses collègues à rebrousse-poil. Déstabilisé par la soudaineté de l'attaque, Matthew avait voulu savoir ce qu'on lui reprochait précisément mais Tom – qui, selon Robin, avait dû commencer à boire avant leur arrivée, tant il était soûl à table – avait pris sa franche perplexité pour une provocation.

« Arrête de faire ta sainte-nitouche avec moi ! avait-il hurlé. J'en ai par-dessus la tête, putain ! Tu passes ton temps à m'asticoter, à me mettre plus bas que terre… »

« J'ai fait ça, moi ? demanda Matthew à Robin en marchant vers la station de métro, après le dîner.

— Non, répondit Robin. Tu ne lui as rien dit de méchant. »

Et dans sa tête, elle ajouta « ce soir ». C'était pour elle un immense soulagement que de ramener à la maison un homme désemparé et blessé au lieu du fanfaron qu'elle côtoyait habituellement. La sympathie et le soutien qu'elle lui avait manifestés pendant le reste du week-end lui avaient valu deux jours de cessez-le-feu et, à présent, elle n'avait pas l'intention de tout gâcher en lui annonçant que, ce matin encore, elle comptait semer le vilain curieux toujours planté devant chez eux. Mais il n'était pas question non plus que cet individu la suive alors qu'elle avait rendez-vous avec Oliver, le pathologiste du Met. Surtout que Vanessa avait dû déployer des trésors de persuasion pour qu'il accepte de les rencontrer, Strike et elle.

Elle se faufila par les portes-fenêtres donnant sur l'arrière, posa une chaise au pied du muret séparant leur jardin de celui des voisins, dont les rideaux étaient fort heureusement fermés, grimpa et atterrit sans trop de bruit sur la pelouse de l'autre côté.

La deuxième étape de son évasion se révéla plus délicate. D'abord, il fallut qu'elle traîne un banc ornemental sur une distance de deux ou trois mètres pour le placer au niveau de la barrière. Ensuite, elle se percha en équilibre sur le dossier du banc, s'assit sur la clôture en bois créosoté, qui vacilla dangereusement sous son poids, s'élança et retomba au beau milieu d'un parterre de fleurs, chez les voisins suivant dont elle traversa la pelouse ventre à terre pour atteindre le portail au-delà duquel se trouvait le parking public.

Le portail n'était pas verrouillé, elle en conçut un immense soulagement. Elle referma derrière elle en se reprochant d'avoir laissé des traces de pas sur les pelouses couvertes de rosée. Si les voisins se réveillaient tôt, il leur suffirait de les suivre pour découvrir d'où venait le malotru qui s'était permis d'envahir leur jardin, de déplacer leur mobilier et de piétiner leurs bégonias. Le meurtrier de Chiswell, si meurtrier il y avait, s'était montré beaucoup plus adroit qu'elle.

Accroupie près d'une Skoda garée au centre du parking désert – il n'y avait pas de garages fermés dans cette rue –, Robin se servit du rétro extérieur pour ajuster la perruque brune qu'elle avait sortie de son sac à dos. Une fois présentable, elle s'engouffra dans une rue parallèle à Albury Street puis tourna à droite sur Deptford High Street.

À part deux livreurs au volant de leurs camionnettes et le marchand de journaux qui levait son rideau de fer, elle ne vit personne dans les parages. Robin regarda derrière elle et sentit monter non pas une crise de panique, mais un élan d'allégresse : elle l'avait semé. Par précaution, elle ne retira sa perruque qu'une fois assise dans la rame de métro, causant une petite surprise au jeune homme qui l'épiait sans en avoir l'air par-dessus sa tablette Kindle.

Strike avait choisi le Corner Café sur Lambeth Road parce qu'il était à deux pas du laboratoire de médecine légale où exerçait Oliver Bargate. Robin le vit au loin sur le trottoir en train de fumer. Quand elle arriva à sa hauteur, il baissa les yeux sur son jean taché de terre.

« J'ai raté mon atterrissage. Je suis tombée dans les fleurs, expliqua-t-elle. Le petit journaliste n'a toujours pas décampé.

— Matthew vous a fait la courte échelle ?

— Non, je me suis servie du mobilier de jardin. »

Strike écrasa son mégot sur le mur à côté de lui et la suivit dans le café où flottaient d'agréables odeurs de petit déjeuner. Robin lui semblait encore plus pâle et plus mince que d'habitude, aussi fut-il rassuré de l'entendre commander du café et deux friands au bacon sur un ton jovial.

« Un seul, rectifia Strike. Un seul, répéta-t-il pour l'homme qui tenait le comptoir. J'essaie de perdre du poids, expliqua-t-il à Robin en avisant une table qui venait de se libérer. C'est mieux pour ma jambe.

— Ah. Très bien. »

Strike alla s'asseoir et, tout en balayant d'un revers de manche les miettes laissées par les clients précédents, il songea pour la énième fois que Robin était la seule femme de sa connaissance à n'avoir jamais tenté de le changer. Il aurait très bien pu se raviser et commander cinq friands au bacon, elle se serait contentée de sourire et de pousser l'assiette devant lui. Il en était là de ses réflexions quand il la vit revenir avec son jean sale. Une bouffée de tendresse le submergea.

« Tout va bien ? demanda-t-il en la regardant verser du ketchup sur son friand.

— Oui, mentit Robin. Tout va bien. Et votre jambe ?

— Ça s'arrange, répondit-il en salivant. À quoi ressemble le type que nous allons rencontrer ?

— Grand, noir, lunettes », essaya d'articuler Robin, la bouche pleine de pâte et de bacon. Son petit exercice matinal lui avait ouvert l'appétit. Cela faisait des jours qu'elle n'avait pas eu faim comme ça.

« Vanessa est retournée surveiller les Jeux olympiques ?

— Ouais, dit Robin. Elle a harcelé Oliver pour qu'il accepte de nous parler. Il n'était pas très chaud mais elle aimerait bien monter en grade.

— Des infos de première main sur Ian Nash, ça devrait l'aider, dit Strike. D'après Shanker, le Met essaie de le…

— Je crois que c'est lui », souffla Robin.

Strike se tourna et vit entrer un homme grand et mince à la peau brune et au regard inquiet derrière des lunettes sans monture. Il transportait une mallette. Strike lui fit signe. Robin déplaça son assiette, son café, et passa sur la chaise d'à côté pour laisser sa place à Oliver.

Elle l'avait imaginé autrement. Certes, il était beau garçon avec ses cheveux épais sur le dessus, dégagés au niveau des tempes, et sa chemise blanche impeccable, mais Robin lui trouva un air méfiant, voire réprobateur, qui cadrait mal avec le caractère de Vanessa. Néanmoins, il serra cordialement la main que lui tendait Strike et dit gentiment, en se tournant vers elle :

« Vous êtes Robin ? On s'est ratés plusieurs fois, je crois.

— En effet », dit Robin en lui serrant la main à son tour. Devant Oliver si élégant, elle se sentait encore plus sale et hirsute. « Je suis ravie de vous rencontrer, enfin. Il faut aller se servir au comptoir. Voulez-vous une tasse de thé, de café ?

— Euh… du café, oui, je veux bien. Merci. »

Pendant que Robin passait commande, Oliver se tourna vers Strike.

« Vanessa dit que vous avez des infos pour elle.

— C'est possible. Tout dépend de ce que vous avez à nous offrir, Oliver.

— J'aimerais savoir exactement ce que c'est avant que nous allions plus loin. »

Strike sortit une enveloppe de sa veste et la lui tendit.

« Un numéro de plaque d'immatriculation et un plan tracé à la main. »

Apparemment, ces deux pièces avaient une grande valeur aux yeux d'Oliver.

« Je peux vous demander d'où vous sortez ça ?

— Vous pouvez demander, répondit gaiement Strike, mais cette information ne fait pas partie de l'accord. Eric Wardle vous confirmera que mon contact est fiable à 100 %. »

Un groupe d'ouvriers entra dans le café en discutant bruyamment.

« Tout ça restera entre nous, ajouta Strike à mi-voix. Personne ne saura jamais que vous nous avez parlé. »

Oliver soupira, puis se pencha pour attraper sa mallette, l'ouvrit et en sortit un gros carnet de notes. Robin revint avec un mug de café, le tendit à Oliver et reprit sa place. Strike se préparait à écrire.

« Je me suis rapproché d'un des légistes chargés du dossier, fit Oliver en regardant subrepticement les ouvriers qui blaguaient à la table voisine. Et Vanessa a discuté avec un type qui lui a dit où en était l'enquête. » Il se tourna vers Robin. « Ils ne savent pas que Vanessa est une amie à vous. S'ils apprennent qu'on vous a aidés…

— S'ils l'apprennent, ce ne sera pas par nous », lui certifia Robin.

Oliver fronça légèrement les sourcils et ouvrit son carnet pour consulter les notes qu'il avait prises. Il avait une écriture minuscule mais lisible.

« Bon, les expertises sont formelles. Je passe les détails techniques ou… ?

— Donnez-nous juste les grandes lignes, dit Strike.

— Chiswell a ingéré environ 500 mg d'amitriptyline dissoute dans du jus d'orange, alors qu'il avait l'estomac vide.

— C'est une dose importante, n'est-ce pas ? demanda Strike.

— Elle aurait pu lui être fatale même sans l'hélium. Mais ç'aurait pris plus de temps. D'un autre côté, le défunt était malade du cœur. L'amitriptyline provoque de l'arythmie et, à très forte dose, c'est l'arrêt cardiaque.

— C'est un mode de suicide courant ?

— Ouais, mais pas toujours aussi indolore qu'on pourrait le penser. Une bonne partie de la substance était encore dans son estomac. Avec des traces infimes au niveau du duodénum. En fait, il est mort par suffocation, d'après l'analyse des poumons et du tissu cérébral. Je suppose que l'amitriptyline était là en soutien.

— Des empreintes sur le verre et la brique de jus d'orange ? »

Oliver tourna une page.

« Sur le verre, il n'y a que les empreintes de Chiswell. Ils ont trouvé la brique dans la poubelle, vide. Elle aussi portait les empreintes de Chiswell, mais pas seulement. Rien d'inhabituel. Elle a été manipulée par des tas de gens au moment de l'achat. Aucune trace de drogue à l'intérieur. La substance a été versée directement dans le verre.

— Et la bonbonne d'hélium ?

— Pareil. Les empreintes de Chiswell et d'autres personnes. Normal. Comme la brique de jus de fruits, elle a dû passer par pas mal de mains au moment de l'achat.

— Est-ce que l'amitriptyline a un goût ? demanda Robin.

— Ouais, c'est amer.

— Dysfonctionnement olfactif, rappela Strike à Robin. Suite à sa blessure au crâne. Il a pu ne pas sentir l'amertume.

— Ça l'a sonné, j'imagine, renchérit Robin.

— Probablement, répondit Oliver, surtout qu'il n'y était pas accoutumé. Mais certains sujets réagissent autrement. Chiswell aurait pu ressentir de l'agitation, au contraire.

— Sait-on où et comment les comprimés ont été broyés ? intervint Strike.

— Dans la cuisine. Il y avait des résidus de poudre sur le pilon et le mortier.

— Des empreintes ?

— Les siennes.

— Ont-ils analysé les granules homéopathiques ? demanda Robin.

— Les quoi ? répliqua Oliver.

— Il y avait un tube de granules homéopathiques sur le sol. J'ai marché dessus sans le vouloir, expliqua Robin. Du lachesis.

— Je n'en ai pas entendu parler, dit Oliver si sèchement que Robin se sentit un peu stupide d'avoir évoqué le sujet.

— Et la marque qu'il avait sur le dos de la main gauche ?

— Oui, fit Oliver en se replongeant dans ses notes. Il avait des abrasions au visage et une petite blessure sur la main.

— Sur le visage aussi ? dit Robin en se figeant alors qu'elle s'apprêtait à reprendre une bouchée de friand.

— Oui, confirma Oliver.

— Des explications ? insista Strike.

— Vous voulez savoir si on lui a enfoncé le sac de force sur la tête, dit Oliver, comme une constatation. Le MI-5 aussi. On sait qu'il ne s'est pas blessé lui-même. Il n'avait rien sous les ongles. Mais par ailleurs, son corps ne présente aucun autre signe de violence, rien n'a été renversé dans la pièce, pas de trace de lutte…

— À part l'épée tordue, précisa Strike.

— J'oublie tout le temps que vous avez pénétré sur les lieux.

— Des traces sur l'épée ?

— Elle avait été nettoyée récemment mais on a trouvé les empreintes de Chiswell sur la poignée.

— Quelle est l'heure du décès ?

— Entre 6 et 7 heures du matin.

— Pourtant il était habillé, dit Robin, comme si elle pensait tout haut.

— J'ai cru comprendre que Chiswell n'était pas le genre de type à se donner la mort en pyjama, rétorqua Oliver.

— Donc le Met va conclure à un suicide ? dit Strike.

— Entre nous, je pense qu'ils vont opter pour une cause indéterminée. Il subsiste quelques détails inexpliqués. Vous êtes au courant pour la porte d'entrée, je suppose. Elle est déformée et ne ferme pas à moins qu'on insiste. Mais si on la claque trop fort, elle rebondit et se rouvre. Donc, le fait qu'elle était ouverte ne signifie rien en soi. Chiswell a pu mal la fermer et ne pas s'en apercevoir. Ou alors, quelqu'un d'autre a voulu fermer mais ne connaissait pas le truc.

— Savez-vous combien il y avait de clés ? rebondit Strike.

— Non. Mais vous comprendrez aisément que nous avons évité de poser des questions trop précises à nos collègues, Van et moi.

— Il s'agit de la mort d'un ministre, après tout, répondit Strike. C'est normal de se montrer un peu curieux dans ce genre de circonstances, non ?

— Tout ce que je sais c'est que Chiswell avait des tas de raisons de se tuer.

— Comme ? demanda Strike, stylo levé.

— Sa femme allait le quitter…

— Soi-disant, marmonna Strike en écrivant.

— … Ils avaient perdu un bébé, son fils aîné était mort en Irak. D'après la famille, il se comportait bizarrement, il buvait beaucoup. Et il avait de graves problèmes financiers.

— Ah bon ? dit Strike. Lesquels ?

— Il avait perdu presque toute sa fortune durant la crise de 2008. Et puis, il y avait… eh bien, cette affaire sur laquelle vous enquêtiez tous les deux.

— Où se trouvaient les maîtres chanteurs au moment de… ? »

Oliver eut un geste convulsif et faillit renverser son café. Penché vers Strike, il murmura nerveusement :

« Je vous signale que cette question est toujours sous le coup d'une super-injonction, au cas où vous…

— Ouais, on est au courant, dit Strike.

— Eh bien, il se trouve que j'aime mon travail.

— OK, fit Strike, imperturbable, mais sur un ton plus discret néanmoins. Je reformule ma question. La police a-t-elle vérifié l'emploi du temps de Geraint Winn et de Jimmy… ?

— Oui, répondit froidement Oliver. Et ils ont des alibis l'un comme l'autre.

— Quels alibis ?

— Le premier était à Bermondsey avec…

— Non ! Pas Della ! », laissa échapper Robin. Que Geraint se serve de son épouse aveugle pour se constituer un alibi lui semblait indécent. Elle était peut-être naïve mais elle avait du mal à imaginer Della trempant dans les magouilles de son époux.

« Non, rétorqua Oliver. Pourrait-on éviter de nommer les gens ?

— Qui alors ? insista Strike.

— Un employé. Il a dit qu'il se trouvait avec lui et le type a confirmé.

— D'autres témoins ?

— Je n'en sais rien, dit Oliver avec une légère exaspération dans la voix. En tout cas, cet alibi a été accepté.

— Et pour ce qui est de Ji… de l'autre homme ?

— Il était à East Ham avec sa copine.

— Ah bon ? dit Strike en notant. J'ai assisté à son arrestation par la police le soir précédant la mort de Chiswell.

— Il est sorti sous caution. Mais vous savez comme moi que les maîtres chanteurs tuent rarement leurs victimes.

— Pas s'ils parviennent à leur soutirer de l'argent, dit Strike sans cesser d'écrire. Ce qui n'était pas le cas de Knight. »

Oliver regarda sa montre.

« Encore deux petites choses, poursuivit calmement Strike, le coude toujours planté sur l'enveloppe contenant les révélations au sujet de Ian Nash. Vanessa a-t-elle entendu parler d'un coup de fil que Chiswell aurait passé à son fils le matin de sa mort ?

— Ouais, elle m'en a parlé, je crois, dit Oliver en tournant les pages de son carnet dans un sens, puis dans l'autre. Ouais, j'ai trouvé. Il a passé deux appels peu après 6 heures. Le premier à sa femme, le second à son fils. »

Strike et Robin se regardèrent.

« Nous étions au courant pour Raphael. Donc, il a téléphoné à sa femme également ?

— Ouais, en premier. »

Oliver traduisit correctement leur réaction et y répondit spontanément :

« Sa femme est hors de cause. Ils ont commencé par elle, enfin après qu'ils ont écarté la thèse de l'assassinat politique, évidemment.

« Un voisin l'a vue entrer dans la maison d'Ebury Street la veille au soir et ressortir quelques minutes plus tard avec un sac de voyage. Ça s'est passé deux heures avant le retour du mari. Un chauffeur de taxi l'a prise en charge un peu plus loin dans la rue et l'a conduite à Paddington. Une caméra l'a filmée montant dans un train pour... où vit-elle déjà ?... dans l'Oxfordshire ? Et quand elle est arrivée là-bas, il y avait quelqu'un dans la maison, une personne qui se porte garante du fait qu'elle a débarqué avant minuit et n'est pas ressortie jusqu'au moment où la police est venue lui annoncer que Chiswell était mort. Donc un grand nombre de témoins à chaque étape du trajet.

— Qui était dans la maison avec elle ?

— Cela, je l'ignore. » Les yeux d'Oliver se posèrent sur l'enveloppe coincée sous le coude de Strike. « Je vous ai dit tout ce que je savais. »

Strike avait obtenu les réponses qu'il cherchait, plus quelques infos supplémentaires, dont les abrasions sur le visage de Chiswell, ses problèmes financiers et le coup de fil à Kinvara au petit matin.

« Vous nous avez beaucoup aidés, dit-il en glissant l'enveloppe sur la table. Merci mille fois. »

Oliver parut soulagé d'en avoir fini avec eux. Il se leva, serra la main de Strike, salua Robin d'un signe de tête et fila. Dès qu'il fut sorti, Robin se laissa aller contre le dossier de sa chaise et soupira.

« Pourquoi faites-vous grise mine ? demanda Strike en finissant son thé.

— Ce sera la mission la plus courte jamais répertoriée dans les annales. Si Izzy veut des preuves contre Kinvara, elle risque d'être déçue.

— Elle veut la vérité sur la mort de son père, corrigea Strike en souriant devant l'air sceptique de Robin. Et, c'est exact, elle espère que Kinvara en soit déclarée responsable. Bon, pour commencer, voyons si tous ces alibis tiennent le coup. Je compte me rendre à Woolstone samedi. Izzy m'a invité à Chiswell House pour me présenter sa sœur. Vous m'accompagnez ? J'aimerais éviter de conduire, ma jambe me fait toujours des misères.

— Oui, bien sûr », se dépêcha-t-elle de répondre.

La perspective de quitter Londres avec Strike, ne serait-ce que pour une seule journée, lui plaisait tellement qu'elle ne se demanda même pas si Matthew avait prévu quelque chose pour le week-end. Elle était certaine qu'étant donné l'ambiance plus détendue dans leur couple en ce moment, il ne ferait pas de difficultés. En plus, elle était restée dix jours à la maison. « On peut prendre la Land Rover. Ce sera mieux que votre BMW, sur les routes de campagne.

— Si l'autre journaleux continue à vous suivre, vous aurez peut-être besoin de faire diversion, dit Strike.

— Je pense qu'il me sera plus facile de le semer en voiture qu'à pied.

— Ouais, c'est bien possible. »

Robin était titulaire d'un certificat de conduite avancée. Strike détestait monter dans un véhicule conduit par quelqu'un d'autre que lui. Seule Robin faisait exception à la règle, mais il s'était bien gardé de le lui dire.

« À quelle heure sommes-nous attendus à Chiswell House ?

— 11 heures, dit Strike, mais prévoyez la journée. J'aimerais bien jeter un œil à l'ancienne ferme des Knight, pendant que nous serons sur place. » Il hésita. « Je ne sais pas si je vous l'ai dit... j'ai gardé Barclay en infiltration auprès de Jimmy et Flick. »

Il craignait la réaction de Robin. Non seulement il avait décidé cela sans lui en parler, mais il savait qu'elle prendrait mal d'être restée sur la touche alors que Barclay avait eu droit à une mission intéressante. De surcroît, et il ne pouvait pas lui donner tort, il s'attendait à ce qu'elle lui reproche de jouer avec l'équilibre financier de l'agence. Pourtant, Robin se contenta de répondre avec plus d'humour que de rancœur :

« Vous savez parfaitement que je n'étais pas au courant. Pourquoi cette décision ?

— Une intuition. Je sens qu'il y a quelque chose à trouver du côté des frères Knight, même si ce n'est pas évident à première vue.

— Pourtant, vous dites toujours qu'on doit se méfier des intuitions.

— Mais je n'ai jamais dit que je n'étais pas hypocrite. Attendez, je ne vous ai pas encore tout raconté, ajouta Strike tandis qu'ils quittaient la table. Raphael est malheureux à cause de vous.

— Comment cela ?

— D'après Izzy, vous lui avez tapé dans l'œil. Et maintenant qu'il sait qui vous êtes, il déprime.

— Oh, dit Robin en rosissant légèrement. Eh bien, je crois qu'il s'en remettra vite. Il est comme ça. »

41

Mais ce qui, dès le début, nous a rapprochés – ce qui nous lie si intimement l'un à l'autre...

HENRIK IBSEN, *Rosmersholm*

AU COURS DE SA VIE, Strike avait passé beaucoup de temps à se demander ce qu'il avait bien pu faire pour contrarier telle ou telle femme de son entourage. Mais là, en ce qui concernait Lorelei, c'était différent. Il savait pertinemment pourquoi elle lui avait fait la tête toute la soirée du vendredi. Il était même prêt à admettre qu'elle avait raison, dans une certaine mesure.

Cinq minutes après avoir débarqué chez elle, à Camden, il avait reçu un appel d'Izzy. Celle-ci voulait soi-disant lui parler d'une lettre qu'elle venait de recevoir de la part de Geraint Winn. En fait, elle avait surtout envie de papoter. Certains de ses clients croyaient qu'en l'engageant, ils se payaient à la fois les services d'un détective privé, d'un confesseur et d'un psychanalyste. Manifestement, Izzy faisait partie du lot. Par ailleurs, elle semblait résolue non seulement à passer toute la soirée au téléphone avec lui, mais aussi à le draguer – ce qui confirmait l'impression qu'il avait eue la fois où elle lui avait touché le genou –, et d'autant plus explicitement qu'ils n'étaient pas l'un en face de l'autre.

Dans le cadre de son métier, il croisait parfois des femmes déprimées, fragiles, abandonnées. Et trop souvent, ces femmes jetaient leur dévolu sur lui. Mais Strike n'avait jamais couché avec une cliente, bien que l'occasion se soit maintes fois présentée. Son agence passait en priorité. Même s'il avait éprouvé de l'attirance pour Izzy, il se serait bien gardé de franchir la ligne rouge. Car, dans son esprit, la jeune femme demeurait indéfectiblement associée au souvenir de Charlotte.

À plusieurs reprises, Strike avait tenté d'abréger la conversation – Lorelei lui avait mitonné un bon petit plat et sa robe en soie bleu saphir mettait ses formes en valeur mieux qu'un déshabillé – mais Izzy s'était accrochée comme une huître à son rocher. Il lui avait fallu près de trois quarts d'heure pour s'en débarrasser. Et comme Izzy hurlait de rire à tout ce qu'il disait, même quand ce n'était pas drôle, Lorelei pouvait difficilement ignorer que la personne au bout du fil était une femme. Après avoir raccroché, Strike avait tenté d'expliquer à Lorelei qu'il s'agissait d'une cliente endeuillée, mais un autre appel était intervenu, cette fois de Barclay au sujet de Jimmy Knight. Ils avaient parlé peu de temps, mais le mal était fait. En répondant à ce deuxième appel, Strike avait dépassé les bornes.

C'était la première fois qu'ils se voyaient depuis que Lorelei était revenue sur son intempestive déclaration d'amour. Devant sa réaction outrée, Strike, qui doutait déjà de la sincérité de son *mea culpa*, avait compris que sa méfiance était justifiée. Si elle avait accepté de poursuivre leur relation selon les règles fixées au départ c'était uniquement pour le ménager en espérant qu'au fil du temps, il renoncerait à ses principes et s'attacherait à elle pour de bon. Or, en passant presque une heure au téléphone, pendant que le dîner refroidissait, Strike avait contrecarré ses plans, la privant à la fois d'une soirée parfaite et d'une perspective d'avenir.

Si seulement Lorelei avait accepté ses sincères excuses, ils se seraient peut-être réconciliés sur l'oreiller. Mais quand, à 2 heures 30 du matin, elle avait de nouveau battu sa coulpe en versant toutes les larmes de son corps, Strike s'était senti trop épuisé pour lui faire l'amour. D'ailleurs, il n'en avait même plus envie tant il redoutait de lui donner de faux espoirs.

Il est temps que ça se termine, songea-t-il lorsqu'il se leva trois heures plus tard, les yeux cernés, les joues noires de barbe. Craignant qu'elle ne se réveille avant qu'il ait quitté l'appartement, il rassembla ses vêtements sans faire de bruit. Il renonça même au petit déjeuner, parce que Lorelei avait remplacé la porte de la cuisine par un rideau de perles qui cliquetait au moindre déplacement d'air. Strike sortit sur le palier et s'apprêtait à descendre dans la rue quand Lorelei émergea de la chambre, ébouriffée de sommeil, triste et désirable dans son kimono court.

« Tu allais partir sans me dire au revoir ? »

Ne pleure pas. Putain, ne pleure pas.

« Tu dormais si bien. Il faut que j'y aille, j'ai rendez-vous avec Robin à…

— Tu m'en diras tant, répliqua Lorelei. Va, cours, il ne faut surtout pas faire attendre Robin.

— Je t'appelle. »

Il crut percevoir un sanglot en atteignant la porte du bas, mais comme celle-ci faisait beaucoup de bruit en s'ouvrant, Strike put feindre de n'avoir rien entendu.

Il avait du temps devant lui. Il fit un détour par le McDonald's le plus proche où il commanda un Egg McMuffin et un grand café qu'il consomma sur une table crasseuse, entouré par d'autres lève-tôt. Un jeune type affligé d'un furoncle sur la nuque lisait l'*Independant* juste devant lui. Par-dessus son épaule, Strike eut le temps de déchiffrer : « La ministre des Sports quitte son mari » avant que l'homme tourne la page.

Il sortit son téléphone et entra dans Google « Winn mariage ». Plusieurs titres s'affichèrent aussitôt : « La ministre des Sports se sépare de son mari "à l'amiable" », « Della Winn met fin à son mariage », « La ministre aveugle organisatrice des Jeux paralympiques sur le point de divorcer ».

Les grands quotidiens se contentaient d'articles courts et factuels dont certains s'étoffaient néanmoins de quelques détails sur l'impressionnante carrière de Della, en politique et ailleurs. On sentait que leurs avocats avaient scrupuleusement veillé à ce qu'ils n'enfreignent pas la super-injonction protégeant les Winn. Strike termina son McMuffin en deux bouchées, se colla une cigarette entre les lèvres et sortit du restaurant clopin-clopant. Sur le trottoir, il l'alluma et fit monter sur son portable le site web d'un blogueur politique bien connu pour ses pamphlets frisant parfois la diffamation.

Le texte avait été rédigé quelques heures auparavant.

On se demandait quand le couple le plus mal assorti de Westminster, et dont on connaît le goût pour les jeunes collaboratrices, finirait par exploser. Voilà qui est fait, si l'on en croit la rumeur. Il n'aura plus accès aux jeunes filles à peine nubiles qui rêvent de faire leurs premières armes en politique. En revanche, elle s'est déjà trouvé un jeune et bel « assistant » qui l'aidera à franchir ce mauvais cap.

Moins de quarante minutes plus tard, Strike sortait du métro à Barons Court et allait s'adosser à la grosse boîte aux lettres rouge, placée face à l'entrée. Silhouette solitaire dominée par le fronton Art nouveau portant le nom de la station en lettres capitales, il reprit son portable et continua sa revue de presse. Les Winn étaient mariés depuis plus de trente ans. Dans son entourage, Strike ne connaissait aucun couple ayant tenu aussi longtemps, mis à part celui formé par sa tante et son oncle en Cornouailles, qui avaient pris soin de sa sœur et de lui quand leur mère ne voulait plus ou ne pouvait plus s'occuper d'eux, ce qui se produisait à intervalles réguliers.

Un raclement métallique accompagné d'un rugissement de moteur lui fit lever les yeux. Il venait de reconnaître le bruit caractéristique de la vieille Land Rover que Robin avait héritée de ses parents. La vision de sa chevelure dorée derrière le pare-brise lui fit brusquement oublier sa fatigue et sa mauvaise humeur. Et la seconde d'après, une vague de bonheur s'abattit sur lui.

« Bonjour », lança Robin. Quand Strike ouvrit la portière et jeta son fourre-tout sous le tableau de bord, elle lui trouva une mine horrible. « Oh, va te faire voir », dit-elle à l'intention du conducteur qui klaxonnait comme un malade derrière elle, estimant sans doute que Strike mettait trop de temps à monter.

« Désolé… ma jambe m'élance. Je me suis préparé en quatrième vitesse.

— Pas de problème – *Toi-même, connard* ! », hurla Robin à l'automobiliste qui la doublait en gesticulant et en lui balançant des obscénités.

Ayant enfin réussi à s'installer, Strike claqua sa portière. Robin s'éloigna du trottoir.

« Des soucis pour venir ? demanda-t-il.

— Qu'est-ce que…

— Le journaliste.

— Oh… Non, il n'était pas là. Il a dû jeter l'éponge. »

Strike se demandait comment Matthew avait réagi quand Robin lui avait annoncé qu'elle travaillait ce samedi.

« Vous êtes au courant pour les Winn ? demanda-t-il.

— Non, que s'est-il passé ?

— Ils ont rompu.

— C'est pas vrai !

— Mais si. Tous les journaux en parlent. Écoutez ça… »

Il lui lut les quelques lignes rédigées par le blogueur.

« Mon Dieu, souffla Robin.

— J'ai reçu deux appels intéressants hier soir, reprit Strike pendant qu'ils accéléraient pour rejoindre la M4.

— De qui ?

— L'un d'Izzy, l'autre de Barclay. Izzy a reçu une lettre de Geraint.

— Vraiment ?

— Eh oui. Il l'a envoyée à Chiswell House voilà quelques jours, pas à son domicile londonien. Du coup, elle ne l'a découverte qu'en arrivant à Woolstone. Je lui ai demandé de la scanner et de me l'envoyer par mail. Je vous la lis ?

— Allez-y.

— "Ma très chère Isabella"…

— Brrr, frissonna Robin.

— "Vous comprendrez j'espère, qu'en raison du terrible malheur qui vous frappe, Della et moi ayons attendu quelques jours pour vous contacter. Nous le faisons à présent dans un esprit d'amitié et de compassion."

— S'il éprouve le besoin d'insister là-dessus…

— "Della et moi avions quelques différends avec Jasper, tant sur le plan politique que personnel, mais nous n'avons jamais oublié qu'il était père de famille. Nous réalisons combien sa perte doit être douloureuse pour vous. Vous dirigiez son bureau avec courtoisie et efficacité. Notre petit couloir sera bien triste désormais."

— Il ne lui disait même pas bonjour ! lança Robin.

— C'est ce que Izzy m'a expliqué au téléphone hier soir, répondit Strike. Attendez, il est aussi question de vous.

— "Je ne peux pas croire que vous ayez partie liée avec la jeune

364

femme qui se faisait appeler 'Venetia', et dont les agissements nous paraissent hautement douteux, pour ne pas dire criminels. Il est de notre devoir de vous informer que nous la soupçonnons d'avoir eu accès à des données confidentielles, cette personne s'étant maintes fois introduite dans mon bureau sans y être autorisée."

— Je n'ai eu accès à rien du tout sauf à la prise de courant, s'indigna Robin, et je ne suis pas entrée "maintes fois" dans son bureau. Trois fois en tout et pour tout.

— "Comme vous ne l'ignorez pas, notre famille a elle aussi connu la tragédie du suicide. Nous savons donc que ce moment est extrêmement difficile et douloureux pour vous tous. Décidément nos familles semblent destinées à se croiser dans les heures les plus noires. Recevez nos meilleurs sentiments, nos pensées vous accompagnent, etc., etc." »

Strike ferma le fichier.

« Ce n'est pas un message de condoléances, dit Robin.

— Non, c'est une lettre de menace. En résumé, si les Chiswell utilisent les renseignements sur lui ou sur son œuvre de charité que vous avez prétendument volés dans son bureau, il les poursuivra pour complicité. »

Robin s'engagea sur l'autoroute.

« Quand disiez-vous qu'elle a été envoyée ?

— Il y a cinq ou six jours, répondit Strike en vérifiant.

— J'ai l'impression que Della et lui n'avaient pas encore rompu, sinon il n'aurait pas écrit "notre petit couloir sera bien triste désormais". S'ils se séparent, Geraint perd son boulot, n'est-ce pas ?

— Sans doute, oui, confirma Strike. Trouvez-vous qu'Aamir Mallik soit joli garçon ?

— Pardon ? fit Robin, surprise. Oh... le "jeune et bel assistant" ? Il n'est pas désagréable à regarder mais il n'a rien d'un mannequin.

— C'est sûrement lui dont il est question. Elle ne doit pas tenir la main de beaucoup d'hommes en les appelant mon chéri ?

— Je n'arrive pas à croire qu'il soit son amant, dit Robin.

— "Les personnes dans votre genre", cita Strike. Dommage que vous ne vous souveniez pas du numéro de ce poème.

— Y en a-t-il un qui parle d'un homme ayant des rapports avec une femme plus âgée ?

— Les plus connus traitent tous de ce sujet, dit Strike. Catulle était amoureux d'une femme mûre.

— Aamir n'est pas amoureux. Vous avez entendu l'enregistrement.

— Je vous l'accorde, il ne semblait pas transi d'amour. J'aimerais bien savoir d'où viennent les bruits d'animaux que ses voisins entendent la nuit. »

Sa jambe lui faisait mal. Quand il toucha le point de contact entre son moignon et la prothèse, Strike comprit que le problème tenait en partie au fait qu'il avait enfilé cette dernière dans le noir et trop vite.

« Ça vous ennuie si je rajuste ma…

— Ne vous gênez pas », dit Robin.

Strike remonta sa jambe de pantalon et entreprit de détacher les sangles. Depuis cette déchirure musculaire qui l'avait obligé à se passer de prothèse pendant deux semaines, la peau recouvrant son moignon était devenue très sensible et réagissait mal aux frottements. Il prit le tube de crème E45 dans son fourre-tout et en appliqua une bonne couche sur son épiderme irrité.

« J'aurais dû faire ça plus tôt », dit-il comme pour s'excuser.

La présence du fourre-tout signifiait pour Robin que Strike avait dormi chez Lorelei. Sa négligence était-elle due à une nuit trop bien remplie ? se demanda-t-elle. Avec Matthew, ils n'avaient plus fait l'amour depuis leur week-end d'anniversaire.

« Je vais le laisser respirer un moment », dit Strike en transférant prothèse et fourre-tout à l'arrière de la Land Rover. Ce faisant, il vit qu'il n'y avait rien sur la banquette, à part une bouteille Thermos rouge écossais et deux gobelets en plastique. Quelle déception ! Avant, quand ils partaient enquêter en province, Robin emportait toujours un panier de victuailles.

« Pas de biscuits ?

— Je croyais que vous vouliez perdre du poids ?

— Les trucs qu'on grignote pendant les trajets en voiture ne comptent pas. N'importe quel diététicien digne de ce nom vous le dira. »

Robin sourit.

« "Les calories c'est des conneries : le régime Cormoran Strike".

— "Les tribulations de Strike Ladalle ou comment mourir de faim en voiture".

— Vous n'avez pas mangé avant de partir ? demanda Robin avant de se rappeler, non sans embarras, qu'il était sans doute occupé à autre chose, ce matin.

— Si, j'ai pris un petit déjeuner. Maintenant j'ai envie d'un biscuit.

— On peut faire halte quelque part, proposa Robin. On a tout notre temps. »

Robin accéléra doucement et dépassa deux véhicules qui roulaient à une allure d'escargot. Strike se sentait bien, à son aise. Mais pas uniquement parce qu'il avait retiré sa prothèse et laissé derrière lui l'appartement de Lorelei, avec sa déco trop kitsch et la femme au cœur brisé qui l'avait choisie. Le simple fait d'être assis confortablement dans une voiture en mouvement, le moignon à l'air, les muscles relâchés, était quelque chose de totalement inédit pour lui. Depuis l'explosion qui lui avait arraché la jambe, Strike angoissait dès qu'il devait monter dans un véhicule conduit par quelqu'un d'autre. En plus de cela, il s'était toujours méfié des femmes au volant. Un préjugé dont il n'était pas fier mais qui lui venait d'une série d'expériences traumatisantes, vécues dans sa jeunesse avec toutes les femmes de sa famille sans exception. Cela dit, la soudaine exaltation qu'il avait ressentie le matin même en apercevant Robin derrière le pare-brise de la Land Rover n'avait rien à voir avec ses talents de conductrice. Strike regardait la route se dérouler devant lui, quand brusquement sa mémoire lui joua un tour. Dans un spasme de plaisir mêlé de douleur, il renifla le parfum des roses blanches, se revit sur l'escalier où il l'avait serrée dans ses bras, le jour de son mariage, sentit le contact de sa bouche contre la sienne, dans la chaleur moite d'un parking d'hôpital.

« Vous pourriez me passer mes lunettes de soleil ? dit Robin. Dans mon sac, là. »

Il les lui donna.

« Vous voulez du thé ? proposa-t-il.

— Je préfère attendre, mais servez-vous. »

Il tendit le bras pour attraper la Thermos sur la banquette arrière. Le thé était parfaitement infusé, comme il l'aimait.

« J'ai questionné Izzy sur le testament de son père, hier soir, reprit-il.

— L'héritage est important ? demanda Robin qui se rappelait l'aspect délabré de la maison d'Ebury Street.

— Beaucoup moins qu'on aurait pu croire, dit Strike en sortant le calepin sur lequel il avait noté les réponses d'Izzy. Oliver avait raison. Les Chiswell sont fauchés – toutes proportions gardées, bien sûr.

« Apparemment, le père de Jasper avait déjà claqué une bonne partie de la fortune familiale en femmes et en chevaux. Après quoi, Chiswell a divorcé et ça s'est mal passé pour lui. La famille de Patricia avait de quoi s'offrir les meilleurs avocats. C'est d'ailleurs grâce à cela que Izzy et sa sœur sont à l'abri du besoin. Elles touchent les revenus d'un fond de placement, d'où le bel appartement d'Izzy à Chelsea.

« La grosse pension alimentaire que Chiswell a dû verser à la mère de Raphael l'a quasiment mis sur la paille. Le peu qu'il lui restait, il l'a investi dans les placements à risque que lui avait conseillés son gendre, agent de change. "Torks" s'en veut énormément à cause de cela, paraît-il. Izzy m'a demandé d'éviter le sujet, aujourd'hui. Et la crise de 2008 lui a porté le coup de grâce.

« Il a pris ses dispositions pour éviter que ses héritiers paient des droits de succession. Plusieurs biens de famille, dont Chiswell House elle-même, ont été transmis de son vivant à l'aîné de ses petits-fils…

— Pringle, dit Robin.

— Comment ?

— Pringle. C'est le surnom qu'ils ont donné à cet enfant, expliqua Robin. Fizzy a trois fils. Izzy ne cessait de parler d'eux : Pringle, Flopsy et Pong.

— Seigneur, marmonna Strike. Je vais rencontrer les Télétubbies. »

Robin éclata de rire.

« … et Chiswell a tenté de se remettre à flot en vendant des terres autour de Chiswell House ainsi que des objets auxquels il était moins attaché. Il a même pris une deuxième hypothèque sur la maison d'Ebury Street.

— Donc, si je comprends bien, Kinvara et ses chevaux vivent

chez son petit-fils par alliance ? dit Robin en changeant de vitesse pour doubler un camion.

— Tout à fait. Dans son testament, Chiswell a spécifié que Kinvara garderait l'usufruit de la maison jusqu'à sa mort, ou son remariage. Quel âge a le fameux Pringle ?

— Dans les dix ans, je crois.

— J'ai hâte de savoir si la famille respectera la volonté du défunt, étant donné que sa fille cadette pense qu'il est mort assassiné par sa femme. Encore faudrait-il que Kinvara ait assez de liquidités pour entretenir le domaine. Izzy m'a dit hier soir que sa sœur et elle-même sont censées recevoir 50 000 et les petits-enfants 10 000 chacun. Mais il y a tout juste assez d'argent dans les caisses. Kinvara touchera le produit de la vente d'Ebury Street moins les hypothèques et elle disposera à sa guise de tous les biens mobiliers, desquels il faut toutefois retirer les objets de valeur qui ont été légués par anticipation à l'aîné des petits-enfants. Résultat, il ne lui restera quasiment rien à part du bric-à-brac et les cadeaux que Chiswell lui a faits durant leur mariage.

— Raphael ne reçoit rien ?

— Je n'ai pas trop envie de le plaindre. Selon Izzy, au cours de sa carrière, sa splendide maman a réussi à dépouiller quelques richissimes pigeons. À sa mort, il héritera d'un appartement à Chelsea.

« Tout cela pour dire que Chiswell n'a certainement pas été tué pour son argent, conclut Strike. Je peux savoir quel est le prénom de la sœur aînée ? Je ne vais quand même pas l'appeler Fizzy.

— Sophia, répondit Robin en souriant.

— OK. Bon, elle, on peut l'exclure. J'ai vérifié. Le matin en question, elle suivait un cours intitulé Équitation pour les Handicapés, dans le Northumberland. Raphael n'avait rien à gagner à la mort de son père et, d'après Izzy, il le savait. Ça reste à confirmer, bien sûr. Izzy elle-même avait pris "une petite cuite" à Lancaster House et le lendemain, elle se sentait un peu patraque. Sa voisine peut témoigner l'avoir vue boire du thé dans leur jardin partagé, à l'heure de la mort. Elle m'a déballé tout ça hier soir sans que je lui demande rien.

— Ce qui nous laisse Kinvara, dit Robin.

— Tout à fait. Maintenant, si Chiswell ne lui faisait pas assez confiance pour lui parler de nous, on peut supposer qu'elle ignorait également l'état exact de ses finances. Peut-être espérait-elle un héritage plus conséquent, mais…

— … mais c'est elle qui a le meilleur alibi, compléta Robin.

— Exactement. »

Ils avaient laissé derrière eux les arbustes et les buissons impeccablement taillés qui bordaient le tronçon d'autoroute traversant Windsor et Maidenhead. À présent, de vrais arbres défilaient de chaque côté, empiétant sur la chaussée. Ils étaient assez vieux pour avoir assisté à l'abattage de leurs semblables à l'époque où la route avait été tracée.

« Le coup de fil de Barclay n'était pas dépourvu d'intérêt non plus, reprit Strike en tournant deux pages de son calepin. Knight est d'une humeur massacrante depuis la mort de Chiswell. Barclay ignore pourquoi. Mercredi soir, Jimmy a fait enrager Flick en lui balançant que sa coloc avait raison de dire qu'elle n'était qu'une petite-bourgeoise… Ça vous ennuie si je fume ? Je vais baisser la vitre. »

La brise était si fraîche et piquante que ses yeux fatigués se mirent à ruisseler. En tenant sa cigarette à l'extérieur entre deux bouffées, il poursuivit :

« Flick s'est fâchée tout rouge. Elle a dit qu'elle faisait "ce boulot de merde pour te rendre service" et que ce n'était pas sa faute à elle s'il n'avait pas eu ses 40 000 livres. Ce à quoi Jimmy a répliqué en la traitant de, je cite les mots de Barclay : "mouche à merde". Elle est partie furieuse et le jeudi matin, Jimmy a envoyé un texto à Barclay disant qu'il retournait dans le patelin où il avait grandi, pour voir son frère.

— Billy est à Woolstone ? s'étonna Robin, s'apercevant qu'elle en était venue à considérer le jeune homme comme un personnage de légende.

— C'est peut-être un faux prétexte. Qui sait où il compte se rendre réellement ? Enfin bref, Jimmy et Flick ont refait surface hier soir au pub, visiblement réconciliés. Il paraît qu'ils se sont rabibochés par téléphone. Au cours des deux jours de congé de Barclay, Flick s'est trouvé un boulot pas du tout petit-bourgeois.

— Pas mal, dit Robin.

— Que pensez-vous du métier de vendeuse ?

— J'ai fait quelques remplacements étant ado, dit Robin. Pourquoi ?

— Flick travaille à temps partiel à Camden, dans une boutique de bijoux tenue par une illuminée, une wiccane. Comme c'est très mal payé et que la patronne est complètement givrée, les employés ne restent pas longtemps.

— Vous croyez qu'ils pourraient me reconnaître ?

— Les frères Knight ne vous ont jamais vue en chair et en os, dit Strike. Flick non plus. Si vous changez de coiffure et que vous remettez vos lentilles de contact colorées… J'ai le sentiment que Flick en sait beaucoup, ajouta-t-il en tirant une bouffée de sa cigarette. Comment a-t-elle eu connaissance de la chose qui leur a permis de faire chanter Chiswell ? N'oubliez pas, c'est elle qui a renseigné Jimmy. Ce qui est étrange, d'ailleurs.

— Attendez. Je ne vous suis pas.

— C'est ce qu'elle a dit le jour de la manifestation. Je ne vous en ai pas parlé ?

— Non. »

Strike se rappela brusquement qu'après la manifestation, il avait passé une semaine chez Lorelei, la jambe posée sur un tabouret, tellement furieux que Robin lui ait fait faux bond qu'il lui avait à peine dit deux mots au téléphone. Puis ils s'étaient retrouvés ensemble à l'hôpital et là, il était si inquiet pour Jack qu'il avait totalement oublié de lui passer l'information, comme il l'aurait fait en temps normal.

« Désolé, dit-il. C'est la fois où…

— Oui, je vois », l'interrompit-elle. Elle aussi préférait ne pas évoquer ce fameux week-end. « Qu'a-t-elle dit exactement ?

— Elle a dit que sans elle, il n'aurait jamais su ce que Chiswell avait fait.

— C'est bizarre. Pourtant c'est lui qui a passé son enfance à proximité de la famille Chiswell.

— Oui, mais la chose pour laquelle ils le faisaient chanter date d'il y a seulement six ans, bien après que Jimmy a quitté la région, lui rappela-t-il. Si vous voulez mon avis, Jimmy garde Flick à portée de main parce qu'elle en sait trop. Il doit craindre qu'elle n'aille tout révéler si jamais il la larguait.

« Vous essayez de lui tirer les vers du nez, et si ça ne marche

371

pas, vous pourrez toujours partir en prétextant que vendre des boucles d'oreilles ne vous branche pas. Mais connaissant ses relations avec Jimmy, je pense que Flick sera trop contente d'avoir une copine à qui confier ses malheurs. N'oubliez pas, dit-il en jetant son mégot avant de remonter la vitre, que Flick est aussi l'alibi de Jimmy. »

Surexcitée à l'idée de repartir en mission d'infiltration, Robin répondit :

« Je n'ai pas oublié. »

Elle se demanda comment Matthew réagirait si elle se rasait les tempes ou se teignait les cheveux en bleu. Il n'avait trop rien dit quand elle lui avait annoncé qu'elle passerait le samedi avec Strike. Sa période de repos à la maison et surtout le soutien qu'elle lui avait manifesté après sa dispute avec Tom semblaient avoir redoré son blason.

Peu après 10 heures 30, ils quittèrent l'autoroute et s'engagèrent sur une route de campagne qui descendait vers la vallée où se nichait le petit village de Woolstone. Robin se gara le long d'une haie vive garnie de clématites, afin que Strike puisse replacer discrètement sa prothèse. En rangeant ses lunettes de soleil dans son sac à main, elle vit que Matthew lui avait adressé deux textos deux heures plus tôt. La Land Rover faisait tellement de bruit qu'elle n'avait rien entendu.

Le premier disait :

Toute la journée. Et Tom ?

Le deuxième, dix minutes plus tard :

Erreur d'aiguillage. C'était pour le boulot.

Robin relisait les deux messages quand Strike s'écria :
« Merde alors ! »

Il avait rattaché sa prothèse et regardait par la vitre une chose qu'elle ne pouvait pas voir.

« Quoi ?
— Là-bas. »

Strike désignait un endroit sur les hauteurs, par lequel ils avaient

372

dû passer en arrivant. Robin se pencha et porta son regard le plus loin possible.

Une grande silhouette de calcaire blanc se détachait comme un bas-relief préhistorique sur le flanc de la colline. Robin crut d'abord reconnaître un léopard stylisé, puis comprit subitement ce qui était représenté. Une seconde après, elle entendit la voix de Strike :

« La gosse. Il l'a étranglée là-haut, près du cheval. »

42

Dans une famille, il y a toujours quelque chose qui cloche.

HENRIK IBSEN, *Rosmersholm*

UN PANNEAU DE BOIS ÉCAILLÉ marquait la direction de Chiswell House. Robin bifurqua et s'engagea sur un chemin semé d'ornières et de ronces. À gauche un bois touffu, à droite une vaste prairie quadrillée par des barrières électrifiées entre lesquelles paissaient des chevaux. En voyant le véhicule inconnu passer devant eux en bringuebalant, deux chevaux parmi les plus grands partirent au galop, effrayés par le bruit. Comme dans une réaction en chaîne, l'agitation gagna leurs congénères qui se mirent à cavaler le long des barrières tandis qu'eux-mêmes se balançaient des ruades.

« Ouah, fit Robin en observant la scène, agrippée au volant. Elle a mis deux étalons ensemble.

— Ça ne se fait pas, j'imagine », dit Strike. L'un des deux, un monstre noir de jais, s'attaquait à coups de dents et de sabots à son compagnon, une bête tout aussi impressionnante mais à la robe d'une couleur que Strike aurait qualifiée de brune, en se doutant qu'il existait un terme plus approprié.

« En général, on évite », dit Robin en grimaçant. Les postérieurs de l'étalon noir venaient de frapper le flanc du brun.

Au dernier tournant, ils aperçurent une maison en pierre néoclassique avec une façade jaunâtre sans grande originalité. Le terrain couvert de gravier qui servait de parking était, comme le chemin d'accès, creusé de nids-de-poule et envahi de mauvaises herbes.

Les fenêtres auraient eu besoin d'un bon décrassage. Vision incongrue, une auge remplie de fourrage trônait près de la porte d'entrée. Trois voitures étaient garées : une Audi Q3 rouge, une Range Rover sportive verte et un Grand Vitara cabossé et maculé de boue. À droite de la maison, on apercevait les écuries, et à gauche, une vaste pelouse de croquet où pissenlits et pâquerettes avaient élu domicile depuis pas mal de temps, apparemment. Plus loin, s'étendait une forêt dense.

Quand Robin freina, un labrador noir obèse et un terrier à poil dur surgirent par la porte d'entrée en aboyant. Le labrador semblait d'un naturel plutôt paisible mais le Norfolk terrier, affublé d'une tête de singe malveillant, continua de japper et de grogner jusqu'à ce qu'un homme blond vêtu d'une chemise à rayures et d'un pantalon en velours côtelé couleur moutarde s'encadre sur le seuil et hurle :

« LA FERME, RATTENBURY ! »

Impressionné, le roquet baissa d'un ton sans toutefois cesser de manifester sa réprobation par de petits grognements dont Strike semblait l'unique destinataire.

« Torquil D'Amery », chantonna l'homme blond en s'approchant de Strike, la main tendue. De grosses poches soulignaient ses yeux bleu pâle et son visage rubicond semblait n'avoir jamais eu besoin de rasoir. « Ne faites pas attention au chien, il aboie mais ne mord pas.

— Cormoran Strike. Et voici… »

Robin serra la main de Torquil et, au même instant, vit Kinvara apparaître dans un vieux jodhpur et un T-shirt délavé, sa tignasse rousse flottant librement sur ses épaules.

« Pour l'amour du ciel… vous ne connaissez donc *rien* aux chevaux ? leur lança-t-elle, furieuse. Vous rouliez bien trop rapidement.

— Tu devrais mettre un casque avant d'aller là-bas ! », lui cria Torquil. Mais Kinvara avait déjà tourné les talons et s'éloignait à grands pas comme si de rien n'était. Torquil leva les yeux au ciel. « Ce n'est pas votre faute, leur dit-il. Si on roule trop lentement sur ce foutu chemin, on risque de rester coincé dans un nid-de-poule. Allez, on entre… Tiens, voilà Izzy. »

En effet, Izzy sortait de la maison, vêtue d'une robe-chemisier bleu marine, la croix de saphir toujours pendue à son cou. Elle s'avança pour embrasser Strike comme s'il était un vieil ami venu lui présenter ses condoléances, ce qui ne manqua pas d'étonner Robin.

« Comment ça va ? dit-il en reculant pour s'arracher à son étreinte. Je ne vous présente pas Robin, vous la connaissez.

— Bonjour. Il va falloir que je m'habitue à vous appeler Robin, dit Izzy en souriant et l'embrassant sur les deux joues. Excusez-moi si je me trompe de prénom. Pour moi, vous êtes toujours Venetia.

« Avez-vous appris pour les Winn ? », embraya-t-elle sans presque reprendre son souffle.

Ils hochèrent la tête en même temps.

« Cet horrible, *horrible* petit bonhomme, dit Izzy. Je suis bien contente que Della se soit débarrassée de lui.

« Enfin bon, entrez... où est Kinvara ? », demanda-t-elle à son beau-frère. Après la clarté qui régnait dehors, le vestibule semblait plongé dans la pénombre.

« Avec ses fichus canassons. Ils sont encore énervés, dit Torquil en essayant de couvrir les aboiements du Norfolk terrier. Non, fous le camp, Rattenbury ! Tu restes dehors. »

Il claqua la porte au nez du terrier, lequel se mit à couiner et à gratter le battant. Le labrador silencieux se plaça dans le sillage d'Izzy. Ils traversèrent le vestibule délabré doté d'un large escalier en pierre et entrèrent dans la salle de séjour, à droite.

Les grandes fenêtres donnaient sur l'ancienne pelouse de croquet et les bois. Ils virent trois enfants très blonds courir dans les herbes hautes, puis disparaître. Leur coiffure, leurs vêtements avaient quelque chose de désuet, comme s'ils sortaient d'un vieux film des années 1940.

« Les fils de Torquil et Fizzy, dit Izzy, attendrie.

— Je plaide coupable, renchérit Torquil en se rengorgeant. Ma femme est à l'étage, je vais la chercher. »

Quand Robin se détourna de la fenêtre, une odeur entêtante effleura ses narines, lui procurant une inexplicable tension. Puis elle repéra un vase de lys orientaux sur une table derrière un canapé. Les fleurs étaient assorties aux rideaux décolorés, autrefois rouge vif, à présent rose pâle, et au tissu effiloché tendu sur les murs où deux tableaux avaient été décrochés récemment, comme l'attestaient les deux taches foncées qu'ils avaient laissées. Tout dans cette pièce avait l'air usé, râpé, décati. Une peinture était encore exposée au-dessus de la cheminée. On y voyait un cheval à la robe blanche mouchetée de brun, dont le museau effleurait un poulain d'une blancheur immaculée, recroquevillé dans la paille.

Sous le tableau, si discret qu'ils ne l'avaient pas vu en entrant, se tenait Raphael. De dos à la cheminée, mains dans les poches de son jean, il faisait plus italien que jamais dans cette pièce typiquement anglaise, avec ses coussins en tapisserie fanés, ses livres de jardinage empilés sur un guéridon et ses lampes chinoises ébréchées.

« Bonjour, Raff, dit Robin.

— Bonjour Robin, répondit-il sans sourire.

— Je te présente Cormoran Strike, Raff », intervint Izzy. Comme Raphael ne bougeait pas de sa place, Strike dut s'avancer pour serrer la main qu'il lui tendait sans enthousiasme et qui rejoignit sa poche aussitôt après.

« Ouais, donc, Fizzy et moi étions justement en train de parler de Geraint, dit Izzy que la séparation du couple Winn semblait préoccuper. Il faut espérer qu'il s'abstiendra d'ouvrir la bouche, parce que maintenant que papa est parti, il a le droit de dire tout ce qui lui chante sans risquer d'être pénalisé, n'est-ce pas ?

— S'il tente de faire ça, vous avez des munitions contre lui », lui rappela Strike.

Elle lui adressa un regard brillant de gratitude.

« Vous avez raison, bien sûr, et c'est à vous que nous le devons… à vous et à Venetia… Robin, je veux dire.

— Torks, je suis en bas ! », brailla une voix féminine à l'extérieur de la pièce. Une femme qui ne pouvait être que Fizzy entra à reculons en transportant un plateau surchargé. Elle avait quelques années de plus que sa sœur, un visage criblé de taches de rousseur, un teint légèrement tanné, des cheveux blonds mêlés de gris et une chemise rayée semblable à celle de son mari mais agrémentée de perles. Elle leva la tête pour regarder le plafond et se remit à beugler « TORKS ! JE SUIS ICI ! », si brusquement que Robin sursauta.

Elle déposa son plateau sur l'ottomane tapissée, installée devant Raff et la cheminée.

« Bonjour, je suis Fizzy. Où est passée Kinvara ?

— Elle fait semblant de s'occuper de ses chevaux, dit Izzy en contournant le canapé pour s'asseoir. Une excuse pour nous fausser compagnie, j'imagine. Prenez un siège, vous deux. »

Strike et Robin choisirent deux fauteuils disposés côte à côte, à angle droit avec le canapé dont les ressorts cassés devaient martyriser les postérieurs depuis des dizaines d'années. Robin sentait le regard de Raphael rivé sur elle.

Fizzy se tourna vers Strike tout en versant le thé. « Izzy me dit que vous connaissez Charlie Campbell.

— C'est exact.

— Heureux homme », dit Torquil qui venait de les rejoindre.

Strike fit comme s'il n'avait pas entendu.

« Avez-vous déjà rencontré Jonty Peters ? poursuivit Fizzy. C'est un ami des Campbell. Il avait un boulot en rapport avec la police... non, Badger, ce n'est pas pour toi... Torks, qu'est-ce qu'il faisait déjà, ce Jonty Peters ?

— Magistrat, répondit Torquil du tac au tac.

— Mais oui, bien sûr, magistrat. Vous avez déjà croisé Jonty, Cormoran ?

— Non, répondit Strike, je regrette.

— Il était marié avec... comment s'appelle-t-elle, une jolie fille, Annabel. Elle a tant fait pour Save the Children qu'on lui a décerné la CBE l'année dernière, c'était mérité. Oh, mais si vous fréquentez les Campbell, vous connaissez sûrement Rory Moncrieff.

— Je ne crois pas, non », répondit patiemment Strike en se demandant comment Fizzy réagirait s'il lui disait que les Campbell s'étaient bien gardés de le présenter à quiconque. Mais peut-être aurait-elle quand même renchéri : *Oh, mais dans ce cas, vous devez connaître Basile Plumley. Ils le détestent, lui aussi, c'est un alcoolique violent mais sa femme a escaladé le Kilimandjaro au profit de Dogs Trust...*

Torquil repoussa le labrador obèse qui aurait bien chipé un ou deux biscuits. Le chien s'éloigna lentement et s'avachit dans un coin de la salle pour démarrer sa sieste. Pendant ce temps-là, Fizzy prenait place sur le canapé entre sa sœur et son mari.

« J'ignore si Kinvara a l'intention de se joindre à nous, dit Izzy. Je propose qu'on ne l'attende pas. »

Strike demanda s'ils avaient du nouveau au sujet de l'enquête.

Sa question fut suivie d'un silence émaillé par les cris des enfants qui jouaient dehors dans l'herbe.

« On n'en sait pas tellement plus que ce que je vous ai déjà dit, finit par répondre Izzy. Mais nous avons le sentiment... tous ici présents, ajouta-t-elle en se tournant alternativement vers ses trois parents, que la police privilégie la thèse du suicide. Par ailleurs, je sais qu'ils estiment devoir poursuivre leurs investigations...

— C'est normal, Izzy, Jasper était ministre de la Couronne, l'interrompit Torquil. Ils vont effectuer des recherches plus appro-fondies que s'il s'agissait de Monsieur Tout-le-monde. Vous devez savoir ça, Cormoran, fit-il d'un air solennel en repositionnant son corps massif sur le canapé. Désolé, les filles, mais je dois avouer que personnellement, je penche pour un suicide.

« Évidemment, je comprends que l'idée soit difficile à accepter. Et ne pensez pas, dit-il à Strike, que je désapprouve votre partici-pation. Si ça peut tranquilliser les filles, tant mieux. Mais la, euh, la partie masculine de la famille – hein, Raff ? – pense que tout sim-plement... eh bien, mon beau-père a décidé qu'il ne pouvait pas continuer comme ça. Ce sont des choses qui arrivent. Il n'était pas dans son état normal, c'est évident. Hein, Raff ? », répéta Torquil.

Raphael ne semblait guère apprécier qu'on l'interpelle ainsi. Ignorant son beau-frère, il s'adressa directement à Strike.

« Mon père se comportait bizarrement depuis deux semaines. J'ignore pourquoi. Personne ne m'avait dit qu'on le faisait ch...

— On ne va pas entrer là-dedans, le coupa Torquil. On était tous d'accord. »

Izzy intervint d'une voix anxieuse :

« Cormoran, vous vouliez savoir pourquoi papa subissait ce chantage...

— Jasper n'a enfreint aucune loi, l'interrompit Torquil. Il n'y a rien de plus à en dire. J'ai toute confiance en votre discrétion, précisa-t-il à l'intention de Strike. Mais ces choses-là finissent toujours par se savoir. Et nous ne voulons pas que la presse nous tombe encore dessus. On est d'accord, n'est-ce pas ? demanda-t-il à sa femme.

— Oui, je crois, dit Fizzy, visiblement partagée. Bien sûr, nous ne voulons pas que l'affaire soit étalée dans les journaux mais Jimmy Knight avait de bonnes raisons d'en vouloir à papa,

Torks. Je pense que Cormoran doit au moins savoir cela. Il est ici, à Woolstone, en ce moment. Tu es au courant ?

— Non, dit Torquil, j'ignorais.

— Oui, Mrs. Ankill l'a croisé, expliqua Fizzy. Il lui a demandé si elle avait vu son frère.

— Pauvre petit Billy, dit vaguement Izzy. Il n'était pas bien. Mais c'est un peu normal quand on a été élevé par Jack o'Kent. Une nuit, voilà des années, papa était sorti promener les chiens, ajouta-t-elle pour Strike et Robin, et il a vu Jack poursuivre Billy à travers leur jardin en lui balançant des coups de pied, de vrais coups de pied. L'enfant était nu. Quand il a vu papa, Jack o'Kent s'est arrêté, bien sûr. »

Manifestement, ni Chiswell ni sa fille n'avaient estimé l'incident assez grave pour être rapporté à la police ou aux services sociaux. Comme si Jack o'Kent et son fils étaient des créatures à moitié sauvages dont les mœurs s'apparentaient à celles des animaux peuplant la forêt.

« Moins on parle de Jack o'Kent, mieux ça vaut, lança Torquil. Tu dis que Jimmy avait de bonnes raisons d'en vouloir à ton père, Fizz, mais c'est l'argent qui l'intéressait. Tuer ton père ne lui aurait rien rapp...

— Il était furieux contre papa, s'obstina Fizzy. Peut-être a-t-il compris qu'il ne paierait jamais. Alors, il a vu rouge. Jimmy était une sacrée terreur autrefois, dit-elle à Strike. Il a commencé à militer de bonne heure. Il retrouvait les frères Butcher au pub du village et il disait aux clients qu'il fallait pendre les tories, les noyer, les écarteler. Et par la même occasion, il essayait de leur refiler le *Socialist Worker*... »

Fizzy jeta un regard oblique en direction de sa sœur qui ne broncha pas. Strike nota son silence gêné.

« Il causait des problèmes sans arrêt, reprit Fizzy. Les filles l'aimaient bien mais... »

La porte de la salle de séjour s'ouvrit. Devant les yeux éberlués des autres membres de la famille, Kinvara entra, rouge d'énervement. Strike s'extirpa non sans difficulté de son fauteuil défoncé, fit un pas vers elle et lui tendit la main.

« Cormoran Strike. Comment allez-vous ? »

Kinvara se serait bien passée d'un accueil si cordial. Elle lui serra quand même la main, mais de mauvaise grâce. Torquil tira un siège pour elle à côté de l'ottomane et Fizzy se mit en devoir de lui verser une tasse de thé.

« Les chevaux vont bien, Kinvara ? demanda gaiement Torquil.

— Mystic s'est encore fait mordre par Romano, dit-elle en foudroyant Robin du regard. Donc, j'ai dû rappeler le vétérinaire. Il devient fou chaque fois qu'un véhicule emprunte le chemin à grande vitesse, mais à part ça, il va bien.

— Je ne vois pas pourquoi tu mets les étalons dans le même enclos, Kinvara, dit Fizzy.

— C'est une légende qu'ils ne s'entendent pas, rétorqua sa belle-mère. À l'état sauvage, les troupeaux de mâles sont monnaie courante. Une étude en Suisse a prouvé qu'ils coexistent pacifiquement une fois qu'ils ont établi une hiérarchie. »

Elle parlait sur un ton exalté, presque fanatique.

« Nous parlions de Jimmy Knight à Cormoran, l'informa Fizzy.

— Je pensais que vous ne vouliez pas entrer…

— On ne parlait pas du chantage, intervint Torquil. On disait juste que cet individu était une plaie, étant jeune.

— Oh, fit Kinvara. Je vois.

— Votre belle-fille se demande s'il n'aurait pas joué un rôle dans la mort de votre mari, dit Strike en guettant sa réaction.

— Je sais », répondit Kinvara avec une certaine indifférence. Elle suivit des yeux Raphael qui s'était écarté de la cheminée pour attraper un paquet de Marlboro Light, posé près d'une lampe. « Je ne connaissais pas Jimmy Knight. La première fois que je l'ai vu c'était il y a un an, quand il est venu à la maison pour parler à Jasper. Il y a un cendrier sous ce magazine, Raphael. »

Son beau-fils alluma sa cigarette et revint en tenant le cendrier qu'il posa sur un guéridon à côté de Robin avant de reprendre sa place devant la grille du foyer.

« Le chantage a commencé comme ça, poursuivit Kinvara. Jasper n'était pas là, le soir en question, donc c'est moi qui l'ai reçu. Quand Jasper est rentré et que je lui ai raconté la visite de Jimmy, il s'est mis en colère. »

Strike attendit. Il n'était sans doute pas le seul à penser que Kinvara risquait de briser l'omerta familiale et de dévoiler ce que Jimmy lui avait dit ce soir-là. Mais elle se maîtrisa. Strike sortit son calepin.

« Puis-je vous poser quelques questions de routine ? Je doute que la police ait oublié de vous demander quoi que ce soit mais j'aimerais éclaircir un ou deux points, si cela ne vous ennuie pas.

« Combien y a-t-il de clés pour la maison d'Ebury Street ?

— Trois, pour autant que *je* sache, dit Kinvara, sous-entendant que les Chiswell pouvaient très bien en posséder d'autres à son insu.

— Réparties comment ?

— Jasper avait la sienne, moi la mienne et Jasper avait donné la clé de secours à la femme de ménage.

— Comment s'appelle-t-elle ?

— Aucune idée. Jasper l'a renvoyée deux semaines avant de… de mourir.

— Pourquoi l'a-t-il renvoyée ?

— Eh bien, puisqu'il faut tout vous dire, nous l'avons virée par souci d'économie.

— L'aviez-vous trouvée via une agence ?

— Oh non. Jasper était vieux jeu. Il a mis une annonce dans une boutique du quartier et elle a postulé. Je pense qu'elle était roumaine ou polonaise ou quelque chose dans ce genre-là.

— Vous avez ses coordonnées ?

— Non. Jasper l'a embauchée et l'a licenciée. Je ne l'ai même jamais vue.

— Qu'est devenue sa clé ?

— Elle *était* dans le tiroir de la cuisine d'Ebury Street mais, après sa mort, nous avons découvert que Jasper l'avait rangée dans un tiroir verrouillé de son bureau, au ministère. Nous l'avons récupérée avec ses autres effets personnels.

— C'est étrange, non ? dit Strike. Pourquoi l'aurait-il mise là ? Quelqu'un a une idée ? »

Seule Kinvara répondit :

« Il était constamment inquiet pour sa sécurité. Les derniers temps, il devenait parano – sauf en ce qui concernait les chevaux, bien sûr. Les clés d'Ebury Street sont d'un modèle spécial. Impossible à reproduire.

— Difficile à reproduire, corrigea Strike en notant sur son

calepin, mais pas impossible, si on connaît les bonnes personnes. Où étaient les deux autres clés au moment du décès ?

— Celle de Jasper était dans la poche de sa veste et la mienne ici, dans mon sac à main.

— La bonbonne d'hélium, poursuivit Strike. Quelqu'un sait quand elle a été achetée ? »

Ses paroles rencontrèrent un profond silence.

« Il y a peut-être eu une fête, proposa Strike, pour l'un des enfants… ?

— Non, dit Fizzy. Il n'a jamais organisé de fête à Ebury Street, pas à ma connaissance du moins. C'était là-bas qu'il travaillait.

— Et vous, madame Chiswell, dit-il en se tournant vers Kinvara. Vous souvenez-vous d'une… ?

— Non. Je l'ai déjà dit à la police. Jasper a dû l'acheter lui-même, il n'y a pas d'autre explication.

— A-t-on trouvé un reçu ? Une facturette de carte de crédit ?

— Il a sûrement payé en espèces, proposa Torquil.

— J'aimerais éclaircir autre chose, dit Strike en sautant au deuxième point sur sa liste. Ces appels téléphoniques que le ministre a passés le matin de sa mort. Le premier vous était destiné, madame Chiswell, et le second était pour vous, Raphael. »

Raphael hocha la tête.

« Il voulait savoir si je comptais vraiment le quitter, expliqua Kinvara, et j'ai répondu oui, je suis tout à fait sérieuse. On n'a pas parlé très longtemps. J'ignorais… j'ignorais qui était vraiment cette jeune femme, Venetia. Elle avait surgi de nulle part et quand je l'avais interrogé à son sujet, Jasper s'était troublé et… ça m'avait énormément contrariée. Je pensais qu'il y avait quelque chose entre eux.

— D'après vous, pourquoi votre mari a-t-il attendu le matin pour vous appeler, alors que vous aviez laissé le mot la veille au soir ? demanda Strike.

— Il m'a dit qu'il ne l'avait pas remarqué en entrant.

— Où l'aviez-vous posé ?

— Sur sa table de nuit. J'imagine qu'il était soûl en arrivant. Il boit… il *buvait*… beaucoup. Depuis cette histoire de chantage. »

Le Norfolk terrier qu'on avait laissé dehors apparut subitement derrière les portes-fenêtres et se remit à aboyer pour qu'on lui ouvre.

« Foutu clébard, lança Torquil.

— Jasper lui manque, dit Kinvara. C'était le ch... chien de Jasper... »

Elle se leva d'un bond pour aller pêcher des mouchoirs dans une boîte juchée sur les livres de jardinage empilés. Les quatre autres prirent un air gêné. Le terrier aboyait toujours, et de plus en plus fort. Il réveilla le labrador qui répondit d'un unique jappement guttural. Puis, tout à coup, on vit l'un des trois blondinets émerger des hautes herbes et appeler le petit chien qui s'élança vers lui pour jouer à la balle.

« Bravo, Pringle ! », lui cria Torquil.

Avec le retour du silence, les petits bruits que Kinvara faisait avec sa gorge et les grognements du labrador qui se rendormait résonnèrent pleinement à travers la pièce. Izzy, Fizzy et Torquil s'adressaient des coups d'œil furtifs. Raphael, changé en statue, regardait droit devant lui. Robin n'avait pas grande affection pour Kinvara, mais fut pourtant surprise par leur manque d'empathie.

« D'où vient ce tableau ? demanda Torquil d'un air faussement intéressé, en désignant la scène animalière accrochée au-dessus de Raphael. Il est nouveau, hein ?

— Il appartenait à Tinky, dit Fizzy en levant les yeux à son tour. Elle l'avait apporté d'Irlande avec un tas de bric-à-brac sur le thème des chevaux et de l'équitation.

— Vous voyez ce poulain ? poursuivit son mari en observant toujours la peinture. Vous savez à quoi il me fait penser ? Au syndrome létal du poulain blanc. Vous en avez déjà entendu parler ? demanda-t-il à sa femme et à sa belle-sœur. Toi, Kinvara, tu sais ce que c'est, bien sûr, ajouta-t-il comme s'il faisait une fleur à sa belle-mère en lui permettant de revenir dans la conversation. Un poulain totalement blanc qui semble naître en bonne santé mais avec une anomalie au niveau des intestins. Il est incapable d'évacuer ses fèces. Mon père élevait des chevaux, expliqua-t-il à Strike. Les poulains blancs meurent au bout d'un jour ou deux. Ce qui est terrible c'est que la jument a le temps de les nourrir, de s'attacher, et puis...

— Torks », dit Fizzy d'une voix tendue. Mais trop tard. Kinvara s'était précipitée hors de la pièce. La porte claqua.

« Quoi ? fit Torquil surpris. Qu'est-ce que j'ai… ?

— Le *bébé*, murmura Fizzy.

— Oh mon Dieu. J'avais complètement oublié. »

Il se leva et remonta son pantalon en velours côtelé moutarde. On le sentait embarrassé, sur la défensive.

« Enfin, quoi ! lança-t-il à la cantonade. Comment pouvais-je prévoir qu'elle le prendrait comme ça ? Ce ne sont que des chevaux sur un foutu tableau !

— Tu sais comment elle réagit chaque fois qu'il est question de naissance, dit Fizzy avant de se tourner vers Strike et Robin. Kinvara a eu un bébé qui n'a pas survécu, voyez-vous. C'est un sujet très sensible pour elle. »

Torquil s'approcha du tableau et plissa les paupières pour lire l'inscription gravée sur une plaque en cuivre au bas du cadre.

« "La jument éplorée". Et voilà, j'avais raison, triompha-t-il. Le poulain est bien mort.

— Kinvara aime ce tableau parce qu'il lui rappelle Lady, intervint Raphael, sortant subitement de son silence.

— Qui ça ? fit Torquil.

— La jument qui souffrait de fourbure.

— Qu'est-ce que la fourbure ? demanda Strike.

— Une inflammation du sabot, lui répondit Robin.

— Oh, vous montez ? s'écria Fizzy, clairement ravie.

— Ça m'est arrivé, autrefois.

— La fourbure est une maladie grave, expliqua Fizzy à Strike. Ça peut les rendre boiteux. On doit leur appliquer un traitement intensif, mais parfois, il n'y a rien à faire et donc, il vaut mieux…

— Ma belle-mère a pris soin de cette jument durant des semaines, dit Raphael à Strike. Elle se relevait en pleine nuit, etc., etc. Mon père a profité…

— Raff, cela n'a strictement aucun intérêt, le coupa Izzy.

— … Il a profité, s'obstina Raphael, d'une absence de Kinvara pour appeler le vétérinaire sans la consulter et faire euthanasier l'animal.

— Lady souffrait, plaida Izzy. Papa m'a dit dans quel état elle se trouvait. La maintenir en vie était de l'égoïsme pur et simple.

— Ah ouais ? fit Raphael en fixant un point quelque part sur la pelouse. Eh bien, si je rentrais chez moi et que je tombais sur la dépouille d'un animal que j'aime, moi aussi je saisirais le premier objet contondant qui me tomberait sous la main.

— Raff, dit Fizzy, je t'en prie !

— C'était ton idée, Izzy, dit-il avec un sourire mauvais. Tu crois vraiment que Mr. Strike et sa superbe assistante n'auront pas l'idée d'aller interroger Tegan ? Ils sauront bientôt que notre père n'était qu'un gros…

— Raff ! répéta Fizzy plus sèchement.

— Reprends-toi, vieille branche, lança Torquil en employant une expression que Robin croyait cantonnée aux livres. Toute cette histoire est sacrément déprimante, mais ce n'est pas une raison pour dire ça. »

Sans leur accorder un seul regard, Raphael se tourna vers Strike.

« Je devine quelle sera votre prochaine question. Que m'a dit mon père au téléphone, ce matin-là ?

— Oui, en effet.

— Il m'a ordonné de venir ici.

— Ici ? À Woolstone ?

— *Ici*, répéta Raphael. Dans cette maison. Il pensait que Kinvara allait faire une bêtise. Il m'a paru vaseux. Un peu bizarre. Comme s'il avait la gueule de bois.

— Qu'est-ce que signifiait "faire une bêtise", d'après vous ? demanda Strike, le stylo levé au-dessus du calepin.

— Elle avait déjà menacé de se supprimer. À moins qu'il n'ait craint qu'elle mette le feu au peu qu'il lui restait. » D'un geste circulaire, il montra la pièce vieillotte où ils étaient rassemblés. « Comme vous pouvez le voir, il n'y a plus grand-chose.

— Il vous a dit qu'elle avait rompu ?

— J'ai eu l'impression que les choses n'allaient pas fort entre eux mais je ne me rappelle pas ses mots exacts. Il n'était pas cohérent.

— Avez-vous fait ce qu'il a demandé ?

— Oui. J'ai pris ma voiture comme un bon garçon bien obéissant, j'ai roulé jusqu'ici et j'ai trouvé Kinvara vivante, dans la cuisine, en train de pester contre Venetia… Robin, je veux dire. Comme vous l'avez sans doute compris, Kinvara pensait que papa la faisait cocue.

— Raff ! dit Fizzy, outragée.

— Il est inutile d'employer ce langage », renchérit Torquil.

Tous évitaient de croiser le regard de Robin qui était devenue rouge pivoine et s'en rendait parfaitement compte.

« C'est bizarre, vous ne trouvez pas ? releva Strike. Votre père vous demande de rejoindre votre belle-mère dans l'Oxfordshire pour la surveiller alors qu'il aurait pu recourir à des gens sur place. Si j'ai bien compris, il y avait quelqu'un ici. »

Izzy se dépêcha de répondre avant Raphael.

« Tegan, la fille d'écurie, *était* dans la maison cette nuit-là. Kinvara ne laissait jamais les chevaux seuls », expliqua-t-elle. Puis, anticipant correctement la question suivante de Strike : « Je crains que personne n'ait ses coordonnées. Kinvara s'est disputée avec elle juste après la mort de papa et Tegan est partie. J'ignore où elle travaille maintenant. Mais n'oubliez pas, dit Izzy en se penchant vers Strike pour lui préciser, avec le plus grand sérieux, que Tegan était probablement endormie à l'heure où Kinvara prétend être arrivée. C'est une grande maison. Kinvara aurait pu débarquer à n'importe quel moment, Tegan n'y aurait vu que du feu.

— Mais si Kinvara avait été à Ebury Street quand j'ai eu mon père au téléphone, pourquoi m'aurait-il demandé de la retrouver à Woolstone ? répliqua Raphael, exaspéré. Et comment expliques-tu qu'elle soit arrivée ici avant moi ? »

On sentait que Izzy cherchait une remarque bien cinglante à lui renvoyer. Mais elle n'en trouva aucune. Strike comprenait mieux pourquoi elle lui avait dit que l'échange entre Chiswell et son fils au téléphone « ne comptait pas » : en fait, ce coup de fil à lui seul lavait Kinvara de tout soupçon.

« Quel est le nom de famille de Tegan ?

— Butcher, dit Izzy.

— Comme les frères Butcher en compagnie desquels Jimmy Knight aimait bien traîner autrefois ? » demanda Strike.

Robin eut l'impression que les trois occupants du canapé évitaient de se regarder. Fizzy se chargea de répondre.

« Oui, effectivement, mais…

— Je vais tenter de contacter la famille, proposa Izzy, pour qu'ils me donnent le numéro de Tegan. Oui, je vais faire ça, Cormoran, et je vous transmettrai ce que j'aurai obtenu. »

Strike se tourna de nouveau vers Raphael.

« Êtes-vous parti aussitôt après que votre père vous a demandé de rejoindre Kinvara ?

— Non, j'ai mangé un morceau d'abord, et je me suis douché. M'occuper d'elle ne m'enchantait guère. On n'est pas trop copains, tous les deux. Je suis arrivé ici vers neuf heures.

— Combien de temps êtes-vous resté ?

— Des heures, tout compte fait, répondit doucement Raphael. Deux policiers sont venus nous annoncer la mort de papa. Je pouvais difficilement la laisser seule après ça. Kinvara s'est presque écr… »

La porte s'ouvrit. Le visage impassible, Kinvara rentra et regagna sa chaise raide, une poignée de mouchoirs serrée au creux de la main.

« Je n'ai que cinq minutes, dit-elle. Le vétérinaire vient d'appeler. Comme il est dans le coin, il veut bien passer examiner Romano. Je ne pourrai pas rester.

— Puis-je poser une question ? demanda Robin à Strike. Ce n'est peut-être rien du tout, ajouta-t-elle pour les autres. Mais quand j'ai trouvé le ministre, il y avait sur le sol près de lui un petit tube bleu contenant des granules homéopathiques. Ça m'a étonnée parce que le ministre ne me semblait pas…

— Quel genre de granules ? demanda sèchement Kinvara, à la grande surprise de Robin.

— Du lachesis.

— Dans un petit tube bleu ?

— Oui. Elles étaient à vous ?

— Oui, en effet !

— Vous les aviez laissées à Ebury Street ? demanda Strike.

— Non, je les ai perdues voilà plusieurs semaines… mais je ne les emportais jamais là-bas, dit-elle en fronçant les sourcils, comme si elle se parlait à elle-même. Je les avais achetées à Londres parce que la pharmacie de Woolstone n'en vendait pas. »

Visiblement, elle se creusait la tête pour tenter de recoller ses souvenirs épars.

« Je me rappelle, j'en ai goûté une ou deux devant la pharmacie. Je voulais savoir s'il les remarquerait dans sa nourriture…

— Pardon ? fit Robin qui croyait avoir mal entendu.

— La nourriture de Mystic, précisa Kinvara. C'était pour Mystic.

— Tu voulais donner des granules homéopathiques à un cheval ? s'écria Torquil en prenant les autres à témoin du ridicule de cette idée.

— Jasper trouvait ça idiot, lui aussi, dit vaguement Kinvara, toujours perdue dans ses pensées. Oui, j'ai ouvert le tube juste après l'avoir acheté, j'en ai pris deux et – elle mima l'action – je l'ai mis dans la poche de ma veste. Mais quand je suis rentrée, il n'y était plus. J'ai cru l'avoir laissé tomber quelque part... »

Elle eut un petit hoquet et devint toute rouge, comme saisie d'une révélation soudaine. Puis, s'apercevant que tout le monde la regardait, elle ajouta :

« Ce jour-là, je suis rentrée à Chiswell House avec Jasper. Nous nous sommes retrouvés à la gare, nous avons pris le train ensemble... C'est lui qui les a prises dans ma poche ! Il les a volées pour que je ne puisse pas les donner à Mystic !

— Kinvara, tu exagères un peu, non ? », dit Fizzy avec un petit rire.

Raphael écrasa sa cigarette dans le cendrier en porcelaine posé près du coude de Robin. Il semblait se retenir de faire un commentaire.

« En avez-vous acheté d'autres ? demanda Robin en se disant que cette histoire de granules volées frisait le grotesque.

— Oui, dit Kinvara, encore sous le choc. Mais elles se présentaient autrement. Le tube bleu, c'est celui que j'ai acheté en premier.

— L'homéopathie repose sur l'effet placebo, n'est-ce pas ? dit Torquil à la cantonade. Comment un cheval... ?

— Torks, marmonna Fizzy entre ses dents. Tais-toi.

— Pourquoi votre mari vous aurait-il volé un tube de granules homéopathiques ? s'étonna Strike. Ce serait...

— ... de la méchanceté gratuite ? proposa Raphael, debout les bras croisés, sous le tableau représentant un poulain mort. Quand une personne est absolument convaincue d'avoir raison, elle peut se croire en droit d'imposer sa volonté aux autres, même si l'enjeu n'a aucune importance.

— Raff, répliqua Izzy, je sais que tu es déprimé...

— Je ne suis pas déprimé, Izz. En fait, je me sens plutôt libéré, quand je pense à toutes les saloperies que papa a faites de son vivant...

— Ça suffit, mon garçon ! gronda Torquil.

— Je ne suis pas ton garçon, répliqua Raphael en prenant une autre cigarette. Enfonce-toi ça dans la caboche. Ne t'avise plus jamais de m'appeler "mon garçon".

— Je vous en prie, excusez-le, lança Torquil à Strike. Il est furieux contre feu mon beau-père à cause du testament.

— Je savais qu'il m'avait déshérité ! lâcha Raphael, puis en désignant Kinvara : C'est son œuvre !

— Ton père n'a pas eu besoin de moi pour se décider, je t'assure ! rétorqua Kinvara dont le visage avait viré à l'écarlate. De toute façon, ce n'est pas l'argent qui te manque, tu es déjà gâté pourri par ta mère. » Elle se tourna vers Robin. « Sa mère a quitté Jasper pour un diamantaire, après avoir raflé tout ce qui lui tombait sous la main...

— Pourrais-je poser encore deux questions ? l'interrompit Strike d'une voix forte avant que Raphael ne se remette à cracher son venin.

— Le vétérinaire sera ici dans une minute, dit Kinvara. Il faut que je retourne à l'écurie.

— Juste deux questions et c'est fini, promit Strike. Avez-vous noté la disparition de comprimés d'amitriptyline ? C'est un médicament qui vous est prescrit, n'est-ce pas ?

— La police m'a déjà posé la question. Il se peut que j'en aie perdu, dit Kinvara avec une agaçante désinvolture. Mais comment en être sûre ? Je me souviens d'en avoir égaré une boîte et quand je l'ai retrouvée, j'ai eu l'impression qu'elle contenait moins de comprimés qu'avant. Je sais que j'avais eu l'intention d'en laisser à Ebury Street au cas où, mais devant la police je n'ai pas su dire si je l'avais vraiment fait.

— Donc, vous ne pourriez pas jurer qu'il vous manquait des comprimés ?

— Non. Jasper a pu m'en voler mais je ne peux pas le jurer.

— Avez-vous aperçu d'autres intrus dans le jardin depuis la mort de votre mari ? demanda Strike.

— Non. Personne.

— J'ai entendu dire qu'un ami de votre mari avait tenté de l'appeler tôt dans la matinée sans y parvenir. Sauriez-vous qui est cet ami ?

— O... oui. C'était Henry Drummond, dit Kinvara.

— Qui est… ?

— Un marchand d'art, un vieil ami de papa, intervint Izzy. Raphael a travaillé pour lui pendant quelque temps – n'est-ce pas, Raff ? Jusqu'à ce qu'il vienne aider papa à la Chambre des Communes.

— Je ne vois pas ce qu'Henry vient faire dans cette histoire, dit Torquil avec un petit rire excédé.

— Bon, je pense que ce sera tout, dit Strike en refermant son carnet sans prêter attention à sa remarque. Pourtant j'aimerais bien savoir si, d'après vous, votre mari s'est suicidé, madame Chiswell. »

La main qui tenait les mouchoirs se crispa.

« Personne ne s'intéresse à ce que je pense.

— Moi si, je vous assure », répondit Strike.

Les yeux de Kinvara passèrent de Raphael qui regardait furieusement la pelouse à l'extérieur, à Torquil.

« Eh bien, si vous voulez mon opinion, Jasper a fait une chose très stupide, juste avant qu'il…

— Kinvara, dit sèchement Torquil, je te conseille de…

— Je n'ai que faire de tes conseils ! rétorqua Kinvara en pivotant brusquement vers lui, les yeux plissés. Après tout, ce sont tes conseils qui ont mené cette famille à la ruine ! »

Fizzy lança un regard à son mari par-dessus la tête d'Izzy, sans doute pour lui intimer l'ordre de se taire. Kinvara reprit, à l'intention de Strike :

« Peu avant sa mort, mon mari a provoqué une personne à laquelle il n'aurait jamais dû se frotter. Et ce, malgré mes avertissements…

— Vous voulez parler de Geraint Winn ? demanda Strike.

— Non, dit Kinvara, mais vous brûlez. Torquil ne veut pas que j'en parle, parce que ça implique son cher ami Christopher…

— Bordel de merde ! », explosa Torquil. Il se leva brusquement et remonta encore une fois son pantalon en velours moutarde. « Mon Dieu, on ne va quand même pas entraîner dans cette histoire de fous des gens qui n'ont strictement rien à y voir ! Quel rapport avec Christopher, nom de Dieu ? Mon beau-père s'est tué ! hurla-t-il, se tournant d'abord vers Strike, puis vers sa femme et sa belle-sœur. J'ai toléré cette pitrerie pour que vous retrouviez votre tranquillité d'esprit mais, franchement, si c'est à cela qu'on doit aboutir… »

Izzy et Fizzy se récrièrent de concert, s'efforçant à la fois de le raisonner et de se justifier elles-mêmes. Kinvara quitta sa chaise au milieu de la mêlée, rejeta en arrière ses longs cheveux roux et se dirigea vers la sortie d'un pas tranquille. Robin comprit qu'elle avait lancé cette bombe intentionnellement. Arrivée devant la porte, elle fit une pause. Les autres tournèrent la tête comme si elle les avait interpellés. Et de sa voix claire et enfantine, Kinvara leur dit :

« Vous avez tous rappliqué comme si cette maison était la vôtre et moi une simple invitée. Mais Jasper a dit que je pourrais vivre ici aussi longtemps que je voudrais. Je vais voir le vétérinaire, mais quand je reviendrai, j'aimerais que vous soyez partis. Vous n'êtes plus les bienvenus chez moi. »

43

Car j'ai bien peur qu'ils ne nous reviennent, mainte-
nant, les fantômes.

Henrik Ibsen, *Rosmersholm*

ROBIN DEMANDA LA PERMISSION d'aller aux toilettes avant
de partir. Fizzy, qui fulminait toujours contre Kinvara,
l'escorta pour lui éviter de se perdre.

« Comment ose-t-elle, pestait Fizzy en traversant le vestibule. *Comment ose-t-elle ?* Cette maison appartient à Pringle,
pas à elle. » Elle inspira et poursuivit : « Je vous en prie, oubliez
ce qu'elle a raconté sur Christopher, elle essayait juste de faire
enrager Torks. C'était vraiment odieux de sa part. Il est tout
retourné.

— Qui est Christopher ? s'enquit Robin.

— Eh bien – je ne sais pas si je dois le dire, répondit Fizzy.
Mais je suppose que si – bien sûr, il n'est absolument pas mêlé
à cela. Kinvara cherche juste à faire du mal aux gens. Il s'agit de
Sir Christopher Barrowclough-Burns. Un vieil ami de la famille
de Torks. Christopher est haut fonctionnaire auprès des Affaires
étrangères. Il a servi de mentor à ce jeune homme, Mallik. »

Le cabinet de toilette était glacial et vétuste. Pendant qu'elle ver-
rouillait la porte, Robin entendit Fizzy retourner à grands pas dans
la salle de séjour, sans doute pour apaiser son mari. Elle regarda
autour d'elle. Sur les murs de pierre dont la peinture s'écaillait,
il n'y avait rien à part des petits trous noirs desquels dépassait un
clou par-ci, par-là. Robin supposa que les sous-verres entassés près
de la cuvette des toilettes avaient été décrochés par Kinvara en

personne. Chaque cadre contenait des photos de famille maladroitement juxtaposées.

Après s'être séché les mains avec une serviette humide qui sentait le chien, Robin s'accroupit et regarda plus précisément de quoi il s'agissait. Enfants, Izzy et Fizzy se ressemblaient tellement qu'on avait du mal à savoir laquelle faisait la roue sur la pelouse de croquet et laquelle chevauchait un poney sur le terrain de gymkhana du village, laquelle encore dansait devant un arbre de Noël dressé dans le vestibule et laquelle embrassait son père jeune, lors d'une partie de chasse où les hommes portaient tous des vestes en tweed ou en coton ciré.

Au contraire de ses sœurs, Freddie était immédiatement reconnaissable à la lèvre inférieure proéminente qu'il avait héritée de son père. Aussi blond que sa nièce et ses neveux, on le voyait sur un grand nombre de clichés : bambin souriant, garçonnet impassible, écolier en uniforme, lycéen triomphant et couvert de boue dans son maillot de rugby.

Robin examina tout particulièrement la photo d'un groupe d'adolescents en tenue d'escrime, des drapeaux britanniques noués autour de leurs culottes blanches. Au centre, Freddie brandissait une grande coupe argentée. Robin reconnut aussitôt la jeune fille triste reléguée au bout de la rangée. Rhiannon Winn était plus âgée et plus mince que sur la photo que Geraint lui avait montrée. Son expression crispée jurait avec les sourires fiers illuminant le visage des autres.

Robin continua de passer d'un cadre à l'autre et s'arrêta sur le dernier. La photo fanée représentait une fête donnée sous une grande tente.

Elle était prise en légère plongée, sans doute depuis une estrade. Des dizaines de ballons bleu vif gonflés à l'hélium et formant le chiffre 18 flottaient au-dessus de la foule. Une centaine d'adolescents regardaient l'objectif. Après une brève mais minutieuse inspection, Robin trouva Freddie entouré d'une bande de garçons et de filles qui se tenaient tous par les épaules en souriant d'un air radieux ou en hurlant de rire. Il lui fallut presque une minute pour repérer le visage qu'elle cherchait sans s'en rendre compte : Rhiannon Winn, menue, rigide et pâle près de la table qui servait de bar. Derrière elle, presque noyés dans l'ombre, Robin aperçut deux garçons dont la tenue débraillée contrastait avec celle des autres jeunes, tous sur leur trente et un. L'un d'eux, un beau ténébreux, portait les cheveux longs et un T-shirt à l'effigie des Clash.

Robin sortit son portable, prit une photo de l'équipe d'escrime, une autre de la fête d'anniversaire, replaça les sous-verres comme elle les avait trouvés, puis sortit des toilettes.

Le vestibule était tellement silencieux qu'elle se crut seule, l'espace d'une seconde. Puis elle vit Raphael à l'autre bout, appuyé contre une console, bras croisés.

« Eh bien, au revoir, dit-elle en marchant vers la porte.

— Attendez une minute. »

Quand elle s'arrêta, il se redressa et s'approcha d'elle.

« J'étais très fâché contre vous, vous savez ?

— Je peux le comprendre, répondit doucement Robin, mais je faisais juste ce pour quoi votre père m'avait embauchée. »

Il s'immobilisa sous le vieux lustre en cristal dont il manquait la moitié des ampoules.

« Je dirais que vous êtes sacrément douée pour apprivoiser les gens.

— C'est mon boulot.

— Vous êtes mariée ? demanda-t-il, les yeux posés sur sa main gauche.

— Oui.

— Avec Tim ?

— Non... Tim n'existe pas.

— Pas avec *lui* ? enchaîna Raphael en pointant le doigt vers l'extérieur.

— Non. Nous sommes collègues, c'est tout.

— Et c'est votre véritable accent, dit Raphael. Vous venez du Yorkshire.

— Oui, avoua-t-elle. Exact. »

Elle crut qu'il allait lui balancer une remarque désagréable. Mais non, ses yeux d'agate se promenèrent un instant sur son visage, puis il secoua la tête.

« L'accent, j'aime bien, mais le prénom... je préférais "Venetia". Ça m'évoquait des orgies masquées. »

Il se tourna et s'éloigna à pas lents. Robin sortit en toute hâte sous le soleil pour rejoindre Strike qui, supposait-elle, devait l'attendre impatiemment, assis dans la Land Rover.

Elle se trompait. Il était debout près du capot et s'entretenait avec Izzy qui lui parlait à mi-voix en se frottant à moitié contre lui. Quand elle entendit crisser le gravier, Izzy recula vivement. Robin lui trouva un air gêné, comme si on l'avait prise en faute.

« J'ai été enchantée de vous revoir, dit-elle en embrassant Robin sur les deux joues, comme s'ils étaient venus lui rendre une simple visite de courtoisie. Et n'oubliez pas de m'appeler, d'accord ? dit-elle à Strike.

— Promis, je vous tiens au courant », lança-t-il en contournant la voiture pour se hisser sur le siège du passager.

Quand Robin fit demi-tour, ni Strike ni elle ne prononcèrent un seul mot. Izzy leur adressa un signe de la main. Strike lui répondit pareillement, puis la Land Rover s'éloigna et la pathétique silhouette d'Izzy dans sa robe-chemisier trop grande disparut au détour du chemin.

Robin roulait au pas pour éviter d'effrayer les étalons. Jetant un coup d'œil sur la gauche, Strike vit que le cheval blessé n'était plus dans le pré. Malgré les bonnes intentions de Robin, la vieille Land Rover était si bruyante que l'étalon noir se remit à ruer des quatre fers lorsqu'ils passèrent devant les enclos.

« Citez-moi quelqu'un d'assez fou, dit Strike en observant le cheval furieux, pour assister à cela et se dire ensuite : "Tiens, je monterais bien sur son dos".

— Il y a un vieux dicton, répliqua Robin en louvoyant pour échapper aux ornières les plus profondes, qui dit que "Les chevaux sont un reflet de nous-mêmes". On prétend que les chiens ressemblent à leur maître. C'est vrai, mais ça l'est encore plus pour les chevaux.

— Ce qui fait de Kinvara une personne ayant les nerfs à fleur de peau, capable d'exploser à la moindre provocation. Ça me paraît sensé. Tournez à droite. Je voudrais aller jeter un œil du côté de Steda Cottage. »

Deux minutes plus tard, il s'écria :

« Ici. Prenez par ici. »

Le sentier menant à Steda Cottage était si encombré de broussailles que Robin l'avait raté la première fois qu'ils étaient passés devant. Il s'enfonçait profondément dans les bois qui s'étendaient jusqu'au jardin de Chiswell House. Malheureusement, au bout d'une dizaine de mètres, ils durent s'arrêter. Robin coupa le moteur en se demandant si Strike allait pouvoir marcher sur le chemin de terre jonché de feuilles mortes, à peine visible sous les ronces et les orties. Puis, constatant qu'il était descendu de voiture, elle fit de même, claqua sa portière et lui emboîta le pas.

Le sol était glissant. La végétation très dense faisait obstacle à la lumière du jour, favorisant l'humidité et les moisissures dont l'odeur âcre leur montait à la tête. Partout dans les feuillages, le sous-bois, on entendait bruire les insectes, rongeurs et autres petits oiseaux dont les deux intrus perturbaient l'habitat.

« Nous voici donc avec un nouveau protagoniste, dit Strike tandis qu'ils tentaient de se frayer un chemin entre les buissons et les épineux. Christopher Barrowclough-Burns.

— Pas si nouveau que ça », répliqua Robin.

Strike lui lança un regard en biais, sourit et, une seconde après, se prit le pied dans une racine. Il ne resta sur ses jambes qu'au prix d'un geste brusque qui lui causa une violente douleur au genou.

« *Merde*… Je disais ça pour voir si vous vous rappeliez.

— "Christopher ne m'a rien promis pour les photos", s'empressa de citer Robin. Ce monsieur est un haut fonctionnaire exerçant auprès des Affaires étrangères. Il a servi de mentor à Aamir Mallik quand il était étudiant. C'est ce que Fizzy vient de me dire.

— Nous revoilà avec "les personnes dans votre genre"… »

Ils gardèrent le silence pendant un court instant, préférant se concentrer sur un passage particulièrement délicat, les branches des arbustes ayant tendance à s'accrocher aux vêtements et à la peau. Sous la lumière filtrée par les épaisses ramures, le visage de Robin était d'un vert très pâle moucheté d'or.

« Vous avez vu Raphael après mon départ ?

— Heu… oui, en fait, bredouilla Robin. Il était dans le vestibule au moment où je sortais des toilettes.

— Je me disais bien qu'il s'arrangerait pour vous parler en tête à tête.

— Ce n'est pas cela du tout », répondit hypocritement Robin. L'allusion aux orgies masquées lui était revenue à l'esprit. « Izzy vous a dit des choses intéressantes au creux de l'oreille, près de la voiture ? », lui renvoya-t-elle.

Amusé par son esprit de repartie, Strike commit l'erreur de lever un instant les yeux. Il posa le pied dans une grosse flaque de boue, trébucha pour la deuxième fois et ne s'épargna une chute douloureuse qu'en s'accrochant à un arbre où s'enroulait une liane hérissée de piquants.

« *Merde…*

— Êtes-vous… ?

— Ça va », cracha-t-il, furieux contre lui-même. Il essayait d'arracher avec les dents les épines plantées dans sa paume quand il entendit une branche craquer derrière lui. Se retournant, il vit que Robin lui avait confectionné une canne de fortune à partir d'un bout de bois trouvé par terre.

« Prenez ça.

— Je n'en ai pas… », commença-t-il. Mais, devant son regard sévère, il se ravisa et dit seulement merci.

Ils repartirent. Strike ne l'aurait jamais avoué, mais il trouvait ce bâton de marche éminemment pratique.

« Izzy essayait de me convaincre que Kinvara aurait très bien pu revenir discrètement à Woolstone, après avoir liquidé son mari entre 6 et 7 heures du matin. Je pense qu'elle ignore que plusieurs témoins l'ont vue sur le trajet entre Ebury Street et Chiswell House. La police n'a sans doute pas voulu aborder tous les détails devant la famille. Mais quand Izzy comprendra que Kinvara n'a pas pu le tuer de ses propres mains, je parie qu'elle nous sortira autre chose, par exemple que Kinvara a engagé un tueur à gages. Qu'avez-vous pensé des interventions indignées de Raphael ?

— Eh bien, dit Robin en contournant un buisson d'orties, je peux difficilement le blâmer. Torquil n'a pas cessé de l'asticoter.

— Je reconnais qu'à sa place, l'ami Torks m'aurait aussi tapé sur les nerfs.

— Raphael semble en vouloir énormément à son père. Il n'était pas obligé de nous raconter que Chiswell avait fait piquer cette jument. À un moment, j'ai cru qu'il allait dire que son père était… euh…

— Un gros salopard, confirma Strike. Il pense que Chiswell a volé les granules de Kinvara par pure méchanceté. Cette histoire me semble assez révélatrice, finalement. Qu'est-ce qui vous a mis la puce à l'oreille ?

— La présence de ces granules homéopathiques à côté de Chiswell me semblait incongrue.

— Bonne pioche. Je crois que cet indice a totalement échappé à la police. Que dit notre psychologue de la manière dont Raphael a dénigré son père défunt ? »

Robin secoua la tête en souriant, comme chaque fois que Strike faisait allusion aux études de psychologie qu'elle avait abandonnées en quittant prématurément les bancs de l'université.

« Je suis sérieux », répliqua Strike en grimaçant. Son pied artificiel venait de glisser sur un matelas de feuilles mortes. Cette fois-ci, il se rattrapa grâce au bâton de Robin. « *Fait chier…* Donc, d'après vous, qu'est-ce qui le pousse à taper sur Chiswell ?

— Je pense qu'il est blessé, furieux, répondit Robin en pesant ses mots. Son père et lui commençaient à se rabibocher, d'après ce qu'il m'a dit à la Chambre des Communes. Cette tentative de rapprochement a tourné court, si je puis dire. Chiswell est mort et non seulement Raphael ne figure pas sur son testament, mais il ne saura jamais ce que son père pensait vraiment de lui. Chiswell soufflait le chaud et le froid. Quand il était ivre ou déprimé, il semblait enclin à s'appuyer sur son fils. Le reste du temps, il le traitait comme un chien. Cela dit, pour être honnête, je ne l'ai jamais vu se comporter aimablement avec quiconque. Sauf peut-être… »

Elle s'arrêta.

« En fait, reprit-elle, il s'est montré plutôt sympa avec moi quand je lui ai dit ce que j'avais découvert sur le Level Playing Field.

— Le jour où il vous a offert du boulot ?

— Oui. Il a même ajouté qu'il aurait d'autres missions à me confier, une fois qu'il serait débarrassé de Winn et de Knight.

— Sans blague, fit Strike, curieux. Vous ne m'en aviez pas parlé.

— Vraiment ? Au temps pour moi. »

Comme Strike, elle se remémora la semaine qu'il avait passée chez Lorelei, puis les heures au chevet de Jack, à l'hôpital.

« J'étais allée le voir au ministère. Ça, je vous l'ai dit. Il discutait au téléphone avec un employé d'hôtel. Il était question d'une pince à billets qu'il pensait avoir perdue. Un objet ayant appartenu à Freddie. Il a raccroché, je lui ai parlé du Level Playing Field et là, il est devenu presque gentil. C'est alors qu'il a dit : "Ils trébuchent l'un après l'autre."

— Intéressant, dit Strike en haletant car il avait toujours plus de mal à marcher. Donc vous pensez que Raphael n'a pas avalé d'avoir été rayé du testament ? »

Robin crut saisir une pointe d'ironie dans la voix de Strike.

« Ce n'est pas juste à cause de l'argent...

— On connaît la chanson, grogna-t-il. Au bout du compte, c'est toujours à cause de l'argent, ou de ce qu'il représente : la liberté, la sécurité, le plaisir, une vie meilleure... Je pense que ce Raphael a des choses à nous apprendre. Et je pense que vous êtes la personne la mieux placée pour le faire parler.

— Que pourrait-il dire de plus ?

— Ce qui me turlupine, c'est ce coup de fil que Chiswell lui a passé juste avant qu'on lui enfonce un sac en plastique sur la tête, articula Strike qui souffrait visiblement. Cette histoire manque de logique. Supposons que Chiswell ait voulu mettre fin à ses jours, pourquoi aurait-il demandé à son fils de prendre soin de Kinvara ? Elle ne pouvait pas le sentir, et en plus, il était à Londres, soit à presque deux heures de route de Woolstone.

« Et s'il s'agit d'un meurtre, c'est encore moins compréhensible. Il y a quelque chose qui nous éch..., dit Strike avant de s'exclamer : Ah, merci mon Dieu ! »

Steda Cottage venait d'apparaître devant eux, au milieu d'une clairière. Un bâtiment bas et carré, en pierre noire, avec un toit percé et des vitres brisées, entouré d'un lopin de terre anciennement cultivé, à présent dans le même état que le sentier. Une barrière à demi écroulée en délimitait le périmètre.

« Asseyez-vous », conseilla Robin à Strike en lui désignant une souche près de la barrière. Il obtempéra, tant il souffrait. Une fois posé, il regarda Robin s'éloigner dans l'herbe haute et s'arrêter devant la porte de la ferme. Elle essaya de l'ouvrir et, constatant qu'elle était fermée à clé, longea la façade pour regarder par les fenêtres, l'une après l'autre. Les pièces étaient vides, tapissées d'une épaisse couche de poussière. Des anciens occupants ne subsistait qu'un mug avec le portrait de Johnny Cash, posé près de l'évier dans la cuisine.

« Cette maison est inhabitée depuis des années, annonça-t-elle à Strike en revenant de sa tournée d'inspection. D'après ce que j'ai vu, elle n'a même pas été squattée. »

Strike ne répondit pas. Il venait d'allumer une cigarette et contemplait d'un air songeur un large fossé entouré d'arbres, dont les bords et le fond étaient encombrés de buissons épineux.

« Peut-on appeler cela un ravin ? », demanda-t-il.

Robin suivit son regard.

« Ça ressemble plus à un ravin qu'à autre chose, répondit-elle.

— "Il a étranglé la gosse et ils l'ont enterrée dans le ravin près de la maison de notre père", cita Strike.

— Je vais jeter un œil, dit Robin. Vous, restez ici.

— Non, réagit Strike en levant la main pour tenter de l'arrêter, vous ne trouverez rien... »

Mais Robin était déjà en train de descendre la pente abrupte en se battant avec les ronces qui s'accrochaient à son jean.

Dans le fond, elle pouvait à peine bouger tant les broussailles étaient épaisses. La végétation lui arrivait à la taille et Robin était obligée de lever les bras pour les protéger des piqûres. Des touffes de persil des marais et d'herbes de Saint-Benoît saupoudraient de blanc et de jaune les buissons d'orties vert foncé. Dès qu'elle tentait de faire un pas, les longues tiges épineuses des roses sauvages s'enroulaient autour de ses jambes comme du fil de fer barbelé.

« Faites attention à vous, dit Strike qui la regardait, impuissant, se faufiler à travers cette jungle miniature.

— Ça va », répondit Robin tout en essayant de voir ce qui se cachait sous les mauvaises herbes. À supposer qu'une chose ait été enterrée là, la végétation l'avait recouverte il y a bien longtemps, songea Robin. Donc, avant de creuser, il faudrait d'abord défricher. Elle le dit à Strike, puis se pencha le plus bas possible pour examiner une surface de terre visible à la base d'un roncier particulièrement touffu.

« De toute façon, je ne pense pas que Kinvara apprécierait que nous creusions chez elle », répondit Strike. Puis il se souvint des paroles de Billy : *Elle ne me laissera pas creuser, mais vous, elle vous laissera.*

« Attendez », fit Robin d'une voix inquiète.

Strike savait qu'elle ne pouvait pas avoir trouvé quoi que ce soit, et pourtant, il se crispa.

« Quoi ?

— Je vois un truc, dit Robin en tournant la tête d'un côté puis de l'autre, penchée sur un buisson d'épineux au centre du ravin.

« Oh mon Dieu.

— Quoi ? », répéta Strike. Il était placé au-dessus d'elle mais ne voyait rien de particulier. « Qu'est-ce que c'est ?

— Je n'en sais rien... Peut-être mon imagination. » Elle hésita. « Vous n'avez pas de gants, je suppose ?

— Non. Robin ne faites pas... »

Mais elle avançait déjà, bras levés, en écrasant les tiges sous ses pieds chaque fois que c'était possible. Strike la vit ramasser quelque chose. Puis elle se redressa et resta un instant sans bouger, les mèches de ses longs cheveux dorés recouvrant presque l'objet qu'elle tenait entre les mains.

« Qu'est-ce que c'est ? », redemanda Strike qui perdait patience.

Les cheveux s'écartèrent, révélant un visage dont la pâleur était accentuée par les reflets verts de la végétation. Il aperçut une croix en bois.

« Non, restez où vous êtes, lui ordonna-t-elle quand elle le vit se lever pour lui prêter main-forte. Je vais me débrouiller. »

Elle n'en était plus à quelques égratignures près. Elle remonta la pente du ravin à quatre pattes et saisit la main de Strike pour franchir le dernier mètre.

« Merci, dit-elle, hors d'haleine. On dirait qu'elle est là depuis des années. » Robin retira la terre collée sur le bout pointu de la croix. Le bois était humide, taché de moisissures.

« Je vois quelque chose d'écrit, dit Strike en attrapant l'objet et en l'approchant de ses yeux.

— Où ça ? », demanda Robin. Elle tendit le cou et ses cheveux caressèrent la joue de Strike. Ils restèrent un moment sans bouger, à tenter de déchiffrer les lettres visiblement tracées au feutre, que la pluie et la rosée avaient presque entièrement effacées.

« On dirait une écriture d'enfant, murmura Robin.

— Je vois un "S", dit Strike, et à la fin... c'est un "g" ou un "y" ?

— Je n'en sais rien. »

Ils poursuivirent leur examen quelques secondes encore, puis des aboiements lointains les alertèrent. C'était ceux de Rattenbury, le Norfolk terrier.

« Nous sommes sur les terres de Kinvara, dit nerveusement Robin.

— Ouais, répondit Strike en repartant vers la voiture, la croix sous le bras, les dents serrées pour combattre la douleur. Trouvons un pub. Je meurs de faim. »

44

Mais il y a tant de sortes de chevaux blancs en ce monde, madame Helseth.

HENRIK IBSEN, *Rosmersholm*

« **B**IEN SÛR, DIT ROBIN EN ROULANT VERS LE VILLAGE, une croix plantée dans la terre n'implique pas forcément que quelqu'un est enterré dessous.

— Exact », répondit Strike. Tout à l'heure, sur le chemin, il avait eu besoin de tout son souffle pour proférer un chapelet d'obscénités chaque fois que son pied glissait sur le sol humide. « Mais ça donne à réfléchir malgré tout, non ? »

Robin resta coite. Sur le volant, ses mains étaient rouges et boursouflées à cause des piqûres d'orties.

Cinq minutes plus tard, ils aperçurent une auberge en bord de route. C'était une maison blanche à colombages avec des bow-windows à petits carreaux, un toit d'ardoises moussues, un rosier grimpant autour de la porte et une terrasse avec des parasols. Une vraie carte postale. Robin trouva une place pour la Land Rover sur le petit parking réservé aux clients, en face.

« Ça commence à bien faire, marmonna Strike qui, ayant laissé la croix sur le tableau de bord, s'employait à émerger de la voiture.

— Quoi donc ? », demanda Robin. Elle contournait le véhicule par l'arrière pour le rejoindre.

« Cette taverne s'appelle le White Horse.

— À cause du cheval blanc gravé sur la colline, j'imagine, suggéra Robin pendant qu'ils traversaient la route. Regardez ce panneau. »

En effet, l'étrange silhouette de calcaire blanc était peinte sur l'enseigne clouée au sommet d'un poteau.

« Le pub où j'ai vu Jimmy Knight pour la première fois s'appelait le White Horse, lui aussi.

— Normal, dit Robin en grimpant l'escalier de la terrasse, à côté de Strike, dont le boitement s'accentuait à chaque marche. J'ai lu que ce nom de pub figurait parmi les dix plus populaires de Grande-Bretagne. Dépêchons-nous, je vois des clients qui partent. Prenez leur table. Je me charge des boissons. »

Robin entra dans une salle bondée et basse de plafond. Elle repéra les toilettes, entra et retira sa veste, la noua autour de sa taille et lava ses mains irritées. Elle regrettait de n'avoir pas cueilli de la patience sauvage sur le sentier forestier, tout à l'heure. Cela dit, elle n'avait même pas pu en chercher, occupée qu'elle était à surveiller Strike qui avait encore dérapé deux fois. Quand elle lui avait proposé son aide, il avait refusé en maugréant mais s'était tout de même appuyé sur le bâton de marche.

En se voyant dans le miroir, Robin s'aperçut à quel point elle était sale et débraillée, surtout comparée aux clients bien mis qui déjeunaient dans la salle. Mais comme elle était pressée de retrouver Strike pour faire le point, elle se donna juste un coup de brosse, frotta une tache d'herbe qu'elle avait au cou et courut faire la queue au comptoir.

« Bravo, Robin », dit Strike avec gratitude quand elle posa devant lui une pinte d'Arkell's Wiltshire Gold. Il lui tendit le menu. « Oh, mon Dieu, ça fait du bien, soupira-t-il après la première gorgée. Donc, quel est le plus populaire ?

— Pardon ?

— Le nom de pub le plus populaire. Vous disiez que le White Horse figurait dans les dix premiers.

— Euh, oui… Je ne sais plus si c'est Red Lion ou The Crown.

— Mon préféré s'appelle The Victory », dit Strike dans un accès de nostalgie.

Il n'était pas retourné en Cornouailles depuis deux ans. Du Victory, il gardait un souvenir très précis : un bâtiment trapu, en pierre de Cornouailles passée à la chaux. Sur le côté, un escalier descendait vers la mer. C'était dans ce pub qu'il avait bu de l'alcool pour la première fois sans qu'on lui demande ses papiers.

Il avait seize ans. Sa mère s'était encore débarrassée de lui en l'envoyant passer quelques semaines chez son oncle et sa tante, le temps qu'elle surmonte une énième crise existentielle.

« Chez nous, c'est le Bay Horse, le Cheval Bai », renchérit Robin. Elle revit Masham où elle avait grandi et le pub peint en blanc dans la rue qui menait à la place du marché. C'est là qu'elle avait fêté les résultats du bac avec ses amis. Ce soir-là, Matthew et elle s'étaient disputés pour trois fois rien. Il était parti mais elle ne l'avait pas suivi, préférant rester en bonne compagnie.

« Pourquoi "Bai" ? », demanda Strike. Il avait bu la moitié de sa bière et profitait du soleil, la jambe posée sur une chaise. « Pourquoi pas brun ou marron, tout simplement ?

— Ces chevaux sont de couleur marron, vous avez raison. Mais on dit qu'ils sont bais parce qu'ils ont des extrémités noires. Les pattes, la crinière et la queue.

— De quelle couleur était votre poney – Angus, n'est-ce pas ?

— Vous vous souvenez de son nom ? Comment faites-vous ? s'étonna Robin.

— Je n'en sais rien, c'est comme vous pour les noms de pubs. Certaines choses vous restent en tête, d'autres pas.

— Il était gris.

— Ce qui veut dire blanc. Gris c'est juste un terme de jargon pour embrouiller les béotiens, non ?

— Pas du tout, s'esclaffa Robin. Les chevaux gris ont une robe blanche mais une peau noire. Les vrais blancs…

— … meurent en bas âge », dit Strike en voyant approcher une serveuse. Ayant commandé un burger, il alluma une autre cigarette. Quand la nicotine heurta son cerveau, une vague de bien-être, voire d'euphorie, déferla en lui. En cet instant, il avait tout pour être heureux : une pinte de bière, la lumière du mois d'août, un boulot bien payé, un bon plat en perspective, et Robin, assise en face de lui, pas aussi proche peut-être qu'avant sa lune de miel, mais autant que possible maintenant qu'elle était mariée. Sur cette terrasse ensoleillée, la vie paraissait simple et l'avenir prometteur, songea-t-il en essayant de faire abstraction de la douleur, de la fatigue et du casse-tête qu'était devenue sa relation avec Lorelei.

« Les interrogatoires de groupe ne donnent jamais rien de bon, dit-il en soufflant la fumée loin de Robin. Mais quand même, ces divergences de vue entre les membres de la famille sont intéressantes, je trouve. Pas vous ? Je vais continuer à travailler Izzy. Elle pourrait se montrer plus bavarde sans les autres autour d'elle. »

Izzy va adorer qu'on la travaille, songea Robin en sortant son portable.

« J'ai quelque chose à vous montrer. Regardez. »

Elle fit monter la photo de l'anniversaire de Freddie Chiswell.

« Là, c'est Rhiannon Winn, dit-elle en désignant le petit visage pâle de la jeune fille. Elle était invitée à la réception donnée pour les dix-huit ans de Freddie Chiswell. Il se trouve que... » Elle passa à l'autre photo, celle des escrimeurs en tunique blanche. « ... qu'ils appartenaient tous les deux à l'équipe nationale d'escrime.

— Seigneur, mais bien sûr, dit Strike en lui prenant le téléphone des mains. L'épée – l'épée d'Ebury Street. Je parie que c'était celle de Freddie !

— Bien sûr ! s'écria Robin en se demandant pourquoi elle n'y avait pas pensé avant.

— Celle-ci a dû être prise peu de temps avant son suicide, dit Strike en repassant à la photo d'anniversaire. Mais, bon sang, c'est Jimmy Knight que je vois derrière Rhiannon ! Qu'est-ce qu'il fabrique parmi tous ces gosses de riches ?

— Il était venu boire un coup à l'œil ? », suggéra Robin.

Strike rigola par le nez puis rendit son téléphone à Robin.

« La raison la plus simple est parfois la meilleure. Je me fais des idées ou Izzy a eu l'air gêné quand sa sœur a parlé du sex-appeal de Jimmy adolescent ?

— Je l'ai remarqué, moi aussi.

— Et vous avez vu leur enthousiasme débordant à l'idée qu'on pourrait rencontrer les vieux copains de Jimmy, les frères Butcher ?

— Parce que les Butcher savent beaucoup de choses, en plus du lieu où leur sœur travaille. »

Strike reprit une gorgée de bière et repensa à ce que Chiswell lui avait raconté le premier jour.

« Chiswell disait que d'autres gens étaient impliqués dans l'affaire pour laquelle on le faisait chanter mais que ces gens-là n'avaient pas intérêt à ce qu'elle soit révélée au grand jour. »

Il sortit son calepin et se plongea dans la lecture de ses

gribouillis. Robin profita de la pause pour se détendre en écoutant le murmure des conversations sur la terrasse. Une abeille paresseuse qui bourdonnait dans les parages lui rappela l'allée de lavandes du Manoir aux Quat'Saisons. Mais elle préféra s'abstenir de comparer ce qu'elle vivait en ce moment et le week-end d'anniversaire avec Matthew dans cet hôtel de luxe.

« Peut-être que…, reprit Strike en tapotant le calepin avec la pointe de son stylo… peut-être que Jimmy a demandé aux frères Butcher d'aller poignarder les chevaux pendant que lui-même était à Londres. Depuis le début, je me dis qu'il a gardé des amis sur place. Mais attendons que Izzy leur demande où se trouve leur sœur Tegan. Nous irons les voir ensuite. Mieux vaut ne pas contrarier les clients, sauf en cas d'absolue nécessité.

— Vous avez raison. Je me demande… pensez-vous que Jimmy soit passé les voir quand il est venu par ici pour chercher Billy ?

— Probablement, répondit Strike sans lever les yeux de ses notes. Tiens, c'est intéressant, ça. Je suis en train de relire la conversation entre Jimmy et Flick durant la manifestation. Il semble qu'à ce moment-là, ils savaient où était Billy. Quand j'ai eu mon claquage, ils s'apprêtaient à lui rendre visite. Et maintenant, ils l'ont reperdu… Vous savez, je donnerais cher pour trouver Billy. C'est avec lui que tout a démarré et depuis lors, nous n'avons… »

Il se tut le temps que la serveuse apporte les plats : un burger au bleu pour Strike, un bol de chili pour Robin.

« Nous n'avons ? demanda Robin quand elle fut repartie.

« … nous n'avons rien appris de plus sur l'enfant dont il a soi-disant assisté au meurtre. J'ai préféré ne pas évoquer Suki Lewis devant les Chiswell, tout à l'heure. Je préfère qu'ils continuent à croire que je m'intéresse uniquement à la mort de leur père. »

Il attrapa son burger, mordit dedans et se mit à mastiquer, les yeux dans le vague. Quand il en eut englouti la moitié, Strike replongea dans ses notes.

« Voilà ce qu'on va faire, annonça-t-il en reprenant son stylo. D'abord, on identifie la femme de ménage, celle que Jasper Chiswell a licenciée. Elle est restée un certain temps en possession de la clé. Elle pourrait peut-être nous dire quand et comment l'hélium est entré dans la maison.

« Avec un peu de chance, Izzy trouvera Tegan Butcher à notre place et nous en saurons un peu plus sur la matinée où Raphael prétend avoir débarqué ici, pendant que son père mourait à Londres. J'avoue que j'ai toujours du mal à avaler cette histoire.

« Pour l'instant, on ne s'occupe pas des frères Butcher. Je crois que les Chiswell n'apprécieraient pas qu'on aille leur parler. En revanche, j'ai bien envie de rendre une petite visite à Henry Drummond, le marchand d'art.

— Pourquoi ?

— C'était un vieil ami de Chiswell, il a embauché Raphael pour lui rendre service. J'en conclus qu'ils étaient proches. Sait-on jamais, Chiswell a pu lui dire pourquoi on le faisait chanter. En outre, il a tenté de le joindre le matin de sa mort. Pour lui dire quoi ?

« Donc, voilà le programme : vous vous faites embaucher dans la bijouterie où bosse Flick, Barclay reste sur Jimmy et Flick, et moi je m'occupe de Geraint Winn et d'Aamir Mallik.

— Ils ne vous diront rien, répliqua Robin.

— Vous voulez parier ?

— Dix livres qu'ils vous enverront promener.

— Ne jetez pas l'argent par les fenêtres, je ne vous paie pas assez pour ça. Vous n'aurez qu'à m'offrir une pinte. »

Strike régla la note, puis ils traversèrent la route dans l'autre sens et remontèrent en voiture. Robin espérait secrètement que Strike avait prévu une autre étape, tant l'idée de rentrer chez elle la déprimait.

« On a intérêt à revenir par la M40, dit Strike en lisant une carte sur son téléphone. Il y a eu un accident sur la M4.

— OK. »

Cet itinéraire les obligeait à passer devant Le Manoir aux Quat'Saisons. Tandis qu'elle faisait marche arrière pour sortir du parking, Robin se souvint des textos que Matthew lui avait envoyés au cours de la matinée. Dans le second, il disait s'être trompé de destinataire, croyant écrire à un collègue au travail. Or, Robin était bien placée pour savoir qu'il ne contactait jamais son bureau le week-end. Il lui avait assez reproché d'avoir choisi un boulot qui la rendait souvent indisponible le samedi et le dimanche, alors que lui-même était libre comme l'air, ces jours-là.

« Pardon ? », dit-elle en s'engageant sur la route. Strike venait de lui parler mais elle n'avait rien entendu.

« Je disais : on raconte qu'ils portent malheur.

— Qui ça ?

— Les chevaux blancs. Il n'y aurait pas une pièce de théâtre avec des chevaux blancs qui apparaissent comme un présage de mort ?

— Je ne sais pas, répondit Robin en changeant de vitesse. Mais dans l'Apocalypse, la mort galope sur un cheval blanc.

— Un cheval pâle, corrigea Strike, en baissant sa vitre pour fumer une autre cigarette.

— Quel pédant !

— Dixit la femme qui appelle "bai" un cheval marron. »

Il attrapa la croix terreuse avant qu'elle ne glisse du tableau de bord. Robin garda les yeux fixés sur la route devant elle, espérant ainsi repousser l'image qui lui était venue au moment où elle avait aperçu cette croix sous les grosses tiges barbues des orties. L'image d'une enfant qui pourrissait sous la terre, au fond d'un ravin obscur perdu au milieu des bois, oubliée de tous, sauf d'un homme qu'on disait fou.

45

C'est une nécessité pour moi que de sortir d'une situation équivoque.

Henrik Ibsen, *Rosmersholm*

LE LENDEMAIN MATIN, STRIKE SE RÉVEILLA perclus de douleurs, conséquence de sa balade en forêt autour de Chiswell House. Pour s'obliger à sortir du lit et descendre dans son bureau, bien qu'on soit dimanche, il dut se répéter qu'à l'instar de Hyman Roth, un personnage tiré d'un de ses films préférés, il avait librement choisi le métier qu'il exerçait. Comme celui de mafieux, le boulot de détective privé comportait des exigences sortant de l'ordinaire, mais on en devait accepter les contraintes autant que les récompenses.

Après tout, il aurait pu gagner sa vie autrement. L'armée lui avait proposé un poste, malgré sa demi-jambe en moins. Des amis d'amis lui avaient offert de bosser dans la protection rapprochée ou d'entrer dans leur boîte comme associé. Il avait tout refusé pour pouvoir continuer à assouvir sa passion. Ce qu'il aimait avant tout c'était chercher, résoudre, établir la vérité, rendre justice. Cette passion, il le savait, résisterait à tout. Bien sûr, ce n'était pas drôle tous les jours. Il fallait se coltiner la paperasse, les clients pénibles, les collaborateurs à embaucher, à virer. Mais cela faisait partie du métier, au même titre que les horaires élastiques, la fatigue, les privations et les risques. Et, tout bien pesé, ça n'était pas si désagréable. Sur ces considérations, il se leva, se doucha, rattacha sa prothèse et, en bâillant à s'en décrocher la mâchoire, descendit l'escalier tant bien que mal en songeant à la conversation qu'il avait eue avec son beau-frère, quelques jours auparavant. Greg trouvait parfaitement normal qu'un homme dans sa situation ait pour objectif de rester assis derrière un bureau pendant que d'autres battaient le pavé à sa place.

En s'installant devant l'ordinateur, Strike se demanda quelle était la position de Robin sur le sujet. Il ne lui avait jamais posé la question, tant il était persuadé qu'elle nourrissait les mêmes ambitions que lui : faire en sorte d'engranger assez de bénéfices pour pouvoir se verser un salaire décent, n'accepter que les missions intéressantes et ne plus redouter la faillite chaque fois qu'un client leur faisait faux bond. Mais peut-être se leurrait-il. Peut-être Robin attendait-elle de lui qu'il envisage l'avenir selon les principes énoncés par Greg. Il essaya d'imaginer sa réaction s'il l'invitait à s'asseoir sur le canapé péteur pour la soumettre à une présentation PowerPoint de leurs objectifs à long terme et autres stratégies de marque.

Quand il se mit au travail, son esprit passa de Robin à Charlotte. Il se revit devant un autre ordinateur, travaillant avec acharnement des heures durant. Parfois Charlotte sortait sans dire où elle allait mais en faisant des tas de mystères inutiles. Parfois, elle inventait des prétextes pour l'interrompre en plein boulot ou elle déclenchait une dispute qui lui faisait perdre un temps précieux. Un comportement pénible, épuisant, dont le souvenir lui était revenu l'autre soir, quand il était tombé sur elle à Lancaster House. Depuis lors, Charlotte ne cessait de le hanter, alors qu'il s'était cru libéré de son emprise.

Après un peu moins de huit heures, sept tasses de thé, trois passages aux toilettes, quatre sandwichs au fromage, trois sachets de chips, une pomme et vingt-deux cigarettes, Strike estima son devoir accompli. Il avait remboursé les frais de ses collaborateurs, envoyé les dernières factures à son comptable, pris connaissance du rapport de Hutchins sur le Dr Craignos, et repéré un certain nombre d'Aamir Mallik dans le cyberespace. Restait à savoir lequel était le bon. À cinq heures, il trouva la photo d'un jeune homme susceptible d'être lui mais n'ayant rien du « jeune et bel assistant » dont on parlait sur Internet. Pour confirmation, il envoya à Robin les photos qu'il avait grappillées sur Google.

Strike s'étira en bâillant. Un solo de batterie résonnait dehors, sans doute exécuté par un acheteur potentiel dans l'une des boutiques d'instruments sur Denmark Street. Ayant prévu de regagner ses pénates à temps pour regarder les meilleurs moments des épreuves du jour, dont le cent mètres avec Usain Bolt, il allait éteindre l'ordinateur quand un petit « ping » lui annonça l'arrivée d'un mail. L'expéditeur était Lorelei@VintageVamps.com et l'objet « toi et moi ».

Comme s'il se croyait victime d'un mirage, Strike se frotta les yeux avec les paumes. Mais quand il les rouvrit, le mail était toujours là, à la première ligne de sa boîte de réception.

« Fait chier », grommela-t-il. Et il l'ouvrit en se disant qu'attendre ne servait à rien.

Le texte comportait presque un millier de mots et donnait l'impression d'avoir été soigneusement rédigé. Lorelei y disséquait le caractère de Strike comme pour établir la fiche clinique d'un cas peut-être pas désespéré mais nécessitant l'intervention urgente d'un psychiatre. Elle le décrivait comme un être perturbé, dysfonctionnel, s'ingéniant à repousser tout ce qui pouvait ressembler au bonheur, et semant la désolation autour de lui en raison de son incapacité à gérer avec honnêteté les enjeux émotionnels. N'ayant jamais connu de relation saine, il fuyait dès qu'on lui en proposait une. En revanche, il trouvait tout à fait naturel qu'on s'occupe de lui quand il était en état de faiblesse. Conclusion : il ne réaliserait la gravité de son problème que le jour où il se retrouverait le cul par terre, seul, sans amour et torturé par les remords.

Ce redoutable pronostic était suivi d'un paragraphe dans lequel Lorelei décrivait les doutes, les atermoiements qui l'avaient saisie avant d'envoyer ce mail. Elle aurait pu se contenter de lui signifier la rupture de leur accord de liberté mutuelle, mais non, elle voulait lui faire entendre qu'il passerait toujours pour un monstre à ses yeux, et par extension aux yeux des femmes en général, à moins qu'il ne change son fusil d'épaule. Après quoi, elle lui demandait de réfléchir à ce qu'il venait de lire, de comprendre que sa démarche « était guidée par la tristesse plus que par la colère » et de lui fixer un rendez-vous pour qu'ils décident ensemble « si tu tiens assez à moi pour faire l'effort de modifier ton comportement ».

Ayant atteint la dernière ligne, Strike resta figé quelques

secondes devant l'écran, non parce qu'il mûrissait sa réponse mais parce qu'il s'armait contre la douleur qui lui transpercerait la jambe dès qu'il essaierait de se lever. Ce qu'il finit tout de même par faire, avec un tressaillement quand le poids de son corps se porta sur sa prothèse. Après quoi, il éteignit l'ordinateur, sortit et ferma la porte à clé derrière lui.

Pourquoi ne pas régler ça par téléphone ? pensa-t-il en s'accrochant à la rampe. *Notre relation est morte et enterrée, c'est évident. Quel intérêt d'organiser une veillée funèbre ?*

De retour dans son deux pièces, il alluma une autre cigarette, se laissa choir sur une chaise de cuisine et appela Robin qui répondit presque immédiatement.

« Bonjour, chuchota-t-elle. Une petite minute. »

Il entendit une porte se fermer, des pas précipités, puis une autre porte.

« Avez-vous eu mon mail ? Je vous ai envoyé des photos.

— Non, dit Robin sans élever la voix. Des photos de quoi ?

— J'ai trouvé un Mallik domicilié à Battersea. Un type rondouillard avec un seul sourcil.

— Ce n'est pas lui. Le nôtre est grand, mince, et porte des lunettes.

— Donc j'ai juste gâché une heure. Vraiment, il n'a jamais parlé de son quartier, de ce qu'il faisait le week-end ? Son numéro de Sécurité sociale, peut-être ? ajouta-t-il pour plaisanter.

— Non, nous avons à peine échangé deux mots. Je vous l'ai déjà dit.

— Comment se présente votre infiltration ? »

Robin lui avait annoncé par texto qu'elle avait décroché un entretien le jeudi suivant avec la patronne de la bijouterie de Camden, alias la « wiccane folle ».

« Ça avance, dit Robin. J'ai déjà essayé de... »

Il entendit un cri dans le fond.

« Désolée, il faut que je vous laisse, souffla Robin.

— Tout va bien ?

— Oui, on se voit demain. »

Elle raccrocha. Strike resta avec son portable collé à l'oreille. Il avait dû appeler au mauvais moment, se dit-il, en pleine dispute sans doute. Déçu de n'avoir pu parler davantage avec elle, Strike baissa l'appareil et le contempla un instant au creux de sa main. Lorelei devait s'attendre à ce qu'il l'appelle aussitôt après avoir lu son mail. Mais il aurait très bien pu ne pas l'ouvrir. Pour l'instant, il avait mieux à faire, décida-t-il en posant le téléphone pour attraper la télécommande.

46

*... j'aurais considéré votre faute avec plus d'indul-
gence.*

HENRIK IBSEN, *Rosmersholm*

QUATRE JOURS PLUS TARD, à l'heure du déjeuner, Strike
adossé au comptoir d'une petite boutique vendant des
pizzas à emporter surveillait une maison en brique marron
qui se dressait sur le trottoir d'en face, accolée à sa jumelle
inversée. « IVY COTTAGES » était gravé sur le linteau de pierre
qui surmontait les deux portes identiques. Ce nom aurait mieux
convenu à des logements plus modestes, songeait Strike en observant les gracieuses fenêtres voûtées et les clés de voûte sculptées,
reliées à la corniche.

Il attaquait une part de pizza quand son portable vibra au fond
de sa poche. Il vérifia que ce n'était pas encore Lorelei, la conversation qu'ils avaient eue dans la matinée ayant été assez pénible
comme ça. Le nom de Robin s'affichait sur l'écran.

« C'est bon, démarra aussitôt Robin, surexcitée. Je viens de
passer mon entretien. La patronne est un vrai dragon, pas étonnant
qu'elle ne trouve personne. C'est un contrat à zéro heure. En gros,
elle a besoin de deux vendeuses pour tenir la bijouterie chaque fois
qu'elle n'a pas envie de bosser.

— Flick est toujours là-bas ?

— Oui, elle était au comptoir pendant que je discutais avec la
femme. Demain, je fais une journée d'essai.

— On ne vous a pas suivie ?

— Non, je pense que le journaliste a jeté l'éponge. Il n'était pas

416

devant chez moi hier non plus. Mais de toute façon, il ne m'aurait pas reconnue. Vous devriez voir mes cheveux.

— Pourquoi, qu'est-ce que vous leur avez fait ?

— De la craie.

— Quoi ?

— De la craie pour les cheveux, expliqua Robin. Une coloration temporaire. Ils sont noirs et bleus. En plus, je me suis mis une tonne de mascara, du fard à paupières et des tatouages éphémères.

— Envoyez-moi un selfie, j'ai besoin de distractions.

— Faites-en un vous-même. Du nouveau, de votre côté ?

— Que dalle. Ce matin, j'ai vu Mallik et Della sortir de chez elle avec le chien...

— Mon Dieu, ils vivent ensemble ?

— Aucune idée. Ils sont partis en taxi et sont revenus il y a une heure. J'attends la suite. Ah oui, j'allais oublier : j'avais déjà vu Mallik. En fait, je l'ai reconnu aussitôt.

— Vraiment ?

— Oui, il assistait au meeting CORO organisé par Jimmy. Celui où je me suis rendu pour essayer de trouver Billy.

— C'est bizarre... pensez-vous qu'il sert d'intermédiaire à Geraint ?

— Peut-être. Mais pourquoi se déplacer en personne ? Pour rester en contact, rien ne vaut le téléphone, non ? Vous savez, il y a quelque chose qui m'intrigue chez ce Mallik.

— C'est un type bien, répliqua Robin. Il ne m'aimait pas mais c'est parce qu'il se méfiait. Ça veut juste dire qu'il est plus malin que les autres.

— Vous ne le voyez pas dans la peau d'un tueur ?

— Est-ce à cause de ce qu'a dit Kinvara ?

— "Mon mari a provoqué une personne à laquelle il n'aurait jamais dû se frotter, et ce malgré mes avertissements", cita Strike.

— Mais pourquoi devrait-on éviter de se frotter à Aamir ? Parce qu'il n'est pas de la bonne couleur ? Vraiment, je le plains d'avoir été obligé de travailler pour...

— Ne quittez pas », dit Strike en reposant dans l'assiette son dernier morceau de pizza. La porte de la maison venait de se rouvrir.

« J'y vais. » Mallik apparut sur le seuil, referma derrière lui,

417

fit trois pas et déboucha sur le trottoir. Strike sortit de la pizzeria et le prit en filature.

« Il ne marche pas, il vole. On dirait qu'il est soulagé d'être enfin seul...

— Et votre jambe ?

— J'ai connu pire. Ne quittez pas. Il tourne à gauche... Robin, il faut que je vous laisse, je dois accélérer.

— Bonne chance.

— Merci. »

Aussi vite que sa jambe le lui permettait, Strike traversa Southwark Park Road et s'engagea sur Alma Grove, une longue rue résidentielle bordée de platanes et de maisons mitoyennes de style victorien. À sa grande surprise, Mallik s'arrêta devant l'une d'entre elles, sur le trottoir de droite, ouvrit une porte turquoise et disparut derrière. Il vivait donc à cinq minutes à pied du domicile des Winn.

Dans cette rue, les maisons étaient plus étroites, moins solides. Les bruits devaient s'entendre d'un logement à l'autre, pour peu qu'ils soient assez forts, se dit Strike. Il laissa à Mallik le temps de retirer sa veste et ses chaussures, puis s'avança vers la porte turquoise et frappa.

Après quelques secondes d'attente, Aamir vint ouvrir. Son expression passa subitement de l'amabilité à la stupeur. Strike en conclut qu'il savait exactement à qui il avait affaire.

« Aamir Mallik ? »

Dans un premier temps, le jeune homme ne répondit rien. Une main posée sur le battant, l'autre sur l'embrasure, il le regardait, comme paralysé, ses yeux sombres rapetissés par les verres de ses lunettes.

« Que voulez-vous ?

— Discuter.

— De quoi ? Pourquoi ?

— Je travaille pour la famille de Jasper Chiswell. Ils ne sont pas tout à fait sûrs qu'il se soit suicidé. »

Aamir semblait avoir encore perdu sa langue. Au bout d'un moment, néanmoins, il s'écarta pour le laisser entrer.

« Je vous en prie. » À sa place, Strike lui aussi aurait voulu en avoir le cœur net, au lieu de passer les nuits suivantes à se demander ce que savait ou soupçonnait le détective qui était venu frapper à sa porte. Strike s'essuya les pieds sur le paillasson.

La maison était plus spacieuse qu'elle ne le paraissait de l'extérieur. Aamir le précéda dans le salon, à gauche du vestibule. Strike remarqua d'emblée que la pièce avait été décorée par quelqu'un de beaucoup plus âgé que lui. Un gros tapis orné de volutes roses et vertes, des sièges recouverts de chintz, une table basse avec un napperon brodé posé au centre, un miroir ornemental pendu au-dessus d'une cheminée dont le foyer en fer forgé servait de logement à une horrible chaudière électrique. Tout cela correspondait aux goûts d'une personne du troisième âge. Par ailleurs, les bibliothèques étaient vides, les murs et les meubles dépourvus de cadres et de bibelots. Un roman de Stieg Larsson en édition de poche traînait sur l'accoudoir d'un fauteuil.

Aamir se tourna vers Strike, les mains dans les poches de son jean.

« Vous êtes Cormoran Strike, dit-il.

— Exact.

— C'est une collègue à vous qui travaillait sous une fausse identité à la Chambre des Communes ?

— Encore exact.

— OK. Que voulez-vous ? demanda-t-il pour la deuxième fois.

— Vous poser quelques questions.

— À quel sujet ?

— Ça vous ennuie si je m'assieds ? », dit Strike en joignant le geste à la parole. Voyant le regard d'Aamir descendre vers sa jambe, Strike l'étala devant lui, si bien qu'un bout de cheville en métal apparut entre la chaussette et le bas du pantalon. Un homme si sensible au handicap de Della ne pouvait décemment pas lui demander de se relever, songea-t-il. « Comme je le disais, la famille ne croit pas à la thèse du suicide.

— Vous pensez que j'ai quelque chose à voir avec sa mort ? lança Aamir d'une voix qu'il voulait incrédule mais qui sonna comme un couinement de terreur.

— Non, mais si vous voulez passer aux aveux, ne vous gênez pas. Ça me fera gagner du temps. »

Aamir ne réussit même pas à sourire.

« Tout ce que je sais sur vous, reprit Strike, c'est que vous avez aidé Geraint Winn à faire chanter Chiswell.

— C'est faux », répliqua Aamir.

Le déni automatique d'une personne que la panique empêche de réfléchir.

« Vous n'avez jamais tenté de vous approprier des clichés susceptibles d'être utilisés contre lui ?

— J'ignore de quoi vous parlez.

— La presse essaie de faire annuler la super-injonction obtenue par votre patronne. Dès que l'affaire sera connue du grand public, votre participation au chantage ne tardera pas à se savoir. Vous et votre copain Christopher...

— Ce n'est pas mon copain ! »

Strike trouva révélatrice la véhémence de sa réponse.

« Êtes-vous propriétaire de cette maison, Aamir ?

— Pardon ?

— C'est bien grand ici pour un jeune homme de vingt-quatre ans qui ne doit pas gagner plus de...

— Ça ne vous regarde pas que je sois propriétaire ou...

— Personnellement, je m'en fiche, dit Strike en se penchant vers lui. Mais les journaux ne sont pas comme moi. Si vous ne payez pas un loyer convenable, vous aurez l'air d'être redevable à qui vous savez. On pensera qu'ils vous ont accordé une faveur, qu'ils vous ont mis dans leur poche. Et si ce logement appartient à vos employeurs, le fisc prendra ça pour un avantage en nature, ce qui risque de leur causer des problèmes et à vous aussi...

— Comment avez-vous su où j'habitais ?

— Ça n'a pas été simple, je l'avoue. Vous n'êtes pas très présent sur la Toile, hein ? Mais finalement, dit-il en sortant des feuilles de sa poche et en les dépliant, j'ai trouvé la page Facebook de votre sœur. C'est bien votre sœur, n'est-ce pas ? »

Il étala sur la table basse le post Facebook qu'il avait pris la peine d'imprimer. La qualité était mauvaise mais on y voyait une jolie femme en hijab, grassouillette et souriante, entourée de quatre jeunes enfants. Prenant le silence d'Aamir pour un assentiment, Strike poursuivit :

« Je suis remonté sur quelques années. C'est bien vous, là », dit-il en posant une nouvelle page imprimée par-dessus la première.

Aamir, plus jeune, posait en toge académique avec ses parents de chaque côté de lui. « Vous avez obtenu un 20/20 en politique et en économie à la London School of Economics. C'est très impressionnant...

« Et vous êtes entré en stage au ministère des Affaires étrangères », poursuivit Strike en posant une troisième feuille sur les deux premières. C'était une photo officielle d'un petit groupe de jeunes gens élégamment vêtus, ayant tous en commun le fait d'appartenir à une minorité ethnique. Au milieu d'eux, trônait un bonhomme rougeaud presque chauve. « Vous revoilà, dit Strike, cette fois avec Sir Christopher Barrowclough-Burns, lequel en ce temps-là menait une campagne visant à recruter des personnes issues de la diversité. »

L'un des yeux d'Aamir se mit à cligner de lui-même.

« Et là, c'est encore vous, dit Strike en lissant la dernière des quatre pages Facebook, il y a un mois à peine, avec votre sœur dans cette pizzeria qui se trouve en face de chez Della. Dès que j'ai réalisé où c'était, je me suis dit : pourquoi ne pas aller faire un tour à Bermondsey, au cas où je vous croiserais dans le quartier ? »

Aamir regardait fixement le selfie. C'était sa sœur qui l'avait pris. On reconnaissait parfaitement Southwark Park Road derrière eux, à travers la vitrine.

« Où étiez-vous le 13 juillet à 6 heures du matin ? demanda Strike sans transition.

— Ici.

— Quelqu'un pourrait-il le confirmer ?

— Oui. Geraint Winn.

— Il est resté toute la nuit ? »

Aamir s'avança, les poings serrés. Même s'il était évident qu'il n'avait jamais pratiqué la boxe, Strike se crispa tant le jeune homme lui paraissait remonté.

« Ce que je veux dire par là, s'empressa d'ajouter Strike en levant les mains dans un geste d'apaisement, c'est qu'il est un peu étrange que Geraint Winn soit chez vous à 6 heures du matin. »

Aamir baissa lentement les poings puis, comme s'il ne savait plus où se mettre, recula jusqu'au fauteuil le plus proche et s'assit du bout des fesses.

« Geraint était venu me dire que Della avait fait une chute.

— Il n'aurait pas pu téléphoner ?

— Il aurait sans doute pu mais il ne l'a pas fait. Il voulait que je persuade Della de se rendre aux urgences. Elle avait glissé dans leur escalier et son poignet était enflé. J'y suis allé mais elle n'a pas voulu m'écouter. Elle est têtue. De toute façon, à mon avis, elle n'avait rien de cassé. C'était juste une entorse.

— Donc, Geraint était avec vous à l'heure où Jasper Chiswell est mort. Vous êtes son alibi ?

— Je suppose, oui.

— Et lui est le vôtre.

— Pourquoi aurais-je souhaité la mort de Jasper Chiswell ?

— Bonne question, dit Strike.

— Je le connaissais à peine.

— Vraiment ?

— Oui, vraiment.

— Alors pourquoi a-t-il cité Catulle à votre sujet, en mentionnant l'une des Parques ? Et pourquoi a-t-il déclaré devant plusieurs témoins qu'il était au courant de votre vie privée ? »

Il y eut une longue pause. De nouveau, l'œil d'Aamir se mit à cligner.

« Cela n'a jamais eu lieu, dit-il.

— Vraiment ? Mon associée…

— Elle ment. Chiswell ne savait rien de ma vie privée. Rien du tout. »

Strike entendit le bruit sourd d'un aspirateur chez le voisin. Il avait eu raison de supposer que les murs n'étaient pas très épais.

« Je vous ai déjà vu quelque part », dit Strike. Mallik était de plus en plus gêné. « Au meeting de Jimmy Knight à East Ham. Voilà deux mois de cela.

— J'ignore de quoi vous parlez. Vous me confondez avec quelqu'un d'autre, répliqua-t-il avant d'ajouter sur un ton qui sonnait faux : Qui est Jimmy Knight ?

— OK, Aamir, dit Strike, si c'est ainsi que vous prenez les choses, je ne vois aucune raison de poursuivre cette conversation. Puis-je utiliser votre salle de bains ?

— Quoi ?

— Il faut que je fasse pipi. Après, je m'en irai, je vous laisserai tranquille. »

Mallik n'avait clairement aucune envie de lui montrer sa salle de bains, mais ne trouvait rien à dire pour justifier son refus.

« Très bien, dit-il. Mais… »

Une idée venait de germer dans son esprit.

«… Attendez. Il faut que… j'ai laissé tremper des chaussettes dans le lavabo. Restez ici.

— Faites comme chez vous », dit Strike.

Aamir quitta la pièce. Strike qui pensait avoir trouvé le bon prétexte pour fouiner à l'étage et peut-être découvrir la chose qui produisait les fameux bruits d'animaux dont se plaignaient les voisins, fut déçu d'entendre les pas d'Aamir s'éloigner au rez-de-chaussée.

Il revint au bout de deux minutes.

« Par ici. »

Il conduisit Strike dans un couloir, lui fit traverser une cuisine nue et lui désigna la salle de bains.

Strike entra, verrouilla la porte et posa la main au fond du lavabo. Pas la moindre goutte d'eau sur la surface en céramique. Les murs roses étaient assortis aux meubles. Les barres d'appui près des toilettes et celle qui allait du sol au plafond, au pied de la baignoire, prouvaient que le logement avait été occupé peu de temps auparavant par une personne fragile ou handicapée.

Qu'y avait-il dans cette salle de bains qu'Aamir tenait tant à retirer ou à cacher avant que le détective n'y pénètre ? Strike ouvrit l'armoire à pharmacie. Elle ne contenait que les produits de base dont un jeune homme se sert au quotidien : rasoir, déodorant, après-rasage.

En refermant, Strike vit son propre reflet dans la glace et derrière lui, la porte où un lourd peignoir bleu marine était accroché de travers, par la manche, comme si l'on n'avait pas eu le temps de le suspendre par la ganse prévue à cet effet, au niveau du col.

Pour donner le change, il tira la chasse d'eau puis entreprit de fouiller les poches du peignoir qui se décrocha de la patère et tomba sur le sol.

Strike recula pour mieux voir ce qui venait d'apparaître. Sur la surface de la porte, faisant éclater bois et peinture, quelqu'un avait grossièrement sculpté une créature à quatre pattes. Strike ouvrit le robinet d'eau froide, prit une photo avec son portable, ferma le robinet et remit le peignoir comme il l'avait trouvé.

Aamir l'attendait dans la cuisine.

« Je peux reprendre mes documents ? demanda Strike avant de retourner dans le salon et de rassembler les sorties imprimante.

« Au fait, pourquoi avez-vous quitté les Affaires étrangères ? ajouta-t-il sur un ton désinvolte.

— Je… je ne m'y plaisais pas.

— Et comment se fait-il que vous soyez au service des Winn ?

— On s'est rencontrés un jour. Della m'a offert le poste. J'ai accepté. »

Il arrivait, quoique très rarement, que Strike ait des scrupules à poser certaines questions au cours d'un interrogatoire.

« Je n'ai pu m'empêcher de remarquer, dit-il en levant les quatre feuilles imprimées, que vous avez pris un peu de distance avec votre famille après votre départ des Affaires étrangères. Vous n'apparaissez plus sur les photos, même pour les soixante-dix ans de votre mère. Votre sœur n'a rien publié sur vous depuis un bout de temps. »

Aamir ne répondit pas.

« C'est comme s'ils vous avaient renié, insista Strike.

— Partez, maintenant », dit Aamir. Strike ne fit pas un geste.

« Quand votre sœur a posté cette photo de vous deux dans la pizzeria, poursuivit Strike en dépliant à nouveau la dernière feuille, elle a obtenu de drôles de réponses…

— Je vous demande de partir, répéta Aamir, d'une voix plus forte.

— "Qu'est-ce que tu fais avec cette ordure ?", "Ton père est-il au courant que tu continues à le voir ?" » Strike laissa passer un blanc puis se remit à lire les messages figurant sous la photo d'Aamir et de sa sœur. "Si mon frère était un sodom…" »

Aamir se jeta sur lui comme un taureau furieux. Strike vit le poing droit du jeune homme s'approcher de sa tempe mais réussit à parer le coup. Malgré son air de premier de la classe, Aamir semblait possédé par le genre de rage qui peut rendre dangereux l'homme le moins combatif. Il arracha une lampe de sa prise et la balança avec une telle force que si Strike ne s'était pas penché à temps, sa base aurait percuté non pas la demi-cloison séparant le salon de la cuisine mais bien son crâne.

« Ça suffit ! », beugla Strike pendant que Aamir repartait à l'assaut en faisant pleuvoir sur lui une série de coups de poing. Strike les esquiva et riposta en lui faisant un crochet au genou avec sa jambe artificielle. Aamir se retrouva par terre. Strike pesta entre ses dents, cette prise n'ayant pas amélioré l'état de son moignon, puis il se redressa, à bout de souffle, et grogna :

« Continue comme ça et je t'assomme. »

Aamir s'éloigna de lui en rampant. Quand il se remit sur ses jambes, ses lunettes étaient suspendues à l'une de ses oreilles. Il les retira d'une main tremblante et regarda la monture faussée. Ses yeux étaient énormes, tout à coup.

« Aamir, votre vie privée ne m'intéresse pas, fit Strike en essayant de respirer normalement. C'est la personne que vous couvrez qui…

— Sortez d'ici, marmonna Aamir.

— … parce que si la police décide qu'il s'agit d'un meurtre, tout ce que vous cachez paraîtra au grand jour. Les enquêtes pour homicide ne respectent pas l'intimité des gens.

— Sortez d'ici !

— Très bien. Au moins, je vous aurais prévenu. » Arrivé à la porte, Strike se retourna une dernière fois vers Aamir qui l'avait suivi, lequel se crispa comme s'il craignait de recevoir un coup.

« Qui a gravé ce truc derrière la porte de votre salle de bains, Aamir ?

— *Dehors !* »

Strike comprit qu'il ne servait à rien d'insister. Dès qu'il eut franchi le seuil, la porte se referma en claquant.

Quelques dizaines de mètres plus loin, Strike s'appuya en grimaçant contre un arbre, sortit son portable et envoya à Robin la photo qu'il venait de prendre, assortie du message suivant :

Ça ne vous rappelle pas quelque chose ?

Il alluma une cigarette et attendit la réponse, trop heureux de rester un moment sans bouger parce que, en plus de sa douleur habituelle au niveau du moignon, il avait très mal sur le côté de la tête et dans le dos. En voulant éviter la lampe, il s'était cogné le crâne contre le mur, et en renversant le jeune Aamir, il avait dû se faire un tour de rein.

Strike jeta un coup d'œil vers la porte turquoise. Sa conscience ne se portait guère mieux que son corps. Il était entré chez Mallik dans l'intention de lui arracher la vérité sur ses relations avec Chiswell et les Winn, quitte à employer des méthodes d'intimidation qu'il réprouvait. Certes, un détective privé n'était pas censé respecter la devise des médecins « d'abord, ne pas faire de mal », mais en général, Strike évitait d'obtenir des aveux par la violence, qu'elle soit physique ou morale. Par exemple, il aurait pu s'abstenir de lire à haute voix les commentaires malveillants figurant au bas de cette page Facebook. Mallik, jeune homme brillant mais malheureux, n'avait sans doute pas pu dire non au couple Winn. Sa crise de fureur était la réaction épidermique d'un être désespéré. Strike n'avait pas besoin de ressortir les papiers pliés dans sa poche pour se rappeler le visage radieux de Mallik sur la photo de groupe, au ministère des Affaires étrangères. Grâce à son diplôme obtenu haut la main et l'aide de son prestigieux mentor, Sir Christopher Barrowclough-Burns, il avait dû croire que sa carrière était toute tracée.

Son portable sonna.

« Où avez-vous trouvé cette image gravée ? demanda Robin.

— Chez Aamir, derrière la porte de la salle de bains. Cachée sous un peignoir.

— Vous plaisantez.

— Non. Ça ressemble à quoi d'après vous ?

— Au cheval blanc sur les hauteurs de Woolstone.

— Eh bien, j'avoue que je suis soulagé, dit Strike en poussant avec son coude pour s'écarter de l'arbre et repartir en claudiquant le long de la rue. Je commençais à me demander si je n'avais pas des hallucinations. »

47

*... je veux prendre part au combat de la vie, pour une
fois, moi aussi.*

HENRIK IBSEN, *Rosmersholm*

À HUIT HEURES ET DEMIE, LE VENDREDI MATIN, Robin émergea de la station Camden Town et mit le cap sur la bijouterie pour sa journée d'essai. Tout en marchant, elle vérifiait discrètement son apparence dans les vitrines.

Au cours des mois qui avaient suivi le procès de l'Éventreur de Shacklewell, elle était devenue experte en techniques de camouflage. Il lui suffisait de modifier la forme de ses sourcils ou de peindre ses lèvres en vermillon pour changer de tête, surtout si elle complétait son déguisement par une perruque et des lentilles de contact colorées. Mais c'était la première fois qu'elle en faisait autant. Ce jour-là, elle avait les yeux bruns, les paupières bordées de khôl. Elle s'était mis du rouge à lèvres rose pâle et du vernis à ongles gris métallisé. Comme les lobes de ses oreilles n'étaient percés que d'un seul trou, elle s'était acheté des *ear cuffs* bon marché, un compromis acceptable entre la boucle classique et le piercing. La petite robe noire qu'elle avait chinée chez Oxfam à Deptford sentait encore le moisi, même après son passage en machine. Malgré la chaleur, elle avait enfilé des collants noirs opaques et une paire de rangers. Ainsi attifée, elle espérait qu'on la prendrait pour l'une de ces filles gothiques qui arpentaient les rues de Camden, un quartier de Londres que Robin fréquentait peu et qu'elle associait surtout à Lorelei et à sa boutique de prêt-à-porter vintage.

Elle avait nommé son nouvel alter ego Bobbi Cunliffe. Quand

on est sous couverture, mieux vaut se choisir une identité ayant une résonance familière, un nom auquel on répond spontanément. Bobbi sonnait comme Robin et, de fait, certaines personnes lui avaient déjà attribué ce sobriquet. Par exemple, le jeune homme qui avait craqué pour elle autrefois, quand elle travaillait en intérim ; son frère Martin aussi lui donnait du Bobbi quand il cherchait à la taquiner. Quant à Cunliffe, c'était le nom de famille de Matthew.

À son grand soulagement, Matthew était parti de bonne heure pour auditer une entreprise éloignée du centre de Londres, à Barnet. Robin avait donc parachevé son déguisement sans devoir subir les remarques qu'il lui aurait sans doute balancées, histoire de la déstabiliser, de lui faire comprendre qu'il désapprouvait ces missions d'infiltration encore plus que les autres. Robin était ravie d'utiliser son nom de femme mariée – dont elle ne se servait pas dans la vie courante – pour incarner une personne que Matthew aurait détestée. Plus il avançait en âge, plus Matthew rejetait, voire méprisait, les gens qui s'habillaient, pensaient ou vivaient autrement que lui.

La bijouterie Triquetra était perdue dans Camden Market. En débarquant sur place à 8 h 45, Robin trouva le local fermé, alors que les autres commerces sur Camden Lock Place étaient déjà en plein boum. Après cinq minutes d'attente, son employeuse arriva, un peu essoufflée. C'était une grande femme d'une bonne cinquantaine d'années, avec des cheveux ébouriffés teints en noir mais gris à la racine. Elle portait une robe longue en velours vert et se servait de son eye-liner avec la même audace que Bobbi Cunliffe.

Durant le pseudo-entretien qui avait débouché sur cette journée d'essai, elle lui avait posé très peu de questions, préférant dégoiser à n'en plus finir sur son mari qui venait de la quitter après trente ans de vie commune pour s'installer en Thaïlande, sur le voisin qui la poursuivait pour une histoire de droit de propriété, et sur la ribambelle de vendeuses nulles et ingrates qui l'avaient quittée pour aller bosser ailleurs. Elle cherchait des personnes acceptant de faire un maximum d'heures contre un minimum d'argent, et ne s'en cachait pas. Entre cela et ses jérémiades incessantes, c'était à se demander comment elle parvenait à trouver des pigeons.

« Tu es ponctuelle, dit-elle quand elle fut à portée de voix. C'est bien. Où est l'autre ?

— Je ne sais pas, répondit Robin.

— *C'est vraiment pas le moment,* dit la femme, avec un trémolo hystérique dans la voix. Aujourd'hui, j'ai rendez-vous chez l'avocat de Brian ! »

Elle déverrouilla la porte du magasin et fit entrer Robin dans un espace à peine plus grand qu'un kiosque à journaux. Quand elle leva les bras pour tirer les stores, un relent de transpiration mêlé à des émanations de patchouli alla rejoindre les odeurs de poussière et d'encens qui flottaient déjà dans l'air. Une intense clarté pénétra dans la boutique, rendant tous les objets à l'intérieur encore plus minables. Sur des présentoirs accrochés aux murs pourpres, on voyait des colliers et des boucles d'oreilles plaqués argent, dont la plupart représentaient des pentagrammes, des symboles de paix, des feuilles de marijuana. Des narguilés en verre côtoyaient des jeux de tarot, des bougies noires, des huiles essentielles et des dagues de cérémonie, le tout perché sur les étagères noires dressées au fond.

« On a des *millions* de touristes en plus sur Camden en ce moment, dit la femme en s'affairant derrière le comptoir. Si elle ne revient pas… Enfin, te voilà », s'écria-t-elle. Flick venait d'entrer, la mine boudeuse. Elle portait un T-shirt Hezbollah jaune et vert, un jean déchiré et une grande sacoche en cuir.

« Le métro était en retard, dit-elle.

— Eh ben, moi j'étais à l'heure quand même. Et Bibi aussi !

— Bobbi », corrigea Robin en exagérant son accent du Yorkshire.

Elle avait choisi d'incarner une provinciale, ce qui lui éviterait de faire des gaffes en discutant avec Flick qui devait connaître comme sa poche tous les lieux interlopes de Londres.

« … Je veux que vous soyez hypervigilantes, *tout-le-temps*, dit la patronne en frappant trois fois dans ses mains. Bien, Bibi…

— Bobbi…

— Oui, viens voir comment fonctionne la caisse. »

Ayant fait des remplacements dans une boutique de vêtements à Harrogate quand elle était adolescente, Robin sut très vite se servir de l'engin. Et c'était tant mieux parce que, dix minutes plus tard, les clients commencèrent à affluer. Robin en fut un peu surprise, étant donné le peu d'attrait qu'elle-même trouvait aux articles proposés à la vente. Les touristes devaient estimer qu'une visite de Camden ne serait pas complète sans l'achat d'un petit souvenir : une paire de boucles d'oreilles en étain, une bougie ornée d'un pentagramme ou l'un des petits sachets en toile de jute censés contenir un talisman, entassés dans un panier à côté de la caisse.

« Bon, faut que j'y aille, déclara la patronne à 11 heures, pendant que Flick servait une grande Allemande qui hésitait entre deux jeux de tarots. N'oubliez pas : l'une de vous doit garder un œil sur la marchandise en permanence, pour éviter le chapardage. Mon copain Eddie passera de temps en temps, ajouta-t-elle en désignant le marchand de vieux vinyles dont l'éventaire se trouvait juste devant la vitrine. Une pause-déjeuner de vingt minutes, séparément. Et n'oubliez pas, répéta-t-elle, menaçante, Eddie vous surveille. »

Elle disparut dans un tourbillon de velours et d'odeurs corporelles. L'Allemande partit avec son jeu de tarots et Flick referma le tiroir de la caisse si brutalement que l'écho se répercuta dans la boutique désertée.

« Ce brave Eddie, fit-elle avec aigreur. Il s'en bat l'œil. N'importe qui pourrait partir avec la caisse, ça lui ferait ni chaud ni froid. Connasse », ajouta-t-elle pour faire bonne mesure.

Robin éclata de rire. Flick parut apprécier.

« Comment tu t'appelles ? demanda Robin en forçant son accent. Elle me l'a pas dit.

— Flick, dit Flick. Et toi c'est Bobbi, hein ?

— Ouais. »

Flick sortit un portable de la sacoche qu'elle avait planquée sous le comptoir et vérifia ses appels. D'un air déçu, elle le rangea là où elle l'avait pris.

« Tu dois vraiment avoir besoin de bosser, dit-elle à Robin.

— J'ai pas eu trop le choix. On m'a virée.

— Ah ouais ?

— Ces salauds d'Amazon.

— Cette bande de bâtards qui fraudent le fisc, dit Flick avec une lueur d'intérêt dans le regard. Qu'est-ce qui s'est passé ?

— Je ne faisais pas mon taux journalier. »

Robin s'était inspirée d'un récent reportage sur les conditions de travail dans l'un des entrepôts de la société : les objectifs inatteignables, les rythmes effrénés, l'obligation d'emballer, de scanner des milliers d'articles par jour en étant constamment rappelé à l'ordre par les superviseurs. Flick écouta Robin raconter son quotidien chez Amazon en faisant des mines allant de la compassion à la colère.

« C'est dégueulasse ! s'exclama-t-elle quand Robin eut terminé.

— Ouais. Et bien sûr, pas question de se syndiquer. Mon père était syndicaliste, chez nous, dans le Yorkshire.

— J'imagine qu'il est furieux.

— Il est mort, répliqua Robin du tac au tac. Les poumons. Il était mineur.

— Oh merde. Désolée. »

À présent, Flick regardait Robin avec une curiosité mêlée de respect.

« Écoute, t'avais sûrement un statut d'ouvrière, pas d'employée. C'est comme ça qu'ils s'en sortent, ces fumiers.

— Quelle est la différence ?

— Moins de droits. Cela dit, s'ils ont déduit des trucs de ton salaire, tu pourrais leur faire un procès.

— Je ne crois pas que je pourrai le prouver, répondit Robin. Comment tu fais pour savoir tout ça ?

— Je suis pas mal impliquée dans la défense des travailleurs », dit Flick en haussant les épaules. Elle hésita. « Et ma mère est avocate, spécialiste en droit du travail.

— Ah ouais ? répondit Robin en affichant une surprise polie.

— Ouais, dit Flick en se curant les ongles. Mais on ne s'entend pas. En fait, j'ai coupé les ponts avec ma famille. Ils n'aiment pas mon copain. Ni mes opinions politiques. »

Elle tira sur son T-shirt Hezbollah pour le lui montrer.

« Ils ne sont quand même pas pour les tories ? s'écria Robin.

— C'est tout comme. Ils soutenaient cet enfoiré de Blair. »

Robin sentit son téléphone vibrer dans la poche de sa robe noire mitée.

« Y a des chiottes, ici ?

— Par là », dit Flick en montrant une porte peinte en violet, cachée sous d'autres présentoirs à bijoux.

Derrière le battant, elle trouva un réduit pourvu d'une fenêtre sale à la vitre fissurée. À côté d'un lavabo délabré, était posé un coffre-fort surmonté d'une bouilloire, de deux ou trois flacons de détergent et d'un chiffon à vaisselle raide de crasse. Il n'y avait pas de place pour s'asseoir et à peine pour se tenir debout, à cause des toilettes malpropres vissées au sol dans un coin.

Robin s'enferma dans le cagibi, rabattit le couvercle sur la cuvette et s'assit pour lire le long texto que Barclay venait d'envoyer à Strike et à elle.

Billy est retrouvé. On l'a ramassé dans la rue il y a deux semaines. Épisode psychotique, internement, hôpital au nord de Londres, je cherche lequel. Jusqu'à hier il refusait de donner le nom de son plus proche parent. Une assistante sociale a contacté Jimmy ce matin. Jimmy veut que je l'accompagne pour convaincre Billy de se tirer de l'hosto. Il a peur de ce qu'il pourrait raconter aux médecins, il dit qu'il parle trop. Jimmy a perdu un bout de papier avec le nom de Billy écrit dessus. Ça lui fout les boules. Il m'a demandé si je l'avais vu. Il dit que c'est écrit à la main, sans autres détails, j'ignore pourquoi c'est si important. Jimmy croit que Flick l'a chouravé. Ça barde encore entre elle et lui.

Robin lisait le texto pour la deuxième fois quand elle vit s'afficher la réponse de Strike.

Barclay : renseigne-toi sur le régime des visites dans cet hôpital. Je veux aller voir Billy. Robin : fouillez dans le sac de Flick.

Merci du conseil, renvoya Robin, agacée. Je n'y aurais jamais pensé moi-même.

Elle se leva, tira la chasse d'eau et retourna dans la boutique qu'une bande de gothiques vêtus en noir de la tête aux pieds avait envahie comme un vol de corbeaux. Robin se faufila et vit la sacoche de Flick posée sur une étagère, sous le comptoir. Flick attendit que ses clients s'en aillent avec leurs huiles essentielles et leurs bougies noires puis, encore une fois, sortit son téléphone, vérifia et se mura dans un silence morose.

Grâce à son expérience d'employée de bureau intérimaire, Robin savait que pour lier de bonnes relations avec une collègue, la meilleure méthode consistait à lui prouver qu'elle n'était pas seule à avoir des peines de cœur. En sortant son téléphone, Robin vit que Strike lui avait répondu.

C'est pour mon intelligence qu'on me paie si cher.

Sa boutade l'amusa malgré elle.

« Il me prend pour une idiote, dit-elle en réprimant un sourire.

— Que dis-tu ?

— Mon copain. Enfin, soi-disant copain, répondit Robin en remettant son téléphone dans sa poche. Il est séparé de sa femme, paraît-il. Mais devine où il était hier soir. Une amie à moi l'a vu sortir de chez elle ce matin. » Elle souffla et s'avachit sur le comptoir.

« Mon copain à moi, il aime les vieilles », renchérit Flick en recommençant à curer ses ongles. Robin, qui se rappelait que Jimmy avait épousé une femme ayant treize ans de plus que lui, se prit à espérer d'autres confidences. Mais elle n'eut pas le temps de l'interroger. Plusieurs jeunes femmes venaient de franchir la porte de la bijouterie en papotant dans une langue que Robin ne connaissait pas mais qui devait venir d'Europe de l'Est. Elles se rassemblèrent autour du panier contenant les supposés talismans.

« *Dziękuję ci* », dit Flick quand l'une d'elles lui tendit un billet. Les filles éclatèrent de rire et la complimentèrent sur son accent.

« Qu'est-ce que tu lui as dit ? demanda Robin dès qu'elles furent à nouveau seules. C'était du russe ?

— Du polonais. La femme de ménage de mes parents m'a appris quelques phrases », expliqua Flick. Puis elle se dépêcha de préciser, comme si elle regrettait d'en avoir trop dit : « Ouais, je me suis toujours mieux entendue avec les femmes de ménage qu'avec mes parents. Comment on peut se dire socialiste et avoir une bonne ? On devrait interdire aux gens d'occuper une maison trop grande pour eux. Je suis pour qu'on redistribue les terres et les logements à ceux qui en ont vraiment besoin.

— Absolument », confirma Robin avec un enthousiasme qui produisit un effet apaisant sur Flick : Bobbi Cunliffe, orpheline d'un mineur syndicaliste du Yorkshire, lui pardonnait son ascendance bourgeoise.

« Tu veux un thé ? proposa-t-elle.

— Ouais, trop bien.

— Tu as déjà entendu parler du Vrai Parti socialiste ? demanda Flick en sortant de l'arrière-boutique avec deux mugs fumants.

— Non, dit Robin.

— Ce n'est pas un parti politique dans le sens classique du terme. Plutôt un rassemblement contestataire, genre croisade de Jarrow, tu vois. Le véritable esprit du mouvement des travailleurs, pas cette merde de droite impérialiste qui se fait passer pour le "New Labour". On en a marre de jouer le jeu des politicards, on veut changer les règles pour que les gens du peuple aient enfin droit à la par... »

L'Internationale revue et corrigée par Billy Bragg retentit dans le local. Quand Flick plongea le bras dans sa sacoche, Robin réalisa que c'était une sonnerie de téléphone. Flick se raidit en lisant le nom de l'appelant.

« Je peux te laisser seule un moment ?

— Évidemment. »

Flick retourna dans l'arrière-boutique. Pendant que la porte se fermait, Robin l'entendit répondre.

« Il se passe quoi ? Tu l'as vu ? »

Robin attendit que Flick tire la porte derrière elle, puis se précipita vers la sacoche et glissa la main sous le rabat. Elle avait l'impression de fouiller dans une poubelle. Sous ses doigts, elle trouva des bouts de papier froissé, des emballages de bonbons, un truc collant qui devait être un chewing-gum, des stylos et tubes de maquillage débouchés, une petite boîte en fer-blanc avec le portrait de Che Guevara imprimé dessus, un paquet de tabac à rouler qui s'était renversé sur le reste, des feuilles de Rizla, des tampons périodiques et une petite boule de tissu chiffonné que Robin soupçonnait être une culotte sale. Le travail consistant à défroisser, lire puis refroisser chaque bout de papier, essentiellement des brouillons d'articles, lui prit un temps fou. Soudain, derrière la porte, Flick s'écria :

« *Strike ?* Mais putain, que... ? »

Robin tendit l'oreille.

« … parano… seul maintenant… dis-leur qu'il…

— Excusez-moi. » Une femme aux cheveux gris se tenait penchée sur le comptoir. Robin sursauta. La cliente dont le T-shirt tie-dye accentuait les rondeurs lui montrait un objet sur une étagère. « J'aimerais voir cet *athame* de plus près.

— Comment ? demanda Robin, désorientée.

— L'*athame*. La dague de cérémonie », insista la femme, le doigt toujours pointé.

La voix de Flick résonna plus fort dans le dos de Robin.

« … le, d'accord ?… pelle-toi… filer le fric… le fric de Chiswell…

— Hum, fit la cliente en soupesant délicatement le poignard au creux de sa paume. Auriez-vous quelque chose de plus grand ?

— *Tu l'as eu, pas moi !* hurlait Flick dans le cagibi.

— Je… bredouilla Robin en promenant son regard sur les rayonnages… je crois que c'est tout ce que nous avons. Celle-ci est peut-être un peu plus… »

Elle se dressa sur la pointe des pieds. Ses doigts touchèrent la dague et au même instant, Flick brailla :

« *Va te faire foutre, Jimmy !*

— Et voilà », dit Robin avant de tendre à sa cliente un impressionnant poignard de dix-huit centimètres.

La porte violette s'ouvrit si brutalement que plusieurs colliers se décrochèrent.

« Désolée », dit Flick, essoufflée, les yeux brillants. Elle saisit sa sacoche et jeta son portable dedans.

« Oui, voyez-vous, j'aime beaucoup cette triple lune, poursuivit la sorcière wiccane qui, nullement perturbée par l'apparition fracassante de Flick, désignait à Robin les signes gravés sur la garde du premier *athame*. Mais je préfère l'autre, à cause de sa grande lame. »

Flick tremblait de colère et, en même temps, on la sentait sur le point de fondre en larmes. C'était le moment idéal pour tenter de lui soutirer des confidences. Mais, au préalable, Robin devait se débarrasser de la cliente énervante.

« Eh ben, c'est tout ce qu'on a », lâcha-t-elle brutalement, comme l'aurait fait Bobbi Cunliffe avec son lourd accent du Yorkshire.

La femme pinailla encore deux minutes, compara le poids des deux poignards et finalement s'en alla sans rien acheter.

« Ça va ? demanda Robin aussitôt qu'elle fut sortie.

— Non. J'ai besoin d'une clope. »

Flick regarda sa montre.

« Si elle revient, dis-lui que j'ai pris ma pause-déj, tu veux bien ? »

Mince, songea Robin au moment où Flick disparaissait avec sa sacoche et son humeur prometteuse.

Pendant plus d'une heure, elle s'occupa seule de la boutique. Elle avait de plus en plus faim. Une fois ou deux, elle aperçut Eddie derrière son éventaire de vinyles jetant un vague coup d'œil dans sa direction. En dehors de cela, il se fichait éperdument de ce qu'elle faisait. Robin profita d'une brève accalmie entre deux clients pour passer dans l'arrière-boutique et vérifier s'il n'y avait pas un paquet de biscuits ou autre chose de comestible qu'elle aurait raté précédemment. Peine perdue.

À midi cinquante, elle vit Flick revenir d'un pas nonchalant, en compagnie d'un beau brun avec une tête de voyou et un T-shirt bleu moulant. Il toisa Robin d'un air arrogant et séducteur à la fois, comme pour lui signifier qu'elle n'était pas mal mais qu'elle devrait faire encore un petit effort pour éveiller son intérêt. Dans les bureaux où Robin avait travaillé, ce genre de tactique fonctionnait plutôt bien. Elle-même ne s'y était jamais laissé prendre.

« J'ai été un peu longue, excuse-moi, lui dit Flick dont la mauvaise humeur ne semblait pas totalement dissipée. Je suis tombée sur Jimmy. Jimmy, voici Bobbi.

— Ça va ? », marmonna Jimmy en tendant la main.

Robin la lui serra.

« C'est ton tour, Bobbi, dit Flick. Va t'acheter un truc à manger.

— Oh, d'accord. Merci. »

Jimmy et Flick attendirent, le temps que Robin, sous prétexte de chercher de l'argent dans son sac, s'accroupisse derrière le comptoir et active la fonction enregistrement de son portable.

« À plus », fit-elle avec un sourire radieux. Puis, sans se presser, elle sortit de la boutique pour faire un tour de marché.

48

Qu'en dites-vous, mademoiselle West ?

HENRIK IBSEN, *Rosmersholm*

UNE GUÊPE FAISAIT DES ALLERS ET RETOURS entre le bureau de Strike et la pièce de réception, incapable de viser l'une ou l'autre des fenêtres ouvertes par lesquelles entrait un air chargé de vapeurs d'essence. Barclay chassa l'insecte avec le menu du restaurant chinois qui venait de leur livrer un dîner plus que copieux. Robin détacha les couvercles et disposa les boîtes en carton près de son ordinateur, pendant que Strike allait chercher une troisième fourchette du côté de la bouilloire.

Matthew avait été curieusement aimable quand Robin l'avait appelé depuis Charing Cross Road, trois quarts d'heure auparavant, pour lui dire qu'elle rentrerait tard parce qu'elle devait retrouver Strike et Barclay à l'agence.

« Très bien, avait-il répondu. De toute façon, Tom m'a proposé de sortir manger un curry. On se voit plus tard.

— Tout s'est bien passé, aujourd'hui ? demanda Robin avant qu'il ne raccroche. Ton audit à... »

Elle avait un trou.

« Barnet, dit-il. La société de jeux en ligne. Ouais, c'était super. Et toi ?

— Pas mal. »

Matthew affichait une telle indifférence concernant les détails de l'affaire Chiswell, laquelle avait suscité entre eux nombre de disputes, que Robin jugea inutile de lui expliquer où elle s'était rendue, quel personnage elle avait incarné et ce qu'elle avait fait dans la journée. Ils se dirent au revoir et, consciente que leur conversation aurait pu passer pour un simple bavardage entre deux personnes sans liens affectifs, Robin s'éloigna parmi la foule des touristes qui baguenaudaient sur la place, mêlés aux buveurs de bière du vendredi soir.

« Vous voulez une bière ? lui demanda Strike en attrapant un pack de Tennent's.

— Oui, s'il vous plaît », dit Robin.

Elle portait encore sa minirobe noire et ses rangers. Mais elle avait attaché ses cheveux bleus, retiré ses couches de maquillage et ses lentilles de contact. Strike n'avait pas l'air au mieux de sa forme, songea-t-elle en observant le visage du détective dans un rayon de lumière vespérale. Sur son front, autour de sa bouche, les rides étaient plus creusées qu'à l'ordinaire, sans doute à cause de la douleur qui ne le lâchait pas depuis des jours. Il se déplaçait avec difficulté. Quand il s'approcha avec les canettes de bière, Robin vit qu'il utilisait la partie supérieure de son corps pour pivoter et qu'il faisait de gros efforts pour cacher son boitement.

« À quoi avez-vous consacré votre journée ? lui demanda-t-elle pendant que Barclay entassait la nourriture dans son assiette.

— J'ai filé Geraint Winn. Cinq minutes après avoir quitté le domicile conjugal, il est allé se terrer dans un misérable B&B. Ensuite, il m'a promené jusqu'au centre de Londres, puis il est revenu à Bermondsey.

— C'était risqué, non ? Il sait à quoi vous ressemblez.

— On aurait pu s'y mettre tous les trois qu'il n'aurait rien remarqué. Il a dû perdre six kilos depuis la dernière fois où je l'ai vu.

— Qu'est-ce qu'il a fait ?

— Il a mangé dans un resto près de la Chambre des Communes, le Cellarium. Une cave voûtée, sans fenêtre.

— Ça m'a l'air sympa, dit Barclay en s'asseyant sur le canapé en skaï pour attaquer ses boulettes de porc sauce aigre-douce.

— Il est comme un vieux pigeon voyageur qui revient l'âme en peine sur les lieux de sa gloire passée, dit Strike en versant dans sa propre assiette la totalité des nouilles Singapour. Ensuite, il m'a emmené à King's Cross. »

Robin, qui venait de plonger la cuiller de service dans une salade de pousses de soja, suspendit son geste l'espace d'un instant.

« Une pipe dans un escalier sombre, précisa Strike sur un ton badin.

— Beurk, fit Robin en reprenant son activité.

— Tu as assisté ? demanda Barclay, soudain intéressé.

— Je l'ai vu de dos. J'avais eu du mal à entrer dans l'immeuble et quand j'ai compris ce qui se passait, j'ai fait demi-tour en m'excusant. Il n'était pas en état de m'identifier. Après cela, il est allé s'acheter des chaussettes chez Asda et il a regagné son B&B.

— On s'amuse comme on peut », dit Barclay qui avait déjà englouti la moitié de son plat. Croisant le regard de Robin, il ajouta, la bouche pleine : « Ma femme veut que je sois à la maison à 20 heures 30.

— Très bien, dit Strike en s'asseyant prudemment dans le fauteuil qu'il venait de prendre dans son bureau. Robin, écoutons ce que Jimmy et Flick se sont dit en votre absence. »

Il ouvrit un calepin et pêcha un stylo dans le pot à crayons sans cesser de manger ses nouilles chinoises avec la main gauche. Barclay qui mastiquait vigoureusement se pencha pour mieux entendre. Robin posa son portable face en l'air et appuya sur « Play ».

Pendant un moment, il n'y eut que des bruits de pas à peine audibles. Ceux de Robin qui sortait de la bijouterie pour aller s'acheter à manger.

« Je pensais que tu serais seule, dit la voix de Jimmy, faible mais distincte.

— Elle a fait venir cette fille pour un essai, répondit Flick. Où est Sam ?

— Je lui ai dit qu'on se verrait chez toi, dans la soirée. Bon, où est ton sac ?

— Jimmy, je n'ai pas pris…

— Tu l'as peut-être ramassé par erreur. »

Il y eut d'autres bruits de pas, un raclement de bois contre du cuir, un claquement, des chocs sourds, des bruissements furtifs.

« Quel merdier là-dedans !

— Je ne l'ai pas pris, combien de fois faudra-t-il que je te le dise ? Et tu n'as pas le droit de fouiller dans mon…

— Je suis sérieux, ma vieille. Ce papier était dans mon portefeuille. Où est-il passé ?

— Tu as dû le laisser tomber quelque part.

— Ou on me l'a volé.

— Pourquoi je l'aurais pris ?

— Pour avoir une garantie.

— Qu'est-ce que tu...

— T'as l'air d'oublier que c'est toi qui l'as chouravé. Du coup, ce truc t'incrimine autant que moi. Plus encore.

— C'est toi qui m'as dit d'aller là-bas, Jimmy !

— Tu te racontes des histoires, ma petite. Personne ne t'a forcée. C'est toi qui voulais qu'on le fasse au départ, rappelle-toi.

— Ouais, et ce jour-là, j'aurais mieux fait de me casser une jambe !

— Trop tard. Je veux récupérer ce papier et tu vas me le rendre. Il prouve qu'on avait l'entrée libre chez lui.

— Dis plutôt que ça le relie à Bill... ouille !

— Oh, arrête ton cirque, ça t'a pas fait mal ! Tu te comportes comme ces connasses qui jouent les victimes. Je ne plaisante pas. Si jamais c'est toi qui l'as pris...

— Ne me menace pas...

— Sinon quoi ? Tu vas courir te réfugier chez papa maman ? Qu'est-ce qu'ils diront quand ils découvriront ce que leur petite fille chérie a fait ? »

Les halètements de Flick s'étaient transformés en sanglots.

« Tu lui as piqué de l'argent, et pas que ça, renchérit Jimmy.

— Je pensais que c'était pour rigoler, à la base. Tu disais qu'il le méritait...

— Essaie cette défense devant un tribunal, tu verras où ça te mènera. Si tu comptes t'en tirer en me faisant porter le chapeau, je ne me gênerai pas pour dire aux flics que tu trempes dans cette histoire *depuis le début*. Donc si jamais ce papier réapparaît quelque part, je ne veux pas qu'il...

— Je ne l'ai pas ! Je ne sais pas où il est !

— ... Je t'aurais prévenue. Donne-moi tes clés.

— Hein ? Pourquoi ?

— Parce que je vais aller fouiller avec Sam ce trou à rats que tu appelles un appartement, et tout de suite...

— Tu n'iras pas là-bas sans moi...

— Et pourquoi pas ? Il y a encore un serveur indien dans ton lit ?

— Je n'ai jamais...

— Je m'en contrefiche. Tu peux baiser avec qui tu veux. Donne-moi la clé. *Donne-la-moi.* »

Il y eut encore des pas, puis un bruit de clés, le claquement des bottes de Jimmy qui s'en allait, et enfin une cascade de sanglots que Robin interrompit en appuyant sur Pause.

« Elle a pleuré jusqu'au retour de la patronne, c'est-à-dire peu avant que je rentre de déjeuner. Et elle n'a quasiment pas ouvert la bouche de l'après-midi. Je lui ai proposé de prendre le métro avec moi, mais elle m'a envoyée sur les roses. Avec un peu de chance, elle sera plus bavarde demain.

— Alors ? Vous avez fouillé son appartement, Jimmy et toi ? demanda Strike à Barclay.

— Oui. On a cherché partout. Dans les livres, dans les tiroirs, sous le matelas. Rien.

— Il t'a expliqué ce qu'il fallait trouver ?

— "Un bout de papier avec des trucs écrits dessus, dont le nom de Billy", c'est ce qu'il a dit. Et il a précisé "Je l'avais dans mon portefeuille et il a disparu". Il a essayé de me faire croire que c'était en rapport avec un trafic de drogue. Il doit me prendre pour un crétin. »

Strike posa son stylo, avala encore une fourchetée de nouilles et dit :

« "Ça prouve qu'on avait l'entrée libre chez lui". Je ne sais pas vous, mais moi, c'est ce que je retiens en premier.

— Je crois que j'ai ma petite idée là-dessus, dit Robin qui avait gardé le meilleur pour la fin. J'ai découvert aujourd'hui que Flick connaît un peu le polonais. Et comme nous savons qu'elle a piqué de l'argent chez son précédent employeur, j'en conclus…

— "En plus, je fais le ménage", cita Strike. C'est ce qu'elle a dit à Jimmy, le jour de la manifestation, quand je les suivais ! "C'est dégoûtant…" Dieu du ciel… vous pensez qu'elle était… ?

— La femme de ménage polonaise de Chiswell, affirma Robin, déterminée à profiter pleinement de son instant de triomphe. Oui. Je le pense. »

Barclay écarquilla les yeux tout en continuant à ingurgiter ses boulettes de porc.

« Si c'est vrai, ça change absolument tout, dit Strike. Avec sa clé, elle pouvait entrer comme elle voulait, fouiller tranquillement, prendre ce qui l'intéressait…

441

— Comment a-t-elle su qu'il cherchait une femme de ménage ? intervint Barclay.

— Elle a dû voir l'annonce dans la vitrine du marchand de journaux.

— Ils vivent dans des quartiers éloignés de plusieurs kilomètres l'un de l'autre. Elle habite Hackney.

— Jimmy est peut-être tombé sur l'annonce quand il traînait du côté d'Ebury Street pour tenter de récupérer l'argent de son chantage », suggéra Robin. Mais Strike semblait être d'un autre avis.

« Sauf que c'est tout l'inverse, dit-il en fronçant les sourcils. Si elle a trouvé de quoi faire chanter Chiswell pendant qu'elle travaillait chez lui, son embauche est forcément antérieure à la demande d'argent.

— Bon d'accord, disons que Jimmy ne savait rien de précis au départ. Peut-être qu'ils ont trouvé l'annonce par hasard alors qu'ils cherchaient des infos compromettantes sur lui.

— Afin d'écrire un article bien saignant et de le publier sur le site du Vrai Parti socialiste ? suggéra Barclay. Ouais, ça pouvait toucher facilement quatre ou cinq personnes. »

Strike étouffa un rire.

« En tout cas, ce bout de papier préoccupe énormément Jimmy. »

Barclay piqua la dernière boulette qui disparut dans sa bouche. « C'est Flick qui l'a, dit-il en mâchant. J'en mettrais ma main à couper.

— Pourquoi en êtes-vous si sûr ? demanda Robin.

— Elle a besoin d'un moyen de pression contre Jimmy, expliqua Barclay en se levant pour aller déposer son assiette vide dans l'évier. S'il la garde c'est uniquement parce qu'elle sait beaucoup de choses. L'autre jour, il m'a dit qu'il se débarrasserait bien d'elle. Et quand je lui ai demandé pourquoi il ne la virait pas tout simplement, il n'a rien répondu.

— Mais si ce papier est à ce point incriminant, peut-être qu'elle l'a détruit, proposa Robin.

— Je ne crois pas, dit Strike. Elle en connaît la valeur. C'est une fille d'avocat, n'oubliez pas. Elle doit se dire que si un jour ça barde pour son matricule, elle pourra toujours le ressortir et tenter de négocier avec la police. »

Barclay regagna le canapé et prit sa canette de bière.

« Comment va Billy ? lui demanda Robin en attaquant son repas qui refroidissait.

— C'est un pauvre gamin. La peau sur les os. Les flics de la circulation l'ont chopé alors qu'il sautait par-dessus un portique dans le métro. Il s'est violemment débattu, ils l'ont interné. Les médecins parlent d'un délire de persécution. Au début, il croyait qu'il était pourchassé par le gouvernement et que le personnel de l'hôpital faisait partie d'une conspiration mondiale. Depuis qu'il a repris son traitement, il a retrouvé un peu de bon sens.

« Jimmy veut le ramener à la maison mais les toubibs s'y opposent. Ce qui le fait le plus chier, ajouta Barclay avant de s'interrompre pour finir les dernières gouttes de sa canette de Tennent, c'est que Billy est toujours obsédé par Strike. Il insiste pour le voir. Les psys croient que ça fait partie de son délire, qu'il a jeté son dévolu sur le célèbre détective parce que, dans sa logique, c'est la seule personne digne de confiance. J'ai pas pu leur dire qu'il avait vraiment rencontré Strike, vu que Jimmy était là et qu'il ne cessait de répéter que tout ça c'était que des conneries.

« Seule la famille a le droit de l'approcher, et encore, Jimmy n'est plus en odeur de sainteté depuis qu'il a essayé de le convaincre qu'il allait assez bien pour rentrer à la maison. »

Barclay froissa la canette dans son poing et vérifia sa montre.

« Faut que je parte, Strike.

— Ouais, d'accord. Merci d'être resté. Je m'étais dit qu'un débriefing ne ferait pas de mal.

— Aucun problème. »

Barclay salua Robin d'un signe de main et s'en alla. Strike grimaça en ramassant sa canette posée par terre.

« Vous allez bien ? demanda Robin en reprenant des chips aux crevettes.

— À merveille, dit-il avant de se redresser péniblement. J'ai encore trop marché aujourd'hui. Et hier, je me serais bien passé de cette bagarre.

— Une bagarre ? Quelle bagarre ?

— Avec Aamir Mallik.

— Quoi !

— Pas de panique. Je ne l'ai pas abîmé. Enfin, pas trop.

— J'ignorais que vous en étiez venus aux mains !

— Je préférais vous le dire en face, juste pour voir votre air outré. Vous n'avez donc aucune compassion pour votre associé unijambiste ?

— Vous êtes un ancien boxeur ! s'indigna Robin. Et lui, il doit peser dans les soixante kilos tout mouillé !

— Il a essayé de m'assommer avec un pied de lampe.

— *Aamir* a fait ça ? »

Elle avait du mal à imaginer le jeune homme réservé qu'elle avait connu à la Chambre des Communes commettant un acte de violence.

« Ouais. Je lui demandais ce que Chiswell avait voulu dire par "une personne dans votre genre" et il a perdu les pédales. Si ça peut vous rassurer, je ne suis pas très fier de moi. Attendez une minute. Il faut que j'aille aux toilettes. »

Strike se hissa maladroitement hors de son fauteuil et sortit sur le palier. Quand Robin entendit la porte se refermer, le portable qu'il avait mis en charge sonna sur l'armoire à dossiers où il était posé. Elle se leva pour regarder qui appelait et vit, entre les fissures et les couches de film alimentaire, s'afficher le prénom Lorelei. Ne sachant si elle devait répondre, Robin hésita juste assez longtemps pour que l'appel passe sur la messagerie. Quelques secondes plus tard, elle allait se rasseoir quand un petit ping l'informa qu'un texto était arrivé.

Si tu veux juste manger chaud et t'envoyer en l'air, je te signale qu'il existe des restaurants et des bordels.

En entendant claquer la porte des toilettes, Robin se hâta de regagner son fauteuil. Strike rentra en boitant dans la pièce, se rassit et se remit à piocher dans ses nouilles.

« Votre portable a sonné, dit Robin. Je n'ai pas décroché…

— Passez-le-moi. »

Elle s'exécuta. Strike lut le texto sans broncher, mit l'appareil sur silencieux et le glissa dans sa poche.

« Qu'est-ce qu'on disait, déjà ?

— Que vous n'étiez pas fier de vous… concernant la bagarre…

— Non, de ce côté-là, je n'ai rien à me reprocher, nuança-t-il.

444

Si je ne m'étais pas défendu, j'aurais des points de suture partout sur la figure. »

Il enfourna une fourchetée de nouilles.

« En revanche, je regrette de lui avoir dit que sa famille l'avait ostracisé, sauf l'une de ses sœurs qui accepte encore de lui parler. Mais je n'ai rien inventé, tout est sur Facebook. C'est quand j'ai parlé de cela qu'il a failli me briser le crâne avec une lampe.

— Ils sont peut-être en colère contre lui parce qu'ils croient qu'il sort avec Della ? », suggéra Robin pendant que Strike mangeait.

Il haussa les épaules comme pour dire « Qui sait ? », avala et poursuivit. « Il ne vous est jamais venu à l'esprit que Aamir est la seule personne dans cette affaire à posséder un mobile ? Chiswell l'a menacé, il avait probablement l'intention de révéler ce qu'il savait sur lui. "Une personne dans votre genre", "Lachesis sait quand notre tour viendra".

— C'est bien vous qui dites toujours "oubliez le mobile, concentrez-vous sur les moyens" ?

— Ouais, ouais », fit Strike d'un ton las. Il repoussa son assiette presque vide, sortit ses cigarettes, son briquet, et se redressa sur son siège. « OK. Concentrons-nous sur les moyens. « Qui avait accès à la maison, aux antidépresseurs et à l'hélium ? Qui connaissait les habitudes de Jasper Chiswell suffisamment bien pour savoir qu'il boirait du jus d'orange ce matin-là ? Qui avait une clé ? Ou à qui faisait-il assez confiance pour lui ouvrir sa porte à une heure aussi matinale ?

— Un membre de sa famille ?

— Exact, dit Strike en allumant son briquet, mais nous savons que Kinvara, Fizzy, Izzy et Torquil ne peuvent pas l'avoir fait. Ce qui nous laisse Raphael et l'ordre qu'il a soi-disant reçu de se rendre à Woolstone ce matin-là.

— Vous pensez vraiment qu'il aurait pu tuer son père, prendre sa voiture, rouler tranquillement jusqu'à Woolstone et attendre avec Kinvara l'arrivée de la police ?

— Laissez tomber la psychologie et les probabilités : il s'agit de définir l'opportunité, dit Strike en soufflant un long filet de fumée. Rien de ce que j'ai entendu jusqu'à présent n'exclut que Raphael se soit rendu à Ebury Street à 6 heures du matin. Je sais ce que vous allez dire, la devança-t-il, mais ce ne serait pas la première fois qu'un tueur falsifie un appel téléphonique. Il aurait très bien pu s'appeler lui-même avec le portable de Chiswell.

— Ce qui suppose soit que Chiswell n'avait pas mis de mot de passe sur son téléphone, soit que Raphael le connaissait.

— Bien vu. Il faudra vérifier. »

D'une pression du pouce, Strike fit surgir la pointe de son stylo. Tout en griffonnant sur son calepin, il se demanda si Matthew, qui avait osé effacer l'historique des appels sur le portable de sa femme à son insu, connaissait son nouveau mot de passe. Ces petits signes de confiance mutuelle étaient souvent révélateurs de l'état de santé d'un couple.

« Si l'on part du principe que Raphael est le meurtrier, un autre problème logistique se pose, reprit Robin. Il n'avait pas la clé, et si son père l'a laissé entrer, cela signifie que Chiswell était conscient au moment où Raphael a broyé les antidépresseurs dans la cuisine.

— Encore une bonne remarque. Mais quel que soit le suspect, le broyage des comprimés reste une énigme.

— Prenez Flick. En tant que femme de ménage, elle devait connaître la maison d'Ebury Street mieux que la plupart des membres de la famille. Elle a eu maintes occasions de fouiller, et une clé de sécurité est restée en sa possession durant quelque temps. Ce genre de clé est difficile à reproduire mais admettons qu'elle ait pu en faire un double...

— Elle s'introduit au petit matin pour droguer le jus d'orange, mais broyer des comprimés dans un mortier avec un pilon ça fait du bruit...

— ... à moins qu'elle ne les ait apportés déjà broyés, dit Robin, dans un sachet ou autre, et qu'elle ait versé la poudre dans le mortier pour faire croire que c'était Chiswell qui l'avait fait.

— OK, mais alors pourquoi n'y a-t-il aucune trace d'amitriptyline dans la brique de jus d'orange vide trouvée au fond de la poubelle ? C'est directement dans le verre que la drogue a été versée, et seul Raphael pouvait donner à Chiswell un verre de jus...

— ... sauf que le verre ne porte que les empreintes de Chiswell...

— ... mais imaginez la scène : Chiswell descend dans la cuisine et trouve un verre rempli de jus d'orange. À sa place, vous le boiriez ? Vous ne savez pas qui l'a servi, et en plus, vous vous croyez seule chez vous ? »

En bas, sur Denmark Street, des jeunes femmes chantaient en chœur. Le tube de Rihanna « Where Have You Been ? » s'éleva au-dessus des bruits de la circulation.

Where have you been ? All my life, all my life[1]...

« Eh bien, c'était peut-être un suicide, finalement, dit Robin, de guerre lasse.

— Cette attitude ne paiera pas nos factures, répliqua Strike en secouant la cendre de sa cigarette dans son assiette. Reprenons. Qui avait le moyen d'entrer dans la maison d'Ebury Street ce jour-là : Raphael, Flick...

— ... et Jimmy, l'interrompit Robin. Tout ce qui s'applique à Flick s'applique aussi à lui. Elle a pu l'informer sur les habitudes de Chiswell, sur la maison en général, et aussi lui donner sa clé.

— Exact, dit Strike. Donc nous savons que trois personnes étaient en mesure de pénétrer chez lui, ce matin-là, mais il ne suffisait pas de franchir la porte. Le meurtrier devait aussi savoir quels antidépresseurs prenait Kinvara et faire en sorte que la bonbonne d'hélium et les tubes en caoutchouc soient sur place au moment voulu. Ce qui suppose premièrement, une relation de proximité avec les Chiswell, et deuxièmement, un accès permanent à la maison pour y faire entrer le matériel. Ou alors, l'hélium et le reste étaient déjà à l'intérieur. Mais pour le savoir, il fallait que le meurtrier soit un familier des lieux.

— Et pour autant qu'on le sache, non seulement Raphael n'avait pas mis les pieds à Ebury Street depuis un certain temps, mais en plus il n'était pas en assez bons termes avec Kinvara pour savoir quel traitement elle suivait. Cela dit, son père aurait très bien pu en parler devant lui. Mais si on se base uniquement sur l'opportunité, on doit exclure les Winn et Aamir... Et du coup, Jimmy et Flick, à supposer qu'elle était bien la femme de ménage de Chiswell, grimpent à la première place sur notre liste des suspects. »

Strike poussa un soupir et ferma les yeux.

« Et merde, marmonna-t-il en se frottant la figure du plat de la main. On a beau faire, tout nous ramène au mobile. »

---

1. « Où étais-tu ? Toute ma vie, toute ma vie... »

Il rouvrit les yeux, écrasa sa cigarette dans son assiette et en alluma une autre.

« Je ne suis pas étonné que le MI-5 s'intéresse à l'affaire, vu qu'il n'avait rien à gagner en tuant Chiswell. Oliver avait raison – les maîtres chanteurs n'ont pas trop tendance à tuer leurs victimes, c'est plutôt le contraire. La haine serait une explication pittoresque mais quand on tue quelqu'un sur un coup de colère, on se sert d'un marteau ou d'un pied de lampe. On ne met pas en scène un suicide. Non, ça ressemble plus à une exécution minutieusement préparée, calculée jusque dans ses moindres détails. Dans quel but ? Quel bénéfice le tueur espérait-il tirer de son acte ? Et pourquoi avoir choisi ce moment précis ? Pourquoi Chiswell est-il mort ce matin-là ?

« Jimmy et Flick avaient tout intérêt à ce que Chiswell reste en vie, le temps pour eux d'obtenir la preuve qui l'obligerait à mettre la main à la poche. Même chose pour Raphael : son père l'avait déshérité mais leurs relations avaient l'air de s'améliorer. Il avait lui aussi tout intérêt à ce que Chiswell reste en vie.

« Chiswell a menacé Aamir, à mots couverts, de révéler une chose compromettante le concernant, de nature sexuelle probablement, d'où la citation de Catulle. Et grâce à nous, il possédait certaines informations sur les malversations commises par les Winn dans le cadre de leur œuvre caritative. N'oublions pas que Geraint Winn n'était pas un maître chanteur classique : il ne voulait pas d'argent mais la démission et la disgrâce de Chiswell. Est-il complètement irréaliste de supposer que Winn ou Mallik aient pu opter pour une autre sorte de vengeance après l'échec de leur plan A ? »

Strike prit une bonne bouffée avant de conclure :

« Une chose nous échappe, Robin. Une chose qui relie tout.

— Ou alors peut-être que rien n'est lié, répliqua-t-elle. C'est souvent comme ça dans la vie, non ? Nous avons affaire à un groupe de gens ayant tous leurs propres malheurs, leurs propres secrets. Certains ont des raisons d'en vouloir à Chiswell, de le détester, mais ça ne veut pas dire que ces raisons les relient entre eux.

— Il y a pourtant quelque chose que nous ignorons.

— Il y a des tas de choses que nous…

— Non, cette chose-là est énorme… fondamentale. Je la sens. Elle est là sous notre nez. Pourquoi Chiswell vous a-t-il dit qu'il aurait sans doute du travail à nous donner par la suite, après qu'on l'aurait débarrassé de Winn et de Knight ?

— Je ne sais pas.

— "Ils trébuchent l'un après l'autre", cita Strike. Qui avait déjà trébuché, selon lui ?

— Geraint Winn. Je venais de lui parler de l'argent qui manquait dans les caisses du Level Playing Field.

— À ce moment-là, Chiswell était au téléphone, vous disiez. Il voulait récupérer une pince à billets qu'il avait perdue. La pince à billets de Freddie.

— C'est exact, dit Robin.

— Freddie », répéta Strike en se grattant le menton.

L'espace d'un instant, il se retrouva dans la salle commune d'un hôpital militaire allemand, un poste de télé éteint dans un coin, des numéros du magazine *Army Times* empilés sur une table basse. Il était venu interroger un jeune lieutenant ayant assisté à la mort de Freddie Chiswell. En entrant, Strike l'avait vu rivé à un fauteuil roulant. La balle qu'il avait reçue était encore logée dans sa moelle épinière.

« … Le convoi s'est arrêté, le major Chiswell m'a demandé de descendre, d'aller voir ce qui se passait. Je lui ai dit que j'avais vu du mouvement sur la crête mais il m'a répondu de bouger mon cul.

« Je n'avais pas fait deux pas qu'on m'a tiré dans le dos. Avant de perdre connaissance, je l'ai vu se pencher hors du camion pour me hurler quelque chose. Et le sniper lui a fait exploser le crâne. »

Le lieutenant lui avait demandé une cigarette. Il ne devait pas fumer, normalement, mais Strike lui avait laissé son paquet entamé.

« Chiswell était un con », avait lâché le jeune homme en fauteuil roulant.

Strike imagina le blond, le grand Freddie arpentant les petites routes de campagne avec Jimmy Knight et ses potes, histoire de s'encanailler un peu. Freddie sur la piste d'escrime, tout de blanc vêtu, et dans le fond, la silhouette floue de Rhiannon Winn qui l'observait avec peut-être déjà, dans la tête, des idées de suicide.

Honni par ses troupes, révéré par son père, Freddie était-il le chaînon manquant, l'élément qui reliait à la fois les deux maîtres chanteurs et l'enfant enterrée au fond du ravin ? Mais aussitôt formulée, cette idée tomba en poussière et les divers axes de l'enquête s'écartèrent une fois de plus, refusant obstinément de rester soudés.

« Je veux savoir ce qu'il y a sur les photos des Affaires étrangères, dit Strike à haute voix, les yeux tournés vers le ciel qui s'empourprait derrière les vitres. Je veux savoir qui a gravé le cheval blanc d'Uffington sur la porte de la salle de bains d'Aamir Mallik. Et je veux savoir pourquoi une croix était plantée dans la terre à l'emplacement précis où Billy dit avoir assisté à l'inhumation d'un cadavre d'enfant.

— Eh bien, soupira Robin en se levant pour débarrasser les restes du repas, on ne pourra pas dire que vous manquez d'ambition.

— Laissez cela. Je m'en occupe. Rentrez chez vous. »

Je ne veux pas rentrer chez moi.

« Ça ne prendra pas longtemps. Que comptez-vous faire demain ?

— J'ai rendez-vous dans l'après-midi avec le copain de Chiswell, Drummond, le marchand d'art. »

Ayant rincé les assiettes et les couverts, Robin décrocha son sac à main de la patère puis se retourna. Strike n'aimait pas qu'elle s'inquiète pour lui, et encore moins qu'elle le dise, mais elle n'en avait cure.

« Ne le prenez pas mal, mais vous avez une tête à faire peur. Je suggère que vous reposiez un peu votre jambe. Bon, à très bientôt. »

Elle partit sans lui laisser le temps de répondre. Strike resta immobile, perdu dans ses pensées, jusqu'à ce qu'il se décide à regagner son deux pièces sous les combles, entreprise douloureuse s'il en était. Il se remit donc péniblement sur ses jambes, ferma les fenêtres, éteignit les lumières et verrouilla la porte de l'agence.

Il posait son pied artificiel sur la première marche de l'escalier quand son téléphone sonna. Pas besoin de regarder, il savait que c'était Lorelei. Elle ne le lâcherait pas avant d'avoir au moins tenté de le blesser aussi cruellement qu'elle-même estimait l'avoir été. Lentement, en appuyant le moins possible sur sa prothèse, Strike se hissa jusque chez lui.

49

Les Rosmers de Rosmersholm – des pasteurs et des officiers. Des hauts dignitaires de l'État. Des hommes d'honneur, tous...

HENRIK IBSEN, *Rosmersholm*

DÉCIDÉMENT, LORELEI AVAIT DE LA SUITE dans les idées. Elle exigeait une rencontre en tête à tête, elle voulait comprendre pourquoi elle avait donné presque une année de sa vie à un vampire émotionnel.

« Tu me dois bien ça, lui dit-elle le lendemain midi, quand Strike finit par décrocher. Je veux te voir. Ce n'est pas trop demander, non ?

— Et à quoi ça t'avancera ? répondit-il. J'ai lu ton mail, je l'ai trouvé parfaitement clair. Désolé, mais je t'avais expliqué dès le début comment j'envisageais les choses entre nous.

— Ne me ressors pas ta vieille rengaine : "je n'ai jamais dit que je cherchais une relation sérieuse". Qui as-tu appelé quand tu ne pouvais plus marcher ? Ce jour-là, tu étais bien content que je me comporte comme ta femme...

— Bon, tu as raison, je suis un enfoiré. » Strike était assis dans la cuisine, sa jambe amputée posée sur une chaise devant lui. Il était encore en caleçon, mais bientôt il allait devoir rajuster sa prothèse et se faire chic pour ne pas trop détonner dans la galerie d'art d'Henry Drummond. « Je propose qu'on se quitte bons amis et...

— Pas question, c'est trop facile. J'étais heureuse avec toi, je me sentais bien...

— Je n'ai jamais cherché à te faire du mal. Je t'aime bien...

— Tu m'aimes *bien* ! répéta-t-elle d'une voix suraiguë. On a passé un an ensemble et tu m'aimes *bien*...

— Qu'est-ce que tu cherches, putain ? s'énerva-t-il enfin. Que je te passe la bague au doigt ? J'aimerais mieux aller me pendre ! Et merde, tu m'obliges à dire des choses qui dépassent ma pensée. Je ne voulais pas te blesser...

— Pourtant tu l'as fait ! Tu m'as blessée ! Et maintenant tu voudrais t'en aller comme si de rien n'était !

— Et toi, tu veux aller au restaurant pour qu'on s'insulte devant tout le monde ?

— Je veux... dit-elle en fondant en larmes, je veux un peu de considération. Je ne suis pas un truc qu'on utilise et puis qu'on jette. Je veux garder de notre rupture un souvenir qui me prouve que je n'étais pas un simple amusement pour toi...

— Je n'ai jamais pensé ça. Et je ne le pense toujours pas », articula-t-il en maudissant le jour où il avait traversé le salon de Wardle pour s'asseoir à côté d'elle, un an auparavant. « La vérité c'est que tu es trop...

— Je t'en prie, ne dis pas que je suis trop bien pour toi. Laisse-nous un peu de dignité. »

Quand elle raccrocha, Strike était soulagé, quoique un peu secoué.

Cette enquête, contrairement aux précédentes, semblait le ramener toujours au même endroit, dans ce petit bout de Londres autour de Green Park. Quelques heures plus tard, le taxi le déposa sur St. James's Street, et il retrouva la rue en pente douce, le palais St. James's devant lui et le club Pratt's à sa droite sur Park Place. Strike paya la course et longea le trottoir de gauche jusqu'à la galerie Drummond, coincée entre un caviste et une modiste. Il avait réussi à renfiler sa prothèse mais, par précaution, s'était muni de la canne rétractable que Robin lui avait achetée la dernière fois qu'il s'était retrouvé dans la même situation.

La conversation avec Lorelei avait laissé sa marque, même si elle clôturait une relation qui selon lui n'avait que trop duré. Au fond de lui, Strike se savait coupable de certaines choses parmi les nombreuses dont elle l'avait accusé. Effectivement, il avait annoncé la couleur dès le départ en disant qu'il ne souhaitait ni s'engager ni vivre en permanence avec elle. Mais il savait que

Lorelei avait compris « pour l'instant » et non « jamais ». Et il s'était bien gardé de dissiper ce malentendu, parce que sortir avec Lorelei l'empêchait de trop penser à Robin, le protégeait contre les sentiments qui l'avaient assailli peu après le mariage.

Fort heureusement, il avait toujours su mettre de côté ses émotions quand la situation l'exigeait. Une tournure d'esprit que Charlotte lui avait souvent reprochée et à laquelle Lorelei avait consacré un long paragraphe de son mail en forme de réquisitoire. Ainsi, lorsque Strike arriva avec deux minutes d'avance à son rendez-vous chez Henry Drummond, il ne pensait plus qu'aux questions qu'il avait prévu de lui poser.

Il s'arrêta près de la devanture en marbre noir et, voyant son reflet dans la vitrine, prit le temps de vérifier la position de sa cravate et la tenue de son beau costume italien. À l'intérieur, sur un chevalet, un tableau était posé en évidence dans son cadre doré. L'œuvre, parfaitement éclairée, représentait une paire de chevaux drôlement bâtis – selon Strike –, avec un cou de girafe, des yeux écarquillés et, sur le dos, un jockey vêtu comme au XVIIIe siècle.

Strike poussa la lourde porte de la galerie et découvrit un espace paisible et frais, doté d'un sol en marbre blanc qui brillait comme de la glace. S'aidant de sa canne pour éviter de glisser, Strike se promena entre les peintures dans leurs gros cadres clinquants. Mises en valeur par de subtils jeux de lumière, elles avaient toutes pour thème soit la nature, soit le sport. Une jeune femme blonde et raffinée, moulée dans une robe noire, fit irruption par une porte latérale.

« Oh, bonjour, dit-elle et, sans lui demander son nom, fit volte-face et partit vers le fond de la galerie, les hauts talons de ses escarpins claquant sur les dalles de marbre. Henry ! Mr. Strike est arrivé ! »

Drummond émergea par une porte dérobée. Il avait une physionomie étrange. Son visage austère – nez pincé, sourcils noirs – semblait posé sur les bourrelets de graisse qui noyaient son menton et son cou. Comme si un puritain s'était trouvé happé dans le corps d'un joyeux drille. Ses favoris en côtelettes de mouton et son costume trois-pièces gris anthracite lui conféraient une apparence intemporelle mais indubitablement aristocratique.

« Comment allez-vous ? dit-il en tendant à Strike une main tiède et sèche. Entrez donc.

— Henry, Mrs. Ross vient d'appeler, intervint la blonde pendant que Strike franchissait la porte dérobée et pénétrait dans une petite pièce d'une propreté irréprochable, tapissée de livres disposés sur des étagères en acajou. Elle aimerait voir le Munnings avant que nous fermions. Je lui ai dit qu'il était réservé mais elle voudrait quand même…

— Prévenez-moi quand elle arrivera. Pourrions-nous avoir un peu de thé, Lucinda ? Ou du café ? ajouta-t-il en se tournant vers Strike.

— Du thé pour moi, merci.

— Asseyez-vous, je vous prie. » Strike s'exécuta, trop heureux de prendre ses aises dans un robuste fauteuil en cuir. Sur l'antique bureau qui les séparait, il n'y avait rien, à part un plateau à courrier contenant du papier à en-tête gravé, un stylo-plume et un coupe-papier en ivoire et argent. « Donc, reprit-il de sa voix puissante, la famille Chiswell vous a chargé d'éclaircir cette horrible affaire ?

— En effet. Ça vous ennuie si je prends des notes ?

— Allez-y. »

Strike sortit de quoi écrire pendant que Drummond faisait pivoter son fauteuil de droite à gauche et inversement.

« Un choc terrible, murmura-t-il. Bien sûr, on pense immédiatement à une puissance étrangère. La mort d'un ministre de la Couronne, alors que les yeux du monde entier sont tournés vers Londres à l'occasion des Jeux olympiques…

— Vous ne croyez donc pas qu'il se soit suicidé ? », s'étonna Strike.

Drummond soupira bruyamment.

« Je le connaissais depuis quarante-cinq ans. Sa vie n'avait pas été exempte de vicissitudes. Y mettre fin *maintenant*, après avoir traversé tant d'épreuves – le divorce avec Patricia, la mort de Freddie, son départ forcé du gouvernement, l'épouvantable accident causé par Raphael –, alors qu'il était devenu ministre de la Culture et que les choses étaient sur le point de se tasser…

« Vous savez, le parti conservateur était toute sa vie, poursuivit Drummond. Ça oui. Il avait très mal pris d'être écarté des affaires. Je l'ai rarement vu aussi heureux que le jour où on l'a rappelé en le nommant ministre de la Culture… Étant jeunes, nous disions pour plaisanter qu'il deviendrait Premier Ministre plus tard, mais c'était un rêve impossible. Jasper disait souvent : "Les tories apprécient les bâtards ou les bouffons." Il n'était ni l'un ni l'autre.

— Donc, d'après vous, il avait le moral au moment de sa mort ?

— Euh… non, je n'irais pas jusque-là. Il y avait des tensions, des inquiétudes – mais de là à se tuer ? Ça non.

— Quand l'avez-vous vu pour la dernière fois ?

— Le vendredi 22 juin, dans cette galerie. »

C'était également le jour où Strike avait fait la connaissance de Chiswell. Il se souvenait de l'avoir regardé s'éloigner en direction de la galerie Drummond, après leur déjeuner chez Pratt's.

« De quelle humeur était-il ?

— Exécrable, mais cela n'avait rien d'étonnant, vu la scène sur laquelle il était tombé en arrivant. »

Drummond ramassa le coupe-papier et le tourna délicatement entre ses doigts boudinés.

« Son fils – Raphael – venait de se faire surprendre, pour la deuxième fois… euh… »

Drummond hésita une seconde.

«… en flagrant délit avec la jeune personne que j'employais alors, dans le cabinet de toilette qui est là, derrière moi. »

Il indiqua une porte noire discrète.

« C'était déjà arrivé un mois auparavant. Mais je n'en avais pas parlé à Jasper, j'estimais qu'il avait assez de soucis comme cela.

— Quels soucis ? »

Drummond saisit le manche en ivoire ciselé, s'éclaircit la gorge et dit :

« La vie conjugale de Jasper n'est pas… n'était pas… je veux dire… Kinvara est une femme compliquée, souvent capricieuse. Elle ne cessait de le harceler pour qu'il accepte de faire saillir l'une de ses juments par Totilas. »

Comme Strike ne réagissait pas, Drummond crut bon d'expliquer :

« C'est un étalon de dressage, un grand champion. Sa semence vaut entre 9 000 et 10 000.

— Seigneur, souffla Strike.

— Certes. Et vous savez, quand Kinvara n'obtient pas ce qu'elle veut… J'ignore si cela tient à son caractère ou si c'est plus grave – un problème psychologique – mais je peux vous dire que Jasper en a bavé avec elle.

« Il se remettait à peine de cette pénible affaire d'accident – cette pauvre jeune maman qui est morte – entre la presse, son fils en prison, et tout le reste… Non, en tant qu'ami, je ne pouvais pas rajouter à ses problèmes.

« La première fois, j'ai dit à Raphael que je voulais bien fermer les yeux mais qu'à la prochaine incartade, je me verrais dans l'obligation d'en informer son père, ami ou pas. Il fallait aussi que je pense à Francesca. C'est ma filleule, elle avait dix-huit ans et elle était complètement dingue de lui. Je n'avais pas envie de prévenir ses parents.

« Donc, quand je suis entré et que je les ai entendus, je n'ai pas eu le choix. J'avais laissé Raphael seul dans la galerie pendant une heure parce que Francesca ne travaillait pas ce jour-là mais, bien sûr, dès que j'ai eu le dos tourné, elle s'est empressée de le rejoindre.

« Jasper a débarqué au moment même où je cognais à la porte du cabinet de toilette. Il a tout de suite compris de quoi il retournait. Raphael avait bloqué la porte, pour laisser à Francesca le temps de sortir par la fenêtre. Elle ne voulait pas se retrouver face à moi, bien sûr. J'ai téléphoné à ses parents, je leur ai tout raconté. Elle n'a jamais remis les pieds dans la galerie.

« Raphael Chiswell est un mauvais sujet, tonna Drummond. Freddie, son fils décédé – entre parenthèses, c'était aussi mon filleul –, valait mille fois mieux que… bon, bref, s'interrompit-il en jouant nerveusement avec le coupe-papier, je ne devrais pas dire ça, je sais. »

La porte du bureau s'ouvrit et la jeune femme blonde entra avec un plateau. En la regardant déposer une théière en argent, un petit pot d'eau chaude, deux tasses en porcelaine fine sur leur soucoupe et un sucrier avec sa pince, Strike ne put s'empêcher de comparer le thé qu'il s'apprêtait à déguster avec celui qu'il buvait à l'agence.

« Mrs. Ross est là, Henry.

— Dites-lui que j'en ai encore pour une vingtaine de minutes. Qu'elle patiente, si elle a le temps.

— Donc si je comprends bien, embraya Strike quand Lucinda fut sortie, vous n'avez pas pu discuter, ce jour-là ?

— Eh bien non, fit Drummond d'un air piteux. Jasper était passé pour voir son fils au travail en croyant que tout allait pour le mieux et malheureusement… Dès qu'il a compris, il s'est rangé de mon côté, évidemment. En fait, c'est même lui qui a fini par ouvrir la porte. Et quand il a vu Raphael, il est devenu livide. Il avait un problème cardiaque, vous savez. Il était malade depuis des années. Il a dû s'asseoir sur le siège des cabinets. J'étais très inquiet mais il a refusé que j'appelle Kinvara…

« Raphael a eu la décence de ne pas la ramener. Jasper lui a dit de ficher le camp, puis il m'a demandé de le laisser seul dans les toil… »

Il se rembrunit subitement. Gagné par l'émotion, il se mit en devoir de verser le thé, ajouta trois morceaux de sucre dans sa tasse et fit tinter sa cuillère contre la porcelaine.

« Pardonnez-moi. C'était la dernière fois que je voyais Jasper. Il est sorti des toilettes, toujours pâle comme un linge, il m'a serré la main et il s'est excusé en disant qu'il avait trahi la confiance de son plus vieil ami… moi. »

Drummond toussota, déglutit et poursuivit non sans effort :

« Ce n'était en rien sa faute. Raphael a hérité des principes moraux de sa mère et je peux vous dire qu'Ornella est une fieffée… enfin bref. Les problèmes de Jasper ont commencé quand il l'a rencontrée. Si seulement il était resté avec Patricia…

« Donc, comme je disais, c'était la dernière fois que je le voyais. Je vous avoue que j'ai dû me faire violence pour serrer la main de Raphael lors des funérailles. »

Drummond prit une gorgée de thé. Strike goûta le sien : il était bien trop léger.

« Une situation fort désagréable, j'imagine, commenta-t-il.

— Je ne vous le fais pas dire, soupira Drummond.

— Je suis toutefois obligé de vous interroger sur certains sujets un peu délicats.

— Je comprends.

— Vous avez pu discuter avec Izzy. Vous a-t-elle dit que Jasper Chiswell était victime d'un chantage ?

— Elle y a fait allusion, répondit Drummond en tournant les yeux vers la porte pour s'assurer qu'elle était bien fermée. Il ne m'en avait pas soufflé mot. D'après Izzy, c'est l'un des frères Knight… cette famille vivait sur leur propriété, si je me souviens bien. Le père était homme à tout faire, oui ? Quant aux Winn, eh bien, ça n'a jamais été le grand amour entre Jasper et eux. Un couple étrange.

— La fille des Winn, Rhiannon, pratiquait l'escrime, dit Strike. Elle faisait partie de l'équipe britannique junior avec Freddie Chiswell...

— Oh oui, Freddie était excellent.

— Rhiannon avait été invitée aux dix-huit ans de Freddie, bien qu'elle ait eu environ deux ans de moins que lui. C'était peu avant son suicide.

— Quelle horreur, murmura Drummond.

— Pouvez-vous m'en dire un peu plus ?

— Comment cela ? » Une petite ride se forma entre ses sourcils.

« Vous n'étiez pas à cet anniversaire ?

— Si, j'y étais. En tant que parrain.

— Vous vous souvenez de Rhiannon ?

— Seigneur, il y avait plus d'une centaine de jeunes sur place. Je ne peux pas me souvenir de tous les noms ! Jasper avait fait dresser une grande tente dans le jardin et Patricia avait organisé une chasse au trésor.

— Vraiment ? »

Strike, lui, avait fêté ses dix-huit ans dans un pub pourri à Shoreditch et n'avait pas eu droit à une chasse au trésor.

« Oui, sur le domaine. Freddie a toujours aimé la compétition. Il y avait un verre de champagne pour chaque indice trouvé, c'était assez joyeux, plein d'animation. C'est moi qui gardais l'indice numéro trois, près de cet endroit que les enfants appelaient le ravin.

— Le grand fossé devant la ferme des Knight ? intervint Strike sur un ton neutre. Il était plein d'orties quand je l'ai vu.

— L'indice n'était pas *au fond* du ravin, mais sous le paillasson de Jack o'Kent. Comme le bonhomme était alcoolique, on ne pouvait pas lui confier le champagne, alors c'est moi qui m'y suis collé. J'attendais au bord du ravin dans une chaise longue, je les regardais chercher, et ceux qui trouvaient l'indice avaient droit à un verre de champagne, avant de continuer la chasse.

— Vous aviez prévu des sodas pour les mineurs ? », demanda Strike.

Drummond parut agacé par sa remarque rabat-joie.

« On n'obligeait personne à boire. Un dix-huitième anniversaire, c'est un jour exceptionnel.

— Donc, Jasper Chiswell ne vous a jamais parlé de ses ennuis, même par allusion ? dit Strike en revenant au sujet principal.

— Jamais.

— Quand il m'a demandé de trouver un moyen de pression contre Winn et Knight, il a dit que le chantage portait sur une chose qu'il avait faite six ans auparavant. Une chose que la loi autorisait à l'époque mais plus maintenant.

— J'ignore totalement ce que ça peut être. Jasper était un farouche défenseur de la loi, vous savez. Cette famille est un pilier de sa communauté, des chrétiens pratiquants, ils ont beaucoup fait pour la région... »

S'ensuivit la liste des bienfaits dispensés par les Chiswell, une litanie qui dura deux minutes montre en main mais qui laissa Strike de marbre. Drummond essayait de l'enfumer, c'était évident. Il savait ce que Chiswell avait à se reprocher. Sur un ton presque lyrique, il fit l'éloge de son ami Jasper et de sa grande bonté, qualité partagée par tous les membres de la famille, sauf bien entendu par cette brebis galeuse de Raphael.

« ... et toujours la main à la poche, conclut Drummond. Un minibus pour les Jeannettes, une donation pour réparer le toit de l'église, même après que leurs finances... enfin, bref », répéta-t-il, soudain embarrassé.

Strike repartit à la charge. « Et cette chose qu'il avait faite... ? » Mais Drummond l'interrompit.

« Elle n'existe pas. » Il se corrigea de lui-même. « Jasper vous a dit qu'il n'avait rien commis d'illégal. Il n'a jamais enfreint la loi. »

Comprenant qu'il n'obtiendrait rien de plus s'il persistait dans cette voie, Strike tourna la page de son calepin. L'autre se détendit visiblement.

« Vous avez appelé Chiswell le matin de sa mort, enchaîna Strike.

— En effet.

— Vous ne lui aviez plus parlé depuis le licenciement de Raphael ?

— En fait, non. Nous avions eu une conversation téléphonique

459

deux semaines auparavant. Ma femme voulait inviter Jasper et Kinvara à dîner. Je l'ai appelé au ministère, histoire de briser la glace, vous savez, après cette histoire avec Raphael. On n'a pas discuté très longtemps mais c'était amical. Il m'a dit qu'ils étaient déjà pris ce soir-là. Il m'a dit aussi… eh bien, pour être sincère, il m'a dit que son couple battait de l'aile, qu'il ne savait pas si Kinvara et lui resteraient encore longtemps ensemble. Il m'a paru fatigué… et malheureux.

— Et vous n'avez pas eu d'autres contacts avant le 13 ?

— Nous n'avons pas eu de contact le 13 non plus, lui rappela Drummond. J'ai appelé, oui, mais il n'a pas répondu. Izzy m'a dit… » Sa voix se brisa. « Elle m'a dit qu'il était sans doute déjà mort.

— Pourquoi l'avoir appelé à une heure aussi matinale ? demanda Strike.

— Je… j'avais des informations susceptibles de l'intéresser.

— De quel genre ?

— Personnel. »

Strike attendit. Drummond prit une gorgée de thé.

« C'était en rapport avec ses finances, lesquelles n'étaient pas très brillantes au jour de son décès. J'imagine que vous êtes au courant.

— Oui.

— Il avait vendu des terres et pris une deuxième hypothèque sur la maison de Londres. Il m'avait confié tous ses tableaux ayant une quelconque valeur, pour que je trouve des acheteurs. Mais ça ne suffisait pas, alors, vers la fin, il a tenté de me vendre certaines toiles acquises autrefois par Tinky. C'était… un peu gênant, pour tout dire.

— Comment cela ?

— Je suis spécialisé dans les tableaux de maître. Je ne m'intéresse pas à l'art populaire australien, et encore moins aux peintres animaliers inconnus. Par égard pour Jasper, j'en ai fait évaluer quelques-uns par l'expert de chez Christie's avec qui je travaille. Le seul ayant un tant soit peu d'intérêt représente une jument pie et son poulain…

— Je l'ai vu, je crois, dit Strike.

— … Mais ça vaut des clopinettes, reprit Drummond. Des clopinettes.

— Combien, par curiosité ?

— Cinq à huit mille, grand maximum, dit Drummond, hautain.

— Ça fait pas mal de clopinettes pour certains, nota Strike.

— Soyons sérieux, cher ami. Il faudrait débourser dix fois plus rien que pour réparer le toit de Chiswell House.

— Mais il avait quand même l'intention de le vendre ?

— Ainsi qu'une demi-douzaine d'autres.

— J'avais pourtant l'impression que Mrs. Chiswell était particulièrement attachée à cette peinture.

— Je pense que vers la fin, il se fichait de ce que pensait sa femme… Oh, mon Dieu, soupira Drummond, c'est tellement difficile. Je n'ai vraiment pas envie de leur apprendre une chose qui, je le sais, ne leur causera que de la douleur et de la colère. Ils souffrent déjà suffisamment. »

Il se tapota les dents avec l'ongle de son index.

« Je vous assure que la raison de mon appel n'a aucun lien avec sa mort. »

Mais il semblait indécis.

« Vous devriez parler à Raphael, reprit-il en choisissant ses mots. Je pense… il est possible que… Je n'aime pas Raphael, crut-il bon de préciser comme s'il pouvait subsister le moindre doute. Mais je trouve qu'il a agi de manière honorable le matin où son père est décédé. Il n'avait rien à y gagner et je pense qu'il garde le silence pour la même raison que moi. Allez lui parler. En tant que membre de la famille, il est mieux placé pour décider ce qu'il faut faire ou pas. »

Ce qui signifiait en clair qu'il préférait laisser à Raphael le privilège de se faire mal voir par la famille Chiswell.

On entendit frapper à la porte du bureau. Lucinda passa la tête dans l'entrebâillement.

« Mrs. Ross ne se sent pas très bien, Henry ; elle va partir, mais elle aimerait vous dire au revoir.

— Oui, j'y vais, dit Drummond en se levant. Désolé, monsieur Strike, mais je pense vous avoir tout dit.

— Merci pour votre accueil », répondit Strike. Il se leva lui aussi, bien qu'avec plus de difficultés, et reprit sa canne. Puis-je tout de même vous poser une dernière question ?

— Certainement, fit Drummond en s'immobilisant.

— D'après vous, que pourrait signifier "Il a mis le cheval sur eux" ? »

Drummond parut décontenancé.

« Qui a mis quel cheval... où ?

— Ça ne vous dit rien ?

— Rien du tout. Pardonnez-moi mais, comme vous avez dû l'entendre, j'ai une cliente qui m'attend. »

Strike n'eut d'autre solution que de suivre Drummond hors du bureau.

Il n'y avait personne dans la galerie, hormis Lucinda et la cliente à laquelle elle venait d'apporter un verre d'eau. Une femme brune, enceinte, perchée sur une chaise haute.

C'était Charlotte. Dès qu'il la reconnut, Strike comprit que cette deuxième rencontre n'était pas une coïncidence.

50

Vous m'avez marqué une fois pour toutes. Marqué pour toute la vie.

HENRIK IBSEN, *Rosmersholm*

« CORM », FIT-ELLE D'UNE VOIX MOURANTE. Charlotte le fixait par-dessus son verre, les yeux écarquillés. Elle était blême, mais Strike, qui savait ce dont elle était capable, n'excluait pas qu'elle ait tout mis en scène, allant jusqu'à s'appliquer du fond de teint clair ou se priver de nourriture pour mieux tirer profit de la situation. Il la salua d'un signe de tête.

« Oh, vous vous connaissez ? s'étonna Drummond.

— Je dois y aller, dit faiblement Charlotte à Lucinda, en faisant mine de se lever. Je suis en retard, j'ai rendez-vous avec ma sœur.

— Vous êtes sûre que ça va aller ? », insista Lucinda.

Charlotte fit à Strike un sourire pathétique.

« Voudrais-tu m'accompagner ? Ce n'est pas très loin. »

Drummond et Lucinda se tournèrent en même temps vers Strike, visiblement ravis d'avoir trouvé en lui le Bon Samaritain qui les déchargerait de toute responsabilité envers cette femme riche ayant des relations haut placées.

« Je ne suis pas sûr d'être le mieux désigné pour cela », répondit Strike en montrant sa canne, ce qui surprit grandement les deux autres.

« N'aie crainte, si je sens que je vais accoucher, je te préviendrai, dit Charlotte. D'accord ? »

Il aurait pu répondre « non ». Il aurait pu dire « Pourquoi ne pas demander à ta sœur de te rejoindre ici ? ». Mais une telle attitude, il le savait, l'aurait fait passer pour un goujat aux yeux de ces gens qu'il aurait peut-être besoin de recontacter par la suite.

« Très bien, dit-il sur un ton à mi-chemin entre le placide et le brusque.

— Merci beaucoup, Lucinda », fit Charlotte en descendant de sa chaise.

Elle portait un trench-coat en soie beige sur un T-shirt noir, un jean de grossesse et des baskets. Des vêtements banals mais d'excellente qualité, comme tout ce qu'elle achetait. Elle avait toujours préféré les étoffes unies, les coupes strictes ou classiques, lesquelles mettaient en valeur sa grande beauté.

Strike lui tint la porte. La pâleur de ses joues lui rappela le jour où Robin, au volant d'une voiture de location, leur avait adroitement évité un accident après avoir dérapé sur une plaque de verglas.

« Merci, dit-il en se retournant vers Henry Drummond.

— Mais de rien, cher monsieur, répondit le galeriste d'un air pincé.

— Le restaurant est tout près », dit Charlotte en montrant le haut de la rue en pente. La porte de la galerie se referma.

Ils cheminaient côte à côte. Les gens qu'ils croisaient pensaient peut-être que Strike avait quelque chose à voir avec la grossesse de Charlotte. Une bouffée de *Shalimar* lui chatouilla les narines. Elle portait ce parfum depuis ses dix-neuf ans. Il lui en avait d'ailleurs offert plusieurs flacons au fil des ans. De nouveau, il se vit emprunter le même chemin que jadis, quand ils avaient rejoint le père de Charlotte dans un restaurant italien.

« Tu penses que j'ai tout organisé. »

Strike ne répondit rien. Il n'avait pas envie de se laisser happer, ni par une dispute ni par ses souvenirs. Ils avaient parcouru deux cents mètres quand il ouvrit enfin la bouche.

« Où est ce resto ?

— Sur Jermyn Street. Chez Franco. »

C'était l'italien qu'il venait d'évoquer. Strike se rappelait la violence verbale dont avait fait preuve le père de Charlotte, comme s'il avait déchargé en quelques secondes toute la haine qui couvait dans son cœur d'aristocrate. Après quoi, ils étaient rentrés chez elle, tous les deux, et ils avaient fait l'amour avec une impatience, une voracité que Strike à présent aurait bien aimé extirper de sa mémoire, de même que l'image de Charlotte qui jouissait en pleurant, le visage baigné de larmes pendant qu'elle hurlait de plaisir.

« Ouille. Arrête », dit-elle brusquement.

Il se tourna. Les deux mains plaquées sur son ventre, le visage crispé, Charlotte se retrancha dans une entrée d'immeuble.

« Assieds-toi », lui dit-il, du bout des lèvres. Même ce conseil anodin lui coûtait énormément. « Sur ces marches.

— Non, répondit-elle en respirant à fond plusieurs fois. Accompagne-moi chez Franco et après, tu pourras y aller. »

Ils repartirent.

Quand ils entrèrent chez Franco, le maître d'hôtel vit aussitôt que Charlotte n'allait pas bien.

« Ma sœur est arrivée ? demanda-t-elle.

— Pas encore », répondit l'homme, anxieux. Puis, à l'instar de Henry Drummond et de son assistante Lucinda, il se tourna vers Strike pour tenter de se décharger du problème dont il ne voulait pas assumer la responsabilité.

Moins d'une minute plus tard, Strike s'asseyait à une table pour deux, près de la fenêtre, à la place d'Amelia. Le serveur apporta une bouteille d'eau. Charlotte reprit ses exercices respiratoires. Quant au maître d'hôtel, après avoir déposé une corbeille de pain devant elle, il affirma sans trop y croire qu'elle irait mieux une fois qu'elle aurait mangé un morceau. Puis il murmura à l'intention de Strike qu'il se tenait prêt à appeler une ambulance en cas de besoin.

On les laissa seuls. Strike ne disait toujours rien. Il prévoyait de s'en aller dès qu'elle aurait repris des couleurs ou quand la sœur se présenterait. Autour d'eux, des gens chic se régalaient de vin et de pâtes dans un décor raffiné, alliant le bois, le cuir et le verre. D'exquises gravures en noir et blanc ornaient les murs tapissés de motifs géométriques rouges et blancs.

« Tu penses que j'ai tout organisé », répéta Charlotte à mi-voix.

Strike resta coi. Il avait hâte de passer le relais à la sœur de Charlotte, qu'il n'avait pas revue depuis des années et qui serait certainement choquée de les trouver ensemble. Peut-être lui balancerait-elle quelque gracieuseté – mais discrètement, sans faire de scandale – sur sa personnalité ou ses fréquentations. Elle voudrait sans doute savoir ce qu'il espérait obtenir en escortant son ex-copine, une femme riche, mariée et enceinte, jusqu'à ce restaurant où elles avaient rendez-vous pour dîner.

Charlotte prit un gressin et le grignota en l'observant.

« Je t'assure, Corm, j'ignorais que tu étais dans cette galerie. »

Il n'en croyait pas un mot. Leur rencontre à Lancaster House était certainement due au hasard : il avait vu la surprise dans ses yeux. En revanche, celle d'aujourd'hui n'avait rien de fortuite. S'il avait été parano, il aurait même pu supposer qu'elle était au courant de sa rupture avec Lorelei.

« Tu ne me crois pas.

— Ça n'a pas d'importance, dit-il en guettant la silhouette d'Amelia derrière la vitre.

— J'ai eu un choc quand Lucinda m'a dit que tu étais là. »

Tu parles. Lucinda ne t'aurait jamais dit qui était dans le bureau de son patron. Non, tu le savais avant d'entrer.

« Cela m'arrive souvent, ces temps-ci, insista-t-elle. On appelle ça des contractions de Braxton-Hicks. J'ai horreur d'être enceinte. »

Elle dut lire dans ses pensées car elle se pencha vers lui et ajouta à voix basse :

« Je sais, tu es en train de te dire que je n'ai toujours pas réussi à tirer un trait sur nous. C'est exact ?

— Ne commence pas, Charlotte, répliqua-t-il tandis que le sol se mettait à vibrer et à se fissurer sous ses pieds.

— J'ai perdu…

— Ne me refais pas le coup, dit-il avec une légère menace dans la voix. On ne va pas revenir sur un truc qui remonte à deux ans. Je m'en fiche.

— J'avais passé un test chez le médecin de ma mère…

— Je m'en fiche, je te dis. »

Il serait bien parti mais Charlotte était encore plus pâle que tout à l'heure. Ses lèvres frémissaient pendant qu'elle fixait sur lui ses yeux verts tachés de rouille, des yeux qu'il connaissait par cœur et qui débordaient de larmes, à présent. Son ventre avait toujours l'air d'une pièce rapportée. Si elle avait soulevé son T-shirt, il n'aurait pas été surpris de découvrir un coussin noué autour de sa taille.

« J'aurais tant aimé qu'ils soient de toi.

— Bon sang, Charlotte…

— S'ils étaient de toi, je serais si heureuse.

— Ne raconte pas d'histoires. Tu ne voulais pas d'enfant et moi non plus. »

Les larmes roulèrent le long de ses joues. Elle les essuya d'une main plus tremblante que jamais. À la table voisine, un homme les observait sans en avoir l'air. Toujours très attentive à l'effet qu'elle produisait sur les autres, Charlotte lui jeta un regard si cinglant qu'il replongea le nez dans ses tortellinis. Satisfaite, elle prit un bout de pain, le mit dans sa bouche et mâcha sans cesser de pleurer. Après l'avoir fait passer avec une gorgée d'eau, elle désigna son ventre en murmurant :

« Je suis désolée pour eux. C'est tout ce que je ressens : de la pitié. Je les plains parce que je suis leur mère et que Jago est leur père. Pas terrible comme début dans la vie. J'ai même cherché comment je pouvais me tuer sans leur faire de mal.

— Cesse de te prendre en pitié, bon Dieu, gronda Strike. Ils auront besoin de toi, tu es au courant ?

— Je ne veux pas qu'on ait besoin de moi, je n'ai jamais voulu. Je veux être libre.

— De te tuer ?

— Oui. Ou de tout faire pour que tu retombes amoureux de moi. »

Il se pencha vers elle.

« Tu as un mari. Tu portes ses enfants. C'est fini entre nous, fi-ni. »

Elle se pencha à son tour. Avec son visage marbré de larmes, elle était plus belle que jamais. Une bouffée de *Shalimar* dériva vers lui.

« Je t'aimerai toujours plus que n'importe qui d'autre au monde, dit-elle, livide, fascinante. Tu sais que c'est vrai. Je t'ai aimé plus que mes parents, je t'aimerai plus que mes enfants. Je t'aimerai jusqu'à mon lit de mort. C'est à toi que je pense quand Jago et moi…

— Arrête ou je m'en vais. »

Elle se rencogna dans son siège et le fixa d'un air médusé, comme si elle regardait un train foncer sur elle.

« Tu sais que c'est vrai, répéta-t-elle d'une voix rauque. Tu le sais.

— Charlotte…

— Je sais, tu vas me traiter de menteuse. Tu n'as pas tort. Je mens beaucoup mais pas sur les choses importantes, jamais sur les choses importantes, Bluey.

— Ne m'appelle pas comme ça.

— Tu ne m'aimais pas assez…

— Ne t'avise pas de me faire des reproches », dit-il malgré lui. Elle avait le don de le faire sortir de ses gonds. « La fin de notre… tu n'as qu'à t'en prendre à toi-même.

— Tu refusais tout compromis…

— C'est faux. J'ai accepté d'emménager chez toi, comme tu le voulais…

— Tu aurais dû prendre le boulot que papa…

— Je ne cherchais pas de boulot. J'avais mon agence.

— J'ai eu tort pour cette agence. Je le sais maintenant. Tu as réalisé des choses tellement incroyables… J'ai lu tout ce qui te concernait, chaque nouvelle affaire. Jago est tombé sur mon historique de recherche…

— Tu ne sais plus couvrir tes traces ? Tu étais sacrément plus prudente autrefois, quand tu allais baiser avec lui dès que j'avais le dos tourné.

— Je ne couchais pas avec Jago quand nous étions ensemble…

— Vous vous êtes fiancés deux semaines après notre rupture.

— Parce que je voulais que ça aille vite, répliqua-t-elle. Tu disais que je mentais au sujet du bébé. Ça m'a blessée. J'étais hors de moi. On serait mariés aujourd'hui si tu n'avais pas…

— Voici les menus », annonça le serveur qui venait de se matérialiser près de leur table. Strike refusa d'un geste.

« Je ne reste pas.

— Prends-le pour Amelia », lui ordonna-t-elle. Strike prit le menu et le posa sur la table.

« Nous avons deux plats du jour, commença le serveur.

— On a l'air de s'intéresser à vos plats du jour ? », grommela Strike. L'homme resta figé de stupeur, puis il fit demi-tour et s'en alla en slalomant entre les tables serrées. Même de dos, on voyait qu'il était vexé.

« Laisse tomber les violons, reprit Strike. La vie que tu souhaitais, je ne pouvais pas te la donner. La pauvreté te faisait horreur.

— J'étais une enfant gâtée, je le sais. En épousant Jago, j'ai eu toutes les choses que je pensais mériter. Résultat, maintenant, j'ai juste envie de mourir.

— Je ne parle pas seulement des vacances et des bijoux, Charlotte. Ce que tu voulais vraiment, c'était me briser. »

Le visage de Charlotte se changea en pierre, comme autrefois juste avant les grandes crises, celles qui se terminaient en cataclysme.

« Tu voulais que je renonce à tout ce qui n'était pas toi. Pour te prouver mon amour, j'aurais dû abandonner l'armée, fermer l'agence, dire adieu à Dave Polworth et à tout ce qui me constitue.

— Je n'ai jamais voulu ça. Quelle horrible...

— Tu voulais me fracasser parce que c'est ta manière de fonctionner. Tu as besoin de ça, sinon tu disparaîtrais. Tenir les gens sous ta coupe, c'est ce qui te fait exister.

— Regarde-moi dans les yeux et dis-moi que depuis, tu as aimé une autre femme autant que tu m'as aimée.

— Non et c'est tant mieux.

— Nous avons passé des moments magiques ensemble...

— Rappelle-moi lesquels.

— Cette nuit sur le bateau de Benjy en Petite France...

— ... Ton trentième anniversaire ? Noël dans les Cornouailles ? On s'est sacrément marrés, en effet. »

Charlotte posa la main sur son ventre. Strike crut voir quelque chose bouger à travers le T-shirt noir. Et de nouveau, il eut l'impression qu'une créature étrange était tapie sous sa peau.

« Seize ans de vie commune, par intermittence, reprit-il. Je t'ai donné le meilleur de moi-même mais ce n'était jamais assez. Quand une naufragée cherche à vous entraîner par le fond, il arrive un moment où on cesse de vouloir la sauver.

— Oh, *je t'en prie*, répliqua-t-elle sur un ton radicalement différent, comme si la femme fragile et désespérée avait laissé place à une autre, plus solide, plus maligne, plus froide. Tu ne voulais pas me sauver, Bluey. Tu voulais me *résoudre*. Grosse différence. »

Il accueillit avec plaisir la réapparition de la deuxième Charlotte, qu'il connaissait aussi bien que la version larmoyante mais qu'il avait nettement moins de scrupules à laisser choir.

« Aujourd'hui, tu me trouves sortable parce que je suis devenu célèbre et que tu as épousé un abruti. »

Elle encaissa le coup sans frémir mais son visage rosit légèrement. Charlotte avait toujours adoré se battre.

« Tu es si prévisible. Je savais que tu dirais que c'était à cause de ta célébrité.

— C'est vrai, non ? Tu reviens me chercher chaque fois qu'il y a du drame dans l'air. Je crois me souvenir que la dernière fois, je venais de me faire arracher la jambe.

— Salaud, fit-elle avec un sourire glacial. C'est comme ça que tu me remercies d'avoir pris soin de toi pendant des mois après ton amputation ? »

Son portable sonna : Robin.

« Bonsoir », dit-il en décrochant. Puis il se tourna pour regarder par la fenêtre. « Comment ça se passe ?

— Salut, je veux juste te dire que je peux pas ce soir, brailla Robin avec un accent du Yorkshire à couper au couteau. Je sors avec une copine. Une fête, ouais.

— J'imagine que Flick est à côté de vous ? dit Strike.

— Ouais, ben, si tu te sens seul, t'as qu'à appeler ta femme.

— Je vais faire ça, dit Strike, amusé malgré le regard glacial de Charlotte posé sur lui. Vous voulez que je hurle un peu ? Histoire de faire plus vrai ?

— Non, *toi* va te faire foutre, cria Robin avant de raccrocher.

— C'était qui ? demanda Charlotte en plissant les yeux.

— Il faut que j'y aille », dit Strike en rempochant son portable et en essayant d'attraper son bâton de marche qui avait glissé sous la table pendant leur dispute. Quand elle comprit ce qu'il cherchait, elle se pencha et le ramassa.

« Où est la canne que je t'avais offerte ? dit-elle. Celle qui venait de Malacca ?

— Tu l'as gardée, lui rappela-t-il.

— Et qui t'a acheté celle-ci ? Robin ? »

Entre deux accusations fantaisistes et empreintes de parano, Charlotte avait parfois des intuitions justes.

« Oui, en effet », répondit Strike. Il regretta aussitôt d'être entré dans son jeu car soudain, une troisième Charlotte apparut, une version plus rare que les deux précédentes. Celle-ci n'était ni fragile ni calculatrice mais honnête jusqu'à l'imprudence.

« Ce qui m'aide à aller au bout de cette grossesse c'est de penser qu'après leur naissance, je pourrai partir.

— Tu ne vas pas abandonner tes enfants après l'accouchement !

— Ils attendent tous que je leur donne un fils, ils me surveillent sans arrêt. Quand les jumeaux seront nés, je pourrai partir. Nous savons toi et moi que je serai nulle comme mère. Ils seront bien mieux avec les Ross. La mère de Jago est déjà prête à me remplacer. »

Strike tendit la main pour attraper sa canne. Charlotte hésita puis la lui donna. Il se leva.

« Toutes mes amitiés à Amelia.

— Elle ne viendra pas. J'ai menti. Je savais que tu serais chez Henry. Je l'ai croisé dans un vernissage, hier. Il m'a dit que tu allais passer à la galerie pour l'interroger.

— Au revoir Charlotte.

— Il fallait bien que tu saches que je veux encore de toi.

— Mais moi je ne te veux pas, dit-il en baissant les yeux vers elle.

— À d'autres, Bluey. »

Strike se dirigea en boitant vers la sortie. Outrés par le comportement grossier qu'il avait eu avec leur collègue, les serveurs le regardèrent méchamment quand il passa devant eux. En arrivant sur le trottoir, Strike eut la désagréable impression qu'on le poursuivait, comme si Charlotte avait chargé un petit démon de lui coller aux basques jusqu'à leur prochaine rencontre.

51

Peux-tu me céder un idéal ou deux ?

HENRIK IBSEN, *Rosmersholm*

« SI TU PENSES ÇA, C'EST QU'ON T'A LAVÉ LE CERVEAU, dit l'anarchiste. Écoute, il faut t'habituer à l'idée d'un monde sans dirigeants, où personne n'a plus de pouvoir que son voisin.

— Ouais, je vois, dit Robin. Donc, tu n'as jamais voté ? »

On était samedi soir et il y avait un monde fou au Duke of Wellington, dans le district de Hackney. La nuit tombait mais il faisait encore assez bon pour que les clients consomment à l'extérieur, sur le trottoir de Balls Pond Road. Ils étaient une douzaine de fêtards, rien que des amis de Flick liés par leur appartenance à CORO, à s'être donné rendez-vous devant le pub avant d'aller chez elle terminer la soirée. La plupart transportaient de gros sacs en plastique contenant des bouteilles de bière ou de vin bon marché.

L'anarchiste éclata de rire et secoua la tête. C'était un échalas affublé de dreadlocks blonds crasseux et d'une multitude de piercings. Robin pensait l'avoir déjà vu, le soir de la réception à Lancaster House, quand la manifestation avait dégénéré. Lorsqu'il lui avait montré la petite barrette de cannabis qu'il avait emportée pour mettre de l'ambiance pendant la soirée, Robin dont l'expérience en matière de drogues laissait à désirer – elle avait dû tirer deux taffes sur une pipe à eau quand elle était étudiante – avait joué la connaisseuse enthousiaste.

« T'es vachement naïve ! répliqua-t-il. Les élections font partie de la grande arnaque démocratique ! C'est un truc bidon inventé pour tromper les masses laborieuses, leur faire croire qu'elles ont leur mot à dire ! Et pendant ce temps, les conservateurs de droite et de gauche s'entendent pour partager le pouvoir !

— Mais alors comment on fait, si on ne vote pas ? demanda Robin en serrant entre ses mains le demi qu'elle avait à peine touché.

— La solution c'est l'organisation communautaire, la résistance, les manifestations de masse, répondit l'anarchiste.

— Et qui organise tout ça ?

— Les communautés elles-mêmes. Franchement, tu poses de drôles de questions. Ils t'ont vraiment lavé le cerveau », répéta l'anarchiste en souriant pour mieux faire passer sa remarque. En fait, il aimait bien le franc-parler de Bobbi Cunliffe, militante socialiste du Yorkshire. « On n'a pas besoin de dirigeants. Les gens sauront se diriger eux-mêmes à partir du moment où ils auront ouvert les yeux.

— Et qui va les leur ouvrir ?

— Les activistes, dit-il en tapotant sa poitrine creuse, ceux qui s'impliquent dans la lutte sans rechercher ni l'argent ni le pouvoir. Nous, on veut redonner la parole au peuple, pas le contrôler. Regarde, même les syndicats… ne le prends pas mal, crut-il bon de moduler, sachant que le père de Bobbi avait été une grande figure du mouvement ouvrier… même les syndicats ont des structures hiérarchiques. Et je trouve que leurs dirigeants ont tendance à se prendre pour des chefs d'entreprise…

— Ça va ? demanda Flick en s'arrêtant près de Bobbi après avoir fendu la foule pour la rejoindre. On décolle dans une minute, on ne passe plus de commandes. Qu'est-ce que tu lui racontes, Alf ? » ajouta-t-elle, un peu inquiète.

Après avoir passé la journée ensemble dans la bijouterie à échanger des confidences (imaginaires, dans le cas de Robin), les deux filles étaient devenues les meilleures amies du monde. Enfin, surtout Flick qui s'était entichée de Bobbi Cunliffe au point d'adopter un léger accent du Yorkshire. En fin d'après-midi, elle l'avait donc invitée à faire la fête avec ses potes, d'abord dans ce pub, et ensuite, à condition que sa coloc Hayley soit d'accord, dans un appartement partagé dont l'une des chambres était libre depuis le départ de leur ex-copine Laura. Robin, après s'être déclarée partante pour les deux parties, avait informé Strike par téléphone et accepté la proposition de Flick de fermer la boutique plus tôt que prévu, puisque la wiccane n'était pas là.

« Il dit que mon père ne valait pas mieux qu'un sale capitaliste, répondit Robin.

— Ça va pas, la tête, Alf ? », s'indigna Flick pendant que l'anarchiste protestait en riant.

Sans se presser, la petite troupe prit la direction de l'appartement. L'anarchiste ne lâchait pas Robin. Il aurait bien continué à lui vanter les mérites d'un monde sans dirigeants mais Flick le vira et lui piqua sa place auprès de sa nouvelle amie. Elle avait encore des tas de choses à lui dire sur Jimmy. Un jeune homme barbu et rondouillard d'obédience marxiste marchait dix mètres devant les autres, les pieds en dedans. On l'avait présenté à Robin sous le nom de Digby.

« Je crois qu'il viendra pas, dit-elle à Robin comme pour se prémunir contre une probable déception. Il est de mauvaise humeur. Il se fait du mouron pour son frère.

— Son frère ? Il a quoi comme problème ?

— Il est schizo machinchose », bredouilla-t-elle. Robin aurait parié que Flick connaissait le terme médical mais qu'elle craignait de se montrer pédante face à une authentique représentante de la classe ouvrière. Dans l'après-midi, elle s'était trahie, laissant échapper qu'elle avait fait la fac. Depuis, pour expier, elle s'efforçait de parler mal. « J'sais pas. Y s'fait des délires.

— Comme quoi ?

— Il pense que le gouvernement complote contre lui ou des trucs dans le genre, s'esclaffa Flick.

— Merde alors.

— Ouais, il est dans un hosto. C'est un gros souci pour Jimmy. » Flick s'interrompit, le temps de coller une cigarette roulée entre ses lèvres et de l'allumer. « T'as déjà entendu parler de Cormoran Strike ? »

Elle prononça ce nom comme s'il s'agissait d'une autre maladie mentale.

« Qui ?

— Le détective privé. Ils ont parlé de lui dans les journaux. Tu te souviens de cette fille qui était tombée par la fenêtre, un mannequin, Lula Landry ?

— Vaguement », dit Robin.

Flick jeta un coup d'œil derrière elle pour voir si Alf l'anarchiste était ou non à portée de voix.

« Eh ben, Billy est allé l'voir.

— Pour quoi faire ?

— Parce que Billy est frappadingue, tu me suis ? Il croit qu'il a vu un truc, il y a des années...

— Quel truc ? demanda Robin, un peu trop vite.

— Un meurtre.

— Merde !

— C'est pas vrai, évidemment. Il raconte n'importe quoi. Enfin, je veux dire, il a vu quelque chose mais personne n'est mort. Jimmy le sait, il y était. Enfin bref, Billy est allé voir ce connard de détective et maintenant, on peut plus se débarrasser de lui.

— Comment ça ?

— L'a tabassé Jimmy.

— Le détective ?

— Ouais. Il l'a suivi dans une manif, il l'a tabassé et il l'a donné aux flics.

— Nom de Dieu, s'exclama Bobbi Cunliffe.

— Ce type, c'est l'État profond, tu piges ? L'Armée, la Reine, le Drapeau, toutes ces conneries. Tu sais, Jimmy et moi, on avait un truc sur un ministre conservateur...

— Ah bon ?

— Ouais. Je peux pas te dire quoi mais c'était énorme, et Billy a tout foutu par terre. À cause de lui, Strike est venu fourrer son nez dans nos affaires. Nous, on croit qu'il bosse pour le gouv... »

Elle s'interrompit pour observer une petite voiture qui venait de les dépasser.

« J'ai cru que c'était Jimmy. Mais non. C'est pas possible, sa caisse roule plus. »

Et elle se remit à broyer du noir. Dans la journée, elle avait profité des rares pauses entre deux clients pour lui dresser le tableau de sa relation avec Jimmy, laquelle avait connu tellement de batailles, de trêves et de négociations qu'elle s'apparentait à l'histoire mouvementée d'un territoire revendiqué par deux nations belligérantes, incapables de parvenir à un accord de paix et plus encore de s'y tenir.

« Si tu veux mon avis, tu ferais bien de le larguer, dit Robin qui avait entrepris un prudent travail de sape au cours des dernières heures, dans l'espoir que Flick cesse de se montrer loyale envers cet homme sans parole et lui déballe tout.

— J'aimerais bien mais c'est pas si facile, dit Flick en reprenant inopinément l'accent du Yorkshire. C'est pas comme si je voulais me marier ou autre… » Elle éclata de rire à cette idée… « Il peut coucher avec qui il veut et moi aussi. C'est un accord entre nous. »

Plus tôt, dans la bijouterie, elle lui avait expliqué que la monogamie, quand on y regardait de plus près, n'était qu'un outil d'oppression patriarcale. Elle-même se définissait comme non-binaire et pansexuelle. Robin avait senti l'influence de Jimmy dans ce beau discours. Les deux filles marchèrent quelques minutes en silence à travers la nuit presque noire. Quand elles pénétrèrent avec les autres dans un passage souterrain, Flick reprit sur un ton joyeux :

« D'ailleurs, je ne me gêne pas, de mon côté.

— Tant mieux, ça fait plaisir, dit Robin.

— Cela dit, s'il les connaissait tous, Jimmy ne serait pas très content. »

Le type qui marchait les pieds en dedans se retourna. Sous la lumière du réverbère, Robin vit son regard posé sur Flick. À son petit sourire narquois, elle comprit qu'il n'avait rien perdu de sa dernière réplique. Trop occupée à chercher ses clés au fond de sa sacoche-poubelle, Flick parut ne pas le remarquer.

« On y est, dit-elle en désignant trois fenêtres allumées au-dessus d'une petite boutique de sport. Hayley est déjà rentrée. Merde, j'espère qu'elle a pensé à planquer mon ordi. »

On accédait à l'appartement par une porte à l'arrière, puis un escalier étroit. Ils furent accueillis dès les premières marches par les accords de basse de « Niggas in Paris ». Sur le palier, de chaque côté de la porte grande ouverte, des types appuyés au mur se refilaient un gigantesque pétard.

« *What's fifty grand to a muh-fucka like me*[1] », rappait Jay-Z dont la voix sortait d'une pièce mal éclairée.

---

1. « C'est quoi cinquante mille dollars pour un connard comme moi. »

476

Les nouveaux venus rejoignirent les premiers arrivés. Robin s'étonna de voir combien de gens pouvaient tenir dans cet espace exigu, composé de deux chambres, d'une minuscule salle d'eau et d'une kitchenette.

« On danse dans la piaule de Hayley, celle que tu vas partager, c'est la plus grande », hurla Flick à l'oreille de Robin tout en jouant des coudes pour accéder à la pièce en question.

Avec pour tout éclairage deux guirlandes électriques et les petits rectangles lumineux des smartphones sur lesquels certains consultaient leurs textos ou leurs réseaux sociaux préférés, la pièce jonchée de corps avachis empestait le cannabis. Quatre femmes et un homme essayaient de danser sur le mètre carré inoccupé au milieu. Quand Robin fut accoutumée à la pénombre, elle discerna des lits superposés dans un coin, formant comme un squelette. Sur celui du haut, plusieurs individus faisaient tourner un joint. Derrière eux, collés au mur, un drapeau arc-en-ciel et un poster de Tara Thornton, l'héroïne de *True Blood*.

Jimmy et Barclay avaient passé l'appartement au peigne fin sans trouver le papier que Flick avait volé à Chiswell, songeait Robin en plissant les yeux pour tenter de repérer les cachettes possibles. Peut-être gardait-elle ce papier sur elle en permanence. Mais Jimmy avait déjà dû y penser et, malgré la pansexualité revendiquée par Flick, Robin l'estimait mieux placé qu'elle pour la persuader de se déshabiller. Elle aurait pu profiter de l'obscurité pour glisser la main sous les matelas ou retourner les tapis mais il y avait tellement de monde qu'elle doutait d'y parvenir sans se faire remarquer.

« … chercher Hayley », hurla Flick à l'oreille de Robin. Elle lui colla une canette de bière dans la main et lui fit signe de la suivre jusqu'à sa propre chambre, laquelle paraissait encore plus petite qu'elle ne l'était réellement, à cause des tracts et des affiches politiques qui recouvraient aussi bien les murs que le plafond. La couleur orange de CORO et le rouge et noir du Vrai Parti socialiste dominaient. Un gigantesque drapeau palestinien était punaisé au-dessus d'un matelas jeté par terre.

Il y avait cinq personnes dans la pièce, et une seule lampe. Deux jeunes femmes, une Noire et une Blanche, se tenaient enlacées sur le matelas. Digby, le marxiste barbu et rondouillard, leur parlait, assis sur le sol. Appuyés contre un mur, deux adolescents penchés l'un vers l'autre se roulaient un joint tout en jetant des regards furtifs au couple de lesbiennes.

« Hayley, je te présente Bobbi, dit Flick. Elle voudrait prendre la suite de Laura, dans l'autre chambre. »

Les filles sur le matelas levèrent les yeux et regardèrent autour d'elles. La Blanche aux cheveux rasés teints en blond et aux paupières tombantes repéra qui venait de s'exprimer.

« J'ai déjà proposé à Shanice », fit-elle d'une voix traînante, embuée par la drogue. Sa copine l'embrassa dans le cou.

« Oh ! dit Flick avant de se tourner vers Robin. Désolée.

— Non, c'est pas grave, répondit Robin en feignant de cacher sa déception.

— Hé, Flick ! appela un type quelque part. Y a Jimmy qui t'attend en bas.

— Chiotte », lança Flick. Elle essaya de prendre un air agacé mais Robin la vit s'illuminer de plaisir. « Bouge pas, je reviens », dit-elle avant de partir en se faufilant entre les corps agglutinés dans l'entrée.

« *Bougie girl, grab my hand*[1] », rappait Kanye West dans l'autre pièce.

Comme pour mieux écouter la conversation entre Digby et les filles vautrées sur le lit, Robin se laissa glisser le long du mur et s'assit en tailleur sur le parquet stratifié. Tout en sirotant sa bière, elle passa en revue la chambre de Flick qui, de toute évidence, avait été rangée en prévision de la soirée. Il n'y avait pas de placard mais un simple portant où étaient suspendus plusieurs manteaux et une robe. Les pulls et les T-shirts étaient vaguement pliés dans un coin. Sur la commode, quelques peluches et des produits de maquillage en vrac. Des pancartes s'entassaient pêle-mêle contre une cloison. Jimmy et Barclay avaient sûrement fouillé cette pièce de fond en comble. Robin se demanda s'ils avaient pensé à regarder derrière les affiches. Sans doute pas. Mais elle se voyait mal les détacher une à une des murs et du plafond.

« Écoutez, c'est simple, fit Digby aux deux filles. Vous êtes d'accord que le système capitaliste repose en partie sur le fait que

_____

1. « Petite bourge, attrape ma main. »

les femmes touchent des salaires de misère ? Donc le féminisme, pour être efficace, doit aussi être marxiste, l'un ne va pas sans l'autre.

— C'est la faute au patriarcat plus qu'au capitalisme », répondit Shanice.

Robin aperçut Jimmy dans l'entrée. Il se frayait un chemin en tenant Flick par le cou. Elle semblait avoir retrouvé sa joie de vivre.

« L'oppression des femmes est inextricablement liée à leur incapacité à entrer dans le monde du travail », contre-attaqua Digby.

La fille aux paupières tombantes, alias Hayley, récupéra son bras coincé sous le corps de Shanice et le tendit vers les deux adolescents en noir. Le joint passa par-dessus la tête de Robin.

« Désolée pour la piaule, Bobbi, marmonna Hayley après avoir tiré une taffe. C'est la galère pour se loger à Londres, pas vrai ?

— Ouais, trop dur, dit Robin.

— … parce que tu veux absorber le féminisme dans l'idéologie marxiste.

— Il ne s'agit pas *d'absorber*. Leurs objectifs se rejoignent ! », répliqua Digby avec un petit rire incrédule.

Hayley proposa le joint à Shanice mais cette dernière, passionnée par la discussion, refusa d'un geste.

« Où vous étiez, vous les marxistes, quand on se battait contre les idéaux de la famille hétéronormative ?

— Bien envoyé », marmonna Hayley en se lovant contre Shanice. Elle tendit le pétard à Robin qui le refila aux garçons, lesquels renoncèrent à mater les lesbiennes, préférant déguerpir avant que quelqu'un d'autre s'avise de tirer sur leur précieux joint.

« J'ai fumé dans le temps, mais j'ai arrêté », déclara Robin en se levant. Mais personne ne l'écoutait. Quand elle passa près de lui pour se rapprocher de la commode, Digby jeta un coup d'œil sous sa jupe. Feignant d'écouter le débat toujours plus animé entre féminisme et marxisme, Robin souleva l'une après l'autre les peluches de Flick pour les examiner d'un air qui se voulait nostalgique. Mais elle eut beau tâter le rembourrage, malaxer les billes de plastique contenues dans la fine enveloppe duveteuse, elle ne trouva aucune anomalie. Pas de corps étranger à l'intérieur, pas de couture défaite puis recousue grossièrement.

Légèrement découragée, elle sortit de la chambre et repassa dans l'entrée. Les fêtards étaient entassés jusque sur le palier.

Une fille cognait à la porte de la salle de douche.

« Arrêtez de baiser, là-dedans, j'ai envie de pisser ! », hurlait-elle, ce qui déclencha l'hilarité de ses voisins de couloir.

C'est sans espoir.

Robin se glissa dans la cuisine à peine plus large que deux cabines téléphoniques. Un couple était assis dans un coin, la fille à califourchon sur le garçon qui avait glissé la main sous sa jupe. Les deux adolescents en noir étaient là. Ils fouillaient partout, sans doute à la recherche d'un truc à manger. Faisant mine de se servir une autre bière, Robin les regarda discrètement ouvrir les placards l'un après l'autre. Une boîte de céréales aurait fait une piètre cachette, se dit Robin.

Elle s'apprêtait à changer de pièce quand Alf l'anarchiste s'encadra sur le seuil. Il semblait nettement plus défoncé qu'une heure auparavant, près du pub.

« La voilà, déclama-t-il en essayant de fixer son regard sur elle. Oh toi, fille de la classe ouvrière !

— Oui, c'est moi », dit Robin. Dans la deuxième chambre, D'banj scandait « *Oliver, Oliver, Oliver Twist* ». Elle voulut s'esquiver en passant sous son bras mais il fit un pas de côté, lui coupant toute retraite. On sentait le parquet stratifié vibrer sous les pieds des danseurs rassemblés dans la même chambre.

« Tu es sexy, bredouilla Alf. J'ai le droit de dire ça ? Je suis pas macho, je t'jure. »

Il se mit à rire.

« Merci », dit Robin qui, à son deuxième essai, était parvenue à lui échapper en le contournant habilement. Dans le couloir, la fille continuait à tambouriner sur la porte de la salle d'eau. Alf saisit Robin par le bras, se pencha et lui murmura une phrase incompréhensible au creux de l'oreille. Quand il se releva, il avait une tache noire au bout du nez. Sa sueur avait fait fondre la craie à cheveux.

« Comment ? cria Robin.

— Je disais qu'on pourrait trouver un endroit plus tranquille pour parler. »

Alf n'avait pas remarqué l'homme qui se tenait derrière Robin.

« Tiens, Jimmy ! Comment ça va ? », lança-t-il en le voyant.

Knight sourit à Robin puis s'adossa contre le mur, une cigarette dans une main, une bière dans l'autre. Il avait dix ans de plus que les autres et sa tenue moulante, jean et T-shirt noirs, lui valait des regards de convoitise.

« Tu attends pour les chiottes toi aussi ? lui demanda-t-il.

— Ouais », répondit Robin en se disant que l'option toilettes lui permettrait de se débarrasser en même temps de Jimmy et de l'anarchiste, en cas de nécessité. Elle projeta son regard vers la deuxième chambre où Flick dansait comme une folle en riant dès qu'on lui adressait la parole.

« Ton père était syndicaliste, il paraît, embraya Jimmy. Il bossait à la mine, hein ?

— Ouais.

— Putain de merde », glapit la fille qui attendait devant les toilettes. Elle se tortilla encore dix secondes puis, de guerre lasse, se précipita hors de l'appartement.

« Il y a des poubelles sur la gauche ! », lui cria une autre.

Jimmy se pencha pour se faire entendre malgré la pulsation des basses. Pour autant qu'elle puisse en juger dans ce couloir sombre, son visage exprimait de la sympathie voire de la gentillesse.

« Il est mort, hein ? Ton père. Les poumons, Flick a dit.

— Ouais.

— Désolé. Moi aussi, je suis passé par là.

— Vraiment ?

— Ouais, ma mère. Les poumons, pareil.

— À cause de son travail ?

— L'amiante, opina Jimmy en tirant sur sa cigarette. Aujourd'hui, ça n'arriverait plus, ils ont fait une loi. J'avais douze ans. Mon frère en avait deux. Il n'a aucun souvenir d'elle. Après sa mort, mon vieux s'est mis à boire jusqu'à en crever.

— C'est vraiment dur, dit Robin avec sincérité. Je compatis. »

Jimmy tourna la tête pour souffler la fumée, puis esquissa un sourire en forme de grimace.

« À eux deux, ils faisaient la paire, dit Jimmy en cognant sa canette de bière contre celle de Robin. Aux vétérans de la lutte des classes. »

Alf l'anarchiste s'éloigna en titubant et disparut dans la pièce aux guirlandes électriques.

« Ta famille n'a jamais touché de dédommagements ? reprit Jimmy.

— On s'y emploie, dit Robin. Maman est en procès avec eux.

— Je lui souhaite bonne chance, dit Jimmy en levant sa canette. Il lui en faudra. »

Il prit une gorgée puis écrasa son poing sur la porte de la salle d'eau.

« Magnez-vous, putain, il y a des gens qui attendent, brailla-t-il.

— Peut-être que quelqu'un est malade ? suggéra Robin.

— Non, je dirais plutôt qu'ils s'envoient en l'air. »

Digby sortit de la chambre de Flick, l'air contrarié.

« Il paraît que je suis un instrument de l'oppression patriarcale », annonça-t-il à la cantonade.

Personne ne rit. Digby se gratta le ventre sous son T-shirt garni d'un portrait de Groucho Marx, que Robin n'avait pas remarqué auparavant. Puis il passa dans la pièce où Flick dansait.

« Pour un instrument, c'en est un, marmonna Jimmy. Ce type est sorti d'une école Rudolf Steiner. Il s'attend à ce qu'on lui donne une étoile dès qu'il ouvre la bouche. »

Robin éclata de rire. Jimmy, lui, garda son sérieux et la fixa un petit peu trop longtemps. Soudain, la porte s'ouvrit. Une fille grassouillette aux joues cramoisies passa la tête dans l'entrebâillement. Derrière elle, un type plus âgé, avec une barbe grise clairsemée, enfonçait une casquette Mao sur sa tête.

« Larry, espèce de gros salopard », lui lança Jimmy en souriant. La fille passa devant Robin et s'engouffra dans la chambre où Digby venait d'entrer.

« Bonsoir, Jimmy », fit le trotskiste avec un sourire pincé. Puis il sortit sous les vivats des jeunes gens dans l'entrée.

« Vas-y », dit Jimmy à Robin. Il tint la porte pour s'assurer que personne ne lui vole la priorité.

« Merci », souffla-t-elle.

Après la pénombre, l'éclat du tube au néon vissé au plafond lui fit presque mal aux yeux. Il y avait juste assez de place pour se tenir debout entre le bac de douche – Robin n'en avait jamais vu de si petit – tendu d'un rideau crasseux en plastique translucide à moitié décroché, et la cuvette miniature au fond de laquelle flottaient un bon nombre de mouchoirs en papier, plus un mégot de cigarette. Un préservatif usagé luisait dans la poubelle en osier.

Au-dessus du lavabo, trois étagères bancales supportaient une profusion d'articles de toilette tellement serrés les uns contre les autres qu'il aurait suffi d'en toucher un pour que tout le reste dégringole.

Saisie d'une brusque intuition, Robin décida d'inspecter ce fouillis. La dernière fois qu'elle avait voulu cacher quelque chose, en l'occurrence des micros, elle avait choisi une boîte de Tampax, sachant que la plupart des hommes étaient rebutés, voire écœurés, par tout ce qui avait trait aux menstruations. Son regard glissa sur des flacons de shampooing à moitié vides, une bouteille de Vim, une éponge moisie, deux déodorants de supermarché et plusieurs brosses à dents usées, plantées dans une tasse ébréchée. Assez délicatement pour éviter la catastrophe, Robin parvint à extraire du fatras une petite boîte de Nett qui, après ouverture, s'avéra ne contenir qu'un seul tampon dans son emballage. Elle allait remettre la boîte en place quand elle vit dépasser, derrière le Vim et un gel douche aux fruits, le coin d'une pochette en plastique blanc contenant quelque chose de mou.

Frémissante d'excitation, Robin prit la pochette entre deux doigts et tira tout doucement.

Au même instant, quelqu'un frappa à coups de poing sur la porte.

« C'est super pressé, hurla une fille.

— J'en ai pas pour longtemps ! », répondit Robin sur le même ton.

Le sac contenait deux grosses serviettes hygiéniques pliées dans leur emballage marqué « pour flux très abondants » : le genre de garniture impossible à dissimuler, surtout sous un pantalon serré. La première serviette semblait normale. En revanche, la deuxième produisit un petit craquement quand Robin la déplia. De plus en plus fébrile, elle la retourna et vit qu'une fente avait été pratiquée sur le côté, sans doute avec une lame de rasoir. Glissant un doigt dans le rembourrage, elle trouva une feuille pliée.

L'ayant extraite, Robin reconnut le papier à lettres épais sur lequel Kinvara avait écrit son mot d'adieu. Le nom « Chiswell » était gravé dans l'en-tête, au-dessus d'une rose Tudor pareille à une goutte de sang. Des mots sans queue ni tête y étaient tracés dans cette écriture « pattes de mouches » que Robin avait souvent vue sur des documents officiels, à la Chambre des Communes. Au centre de la page, un mot était entouré plusieurs fois.

251 Ebury Street
Londres
SW1W

Blanc de blancs
Suzuki √
Mère ?

Odi et amo, quare id faciam, fortasse requiris ? Nescio, sed fieri sentio et excrucior.

Sans presque respirer, Robin sortit son portable, prit des photos, replia la feuille, la glissa dans la serviette hygiénique et reposa le tout sur l'étagère. Puis elle tira la chasse mais, comme l'évacuation était impossible, ne réussit qu'à faire monter le niveau de l'eau dans la cuvette où surnageait le mégot de cigarette au milieu des mouchoirs en papier emportés dans un tourbillon.

« Désolée, dit Robin en ouvrant. Les chiottes sont bouchées.

— Pas grave, s'excusa la fille ivre qui s'impatientait dehors. Je vais pisser dans le lavabo. »

Elle entra en bousculant Robin et claqua la porte derrière elle.

Jimmy n'avait pas bougé de sa place.

« Je crois que je vais y aller, dit Robin. En fait, j'étais venue pour la chambre à louer mais quelqu'un est passé avant moi.

— Dommage, chantonna Jimmy. Viens donc à une réunion un de ces quatre. On aurait bien besoin d'une fille du Nord comme toi.

— Ouais, pourquoi pas ?

— Pourquoi pas quoi ? demanda Flick qui s'approchait en tenant une bouteille de Budweiser.

— Assister à l'une de nos réunions », dit Jimmy. Il prit une autre cigarette dans son paquet. « Tu avais raison, Flick, Bobbi est une vraie de vraie. »

Jimmy attira Flick contre lui et déposa un baiser sur ses cheveux.

« Ah ça ouais, s'écria Flick, enthousiaste, en attrapant Jimmy par la taille. Viens à la prochaine, Bobbi.

— Ouais, pourquoi pas », répéta Bobbi Cunliffe, la fille du syndicaliste. Elle leur dit bonsoir, se fraya un passage et déboucha dans l'escalier glacé.

L'un des deux gamins en noir vomissait ses tripes sur le trottoir devant la porte du bas, mais Robin passa près de lui sans être dégoutée ni par la vue ni par l'odeur tant elle jubilait. Avant même d'atteindre l'arrêt de bus, elle envoya un texto à Strike, accompagné d'une photo de la note rédigée par Jasper Chiswell.

52

Vous vous êtes, en vérité, joliment fourvoyée, made-
moiselle West.

HENRIK IBSEN, *Rosmersholm*

S TRIKE AVAIT DORMI HABILLÉ sans retirer sa prothèse ni
défaire son lit. Sur sa poitrine, le dossier en carton contenant toutes les pièces relatives à l'affaire Chiswell bougeait
au rythme de ses ronflements. Dans son rêve, il se voyait marchant dans Chiswell House déserte en tenant Charlotte par la main.
C'était là qu'ils habitaient. Elle n'était plus enceinte et elle avançait en laissant derrière elle un nuage de *Shalimar* et de mousseline
noire. Mais leur bonheur partagé se dissolvait dans l'air froid et
humide au fur et à mesure de leur progression. Pourquoi avaient-ils
décidé d'acheter cette vieille baraque aux murs pelés où les fils
électriques pendaient du plafond ?

La puissante vibration signalant l'arrivée d'un texto le réveilla
en sursaut. Il lui fallut une fraction de seconde pour réaliser qu'il
était de retour dans sa chambre sous les toits, que Chiswell House
ne lui appartenait pas et qu'il n'était pas l'amant de Charlotte Ross.
Il chercha l'appareil à tâtons, s'aperçut qu'il était couché dessus et
l'empoigna en s'attendant à découvrir un message de Charlotte.

Il se trompait : c'est le nom de Robin qu'il vit affiché sur l'écran
lorsqu'il parvint à ouvrir un œil. Et en plus, il était 1 heure du
matin. Ayant oublié qu'elle passait la soirée chez Flick, Strike se
redressa brusquement, envoyant valser le dossier et les feuilles rangées à l'intérieur. Puis, entre ses paupières mi-closes, il découvrit
la photo que Robin avait jointe à son message.

486

« Nom de Dieu de bordel de chiotte. »

Il la rappela sans perdre de temps à ramasser les documents éparpillés sur le sol.

« Bonsoir », fit Robin sur un ton euphorique. Strike identifia les bruits caractéristiques des bus de nuit londoniens : les claquements et rugissements du moteur, les grincements des freins, les tintements de la sonnette pour les arrêts, sans oublier les braillements des passagers avinés, en l'occurrence une bande de filles en goguette.

« Mais *putain*, comment avez-vous réussi ?

— Parce que je suis une femme. » Strike l'entendit presque sourire. « Et que je sais où cacher une chose qui ne doit surtout pas être découverte. Je pensais que vous seriez endormi.

— Où êtes-vous... dans un bus ? Descendez et prenez un taxi. On mettra ça sur le compte de Chiswell. Mais n'oubliez pas le reçu.

— Pas besoin...

— Faites ce que je vous dis, bordel ! », répliqua-t-il plus rudement que voulu. Certes, elle venait d'accomplir un exploit mais Strike gardait en tête qu'un an auparavant, Robin avait été poignardée alors qu'elle marchait seule dans la rue après le coucher du soleil.

« Très bien, très bien, je vais prendre un taxi. Vous avez lu ce qui est écrit dessus ?

— Je viens à peine de l'ouvrir, dit Strike en passant sur haut-parleur pour pouvoir lire tout en parlant. J'espère que vous l'avez remise où vous l'avez trouvée ?

— Ouais. J'ai pensé que ça valait mieux.

— Je confirme. Où était-elle planquée ?

— Dans une serviette hygiénique.

— Seigneur, souffla Strike, bluffé. Je n'aurais jamais pensé à...

— Bien sûr que non. Pas plus que Jimmy ou Barclay, dit Robin avec une pointe d'orgueil dans la voix. Vous comprenez la phrase du bas ? C'est du latin, non ? »

Strike loucha sur l'écran et parvint à traduire :

« "*Je hais et j'aime. Pourquoi je fais cela ? demanderez-vous. Je ne sais pas. Je suis comme ça, et cela me crucifie...*" Encore et toujours Catulle. L'un de ses poèmes les plus célèbres.

— Vous avez fait latin à l'université ?

487

— Non.

— Alors comment… ?

— C'est une longue histoire », dit Strike.

Elle n'était pas si longue que cela, en réalité. Mais la plupart des gens avaient du mal à la comprendre et il ne se sentait pas le courage de la raconter à Robin au milieu de la nuit, pas plus qu'il n'avait envie de lui dire que Charlotte avait étudié Catulle à Oxford.

« "Je hais et j'aime", répéta Robin. Pourquoi Chiswell aurait-il écrit cela ?

— Parce qu'il était dans le même état d'esprit ? », suggéra Strike.

Il avait la bouche sèche d'avoir trop fumé avant de s'écrouler sur son lit. Il déplia ses membres raides et douloureux et, en évitant de marcher sur les feuilles, passa dans la cuisine avec son téléphone.

« C'est ce qu'il ressentait pour Kinvara ? fit Robin, dubitative.

— Vous avez vu une autre femme près de lui, quand vous étiez dans les parages ?

— Non. Mais peut-être qu'il ne s'agit pas d'une femme.

— Bien vu, reconnut Strike. Catulle a beaucoup écrit sur les amours masculines. C'est peut-être pour cela que Chiswell l'aimait tant. »

Il remplit un mug au robinet, but d'un trait, puis jeta dedans un sachet de thé et alluma la bouilloire sans quitter des yeux l'écran qui brillait dans le noir.

« "Mère", barré, marmonna-t-il.

— La mère de Chiswell est morte il y a vingt-deux ans. Je viens de vérifier.

— Hum, fit Strike. "Bill", entouré plusieurs fois.

— Pas Billy, fit remarquer Robin, mais si Jimmy et Flick ont cru qu'il s'agissait du frère, c'est que Billy se fait parfois appeler "Bill", j'imagine.

— Ou alors, il voulait se souvenir d'une facture[1]. Bon, passons à… "Suzuki" et "Blanc de"… Attendez, Jimmy Knight possède une vieille Suzuki Alto.

---

1. Jeu de mots intraduisible, *bill* signifiant addition, note, facture.

— Qui ne roule pas, selon Flick.

— Ouais. Barclay dit qu'elle n'a pas passé le contrôle technique.

— Il y avait un Grand Vitara garé devant Chiswell House, le jour où nous y sommes allés. Il doit appartenir à l'un des Chiswell.

— Bien observé », dit Strike.

Il alluma le plafonnier et alla chercher son stylo et son calepin sur la table près de la fenêtre.

« Vous savez, dit Robin pensive, j'ai le souvenir d'avoir vu "Blanc de blancs" écrit quelque part, récemment.

— Tiens ? Vous avez bu du champagne ? demanda Strike qui s'était assis pour prendre des notes.

— Non, mais… oui, je suppose que j'ai dû le voir sur une bouteille. Blanc de blancs… »

Ils restèrent silencieux une minute ou presque, penchés sur le même texte à plusieurs kilomètres de distance. « Vous savez, Robin, ça m'ennuie de dire ça, reprit soudain Strike, mais je crois que cette note n'a pas d'intérêt en dehors du fait que Flick la possédait. C'est juste un pense-bête. Je ne vois rien de répréhensible inscrit là-dedans, rien qui puisse donner lieu à un chantage ou à un meurtre.

— "Mère", barré, répéta Robin, apparemment déterminée à extraire le sens caché de cette mystérieuse liste. La mère de Jimmy Knight est morte à cause de l'amiante. Il me l'a dit ce soir, à la fête. »

Perdu dans ses pensées, Strike tapotait son calepin du bout de son stylo, quand Robin exprima à haute voix la question qui le taraudait.

« Il va falloir informer la police, n'est-ce pas ?

— Ouais, il va falloir, soupira Strike en se frottant les yeux. Cet indice prouve que Flick avait accès à la maison d'Ebury Street. Malheureusement, du même coup, vous allez devoir interrompre votre mission d'infiltration. Quand la police perquisitionnera chez elle et trouvera la note, Flick comprendra vite d'où est venue la fuite.

— Mince, gémit Robin. Moi qui étais sur le point de la faire parler…

— Ouais, c'est dommage, confirma Strike. Voilà le problème quand on n'a pas de statut officiel. J'avoue que j'aimerais bien interroger Flick dans le cadre d'une véritable enquête de police… Un fichu casse-tête, cette affaire, dit-il en bâillant. J'ai révisé le dossier pendant des heures, hier soir. Cette note est comme le reste : elle soulève plus de questions qu'elle n'apporte de réponses.

— Attendez », dit Robin. Il entendit des bruits de pas. « Désolée… Cormoran, je descends ici, je vois une station de taxi…

— OK. Vous avez fait du bon boulot. Je vous appelle demain… enfin, je veux dire plus tard dans la journée. »

Quand elle eut raccroché, Strike posa sa cigarette dans le cendrier puis regagna sa chambre pour ramasser les feuilles et les porter dans la cuisine. Bien qu'il ait allumé la bouilloire, il prit une bière dans le frigo, s'assit devant le dossier reconstitué, hésita un instant, se releva et entrouvrit la fenêtre à guillotine pour laisser entrer l'air frais et sortir la fumée de cigarette.

Strike avait appris dans la police militaire à classer les éléments d'une enquête en trois catégories : les personnes, les lieux, les objets. Une méthode qu'il avait appliquée à l'affaire Chiswell peu avant de s'endormir subitement. Il étala les différents documents face à lui sur la table et se remit au boulot. La brise nocturne chargée de vapeurs d'essence qui s'engouffrait dans l'appartement agitait les photos et les papiers.

« Les personnes », marmonna Strike.

En début de soirée, il avait dressé la liste des individus liés de près ou de loin à la mort de Chiswell. En la relisant, il vit qu'il avait inconsciemment classé les divers protagonistes selon leur degré d'implication dans le chantage. Jimmy venait en tête, suivi par Geraint Winn, Flick Purdue et Aamir Mallik, ces deux derniers étant les "bras droits" des deux premiers. Ensuite, on avait Kinvara, laquelle était au courant du chantage et de son motif ; Della Winn, dont Strike ignorait le véritable rôle, mais dont la super-injonction avait empêché que le chantage soit évoqué dans la presse. À l'avant-dernier rang, figurait Raphael qui, de l'avis général, ignorait tout du chantage et de ce que son père avait pu faire autrefois ; et tout en bas, Billy Knight qui n'avait d'autre lien avec le défunt que d'être le frère de son premier maître chanteur.

Pourquoi avait-il classé les noms dans cet ordre-là ? se demanda Strike. Après tout, rien ne prouvait que la mort de Chiswell soit liée au chantage qu'il subissait. À moins, bien sûr, que le ministre ait effectivement préféré se suicider pour éviter le déshonneur que la révélation de son mystérieux crime aurait entraîné.

Puis il s'aperçut qu'en inversant la liste, les choses se présentaient sous un angle radicalement différent. Placé en premier, Billy apparaissait comme une personne désintéressée, cherchant à obtenir non pas l'argent ou la disgrâce de son prochain mais simplement la vérité et la justice. Raphael arrivait en deuxième, avec la soi-disant mission de bons offices accomplie auprès de Kinvara sur la demande de son père, une pure invention aux yeux de Strike, un geste incompréhensible mais honorable selon Henry Drummond. À la troisième place, Della demeurait ce qu'elle était : une femme politique d'une grande moralité, appréciée de tous, mais dont Strike ignorait ce qu'elle pensait de son maître chanteur de mari d'une part, et de la victime de ce dernier d'autre part.

Dans ce sens-là, la position des suspects par rapport au défunt prenait une tonalité plus crue, plus conflictuelle au fur et à mesure qu'on se rapprochait du dernier, à savoir Jimmy Knight et les 40 000 livres qu'il avait réclamées à cor et à cri.

Strike contemplait obstinément la liste, comme s'il espérait qu'une forme identifiable surgisse de son écriture dense et pointue, à la manière de ces images en 3D qui se cachent dans des nuages de points colorés et qu'on ne discerne que par la vision périphérique. Au lieu d'une forme, c'est une idée qui lui apparut. Tous les personnages de cette histoire pouvaient être rangés par paires. Il y avait Geraint et Della, Jimmy et Flick, les sœurs Izzy et Fizzy, les frères Jimmy et Billy, les deux maîtres chanteurs Jimmy et Geraint. Et enfin, constituant un sous-ensemble, les deux « bras droits » des maîtres chanteurs : Flick et Aamir. On pouvait même aller jusqu'à associer Della et Aamir, dans une relation mère-fils ou amante-amant. Les deux derniers avaient en commun d'être considérés comme les pièces rapportées d'une famille par ailleurs très solidaire : Kinvara la veuve et Raphael le fils ingrat laissé sur la touche.

Strike réfléchissait en tapotant machinalement le calepin du bout de son stylo. *Des paires.* Tout avait débuté avec une paire de crimes : le chantage exercé contre Chiswell et le meurtre auquel Billy prétendait avoir assisté. Pour lui, ces deux affaires avaient forcément un lien. C'est ce qu'il essayait de prouver depuis le début même si, à première vue, ce lien n'était autre que celui unissant les frères Knight.

Il tourna la page pour passer à la catégorie « Lieux » et resta quelques minutes absorbé dans ses gribouillages. En plus de ce qui concernait l'accès à Ebury Street, il avait noté dans des cases les lieux où les suspects se trouvaient au moment de la mort de Chiswell. Quand il le savait, bien sûr. Ce qui lui rappela que Izzy ne lui avait toujours pas envoyé les coordonnées de Tegan Butcher, la fille d'écurie censée confirmer ou pas que Kinvara était à Woolstone pendant que son mari suffoquait dans un sac en plastique à Londres.

La page suivante s'intitulait « Objets ». Strike posa son stylo et déploya sur la table les photos prises par Robin à Ebury Street, de manière à reconstituer la scène de crime. Il revit le scintillement dans la poche du cadavre, l'épée tordue, posée dans un coin sombre de la pièce.

L'affaire Chiswell lui semblait saturée d'objets trouvés dans des lieux inappropriés : une épée contre un mur, des granules de lachesis sur le sol, une croix de bois dans un ravin semé d'orties, une bonbonne d'hélium et un tube en caoutchouc dans une maison qui n'avait jamais reçu d'enfants. Mais il était trop crevé pour déceler une quelconque logique dans tout cela.

Strike finit sa bière, lança la canette vide selon une trajectoire elliptique qui s'acheva dans la poubelle de la cuisine et, sur une page vierge de son calepin, dressa la liste des choses à faire ce dimanche.

1. Appeler Wardle
lui envoyer la note trouvée dans l'appartement de Flick,
tenter de savoir où en est la police.
2. Appeler Izzy
lui montrer la note volée.
Question : la pince à billets de Freddie a-t-elle été retrouvée ?
coordonnées de Tegan ?
numéro de téléphone de Raphael.

numéro de téléphone de Della Winn si possible
3. Appeler Barclay
le mettre au courant.
reprendre surveillance Jimmy et Flick
à quand la prochaine visite de Jimmy à Billy ?
4. Appeler l'hôpital
demander un entretien avec Billy quand Jimmy pas là.
5. Appeler Robin
entretien avec Raphael
6. Appeler Della
demander rendez-vous.

Après deux secondes de réflexion, il ajouta un dernier point.

7. Sachets de thé/bière/pain

Puis il rangea le dossier Chiswell, renversa dans la poubelle le cendrier débordant de mégots et ouvrit la fenêtre en grand pour mieux aérer. Après quoi, il alla pisser une dernière fois, se brossa les dents, éteignit la lumière et passa dans la chambre éclairée par une simple lampe de chevet.

La bière et la fatigue ayant entamé ses défenses, les souvenirs qu'il avait pu refouler jusqu'à présent revinrent à la charge pendant qu'il se déshabillait et retirait sa prothèse. Dans une obsédante sarabande, défilèrent chacune des paroles prononcées par Charlotte chez Franco, l'expression de ses yeux verts, les effluves de *Shalimar*, plus puissantes que les odeurs d'ail sortant des cuisines, ses doigts délicats qui jouaient avec le pain.

Il s'allongea entre les draps glacés et resta étendu, mains croisées derrière la tête, à contempler le plafond dans le noir. Il aurait préféré qu'il en soit autrement mais, hélas, Charlotte avait réussi à flatter son ego en disant qu'elle avait suivi dans la presse le déroulement des affaires qui l'avaient rendu célèbre ou qu'elle pensait à lui quand elle était au lit avec son mari. Dans un premier temps, il s'était laissé avoir par ses compliments, mais à présent il voulait seulement retrouver la raison et analyser froidement leur conversation. Comme un médecin légiste effectuant une autopsie, il préleva et isola chaque élément de son discours dans le but d'identifier la mécanique imparable destinée à choquer l'interlocuteur et à provoquer des conflits, deux activités qui, chez elle, relevaient d'un besoin insatiable.

Pour une femme comme Charlotte, abandonner un époux titré et des enfants au berceau pour un célèbre détective unijambiste constituerait à coup sûr le couronnement d'une carrière. Sa haine viscérale de la routine et des responsabilités l'avait poussée à saboter tout projet de vie stable, par peur de devoir affronter les affres de l'ennui et du compromis. Strike savait tout cela car il la connaissait mieux que quiconque, leur rupture définitive s'étant produite au moment où Charlotte s'était retrouvée au pied du mur, confrontée à des choix cruciaux impliquant certains sacrifices.

Mais il savait par ailleurs – et ce savoir était comme une bactérie résistante nichée au fond d'une plaie incurable – que Charlotte l'aimait comme elle n'avait jamais aimé personne. Les copines, les épouses de ses amis – dont aucune n'avait apprécié Charlotte – ne s'étaient pas gênées pour lui rabâcher : « On ne fait pas subir ça à un homme qu'on aime », ou : « Je ne veux pas faire de mauvais esprit, Corm, mais tu es sûr qu'elle n'a pas dit la même chose aux autres avant toi ? » Ces femmes croyaient qu'il se berçait d'illusions, que Charlotte le faisait marcher. Elles étaient incapables d'imaginer les moments de félicité, de fusion totale qu'il avait vécus avec Charlotte et qui restaient parmi les meilleurs de sa vie. Elles étaient incapables de comprendre l'humour décalé qu'ils pratiquaient entre eux, ou de concevoir le désir fou qu'ils ressentaient l'un pour l'autre et qui les avait réconciliés après chacune de leurs ruptures, et ce durant seize ans.

Et puis, à la fin des fins, elle avait choisi de lui porter un coup mortel en se jetant dans les bras de Jago Ross. Strike avait terriblement souffert parce que cet homme était son contraire absolu et qu'il avait fréquenté Charlotte avant lui. Mais il demeurait persuadé qu'en jetant son dévolu sur Ross, Charlotte avait juste voulu s'offrir en spectacle une fois de plus, s'immoler devant un maximum de spectateurs.

Difficile est longum deponere amorem,
Difficile est, verum hoc quo lubet efficias.

« Il est difficile de rompre un amour établi. Difficile, oui, mais il faut le faire. »

Strike éteignit la lumière, ferma les paupières et se laissa couler dans un sommeil peuplé de rêves désagréables. Il se vit traverser des pièces vides dont le papier peint portait la trace des tableaux anciens qui les avaient ornées. Mais cette fois, il marchait seul, poursuivi par l'étrange sensation que des yeux l'épiaient dans l'ombre.

53

Et pour finir, cette victoire poignante...

HENRIK IBSEN, *Rosmersholm*

IL ÉTAIT PRESQUE DEUX HEURES DU MATIN quand Robin regagna ses pénates. Elle fila droit dans la cuisine se confectionner un sandwich. Tandis qu'elle s'activait, elle vit sur le calendrier que Matthew avait un match de football à cinq prévu en fin de matinée et, pour contribuer à maintenir la paix dans son couple, décida de se réveiller avant qu'il parte. Vingt minutes plus tard, lorsqu'elle le rejoignit dans le lit conjugal, elle régla l'alarme de son portable sur 8 heures et mit l'appareil en charge.

Matthew parut apprécier son effort. Le petit déjeuner se déroula tranquillement mais, quand Robin proposa de venir le soutenir sur le banc de touche, ou de le retrouver ensuite pour qu'ils mangent ensemble, Matthew lui répondit deux fois non.

« J'ai de la paperasse à terminer cet après-midi, expliqua-t-il. Je préfère ne pas boire. Je rentrerai directement. » Et Robin, secrètement ravie de pouvoir rester à la maison pour se reposer, lui souhaita de bien s'amuser et l'embrassa sur le pas de la porte.

Évitant de trop réfléchir au soulagement que lui causait le départ de Matthew, Robin se lança dans diverses tâches ménagères. Peu avant midi, alors qu'elle changeait les draps de leur lit, Strike appela.

« Bonjour, dit joyeusement Robin que les activités ancillaires commençaient à lasser. Quoi de neuf ?

— Pas mal de choses. Vous avez de quoi écrire ?

— Oui, oui, fit Robin en allant vite chercher un bloc et un

crayon dans le tiroir de sa coiffeuse avant de s'asseoir sur le matelas nu.

— J'ai passé quelques coups de fil. D'abord à Wardle. Il est très impressionné que vous ayez mis la main sur cette note… »

Robin sourit à son reflet dans le miroir.

« … mais il m'a prévenu que ses collègues n'apprécieront pas que nous ayons, je cite, "foutu le bordel dans leur enquête". Je lui ai demandé de ne pas révéler ses sources mais je suppose qu'ils comprendront vite d'où vient le tuyau, sachant qu'on est copains, Wardle et moi. C'est inévitable. Il m'a tout de même appris une chose intéressante. La police se pose les mêmes questions que nous, concernant la scène de mort, et ils ont épluché les comptes de Chiswell.

— Pour prouver le chantage ?

— Ouais, mais ils n'ont rien obtenu parce que Chiswell n'a jamais rien payé. Et j'en viens au point intéressant : l'année dernière, Chiswell a touché la somme de 40 000 livres en espèces et l'a aussitôt placée sur un compte ouvert à cet effet. Et puis, en quelques mois, il a tout dépensé en réparations pour la maison et diverses bricoles.

— Il a *reçu* 40 000 livres ?

— Ouais. Kinvara et les autres plaident l'ignorance. Ils disent ne pas savoir d'où venait l'argent ni pourquoi Chiswell l'avait mis sur un compte spécial.

— C'est exactement la somme que Jimmy lui réclamait avant de revoir ses prétentions à la baisse, dit Robin. Bizarre.

— Assurément. J'ai donc appelé Izzy.

— Vous n'avez pas chômé ! lui lança Robin.

— Et encore, vous ne savez pas tout ce que j'ai fait ! répliqua-t-il. Izzy prétend ignorer l'origine des 40 000 livres, mais je ne suis pas sûr qu'elle dise la vérité. Après cela, je lui ai parlé de la note volée. Je l'ai sentie horrifiée à l'idée que Flick ait trompé la confiance de son père en se faisant embaucher comme femme de ménage. Elle était vraiment secouée. À mon avis, elle commence à douter de la culpabilité de Kinvara.

— Dois-je en conclure qu'elle n'a jamais rencontré cette soi-disant Polonaise ?

— Oui.

— Que dit-elle à propos de la note ?

— Elle pense aussi qu'il s'agit d'un pense-bête et que "Suzuki" désigne le Grand Vitara, lequel appartenait à Chiswell. Pour "mère", elle ne sait pas. En fait, elle ne m'a rien appris de nouveau à part une chose concernant "blanc de blancs". Chiswell était allergique au champagne. Quand il en buvait, il devenait tout rouge et il suffoquait. Ce qui m'étonne c'est que j'ai vu une caisse vide portant l'étiquette Moët & Chandon dans la cuisine d'Ebury Street, le matin où Chiswell est mort.

— Vous ne me l'aviez pas dit.

— On venait de trouver le cadavre d'un ministre de la Couronne. Cette caisse de champagne vide m'a paru relativement insignifiante, sur le moment. Avant qu'Izzy me parle de cette allergie, j'étais loin de penser qu'elle pouvait constituer un indice.

— Vous dites qu'il n'y avait pas de bouteilles à l'intérieur ?

— Non, sauf erreur de ma part. Et d'après la famille, Chiswell n'a jamais donné de réception à Ebury Street. Alors, que faisait cette caisse chez lui ?

— Ne pensez-vous pas que…

— Si, je le pense, l'interrompit Strike. Il est très probable qu'elle ait servi à faire entrer l'hélium et le tube en caoutchouc dans la maison en toute discrétion.

— Waouh ! s'écria Robin en s'étalant sur le lit et en collant son regard au plafond.

— Très malin, n'est-ce pas ? Le tueur aurait même pu lui envoyer cette caisse en cadeau puisqu'il savait que Chiswell ne l'ouvrirait pas.

— J'en doute, répondit Robin. Chiswell aurait pu l'ouvrir quand même ou l'offrir à quelqu'un d'autre.

— Il faudrait connaître la date d'expédition, renchérit Strike. Ah, au fait, un petit mystère vient d'être éclairci. On a retrouvé la pince à billets de Freddie.

— Où ça ?

— Dans la poche de Chiswell. C'était ça qui brillait sur l'un de vos clichés.

— Oh, fit platement Robin. Donc il l'avait récupérée avant de mourir ?

— Il aurait difficilement pu le faire après.

— Ah ah, ricana Robin. Il y a pourtant une autre possibilité.

— Que le tueur l'ait placée sur son cadavre ? C'est drôle que vous pensiez à cela. Parce que Izzy est très étonnée qu'il ne lui ait pas annoncé la nouvelle. Il avait fait tellement d'histoires quand il l'avait perdue.

— Exact, confirma Robin. J'étais présente le jour où il a téléphoné à l'hôtel pour se plaindre. Il était hors de lui. Je suppose que la police a relevé les empreintes.

— Ouais. Il n'y avait que les siennes. Mais cela ne signifie rien en soi. Un tueur aurait mis des gants, de toute manière. Je l'ai également interrogée sur l'épée tordue. On avait raison. C'est bien le vieux sabre de Freddie. Nul ne sait pourquoi il est déformé mais lui aussi ne porte que les empreintes de Chiswell. Il l'a peut-être décroché du mur dans un moment de mélancolie alcoolisée et il a marché dessus sans le vouloir. Cela dit, l'hypothèse du tueur ganté peut très bien s'appliquer là aussi. »

Robin soupira en se disant qu'elle s'était réjouie prématurément après avoir trouvé la note.

« Donc, toujours pas de piste solide ?

— Holà, pas si vite, répliqua Strike, ragaillardi. Attendez, j'ai une bonne nouvelle.

« Izzy a dégoté le numéro de Tegan Butcher, la fille qui pourrait confirmer l'alibi de Kinvara. Je voudrais que vous l'appeliez. Vous l'intimiderez moins que moi. »

Robin nota les chiffres.

« Et après cela, vous contacterez Raphael, poursuivit Strike en lui dictant le deuxième numéro que Izzy lui avait confié. J'aimerais savoir une fois pour toutes ce qu'il faisait le matin où son père est mort.

— Je m'en occupe, dit Robin, ravie d'avoir quelque chose de concret à faire.

— Barclay retourne auprès de Jimmy et Flick, ajouta Strike, et moi je vais… »

Il fit une pause pour ménager le suspense. Robin éclata de rire.

« Vous allez… ?

— Je vais interroger Billy Knight et Della Winn.

— Quoi ? s'écria Robin. Comment allez-vous faire avec l'hôp… ? Et Della n'acceptera jamais de…

— C'est ce que vous croyez. En fait, Izzy a retrouvé le numéro de Della dans les papiers de Chiswell. Je viens d'appeler. J'avoue, je m'attendais à ce qu'elle m'envoie chier…

— … dans un langage légèrement plus châtié, connaissant Della.

— … et dans un premier temps, j'ai bien cru qu'elle allait le faire. Sauf que Aamir a disparu.

— Quoi ? dit Robin.

— Calmez-vous. Della a employé le mot "disparu", mais en réalité, il a seulement donné sa démission avant-hier et il a déménagé. Ce qui ne constitue pas une disparition à proprement parler. Quand elle l'appelle, il ne répond pas. Ce serait à cause de moi parce que, toujours d'après elle, j'ai fait "du joli travail" l'autre jour quand je l'ai interrogé. Aamir est, paraît-il, un jeune homme très sensible et s'il lui arrive malheur, ce sera ma faute. Donc…

— Vous lui avez proposé un marché : elle répond à vos questions et en échange, vous le retrouvez.

— Exact, donnant-donnant. Elle a sauté sur mon offre. Quand je le retrouverai je suis censé le rassurer, lui dire qu'il ne court aucun danger et que, même si j'ai entendu des propos diffamatoires sur son compte, ça n'ira pas plus loin.

— J'espère qu'il va bien, dit Robin, inquiète. Il ne m'aimait pas, mais ça prouve seulement qu'il est plus malin que les autres. Quand vous a-t-elle donné rendez-vous ?

— À 7 heures ce soir, chez elle, à Bermondsey. Et demain après-midi, si tout fonctionne selon mes plans, j'irai voir Billy à l'hôpital. Barclay m'a dit que Jimmy ne prévoyait pas de s'y rendre. J'ai donc laissé un message et j'attends que le psychiatre de Billy me rappelle.

— Vous croyez qu'ils vous laisseront l'interroger ?

— En leur présence oui, je pense. S'il arrive à me parler, ça leur permettra d'estimer son degré de lucidité. Depuis qu'ils l'ont remis sous médicaments, il va nettement mieux, mais il s'accroche toujours à son histoire d'enfant étranglée. Si l'équipe soignante donne son accord, nous en saurons peut-être davantage demain.

— Super. Un peu de concret ne nous fera pas de mal. J'ai hâte que les choses se débloquent de ce côté-là, même si ce n'est pas pour cela qu'on nous paie, soupira-t-elle.

— Il est très possible que ce meurtre d'enfant n'ait jamais eu lieu, dit Strike, mais nous devons en avoir le cœur net, sinon cette histoire me hantera jusqu'à la fin de mes jours. Je vous tiendrai au courant pour l'entretien avec Della. »

Robin lui souhaita bonne chance et raccrocha. Elle resta un moment allongée sur le matelas, puis articula à haute voix :

« Blanc de blancs. »

De nouveau, cette expression réveilla quelque chose en elle, comme un souvenir nauséeux. Dans quelles circonstances déplaisantes avait-elle lu ces mots ?

« Blanc de blancs, répéta-t-elle en se levant. Blanc de... ouille ! »

Elle venait de poser le pied sur un petit objet pointu. Se penchant, elle ramassa un clou d'oreille orné d'un diamant et privé de son fermoir.

Elle commença par l'examiner calmement. Ce bijou ne lui appartenait pas. Pourquoi ne l'avait-elle pas piétiné en grimpant dans le lit, cette nuit, vers 2 heures du matin ? Soit il était déjà sur le tapis mais son pied s'était posé ailleurs, soit il était au fond du lit et elle l'avait fait tomber en arrachant les draps. La deuxième version lui semblait la plus probable.

Bien sûr, il y avait des milliers de clous d'oreille en diamant dans le monde. Mais la dernière paire ayant attiré son attention ornait les lobes de Sarah Shadlock. Sarah les portait le soir où ils avaient dîné chez elle, quand Tom s'en était pris à Matthew avec une violence surprenante et apparemment imméritée.

Pendant un temps infini, qui ne dura en réalité qu'un peu plus d'une minute, Robin resta assise à contempler le petit diamant au creux de sa paume. Puis elle le déposa sur sa table de nuit, prit son portable, entra dans les paramètres, désactiva l'identifiant et composa le numéro de Tom.

Il répondit au bout de deux sonneries. En fond sonore, un présentateur de télévision se demandait à quoi ressemblerait la future cérémonie de clôture des Jeux olympiques.

« Mouais, grogna-t-il. Allô ? »

Robin raccrocha. Tom n'était pas en train de jouer au foot. Toujours assise au bord du lit conjugal, un lit si lourd que les déménageurs avaient souffert pour le monter par l'escalier de la

501

charmante maison dont ils n'étaient que locataires, Robin passa en revue les indices pourtant évidents qu'elle, la grande détective, avait sciemment ignorés jusqu'à présent.

« Quelle imbécile ! murmura-t-elle à la pièce inondée de soleil. Comment j'ai pu être aussi conne ? »

54

Ta douceur, ta droiture – ton esprit de finesse – ta
probité irréprochable, sont connus et appréciés de tous.

HENRIK IBSEN, *Rosmersholm*

BIEN QU'IL FASSE ENCORE JOUR en ce début de soirée, le jardinet devant chez Della baignait dans la pénombre, ce qui
lui donnait un petit air mélancolique contrastant avec l'animation de la rue poussiéreuse au-delà des grilles. En appuyant sur
la sonnette, Strike vit deux grosses crottes de chien au milieu de la
minuscule pelouse par ailleurs bien entretenue et se demanda qui
s'occupait des tâches domestiques les plus prosaïques, maintenant
que Geraint était parti.

La porte s'ouvrit, révélant la ministre des Sports affublée de ses
impénétrables lunettes noires. Elle portait ce que la tante de Strike
dans les Cornouailles aurait nommé une robe d'intérieur, à savoir
une tunique en laine polaire plus ou moins longue. Celle de Della
était violette, la couvrait des genoux au menton et se fermait par
une rangée de boutons montant jusqu'au col. Une tenue vaguement
ecclésiastique. La chienne-guide qui se tenait à côté d'elle levait
vers Strike ses beaux yeux tristes.

« Bonjour. Je suis Cormoran Strike, dit-il sans faire un geste,
sachant qu'elle ne pouvait l'identifier que par le son de sa voix.
Nous avons parlé au téléphone, hier. Et vous m'avez demandé de
passer.

— Oui, répondit-elle, imperturbable. Entrez donc. »

Elle s'écarta, sans toutefois lâcher le collier du labrador. Strike
entra et s'essuya les pieds sur le paillasson. Une musique puissante

mêlant instruments à cordes, à vent et timbales, surgissait par vagues d'une pièce que Strike supposait être le salon. Dans son enfance, sa mère l'avait abreuvé de hard metal. Lui-même connaissait peu la musique classique mais ce morceau-là dégageait une impression lugubre qui ne lui plaisait guère. Le vestibule, plongé dans l'ombre puisque Della n'avait pas besoin de lumière, était d'une banalité navrante avec son tapis à motifs marron foncé, peu salissant certes, mais absolument affreux.

« J'ai préparé du café, annonça Della. Voudriez-vous prendre le plateau à la cuisine et l'apporter dans le salon pour moi ? Cela ne vous ennuie pas ?

— Pas le moins du monde », répondit Strike.

Il suivit le labrador qui trottinait derrière Della en faisant légèrement osciller sa queue. La symphonie devint presque assourdissante quand ils passèrent devant la porte du salon dont Della toucha l'encadrement pour mieux s'orienter.

« Beethoven ? demanda Strike, histoire de dire quelque chose.

— Brahms. Symphonie numéro 1, en do mineur. »

Dans la cuisine, les meubles avaient des bords arrondis et les chiffres sur les boutons du four étaient gravés en relief. Strike vit une liste de numéros de téléphone inscrits sur un pense-bête en liège marqué EN CAS D'URGENCE, sans doute pour la femme de ménage ou l'aide à domicile. Pendant que Della s'approchait du plan de travail, Strike sortit son portable et photographia le numéro de Geraint Winn. Della posa la main au bord de l'évier en céramique et, faisant un pas de côté, se retrouva face à un plateau déjà garni d'un mug et d'une cafetière fumante. Strike vit deux bouteilles de vin, posées à côté. Della les attrapa, se retourna et lui demanda, toujours sans sourire.

« Dites-moi ce que c'est.

— Dans votre main gauche, Châteauneuf-du-Pape 2010. Dans la droite, château Musar 2006.

— Je prendrai un verre de Châteauneuf-du-Pape si vous voulez bien m'ouvrir la bouteille. Si ça vous dit, servez-vous.

— Merci, répondit Strike en s'emparant du tire-bouchon posé près du plateau. Une tasse de café me suffira. »

Elle repartit à pas feutrés vers le salon. Strike la suivit avec le plateau. En entrant dans la pièce, il fut accueilli par un parfum qui lui fit vaguement songer à Robin. Pendant que Della s'avançait en effleurant les meubles du bout des doigts, vers un fauteuil muni de larges accoudoirs en bois, Strike repéra autour de lui quatre grands vases chargés de roses dont les teintes vives allant du rouge au jaune mettaient un peu de gaieté dans la grisaille environnante.

Della pressa ses mollets contre l'assise du fauteuil pour se positionner correctement, se laissa tomber, et enfin se tourna vers Strike qui venait de poser le plateau sur la table basse.

« Veuillez mettre mon verre ici, sur l'accoudoir de droite », dit-elle en tapotant l'endroit indiqué. Strike s'exécuta, sous le regard endormi du labrador jaune pâle assis aux pieds de Della.

Les violons s'envolèrent puis retombèrent au moment où Strike prit place à son tour. Dans la pièce, tout était marron ou beige, depuis le tapis jusqu'aux meubles à la mode des années 70. Une bibliothèque encastrée dans l'un des murs contenait au moins un millier de CD. Sur une table au fond, reposait une pile de manuscrits en braille. Une grande photo encadrée représentant une adolescente était posée sur le manteau de la cheminée. Strike songea soudain que Della ne pouvait même pas se consoler en contemplant chaque jour le portrait de sa fille défunte. Et il ressentit envers elle un élan de compassion dont il se serait bien passé.

« Jolies fleurs, dit-il pour faire diversion.

— Oui. C'était mon anniversaire, il y a quelques jours.

— Ah ! Tous mes vœux.

— Vous êtes de l'ouest, n'est-ce pas ?

— En partie. Les Cornouailles.

— Ça s'entend, surtout les voyelles. »

Elle attendit que Strike remplisse sa tasse et, quand les bruits de porcelaine se turent, reprit la parole.

« Comme je vous le disais au téléphone, je suis très inquiète pour Aamir. Je suis sûre qu'il est toujours à Londres. Le pauvre n'a jamais mis les pieds ailleurs. Mais il n'est pas chez ses parents, ajouta-t-elle sur un ton un peu méprisant. Je me fais beaucoup de soucis, vraiment. »

Elle saisit son verre avec précaution et prit une gorgée de vin.

« Quand vous l'aurez trouvé, dites-lui bien qu'il n'aura pas d'ennuis et que ce que Chiswell vous a raconté sur son compte restera confidentiel. Et surtout qu'il m'appelle au plus vite. »

Les violons repartirent crescendo. Pour les oreilles profanes de Strike, ils sonnaient comme des cris, des gémissements dissonants. La chienne-guide se gratta en battant la mesure sur le tapis avec sa patte arrière. Strike sortit son calepin.

« Avez-vous des noms ou des adresses d'amis chez qui Mallik aurait pu se rendre ?

— Non. Je crois qu'il n'a pas beaucoup d'amis. Récemment, il a fait allusion à un garçon qu'il a connu à la fac mais son nom m'échappe. Et je doute qu'ils soient particulièrement proches. »

On sentait qu'évoquer ce vague camarade d'université la mettait mal à l'aise.

« Il a étudié à la London School of Economics, donc il connaît bien le quartier où se trouve cet établissement.

— Il est en bons termes avec l'une de ses sœurs, n'est-ce pas ?

— Oh non, répondit Della. Ne croyez pas cela. Ils l'ont tous rejeté. En fait, il n'a personne à part moi, et c'est ce qui m'inquiète le plus.

— Il n'y a pas très longtemps, sa sœur a posté une photo sur Facebook où on la voit avec lui dans ce magasin de pizza en face de chez vous. »

Sur le visage de Della, il lut autant de surprise que de déplaisir.

« Aamir m'a dit que vous aviez fouillé sur Internet. De quelle sœur parlez-vous ?

— Il faudrait que je vér…

— Aamir ne peut pas être chez elle, le coupa Della. Pas après ce qu'ils lui ont fait, tous autant qu'ils sont. Mais peut-être a-t-il essayé de la contacter. Vous pourriez l'interroger.

— Je vais le faire, dit Strike. Vous voyez d'autres endroits possibles ?

— Il ne connaît personne d'autre. C'est un garçon vulnérable. Il faut que je le retrouve et vite.

— Je ferai de mon mieux, promit Strike. Bon, vous m'avez dit au téléphone que vous acceptiez de répondre à quelques questions. »

La ministre se rembrunit légèrement.

« Je doute de pouvoir vous aider, mais allez-y.

— Si nous commencions par Jasper Chiswell et la relation que vous entreteniez avec lui, votre mari et vous-même ? »

Della réussit à montrer dans une même expression combien elle trouvait sa question à la fois impertinente et ridicule. Elle lui fit un sourire glacial et répondit en haussant les sourcils :

« Eh bien, Jasper et moi étions collègues, bien évidemment.

— Comment ça se passait avec lui ? », demanda Strike en mettant du sucre dans son café. Il remua et prit une gorgée.

« Étant donné que Jasper vous avait engagé pour trouver de quoi ternir notre réputation, j'imagine que vous connaissez déjà la réponse.

— Donc, vous maintenez que votre mari n'exerçait aucun chantage sur Chiswell ?

— Bien sûr que je le maintiens. »

Strike savait qu'en insistant, il ne ferait que la braquer. Après tout, en obtenant la super-injonction, Della avait démontré jusqu'où elle était capable d'aller pour assurer sa propre défense. Un changement de sujet semblait tout indiqué.

« Avez-vous déjà rencontré d'autres membres de la famille ?

— C'est arrivé, oui, répondit-elle, un peu méfiante.

— Que pensez-vous d'eux ?

— Je les connais à peine. Geraint dit qu'Izzy est une grosse bosseuse.

— Le fils aîné de Chiswell était dans l'équipe nationale d'escrime avec votre fille, je crois ? »

Les muscles de son visage se contractèrent. Strike songea à une anémone se refermant sur elle-même à l'approche d'un prédateur.

« Oui.

— Que pensiez-vous de Freddie ?

— Je ne lui ai jamais adressé la parole. C'était Geraint qui conduisait Rhiannon à ses tournois. Il connaissait l'équipe, pas moi. »

La faible lumière qui entrait par la fenêtre projetait sur le tapis l'ombre des roses posées devant elle. Leurs tiges faisaient comme des barreaux. La symphonie de Brahms gagna en véhémence. Les verres sombres et opaques cachant les yeux de Della ne faisaient qu'ajouter à l'ambiance mystérieuse qui régnait dans cette maison. Il en fallait plus pour impressionner Strike, et pourtant il ne pouvait s'empêcher de penser aux oracles et aux devins aveugles peuplant les mythes anciens. Les personnes voyantes n'avaient-elles pas tendance à attribuer une aura magique aux gens souffrant de ce handicap ?

« Pour quelle raison Jasper Chiswell aurait-il cherché à vous nuire ?

— Il ne m'aimait pas, répondit simplement Della. Nous étions souvent en désaccord. Il appartenait à une classe sociale qui considère comme suspect, voire dangereux, tout ce qui déroge aux règles qu'elle a elle-même édictées. C'était un mâle blanc, conservateur et riche, monsieur Strike, et il estimait que les allées du pouvoir étaient exclusivement réservées aux mâles blancs, conservateurs et riches. Rien ne l'intéressait à part la restauration d'une époque révolue, celle qu'il avait connue dans sa jeunesse. Et pour atteindre ses objectifs, il lui arrivait souvent de se montrer immoral ou hypocrite.

— Comment cela ?

— Demandez à sa femme.

— Vous connaissez Kinvara ?

— Je ne dirais pas que je la connais. Je l'ai rencontrée voilà quelque temps et ce qu'elle m'a raconté était fort intéressant, surtout comparé aux beaux discours que tenait son mari sur le caractère sacré du mariage. »

Strike avait l'impression que, sous ses grands airs et malgré le souci qu'elle se faisait pour Aamir, Della prenait un certain plaisir à dire du mal de Chiswell.

« Que s'est-il passé ? demanda Strike.

— Un jour, Kinvara a déboulé au ministère en fin d'après-midi. Mais Jasper était déjà parti dans l'Oxfordshire.

— Quand était-ce ?

— Je dirais... il y a un an, au moins. Peu avant les vacances parlementaires. Elle était dans un état pitoyable. J'ai entendu un grand bruit à l'étage et je suis sortie de mon bureau pour demander ce qui se passait. Personne ne parlait, on sentait que les gens étaient choqués. Kinvara hurlait qu'elle voulait voir son mari. D'abord, j'ai pensé qu'elle avait appris une mauvaise nouvelle et qu'elle espérait trouver du réconfort auprès de lui. Alors, je l'ai fait entrer dans mon bureau.

« Dès que j'ai refermé la porte, elle s'est effondrée. Elle parlait à tort et à travers mais j'ai cru comprendre qu'elle venait de découvrir que Jasper la trompait.

— A-t-elle dit avec qui ?

— Je ne crois pas. Elle l'a peut-être dit mais elle était... enfin, c'était assez perturbant, précisa-t-elle sur un ton sévère. À l'entendre, on aurait cru qu'il était mort. "Je n'étais qu'un pion dans son jeu", "Il ne m'a jamais aimée", etc., etc.

— De quel jeu parlait-elle, d'après vous ?

— Le jeu politique, je suppose. Elle aurait subi une humiliation, on lui aurait dit qu'elle avait bien joué son rôle...

« Jasper Chiswell était un homme très ambitieux, vous savez. Il avait déjà compromis une fois sa carrière à cause d'une liaison. Pour espérer redevenir ministre, il avait dû renoncer aux petites escapades en Italie et se trouver une épouse susceptible de redorer son blason. Il avait sans doute estimé que Kinvara plairait aux conservateurs de province. Une fille de bonne famille. Amatrice de chevaux.

« Plus tard, j'ai appris que Jasper l'avait fait interner dans un genre de clinique psychiatrique. Peu de temps après notre conversation. Voilà comment ces grandes familles aristocratiques soignent les émotions excessives, dit Della en reprenant une gorgée de vin. Et pourtant, elle est restée avec lui. Les gens ont tendance à courber l'échine, même quand on les traite abominablement. Au bureau, Jasper ne se gênait pas pour dire du mal d'elle devant tout le monde. Il la qualifiait d'imbécile, d'enfant capricieuse. Une fois, il a dit que sa mère allait venir la "garder" pour son anniversaire, car lui-même était retenu au Parlement pour un vote important. Il aurait pu s'absenter, évidemment – passer un accord avec un député travailliste, par exemple. Mais non, ç'aurait été trop lui demander.

« Les femmes comme Kinvara Chiswell croient que leur valeur personnelle est liée au statut social et à la réussite de leur mariage. Et donc, quand les choses tournent mal, le ciel leur tombe sur la tête. À mon avis, sa passion pour les chevaux est un dérivatif, une façon de compenser et... mais oui... ça me revient maintenant... la toute dernière chose qu'elle m'a dite ce jour-là, c'est qu'en plus de tout le reste, elle devait rentrer chez elle pour euthanasier une jument qu'elle adorait. »

509

Della toucha la grosse tête veloutée de Gwynn couchée au pied de son fauteuil.

« Quand elle m'a dit cela, je l'ai plainte de tout mon cœur. Les animaux ont toujours été une grande consolation pour moi. On ne dira jamais assez combien ils peuvent nous aider, parfois. »

Sur la main qui caressait le chien, Strike nota la présence d'une alliance, qu'elle n'avait donc pas encore retirée, et d'une grosse bague ornée d'une améthyste assortie à la couleur de sa robe d'intérieur. Il songea que quelqu'un, sans doute Geraint, avait dû lui conseiller de les porter ensemble. Et de nouveau, il fut pris d'un accès de pitié malvenu.

« Kinvara vous a-t-elle dit comment ou quand elle avait découvert que son mari la trompait ?

— Non, non, elle a simplement déversé sa rage et sa douleur devant moi, en ressassant ses griefs comme une enfant qui pleurniche. Elle ne cessait de dire : "Je l'aimais et lui, il ne m'a jamais aimée, tout n'était que mensonges." Je n'ai jamais assisté à une telle explosion de chagrin, même lors d'un enterrement ou devant un lit de mort. On ne s'est plus reparlées depuis, juste bonjour bonsoir. C'est comme si elle avait totalement oublié ce qui s'était passé ce jour-là. »

Della reprit une gorgée de vin.

« Pouvons-nous revenir à Mallik ? demanda Strike.

— Oui, bien sûr.

— Le matin où Jasper Chiswell est mort – le 13 – vous étiez ici, chez vous ? »

Il y eut un long silence.

« Pourquoi cette question ? demanda Della en changeant de ton.

— Parce que j'aimerais obtenir confirmation d'un récit qui m'a été fait.

— Vous insinuez qu'Aamir était ici avec moi, ce matin-là ?

— Exact.

— Eh bien, c'est vrai. J'avais fait une chute dans l'escalier et je m'étais blessée au poignet. J'ai appelé Aamir et il est venu. Il voulait m'emmener aux urgences mais c'était inutile. J'arrivais à bouger les doigts. J'avais juste besoin d'un peu d'aide pour préparer mon petit déjeuner, etc.

— C'est donc vous qui avez appelé Mallik ?

— Comment ? »

C'était le bon vieux « comment ? » qui nous échappe lorsqu'on craint d'avoir commis une erreur. Le cerveau de Della devait fonctionner à plein régime derrière ses lunettes noires, se dit Strike.

« Est-ce vous qui avez appelé Aamir ?

— Pourquoi ? Il dit autre chose ?

— Il dit que votre mari est venu en personne le chercher à son domicile.

— Oh », fit Della, puis : « Oui, bien sûr, j'avais oublié.

— C'est vrai ? murmura Strike. Ou vous essayez de coller à leur version ?

— J'avais oublié, répéta fermement Della. Quand j'ai dit que je l'avais "appelé" je ne parlais pas d'un coup de fil. Je voulais dire que j'avais fait appel à lui. Via Geraint.

— Mais si Geraint était ici quand vous avez fait cette chute, il pouvait vous aider à préparer votre petit déjeuner, non ?

— Je pense que Geraint voulait qu'Aamir l'aide à me convaincre d'aller aux urgences.

— Bien. Donc, c'est Geraint qui a eu l'idée de se rendre chez Aamir, pas vous ?

— Je ne m'en souviens plus très bien », répondit-elle. Puis, se contredisant : « Je m'étais fait assez mal. Comme Geraint a le dos fragile, il avait besoin qu'on l'aide, c'est normal, alors je lui ai suggéré de demander à Aamir. Après, ils ont voulu m'emmener aux urgences mais ce n'était pas nécessaire. J'avais juste une foulure. »

La lumière baissait derrière les rideaux en voilage. Les lunettes noires de Della reflétaient le rouge fluo du soleil couchant, au-dessus des toits.

« Je suis très inquiète pour Aamir, répéta-t-elle d'une voix tendue.

— Encore deux questions et je m'en vais. Jasper Chiswell a laissé entendre devant plusieurs témoins que Mallik avait quelque chose à se reprocher. Pouvez-vous m'en dire plus à ce sujet ?

— Oui, eh bien, c'est justement à cause de cet incident qu'Aamir a voulu démissionner, la première fois, dit tranquillement Della. Après cela, il a commencé à m'éviter. Et c'est alors que *vous* êtes allé le harceler à son domicile pour finir de le déstabiliser.

— Je n'ai harcelé personne, madame Winn…

511

— *Liwat*, monsieur Strike, vous qui avez séjourné au Moyen-Orient, vous devez savoir ce que c'est.

— Oui, je le sais, répondit platement Strike. C'est la sodomie. Apparemment, Chiswell menaçait Aamir de divulguer…

— Si la vérité éclate, je vous assure qu'Aamir n'en pâtira pas, s'enflamma Della. C'est secondaire, me direz-vous, mais il se trouve qu'il n'est pas gay ! »

Toujours aussi déprimante voire sinistre aux oreilles de Strike, la symphonie de Brahms se poursuivait par un dialogue entre cuivres et violons particulièrement éprouvant pour les nerfs.

« Vous voulez la vérité ? reprit Della d'une voix forte. Aamir a refusé de se laisser tripoter par un haut fonctionnaire dont les pratiques douteuses envers les jeunes gens qui passent par son service sont de notoriété publique, au point que chacun s'en amuse ! Et quand un jeune musulman sortant des meilleures écoles perd son sang-froid et gifle un haut fonctionnaire, d'après vous lequel des deux est mis à l'index ? Lequel des deux fait l'objet de rumeurs infamantes et se trouve contraint à la démission ?

— *Pas* sir Christopher Barrowclough-Burns, je suppose.

— Comment savez-vous que c'était lui ? répliqua Della.

— Il est toujours en poste, n'est-ce pas ? demanda Strike en ignorant sa question.

— Évidemment ! Tout le monde est au courant de ses *innocentes* petites manies mais personne ne veut se mouiller. Pendant des années, j'ai tenté de coincer cet individu. Quand j'ai su que Aamir avait quitté le programme "diversité" dans des circonstances douteuses, j'ai tout fait pour le retrouver. Il était dans un état pitoyable, le pauvre enfant. Non seulement il s'était vu exclure d'une carrière qui s'annonçait exceptionnelle, mais l'un de ses cousins, un type malveillant, avait eu connaissance des ragots qui couraient sur lui et n'avait rien trouvé de mieux que raconter partout qu'Aamir avait été licencié pour pratiques homosexuelles dans le cadre de son travail.

« J'aime mieux vous dire que le père d'Aamir ne porte pas les gays dans son cœur, surtout quand il s'agit de son fils. Il a voulu le marier de force, Aamir a résisté, ils se sont violemment disputés et ça s'est terminé par une rupture totale. En l'espace de deux semaines, ce brillant jeune homme a tout perdu : sa famille, sa maison, son boulot.

— Et c'est là que vous intervenez.

— Nous avions un appartement vide, au coin de la rue. La mère de Geraint et la mienne y logeaient ensemble. À l'origine, elles vivaient au Pays de Galles, mais comme ni lui ni moi n'avons de frères et sœurs, il nous était de plus en plus difficile de nous occuper d'elles depuis Londres. Nous les avons donc fait venir ici. La mère de Geraint est morte il y a deux ans, la mienne cette année. La maison était inoccupée, nous n'avions pas besoin de toucher un loyer, il nous a paru logique d'y héberger Aamir.

— C'était purement désintéressé, alors. Vous lui avez offert un travail et un logement sans espérer de contrepartie ?

— Que voulez-vous dire ? Avec son intelligence, n'importe quel employeur aurait été…

— Madame Winn, votre mari exerçait des pressions sur Aamir afin d'obtenir certains documents conservés aux Affaires étrangères, dans l'intention de les utiliser contre Jasper Chiswell. Des photos, plus exactement. En clair, il exigeait qu'Aamir demande ces photos à Sir Christopher. »

Della voulut saisir son verre mais rata le pied de deux centimètres et le renversa. Strike tendit le bras pour tenter de le rattraper. Trop tard. Le vin rouge jaillit, décrivit une arabesque et se répandit sur le tapis beige foncé, suivi du verre qui atterrit avec un bruit sourd. Gwynn se leva pour renifler la tache d'un air blasé.

« C'est grave ? demanda Della, alarmée, les doigts crispés sur les accoudoirs du fauteuil, la tête inclinée vers le sol.

— Pas terrible, dit Strike.

— Du sel, je vous en prie… versez du sel sur la tache. Dans le placard, à droite de la cuisinière ! »

Strike entra dans la cuisine. Quand il alluma, son regard tomba sur un objet qu'il n'avait pas remarqué la première fois : une enveloppe posée en hauteur, hors de portée de Della. Après avoir trouvé le sel dans le placard, Strike fit un pas de côté et vit ce qui était écrit dessus : *Geraint*.

« À droite de la cuisinière ! répéta Della depuis le salon.

— Ah, le placard de droite ! D'accord ! »

L'enveloppe n'était pas cachetée. À l'intérieur, il trouva une

513

facture établie par l'entreprise « Kennedy frères. Menuiserie » pour le remplacement d'une porte de salle de bains. Strike remit tout en place et regagna le salon.

« Désolé, dit-il à Della. Il était sous mon nez et je ne le voyais pas. »

Il tourna la molette au sommet du tube en carton et versa une bonne quantité de sel sur la tache pourpre. La symphonie de Brahms se termina juste au moment où il se redressait en se demandant si le remède se révélerait efficace.

« C'est fait ? murmura Della dans le silence soudain.

— Oui, répondit Strike en regardant la poudre blanche virer au grisâtre. Je pense qu'il faudra quand même le faire nettoyer.

— Oh mon Dieu, nous l'avons acheté cette année. »

Elle semblait profondément ébranlée. Mais, était-ce à cause de la vilaine tache sur son tapis neuf ? Strike n'aurait su le dire avec certitude. Il regagna le canapé et posa la salière à côté de sa tasse. La musique reprit, une danse hongroise cette fois, encore plus étrange et frénétique que la symphonie.

« Voulez-vous encore un peu de vin ? lui demanda-t-il.

— Je… oui, je veux bien. »

Il remplit le verre et le lui mit dans la main. Elle y trempa les lèvres, puis dit d'une voix frémissante :

« D'où tenez-vous ce que vous venez de me dire, monsieur Strike ?

— Je préfère garder cela pour moi, mais je vous garantis que c'est vrai. »

Della serra le verre avec ses deux mains.

« Il faut que vous retrouviez Aamir, supplia-t-elle. S'il croit que j'ai rompu parce que Geraint lui avait demandé d'intervenir auprès de Barrowclough-Burns, ce n'est guère étonnant qu'il… »

Della avait perdu son flegme légendaire. Elle voulut poser le verre sur l'accoudoir, mais elle tremblait tellement qu'elle dut au préalable toucher la surface en bois avec son autre main. Puis elle se mit à secouer la tête comme pour exprimer son désarroi.

« Guère étonnant qu'il quoi ? souffla Strike.

— Qu'il m'ait accusée de… de l'étouffer… de l'empêcher…, bien sûr, ça explique tout… Nous étions si proches… vous ne pouvez pas comprendre… c'est dur à expliquer… mais c'est incroyable, la rapidité avec laquelle… nous sommes devenus…

comme une famille. Parfois, vous savez, il se crée certaines affinités... une proximité avec...

« Mais voilà quelques semaines, tout a changé... je l'ai senti... à partir du jour où Chiswell l'a humilié en public... Aamir est devenu distant. C'était comme s'il ne me faisait plus confiance... j'aurais dû comprendre... Oh mon Dieu, j'aurais dû savoir... Il faut que vous le trouviez, il le faut... »

Le farouche attachement qu'elle semblait éprouver pour Aamir était-il de nature sexuelle ? se demanda Strike. La virilité, la jeunesse d'Aamir avaient-elles éveillé en elle un désir inconscient ? Depuis son cadre de pacotille, Rhiannon Winn les contemplait avec un sourire qui faisait briller son appareil dentaire mais pas ses grands yeux inquiets. Non, songea Strike, c'était autre chose. Della devait posséder ce dont Charlotte était totalement dépourvue : l'instinct maternel. Et cet instinct, particulièrement puissant chez elle, se teintait de frustration et d'une inconsolable douleur.

« Ça aussi, marmonna-t-elle. *Ça aussi*. Il a fallu qu'il le détruise.

— Vous parlez de...

— Mon mari ! Qui d'autre ? Mon œuvre de charité – notre œuvre de charité – mais vous êtes au courant, bien sûr. C'est vous qui avez parlé à Chiswell des 25 000 livres manquantes, n'est-ce pas ? Et les mensonges, les mensonges stupides que Geraint a servis à ces gens. David Beckham, Mo Farah – toutes ces promesses impossibles à tenir.

— C'est mon associée qui a tout découvert.

— Personne ne voudra me croire, fit Della pour elle-même, mais j'ignorais tout. Absolument tout. J'avais raté les quatre derniers conseils d'administration – à cause de la préparation des Jeux paralympiques. Geraint ne m'a mise au courant que par la suite, quand Chiswell l'a menacé de tout révéler à la presse. Même alors, il s'est défaussé en rejetant la faute sur le comptable. Quant au reste, il m'a juré que c'était faux. Sur la tombe de sa mère. »

Elle tripotait son alliance d'un geste machinal.

« Je suppose que votre maudite associée a fait parler Elspeth Lacey-Curtis ?

— Oui, je le crains, mentit Strike pour l'inciter à développer. Geraint a-t-il nié cette chose-là également ?

— Il a dit qu'il regrettait sincèrement d'avoir choqué ces jeunes filles par ses propos. Mais il a juré qu'il n'avait rien fait d'autre. Pas d'attouchements, juste des blagues grivoises. Mais sachant comment les choses se passent aujourd'hui, s'emporta Della, il aurait dû réfléchir avant de proférer ce genre de bêtises devant des gamines de quinze ans ! »

Strike se pencha pour rattraper le verre de Della avant qu'il ne bascule à nouveau.

« Qu'est-ce que vous faites ?

— Je pose votre verre sur la table, dit Strike.

— Ah, merci. » Au prix d'un effort visible, elle parvint à se contrôler avant de poursuivre. « Geraint me représentait lors de cet événement sportif. Quand l'histoire sortira dans la presse, c'est à moi qu'on fera porter le chapeau ! Tout sera de ma faute. Parce qu'au bout de compte, monsieur Strike, c'est toujours les femmes qu'on accable, elles qu'on désigne comme les ultimes responsables des fautes commises par les hommes. On leur reproche de n'avoir pas su, pas agi, pas empêché le crime. C'est ainsi, vos échecs sont les *nôtres*. Parce que le rôle fondamental de la femme consiste à veiller sur les siens et qu'il n'y a rien de plus vil en ce bas monde qu'une mauvaise mère. »

Della respirait fort. Elle posa ses doigts tremblants sur ses tempes. Derrière le rideau translucide, le velours de la nuit avait presque absorbé le rouge éclatant du soleil couchant. Le visage de Rhiannon Winn commençait à s'effacer, dévoré par la pénombre. Bientôt, ne resterait plus que son sourire rehaussé par l'horrible appareil dentaire.

« Rendez-moi mon verre, je vous prie. »

Strike s'exécuta. Della but une bonne gorgée et reprit d'une voix amère :

« Une femme aveugle a tendance à susciter des pensées malsaines chez certains. Bien sûr, quand j'étais plus jeune, c'était pire. Notre vie privée éveille en eux un intérêt lubrique. C'est même la première chose qui leur vient à l'esprit. Vous avez peut-être connu cela, vous aussi, après votre amputation ? »

Venant de Della, cette allusion un peu brutale à son handicap ne le heurta pas du tout.

« Oui, je me souviens d'une fois, dans les Cornouailles, peu de temps après mon opération. Un ancien camarade de classe, un type que je n'avais pas revu depuis des années. Au bout de cinq pintes, il m'a demandé à quel moment je disais à une femme que ma jambe risquait de partir avec mon pantalon. Il se croyait drôle. »

Della eut un sourire discret.

« Il ne leur vient même pas à l'esprit que ce serait plutôt à nous de faire de l'humour. Cela dit, c'est différent pour un homme... Voyez-vous, la plupart des gens estiment normal qu'une femme valide prenne soin d'un homme handicapé. L'inverse est moins bien perçu. Geraint a été confronté à ce problème pendant des années... On le prenait pour quelqu'un de bizarre, juste parce qu'il avait choisi d'épouser une femme aveugle. Je pense aujourd'hui que j'ai voulu compenser cela en lui offrant un statut... un rôle... mais, tout compte fait, il aurait mieux valu pour nous deux qu'il ait exercé une profession totalement différente de la mienne. »

Le vin commençait à lui faire de l'effet, songea Strike. Peut-être n'avait-elle rien mangé. Il serait bien allé jeter un coup d'œil dans son frigo, si un tel geste ne lui avait pas semblé un peu incongru. Passer du temps auprès de cette femme à la fois impressionnante et vulnérable l'aidait à comprendre pourquoi Aamir s'était attaché à elle, aussi bien sur le plan professionnel que privé.

« Les gens croient que j'ai épousé Geraint parce que je n'avais personne d'autre, reprit Della en se redressant dans son fauteuil. Mais ils se trompent. À la fac, quand j'avais dix-neuf ans, un garçon est tombé amoureux de moi. Il m'a demandée en mariage. J'avais le choix et j'ai choisi Geraint. Non pour qu'il me serve de garde-malade ni, comme certains journalistes l'ont parfois laissé entendre, parce que mes ambitions politiques m'obligeaient à prendre un mari... mais parce que je l'aimais. »

Strike se souvint du jour où il avait suivi Geraint jusqu'à King's Cross, dans cet escalier sordide, et de ce que Robin lui avait rapporté de son comportement avec elle au travail. Mais les paroles de Della ne lui paraissaient pas incroyables pour autant. Il était bien placé pour savoir qu'on pouvait aimer de toute son âme une personne indigne d'un tel sentiment. Le phénomène était moins rare qu'on ne le pensait.

« Êtes-vous marié, monsieur Strike ?

— Non.

— Un couple est une entité inconnaissable, même pour les deux personnes qui le constituent. Il m'a fallu ce... cette terrible histoire... pour réaliser que ça ne pouvait plus continuer. Je ne sais pas quand j'ai cessé de l'aimer mais, à un moment donné, après la mort de Rhiannon, tout est... »

Sa voix se brisa.

«... tout est parti à la dérive. » Elle déglutit. « Je vous en prie, donnez-moi encore un peu de vin. »

Il remplit son verre. L'obscurité avait envahi la pièce. Aux danses hongroises avait succédé une œuvre plus mélancolique, un concerto pour violon que Strike trouvait pour le coup bien mieux adapté à leur conversation. Della qui, au début, rechignait à lui parler, semblait maintenant redouter qu'il s'en aille.

« Pourquoi votre mari haïssait-il à ce point Jasper Chiswell ? demanda Strike à mi-voix. Parce qu'il s'opposait à vous sur le plan politique ou bien... ?

— Non, non, soupira Della Winn. Geraint a toujours besoin de faire payer les autres pour les malheurs qui le frappent. »

Strike attendit la suite, mais Della se contentait de boire son vin.

« De quoi parlez... ?

— Peu importe, le coupa-t-elle. Peu importe, ça n'a aucune importance. »

Mais un moment et une gorgée plus tard, elle poursuivit en ces termes :

« Rhiannon n'était pas vraiment passionnée par l'escrime. Comme la plupart des petites filles, elle aurait préféré faire du poney. Mais ni Geraint ni moi ne sommes issus d'un milieu où les parents achètent des poneys à leurs enfants. Ça nous paraissait incongru, compliqué. Quand j'y repense, je me dis qu'on aurait pu s'y prendre autrement, mais à l'époque nous étions constamment débordés. Alors, elle a choisi l'escrime à la place et comme elle était très douée dans ce sport...

« Ai-je répondu à vos questions, monsieur Strike ? s'interrompit-elle un peu sèchement. Allez-vous retrouver Aamir ?

— Je vais essayer, promit Strike. Pouvez-vous me donner son numéro ? Et celui de votre portable aussi, pour que je vous tienne au courant. »

Elle connaissait les deux par cœur. Il les nota sous sa dictée, referma son calepin et se leva.

« Vous m'avez été très utile, madame Winn. Je vous remercie.

— Ce n'était pas vraiment mon intention, répondit-elle tandis qu'une fine ride se formait entre ses sourcils.

— Serez-vous… ?

— Tout à fait, articula-t-elle. Vous m'appellerez quand vous aurez retrouvé Aamir, n'est-ce pas ?

— Je vous donnerai de mes nouvelles dans une semaine au plus tard, promis. Euh… quelqu'un doit-il passer chez vous ce soir, ou bien… ?

— Je constate que vous n'êtes pas aussi insensible qu'on le dit. Ne vous inquiétez pas pour moi. Ma voisine va venir tout à l'heure pour promener Gwynn. Elle vérifiera le gaz et tout le reste.

— Dans ce cas, je connais le chemin. Bonne soirée. »

Quand il se dirigea vers la sortie, la chienne jaune pâle leva la tête en humant l'air. Della resta assise dans le noir, un peu pompette et sans autre compagnie que la photo de sa fille morte qu'elle n'avait jamais vue.

En refermant la porte derrière lui, Strike s'avoua qu'il n'avait jamais ressenti envers personne ce détonant mélange d'admiration, de sympathie et de méfiance.

55

Alors – puisqu'il faut se battre – battons-nous du moins avec des armes nobles.

HENRIK IBSEN, *Rosmersholm*

MATTHEW, QUI AURAIT DÛ RENTRER à la maison en fin de matinée, n'était toujours pas là. Il avait toutefois envoyé deux textos à Robin. L'un à 3 heures de l'après-midi :

Tom a des problèmes au boulot, il veut qu'on parle. Suis au pub avec lui (je bois du Coca). Reviens dès que possible.

Le second à 7 heures du soir :

Tom ne va pas bien, suis toujours avec lui. Je le mets dans un taxi et je rentre. Ne m'attends pas pour dîner. Je t'aime.

Robin avait rappelé Tom, toujours en numéro masqué. Il avait aussitôt répondu. Derrière lui, on entendait des pubs à la télé.

« Oui ? », avait-il maugréé en prenant son appel. Il lui avait paru sobre. « Qui êtes-vous ? »

Robin avait raccroché.

À présent, deux sacs de voyage étaient posés dans le vestibule. Robin avait téléphoné à Vanessa pour lui demander si elle pouvait l'héberger deux ou trois jours, jusqu'à ce qu'elle trouve à se loger. Curieusement, Vanessa n'avait pas eu l'air surprise. Cela dit, Robin préférait cela, elle n'aurait pas apprécié qu'on la prenne en pitié.

Assise dans le salon, Robin regardait la nuit tomber derrière les vitres. Et elle s'interrogeait : sans cette boucle d'oreille, aurait-elle quand même fini par avoir des soupçons ? Certes, Matthew s'absentait fréquemment, depuis quelque temps. Mais elle n'avait pas cherché plus loin, tant elle était contente de se retrouver seule, tranquille, sans être obligée de lui cacher quoi que ce soit, ni les choses qu'elle faisait dans le cadre de l'affaire Chiswell, ni les crises de panique qui la frappaient encore régulièrement mais qu'en son absence elle parvenait mieux à juguler en restant allongée sur le carrelage de la salle de bains, sans craindre qu'il frappe à la porte.

Enfoncée dans l'élégant fauteuil dont le propriétaire des lieux leur avait laissé l'usage, Robin observait la pièce autour d'elle comme si elle était déjà ailleurs. Il est rare d'être pleinement conscient au moment précis où votre vie bascule. Ce salon resterait longtemps gravé dans sa mémoire, et elle s'efforçait de rassembler le plus de détails possibles tout en essayant d'ignorer la tristesse, la honte et la souffrance qui lui tordaient les entrailles.

Peu après 9 heures, un bruit de clé tournant dans la serrure faillit lui déclencher une nausée. Matthew ouvrit la porte et entra.

« Oups, désolé, lança-t-il avant même de refermer. Ce pauvre Tom était dans un triste état. J'ai eu du mal à convaincre le chauffeur de taxi de… »

Voyant les sacs de voyage dans l'entrée, il poussa un petit cri de surprise. Sans attendre davantage, Robin appela un numéro déjà enregistré sur son portable. Si bien qu'en pénétrant dans le salon, Matthew l'entendit appeler un taxi. Puis, elle raccrocha et le regarda dans les yeux.

« C'est quoi ces valises ? demanda-t-il.

— Je pars. »

Il y eut un long silence. Apparemment, il ne comprenait pas.

« Comment ? Qu'est-ce que tu dis ?

— Je me suis pourtant exprimée clairement, Matt.

— Tu me quittes ?

— Exact.

— Pourquoi ?

— Parce que tu couches avec Sarah », lâcha-t-elle.

Matthew laissa passer une seconde de trop. Ne pouvant plus

feindre la stupeur, il se creusa la cervelle pour tenter de se rattraper. Un spectacle pitoyable.

« Quoi ? finit-il par s'écrier avec un rire qui sonnait faux.

— Je t'en prie, ne te fatigue pas. C'est inutile. Tout est fini. »

Il resta planté sur le seuil du salon. Robin lui trouva un air fatigué, presque défait.

« Je comptais te laisser un mot, reprit-elle, mais ça m'a paru trop mélodramatique. De toute façon, nous avons des détails pratiques à régler avant que je m'en aille. »

Elle voyait presque les questions défiler dans la tête de Matthew : *Comment me suis-je trahi ? À qui en as-tu parlé ?*

« Écoute, dit-il en laissant tomber son sac de sport (contenant la tenue de foot qu'il n'avait pas portée), je sais que tout n'a pas été rose entre nous, ces derniers temps, mais c'est toi que je veux, Robin. Pense à ce que nous avons vécu ensemble. Je t'en prie. »

Il s'avança et, quand il arriva devant elle, tomba à genoux et essaya de saisir sa main. Prise au dépourvu, Robin eut juste le temps de la retirer.

« Tu couches avec Sarah », répéta-t-elle.

Il se releva, marcha jusqu'au canapé, s'affala dessus, se prit la tête entre les mains et dit en gémissant :

« Je suis désolé. Désolé. Ça se passait tellement mal entre toi et moi...

— ... que tu t'es senti obligé de baiser avec la fiancée de ton meilleur ami ? »

À ces mots, il leva les yeux, paniqué.

— Tu as parlé à Tom ? Il est au courant ? »

Dans un réflexe de dégoût, Robin se leva subitement, traversa la pièce et alla se poster près de la fenêtre, le plus loin possible de Matthew. Elle n'avait jamais ressenti un tel mépris pour personne.

« Toujours aussi inquiet pour ta carrière, Matt ?

— Non – enfin merde – tu ne comprends pas. C'est fini entre Sarah et moi.

— Ah, vraiment ?

— Je t'assure. C'est trop con ! On a parlé toute la journée et on a décidé que ça ne pouvait pas continuer, à cause de Tom... et de toi. Alors, on a rompu. Voilà une heure.

— Waouh ! », fit Robin avec un petit rire. Elle avait l'impression de se dédoubler. « En effet, c'est trop con ! »

Son portable sonna. Son double décrocha à sa place.

« Robin ? dit Strike. J'ai du nouveau. Je sors de chez Della Winn.

— Comment ça s'est passé ? », demanda-t-elle sur un ton ferme et détaché. Elle n'avait pas l'intention d'écourter cette conversation. Désormais, elle pourrait vivre pour son métier. Matthew ne ferait plus jamais interférence. Elle le laissa donc fulminer sur le canapé et projeta son regard vers la rue mal éclairée.

« J'ai appris deux choses importantes. D'abord, c'est elle qui a rompu. Je pense que Geraint n'était pas avec Aamir, le matin où Chiswell est mort.

— Intéressant, en effet, dit Robin en s'efforçant de rester concentrée malgré les regards insistants qu'elle sentait dans son dos.

— J'ai obtenu son numéro. J'ai essayé d'appeler mais il n'a pas décroché. Alors, je suis allé voir s'il était toujours dans le B&B à côté de chez elle. Le gérant m'a dit qu'il était parti.

— Dommage. Et l'autre chose ? », demanda Robin.

La voix de Matthew retentit dans la pièce. « C'est Strike ? » Robin fit comme si elle n'avait pas entendu.

« Qu'est-ce que c'était ? s'interrompit Strike.

— Rien. Continuez.

— Eh bien, figurez-vous que Della s'est entretenue en privé avec Kinvara l'année dernière. Kinvara était dans tous ses états parce qu'elle soupçonnait Chiswell... »

Robin poussa un petit cri. Son portable venait de lui être arraché. Faisant volte-face, elle vit Matthew mettre fin à l'appel d'un doigt rageur.

« Comment oses-tu ? Rends-moi ça tout de suite ! hurla-t-elle en tendant la main.

— On essaie de sauver notre putain de mariage et toi, tu réponds quand ce type t'appelle ?

— Je n'essaie pas de sauver ce mariage ! *Rends-moi ce téléphone !* »

Il hésita, puis lui jeta l'appareil et, d'un air outragé, la regarda rappeler Strike.

« Désolée, Cormoran, nous avons été coupés, dit-elle le plus calmement possible.

— Tout va bien chez vous, Robin ?

— Ça va. Que disiez-vous à propos de Chiswell ?

— Qu'il avait une liaison.

— Une liaison ! s'exclama Robin en posant les yeux sur Matthew. Avec qui ?

— Dieu seul le sait. Avez-vous pu contacter Raphael ? Il ne semble pas très soucieux de protéger la mémoire de son père. Il pourrait nous le dire.

— Je lui ai laissé un message, et à Tegan aussi. Pour l'instant, aucun des deux ne m'a rappelée.

— Bon. Tenez-moi au courant. Cette histoire d'adultère pourrait expliquer le coup de marteau sur la tête, vous ne trouvez pas ?

— Si, absolument.

— Je descends dans le métro. Vous êtes sûre que ça va ?

— Oui, pas de souci, dit vivement Robin, comme si elle avait autre chose à faire. À plus tard. »

Elle raccrocha.

« À plus tard, Cormoran, fit Matthew de cette voix de fausset qu'il prenait chaque fois qu'il voulait imiter une femme. On se rappelle, Cormoran. Je liquide mon mariage et après, je serai totalement libre de papoter avec vous pendant des heures, Cormoran. Je me fiche de travailler pour un salaire de misère, Cormoran, pourvu que je vous serve de boniche.

— Va te faire foutre, Matt, dit Robin sans perdre son calme. Retourne donc baiser avec Sarah. Au fait, j'ai posé sur ma table de nuit le clou d'oreille qu'elle a perdu dans notre lit.

— Robin, fit-il d'un air subitement grave. On peut dépasser ça. Si on s'aime, tout est possible.

— C'est justement ça le problème, Matt. Je ne t'aime plus. »

Elle avait toujours cru que l'expression « regard noir » n'était qu'une figure de style. Mais non, c'était possible dans la vraie vie, elle le découvrait en voyant les pupilles de Matthew se dilater sous le choc, au point de faire quasiment disparaître la couronne bleu clair de ses iris.

« Salope », marmonna-t-il.

L'espace d'un instant, elle fut tentée de revenir sur sa déclaration, de se dérober lâchement. Mais quelque chose de plus puissant prit le dessus : le besoin d'exprimer ce qu'elle ressentait au plus profond, sans maquiller la vérité. Elle lui mentait, elle se mentait depuis trop longtemps.

« Nous aurions dû rompre pendant notre voyage de noces. Je suis restée parce que tu étais malade. Je t'ai pris en pitié. Ou plutôt non... » Elle tenait à énoncer son point de vue le plus précisément possible. « En fait, nous n'aurions jamais dû partir en voyage de noces. J'aurais dû tout annuler dès que j'ai su que tu avais effacé les appels de Strike. »

Elle voulait regarder sa montre pour savoir si le taxi allait arriver mais elle avait peur de quitter Matthew des yeux. Son expression lui faisait penser à un serpent pointant sa tête entre deux rochers.

« À ton avis, qu'est-ce que les gens vont penser de toi ? souffla-t-il.

— Qu'entends-tu par là ?

— Tu as lâché la fac. Maintenant tu lâches ton mari. Même ta psy, tu l'as laissée tomber. Ta vie n'est qu'une suite d'échecs. Le seul truc auquel tu n'as pas renoncé c'est à ce boulot de merde. Tu as failli y laisser ta peau, Robin. Et au lieu de s'excuser, ce connard t'a virée. S'il a consenti à te reprendre il y a un an, c'est juste pour pouvoir coucher avec toi. J'imagine qu'à ce tarif-là, il aurait du mal à trouver quelqu'un d'autre. »

Elle reçut cette dernière phrase comme un coup de poing dans le ventre. Le souffle coupé, elle s'entendit répondre :

« Merci, Matt. Merci de me faciliter les choses. » Et elle marcha vers la porte.

Matthew s'élança pour lui couper la route.

« Il t'avait engagée en intérim, à la base. Mais comme il a daigné baisser les yeux sur toi, tu t'es monté le bourrichon. Tu as cru que tu pouvais faire carrière, alors que ce métier n'est absolument pas fait pour toi, étant donné ton passé... »

Robin sentait monter les larmes mais s'interdisait de craquer.

« Je voulais entrer dans la police... depuis des années.

— Non, c'est archifaux ! hurla Matthew. Jamais tu n'as...

— J'ai eu une vie avant de te rencontrer, Matt ! répliqua Robin. Dans ma famille, tout le monde est au courant. À l'époque, tu n'existais même pas. Si je ne t'en ai jamais parlé, c'est pour éviter que tu te moques de moi, comme mes abrutis de frangins ! J'ai fait psycho dans l'espoir de m'orienter ensuite vers l'expertise médico-légale...

— Dernière nouvelle ! Tu cherches à te justifier a poster...

— Je ne t'en ai pas parlé parce que je connaissais d'avance ta réaction...

— N'importe quoi !

— Détrompe-toi, Matt, hurla-t-elle. Je te dis la vérité, rien que la vérité, et tu es en train de prouver que j'avais raison de penser cela. Quand j'ai arrêté la fac, tu étais ravi...

— Comment ça ?

— "Prends ton temps, tu n'es pas obligée d'y retourner", "tu peux très bien te passer de diplôme".

— Alors maintenant tu me reproches d'avoir été à ton écoute !

— Ça te plaisait, Matt. Tu adorais l'idée que je reste coincée à la maison. Pourquoi ne pas l'admettre ? Sarah Shadlock suivait des études et moi je gâchais mon temps et mon talent chez mes parents, à Masham. Tu voulais peut-être me punir d'avoir obtenu de meilleures notes que toi au bac et d'avoir pu m'inscrire dans la formation de mon choix...

— Hein ! s'esclaffa-t-il. Tu as eu de meilleures notes que moi au bac ? Bon d'accord, mais tu crois que ça m'empêche de dormir... ?

— Si je n'avais pas été violée, nous aurions rompu voilà des années !

— C'est ça qu'ils t'ont appris en thérapie ? À réécrire le passé pour mieux justifier les conneries que tu fais en ce moment ?

— J'ai appris à dire la vérité ! », répliqua Robin. Elle était à deux doigts de lui sauter à la gorge. « Et je vais te dire autre chose : avant ce viol, je commençais à m'ennuyer avec toi ! Tu ne t'intéressais à rien de ce qui me concernait – mes études, mes nouveaux amis, tu t'en fichais. Tu voulais juste savoir si Untel me draguait. Après le viol, tu es devenu si gentil, si tendre... À tel point que je t'ai pris pour l'homme le plus inoffensif du monde, le seul à qui je pouvais faire confiance. C'est pour ça que je suis restée avec toi. Sans ce viol, nous ne serions pas en train de discuter en ce moment. »

Ils entendirent tous les deux la voiture s'arrêter devant la maison. Robin voulut passer mais, de nouveau, il l'en empêcha.

« Non, tu ne partiras pas. C'est trop facile. Tu es restée avec moi parce que j'étais *inoffensif* ? Va te faire foutre. Tu m'aimais.

— Je croyais t'aimer, dit Robin. Mais l'illusion s'est dissipée. Écarte-toi de mon chemin. Je m'en vais. »

Elle essaya de le contourner, il s'interposa.

« Non, répéta-t-il en la repoussant pas à pas vers le salon. Tu restes ici. Il faut qu'on parle. »

Le chauffeur du minicab appuya sur la sonnette.

« J'arrive ! cria Robin.

— Ne compte pas t'enfuir encore une fois, ricana Matthew. Tu vas rester et réparer ce que tu as...

— Non ! » hurla Robin comme si elle s'adressait à un chien. Elle s'immobilisa, le corps tendu pour mieux résister à ses poussées. Il était si près qu'elle sentait son souffle sur son visage. Soudain, elle se souvint de Geraint Winn et, saisie de répulsion, articula d'une voix blanche : « Éloigne-toi de moi. Immédiatement ! »

Et comme un chien, Matthew obéit, non pas à l'ordre qu'elle venait de lui donner, mais à la volonté inflexible qu'il avait perçue dans sa voix. Il était furieux mais, plus encore, il avait peur.

« Très bien », dit Robin quand il fit un pas en arrière. Elle sentait monter la panique mais elle s'accrochait de toutes ses forces à ce qu'il lui restait de courage. Et chaque seconde conquise sur la terreur lui apportait un peu plus d'énergie pour la combattre. « Je m'en vais, répéta-t-elle, les deux pieds campés dans le sol. Tu peux essayer de m'arrêter mais tu n'y arriveras pas. J'ai affronté des hommes bien plus costauds et bien plus méchants que toi, Matthew. Tu n'as même pas de couteau. »

De nouveau, les yeux de Matthew virèrent au noir. L'instant d'après, Robin revit la scène, dans la suite nuptiale, au cours de laquelle son frère Martin lui avait balancé son poing dans la figure. Et dans un élan jubilatoire, elle se promit de faire mieux que Martin. Elle irait jusqu'à lui briser le nez, si nécessaire.

« Je t'en prie, gémit-il en rentrant les épaules. Robin...

— Si tu comptes vraiment me retenir ici, il va falloir que tu me frappes. Mais je t'avertis, je te traînerai en justice. Et ça risque de faire jaser tes collègues de bureau. Tu ne crois pas ? »

Elle soutint son regard quelques secondes encore, puis s'avança vers lui, les poings serrés, prête à se défendre. Il s'écarta.

« Robin, fit-il d'une voix rauque. Attends. Je t'en prie, attends, tu disais qu'on avait des détails pratiques à régler…

— Nos avocats s'en chargeront. » Elle saisit la poignée et ouvrit la porte.

L'air de la nuit l'effleura comme une bénédiction.

Une femme corpulente était assise derrière le volant d'une Vauxhall Corsa. Voyant que Robin était chargée, elle descendit et vint l'aider à ranger ses bagages dans le coffre. Matthew les regardait faire depuis le perron. Robin s'apprêtait à grimper sur la banquette arrière quand il hurla son prénom. Les larmes qu'elle retenait se mirent enfin à couler mais, au lieu de tourner la tête vers lui, elle claqua violemment la portière.

« S'il vous plaît, démarrez, vite », dit-elle, la gorge serrée. Matthew qui entre-temps avait descendu les marches était collé derrière sa vitre.

« Je t'aime encore ! », criait-il.

La voiture se mit à rouler sur les pavés d'Albury Street, passant devant les façades ornées des jolies maisons d'armateur qui peuplaient ce quartier où elle ne s'était jamais sentie à sa place. Soudain, elle se dit que si jamais elle se retournait, elle verrait Matthew planté au milieu de la chaussée, le regard braqué sur le taxi qui s'éloignait. Ses yeux croisèrent ceux de la conductrice dans le rétroviseur.

« Désolée », dit-elle par réflexe. Puis, se demandant pourquoi elle s'excusait, elle ajouta : « Je viens… je viens de quitter mon mari.

— Ah ouais ? fit la femme en mettant le clignotant. Moi, j'en ai quitté deux. Ça devient plus facile avec l'habitude. »

Robin voulut rire mais ne produisit qu'un hoquet mouillé. Et quand le taxi passa devant le cygne sculpté sur le fronton du pub, au détour de la rue, elle se mit à sangloter pour de bon.

« Allons, dit gentiment la conductrice en lui tendant un paquet de mouchoirs.

— Merci. » Robin en sortit un et l'appliqua sur ses yeux rougis jusqu'à ce que le papier ne soit plus qu'une boule de cellulose trempée, maculée de traces noires, les restes du mascara de Bobbi Cunliffe. Robin baissa la tête pour éviter le regard de sympathie que lui adressait la femme dans le rétro, et vit sur ses genoux le paquet de mouchoirs entamé et la marque inscrite sur l'emballage

en plastique. Une marque américaine qu'elle ne connaissait pas :
« Dr Blanc. »

Et comme s'il avait suffi d'un simple petit coup de pouce
pour débloquer le souvenir qui se refusait à elle depuis des jours,
elle réalisa brusquement où elle avait lu « Blanc de Blancs ».
L'expression n'avait rien à voir avec l'affaire Chiswell, elle la ren-
voyait vers tout autre chose : son mariage raté, l'allée de lavande,
le jardin japonais, l'hôtel où elle avait dit « je t'aime » pour la dernière fois et où, pour la première fois, elle s'était aperçue qu'elle
ne le pensait pas.

56

*Je ne peux pas – je ne veux pas traverser la vie avec
un cadavre sur le dos.*

Henrik Ibsen, *Rosmersholm*

LE LENDEMAIN APRÈS-MIDI, STRIKE allait atteindre Henlys
Corner via North Circular Road, quand il se retrouva
coincé dans un bouchon. Ce carrefour avait, paraît-il, fait
l'objet de travaux d'amélioration en début d'année mais, visiblement, cela n'avait pas servi à grand-chose. Strike rejoignit la file
des véhicules à l'arrêt, baissa sa vitre, alluma une cigarette et jeta
un coup d'œil agacé sur la pendule du tableau de bord en remâ-
chant sa colère et sa frustration. Une situation familière pour les
automobilistes londoniens. Il avait hésité à prendre le métro au
lieu de sa BMW, mais il aurait dû parcourir deux bons kilomètres
à pied entre la station et l'hôpital psychiatrique et sa jambe lui
faisait toujours mal. À présent, il craignait d'arriver en retard à
son rendez-vous, voire de le rater, ce qui était hors de question.
Primo, il ne voulait pas se mettre à dos l'équipe médicale qui avait
consenti à le recevoir ; secundo, il ignorait s'il aurait une autre
occasion de parler à Billy Knight sans risquer de tomber sur son
frère aîné. Le matin même, Barclay lui avait certifié que Jimmy
passerait la journée à écrire un article polémique sur l'influence
des Rothschild pour le site web du Vrai Parti socialiste et à tester
la qualité du shit qu'il lui avait fourni.

N'ayant rien d'autre à faire que râler en pianotant sur son volant,
Strike repensa à l'incident de la veille au soir, quand il discutait
au téléphone avec Robin et qu'ils avaient été coupés. Matthew

lui avait-il arraché l'appareil ? se demandait-il depuis lors. Une impression qui s'était trouvée confortée par l'explication peu convaincante de Robin, après coup.

Plus tard, pendant qu'il faisait réchauffer des haricots blancs à la sauce tomate sur sa plaque de cuisson – il évitait la viande le soir pour tenter de maigrir –, Strike avait songé à la rappeler. Puis il s'était installé devant la télé pour manger son repas végétarien en regardant les meilleurs moments de la cérémonie de clôture des Jeux olympiques. Mais il n'arrivait pas à se concentrer sur les images. C'est à peine s'il vit les Spice Girls traverser le stade, perchées sur des taxis londoniens. *Un couple est une entité inconnaissable, même pour les deux personnes qui le constituent,* lui avait dit Della Winn. Matthew et Robin étaient-ils en train de se réconcilier sur l'oreiller ? Arracher un téléphone était-il plus grave qu'en effacer l'historique ? Robin ne l'avait pas quitté quand il avait fait cela. Où se situait la ligne rouge ?

Par ailleurs, se disait-il, Matthew était trop obsédé par sa réputation et ses perspectives de carrière pour se comporter comme une brute. La nuit précédente, juste avant de dormir, Strike s'était souvenu que Robin était sortie victorieuse de sa confrontation avec l'Éventreur de Shacklewell. Une comparaison plutôt sinistre mais qui, bizarrement, l'avait réconforté.

Il savait pertinemment que la vie privée de sa jeune associée aurait dû être le cadet de ses soucis. Il avait des problèmes plus importants à résoudre. Par exemple, il n'avait encore rien fourni de concret à sa principale cliente qui pourtant lui versait des honoraires assez conséquents pour couvrir le salaire de trois enquêteurs à plein temps. Mais il avait beau faire, c'était Robin et Matthew qui monopolisaient toutes ses pensées. La circulation reprit. Strike poursuivit ses cogitations, jusqu'à ce qu'il aperçoive le panneau indiquant la clinique psychiatrique et décide de se concentrer sur l'entretien qu'il allait mener.

Avec ses fines tours gothiques et ses fenêtres byzantines munies de barreaux en fer forgé, l'hôpital devant lequel Strike se gara vingt minutes plus tard n'avait rien de commun avec le bloc de béton et de verre où son neveu Jack avait séjourné quelques semaines auparavant. Aux yeux de Strike, cette architecture pour le moins étrange tenait à la fois de la prison médiévale et du château en pain d'épice. Sur la voûte en briques sales surmontant la grosse porte d'entrée, un tailleur de pierres victorien avait sculpté le mot « Sanatorium ».

Comme il avait cinq minutes de retard, Strike descendit de voiture sans prendre le temps de troquer ses baskets contre des chaussures plus élégantes. Puis il verrouilla les portières et gravit en boitant les marches croulantes du perron.

Il faisait froid dans le hall d'accueil dominé par des fenêtres à vitraux sous un haut plafond blanc cassé. L'odeur de désinfectant prenait à la gorge mais n'arrivait pas à occulter l'impression de délabrement qui se dégageait de l'ensemble. Strike repéra le numéro de salle qu'on lui avait indiqué au téléphone et s'engagea dans un couloir sur la gauche.

Le soleil qui filtrait entre les barreaux traçait des raies sur les murs blancs où des cadres étaient suspendus de guingois. Visiblement, certaines œuvres avaient été réalisées par d'anciens pensionnaires. Strike passait devant une rangée de collages en feutrine, fil de coton et papier doré représentant des scènes de basse-cour, quand une adolescente malingre escortée par une infirmière sortit d'un local marqué « TOILETTES ». Aucune des deux ne lui prêta attention. Les yeux ternes de la fille semblaient tournés vers la bataille qui faisait rage en elle.

Au bout du corridor, Strike fut un peu surpris de tomber immédiatement sur les doubles portes de la salle qu'il cherchait. Il s'était imaginé un escalier tortueux menant à un donjon, une cellule cachée dans l'une des tours gothiques pointées vers le ciel. La réalité était plus prosaïque. Il appuya sur un gros bouton vert fixé dans le mur, une petite lucarne coulissa, un infirmier roux jeta un œil au travers et se retourna pour parler à quelqu'un. La porte s'ouvrit. Strike entra.

Il vit quatre lits et un espace salon où deux patients – un vieil homme édenté et un garçon pâle portant un épais bandage autour du cou – en tenue de ville étaient assis de part et d'autre d'un échiquier. Près de la porte d'entrée, plusieurs personnes – un aide-soignant, deux infirmières et deux médecins, un homme et une femme – étaient rassemblées autour d'un ordinateur. En le voyant apparaître, ils se tournèrent tous en même temps et le dévisagèrent. L'une des infirmières donna un coup de coude à sa collègue.

« Monsieur Strike, dit le médecin, un petit homme doté d'un accent mancunien assez prononcé. Comment allez-vous ? Colin Hepworth. Nous avons parlé au téléphone. Je vous présente ma consœur, Kamila Muhammad. »

Strike serra la main de la femme à la peau brune, vêtue d'un tailleur-pantalon bleu marine, comme une policière.

« Nous assisterons à l'entretien, l'informa-t-elle. Billy a dû aller aux toilettes. Il est très excité à l'idée de vous revoir. Nous pourrions utiliser l'une de nos salles de réunion. C'est par ici. »

Elle lui fit contourner le poste de travail où les autres soignants continuaient à le dévisager, et l'introduisit dans une petite pièce aux murs rose pâle, munie d'un bureau et de quatre chaises, tous vissés au sol.

« Ce sera parfait », dit Strike. L'endroit ressemblait aux dizaines de salles d'interrogatoire qu'il avait connues quand il était dans la police militaire. À l'époque aussi, d'autres personnes assistaient aux entretiens, des avocats la plupart du temps.

« Deux mots avant de commencer, dit le Dr Muhammad en refermant la porte derrière Strike et son confrère, pour que les autres n'entendent pas leur conversation. Que savez-vous de l'état de santé de Billy ?

— Son frère m'a dit qu'il souffrait de troubles schizo-affectifs.

— C'est exact. Il a cessé de prendre son traitement et ça s'est terminé par un épisode psychotique extrêmement grave qui, d'après ce que j'ai compris, a coïncidé avec sa visite dans votre agence.

— Ouais, il m'a paru assez perturbé ce jour-là. J'ai aussi eu l'impression qu'il était à la rue.

— C'est probable. D'après son frère, il avait disparu depuis une semaine. Billy n'est plus en crise aujourd'hui mais il demeure très renfermé, si bien qu'on peut difficilement mesurer son degré d'adéquation avec la réalité. L'état mental d'un patient présentant des symptômes paranoïdes et délirants est toujours sujet à conjectures.

— J'espère que vous pourrez nous aider à faire le tri dans ce qu'il raconte, intervint le Mancunien. Il parle de vous sans arrêt depuis qu'il est ici. Il est très impatient de vous voir. En revanche, il se méfie de nous. Il a peur d'en dire trop, comme s'il redoutait les… les conséquences. Mais encore une fois, on ignore si cela fait partie de sa maladie ou… eh bien, s'il a de bonnes raisons d'avoir peur. Parce que… »

Il hésita comme s'il cherchait ses mots. Strike lui vint en aide :

« Son frère peut avoir des côtés effrayants parfois. » Le psychiatre parut soulagé de s'être fait comprendre sans avoir dû enfreindre les règles de confidentialité.

« Vous connaissez son frère, alors ?

— Je l'ai rencontré. Il vient souvent en visite ?

— Il est venu deux fois mais, après cela, Billy était encore plus nerveux, plus déprimé. S'il commence à manifester de l'agitation pendant votre entretien…

— Compris.

— Ça fait drôle de vous voir ici, dit Colin avec un petit sourire. Nous pensions que sa fixation sur vous était liée à sa psychose. Dans ce genre de maladie, il n'est pas rare de constater une obsession envers les célébrités… Pour tout vous dire, avoua-t-il, il y a seulement deux jours, Kamila et moi estimions que cela rendait sa sortie inenvisageable. Heureusement que vous avez appelé.

— Ouais, dit Strike, heureusement. »

L'infirmier roux cogna à la porte et passa la tête.

« Billy veut bien parler à monsieur Strike.

— Formidable, répondit la psychiatre. Eddie, pourriez-vous aller nous chercher du thé ? Ça vous va ? », demanda-t-elle à Strike en se retournant. Il acquiesça d'un signe de tête. Elle ouvrit la porte en grand. « Entrez, Billy. »

Billy Knight était là, en chair et en os, vêtu d'un sweat-shirt et d'un pantalon de jogging gris, les pieds glissés dans des pantoufles d'hôpital. Ses yeux étaient aussi cernés que la dernière fois. Il s'était rasé la tête et portait un pansement à l'index et au pouce de la main gauche. Malgré le survêtement, fourni par Jimmy sans doute, on voyait qu'il était encore maigre. Ses ongles étaient rongés jusqu'au sang, il avait une inflammation au coin de la bouche mais, en revanche, il ne sentait plus mauvais. Les yeux braqués sur Strike, il pénétra dans la salle en traînant les pieds, lui tendit une main osseuse et se tourna vers les médecins.

« Vous allez rester ?

— Oui, répondit Colin, mais n'ayez pas d'inquiétude. Nous

n'interviendrons pas. Et vous pourrez dire tout ce que vous voulez à Mr. Strike. »

Kamila posa deux chaises contre le mur pour Colin et elle, et laissa Strike et Billy prendre place de chaque côté du bureau. Strike aurait préféré un dispositif moins formel, mais son expérience à la Brigade spéciale d'investigation lui avait enseigné qu'une séparation nette entre interrogateur et interrogé pouvait avoir son utilité. La règle était sans doute également valable dans un service psychiatrique.

« Je vous cherche depuis le jour où vous êtes passé à l'agence, démarra Strike. Je me faisais du souci.

— Ouais. Désolé.

— Vous vous souvenez de ce que vous m'avez dit ce jour-là ? »

D'un air absent, Billy toucha son nez puis son sternum. Mais ce geste n'était qu'un lointain rappel du tic nerveux qui l'avait agité dans le bureau de Denmark Street. On aurait dit qu'il le faisait pour se remémorer la scène.

« Oui, dit-il avec un petit sourire triste. Je vous ai parlé de la gamine, là-haut, près du cheval. Celle que j'ai vue se faire étrangler.

— Vous pensez toujours avoir assisté au meurtre d'une enfant ? », demanda Strike.

Billy porta un doigt à sa bouche, se mordit l'ongle et hocha la tête.

« Ouais, dit-il en baissant la main. J'ai tout vu. Jimmy dit que j'ai rêvé parce que je suis… vous savez. Malade. Vous connaissez Jimmy, hein ? Vous êtes allé le voir au White Horse, pas vrai ? » Strike hocha la tête. « Il était sacrément en pétard. Le White Horse, s'esclaffa-t-il. C'est marrant, ça ! Vachement marrant. J'avais pas fait la relation.

— Vous disiez que cette enfant avait été tuée "là-haut près du cheval". De quel cheval parliez-vous ?

— Du cheval blanc d'Uffington. La grande silhouette en calcaire, sur la colline, près de la ferme où j'ai grandi. Ça ressemble pas trop à un cheval. Plutôt à un dragon. Et, en plus, c'est sur Dragon Hill. J'ai jamais compris pourquoi tout le monde raconte que c'est un cheval.

— Pouvez-vous me dire précisément ce que vous avez vu là-haut ? »

535

Strike eut l'impression qu'à l'instar de la jeune fille malingre croisée dans le couloir, Billy projetait son regard à l'intérieur de lui-même. Comme si le monde alentour avait provisoirement cessé d'exister. Finalement, il murmura :

« J'étais un petit gosse, vraiment petit. Je pense qu'ils m'ont fait prendre un truc. J'avais mal au cœur, c'était comme dans un rêve, mes membres étaient lourds. Ils voulaient que je répète des mots, des phrases, et comme j'arrivais pas à articuler ils se sont mis à rigoler. On a grimpé et je suis tombé dans l'herbe. Il y en a un qui m'a porté. J'avais envie de dormir.

— Vous pensez qu'ils vous ont drogué ?

— Ouais. Du hash, probablement. Jimmy en avait toujours sur lui. Je crois que Jimmy m'a emmené sur la colline avec eux pour que mon père ne sache pas ce qu'ils avaient fait.

— Qui ça "ils" ?

— J'en sais rien, répondit simplement Billy. Les adultes. Jimmy a dix ans de plus que moi. Quand il sortait boire avec ses copains, papa lui disait toujours de me surveiller. Ils sont entrés chez nous en pleine nuit et je me suis réveillé. L'un d'eux m'a fait manger un yogourt. Il y avait un autre enfant. Une petite fille. Et après, on est tous montés en voiture… je voulais pas. Je me sentais mal. Je pleurais mais Jimmy m'a filé une raclée.

« Alors, on a grimpé jusqu'au cheval, dans le noir. La petite fille et moi, on était très jeunes. Elle hurlait », ajouta Billy. La peau de son visage parut se tendre encore davantage sur ses pommettes saillantes. « Elle appelait sa maman et *lui*, il disait : "Ta mère ne t'entend pas, elle est partie."

— Qui disait ça ? demanda Strike.

— Lui, murmura Billy. Celui qui l'a étranglée. »

La porte s'ouvrit. Une infirmière entra avec le thé.

« Et voilà pour vous ! », lança-t-elle joyeusement, les yeux rivés sur Strike. Le psychiatre mancunien lui jeta un regard ennuyé ; elle s'éclipsa.

« Personne ne m'a jamais cru », reprit Billy. Strike perçut son appel à l'aide implicite. « J'ai essayé de me rappeler plus de choses, j'aurais bien aimé. Si je dois penser à ça constamment, je préférerais me souvenir de tout.

« Il l'a étranglée pour qu'elle se taise. Je ne crois pas qu'il avait

536

l'intention de le faire au départ. Ils ont tous paniqué. Quelqu'un a crié : "Tu as tué la gamine !", ou le gamin, ajouta doucement Billy. Parce que, après ça, Jimmy a dit que c'était un garçon. Aujourd'hui, il veut plus rien admettre, il dit que j'invente. "Pourquoi je dirais que c'était un garçon alors que ça n'a jamais eu lieu, t'es complètement cinglé." Moi, je sais que c'était une fille, s'obstina Billy. Je vois pas pourquoi il disait le contraire. Elle avait un nom de fille. Je me rappelle plus lequel, mais c'était une fille.

« Je l'ai vue tomber. Morte. Toute molle, sur le sol. Il faisait sombre. Et après, ils ont paniqué.

« Je me souviens pas d'avoir redescendu la colline, je me souviens de rien après ça, sauf quand ils l'ont enterrée au fond du ravin, près de chez mon père.

— C'était la même nuit ? demanda Strike.

— Je crois, je crois oui, fit Billy nerveusement. J'ai regardé par la fenêtre de ma chambre et il faisait encore nuit. Je les ai vus porter le corps dans le ravin, mon père et lui.

— Qui ça "lui" ?

— Celui qui l'a tuée. Je crois bien que c'était lui. Un type costaud. Avec des cheveux presque blancs. Ils ont posé le corps dans la terre, enveloppé dans une couverture rose.

— Avez-vous interrogé votre père sur ce que vous aviez vu ?

— Non. Pourquoi j'aurais interrogé mon père ? Il faisait ça pour la famille.

— Pour quelle famille ? »

Billy prit un air perplexe.

« Votre famille ? insista Strike.

— Ben non. La famille qui l'employait. Les Chiswell. »

Strike devina que Billy n'avait jamais prononcé le nom du ministre défunt devant les deux psychiatres, car il vit leurs stylos frémir à cette mention.

« Quel rapport entre les Chiswell et la mise en terre ? »

Billy nageait en pleine confusion. Il ouvrit la bouche, la referma, contempla d'un air inquiet les murs rose pâle, et se remit à mordiller l'ongle de son index.

« Je sais pas pourquoi j'ai dit ça », lâcha-t-il au bout du compte.

Ce n'était ni un mensonge ni un revirement. Billy avait simplement parlé sans réfléchir et maintenant, il avait perdu le fil.

« Avez-vous vu ou entendu quelque chose qui vous aurait amené à penser qu'il enterrait l'enfant pour le compte des Chiswell ?

— Non, articula Billy, le front toujours plissé. Je crois... j'ai pensé à l'époque... quand j'ai dit ça... qu'il rendait service à... j'ai dû l'entendre dire, après... »

Il s'ébroua.

« Faites pas gaffe, je sais pas pourquoi j'ai dit ça. »

Les personnes, les lieux et les objets, songea Strike en sortant son carnet.

« À part Jimmy et la petite fille morte, parlez-moi des gens qui sont montés sur la colline, cette nuit-là ? Ils étaient combien, selon vous ? »

Billy réfléchit intensément.

— J'en sais rien. Peut-être... peut-être huit, ou dix.

— Rien que des hommes ?

— Non. Il y avait des femmes aussi. »

Par-dessus l'épaule de Billy, Strike vit la psychiatre lever les sourcils.

« Voyez-vous autre chose à me dire concernant ce groupe de personnes ? Je sais, petit, ajouta Strike en anticipant l'objection de Billy, et désorienté à cause de ce qu'on vous avait fait avaler. Mais peut-être qu'un détail vous a frappé ? Une chose qu'ils auraient faite, un vêtement, une couleur de peau, de cheveux ? N'importe quoi ? »

Il y eut une longue pause. Après quoi, Billy ferma les yeux un bref instant et fit non de la tête, comme s'il contestait une chose que lui seul pouvait entendre.

« Elle avait la peau sombre. La petite fille. Comme... »

Il se tourna légèrement et désigna la psychiatre derrière lui.

« Elle venait du Moyen-Orient ? suggéra Strike.

— Possible, dit Billy. Ouais. Ses cheveux étaient noirs.

— Qui vous a porté au sommet de la colline ?

— Jimmy et un autre, chacun son tour.

— Personne n'a dit ce qu'ils comptaient faire là-haut dans le noir ?

— Je pense qu'ils voulaient atteindre l'œil.

— L'œil du cheval ?

— Ouais.

— Pourquoi ?

— J'en sais rien, dit Billy en frottant son crâne rasé avec ses deux mains. On raconte des histoires sur l'œil, vous savez. Il l'a étranglée dans l'œil, ça oui, je m'en souviens. Elle s'est pissée dessus quand elle est morte. J'ai vu son pipi éclabousser la pierre blanche.

— Et l'homme qui l'a tuée, que savez-vous de lui ? »

Le visage de Billy se crispa brusquement. Il se recroquevilla, secoué par une crise de sanglots. Le psychiatre fit le geste de se lever mais Billy le sentit et se ressaisit très vite.

« Ça va, ça va, dit-il. Je veux lui parler. Il faut que je sache si c'est vraiment arrivé. Toute ma vie. Je ne peux plus le supporter, il faut que je sache. Laissez-le m'interroger, il a besoin de moi. Laissez-le parler, ça ira. »

Le psychiatre se rassit lentement.

« N'oubliez pas votre thé, Billy.

— Ouais, dit Billy en clignant les paupières pour évacuer les larmes et en s'essuyant le nez d'un revers de manche. Je vais boire. »

Il attrapa le mug entre sa main bandée et sa main valide et prit une gorgée.

« D'accord pour continuer ? lui demanda Strike.

— Ouais, dit doucement Billy. Allez-y.

— Avez-vous déjà entendu parler d'une petite fille nommée Suki Lewis ? »

Strike qui s'attendait à une réponse négative avait déjà tourné la page pour passer à la rubrique « Lieux ».

« Ouais, dit Billy.

— Comment ?

— Les frères Butcher la connaissaient. Des potes à Jimmy dans le temps. Ça leur arrivait de bosser sur le domaine Chiswell avec papa. Ils faisaient du jardinage, ils s'occupaient des chevaux.

— Donc, ils connaissaient Suki Lewis ?

— Ouais. Elle a fugué, non ? Les Butcher étaient tout excités quand ils ont vu sa photo aux informations régionales. Sa mère avait un grain. Ouais, Suki vivait dans un foyer. Elle a fugué pour aller à Aberdeen.

— À Aberdeen ?

— Ouais. C'est ce qu'ont dit les Butcher.

— Suki n'avait que douze ans.

— Elle avait de la famille là-bas. Ils l'ont accueillie.

— Vous êtes sûr ? »

Aberdeen était en Écosse, autrement dit au bout du monde pour les jeunes Butcher qui n'avaient sans doute jamais quitté l'Oxfordshire. Strike se demandait si l'éloignement, en rendant cette histoire invérifiable, ne lui avait pas conféré une aura de crédibilité.

« Nous parlons bien des frères de Tegan, n'est-ce pas ? voulut vérifier Strike.

— Vous voyez comme il est fort ? dit naïvement Billy en se retournant vers le psychiatre. Il sait plein de choses. Ouais, poursuivit-il à l'intention de Strike. Tegan, c'est leur petite sœur. Ils étaient comme nous, ils bossaient pour les Chiswell. Autrefois, il y avait beaucoup à faire sur la propriété. Depuis qu'ils ont vendu des terres, ils n'emploient plus grand monde. »

Il reprit une gorgée de thé en tenant toujours son mug à deux mains.

« Billy, dit Strike, vous rappelez-vous où vous avez habité juste après être venu me voir à mon bureau ? »

Le tic réapparut brusquement. La main droite de Billy s'éloigna du mug pour s'envoler vers son nez avant de descendre vers sa poitrine, et ainsi de suite, de plus en plus vite.

« J'étais... Jimmy ne veut pas que je parle de ça, bredouilla-t-il en posant son thé d'un geste maladroit. Il me l'a interdit.

— Allons, Billy, intervint le psychiatre. Ne vous inquiétez pas de ce que pense votre frère. Il est plus important de répondre aux questions de Mr. Strike. Vous savez, vous n'êtes pas obligé de voir Jimmy si vous n'en avez pas envie. Nous pouvons lui demander de ne plus passer pendant quelque temps.

— Jimmy est-il venu vous voir là où vous habitiez ? », renchérit Strike.

Billy se mordit la lèvre.

« Ouais, avoua-t-il enfin, et il a dit que je devais rester, que sinon j'allais encore tout faire foirer. Je croyais qu'ils avaient piégé la porte, ajouta-t-il avec un rire nerveux. J'avais peur qu'elle explose si j'essayais de sortir. C'était faux, hein ? dit-il en cherchant confirmation sur le visage de Strike. Des fois, quand je vais mal, je m'imagine des trucs.

— Comment êtes-vous sorti de ce lieu où vous étiez enfermé ?

— J'ai compris qu'ils avaient retiré les explosifs. Le type m'a dit de me casser et c'est ce que j'ai fait.

— De quel type parlez-vous ?

— Du type qui me surveillait quand j'étais là-bas.

— Que faisiez-vous pendant votre captivité ? demanda Strike. À quoi passiez-vous le temps ? »

Billy secoua la tête en signe d'ignorance.

« Auriez-vous, par exemple, gravé quelque chose sur du bois ? »

Le jeune homme lui jeta un regard où l'admiration se mêlait à la peur. Puis il se mit à rire.

« Mais vous savez tout, dit-il avant de lui montrer sa main bandée. Le couteau a dérapé. Je me suis pas raté. »

Le psychiatre crut bon de préciser :

« Billy avait contracté le tétanos. La plaie s'était infectée.

— Avez-vous gravé quelque chose sur cette porte, Billy ?

— Euh… Je l'ai vraiment fait ? J'ai vraiment sculpté le cheval blanc sur la porte ? Je dis ça parce qu'après, je ne savais plus si je l'avais fait ou pas.

— Oui, vous l'avez fait, répondit Strike. J'ai vu la porte. C'était beau.

— Ouais. Je me débrouillais pas mal… dans le temps. Quand je sculptais des chevaux pour mon père.

— Vous les sculptiez sur quel genre de supports ?

— Des pendentifs, répondit Billy de manière surprenante. Des petits disques de bois avec un trou pour passer une lanière en cuir. On les vendait aux touristes dans une boutique à Wantage.

— Billy, dit Strike, vous rappelez-vous comment vous êtes entré dans cette salle de bains ? Vous étiez en visite ou quelqu'un vous a emmené de force ? »

Billy promena son regard sur les murs roses. Une ride marquait son front entre les deux yeux.

« Je cherchais un homme, un certain Winner… non…

— Winn ? Geraint Winn ?

— Ouais, c'est ça, dit Billy, stupéfait. Décidément, vous savez tout. Comment vous faites ?

— C'est parce que je vous ai cherché, Billy. Pourquoi vouliez-vous rencontrer Winn ?

— J'avais entendu Jimmy parler de lui, dit Billy en s'en prenant de nouveau à son ongle. Il disait que Winn pourrait nous renseigner sur l'enfant qui a été étranglée.

— Winn voulait vous aider à découvrir la vérité sur la mort de cette enfant ?

— Ouais, dit Billy nerveusement. Après que je vous ai vu dans votre bureau, j'ai cru que vous étiez contre moi, que vous vouliez me faire enfermer, me piéger. Je suis comme ça quand je vais mal. Donc, je suis parti voir Winner... Winn. Jimmy avait noté son numéro et son adresse. J'ai été chez lui et c'est là qu'on m'a attrapé.

— Qui vous a attrapé ?

— Un type... genre basané, marmonna Billy en jetant un regard coulissant vers la psychiatre derrière lui. J'avais peur, je pensais que c'était un terroriste, qu'il allait m'assassiner, et quand il m'a dit qu'il travaillait pour le gouvernement, j'ai cru que le gouvernement avait décidé de m'enfermer dans cette maison et qu'il avait piégé les portes et les fenêtres... Mais en fin de compte, je crois que c'était faux... je me faisais des idées. Lui, il voulait pas que je reste dans sa salle de bains, ajouta-t-il avec un sourire triste. Il voulait que je dégage. Mais moi, je voulais rester, vu que j'avais peur que tout explose. »

Sa main droite passa de son nez à sa poitrine.

« Je crois que j'ai essayé de vous appeler mais vous n'avez pas répondu.

— Vous m'avez bien appelé. Vous avez même laissé un message sur mon répondeur.

— Ah bon ? Ouais... je pensais que vous m'aideriez à sortir de là... désolé, dit Billy en se frottant les yeux. Quand je suis comme ça, je sais pas ce que je fais.

— Mais vous êtes sûr d'avoir vu une enfant se faire étrangler, n'est-ce pas, Billy ? murmura Strike.

— Ça ouais, dit Billy d'une voix triste en relevant la tête. Ça, j'en suis sûr. Je sais ce que j'ai vu.

— Avez-vous déjà essayé de creuser à l'endroit où vous pensez... ?

— Mon Dieu non ! Creuser devant la maison de mon père ? Non. J'avais trop peur, gémit-il. Je ne voulais pas revoir ça. Après qu'ils l'ont enterrée, ils ont laissé pousser les mauvaises herbes, les ronces, les orties. Je faisais des rêves, vous n'imaginez même pas. Je la voyais sortir de sa tombe au fond du ravin, toute pourrie, je courais vers ma maison, je grimpais par la fenêtre pour me réfugier dans ma chambre. »

Les stylos des deux psychiatres s'agitèrent sur leurs calepins.

Strike passa à la rubrique « Objets », laquelle ne contenait que deux questions.

« Avez-vous planté une croix à l'endroit où vous dites que le cadavre a été enterré ?

— Non, souffla Billy que cette simple idée semblait terrifier. Je faisais un détour chaque fois que je devais passer par là.

— Dernière chose. Votre père a-t-il fait quelque chose d'inhabituel pour la famille Chiswell ? Je sais qu'il était leur homme à tout faire, mais pensez-vous qu'il aurait pu les aider à autre chose que... »

— Comme quoi ? »

Billy avait changé de ton. On le sentait très tendu, tout à coup.

« Je n'en sais rien, dit prudemment Strike en observant sa réaction. Je me demandais juste...

— Jimmy disait que vous poseriez cette question ! Que vous cherchez à nous mettre des trucs sur le dos, à cause de papa. Nous, on a rien à voir avec ça, on était des gosses !

— Je ne veux rien vous mettre sur le dos », répondit Strike. Il y eut un bruit de chaises : Billy et les deux psychiatres venaient de se lever. Le Dr Muhammad était déjà près de la porte, la main sur un bouton que Strike n'avait pas encore remarqué mais qui devait déclencher une alarme.

« C'est pour ça que vous êtes venu ? Pour nous causer des ennuis à Jimmy et à moi ?

— Non, dit Strike en se levant à son tour. Je suis venu parce que je crois que vous avez effectivement vu une enfant se faire étrangler, Billy. »

Agité, méfiant, Billy porta sa main gauche, celle qui n'était pas bandée, de son nez à sa poitrine puis recommença une deuxième fois.

« Alors pourquoi vous posez des questions sur papa ? Ça n'a rien à voir avec la mort de cette gosse ! Jimmy va me taper, pleurnicha-t-il. Il dit que vous en avez après lui à cause de ce que papa a fait.

— Personne ne va taper personne, intervint le Dr Colin. Je crois que nous en avons terminé, dit-il sèchement à Strike avant de pousser la porte. Allez, Billy, on sort de là. »

Mais Billy ne bougeait pas. Sa peau, ses os avaient peut-être vieilli mais son visage trahissait encore la terreur et la désespérance du petit orphelin de mère dont l'équilibre mental avait été détruit par ceux-là mêmes qui auraient dû le protéger. Strike, dont la propre enfance avait été plus que difficile, se souvenait de tous les gosses qu'il avait côtoyés et qui, comme lui, avaient été rejetés, négligés, abandonnés à leur sort. Et dans les yeux implorants de Billy, il lut une ultime prière adressée au monde des adultes. Il les suppliait de faire leur devoir, de mettre de l'ordre dans le chaos, de remplacer la brutalité par la justice. Strike se sentait terriblement proche de ce jeune homme efflanqué au crâne rasé, enfermé dans un service psychiatrique. Comme lui, il éprouvait le besoin insatiable de faire surgir la vérité. Et si, contrairement à Billy, il était resté du bon côté de la raison, c'était peut-être uniquement parce que sa mère avait vécu assez longtemps et l'avait suffisamment aimé pour qu'il tienne le choc quand la vie s'était acharnée contre lui.

« Je vais découvrir ce qui est arrivé à cette enfant. Je vous le promets, Billy. »

Les deux psychiatres prirent un air surpris, voire réprobateur. Dans leur métier, Strike le savait, on ne garantissait jamais d'arriver à un résultat. Il glissa son calepin dans sa poche, fit le tour du bureau et tendit la main. Billy le regarda longuement, comme s'il pesait le pour et le contre. Soudain, ses traits se décrispèrent. Il s'avança vers le détective, prit sa main et la garda serrée dans la sienne. Il avait des larmes plein les yeux.

Puis il lui dit à mi-voix, pour que les autres n'entendent pas :

« Je ne voulais pas mettre le cheval dessus, monsieur Strike. Je ne voulais pas. »

57

As-tu le courage et la volonté – de le faire, Rebekka ?

Henrik Ibsen, Rosmersholm

V ANESSA HABITAIT UN DEUX PIÈCES au rez-de-chaussée d'une villa, non loin du stade de Wembley. Ce matin-là, avant de partir au travail, elle avait donné à Robin une clé de son appartement et lui avait gentiment précisé qu'elle ne la dérangeait nullement et qu'elle pouvait rester chez elle le temps nécessaire, deux jours lui paraissant un délai un peu court pour trouver un logement à Londres.

Les deux femmes avaient passé la soirée précédente à boire et à discuter jusqu'à une heure tardive. Vanessa lui avait raconté en détail comment elle avait découvert que son ex-fiancé la trompait. Une histoire pleine de rebondissements que Robin ne connaissait pas, où il était question d'une fausse page Facebook créée par Vanessa elle-même pour appâter l'infidèle et sa maîtresse. Il lui avait fallu trois mois pour gagner leur confiance et recevoir de leur part des photos fortement suggestives. Choquée mais néanmoins admirative, Robin avait ri en regardant Vanessa mimer la scène finale, celle où l'ex découvrait les photos en question, glissées dans la carte de la Saint-Valentin qu'elle lui avait remise alors qu'ils dînaient dans leur restaurant favori.

« Tu es trop gentille, fillette, lui avait dit Vanessa en la regardant froidement au-dessus de son verre de pinot grigio. Moi, au mininum, j'aurais fait monter son diamant en pendentif au lieu de le lui rendre. »

Vanessa était partie. Assise sur le canapé où elle avait dormi, le duvet soigneusement plié près de l'accoudoir, Robin tapait sur son ordinateur. Elle avait passé des heures à consulter les annonces immobilières, sachant qu'avec son maigre salaire, elle pouvait à peine se payer une chambre partagée. Le souvenir des lits superposés dans l'appartement de Flick lui revenait constamment à l'esprit pendant qu'elle passait en revue les lieux correspondant à ses moyens, essentiellement des piaules sinistres comme des cellules de prison, où elle ne serait même pas seule. Certaines photos auraient pu illustrer l'un de ces articles qu'on trouvait parfois à la rubrique dans les faits divers, à propos de tel ou tel accumulateur compulsif retrouvé mort par ses voisins. Les éclats de rire de la veille lui semblaient bien lointains à présent. Elle avait beau absorber des litres de thé, le nœud qui lui serrait la gorge n'était pas près de se défaire.

Matthew avait tenté de la joindre à deux reprises. Elle n'avait pas répondu, il n'avait pas laissé de message. Bientôt, il faudrait qu'elle mette en branle la procédure de divorce, ce qui lui coûterait une somme qu'elle ne possédait pas. Mais, en tout premier lieu, elle devait se trouver un endroit pour vivre et continuer à travailler d'arrache-pied sur l'affaire Chiswell. Car si jamais elle donnait à Strike des raisons de penser qu'elle ne faisait pas le poids, elle compromettrait la seule chose ayant de la valeur pour elle actuellement.

Tu as lâché la fac. Maintenant tu lâches ton mari. Même ta psy, tu l'as laissée tomber. Ta vie n'est qu'une suite d'échecs.

Les photos de chambres s'effacèrent. Maintenant, elle voyait Matthew et Sarah couchés dans le grand lit d'acajou offert par son beau-père. Ses entrailles se liquéfièrent. Elle faillit perdre son sang-froid. Si elle s'était écoutée, elle aurait appelé Matthew pour l'agonir d'injures. Heureusement, elle se ressaisit à temps. Elle ne lui ferait pas le plaisir de se comporter comme la bonne à rien, l'idiote incapable de se maîtriser qu'il lui reprochait d'être.

De toute façon, elle avait des nouvelles pour Strike et elle était impatiente de les lui annoncer quand il rentrerait de son entretien avec Billy. À 11 heures du matin, Raphael Chiswell avait enfin répondu sur son portable et, après s'être montré un peu distant, il avait bien voulu la rencontrer à condition de choisir où. Une heure plus tard, Tegan Butcher l'avait appelée et, sans trop se faire prier, avait accepté le principe d'un rendez-vous. En fait, elle semblait déçue de n'avoir affaire qu'à l'associée de Strike plutôt qu'au grand détective lui-même.

Robin nota les références d'une chambre à Putney *(propriétaire sur place, végétarienne, amie des chats)* et, après avoir vérifié l'heure qu'il était, alla enfiler la seule robe qu'elle avait emportée dans ses bagages et qui pendait à présent, bien repassée, sur un cintre accroché à la porte de la cuisine. Il lui faudrait plus d'une heure pour aller de Wembley au restaurant sur Old Brompton Road où Raphael lui avait fixé rendez-vous. Et elle craignait d'avoir besoin de plus de temps que d'habitude pour se rendre présentable.

La femme qui la contemplait dans le miroir de la salle de bains avait le teint livide et les yeux gonflés par le manque de sommeil. Robin s'employait à dissimuler ses cernes, quand son portable sonna.

« Bonjour, Cormoran, dit-elle en passant l'appel sur haut-parleur. Vous avez vu Billy ? »

Il lui décrivit l'entretien pendant dix minutes, le temps qu'elle peaufine son maquillage, se brosse les cheveux et enfile ses chaussures.

« Vous savez, conclut Strike, je commence à me demander si on ne devrait pas creuser, comme Billy nous l'avait demandé au départ.

— Euh… Pardon ? Creuser, vous voulez dire… au sens propre ?

— On devra peut-être en arriver là », confirma Strike.

Pour la première fois de la journée, Robin oublia totalement ses problèmes. Son esprit venait d'être parasité par une image monstrueuse. Avant celui de Jasper Chiswell, elle n'avait vu de cadavre que dans le cadre aseptisé d'un hôpital ou d'un funérarium. Elle gardait en mémoire l'image de la tête enfermée dans le sac en plastique, de la bouche béante comme un trou noir. Mais ce n'était rien face à ce qu'elle redoutait de découvrir au fond de ce ravin : des vers, une couverture moisie, les restes décomposés d'une petite fille.

« Cormoran, si vous pensez vraiment qu'une enfant est enterrée près de cette ferme, vous devriez en parler à la police.

— Je le ferais si les psychiatres me certifiaient que Billy est fiable à 100 %. Mais ce n'est pas le cas. J'ai longuement parlé avec eux après l'entretien. Ils ne peuvent pas affirmer que cette enfant morte est le fruit de son imagination – c'est toujours la même histoire : comment prouver qu'un truc n'existe pas ? – mais ils n'y croient pas.

— Donc, ils pensent que Billy affabule ?

— Pas dans le sens habituel du terme. Ils parlent d'une illusion ou, au mieux, d'une interprétation erronée d'un événement auquel il aurait assisté étant petit. Ou qu'il aurait vu à la télé. Cela concorderait avec ses autres symptômes. Moi-même, je doute qu'il y ait quoi que ce soit au fond de ce ravin, mais ce serait bien de s'en assurer.

« Au fait, comment s'est passée votre journée ? Des nouvelles ?

— Comment ? marmonna Robin. Ah, oui. Je rencontre Raphael autour d'un verre à 7 heures ce soir.

— Excellent, dit Strike. Où cela ?

— Dans un lieu qui s'appelle Nam quelque chose… Nam Long Le Shaker ?

— À Chelsea ? J'y suis allé une fois. Ça fait un bout de temps. J'ai connu des soirées plus agréables.

— Et Tegan Butcher m'a rappelée. Je crois qu'elle fait partie de votre fan-club.

— Bon sang, comme si on n'avait pas déjà suffisamment de témoins mentalement perturbés dans cette affaire.

— Elle n'est pas mentalement perturbée, elle a juste mauvais goût, répliqua Robin en feignant la gaieté. Bref, elle vit à Woolstone avec sa mère et elle travaille dans un bar sur l'hippodrome de Newbury. Elle ne veut pas nous retrouver dans le village parce que sa mère n'apprécierait pas qu'on la voie avec nous. Donc elle nous demande de la rejoindre à Newbury.

— C'est à quelle distance de Woolstone ?

— Une trentaine de kilomètres.

— Très bien, dit Strike. Que pensez-vous d'aller interroger Tegan à Newbury avec la Land Rover et de pousser ensuite jusqu'au ravin, histoire d'y jeter un deuxième coup d'œil ?

— Euh… oui, d'accord », dit Robin en réfléchissant très vite. Elle allait devoir retourner à Albury Street chercher la Land Rover qu'elle avait laissée sur place sachant que dans le quartier de Vanessa le parking était payant pour les non-résidents. « Quand ça ?

— C'est à Tegan de nous le dire, mais le plus tôt serait le mieux. Cette semaine, par exemple.

— OK, dit Robin en songeant aux logements qu'elle comptait visiter durant les deux prochains jours.

— Tout va bien, Robin ?

— Oui, super.

— Appelez-moi après votre entretien avec Raphael, entendu ?

— Promis, dit Robin, impatiente de raccrocher. À plus tard. »

58

Et ne peut-il y avoir deux sortes de volonté chez un être humain !

Henrik Ibsen, Rosmersholm

DANS LE NAM LONG LE SHAKER régnait une ambiance vaguement décadente évoquant l'époque coloniale. Avec ses lumières tamisées, ses plantes vertes, ses peintures et gravures représentant de jolies femmes indochinoises, ce restaurant mélangeait résolument les styles, entre Europe et Vietnam. Robin pénétra dans l'établissement à 19 heures 30 et trouva Raphael accoudé au bar, vêtu d'un costume noir sans cravate et d'une chemise blanche. Il avait déjà bu la moitié de sa bière et discutait avec une charmante personne aux cheveux longs qui se tenait devant un mur de bouteilles étincelantes.

« Bonsoir, dit Robin.

— Salut, répondit-il avec un reste de froideur. Vos yeux ont changé. Ils étaient de cette couleur quand vous êtes passée à Chiswell House ?

— Bleus ? demanda Robin en retirant la veste qu'elle avait décidé de mettre car elle frissonnait malgré la tiédeur du soir. Oui.

— Je l'aurais sans doute remarqué si la moitié de ces foutues ampoules n'avait pas disparu. Qu'est-ce que vous prenez ? »

Robin hésita. Elle ne devait pas boire d'alcool avant de mener un entretien mais, curieusement, elle en avait très envie ce soir. Sans attendre qu'elle se décide, Raphael reprit avec une surprenante nervosité :

« Vous êtes encore sous couverture ?

— Pourquoi cette question ?

— Vous ne portez pas votre alliance.

— Vous aviez le regard aussi aiguisé au bureau ? », demanda Robin. Elle le vit sourire et se souvint pourquoi il lui avait plu, bien malgré elle.

« N'oubliez pas, j'avais remarqué que vos lunettes étaient fausses. À ce moment-là, je me suis dit que vous les portiez pour qu'on vous prenne au sérieux parce que vous étiez trop jolie pour travailler dans la politique. La preuve que mes yeux sont peut-être aiguisés, dit-il en montrant ses prunelles sombres avant de se tapoter le front, mais que là-haut ça l'est beaucoup moins.

— Je prendrais bien un verre de vin rouge, dit Robin en souriant. C'est moi qui régale, évidemment.

— Si la note est pour Mr. Strike, alors autant dîner, s'écria Raphael. Je meurs de faim et je suis fauché.

— Vraiment ? »

Ayant passé la journée à chercher un logement correspondant à ses petits moyens, elle n'était pas d'humeur à l'entendre encore une fois se plaindre d'être pauvre.

« Ouais, je vous assure. Mais je vois bien que vous ne me croyez pas », dit-il avec un sourire un peu aigre. Robin soupçonna qu'il avait lu dans ses pensées. « Sérieusement, on mange ou quoi ?

— D'accord, dit Robin qui n'avait quasiment rien avalé depuis le matin. Allons-y. »

Raphael prit sa bouteille de bière, puis ils traversèrent la salle et choisirent une table pour deux, collée contre un mur. Il était si tôt qu'il n'y avait pas d'autres clients.

« Ma mère venait dîner ici dans les années 80, dit Raphael. C'était un endroit très couru parce que le patron disait aux gens riches et célèbres d'aller se faire cuire un œuf s'ils n'étaient pas correctement vêtus. Et ils adoraient ça.

— Vraiment ? », fit distraitement Robin. Elle venait de réaliser que plus jamais elle ne dînerait en tête à tête avec Matthew. La dernière fois, c'était au Manoir aux Quat'Saisons. À quoi avait-il pensé ce soir-là, pendant qu'il mangeait en silence ? se demanda-t-elle. Certes, il devait ruminer sa colère puisqu'elle avait oublié d'emporter son alliance et sa bague de fiançailles. Mais peut-être avait-il également soupesé les qualités respectives de Sarah et de

Robin. La première avait pour elle un boulot prestigieux, grassement payé, un stock inépuisable d'anecdotes sur les gens riches, et en plus, elle devait assurer au lit. Aussitôt, Robin pensa à son lit et à l'oreiller où les clous en diamant offerts par Tom s'étaient certainement accrochés.

« Écoutez, si manger avec moi vous déplaît tant que cela, retournons au bar, dit Raphael.

— Pardon ? fit Robin en reprenant ses esprits. Oh… non, ce n'est pas à cause de vous. »

Un serveur apporta le verre de vin. Elle en prit une bonne gorgée.

« Désolée. Je pensais à mon mari. Je l'ai quitté hier soir. »

Surpris, Raphael s'immobilisa, le goulot de la bouteille posé sur ses lèvres. Robin comprit qu'elle venait de franchir une frontière invisible. Depuis qu'elle travaillait pour Strike, elle n'avait jamais utilisé sa vie privée pour amadouer un interlocuteur, le pousser à la confidence. En faisant de ses problèmes conjugaux un instrument de manipulation, elle était consciente qu'elle commettait un genre de sacrilège, du moins au regard de Matthew. Leur couple devait demeurer intact, aurait-il pensé, hermétiquement séparé du monde sordide dans lequel sa femme exerçait sa dégradante profession.

« Vous plaisantez ? s'étonna Raphael.

— Non. Mais vous n'êtes pas obligé de me croire, après tous les bobards que je vous ai servis quand j'étais Venetia. Enfin bref…, dit-elle en sortant un calepin de son sac à main. Vous êtes toujours d'accord pour répondre à mes questions ?

— Euh… ouais, fit-il, visiblement incapable de choisir entre la stupeur et l'amusement. C'est vrai ? Vous avez rompu avec votre mari hier soir ?

— Oui. Pourquoi ? Ça vous choque ?

— Je ne sais que vous dire. Vous faites tellement… bon chic bon genre. » Il étudia un instant le visage de Robin. « Ça fait partie de votre charme, d'ailleurs.

— Je peux commencer, maintenant ? » insista-t-elle, imperturbable.

Raphael prit une petite gorgée de bière et dit :

« Toujours service service. C'est à se demander ce qu'il faudrait faire pour vous dérider.

552

— Sérieusement…

— D'accord, d'accord, posez vos questions – mais passons commande d'abord. Vous aimez le dim sum ?

— J'adore », dit Robin en ouvrant son calepin.

Commander les plats le mit de bonne humeur, apparemment.

« Finissez votre verre, dit-il.

— Normalement, je ne devrais pas boire du tout. » De fait, elle n'avait quasiment pas touché à son vin depuis la première gorgée.

« OK. Bon, parlons d'Ebury Street, voulez-vous ?

— Allez-y.

— Vous avez entendu ce que Kinvara a dit au sujet des clés. Je me demandais si…

— … si j'en possédais une ? la coupa Raphael sans hausser le ton. Vous voulez savoir combien de fois je suis entré dans cette maison. »

Robin attendit.

« Une seule. Quand j'étais petit, je n'y allais jamais. À ma sortie de… vous savez quoi, mon père qui n'était pas venu me voir du tout m'a invité à le rejoindre à Chiswell House. Je me suis brossé les cheveux, j'ai mis un costume et je suis allé dans ce taudis où il n'a même pas daigné apparaître. Retenu par un vote tardif au Parlement ou une autre connerie du même acabit. Vous imaginez la tête de Kinvara, obligée de se coltiner ma personne toute la soirée, dans cette baraque lugubre qui me donne des cauchemars depuis que je suis gosse. Bienvenue à la maison, Raff.

« Je suis rentré à Londres par le premier train. La semaine d'après, pas la moindre nouvelle du paternel, jusqu'à ce qu'il me convoque à nouveau, cette fois à Ebury Street. J'ai eu envie de lui faire faux bond. Pourquoi aurais-je été le voir là-bas ?

— Je ne sais pas. À vous de me le dire. »

Il la regarda dans les yeux.

« On peut détester quelqu'un mais souhaiter qu'il vous accorde son attention et vous en vouloir à mort pour ça.

— Oui, murmura Robin, c'est tout à fait possible.

— Donc, j'ai trottiné jusqu'à Ebury Street, en espérant non pas une conversation à cœur ouvert, vous avez connu mon père, mais peut-être, soyons fou, un tout petit peu d'affection. Il a ouvert la porte et il a dit "Tiens, te voilà". Il m'a fait entrer dans le salon, j'ai vu Henry Drummond et j'ai compris que j'allais passer un entretien d'embauche. Drummond a accepté de me prendre, papa a hurlé que je n'avais pas intérêt à merder, et il m'a fichu dehors. C'était la première fois que j'allais chez lui, et la dernière. Donc, vous comprendrez aisément que cette maison ne représente pas grand-chose pour moi. »

Il s'interrompit, le temps de repasser dans sa tête ce qu'il venait de dire, puis il éclata d'un rire bref.

« Sauf que c'est là où mon père s'est donné la mort, bien sûr. J'allais oublier.

— Pas de clé, dit Robin en prenant note.

— Non, parmi les nombreuses choses que je n'ai pas obtenues ce jour-là, il y a une clé et une invitation à revenir quand ça me plairait.

— J'ai une question qui vous paraîtra sans doute un peu déplacée, dit prudemment Robin.

— Prometteur, dit Raphael en se penchant vers elle.

— Avez-vous jamais soupçonné votre père d'entretenir une liaison ?

— Quoi ? dit-il en surjouant la surprise. Non – mais – *quoi* ?

— Au cours de l'année qui vient de s'écouler. »

Raphael prit un air incrédule.

« OK, dit Robin. Si vous ne…

— Dites-moi ce qui vous fait supposer qu'il avait une liaison !

— Kinvara était très possessive, très attentive aux moindres faits et gestes de votre père, n'est-ce pas ?

— Ouais, ricana Raphael, mais vous savez pourquoi. C'était à cause de vous.

— Il semble qu'elle ait fait une crise de jalousie plusieurs mois avant que je ne mette les pieds à la Chambre des Communes. Elle a dit à quelqu'un que votre père la trompait. Elle était désemparée, plusieurs personnes peuvent en témoigner. Cet épisode remonte à l'époque où sa jument a été euthanasiée et où elle a…

— … donné un coup de marteau sur la tête de mon père ? » Il fronça les sourcils. « Moi qui pensais que c'était parce qu'elle ne voulait pas qu'on tue ce cheval. Mon père était un homme à femmes quand il était jeune. Hé hé… il était peut-être avec sa maî- tresse le jour où il m'a expédié à Chiswell House et qu'il est resté à Londres. Kinvara pensait vraiment qu'il allait venir. Elle était furieuse quand il s'est décommandé à la dernière minute.

— Oui, peut-être, dit Robin en écrivant. Vous rappelez-vous la date de cet événement ?

— Ouais, je sais précisément quand c'était. On n'oublie pas le jour où on sort de prison. Ils m'ont libéré le mercredi 16 février de l'année dernière et mon père m'a convoqué à Chiswell House le samedi suivant, donc... le 19. »

Robin nota la date.

« Vous n'avez jamais vu ni entendu quoi que ce soit au sujet d'une autre femme ?

— Allons, dit Raphael, vous l'avez vu se comporter quand vous étiez à la Chambre. Il me parlait à peine. Vous l'imaginez me faire des confidences ?

— Pourtant, il vous a dit avoir vu le fantôme de Jack o'Kent rôder sur la propriété la nuit.

— C'était différent. Il était soûl et... déprimé. Pas dans son état normal. Comme s'il craignait une vengeance divine... un châtiment, je ne sais pas, peut-être parce qu'il avait une liaison. Après trois épouses, il lui était peut-être poussé une conscience.

— Je croyais qu'il n'avait pas épousé votre mère. »

Raphael plissa les yeux.

« Désolé. J'avais presque oublié que j'étais un bâtard.

— Oh, allons, dit gentiment Robin, vous savez bien que je n'avais pas l'intention...

— Oui, excusez-moi, marmonna-t-il. Je suis trop susceptible. C'est sans doute comme ça quand l'un de vos parents vous déshérite. »

Robin se rappela ce qu'avait dit Strike au sujet de la succession. *C'est toujours à cause de l'argent ou de ce qu'il représente.* Chose troublante, Raphael ajouta, comme s'il avait lu dans ses pensées :

« Ce n'est pas une question d'argent. Pourtant Dieu sait que ça m'aiderait. Je suis sans emploi et je doute que le vieil Henry Drummond me donne une lettre de recommandation. Ma mère semble décidée à s'installer pour de bon en Italie et à vendre l'appartement de Londres. Résultat, je vais bientôt me retrouver à la rue. Vous verrez, ça finira comme ça, dit-il, amer. Je deviendrai garçon d'écurie chez Kinvara, puisque personne ne veut travailler pour elle et que personne ne veut me donner du boulot… Mais il y a pire que l'argent. Quand on vous raye d'un testament… eh bien, le verbe rayer est assez parlant en soi. Ce sont quand même les dernières volontés d'un père de famille. Et moi, je n'ai pas eu droit à la moindre mention sur ce foutu papier. Maintenant, cet abruti de Torquil me conseille de débarrasser le plancher et d'aller vivre à Sienne avec ma mère pour "prendre un nouveau départ". Quel branleur ! grogna Raphael.

— C'est à Sienne qu'habite votre mère ?

— Ouais. Elle s'est mise à la colle avec un comte italien et, croyez-moi, il n'a franchement pas envie de voir débarquer le grand fils de sa copine. Comme il rechigne à lui passer la bague au doigt, elle commence à s'inquiéter pour ses vieux jours, d'où son idée de refourguer l'appart de Londres. À son âge, je la vois mal utiliser la technique qui a fonctionné avec mon père.

— Que voulez-vous… ?

— Elle s'est fait mettre enceinte. N'ayez pas l'air si choquée. Ce n'est pas nouveau pour moi. Ma mère n'a jamais estimé utile de m'épargner les réalités de la vie. Je suis un essai non transformé. Elle croyait que Chiswell épouserait la mère de son enfant mais, comme vous l'avez dit vous-même…

— Je me suis excusée, le coupa Robin. J'ai été insensible et stupide, je le regrette. »

Elle se dit qu'elle allait se faire envoyer sur les roses mais non, Raphael reprit sur un ton paisible :

« Vous êtes adorable. Au bureau, vous ne jouiez pas vraiment la comédie, n'est-ce pas ?

— Je ne sais pas. Pas entièrement, non. »

Robin sentit les jambes de Raphael bouger sous la table. Elle recula légèrement.

« Comment est votre mari ?

— C'est difficile de le décrire.

— Il travaille réellement chez Christie's ?

— Non. Il est comptable.

— Seigneur, fit Raphael, consterné. C'est ce genre d'homme qui vous plaît ?

— Il n'était pas comptable quand je l'ai rencontré. Pourrions-nous revenir au coup de fil de votre père le matin de sa mort ?

— Si vous voulez, mais je préférerais que nous parlions de vous.

— Dans ce cas, dites-moi ce qui s'est passé ce matin-là et ensuite, vous me poserez vos questions. »

Un sourire fugace passa sur le visage de Raphael. Il prit une gorgée de bière et s'exécuta.

« Mon père m'a appelé en disant que Kinvara allait faire une bêtise et que je devais partir pour Woolstone afin de l'en empêcher. Vous savez, je lui ai demandé pourquoi il s'adressait à moi et pas à quelqu'un d'autre.

— Tiens, vous n'avez pas dit ça l'autre jour, à Chiswell House, dit Robin en levant les yeux de son calepin.

— Je n'ai pas osé devant les autres. Papa m'a répondu qu'il ne faisait pas confiance à Izzy. Je l'ai senti plutôt remonté contre elle, au téléphone. C'était un sale ingrat, franchement. Izzy n'arrêtait pas de se démener pour lui et vous avez vu comment il la traitait.

— Pourquoi était-il "remonté" ?

— Elle s'était disputée avec Kinvara, laquelle avait ensuite fait un coup de déprime, ce qui n'avait pas amélioré l'ambiance. C'est l'hôpital qui se fout de la charité, mais bon, c'est comme ça. À mon humble avis, il me voyait un peu comme son majordome et Izzy comme un membre de sa famille. Il m'envoyait faire le sale boulot et tant pis si j'importunais sa femme en déboulant chez elle pour l'empêcher de…

— L'empêcher de quoi ?

— Ah, dit Raphael, nos plats arrivent. »

La serveuse posa le dim sum sur la table et repartit.

« Qu'aurait-elle fait si vous ne l'en aviez pas empêchée ? insista Robin. Elle aurait quitté votre père ? Tenté de se suicider ?

— J'adore ces trucs-là, dit Raphael en prenant un ravioli à la crevette avec ses baguettes.

— Elle a laissé un mot disant qu'elle rompait, s'obstina Robin. Votre père vous a-t-il envoyé à Woolstone pour la persuader de rester ? S'il n'a rien demandé à Izzy, c'est peut-être qu'il craignait qu'elle ne la persuade du contraire, non ?

— Vous croyez vraiment que j'ai une telle influence sur Kinvara ? Le seul fait de n'avoir plus à me supporter aurait été pour elle une raison supplémentaire de partir.

« — Alors pourquoi vous a-t-il envoyé là-bas ?

— Je vous l'ai dit. Il redoutait qu'elle fasse une bêtise.

— Raff, si vous cessiez de jouer les imbéciles… »

Il se figea.

« Mon Dieu, quand vous dites ça, vous avez encore plus l'accent du Yorkshire. Répétez.

— La police trouve que quelque chose cloche dans votre emploi du temps de ce matin-là. Et nous aussi. »

Ses paroles eurent sur lui un effet dégrisant.

« Comment savez-vous ce que pense la police ?

— Nous avons des contacts chez eux. Raff, vous racontez à tout le monde que votre père essayait d'empêcher Kinvara de se faire du mal mais personne n'y croit. Tegan, la fille d'écurie, était sur place. Elle aurait pu intervenir auprès de Kinvara. »

Raphael mastiqua son ravioli d'un air pensif.

« Bon, soupira-t-il. Très bien, d'accord. Vous savez, tout ce qui avait un tant soit peu de valeur, papa l'avait déjà vendu ou donné à Peregrine.

— Qui ?

— *Pringle*, dit Raphael exaspéré. Je préfère éviter d'utiliser leurs stupides surnoms.

— Il n'a pas vendu tout ce qui avait de la valeur, rectifia Robin.

— Que voulez-vous dire ?

— Ce tableau qui représente une jument et son poulain vaut entre cinq et huit… »

Le portable de Robin sonna. D'après la tonalité, elle comprit que c'était Matthew.

« Vous ne décrochez pas ?

— Non. »

Robin attendit que la sonnerie se taise, puis elle sortit l'appareil de son sac.

« "Matt", lut Raphael à l'envers. C'est le comptable, n'est-ce pas ?

— Oui », dit Robin en réglant le portable sur silencieux. Une seconde plus tard, il se mettait à vibrer dans sa main. Encore Matthew.

— Bloquez-le, suggéra Raphael.

— Oui, bonne idée. »

Tout ce qui lui importait en cet instant c'était que Raphael continue de parler. Il semblait ravi de la voir bloquer le numéro de Matthew. Robin rangea son portable et reprit :

« Donc, ce tableau…

— Vous savez que papa avait remis les objets les plus précieux à Drummond, n'est-ce pas ?

— D'aucuns penseraient qu'une peinture valant 5 000 livres est quelque chose de précieux, répliqua Robin, incapable de se retenir.

— Allez-y, *ricanez*, miss Guevara, grinça Raphael. Je sais, vous pensez que les gens comme moi ne connaissent pas la valeur de l'argent…

— Désolée, dit Robin en pestant contre elle-même. Vraiment, je regrette. Mais vous savez… j'ai passé la journée à chercher une chambre à louer… et en ce moment, 5 000 livres seraient une bénédiction pour moi.

— Oh, fit Raphael, le front soucieux. Je… OK. En fait, moi-même je ne cracherais pas sur 5 000 livres actuellement, mais quand je parle d'objets précieux, je pense davantage à des choses que mon père voulait garder dans la famille et qui valent des dizaines, voire des centaines de mille. Ces trucs-là ont déjà été transmis au petit *Pringle* pour éviter les frais de succession. Il y avait un buffet laqué chinois, une boîte à ouvrage en ivoire et deux ou trois autres choses. Mais surtout le collier.

— Quel col… ?

— Un énorme collier en diamant, horrible », dit Raphael. Avec la main qu'il n'utilisait pas pour manger ses raviolis chinois, il mima le robuste bijou. « Des *pierres* de grande qualité. Il est dans la famille depuis cinq générations et la coutume veut que la fille aînée le reçoive en cadeau pour son vingt et unième anniversaire. Seulement voilà, le père de mon père était une sorte de play-boy. Vous devez en avoir entendu parler…

— Celui qui a épousé Tinky l'infirmière ?

— En troisième ou quatrième noce, acquiesça Raphael, je ne sais jamais. En tout cas, comme il n'avait que des garçons, il a laissé ses épouses le porter. Et quand mon père en a hérité, il a fait comme lui. Ses femmes l'ont porté, même ma mère mais une seule fois, et du coup sa fille aînée n'y a pas eu droit pour son vingt et unième anniversaire. Il n'était pas non plus dans la donation à Pringle et son testament n'en fait même pas mention.

— Donc... attendez, vous voulez dire qu'aujourd'hui... ?

— Quand papa m'a appelé ce matin-là, il m'a demandé de mettre la main sur ce foutu collier. Sympa comme boulot, non ? dit-il, sarcastique. Je devais débouler chez ma belle-mère qui ne peut pas me blairer, m'arranger pour savoir où elle planquait sa rivière de diamants et partir avec. Ni vu ni connu.

— Alors, d'après vous, votre père pensait vraiment qu'elle allait le quitter et il craignait qu'elle n'emporte ce bijou de famille ?

— Oui, je suppose.

— Quelle voix avait-il au téléphone ?

— Je vous l'ai dit. Il parlait comme s'il était soûl. D'ailleurs, c'est ce que j'ai pensé sur l'instant. Après, quand j'ai su qu'il s'était tué... » Sa voix se brisa.

« Oui ?

— Pour tout vous avouer, j'ai aussitôt pensé que la dernière chose que mon père m'aurait dite avant de mourir, c'était "Va vite récupérer les diamants de ta sœur". Des mots que je garderai pour toujours au fond de moi. »

Comme elle ne trouvait rien à répondre, Robin prit une gorgée de vin. Puis, elle lui demanda à mi-voix :

« Izzy et Fizzy se sont-elles faites à l'idée que ce collier appartient à Kinvara désormais ? »

Raphael esquissa un sourire mauvais.

« Elles savent qu'il lui appartient selon la loi mais, attendez, vous allez rire : elles croient dur comme fer que Kinvara va le leur rendre. Malgré toutes les horreurs qu'elles ont colportées sur son compte pendant des années, qu'elle n'en voulait qu'au fric de leur père, qu'elle faisait tout de travers, elles croient encore que Kinvara rendra le collier à Fizzy pour Flopsy – merde, *Florence*. Tout ça parce que... » Il prit une voix aiguë et snob. « "Ma chère, même TDV ne peut pas faire cela, c'est un collier de *famille*, elle *doit* comprendre qu'il ne faut pas le vendre." »

« Une rafale de mitraillette ne percerait pas leur armure d'arrogance. Elles sont persuadées qu'une loi naturelle donne aux Chiswell le droit d'avoir tout ce qu'ils veulent et aux autres celui de fermer leur gueule.

— Henry Drummond était au courant de votre démarche auprès de Kinvara. Comment cela se fait-il ? Il a dit à Cormoran que vous aviez agi de manière honorable en vous rendant à Chiswell House ce matin-là. »

Raphael ricana.

« Décidément, il n'y a plus rien de secret. Ouais, il semble que Kinvara ait laissé un message à Henry, la veille de la mort de papa. Elle voulait qu'il fasse estimer le collier.

— C'est pour cela qu'il a tenté de joindre votre père ce matin-là ?

— Exactement. Pour le prévenir de ce qu'elle s'apprêtait à faire.

— Pourquoi ne pas en avoir parlé à la police ?

— Parce que dès que les autres sauront qu'elle compte vendre ce truc, ils vont sortir l'artillerie lourde. Ils prendront un avocat et ils exigeront que je sois de leur côté, tout en continuant à me traiter comme un citoyen de seconde zone, un garçon de course, tout juste bon à porter leurs vieilles croûtes chez Drummond et à entendre combien il les a vendues, sans jamais voir la couleur de ce fric – je ne veux pas me retrouver pris dans le grand scandale du collier, leurs histoires ne me concernent pas. Quand il m'a appelé, j'aurais dû lui dire de se le mettre où je pense, ce putain de collier. Mais il n'avait pas l'air bien et j'ai eu pitié de lui, ou je ne sais quoi, ce qui prouve seulement qu'ils ont tous raison : je ne suis pas un vrai Chiswell. »

Il n'avait plus d'air dans les poumons. Deux couples venaient d'entrer dans le restaurant. Dans le miroir, Robin vit une blonde très apprêtée se retourner sur Raphael en même temps qu'elle s'asseyait face à son compagnon, un gros bonhomme rougeaud.

« Pourquoi avez-vous quitté Matthew ? demanda Raphael.

— Il m'a trompée, dit Robin qui n'avait pas la force de mentir.

— Avec qui ? »

On aurait dit qu'il cherchait à rétablir l'équilibre des forces. Malgré la colère et le mépris qu'il avait affichés pendant sa diatribe contre les Chiswell, Robin comprenait que Raphael souffrait d'être mis à l'écart.

« Une de ses copines de fac, dit-elle.

— Comment l'avez-vous su ?

— Une boucle d'oreille en diamant, dans notre lit.

— Sérieux ?

— Absolument. »

Soudain, elle eut un gros de coup de cafard en pensant au trajet interminable qu'elle allait devoir se taper pour retourner à Wembley où l'attendait un canapé inconfortable. Elle n'avait pas encore appelé ses parents pour les mettre au courant.

« Dans des circonstances normales, dit Raphael, je vous aurais fait des avances. Ce soir, non, ce serait malvenu. Mais d'ici deux semaines…

« J'ai un problème. Chaque fois que je vous regarde… » Il pointa un doigt sur elle, puis le déplaça pour désigner quelque chose plus loin. « … je vois votre patron unijambiste penché par-dessus votre épaule.

— Pourquoi ressentez-vous le besoin de préciser "unijambiste" ?

— Vous le protégez, n'est-ce pas ? répliqua-t-il en souriant.

— Pas du tout, je…

— Allez c'est bon, vous n'êtes pas la seule. Izzy a flashé sur lui, elle aussi.

— Je n'ai pas…

— Et en plus, vous niez ?

— Oh, je vous en prie, dit Robin en essayant de rire.

— Je prends une autre bière, lança-t-il joyeusement, puis en montrant le verre plus qu'à moitié plein de Robin : Vous ne finissez pas votre vin ?

Quand il se fut procuré une deuxième bouteille, Raphael ajouta, la bouche tordue par un rictus : « Izzy a toujours aimé les rustres. Avez-vous remarqué le regard que Fizzy lui a lancé quand le nom de Jimmy Knight est arrivé dans la conversation ?

— Oui, j'ai remarqué. Pourquoi ?

— Le jour où Freddie a fêté ses dix-huit ans, Jimmy a débarqué avec deux potes à lui et Izzy a… comment dire ça joliment… elle a perdu quelque chose avec lui.

— Non ! souffla Robin, stupéfaite.

— Elle était complètement bourrée. L'histoire est entrée dans la légende familiale. Moi je n'y étais pas. J'étais trop petit.

« Fizzy ne s'en est toujours pas remise. Comme elle n'admet pas que sa sœur ait pu coucher de son plein gré avec le fils du charpentier de son père, elle s'imagine que Jimmy possède un sex-appeal surnaturel, démoniaque. Ce qui lui permet aussi d'expliquer pourquoi Kinvara a pris fait et cause pour lui quand il a commencé à réclamer de l'argent.

— Quoi ? s'écria Robin en attrapant son calepin, lequel s'était refermé de lui-même.

— Ne vous emballez pas, la prévint Raphael, j'ignore toujours la raison de ce chantage. Comme je ne suis pas un vrai Chiswell, on ne m'a pas mis dans la confidence.

« Rappelez-vous, Kinvara vous en a parlé l'autre jour, à Chiswell House. Elle a dit qu'elle était seule dans la maison quand Jimmy est venu la première fois. Papa était à Londres, comme d'habitude. D'après ce que j'ai pu glaner, elle a défendu le point de vue de Jimmy lorsqu'ils en ont discuté par la suite. Fizzy pense que c'est à cause du sex-appeal de ce type. Il est séduisant, ne dites pas le contraire.

— J'imagine qu'il doit plaire à certaines femmes, oui, marmonna distraitement Robin tout en prenant des notes. Donc, vous disiez que Kinvara estimait sa demande légitime.

— Oui, d'après ce que j'ai compris. Mais c'était avant qu'il passe au chantage. Elle trouvait que Jimmy avait raison et elle voulait que mon père lui donne quelque chose.

— Ça s'est passé quand ?

— Je n'en sais fichtre rien, dit Raphael en secouant la tête. Je devais être en prison à ce moment-là. J'avais d'autres soucis…

« Savez-vous combien d'entre eux m'ont demandé comment j'avais vécu mon incarcération ?

— Non, je ne sais pas, répondit prudemment Robin.

— Fizzy, niet. Papa, niet…

— Vous disiez qu'Izzy vous avait rendu visite.

— Oui, dit-il en penchant sa bouteille de bière pour rendre hommage à sa sœur. Oui, elle est venue et je lui en suis reconnaissant. Ce brave Torks a balancé une ou deux blagues à propos du savon qu'il valait mieux ne pas ramasser dans les douches. Je lui ai renvoyé dans les dents qu'il était bien placé pour le savoir, vu que son vieux pote Christopher passe son temps à peloter les jeunes gens de son service. Quand c'est un vieux taulard tatoué, tout le monde trouve ça horrible, mais si un prof de fac s'attaque à ses étudiants, ce n'est que du badinage sans importance. »

Il jeta un coup d'œil à Robin.

« Vous avez compris, je pense, l'allusion que mon père a faite devant ce pauvre type, Aamir ? »

Elle acquiesça.

« Kinvara estime que c'était un mobile suffisant pour le tuer, poursuivit Raphael en levant les yeux au ciel. C'est de la projection, rien de plus. Ils sont très forts pour ça, dans cette famille.

« Kinvara croit qu'Aamir a tué papa parce qu'il l'avait insulté devant tout le monde. Or, je ne vous dis pas ce que le cher homme lui balançait à elle, dans les derniers temps.

« Fizzy croit que Jimmy Knight l'a tué à cause de l'argent qu'il refusait de lui donner. En fait, elle est furieuse parce que la fortune familiale a fondu en l'espace de quelques années, mais elle ne peut pas le dire comme ça puisque son mari y a fortement contribué.

« Izzy croit que Kinvara a tué papa parce qu'il la délaissait et la traitait comme quantité négligeable. Or, Izzy n'a jamais obtenu l'ombre d'un remerciement après tout ce qu'elle a fait pour son père. Quand elle a démissionné, il n'a même pas bronché. Vous voyez le tableau ?

« Aucune des trois n'a le courage de dire qu'elle a rêvé de le tuer au moins une fois dans sa vie, et maintenant qu'il est mort, elles rejettent toutes le problème sur quelqu'un d'autre. Voilà pourquoi personne ne parle de Geraint Winn. Ce type bénéficie d'une double protection, parce que saint Freddie est responsable du fait que les Winn ne peuvent pas sentir les Chiswell. Geraint est le seul à posséder un vrai mobile, ça crève les yeux mais il n'est pas question d'y faire allusion.

— Continuez. Allusion à quoi ? dit Robin, le stylo en suspens au-dessus du calepin.

— Non, laissez tomber. Je n'aurais pas dû…

— Vous avez dit cela intentionnellement, Raff. Alors, allez jusqu'au bout. »

Il éclata de rire.

« J'aimerais cesser de causer des emmerdes aux gens qui ne les méritent pas. Ça fait partie de mes grandes résolutions.

— Qui, par exemple ?

— Francesca, la jeune fille qui… vous savez, à la galerie. C'est elle qui m'a parlé de cette histoire. Elle la tenait de sa sœur aînée, Verity.

— Verity », répéta Robin.

À cause du manque de sommeil, elle dut se creuser la tête un instant. Où avait-elle entendu ce prénom ? Verity sonnait un peu comme Venetia mais… Puis elle se souvint.

« Attendez, dit-elle, les sourcils froncés par l'effort qu'elle venait de fournir. Il y avait une Verity dans l'équipe d'escrime, avec Freddie et Rhiannon Winn.

— C'est la même.

— Décidément, vous vous connaissez tous, soupira Robin sans s'apercevoir qu'elle faisait écho à la réflexion qu'elle avait entendue dans la bouche de Strike.

— C'est le propre du système éducatif réservé aux élites, dit Raphael. À Londres, si vous possédez la fortune adéquate, vous retrouvez les trois cents mêmes personnes partout où vous allez, depuis les bancs de l'école jusqu'à la mort… Ouais, quand j'ai débarqué à la galerie Drummond, Francesca ne s'est pas fait prier pour m'avouer que sa grande sœur était sortie avec Freddie, autrefois. Sans doute pensait-elle qu'on était destinés à se rencontrer un jour, nous aussi, à cause de ça.

« Quand je lui ai dit mon sentiment sur ce connard de Freddie, elle a changé d'approche et elle m'a raconté une histoire glauque.

« Apparemment, le jour de son dix-huitième anniversaire, Freddie, avec Verity et deux autres rigolos, a décidé de punir Rhiannon pour avoir osé remplacer Verity au sein de l'équipe d'escrime. Ils devaient la trouver… je ne sais pas… trop provinciale, trop galloise. Ils ont versé un truc dans son verre. Pour rigoler bien entendu. Un somnifère, j'imagine.

« Mais elle tenait mal l'alcool – enfin, eux, ça les arrangeait. Bref, ils ont pris quelques photos sympas et ils les ont fait circuler… c'était les tout débuts d'Internet. Aujourd'hui, un demi-million de personnes les aurait visionnées au cours des premières vingt-quatre heures. À l'époque, Rhiannon n'a eu droit qu'aux moqueries de l'équipe d'escrime dans son entier, et d'une bonne partie des copains de Freddie.

« Et voilà, un mois plus tard, Rhiannon mettait fin à ses jours, conclut Raphael.

— Oh mon Dieu, souffla Robin.

— Eh ouais. Quand la petite Franny m'a appris ça, je suis allé voir Izzy pour l'interroger. Elle a pris un air catastrophé et elle m'a dit de ne pas le répéter, jamais. Mais elle n'a pas démenti. J'ai eu droit à "les gens ne se tuent pas à cause d'une blague ridicule pendant une fête". Elle a dit que je ne devais pas parler de Freddie aussi méchamment, que ça briserait le cœur de papa…

« Maintenant qu'il est mort, ce problème de cœur brisé ne se pose plus. Et personnellement, je pense qu'il est temps que quelqu'un pisse sur les lauriers de ce salopard de Freddie. S'il n'était pas né Chiswell, il se serait retrouvé en maison de correction. Mais vous allez dire que je suis mal placé pour donner des leçons, après ce que j'ai fait.

— Non, répondit gentiment Robin. Je n'avais pas l'intention de dire ça. »

Son expression batailleuse disparut en un clin d'œil. Il regarda sa montre.

« Il faut que j'y aille. J'ai rendez-vous quelque part à 21 heures. »

Robin leva la main pour demander l'addition. Quand elle se retourna vers Raphael, elle vit son regard se déplacer machinalement vers les deux autres femmes présentes dans le restaurant et, au fond du miroir, elle aperçut la blonde qui le fixait avec convoitise.

« Vous pouvez y aller, lui dit-elle en tendant sa carte de crédit à la serveuse. Ne vous mettez pas en retard.

— Non, je vous attends. »

Pendant qu'elle rangeait son portefeuille, Raphael prit la veste de Robin et l'aida à l'enfiler.

« Merci.

— Tout le plaisir est pour moi. »

Sur le trottoir, il héla un taxi.

« Prenez-le, dit-il. Moi, je vais marcher. Ça m'éclaircira les idées. J'ai l'impression de sortir de chez mon psy après une séance ratée.

— Non, allez-y, répondit Robin qui ne voulait pas présenter à Strike une note de taxi pour Wembley. Je rentre en métro. Bonne nuit.

— Bonne nuit, Venetia. »

Raphael monta, le taxi s'éloigna silencieusement, Robin serra sa veste autour d'elle et partit dans la direction opposée. Malgré la tournure chaotique qu'avait prise cet entretien, elle estimait avoir obtenu de Raphael bien plus qu'elle ne l'avait espéré. Elle reprit son portable et téléphona à Strike.

59

Nous nous suivons l'un l'autre.

HENRIK IBSEN, *Rosmersholm*

QUAND IL VIT S'AFFICHER LE NOM DE ROBIN, Strike, qui prenait un verre au Tottenham, glissa dans sa poche le calepin qu'il consultait, finit sa bière et sortit dans la rue pour répondre.

Le chantier qui causait un désordre monstrueux au bout de Tottenham Court Road – la chaussée éventrée, remplacée par une large tranchée encombrée de gravats, cernée de barrières amovibles et de séparateurs en plastique, les planches disposées en travers du carrefour, les passerelles aménagées pour les dizaines de milliers de piétons qui le franchissaient chaque jour – lui était à présent si familier qu'il n'y prenait même plus garde. De toute façon, il n'était pas sorti du pub pour profiter de la vue mais fumer une cigarette pendant que Robin lui faisait le compte rendu de son entretien avec Raphael.

Une fois leur conversation terminée, Strike rangea son portable et, d'un air absent, alluma une troisième cigarette à la braise de la deuxième. Ce que Robin venait de lui apprendre l'intriguait au plus haut point. Abîmé dans ses réflexions, il resta planté au milieu du trottoir sans se préoccuper des passants qui devaient faire un détour pour l'éviter.

Deux éléments en particulier avaient retenu son attention. Strike finit sa clope, jeta le mégot dans le gouffre ouvert devant lui, rentra dans le pub et commanda une autre pinte. Comme un groupe d'étudiants s'était installé à sa place, il se retrancha vers une table haute, dans le fond, sous la coupole en verre dont la nuit ternissait les couleurs. Strike ressortit son calepin et relut les noms qu'il avait griffonnés, le dimanche matin, quand il essayait de chasser Charlotte de son esprit. Il y avait forcément quelque chose dans cette liste, songea-t-il en tournant une ou deux pages pour revoir les notes prises chez Della Winn.

Sa grande silhouette immobile – seuls ses yeux bougeaient – penchée sur une pinte et un calepin dut effrayer le couple de routards qui se dirigeait vers lui, espérant sans doute partager sa table le temps de reposer leurs pieds fatigués, car plutôt que perturber son intense concentration, ils préférèrent battre en retraite avant qu'il ne remarque leur présence.

Strike se replongea dans la liste des noms. Des couples mariés, ou pas, des associés, des frères, des sœurs.

Tous assemblés par paires.

Il revint en arrière et s'arrêta sur les infos glanées durant leur conversation avec Oliver. D'après l'expertise médico-légale, la mort avait été causée par deux choses, l'amitriptyline et l'hélium, chacune potentiellement fatale mais utilisées conjointement par le meurtrier.

Une paire.

Deux victimes, tuées à vingt ans d'écart : une enfant morte étranglée et un ministre étouffé, la première peut-être enterrée sur la propriété du second.

Encore une paire.

Strike chercha une page blanche et, d'un air pensif, inscrivit pour mémoire :

Francesca – témoignage à confirmer

60

*Alors il faut m'expliquer pourquoi cette affaire
– cette possibilité vous affecte à ce point.*

HENRIK IBSEN, *Rosmersholm*

L E LENDEMAIN MATIN, PARAISSAIT DANS LA PRESSE une déclaration officielle prudemment formulée. Comme tous ses
concitoyens, Strike apprit au petit déjeuner que les autorités
avaient conclu que la mort prématurée de Jasper Chiswell, ministre
de la Culture, n'était liée ni à l'intervention d'une puissance étrangère ni à une entreprise terroriste, mais que l'enquête de police ne
proposait aucune autre explication.

Cette nouvelle, qui n'en était pas une, ne suscita guère de
réactions sur le Net. Dans les villes natales des champions britanniques, les boîtes aux lettres étaient toujours peintes en doré
et le public, comblé par la moisson de médailles, réchauffait ses
réserves d'enthousiasme au soleil de la victoire en attendant l'ouverture prochaine des Jeux paralympiques. Pour la grande majorité de la population, la mort de Chiswell était un événement sans
importance : le suicide apparemment inexplicable d'un homme
riche, membre du parti conservateur.

Curieux de savoir si cette annonce signifiait que le Met allait
bientôt classer l'affaire, Strike essaya de contacter Wardle.

Malheureusement, ce dernier n'en savait pas davantage. En
revanche, il lui fit remarquer, non sans un certain agacement, qu'il
n'avait pas pris un seul jour de repos en trois semaines, que faire
régner l'ordre dans une ville qui croulait sous des millions de visiteurs supplémentaires était une tâche plus complexe et pénible que

Strike ne l'imaginait et qu'il n'avait pas le temps d'aller tirer les vers du nez à ses collègues chargés de l'enquête.

« Pas de souci, dit Strike sans s'énerver. Je posais juste la question. Salue April pour moi.

— Ouais. À ce propos, le rattrapa Wardle au dernier moment. Elle voudrait savoir à quoi tu joues avec Lorelei.

— Je te laisse, Wardle, le pays a besoin de toi », lança Strike. Avant de raccrocher, il entendit un ricanement de réprobation.

Face au silence de ses contacts dans la police, Strike se retrouvait momentanément coincé, son statut de privé ne lui permettant pas d'interroger qui il voulait quand il le voulait. Pour familier qu'il fût, ce sentiment d'impuissance n'en demeurait pas moins irritant, surtout que l'affaire lui semblait parvenue à un point crucial.

Après quelques coups de fil, il apprit que Francesca Pulham, l'ancienne collègue et amante de Raphael, étudiait toujours à Florence où ses parents l'avaient expédiée pour qu'elle échappe à l'influence pernicieuse du fils Chiswell. Le couple Pulham étant en vacances au Sri Lanka, Strike n'avait pu parler qu'à la gouvernante, laquelle avait refusé de lui donner le moindre numéro de téléphone. Une attitude laissant craindre que les Pulham soient du genre à contacter leur avocat si jamais il faisait mine d'insister.

Strike se rabattit sur Geraint Winn et déposa un message courtois sur son répondeur, comme il l'avait déjà fait à quatre reprises durant la semaine. En fin de journée, Winn n'avait toujours pas rappelé, ce qui n'était guère étonnant. À sa place, Strike ne se serait pas précipité non plus.

Il n'avait pas encore soumis sa nouvelle théorie à Robin qui passait tout son temps en planque devant le cabinet du Dr Craignos sur Harley Street. Le mercredi, c'est elle qui l'appela au bureau pour dire qu'elle avait décroché un rendez-vous avec Tegan Butcher, le samedi suivant, à l'hippodrome de Newbury.

« Excellent ! », s'écria Strike, ravi d'avoir enfin quelque chose à faire. Il passa rapidement dans la première pièce, s'assit à l'ordinateur et fit monter Google Maps. « OK, je crois qu'il faut prévoir d'y passer la nuit. D'abord, on interroge Tegan et dès qu'il fait noir, on va creuser à Steda Cottage.

— Vous êtes sérieux ? demanda Robin. Vous voulez vraiment qu'on aille creuser là-bas ?

— Quoi, vous trouvez ça glauque ? marmonna Strike en étudiant l'itinéraire sur l'écran. Rassurez-vous, je pense qu'il n'y a rien dans ce ravin. En fait, depuis hier, j'en suis même convaincu.

— Que s'est-il passé hier ?

— Il m'est venu une idée. Je vous en parlerai quand on se verra. Écoutez, j'ai promis à Billy de faire la lumière sur le meurtre de cette enfant. À moins de creuser, on n'en aura jamais le cœur net. Mais si ça vous fiche les jetons, vous pourrez rester dans la voiture.

— Et Kinvara ? Nous allons empiéter sur ses terres.

— On n'abîmera rien. Toute la zone est en friche, de toute façon. Je vais demander à Barclay de nous y retrouver après la tombée de la nuit. Je ne suis pas très efficace avec une pelle. Matthew accepterait-il que vous ne rentriez que le dimanche ?

— Oui, oui, répondit Robin sur un ton qui signifiait le contraire aux oreilles de Strike.

— Et vous êtes d'accord pour prendre la Land Rover ?

— La BMW, ce n'est pas possible ?

— Sur ce sentier plein de ronces, je ne préfère pas. Pourquoi ? Ça vous dérange de… ?

— Non, le coupa Robin. C'est bon, on prendra la Land Rover.

— Super. Des nouvelles de Craignos ?

— Il est dans son cabinet. Et Aamir ?

— J'ai demandé à Andy de retrouver la sœur qui s'entend bien avec lui.

— Et vous, qu'est-ce que vous faites ?

— J'ai épluché le site web du Vrai Parti socialiste.

— Pourquoi ?

— Jimmy dévoile pas mal de choses sur lui-même, dans ses articles. Les endroits où il est allé, ce qu'il a vu. Vous voulez bien garder Craignos jusqu'à vendredi ?

— Pour tout dire, je comptais poser deux jours de congés. Pour convenances personnelles.

— Ah, fit Strike, surpris.

— J'ai des rendez-vous que… que je n'ai pas envie de rater. »

Cette défection n'arrangeait pas du tout les affaires de Strike. Faire le pied de grue devant chez Craignos à la place de Robin risquait d'aggraver ses douleurs à la jambe mais surtout l'empêcherait de vérifier sa nouvelle hypothèse. Elle aurait pu le prévenir un peu avant, songea-t-il, agacé. Oui, mais par ailleurs, elle avait accepté de sacrifier son week-end pour creuser un trou dans un ravin où il n'y avait sans doute rien à trouver.

« Bon, OK. Tout va bien pour vous ?

— Oui, merci. Si je ne vous donne pas de nouvelles d'ici là, on se retrouve samedi vers 11 heures ?

— À Barons Court, comme la dernière fois ?

— Je préférerais la station Wembley Stadium. Ce serait plus pratique en ce qui me concerne. »

Cela non plus, ça ne l'arrangeait pas. Pour la rejoindre à Wembley Stadium il allait devoir marcher deux fois plus et faire une correspondance.

« Bon, d'accord », dit-il néanmoins.

Après qu'ils eurent raccroché, Strike resta assis quelques minutes à repasser leur conversation dans sa tête.

Robin s'était montrée curieusement laconique sur la nature de ses rendez-vous – des rendez-vous si importants qu'elle n'avait pas envie de les rater. L'autre jour, quand ils avaient discuté au téléphone de leur métier éminemment précaire et dangereux, il avait cru entendre Matthew crier à côté d'elle. À deux reprises, il avait noté son manque d'enthousiasme à l'idée de se rendre à Steda Cottage et là, tout à l'heure, elle avait même rechigné à prendre la Land Rover.

Strike avait presque oublié que, deux mois auparavant, il l'avait soupçonnée de suivre un traitement pour tomber enceinte. La vision de Charlotte avec son gros ventre revint le hanter. Robin n'était pas du genre à abandonner sa progéniture après l'accouchement. Si Robin attendait un bébé…

Tout en sachant qu'il tirait des conclusions hâtives à partir de données lacunaires, Strike, qui d'habitude était la prudence même, se prit à imaginer que derrière cette demande de congé, il y avait Matthew, le futur père. C'était sûrement lui qui avait insisté pour qu'elle aille passer des examens, des radios. Peut-être même l'avait-il engueulée en disant qu'il était temps d'arrêter, de lever le pied, de s'occuper d'elle-même.

Strike se replongea dans le blog de Jimmy Knight, mais il lui fallut quelques minutes pour arriver à se concentrer.

61

À moi, vous pouvez bien le dire. Nous sommes si bonnes amies.

Henrik Ibsen, Rosmersholm

STRIKE REMARQUA QUE LES AUTRES USAGERS du métro avaient tendance à lui laisser plus de place que nécessaire, allant jusqu'à retirer leurs affaires pour qu'il puisse poser son sac de sport. En règle générale, il n'avait aucune peine à se frayer un passage à travers la foule, sa carrure et son profil de boxeur décourageant les pires râleurs. Mais, ce samedi matin, tandis qu'il gravissait en pestant les escaliers de la station Wembley Stadium – les ascenseurs étaient en panne –, la plupart des gens faisaient carrément un pas de côté, de peur de le bousculer ou de se retrouver sur son chemin.

Strike était d'une humeur massacrante, et ce, pour deux raisons. Le matin même, en regardant par la fenêtre de son bureau, il avait aperçu Mitch Patterson debout dans une entrée. Le détective s'était affublé d'un jean et d'un sweat à capuche, croyant sans doute passer inaperçu dans cette tenue qui ne convenait ni à son style, ni à son âge. Le culot de ce type l'avait rendu à la fois perplexe et furieux. Comment osait-il venir le surveiller en personne ? Ne disposant d'autre issue que la porte du bas, Strike avait demandé au taxi de l'attendre au coin de la rue, et n'était sorti qu'au tout dernier moment en lançant au passage un « Salut, Mitch » qui lui avait valu un regard interloqué de la part de Patterson. S'il avait été moins énervé, Strike aurait trouvé désopilante la tête que l'autre avait faite en le voyant filer sous son nez.

Durant le trajet entre son domicile et la station Warren Street où le taxi était censé le déposer, Strike n'avait cessé de regarder autour de lui, redoutant que Patterson ait installé un dispositif de filature élaboré. L'ancien flic aurait pu servir de leurre, histoire d'endormir sa méfiance, pendant qu'un collègue prenait le relais mais plus discrètement. Strike maintint sa vigilance jusqu'à ce qu'il émerge, essoufflé et claudiquant, dans le hall de la station Wembley. Parvenu au sommet des marches, il passa en revue les voyageurs qui l'entouraient. Mais ne voyant personne se retourner subitement, baisser les yeux ou se cacher le visage, Strike conclut que Patterson travaillait seul, souffrant peut-être comme lui d'un manque de personnel. Cela dit, il le connaissait suffisamment pour savoir qu'il n'aurait jamais accepté ce boulot s'il n'y avait eu beaucoup d'argent à la clé.

Strike hissa le sac de sport sur son épaule et marcha vers la sortie.

Il avait profité de ce long trajet pour étudier les possibles raisons du retour de Patterson, et en avait trouvé trois. Le Met avait peut-être laissé fuiter des informations et un journal l'avait embauché pour qu'il découvre où en était l'enquête de Strike.

Ou alors, quelqu'un lui avait demandé de suivre Strike pour réduire sa liberté de mouvements ou compromettre son agence. Ce qui signifierait que l'employeur de Patterson était dans le collimateur de Strike et qu'il espérait l'intimider, voire le déstabiliser.

La troisième possibilité était aussi la plus probable, et donc la plus inquiétante. La présence de Strike chez Franco, à la table de Charlotte, n'était pas passée inaperçue. D'ailleurs, quand il l'avait appelée pour tenter d'étayer la théorie dont il n'avait encore parlé à personne, Izzy n'avait pas hésité à aborder le sujet.

« Il paraît que vous avez dîné avec Charlotte ! lui avait-elle lancé à brûle-pourpoint.

— Ce n'était pas un dîner. Elle se sentait mal, je suis resté vingt minutes avec elle et je suis parti.

— Oups, désolée, dit Izzy, refroidie par son ton. Je... je ne voulais pas être indiscrète... Roddy Fforbes était chez Franco, ce soir-là. Il vous a vus... »

Si le dénommé Roddy Fforbes, ou un autre pékin, répandait effectivement la rumeur que Strike avait dîné avec son ex pendant que le mari de la dame, qui se trouvait être également le père de ses futurs enfants, séjournait à New York, on pouvait parier qu'à l'heure actuelle, tous les tabloïds étaient en alerte rouge, le moindre ragot impliquant la superbe, élégante et scandaleuse Charlotte étant susceptible de leur rapporter gros. Depuis qu'elle avait seize ans, Charlotte et ses frasques – sa fugue du pensionnat, ses cures de désintoxication, ses séjours en clinique psychiatrique – alimentaient la rubrique des potins. D'un autre côté, on pouvait aussi craindre que Patterson n'ait été engagé par Jago Ross lui-même, lequel avait assurément les moyens de se le payer. Et si en faisant surveiller les faits et gestes de Charlotte, il pouvait également couler la boîte de Strike, Jago n'en serait que plus satisfait.

Assise au volant de sa Land Rover, Robin aperçut Strike sur le trottoir devant la station, son sac de sport sur l'épaule, en train d'allumer une cigarette. Il avait l'air encore plus renfrogné que d'habitude. Strike regarda les voitures garées autour de lui, repéra celle de Robin et partit dans sa direction en boitant et sans sourire. Robin, dont le moral était en berne, mit son air furibond sur le compte du trajet en métro, du sac pesant et de la douleur physique.

Elle avait émergé à 4 heures du matin et, trop tendue pour se rendormir, était restée allongée sur le canapé-lit inconfortable de Vanessa en songeant à son avenir et à la dispute qu'elle avait eue au téléphone avec sa mère, la veille dans la journée. N'arrivant pas à la joindre sur son portable, Matthew avait appelé ses parents à Masham et il était tombé sur Linda, laquelle avait ensuite appelé sa fille, morte d'inquiétude mais surtout furieuse de n'avoir pas été tenue au courant.

« Où est-ce que tu habites ? Chez Strike ?

— Bien sûr que non ! Qu'est-ce que j'irais faire chez Strike ?

— Où, alors ?

— Chez une amie.

— Qui ? Pourquoi tu ne nous as pas appelés ? Que vas-tu faire maintenant ? Je monte à Londres immédiatement !

— Surtout pas », avait répondu Robin, les dents serrées.

Elle se sentait redevable de l'argent que ses parents avaient dépensé pour ses noces et s'en voulait énormément de les placer dans une situation embarrassante car, bien sûr, ils allaient devoir expliquer à leur entourage que leur fille avait mis fin à son mariage au bout d'un an. Mais par ailleurs, elle n'envisageait pas une seule seconde que sa mère débarque à Londres, sachant par avance qu'elle la harcèlerait de questions et de cajoleries, bref qu'elle la traiterait comme une petite chose fragile. En ce moment, elle n'avait vraiment pas besoin qu'on lui propose de rentrer au bercail pour retrouver la chambre de jeune fille où elle avait vécu les pires moments de son existence.

Après deux jours passés à visiter une multitude de logements exigus et surpeuplés, Robin avait versé un acompte pour un placard à balais à Kilburn, qu'elle partagerait avec cinq autres femmes. L'emménagement était prévu pour la semaine suivante. Dès qu'elle pensait à cela, son cœur se serrait d'angoisse et de misère. Bien qu'elle n'ait pas encore vingt-huit ans, elle serait la plus âgée des six.

Robin descendit de voiture et, par gentillesse, voulut débarrasser Strike. Ce dernier refusa en grommelant et déposa son gros sac à l'arrière de la Land Rover. Quand elle entendit le bruit produit par les outils touchant la surface métallique, son estomac se tordit.

Malgré sa contrariété, Strike avait noté le teint blême et les cernes sous les yeux de Robin. Ses pires soupçons se confirmaient. Elle avait à la fois le visage bouffi et les traits tirés. Mais surtout, elle semblait avoir perdu du poids depuis la dernière fois qu'ils s'étaient vus. Au début de sa grossesse, la femme de son vieil ami Graham Hardacre avait été hospitalisée parce qu'elle vomissait tout le temps. Les mystérieux rendez-vous de Robin étaient peut-être liés à ce problème.

« Vous allez bien ? demanda sèchement Strike en attachant sa ceinture.

— Ça va », répondit-elle pour la énième fois, mettant sa brusquerie sur le compte du long trajet en métro.

Au début, ils roulèrent sans dire un mot puis, quand ils furent sur la M40, Strike déclara :

« Patterson est de retour. Il était en planque devant l'agence, ce matin.

— Vous plaisantez !

— Avez-vous vu des individus rôder près de chez vous ?

— Je ne crois pas », répondit Robin après une légère hésitation. C'était peut-être à cause de cela que Matthew avait tenté de la joindre jusque chez ses parents à Masham.

« Vous n'avez pas eu de problème pour partir ce matin ?

— Non », dit Robin sans mentir.

Depuis qu'elle avait quitté son mari, elle cherchait le moyen d'annoncer la nouvelle à Strike, mais n'arrivait pas à trouver la bonne formulation, celle qui lui permettrait de garder son calme. Elle aurait cru la chose plus facile. Après tout, Strike était un ami, un collègue, il l'avait soutenue quand elle avait annulé son mariage, il savait que Matthew l'avait déjà trompée autrefois avec Sarah. Elle aurait dû pouvoir aborder la question aussi naturellement que l'autre jour, face à Raphael.

Seulement voilà, depuis qu'ils se connaissaient, ils n'avaient parlé que rarement de leurs vies intimes et, chaque fois, l'un ou l'autre était ivre. Le reste du temps, ils se montraient curieusement réservés sur le sujet. Et ce, même si Matthew avait toujours cru, en bon parano, qu'ils passaient leur temps à flirter.

Mais il y avait autre chose. Strike n'était pas juste un ami. C'était l'homme qu'elle avait serré dans ses bras le jour de ses noces, l'homme avec lequel elle avait rêvé de s'enfuir sans attendre la consommation du mariage, l'homme qui avait hanté ses pensées durant sa lune de miel, tandis qu'arpentant la plage au point de creuser des sillons dans le sable blanc, elle se demandait si oui ou non elle était amoureuse de lui. Elle avait peur de se dévoiler, peur de lui dire ce qu'elle avait dans la tête et dans le cœur, persuadée que s'il avait la moindre idée du rôle qu'il avait joué à son insu au début et à la fin de ce mariage, leurs relations de travail s'en ressentiraient, de la même façon qu'elle risquait de perdre son boulot si jamais il apprenait qu'elle souffrait de crises de panique.

Non, elle devait donner le change, être comme lui : stoïque, imperturbable, capable d'encaisser les chocs et de poursuivre son chemin, clopin-clopant, prête à affronter les mauvaises surprises de la vie, y compris ce qui se cachait au fond de ce ravin, sans frémir ni détourner les yeux.

« À votre avis, que cherche Patterson ? demanda-t-elle.

— On verra bien. Vos rendez-vous se sont bien passés ?

— Oui, répondit Robin, de nouveau assaillie par la vision de sa future chambre et des deux étudiantes qui lui avaient fait visiter les lieux en lui lançant des regards à la dérobée, surprises qu'une femme aussi vieille envisage de vivre avec elles. « Il y a des biscuits dans le sac, derrière. Mais pas de thé, désolée. On pourra s'arrêter en chemin, si vous voulez. »

La bouteille Thermos était restée à Albury Street, comme toutes les choses qu'elle avait oublié de récupérer le jour où elle était passée à la maison, profitant que Matthew travaillait.

« Merci », dit Strike sans grand enthousiasme. Il se demanda si la réapparition des biscuits, malgré le régime qu'il prétendait suivre, n'était pas une preuve supplémentaire qu'elle était enceinte.

Le téléphone de Robin sonna au fond sa poche. Elle l'ignora. Par deux fois ce matin-là, elle avait reçu un appel venant d'un même numéro inconnu et elle craignait que ce soit Matthew qui, se sachant bloqué, tentait de la joindre depuis un autre portable.

« Vous voulez répondre ? demanda Strike en observant son profil pâle et fatigué.

— Euh… non, pas quand je conduis.

— Je peux le faire, si vous préférez.

— Non », répondit-elle un peu trop durement.

La sonnerie se tut et reprit presque aussitôt. Plus que jamais convaincue que c'était Matthew, Robin lui tendit l'appareil en disant :

« Je crois savoir qui c'est mais je ne veux pas lui parler maintenant. Quand ça raccrochera, pourrez-vous le régler sur silencieux ? »

Strike prit le portable.

« C'est un renvoi d'appel depuis la ligne du bureau. Je vais mettre le haut-parleur », dit obligeamment Strike, la vieille Land Rover n'ayant pas plus de système Bluetooth que de chauffage. Il leva le téléphone et l'approcha de Robin pour qu'elle entende son interlocuteur malgré les rugissements et les cliquetis du moteur.

« Robin, j'écoute. Qui est-ce ?

— Robin ? Vous voulez dire *Venetia* ? dit un homme à l'accent gallois.

— Monsieur Winn ? demanda Robin sans quitter la route des yeux.

— Lui-même, sale petite pute. »

579

Robin et Strike échangèrent un regard surpris. Le Winn charmeur et obséquieux avait disparu.

« Je sais bien ce que vous cherchiez. Quand vous traîniez dans ce couloir en collant vos nichons là où ils n'étaient pas les bienvenus. "Oh, Mr. Winn…", se mit-il à piailler bêtement comme Matthew lorsqu'il essayait de l'imiter, "Oh, aidez-moi à choisir, Mr. Winn, dois-je travailler dans l'humanitaire ou dans la politique ? Puis-je me pencher un peu plus bas sur ce bureau, Mr. Winn ?" Combien d'hommes avez-vous piégés de cette manière ? Jusqu'où comptiez-vous… ?

— Avez-vous quelque chose à me dire, monsieur Winn ? le coupa vivement Robin. Parce que si vous appelez juste pour m'insulter…

— Oh, j'ai des tas de trucs à vous dire, *des tas de putain de trucs,* hurla Winn. Vous allez *payer*, Miss Ellacott, pour ce que vous m'avez fait. Vous allez payer pour le mal que vous avez causé à ma femme et à moi. Vous ne vous en tirerez pas si facilement, vous avez enfreint la loi en vous introduisant dans ce bureau, je vais vous traîner devant les tribunaux. Vous comprenez ? » Il s'étranglait presque. « On verra comment vos charmes opéreront devant le juge. Et vos décolletés, et vos "J'ai tellement chaud…". »

Robin regardait droit devant elle mais, à cause de la lumière blanche qui grignotait le pourtour de son champ visuel, la route ressemblait de plus en plus à un tunnel.

« NON ! », explosa-t-elle en lâchant le volant avant de cogner dessus avec ses deux mains ouvertes. C'était le « non » qu'elle avait opposé à Matthew quelques jours auparavant, un « non » d'une telle véhémence que Geraint Winn resta sans voix, lui aussi.

« Personne ne vous obligeait à me caresser les cheveux, à me tapoter le dos, à vous rincer l'œil, monsieur Winn. Je n'ai jamais voulu ça, même si ça vous excite de penser le contraire…

— Robin ! », s'écria Strike, mais son interjection, noyée dans les grincements du châssis, n'eut pas plus d'effet sur elle que la question de Geraint : « Qui est avec vous ? C'est Strike ?

— … Vous êtes un sale type, monsieur Winn, poursuivit-elle comme s'il n'avait rien dit. Un sale type doublé d'un voleur. Vous avez piqué dans la caisse d'une œuvre de charité et je ne suis pas seulement heureuse d'avoir trouvé des preuves contre vous, je serai absolument ravie de dire à la terre entière que vous utilisez les photos de votre fille morte pour mieux loucher dans le décolleté des femmes...

— Comment osez-vous ! couina Winn, soufflé. Vous n'avez donc aucune pudeur ? Vous osez parler de Rhiannon ? Tout ça va se savoir et la famille de Samuel Murape...

— Allez vous faire foutre, vous et vos menaces ! hurla Robin. Vous êtes un pervers, un bandit...

— Si vous avez quelque chose à ajouter, je suggère que vous le fassiez par écrit », tonna Strike dans le portable pendant que Robin, folle de rage, déroulait un chapelet d'injures. Il raccrocha d'un doigt furieux et saisit le volant au moment où Robin le lâchait de nouveau pour mieux gesticuler.

« Pour l'amour du ciel ! lui intima Strike. Arrêtez-vous... arrêtez-vous tout de suite ! »

Elle obéit comme une machine, la tête pleine de vertiges. L'afflux d'adrénaline lui faisait le même effet que l'alcool. Dès que la Land Rover fut immobilisée sur le bas-côté, Robin retira brutalement sa ceinture de sécurité et descendit sans prendre garde aux voitures qui passaient en sifflant à côté d'elle. Puis elle s'éloigna en titubant, le visage inondé de larmes de rage, pour tenter de juguler la crise de panique qu'elle sentait monter inexorablement, parce qu'elle venait de se faire un ennemi mortel d'un homme qui aurait pu leur être utile, un homme qui avait déjà parlé de vengeance et qui, peut-être, leur avait envoyé Patterson...

« Robin ! »

Et maintenant, Strike lui aussi allait la prendre pour une nullité, songea-t-elle, une bonne à rien qui n'aurait jamais dû choisir cette carrière, une pauvre fille qui se carapatait dès que les choses tournaient mal. C'est cette pensée qui l'obligea à faire volte-face au moment où Strike la rejoignait en boitant. S'essuyant la figure d'un revers de manche, elle lui lança avant même qu'il prenne la parole : « Oui, je sais, je n'aurais pas dû perdre mon sang-froid, j'ai merdé, je suis désolée. » Il répondit quelque chose mais le sang cognait si fort dans ses oreilles qu'elle n'entendit rien. À cet instant, peut-être parce qu'elle avait cessé de marcher, la vague de panique la rattrapa et s'abattit brutalement sur elle. Ses jambes se dérobèrent, son cerveau se mit sur pause et Robin tomba assise sur le talus. Les herbes sèches traversèrent le tissu de son jean. Les yeux clos, la tête dans les mains, elle essaya de se concentrer sur son souffle malgré les voitures qui passaient à deux mètres d'elle.

Au bout d'une minute, ou peut-être dix, son pouls se calma, ses pensées s'ordonnèrent, et la panique fit place à la honte. Elle qui avait réussi à donner le change pendant des jours, des semaines, des mois entiers, avait fini par craquer.

Ça sentait la fumée de cigarette. En ouvrant les yeux, Robin vit les jambes de Strike étendues sur le sol, à sa droite. Lui aussi s'était assis sur l'accotement.

« Depuis combien de temps avez-vous ces crises de panique ? », demanda-t-il platement.

Elle n'avait plus aucune raison de mentir.

« Un an environ, marmonna-t-elle.

— Vous vous faites aider ?

— Oui. J'ai vu une psy pendant un moment. Maintenant, je fais des exercices de thérapie cognitive comportementale.

— Vraiment ? s'exclama Strike. Moi j'ai acheté du bacon végétarien il y a une semaine, mais comme je l'ai laissé dans le frigo, je n'ai pas constaté d'amélioration au niveau de mon poids. »

Robin fut prise d'un fou rire qui lui arracha un autre type de larmes. Strike la contemplait, sans animosité, en tirant sur sa cigarette.

« J'avoue, j'aurais pu faire mes exercices plus régulièrement, admit-elle en s'essuyant les joues quand elle fut capable de parler.

— Vous avez autre chose à m'avouer, pendant qu'on y est ? », renchérit Strike.

Tant qu'à faire, autant qu'elle le dise tout de suite, songea-t-il. Ensuite, il lui donnerait quelques conseils pour l'aider à préserver son équilibre mental. Mais Robin semblait ne pas voir où il voulait en venir.

« D'autres problèmes de santé susceptibles d'affecter votre capacité de travail ? précisa-t-il.

— Comme quoi ? »

En tant qu'employeur, avait-il le droit de lui poser la question directement ? s'interrogea-t-il.

« Je me demandais si par hasard... vous ne seriez pas... enceinte. »

Robin se remit à rire.

« Oh mon Dieu, c'est drôle.

— Ah bon ?

— Non, fit-elle en secouant la tête, je ne suis pas enceinte. »

Au même instant, Strike vit qu'elle ne portait ni son alliance ni sa bague de fiançailles. Robin les ayant retirées plusieurs jours durant afin d'incarner Venetia Hall et Bobbi Cunliffe, il avait perdu l'habitude de les voir à son doigt et, du coup, ce matin, leur absence ne lui avait pas sauté aux yeux. Il comprenait parfaitement ce que cela pouvait signifier, mais n'osait pas l'interroger, cette fois pour des raisons étrangères au droit du travail.

« Nous avons rompu, Matthew et moi, avoua Robin en retenant ses larmes, le regard braqué sur la circulation incessante. Ça fait une semaine.

— Oh, merde. Je suis désolé. »

Sa mine compassée ne traduisait nullement ce qu'il ressentait au fond de lui. En réalité, sa mauvaise humeur avait disparu en un clin d'œil, comme s'il venait d'avaler trois bières d'affilée. Les odeurs de caoutchouc, d'essence, de poussière et d'herbe brûlée lui rappelèrent le parking de l'hôpital où il l'avait embrassée sans le vouloir. Sentant un sourire se former sur ses lèvres, il reprit un air de circonstance et tira sur sa clope.

« Je sais que je n'aurais pas dû parler à Geraint Winn comme je l'ai fait, dit-elle en se remettant à pleurer. Je n'aurais jamais dû évoquer Rhiannon. J'ai perdu les pédales et... c'est à cause des *mecs*, ces salauds qui jugent les femmes à l'aune de leur putain d'ego.

— Que s'est-il passé avec Matt... ?

— Il a couché avec Sarah Shadlock, cracha Robin. La fiancée de son meilleur ami. Elle a perdu un clou d'oreille dans notre lit et je... et puis *zut*. »

Il était désormais inutile de faire semblant. Robin enfouit son visage dans ses mains et laissa couler ses larmes sans chercher à les retenir, sachant qu'elle n'avait plus rien à perdre. Elle était déjà totalement grillée aux yeux de Strike ; le seul pan de sa vie auquel elle tenait vraiment venait de s'écrouler. S'il l'avait vue dans cet état pitoyable, sur le bas-côté d'une route nationale, Matthew ne se serait pas gêné pour lui répéter qu'il avait raison depuis le début, qu'elle était incapable de faire ce boulot, que son passé la handicaperait à tout jamais, tout cela parce qu'elle s'était trouvée à deux reprises au mauvais endroit au mauvais moment face aux mauvaises personnes.

Elle sentit un poids sur ses épaules, là où Strike venait de poser son bras. Un geste réconfortant et inquiétant à la fois, car c'était la première fois qu'il le faisait. S'apprêtait-il à lui porter le coup de grâce ? Allait-il maintenant lui déclarer qu'elle ne faisait plus l'affaire, qu'il valait mieux annuler l'entretien avec Tegan et rentrer à Londres ?

« Où dormez-vous ?

— Sur le canapé de Vanessa, pour l'instant », dit Robin en essuyant frénétiquement ses yeux et son nez ruisselants. Les genoux de son jean étaient trempés de larmes et de morve. « Mais je viens de trouver un logement.

— Où ça ?

— À Kilburn, une chambre en colocation.

— Bon sang, Robin, gronda Strike. Pourquoi vous n'avez rien dit ? Nick et Ilsa ont une chambre d'amis, ils seraient ravis de…

— Je ne veux pas déranger vos amis, fit Robin entre deux sanglots.

— Vous ne les dérangeriez pas, dit Strike en coinçant sa clope entre ses lèvres et en fouillant dans ses poches de sa main libre. Ils vous apprécient. Vous pourriez rester là-bas deux ou trois semaines, le temps de… ouais. Je savais que j'en avais un. Il est un peu froissé mais il est propre… enfin je crois… »

Robin s'empara du mouchoir en papier et souffla dedans jusqu'à ce qu'il soit inutilisable.

« Écoutez… reprit Strike.

— Ne me dites pas de prendre des jours de congé, l'interrompit Robin. S'il vous plaît, non. Je vais bien, je suis apte au travail, ça fait des siècles que je n'ai pas eu ce genre de crise, je…

— … n'écoute pas.

— Bon d'accord, désolée, marmonna-t-elle en serrant le mouchoir trempé dans son poing. Allez-y.

— Après ce qui m'est arrivé en Afghanistan, je ne pouvais plus monter dans une voiture sans paniquer. Je suffoquais, je me couvrais de sueur froide. Pendant un moment, j'aurais fait n'importe quoi pour éviter de me retrouver assis dans un véhicule à la place du mort. D'ailleurs, j'ai encore des problèmes avec ça.

— Je n'avais jamais réalisé. Vous ne laissez rien paraître.

— Ouais, et ben, c'est peut-être parce que vous êtes une conductrice hors pair. Vous devriez voir ma tête quand je monte avec ma sœur. Dites-vous un truc, Robin… et merde. »

Des agents de la sécurité routière venaient de se garer derrière la Land Rover, sans doute intrigués par l'attitude de ses deux occupants tranquillement assis sur le talus cinquante mètres plus loin.

« On n'a pas trop besoin d'aide, à ce que je vois », ricana le plus corpulent des deux, en se dirigeant vers eux d'un pas chaloupé, visiblement content de sa blague.

Strike retira son bras des épaules de Robin, celle-ci se leva, il l'imita comme il put.

« Le mal des transports, dit-il platement au policier. Faites gaffe, elle pourrait vous vomir dessus. »

Ils retournèrent ensemble à la voiture. Le collègue du plaisantin était penché sur la vignette de l'antique Land Rover.

« Des caisses aussi vieilles on n'en voit plus trop sur les routes, commenta-t-il.

— Elle ne m'a jamais laissé tomber, dit Robin.

— Vous êtes sûre de pouvoir conduire ? murmura Strike quand elle mit le contact. On pourrait leur dire que vous avez encore mal au cœur.

— Ça va. »

Et cette fois, c'était vrai. Il lui avait dit qu'elle était une conductrice hors pair ; ce n'était peut-être pas grand-chose mais ça lui avait redonné un peu l'estime d'elle-même. La Land Rover démarra, et s'inséra dans la circulation.

Ils roulèrent en silence pendant quelque temps, Robin concentrée sur sa conduite. Strike avait décidé d'attendre leur prochain arrêt pour lui reparler de ses problèmes psychologiques.

« Winn a prononcé un nom vers la fin, dit-il soudain, comme s'il pensait tout haut. Vous l'avez entendu ?

— Non, fit Robin, penaude.

— Samuel quelque chose, reprit Strike en sortant son calepin. Murdoch ? Matlock ?

— Pas entendu.

— Allons, ce n'est pas grave, lança Strike, si vous ne l'aviez

585

pas insulté, ce nom ne lui aurait sans doute pas échappé. Cela dit, j'aimerais qu'à l'avenir vous évitiez de traiter nos témoins de voleurs et de pervers... »

Il se retourna sur son siège et tendit le bras pour fouiller dans le sac à provisions, posé à l'arrière. « Ça vous dit un biscuit ? »

62

Mais je ne veux pas voir ta défaite, Rebekka !

HENRIK IBSEN, *Rosmersholm*

LE PARKING DU CHAMP DE COURSES de Newbury était déjà bondé quand ils arrivèrent. Pour la plupart, les gens qui se dirigeaient vers la billetterie portaient des vêtements confortables, jean et veste, comme Strike et Robin. Quelques-uns néanmoins s'étaient habillés pour l'occasion. On voyait des robes en soie froufroutantes, des costumes stricts, mais aussi des vestes matelassées, des couvre-chefs en tweed et des pantalons en velours côtelé allant du moutarde au marron qui rappelèrent à Robin le style vestimentaire de Torquil.

Ils rejoignirent la file devant les guichets et attendirent leur tour, perdus dans leurs pensées. Robin se demandait ce qui se passerait une fois qu'ils seraient au Crafty Filly, le bar où Tegan Butcher travaillait. Elle sentait que Strike ne lui avait pas tout dit, qu'il s'inquiétait pour sa santé mentale. Peut-être n'avait-il fait que retarder l'annonce qu'elle redoutait, à savoir qu'elle resterait désormais consignée à l'agence.

Mais Strike songeait à tout autre chose. La vision des barrières blanches plantées derrière la tente où l'on vendait les tickets, les costumes en tweed et en velours côtelé réveillaient en lui certains souvenirs. Il n'avait jamais éprouvé d'intérêt particulier pour le sport hippique. Son oncle Ted, qui lui avait servi de figure paternelle, préférait le football et la voile. À l'armée, deux de ses camarades pariaient régulièrement mais lui-même n'aimait pas cela.

Pourtant, trois ans auparavant, il avait assisté au derby d'Epsom avec Charlotte et ses deux frères préférés. Comme Strike, Charlotte venait d'une famille dysfonctionnelle. Un jour, dans une crise d'euphorie, elle avait accepté l'invitation de Valentin et de Sacha tout en sachant que Strike risquait de s'ennuyer et qu'il n'appréciait guère les deux hommes, lesquels le considéraient comme une anomalie, une erreur de parcours dans la vie de leur sœur.

À l'époque, Strike était fauché. Il venait de monter son agence avec les trois sous que son père biologique avait pu réunir. Des avocats le pourchassaient déjà pour obtenir le remboursement du prêt ridicule que son père biologique lui avait consenti quand toutes les banques l'avaient envoyé promener au prétexte que son projet ne leur semblait pas viable. Pourtant, Charlotte lui avait fait une scène quand il avait refusé de parier une seconde fois après avoir placé et perdu cinq livres sur le favori, Fame and Glory, arrivé en deuxième position. Elle s'était toutefois abstenue de le traiter de pisse-froid, de père la morale, de plouc et de rapiat, comme la fois où il lui avait expliqué qu'il n'avait pas les moyens de jeter l'argent par les fenêtres, comme le faisaient ses amis et sa famille. Ce jour-là, ses frères l'avaient poussée à miser des sommes de plus en plus importantes. Elle avait fini par empocher 2 500 livres et les avait tous emmenés boire du champagne dans l'espace VIP où sa beauté et sa bruyante gaieté lui avaient valu maints regards admiratifs.

Strike s'engagea avec Robin sur l'allée bitumée qui suivait la courbe du champ de courses cachée par les tribunes. En passant devant les cafés, les camionnettes des marchands de cidre et de glaces, les vestiaires des jockeys et le bar réservé aux propriétaires et aux entraîneurs, il continua de rêvasser, songeant à Charlotte, aux paris gagnants, aux paris perdants, jusqu'à ce que la voix de Robin le fasse redescendre sur Terre.

« Je crois que c'est ici. »

Sur l'enseigne d'un café en brique à un étage, une tête de pouliche au mors brisé faisait de l'œil aux passants. La terrasse était noire de monde, le tintement des flûtes à champagne se mêlant au brouhaha général. Le Crafty Filly donnait sur le paddock où les chevaux n'allaient pas tarder à défiler pour la parade. D'ailleurs, une foule de spectateurs était déjà en train de s'assembler le long des barrières.

« Je vois des tables libres, dit Strike à Robin. Allez-y, je vais commander les boissons et dire à Tegan que nous sommes là. »

Il disparut à l'intérieur de l'établissement sans lui demander ce qu'elle voulait boire.

Robin choisit une table haute en se disant que, pour la jambe de Strike, un tabouret de bar serait préférable à un fauteuil bas en osier. Une tente en polyuréthane protégeait la terrasse d'une pluie inexistante. Ce jour-là, le soleil brillait, il faisait doux et les arbustes décoratifs posés à l'entrée du Crafty Filly frémissaient sous une brise légère. Le ciel serait dégagé, cette nuit, quand ils iraient creuser la terre à Steda Cottage, songea Robin. À moins que Strike n'annule l'expédition à cause de l'excessive émotivité de son associée.

À cette idée, un bloc de glace se forma dans son ventre. Pour se distraire, elle s'abîma dans la lecture du programme qu'on leur avait remis avec leur badge d'entrée. Mais soudain, elle vit une demi-bouteille de Moët & Chandon atterrir sur la table et Strike se percher sur le tabouret devant elle, une pinte de bière à la main.

« Ils ont de la Doom Bar à la pression », claironna-t-il tout joyeux avant de lever son verre comme pour porter un toast. Il prit une première gorgée. Éberluée, Robin contemplait la petite bouteille de champagne qui lui faisait penser à un flacon de bain moussant.

« C'est pourquoi ?

— Pour trinquer, répondit Strike qui avait déjà descendu la moitié de sa bière. Je sais, vous n'êtes pas censée dire ça, ajouta-t-il en cherchant ses cigarettes dans sa poche, mais quand même, bon débarras. J'y crois pas, il a couché avec la fiancée de son meilleur pote, et dans le lit conjugal par-dessus le marché ! Franchement, il n'a que ce qu'il mérite.

— Je ne peux pas boire. Je conduis.

— Ce truc m'a coûté vingt-cinq livres, alors vous pourriez au moins tremper les lèvres.

— Vingt-cinq livres pour ça ? », s'écria Robin. Profitant que Strike se détournait pour allumer sa cigarette, elle essuya discrètement les larmes qui venaient de lui monter aux yeux.

« Je peux vous poser une question ? reprit Strike en secouant son allumette. Comment voyez-vous l'avenir de l'agence ?

— Que voulez-vous dire ? fit Robin, alarmée.

— C'est mon beau-frère qui a évoqué le sujet, le soir de l'ouverture des Jeux olympiques. Il a lourdement insisté en disant qu'un patron devait avoir pour objectif de rester derrière son bureau et de faire bosser les autres.

— Mais ce n'est pas ce que vous désirez, n'est-ce pas ? gémit Robin, affolée. A... attendez, vous essayez de me dire que vous me renvoyez au standard ?

— Non, dit Strike en soufflant la fumée loin d'elle. Je me demandais simplement si vous aviez des idées concernant l'avenir.

— Vous voulez que je m'en aille ? rebondit Robin, toujours plus inquiète. Que je m'en aille pour faire autre... »

— Bon sang, Ellacott, je vous ai dit non ! Je veux savoir si vous songez à l'avenir, point barre. »

Il regarda Robin déboucher la petite bouteille.

« Oui, bien sûr que j'y pense, marmonna-t-elle. J'espère que nos comptes passeront bientôt dans le vert, que nous cesserons de fonctionner au jour le jour, mais j'adore ce... » Sa voix se brisa. «... ce boulot, vous le savez bien. Je n'ai envie de rien d'autre. Je veux travailler, m'améliorer et... faire de cette agence la meilleure de Londres. »

Strike sourit et choqua son verre contre la bouteille de champagne.

« Eh bien, mettez-vous dans la tête que nous voulons exactement la même chose et ne l'oubliez pas en écoutant la suite. D'accord ? Et je vous conseille de boire un coup. Tegan ne prend sa pause que dans quarante minutes et nous avons du temps à tuer avant notre expédition de ce soir. »

Strike la regarda prendre une gorgée de champagne.

« Faire semblant d'aller bien alors qu'on va mal ne sert strictement à rien, commença-t-il.

— Là, vous vous trompez », contre-attaqua Robin, comme si l'alcool l'avait désinhibée avant même d'atteindre son cerveau. Faire comme si tout allait bien, parfois, ça vous aide à remonter. Au début, on s'oblige à faire bonne figure, à sortir, à voir des gens, et tout à coup, ça devient facile, naturel. Si j'avais attendu de me sentir prête, après que... vous savez quoi..., je serais encore en train de me morfondre dans ma chambre à Masham. J'ai donc bien fait d'en sortir *avant* de me sentir prête. En plus, dit-elle en le fixant de ses yeux gonflés et injectés de sang, depuis deux ans que je travaille avec vous, je vous vois constamment foncer tête baissée, alors que, vous le savez comme moi, n'importe quel médecin vous dirait de prendre du repos et de surélever votre jambe.

— Et où ça m'a mené, hein ? répondit sagement Strike. Je suis resté immobilisé pendant une semaine, mon genou crie miséricorde dès que je marche plus de cinquante mètres. Vous voulez comparer nos situations ? D'accord. Je suis un régime, je fais mes étirements...

— Et le bacon végétarien qui pourrit dans votre frigo ?

— Il ne pourrit pas. C'est du caoutchouc industriel, ce truc, ça me survivra. Écoutez, enchaîna-t-il pour l'empêcher de détourner la conversation, après ce qui s'est passé l'année dernière, il aurait fallu un putain de miracle pour que vous n'ayez pas d'effets secondaires. » Ses yeux cherchèrent la cicatrice violacée dont l'extrémité dépassait de la manche de son chemisier. « Votre passé ne vous interdit nullement de faire ce boulot, mais si vous voulez continuer, il faudra prendre soin de vous. Si vous avez besoin de vacances...

— ... c'est la dernière chose que je veux...

— Ce que vous voulez, je m'en fiche. C'est ce dont vous avez besoin qui m'importe.

— Je peux vous dire un truc marrant ? », répliqua-t-elle. Était-ce le champagne ou autre chose ? Elle se sentait étrangement exaltée et de plus en plus bavarde. « Au cours de la semaine dernière, j'aurais dû avoir des crises de panique toutes les cinq minutes, non ? J'ai essayé de trouver un logement, j'ai visité des tas d'appartements, j'ai parcouru Londres de long en large, des dizaines de gens ont surgi derrière moi... Le plus souvent, c'est ça qui déclenche mes crises, expliqua-t-elle, les gens qui arrivent derrière moi par surprise.

— Inutile de s'appeler Freud pour comprendre ça.

— Et pourtant, tout s'est bien passé. Je crois que c'est parce que je n'avais pas à... »

Elle s'arrêta net, mais Strike crut deviner la fin de sa phrase. Il essaya de traduire sa pensée.

« Ce boulot est trop dur à assumer quand la vie privée déconne. Je le sais, je suis passé par là. »

Soulagée qu'il l'ait si bien comprise, Robin reprit un peu de champagne et dit précipitamment :

« Je pense que si mon état s'est aggravé c'est que j'étais constamment obligée de le dissimuler, de faire mes exercices en cachette, parce qu'au moindre signe de faiblesse, Matthew me tombait dessus en répétant que je n'étais pas faite pour ce métier. Je croyais que c'était lui qui essayait de me joindre ce matin ; c'est pour ça que je ne voulais pas répondre. Et quand Winn s'est mis à m'insulter, j'ai eu l'impression qu'en fait... c'était *lui* au bout du fil. Je n'avais pas envie d'entendre que je ne suis qu'une paire de seins montés sur pattes et que si j'avais un gramme de cervelle, je me serais déjà rendu compte que c'est ma seule qualité. »

Matthew dit ce genre d'horreurs ? songea Strike en réfléchissant à la bonne correction dont le mari de Robin avait, d'après lui, grandement besoin.

« Le fait que vous soyez une femme... répondit-il en s'armant de prudence. C'est vrai, quand vous êtes seule sur une filature ou autre, je m'inquiète plus que si vous étiez un homme. Attendez, je n'ai pas fini, dit-il en la voyant ouvrir la bouche pour répliquer. Nous devons être sincères l'un envers l'autre, sinon c'est mort. Contentez-vous d'écouter, pour l'instant.

« Vous avez échappé à deux assassins grâce à votre intelligence et à la formation que vous avez suivie. Je suis prêt à parier que cet abruti de Matthew n'y serait jamais parvenu. Mais je ne veux plus que ça se reproduise, Robin, parce que la prochaine fois, vous n'aurez peut-être pas autant de chance.

— Vous allez me dire de rester au bureau...

— Laissez-moi finir, dit-il sèchement. Je ne veux pas vous perdre, vous êtes ma meilleure enquêtrice. Sur chaque affaire que nous avons eu à traiter, vous avez déniché des indices qui sans vous seraient passés totalement inaperçus. Par votre force de persuasion, vous avez fait parler des témoins qui m'auraient fermé la porte au nez. Si cette agence a pu progresser, c'est en grande partie grâce à vous. Mais face à un homme violent, vous aurez toujours le dessous et j'ai des responsabilités envers vous. En tant qu'employeur, vous pourriez me traîner devant la justice...

— Vous avez peur que je vous fasse un procès ?

— Non, Robin. J'ai peur qu'on vous tue. J'ai peur d'avoir votre mort sur la conscience jusqu'à la fin de mes jours. »

Il se rinça le gosier et ajouta :

« Avant de vous donner une mission sur le terrain, je dois avoir la garantie que vous serez en état de l'accomplir. Je veux que vous me promettiez de soigner ces attaques de panique, parce que si vous craquez, vous ne serez pas la seule à en assumer les conséquences.

— Très bien », marmonna Robin, et comme Strike la regardait d'un air interrogateur, elle ajouta : « Je suis sérieuse. Je ferai ce qu'il faut. Je vous le promets. »

Il y avait un monde fou autour du paddock. Les participants à la prochaine course n'allaient pas tarder à apparaître.

« Comment ça va avec Lorelei ? demanda Robin à brûle-pourpoint. Je la trouve sympathique.

— Dans ce cas, vous allez être déçue. Matthew et vous n'êtes pas les seuls à avoir rompu, ce week-end.

— Oh, quel dommage ! lança Robin en reprenant du champagne pour mieux cacher son trouble.

— Pour quelqu'un qui ne voulait pas boire, je vous trouve plutôt assoiffée tout à coup, plaisanta Strike.

— Au fait, j'ai oublié de vous dire », fit Robin dans un sursaut. Elle souleva la petite bouteille verte. « Je sais où j'ai vu l'expression Blanc de Blanc. Ce n'était pas sur une étiquette de champagne... mais ça ne nous avance pas à grand-chose.

— Dites toujours.

— C'est le nom d'une suite du Manoir aux Quat'Saisons. Raymond Blanc. Vous savez ? Le chef qui a créé cet hôtel. Un jeu de mots. Blanc de Blanc – mais sans "s".

— C'est là que vous avez passé votre week-end d'anniversaire ?

— Ouais. Mais nous n'étions pas dans la suite "Blanc de Blanc". C'était un peu cher pour nous. Je suis passée devant la porte, voilà tout. Oui... c'est là que nous avons célébré nos noces de papier. De papier, répéta-t-elle en soupirant. Quand je pense que certains vont jusqu'aux noces de platine. »

Sept pur-sang à la robe sombre pénétrèrent l'un après l'autre dans le paddock, avec sur le dos leurs jockeys en casaque de soie accroupis comme des singes. Filles et garçons d'écurie tenaient par la bride les ombrageuses créatures aux flancs soyeux qui défilaient en caracolant. Tout le monde se démancha le cou pour les apercevoir, sauf Strike et Robin. Sans trop réfléchir, cette dernière aborda le sujet qui lui tenait le plus à cœur.

« C'est bien Charlotte avec qui vous parliez l'autre soir, à la réception des Jeux paralympiques ?

— Ouais. »

Strike lui jeta un coup d'œil. Robin avait déjà eu l'occasion de remarquer qu'il savait lire dans ses pensées.

« Charlotte n'a joué aucun rôle dans ma rupture avec Lorelei. C'est une femme mariée, aujourd'hui.

— Comme moi, fit remarquer Robin avant de s'accorder une nouvelle gorgée de champagne. Ça n'a pas gêné Sarah Shadlock.

— Je ne suis pas Sarah Shadlock.

— Heureusement. Si vous étiez aussi assommant qu'elle, je ne bosserais pas pour vous.

— Pensez à inscrire ce commentaire sur le prochain questionnaire de satisfaction au travail. "Pas aussi assommant que la maîtresse de mon mari." Je le ferai encadrer. »

Robin éclata de rire.

« Vous savez, moi aussi j'ai trouvé quelque chose à propos de Blanc de Blancs, reprit Strike. Je réfléchissais au pense-bête de Chiswell et j'essayais d'éliminer certaines possibilités pour mieux étayer ma théorie...

— Quelle théorie ? », intervint Robin.

Elle avait descendu la moitié de la bouteille, son mariage était en miettes, elle allait bientôt habiter dans un placard à Kilburn, et pourtant son intérêt pour leur enquête demeurait intact, nota Strike.

« Vous vous rappelez quand je vous ai dit qu'il y avait quelque chose d'énorme, de fondamental, derrière l'affaire Chiswell ? Une chose qui nous avait échappé ?

— Oui, vous avez même ajouté "C'est là, sous notre nez".

— Quelle mémoire ! Bon, j'ai remarqué une ou deux choses dans le témoignage de Raphael...

— C'est l'heure de ma pause », dit une voix nerveuse derrière eux.

63

Après tout, c'est une affaire purement personnelle. Il
n'y a aucune nécessité à le crier sur les toits.

HENRIK IBSEN, *Rosmersholm*

TEGAN BUTCHER ÉTAIT UNE PETITE JEUNE FEMME solide
au visage criblé de taches de rousseur et aux cheveux
bruns ramassés sur la nuque en chignon. Quelque chose
en elle laissait supposer qu'elle aurait volontiers troqué son élégante tenue de serveuse, comprenant une cravate grise et une chemise noire brodée d'un cheval blanc avec son jockey, contre une
salopette et des bottes en caoutchouc crottées. Elle avait apporté
une tasse de café au lait, sans doute pour le boire pendant leur
entretien.

« Oh… merci beaucoup, dit-elle à Strike qui s'était levé pour
aller lui chercher un siège, une attention qui la touchait visiblement.

— De rien, fit Strike. Voici mon associée, Robin Ellacott.

— Ouais, c'est vous que j'ai eue au téléphone, hein ? dit Tegan
en se hissant sur le tabouret, non sans difficulté à cause de sa petite
taille. Elle paraissait à la fois timide et curieuse.

« Je sais que vous n'avez pas beaucoup de temps, démarra
Strike, donc nous irons droit au but si cela ne vous ennuie pas,
Tegan.

— Non, je veux dire, oui, c'est bon. Vous pouvez y aller.

— Pendant combien de temps avez-vous travaillé pour Jasper
et Kinvara Chiswell ?

— Déjà, quand j'étais encore au lycée, je leur donnais des

coups de main assez régulièrement. Donc, tout mis bout à bout, ça doit faire… dans les deux ans et demi.

— Vous étiez contente de travailler pour eux ?

— Ouais, pas de souci, répondit prudemment Tegan.

— Comment trouviez-vous le ministre ?

— Ça allait, dit Tegan, puis, comprenant que sa réponse manquait de précision : Ma famille le connaît depuis des siècles. Mes frères ont bossé sur le domaine pendant des années, par périodes.

— Ah bon ? fit Strike en notant. Que faisaient-ils exactement ?

— Toutes sortes de choses, ils réparaient les clôtures, ils jardinaient. Mais les Chiswell ont quasiment tout vendu depuis. Le jardin n'est plus entretenu. »

Elle prit une gorgée de café au lait et ajouta d'une voix anxieuse :

« Ma mère serait folle si elle savait que je suis en train de vous parler. Elle ne veut pas que je me mêle de ça.

— Pourquoi ?

— Elle répète tout le temps : "Moins on en dit, mieux on se porte." Mais elle dit aussi : "Moins on vous voit, plus on vous admire." J'y ai droit chaque fois que je veux aller danser à la salle des fêtes. »

Robin éclata de rire. Voyant qu'elle appréciait son humour, Tegan lui sourit.

« Et Mrs. Chiswell, comment était-elle en tant que patronne ? renchérit Strike.

— Ça allait, répéta Tegan.

— Mrs. Chiswell n'aimait pas que ses chevaux restent seuls la nuit, n'est-ce pas ? Quelqu'un devait dormir dans la maison quand elle s'absentait.

— Ouais, dit Tegan avant de lâcher une toute première information : Elle est parano.

— L'un de ses chevaux a reçu des coups de couteau, non ?

— Des coups de couteau, c'est beaucoup dire. Moi j'appelle ça des égratignures. Romano s'était débarrassé de sa couverture en pleine nuit. Il n'aurait pas dû, cet imbécile.

— Et les intrus qu'elle a aperçus dans le jardin ? Vous êtes au courant ? demanda Strike, son stylo à deux centimètres de son calepin.

— Euh… ben… Elle en a parlé mais… »

Son regard s'était posé sur le paquet de Benson & Hedges, près du verre de bière.

« Je peux vous piquer une clope ? demanda-t-elle.

— Servez-vous », dit Strike en sortant un briquet et en le poussant vers elle.

Tegan alluma sa cigarette, tira une bouffée et développa :

« À mon avis, il n'y a jamais eu personne dans ce jardin. C'est elle qui se fait... Elle est... » Tegan chercha le mot juste. « Si c'était une jument je dirais qu'elle est ombrageuse. Moi je n'ai jamais rien entendu quand je dormais là-bas.

— Vous étiez dans la maison, la nuit qui a précédé la mort de Jasper Chiswell, n'est-ce pas ?

— Ouais.

— Vous savez à quelle heure Mrs. Chiswell est rentrée ?

— Vers 23 heures. Ça m'a fait un choc. » Tegan s'était détendue et maintenant, on décelait chez elle une certaine tendance au bavardage. « Parce que je croyais qu'elle devait rester à Londres. Elle a piqué une crise quand elle est arrivée et qu'elle a vu que j'avais fumé devant la télé – elle n'aime pas le tabac – et que j'avais bu une partie du vin qui était dans le frigo. Notez qu'avant de partir, elle avait dit que je pouvais prendre tout ce que je voulais. Mais elle est comme ça, Mrs. Chiswell. Elle change d'avis toutes les cinq minutes. Avec elle, on doit toujours faire attention à ce qu'on dit, à ce qu'on fait...

« Sauf qu'elle était déjà de mauvaise humeur avant de voir ça. Je l'ai compris dès que j'ai entendu ses pas dans l'entrée. La clope, le vin, c'était juste une excuse pour passer sa colère sur quelqu'un. Elle est comme ça.

— Mais vous êtes quand même restée toute la nuit ?

— Ouais. Elle a dit que j'étais trop soûle pour conduire. C'était des conneries, je n'étais pas soûle. Après, elle m'a dit d'aller faire un tour dans l'écurie, parce qu'elle avait un coup de fil à donner.

— Vous l'avez entendue parler au téléphone ? »

Tegan rajusta sa position sur le tabouret trop haut pour elle, et plia le bras qui tenait la cigarette de manière à loger son coude au creux de sa main libre. Puis, elle plissa les paupières pour éviter la fumée, adoptant sciemment l'attitude classique du témoin qui répond aux questions d'un détective sourcilleux, dans les films.

597

« Je ne sais pas si je dois…

— Je vais vous dire un nom et si c'est le bon, vous hocherez la tête. D'accord ?

— OK, allez-y, dit Tegan avec une méfiance teintée de curiosité, comme si Strike lui proposait de participer à un tour de magie.

— Henry Drummond. Elle lui a laissé un message disant qu'elle avait un collier à faire estimer. »

Impressionnée malgré elle, Tegan hocha la tête.

« C'est tout à fait ça.

— Donc vous êtes allée voir les chevaux dans l'écurie… ?

— Et quand je suis revenue, Mrs. Chiswell m'a demandé de rester parce qu'elle aurait besoin de moi le lendemain matin de bonne heure. J'ai obéi.

— Où a-t-elle dormi ? demanda Robin.

— Ben… au premier, fit Tegan avec un petit rire étonné. Dans sa chambre, évidemment.

— Vous êtes sûre qu'elle y a passé la nuit ? insista Robin.

— Certaine, dit Tegan en riant encore une fois. Sa chambre est à côté de la mienne. Ce sont les seules qui donnent sur l'écurie. Je l'ai entendue se coucher.

— Elle n'aurait pas pu sortir discrètement et s'en aller en voiture ? demanda Strike.

— Non. Je l'aurais entendue. Il y a tellement d'ornières dans l'allée qu'elle aurait fait du bruit en partant. De toute façon, je l'ai croisée sur le palier, le lendemain matin, quand elle est allée aux toilettes. Elle était en robe de chambre.

— C'était vers quelle heure ?

— 7 heures 30. On a pris le petit déjeuner ensemble dans la cuisine.

— Était-elle toujours en colère contre vous ?

— Encore un peu, oui, admit Tegan.

— Elle n'aurait pas reçu un coup de fil, vers ces heures-là ? »

Franchement admirative, Tegan répondit :

« Tout à fait. C'était Mr. Chiswell qui l'appelait. Elle est sortie de la cuisine pour parler avec lui. J'ai juste entendu "Non, Jasper, cette fois c'est pour de bon". Ça ressemblait à une dispute. Je l'ai dit à la police. Sur le coup, j'ai pensé qu'ils s'étaient pris le bec à Londres et que c'était pour ça qu'elle était rentrée plus tôt.

Après, je suis allée nettoyer l'écurie, elle a sorti Brandy pour sa séance de dressage, c'est l'une de ses juments, et puis… » Tegan s'interrompit une seconde. « Il a débarqué. Raphael, vous savez ? Le fils.

— Et à ce moment-là, que s'est-il passé ? »

Elle hésita.

« Ils se sont disputés, n'est-ce pas ? dit Strike auquel l'embarras de Tegan avait mis la puce à l'oreille.

« Exact, fit-elle, bluffée. Décidément, vous savez tout !

— Quel était le sujet de cette dispute ?

— Le truc dont elle avait parlé sur le répondeur, la veille.

— Le collier ? Mrs. Chiswell voulait le vendre ?

— Ouais.

— Où étiez-vous à ce moment-là ?

— Toujours dans l'écurie. Il est descendu de voiture et il a foncé direct vers la carrière… »

Devant l'air perplexe de Strike, Robin jugea bon d'expliquer : « Un enclos qui sert au dressage.

— Ah.

— Ouais, confirma Tegan, c'est là qu'elle entraînait Brandy. D'abord, ils ont parlé, mais je n'entendais pas ce qu'ils disaient. Puis le ton est monté, elle est descendue de cheval et elle m'a crié de venir débâter Brandy – lui retirer sa selle et sa bride, ajouta-t-elle obligeamment, à l'intention de Strike. Et ils sont partis vers la maison en s'engueulant.

« Elle ne l'a jamais aimé. Raphael. Elle était toujours à le critiquer, à dire qu'il était trop gâté. Moi personnellement, je le trouvais plutôt bien, dit-elle sur un ton badin contredisant la soudaine rougeur de ses joues.

— Vous rappelez-vous leurs paroles ?

— Plus ou moins. Il a dit qu'elle ne pouvait pas le vendre, qu'il appartenait à son père, ou quelque chose comme ça, et elle lui a répondu de s'occuper de ses affaires.

— Et ensuite, que s'est-il passé ?

— Ils sont entrés, j'ai continué à nettoyer et, au bout d'un moment, j'ai vu arriver une voiture de police et… c'était horrible. Une policière est venue me voir, elle a dit qu'on avait besoin de moi à l'intérieur et, quand je suis entrée dans la cuisine,

Mrs. Chiswell était blanche comme un linge. Ils voulaient que je leur montre où étaient les sachets de thé. J'ai préparé une boisson chaude pour Mrs. Chiswell et lui – Raphael – il l'a fait asseoir. Je l'ai trouvé vraiment gentil vu qu'elle venait de le traiter de tous les noms. »

Strike regarda sa montre.

« Je sais que vous êtes pressée. Encore deux choses, si cela ne vous ennuie pas.

— D'accord.

— Parlez-moi de cet incident qui s'est produit il y a un an, reprit Strike, quand Mrs. Chiswell a frappé Mr. Chiswell avec un marteau.

— Oh mon Dieu, oui. Elle avait carrément pété les plombs. C'était juste après que Lady a été piquée. Au début de l'été. Lady était sa jument préférée. Mrs. Chiswell est rentrée et le vétérinaire l'avait déjà fait. Elle aurait voulu être présente. Alors, quand elle a vu le van de l'équarrisseur, elle est devenue dingue.

— Depuis combien de temps savait-elle que sa jument devait être euthanasiée ? demanda Robin.

— Deux ou trois jours. Tout le monde était au courant, je crois bien, dit Tegan d'un air triste, mais c'était une bête si attachante qu'on ne voulait pas le croire. Le vétérinaire a attendu des heures le retour de Mrs. Chiswell, mais Lady souffrait et il n'avait pas que ça à faire, alors… »

Tegan esquissa un geste d'impuissance.

« Savez-vous pourquoi Mrs. Chiswell avait dû se rendre à Londres ce jour-là, bien que Lady soit mourante ? », demanda Strike.

Tegan secoua la tête.

« Pouvez-vous nous dire précisément comment elle a agressé son mari ? A-t-elle dit quelque chose avant ?

— Non. Elle est arrivée dans la cour, elle a vu ce qui s'était passé, elle a couru rejoindre Mr. Chiswell dans l'écurie, elle a attrapé le marteau et elle lui a donné un coup avec. Il y avait du sang partout. C'était affreux, dit Tegan en revivant la scène. Atroce.

— Qu'a-t-elle fait ensuite ? voulut savoir Robin.

— Elle est restée plantée là. Avec un air… on aurait dit un démon ou un truc comme ça, précisa Tegan de manière inattendue. Sur l'instant, j'ai cru qu'il était mort, qu'elle l'avait tué.

« Ils l'ont internée pendant deux semaines, vous savez. Dans un hôpital. Je devais m'occuper des chevaux toute seule…

« On était tous tristes pour Lady. J'aimais cette jument, je pensais qu'elle allait s'en sortir, mais elle avait renoncé à se battre. Elle ne se levait plus, elle refusait toute nourriture. Je comprenais que Mrs. Chiswell soit bouleversée mais… elle aurait pu le tuer. Il y avait du sang partout, répéta-t-elle. Après ça, j'ai eu envie de démissionner. J'en ai parlé à ma mère. Franchement, Mrs. Chiswell m'a fait très peur, cette nuit-là.

— Pourquoi n'êtes-vous pas partie ? demanda Strike.

— Je ne sais pas trop… Mr. Chiswell voulait que je reste et j'aime tellement les chevaux. Après, quand elle est sortie de l'hôpital, elle était vraiment déprimée et je suppose que je l'ai prise en pitié. Elle allait dans la stalle de Lady et elle pleurait.

— Lady était-elle la jument que Mrs. Chiswell voulait faire… quel est le bon terme ? dit Strike en se tournant vers Robin.

— Saillir ? suggéra cette dernière.

— Oui, c'est ça… par ce célèbre étalon…

— Totilas ? fit Tegan en levant les yeux au ciel. Non, c'était Brandy. Mr. Chiswell n'était pas d'accord pour Totilas ! Ses saillies coûtent une fortune.

— C'est ce qu'on m'a dit. Elle n'aurait pas, par hasard, évoqué un autre étalon ? Un cheval qui s'appelle "Blanc de Blancs", mais j'ignore si…

— Jamais entendu ce nom. Non, Totilas est le meilleur, elle ne voulait que lui. Elle est comme ça, Mrs. Chiswell. Quand elle a une idée en tête, impossible de la faire changer d'avis. C'est une bête exceptionnelle, un cheval de Grand Prix, et elle voulait sa semence… Vous savez qu'elle a perdu un bébé, j'imagine ? »

Strike et Robin acquiescèrent en même temps.

« Maman était bien triste pour Mrs. Chiswell. Elle pensait que cette idée de faire naître un poulain c'était, vous savez, pour compenser. Maman pense que tout est lié à la mort de ce bébé, ses sautes d'humeur permanentes, et le reste…

« Un jour, quelques semaines après sa sortie de l'hôpital, je me souviens, elle était trop bizarre. Sans doute à cause des médicaments qu'ils lui faisaient prendre. Elle planait, elle chantait à tue-tête dans la cour. Je lui ai dit : "Vous êtes bien joyeuse,

Mrs. C". Elle s'est mise à rire et elle m'a répondu : "J'ai presque réussi à convaincre Jasper d'acheter la semence de Totilas". Des clous, oui ! Quand j'ai posé la question à Mr. Chiswell, il n'était pas du tout partant. Il a dit qu'elle prenait ses désirs pour des réalités et qu'il avait déjà du mal à entretenir tous ses chevaux.

— Peut-être voulait-il lui faire une surprise, suggéra Strike. Lui proposer un autre étalon. Moins cher.

— Vous parlez d'une surprise ! Non, c'était Totilas ou rien. » Elle écrasa la cigarette que Strike lui avait offerte, consulta sa montre et dit avec une pointe de regret : « Je n'ai plus que deux minutes.

— Encore deux petites choses et je vous libère, promit Strike. J'ai entendu dire qu'autrefois votre famille connaissait une petite fille nommée Suki Lewis. Elle était en foyer, elle s'est enfuie...

— Non mais vous savez absolument tout ! répéta Tegan, aux anges. Comment vous avez appris ça ?

— Par Billy Knight. Sauriez-vous ce qu'est devenue Suki ?

— Ouais, elle est partie pour Aberdeen. Elle était dans la classe de Dan. Sa mère était un vrai cauchemar : elle buvait, elle prenait de la drogue. Un jour, elle a trop forcé sur la dose et c'est comme ça que Suki s'est retrouvée en foyer. Elle a fugué pour rejoindre son père. Il travaillait dans les gisements de la mer du Nord.

— Et vous pensez qu'elle l'a retrouvé ? », demanda Strike.

Tegan prit un air triomphal, mit la main dans la poche arrière de son pantalon et sortit un portable. Quelques clics plus tard, elle lui présentait une page Facebook avec la photo d'une jeune femme brune radieuse posant au milieu d'un groupe de copines devant une piscine à Ibiza. Sous le bronzage, le sourire blanchi et les faux cils, Strike distingua l'ombre de la gamine maigrichonne aux dents en avant dont il avait trouvé le portrait dans un vieux magazine. La page était au nom de « Susanna McNeil ».

« Vous voyez ? dit gaiement Tegan. Son père avait fondé une nouvelle famille mais il l'a accueillie à bras ouverts. Son vrai prénom c'était "Susanna" mais sa mère l'appelait "Suki". Ma mère est amie avec la tante de Susanna. Il paraît qu'elle va très bien.

— Vous êtes absolument sûre que c'est elle ? insista Strike.

— Je vous le garantis. On est tous contents de savoir qu'elle s'en est sortie. C'était une chouette fille. »

Elle regarda de nouveau sa montre.

« Désolée, ma pause est terminée, faut que j'y retourne.

— Une toute dernière question. Vos frères connaissaient bien la famille Knight ?

— Oui, plutôt. Les garçons n'étaient pas dans la même classe à l'école mais ils travaillaient tous sur le domaine.

— Que font vos frères, aujourd'hui, Tegan ?

— Paul possède une ferme près de Aylesbury et Dan bosse à Londres, il est paysagiste – pourquoi vous écrivez tout ça ? demanda-t-elle, subitement alarmée, en regardant le stylo de Strike danser sur son calepin. Ne leur dites pas que je vous ai vu ! Ils vont croire que je vous ai parlé de ce qui s'est passé là-bas !

— Vraiment ? Et qu'est-ce qui s'est passé là-bas ? »

Le regard inquiet de Tegan se tourna vers Robin, puis revint sur Strike.

« Vous êtes déjà au courant, non ? »

Devant leur silence, elle se sentit obligée de poursuivre :

« Écoutez, Dan et Paul ont juste aidé au transport, au chargement... Mais c'était légal à l'époque !

— Qu'est-ce qui était légal ? demanda Strike.

— Allez, je *sais* que vous savez, dit Tegan, mi-soucieuse, mi-amusée. Quelqu'un a parlé, forcément. Jimmy Knight, j'imagine. Je l'ai vu traîner dans le coin, il n'y a pas si longtemps, il voulait causer à Dan. Enfin bref, ici, tout le monde était au courant. On était censés garder le secret mais on savait tous pour Jack.

— Vous saviez *quoi* ?

— Eh ben... qu'il fabriquait des potences. »

Strike accusa le choc sans frémir, avec juste un petit battement de cils. Robin, en revanche, n'était pas sûre d'être restée de marbre.

« Mais vous le saviez déjà, hein ? répéta Tegan.

— Ouais, la rassura Strike. On le savait.

— Ça ne m'étonne pas, fit Tegan en descendant maladroitement de son tabouret. Mais si vous voyez Dan, ne lui en parlez pas. Il est comme maman. "Moins on en dit, mieux on se porte." Remarquez, c'est pas comme si on avait fait quelque chose de mal. Si vous voulez mon avis, ce pays se porterait mieux s'il y avait encore la peine de mort.

— Merci d'avoir accepté cette rencontre, Tegan », dit Strike. Elle leur serra la main en rougissant un peu.

603

« Pas de problème, répondit-elle d'un air mitigé, comme si elle regrettait qu'ils s'en aillent déjà. Vous restez pour les épreuves ? Brown Panther court dans la 2-30.

— Pourquoi pas ? dit Strike. Nous avons un peu de temps avant notre prochain rendez-vous.

— J'ai parié dix livres sur Brown Panther, confia Tegan. Bon, alors… salut. »

Elle fit quelques pas, puis se retourna vers Strike, les joues encore plus roses.

« Je peux faire un selfie avec vous ?

— Euh, bredouilla-t-il en évitant de croiser le regard de Robin. Désolé, mais je ne préfère pas.

— Je peux avoir un autographe, alors ? »

Décidant que des deux, l'autographe était le moindre mal, Strike signa son nom sur une serviette en papier.

« Merci. »

Tegan s'éloigna en emportant son trophée. Strike attendit qu'elle ait disparu dans le bar pour se tourner vers Robin déjà penchée sur son téléphone.

« Il y a six ans, lut-elle sur l'écran, une directive européenne a interdit aux États membres d'exporter du matériel de torture. Avant cela, il était parfaitement légal d'envoyer à l'étranger des potences fabriquées en Grande-Bretagne. »

64

Parle de manière que je puisse te comprendre.

HENRIK IBSEN, *Rosmersholm*

« " J'AI AGI EN ACCORD AVEC LA LOI et ma conscience", dit Strike en citant l'énigmatique déclaration de Chiswell chez Pratt's. Et c'est la pure vérité. Il n'a jamais caché qu'il était pour le rétablissement de la peine de mort. Je suppose que les arbres ayant servi à fabriquer ces potences étaient sur ses terres.

— De même que l'atelier de menuiserie – sûrement la fameuse grange où Jack o'Kent avait interdit à Raff d'entrer.

— Et j'imagine qu'ils partageaient les bénéfices.

— Attendez, dit Robin en se souvenant du cri poussé par Flick derrière la voiture de Chiswell, à Lancaster House. "Il a mis le cheval dessus"... Cormoran, vous croyez que... ?

— Oui, je crois, dit Strike qui venait d'avoir la même idée qu'elle. "Je ne voulais pas mettre le cheval dessus" : c'est la dernière chose que Billy m'a dite, l'autre jour, à l'hôpital. Il a réussi à graver le White Horse of Uffington sur une porte alors qu'il était en pleine crise... Jack o'Kent obligeait ses deux fils à sculpter ce motif sur les pendentifs qu'il vendait aux touristes et sur les potences qu'il fabriquait pour l'exportation... Chouette petite entreprise familiale ! »

Strike choqua son verre contre la demi-bouteille de champagne, puis avala les dernières gouttes de Doom Bar qui restaient au fond.

« À notre première grande découverte. Comme Jack o'Kent décorait ses potences avec cet emblème couleur locale, rien n'était plus simple que de remonter jusqu'à lui, mais aussi jusqu'au Val du Cheval blanc et Chiswell. Tout concorde, Robin. Rappelez-vous la pancarte de Jimmy, avec ces cadavres d'enfants noirs dessinés dessus. Chiswell et Jack o'Kent expédiaient leurs potences à l'étranger – au Moyen-Orient et en Afrique, probablement. Mais Chiswell ne pouvait pas savoir qu'il y avait un cheval gravé dans le bois. Non, bon sang, il n'était absolument pas au courant », ajouta Strike en se souvenant des paroles que le ministre avait prononcées chez Pratt's. Quand il m'a parlé des photos, il a précisé : "Ils n'ont pas de marque distinctive, pour autant que je le sache."

— Vous savez combien Jimmy disait qu'on lui devait… renchérit Robin comme si elle réfléchissait à haute voix. D'après Raff, Kinvara estimait que Jimmy était dans son droit, au début du moins. Je parie que Jack o'Kent est mort en laissant des potences à vendre…

— … et que Chiswell les a vendues sans prendre la peine d'informer ses fils ni de les dédommager. Très malin, dit-il en hochant la tête. Donc, au début, Jimmy ne faisait que revendiquer la part que son père aurait dû toucher. Une demande parfaitement légitime. Et comme Chiswell a nié lui devoir quoi que ce soit, il est passé au chantage.

— Pourtant, quand on y réfléchit, il y a pire comme moyen de chantage. Vous croyez que Chiswell aurait perdu beaucoup d'électeurs si la chose s'était sue ? Il s'agissait d'un commerce légal, à l'époque, et Chiswell s'était toujours prononcé en faveur de la peine de mort. Personne ne l'aurait traité d'hypocrite. En plus, la moitié de nos concitoyens partagent son opinion sur le sujet. Les gens qui votaient pour Chiswell ne l'auraient pas renié pour autant.

— Encore une bonne remarque, reconnut Strike. Chiswell s'en serait sorti en se drapant dans sa dignité. Surtout qu'il avait surmonté des épreuves bien pires : un adultère, un divorce, la naissance d'un enfant illégitime, un homicide involontaire commis par Raphael alors qu'il conduisait sous l'empire de la drogue, l'emprisonnement du même Raphael…

« … mais n'oublions pas les "conséquences fortuites". Qu'y a-t-il sur ces photos que Winn tenait tant à obtenir du ministère des Affaires étrangères ? Et qui est ce "Samuel" auquel il a fait allusion ce matin, au téléphone ? »

Strike sortit son calepin et nota quelques phrases de son écriture serrée, presque illisible.

« Au moins, fit Robin, nous savons maintenant que Raff disait vrai. Pour le collier. »

Strike acquiesça d'un grognement et, quand il eut fini d'écrire, répondit : « Ouais, dans une certaine mesure.

— Pourquoi "dans une certaine mesure" ?

— Il est plus crédible qu'il soit allé dans l'Oxfordshire pour empêcher sa belle-mère de s'enfuir avec une rivière de diamants que pour lui éviter de faire une bêtise, mais je pense malgré tout que Raff nous cache quelque chose.

— Et la raison qui vous fait penser cela ?

— Toujours la même. Pourquoi Chiswell aurait-il utilisé Raphael comme émissaire alors que sa femme le détestait ? Il n'était pas plus susceptible de la convaincre qu'Izzy par exemple.

— On dirait que vous avez quelque chose contre Raphael. »

Strike leva les sourcils.

« Je n'éprouve aucun sentiment à son égard, ni dans un sens ni dans l'autre. Et vous ?

— Non plus, évidemment, répondit Robin un peu trop vite. Au fait, quelle est cette théorie dont vous parliez avant l'arrivée de Tegan ?

— Ah oui. Ce n'est peut-être rien mais, parmi les choses que Raphael vous a dites, il y en a deux qui m'ont fait tiquer.

— Lesquelles ? »

Strike les lui exposa.

« Je n'y vois rien de révélateur.

— Peut-être pas comme ça, mais si vous les mettez en perspective avec la déclaration de Della…

— Quelle déclaration ? »

Lorsque Strike lui rappela les paroles de Della, Robin ne fut pas plus avancée.

« Je ne vois pas le rapport.

— Prenez le temps de cogiter, répondit Strike avec un grand sourire. Je vais appeler Izzy pour l'informer que Tegan a vendu la mèche et que nous sommes au courant pour les potences. »

Il se leva et traversa la foule, à la recherche d'un endroit moins bruyant où passer son appel. Robin resta assise à faire tourner le champagne qui tiédissait au fond de la mini-bouteille. Mais elle avait beau se creuser la cervelle, elle ne parvenait pas à relier toutes ces informations disparates. Au bout de quelques minutes, elle renonça et se contenta de profiter de la douceur de la brise qui faisait voleter ses cheveux.

Malgré son épuisement, son mariage brisé et son angoisse à l'idée d'aller creuser dans le ravin en pleine nuit, Robin se sentait bien. Elle aimait l'ambiance de cet hippodrome, l'odeur des chevaux, de l'herbe, du cuir, le parfum des élégantes qui sortaient du bar pour rejoindre les tribunes. Des burgers de gibier rôtissaient dans un food-truck, non loin de là, dégageant une odeur appétissante. Pour la première fois depuis le début de la semaine, Robin s'aperçut qu'elle avait faim.

Elle prit le bouchon de champagne et le fit tourner machinalement entre ses doigts. Ce bouchon lui en rappelait un autre, celui qu'elle gardait depuis son vingt et unième anniversaire. Ce jour-là, Matthew avait débarqué à Masham avec ses nouveaux copains de fac, dont une certaine Sarah. Les parents de Robin avaient mis les petits plats dans les grands. Sans doute pour compenser. Car de toute la bande, elle serait la seule à ne pas avoir droit à la grande fête de remise des diplômes.

Strike se faisait attendre. Izzy avait-elle décidé de tout lui déballer, maintenant que le pot aux roses était dévoilé ? songea Robin. Ou cherchait-elle seulement à le retenir au téléphone ?

Pourtant, Izzy n'est pas son type.

Cette pensée lui fit un peu honte, surtout qu'une autre, encore plus mesquine, lui était venue juste après.

Toutes les copines de Strike étaient belles. Izzy ne l'est pas.

La séduction que Strike exerçait sur les femmes les plus ravissantes était d'autant plus étonnante que lui-même n'était pas très gâté par la nature. Il avait une allure d'ours, un nez de boxeur et des cheveux que lui-même comparait à des « poils pubiens ».

Je dois avoir une tête à faire peur, fut sa réflexion suivante, tout aussi futile que les précédentes. Le matin, en montant dans la Land Rover, elle avait vu son visage pâle et bouffi dans le rétro. Depuis, elle avait beaucoup pleuré. Elle prévoyait de s'éclipser quelques minutes pour aller se recoiffer dans les toilettes, faute de mieux, quand elle vit Strike revenir avec un burger de gibier dans chaque main et un ticket de tiercé dans la bouche.

« Izzy ne décroche pas, marmonna-t-il entre ses dents. J'ai laissé un message. Prenez un burger et suivez-moi. Je viens de miser dix livres gagnant placé sur Brown Panther.

— J'ignorais que vous aimiez parier.

— Je ne le fais jamais, dit-il après avoir glissé le ticket dans sa poche. Mais aujourd'hui, je me sens en veine. Allez, on va regarder la course. »

Robin profita que Strike se détournait pour glisser discrètement le bouchon de champagne dans sa poche.

« *Brown* Panther, dit-il, la bouche pleine, en se rapprochant de la piste. Sauf qu'il n'est ni brun ni marron. Il a une crinière noire, donc c'est...

— ... un bai, exact, confirma Robin. Et ce n'est pas non plus une panthère. Ça vous embête ?

— J'essayais juste de suivre la logique. Cet étalon – Blanc de Blancs – que j'ai trouvé sur le Net, il est alezan, pas blanc.

— Pas gris, vous voulez dire.

— Je n'y comprendrai jamais rien », répliqua Strike en feignant l'exaspération.

65

Combien sont-ils qui le font ? Qui osent le faire ?

HENRIK IBSEN, *Rosmersholm*

BROWN PANTHER ARRIVA DEUXIÈME. Ils dépensèrent les gains de Strike dans les divers buffets présents sur place, histoire de tuer le temps jusqu'à l'heure où ils avaient prévu de rejoindre Woolstone et le ravin. Chaque fois qu'elle songeait aux outils de terrassement posés à l'arrière de la Land Rover et au fossé obscur jonché d'orties, Robin sentait son cœur s'affoler. Intentionnellement ou pas, Strike lui fournissait matière à distraction en refusant obstinément de lui expliquer. en quoi les témoignages de Della Winn et de Raphael Chiswell concordaient, et quelle conclusion il en avait tiré.

« Réfléchissez, répétait-il encore et encore. À vous de deviner. »

Mais Robin était trop épuisée pour réfléchir. C'était tellement plus simple de le pousser à s'expliquer tout en avalant café sur café, sandwich sur sandwich, et en profitant de cette inhabituelle plage de calme au milieu d'un emploi du temps toujours surchargé. Sauf à de rares exceptions, dans des périodes de crise, ils n'avaient jamais passé autant d'heures ensemble.

Plus le soleil baissait sur l'horizon, plus Robin appréhendait leur prochaine étape. Remarquant son silence angoissé, Strike lui proposa encore une fois de rester dans la Land Rover pendant que Barclay et lui descendaient dans le ravin pour creuser.

« Non, répondit-elle laconiquement. Je ne suis pas venue pour rester dans la voiture. »

Il fallut trois quarts d'heure pour atteindre Woolstone. Le ciel

à l'ouest perdait rapidement ses teintes orangées quand ils pénétrèrent pour la deuxième fois dans le Val du Cheval Blanc. À l'arrivée, une poignée d'étoiles timides parsemaient la voûte céleste
gris poussière. Robin bifurqua et s'engagea sur le chemin envahi
par la végétation qui menait à Steda Cottage. La voiture avançait
en cahotant d'une ornière à l'autre, écrasant sous ses roues les
broussailles et les petites branches enchevêtrées. À cause des feuillages qui se rejoignaient au-dessus d'eux, ils avaient l'impression
de s'enfoncer dans un tunnel toujours plus obscur.

« Continuez tant que vous pouvez, lui ordonna Strike en vérifiant l'heure à son portable. Barclay est censé se garer derrière
nous. Mais peut-être est-il déjà là. Je lui ai dit 9 heures. »

Robin s'arrêta, coupa le moteur et regarda l'étendue densément
boisée qui les séparait de Chiswell House. On ne les voyait sans
doute pas depuis la maison mais quand même, ils étaient sur une
propriété privée. Elle craignait un peu qu'on les surprenne, mais ce
n'était rien comparé à la peur qu'elle ressentait à l'évocation de cette
chose tapie sous les orties. Pour tromper son angoisse, elle reposa la
question qui lui avait occupé l'esprit tout au long de l'après-midi.

« Réfléchissez, répéta Strike pour la énième fois. Pensez aux
granules de lachesis. C'est pourtant vous qui les avez mises en
avant. Pensez à Chiswell et à ses bizarreries. Quand il s'est moqué
d'Aamir devant tout le monde et qu'il a lancé "Lachesis sait quand
notre tour viendra" ou quand il vous a dit "ils trébuchent l'un après
l'autre" en feignant de chercher la pince à billets de Freddie qui
était en réalité cachée au fond de sa poche.

— J'ai réfléchi à tout cela mais je ne vois pas comment…

— La bonbonne d'hélium, le tube en caoutchouc, introduits chez
lui à l'intérieur d'une caisse de champagne par quelqu'un connaissant son allergie. Comment Flick a-t-elle appris que Chiswell devait
de l'argent à Jimmy ? Songez à la dispute entre Flick avec sa colocataire Laura…

— Ce truc aussi a un lien avec notre affaire ?

— Réfléchissez ! grondait Strike en perdant peu à peu patience.
La brique de jus d'orange trouvée dans la poubelle de Chiswell
ne contenait pas d'amitriptyline. Kinvara surveillait constamment
les faits et gestes de Chiswell. Essayez d'imaginer ce que me dira
la jeune Francesca de la galerie Drummond si j'arrive un jour à

611

l'avoir au téléphone. Souvenez-vous de ce message laissé sur le répondeur du bureau de Chiswell à la Chambre : "ils se pissent dessus quand ils meurent" – en soi, cela ne veut pas dire grand-chose, je vous l'accorde, mais ça devient fichtrement transparent dès qu'on cesse…

— Vous me faites marcher ! fit Robin, incrédule. Votre théorie englobe vraiment tous ces éléments ? Et leur donne un sens ?

— Eh oui, se rengorgea Strike. Elle explique également comment Winn et Aamir ont appris la présence de ces photos au ministère des Affaires étrangères, des photos qui représentent pro-bablement les potences de Jack o'Kent en action, alors qu'Aamir n'y travaillait plus depuis des mois et que Winn n'y avait jamais mis les pieds, pour autant qu'on le sache… »

Le portable de Strike sonna. Il vérifia qui c'était.

« Izzy, dit-il à Robin. Je vais lui répondre dehors. J'ai envie d'une cigarette. »

Il descendit de voiture. Robin entendit juste « Bonsoir Izzy », puis Strike claqua la portière et elle resta au volant à l'attendre, le cerveau en ébullition. De deux choses l'une, soit Strike avait eu une idée de génie, soit il se payait sa tête. Elle avait tendance à pri-vilégier la deuxième solution tant les éléments qu'il venait d'énu-mérer lui semblaient disparates.

Cinq minutes plus tard, Strike regagna son siège.

« Notre cliente n'est pas contente, dit-il en claquant la portière. Tegan était censée nous raconter que Kinvara était ressortie discrè-tement dans la nuit pour aller tuer Chiswell, non pas confirmer son alibi et nous révéler la sombre affaire des potences.

— Izzy l'a confirmée ?

— Avait-elle le choix ? Mais elle l'a fait à contrecœur et en insistant lourdement sur le fait qu'exporter des potences n'était pas interdit en ce temps-là. Je lui ai répondu du tac au tac que son père aurait quand même pu s'abstenir d'escroquer Jimmy et Billy. Et vous aviez raison : Jack o'Kent est mort en laissant derrière lui deux potences à vendre dont personne n'a cru bon de parler aux frères Knight. C'est ça que j'ai eu le plus de mal à lui faire avouer.

— Craindrait-elle qu'ils ne revendiquent une partie de l'héri-tage de Chiswell ?

— Je ne crois pas. Je vois mal Jimmy réclamer de l'argent

gagné en aidant à pendre des pauvres bougres dans un pays du tiers-monde. Ça nuirait à sa réputation, dans les cercles où il évolue. Mais on ne sait jamais. »

Une voiture passa rapidement sur la route derrière eux. Strike se retourna, plein d'espoir.

« Je pensais que c'était Barclay… » Il regarda sa montre. « Il a peut-être raté le sentier.

— *Sérieusement*, Cormoran, dit Robin, moins intéressée par les humeurs d'Izzy ou les faits et gestes de Barclay que par la théorie que Strike persistait à garder pour lui. Avez-vous réellement trouvé ce qui relie toutes ces choses ?

— Ouais, dit Strike en se grattant le menton, j'ai trouvé. Du coup, on se rapproche du *qui* mais je suis toujours aussi infoutu de comprendre *pourquoi*. À moins qu'il s'agisse d'un crime commis sous l'empire de la colère – or, que je sache, aucun indice ne va dans cette direction. Ce n'était pas un coup de marteau sur la tête mais une exécution parfaitement planifiée.

— Et votre célèbre devise "les moyens avant le mobile" ?

— Si j'en suis arrivé là c'est parce que j'ai d'abord étudié les moyens.

— Donc, vous ne me direz même pas si c'est "il" ou "elle" ?

— Aucun bon mentor ne vous priverait du plaisir de le découvrir par vous-même. Il reste des biscuits ?

— Non.

— Heureusement que j'ai pris ça », dit Strike en sortant un Twix de sa poche. Il le déballa et en tendit la moitié à Robin qui l'accepta de mauvaise grâce, ce qui l'amusa.

Aucun des deux ne parla jusqu'à ce qu'ils aient fini de manger leur confiserie. Après quoi, Strike dit sur un ton plus sérieux :

« Nous nous apprêtons à vivre un moment important, quel que soit le résultat de cette fouille. Si rien n'est enterré au fond du ravin dans une couverture rose, l'affaire Billy sera close. Nous saurons qu'il n'y a eu meurtre que dans sa tête, nous cesserons de l'ennuyer et je me concentrerai uniquement sur l'assassinat de Chiswell sans me demander à quel moment du scénario intervient la mort de cette petite fille et qui a bien pu l'étrangler.

— Ou de ce petit garçon, lui rappela Robin. Vous disiez que Billy n'était pas sûr. »

En s'entendant parler, Robin eut une vision d'horreur : un squelette d'enfant enveloppé dans les restes d'une couverture pourrie.
Sera-t-il possible de déterminer le sexe du cadavre ? Retrouvera-
t-on une barrette, un lacet, des boutons, une mèche de cheveux ?

Pourvu qu'il n'y ait rien, pensait-elle. *Oh mon Dieu, pourvu
qu'il n'y ait rien là-dessous.*

Pourtant, elle demanda à haute voix :

« Et s'il y a... quelque chose... quelqu'un... d'enterré dans le
ravin ?

— Alors ma théorie est fausse, car je ne vois pas ce que viendrait faire le meurtre d'un enfant dans l'Oxfordshire avec les éléments que j'ai listés tout à l'heure.

— Pourquoi chercher à tout prix un rapport ? répliqua Robin.
La mort de Chiswell pourrait être une chose et ce truc ici une autre,
complètement différente...

— Non, s'obstina Strike. Ce serait trop énorme comme coïncidence. S'il y a quelque chose dans ce ravin, c'est forcément lié au
reste. Billy assiste au meurtre d'une enfant. Vingt ans plus tard,
son frère fait chanter un homme qui meurt assassiné. L'enfant est
enterrée sur la propriété de Chiswell... Mais je suis prêt à parier
qu'il n'y a rien. Si je pensais vraiment qu'il y a un cadavre ici, j'aurais laissé la police faire le sale boulot à notre place. Ce soir, c'est
uniquement pour Billy que je suis là. Je lui ai fait une promesse. »

Le sentier disparaissait peu à peu. Bientôt, la nuit aurait tout
englouti. Strike regardait son portable toutes les deux minutes.

« Putain mais qu'est-ce qu'il... ? Ah, le voilà ! »

Une paire de phares éclaira le sentier derrière eux. La vieille
Golf de Barclay bringuebala sur quelques mètres puis s'arrêta.
Dans son rétro extérieur, Robin vit une forme descendre et devenir
un être de chair et de sang en arrivant au niveau de Strike. Barclay
transportait un sac de sport ressemblant étrangement à celui qui
était posé sur le plateau de la Land Rover.

« 'soir, lâcha-t-il. Chouette nuit pour piller une tombe.

— Tu es en retard, dit Strike.

— Ouais, je sais. Flick vient de m'appeler. Ça vous branche
d'entendre ce qu'elle m'a raconté ?

— Monte à l'arrière et dis-nous ça. On a encore dix minutes
avant qu'il fasse nuit noire. »

Barclay grimpa sur la banquette de la Land Rover et claqua sa portière. Strike et Robin pivotèrent vers lui.

« Donc, elle m'appelle en bêlant…

— Traduction ?

— En pleurant. En fait, elle se chiait dessus, mais je voulais pas être grossier. La police a débarqué chez elle aujourd'hui.

— Il était temps, dit Strike. Et alors ?

— Ils ont fouillé la salle de bains et ils ont trouvé la note de Chiswell. Ils l'ont interrogée.

— Que leur a-t-elle fourni comme explication ?

— Elle s'est pas étendue. Elle voulait juste savoir où était Jimmy. Elle était dans un sale état. Elle ne cessait de répéter "Dis bien à Jimmy qu'ils l'ont trouvée, il comprendra".

— Et tu sais où est Jimmy ?

— Pas la moindre idée. Je l'ai vu hier mais il m'a rien dit, à part que Flick était en pétard parce qu'il lui avait demandé le numéro de Bobbi Cunliffe. Bobbi lui a tapé dans l'œil, ajouta Barclay en souriant à Robin. Flick a répondu qu'elle le connaissait pas et d'abord, pourquoi ça l'intéressait. Jimmy a trouvé l'excuse qu'il voulait inviter Bobbi à un meeting du Vrai Parti socialiste, mais bon, Flick est pas complètement stupide.

— A-t-elle compris que c'est moi qui l'ai dénoncée ? demanda Robin.

— Pas encore. Elle est trop perturbée pour l'instant.

— Très bien, dit Strike en levant les yeux vers la tranche de ciel qui apparaissait entre les ramures. Il est temps de s'y mettre. Prends ce sac à côté de toi, Barclay. Il y a des outils et des gants à l'intérieur.

— Comment tu vas faire avec ta jambe ? s'inquiéta Barclay.

— Tout seul, tu n'avanceras pas. On y sera encore demain soir.

— Je vais creuser moi aussi, déclara Robin qui se sentait nettement mieux depuis que Strike lui avait dit pourquoi ils ne trouveraient certainement rien dans le ravin. Passez-moi les bottes, Sam. »

Strike venait d'extraire une torche et un bâton de marche de son gros sac.

« C'est moi qui le porte », dit Barclay en hissant le sac sur son épaule par-dessus le sien, geste qui fit s'entrechoquer les outils à l'intérieur.

Ils s'engagèrent sur le sentier. Robin et Barclay calquèrent leur allure sur celle de Strike qui marchait en fixant le halo de sa torche sur le sol et en utilisant sa canne autant pour s'appuyer que pour écarter les obstacles. La terre meuble étouffait les bruits de pas mais le silence de la nuit amplifiait tous les autres : le tintement des pelles et des pioches dans les sacs, les bruissements des petits animaux nocturnes qui, dérangés par les trois géants, détalaient dans les feuillages et le sous-bois. Au loin, du côté de Chiswell House, un chien aboyait. Le Norfolk terrier, sans doute, songea Robin en espérant qu'il n'était pas lâché dans la nature.

En arrivant aux abords de la clairière, elle vit qu'à la faveur de la nuit, la ferme abandonnée s'était transformée en tanière de sorcière. On aurait presque aperçu des silhouettes tapies derrière les vitres brisées. Robin se ressaisit bien vite en se disant que la situation était déjà assez glauque sans qu'elle en rajoute. Avec un « ouf » discret, Barclay laissa tomber les sacs sur le bord du ravin. Il les ouvrit et, à la lumière de la torche, Robin découvrit un assortiment complet : un pic, une pioche, deux barres à mine, une fourche, une petite hache et trois bêches dont une à bout pointu. Et pour finir, plusieurs paires de gants de jardinage.

« Ouais, ça devrait suffire, dit Barclay en examinant, les yeux plissés, la cuvette sombre envahie par les orties. Va falloir commencer par nettoyer tout ça.

— Allons-y, dit Robin en prenant une paire de gants.

— Tu es sûr de toi, patron ? demanda Barclay à Strike qui venait d'en faire autant.

— Je peux bien arracher quelques ronces, non ? grommela Strike.

— Prenez la hache, Robin, dit Barclay en s'emparant de la pioche et d'une barre à mine. On aura pas mal de broussailles à couper. »

Ils dévalèrent la pente raide tous ensemble et se mirent au travail. Pendant une heure, ils tranchèrent les branches sèches et arrachèrent les orties, s'échangeant parfois les outils ou remontant pour en prendre d'autres dans les sacs.

Malgré la fraîcheur de la nuit, Robin transpirait tellement qu'elle dut retirer une couche de vêtements après l'autre. Strike, pour sa part, dépensait beaucoup d'énergie à faire croire qu'il ne souffrait pas d'avoir à se pencher pour bêcher un sol dur et inégal. La plupart du temps, l'obscurité cachait ses grimaces mais, dès que Barclay ou Robin allumait la torche pour voir où ils en étaient, il se redressait et présentait un visage serein.

Concentrée sur cette activité physique intense, Robin avait presque oublié son appréhension. C'était peut-être comme ça, dans l'armée, songeait-elle. Les corvées, la camaraderie détournaient les soldats de l'angoisse du lendemain. À côté d'elle, les deux anciens militaires accomplissaient leur tâche sans se plaindre. À peine poussaient-ils un juron de temps à autre quand une racine ou une branche récalcitrante leur écorchait la peau à travers le tissu.

« Maintenant, on creuse, dit Barclay quand le fond de la cuvette fut suffisamment dégagé. Strike, tu remontes.

— Non, je commence. Robin prendra le relais, répliqua le détective avant de s'adresser à Robin. Reposez-vous un moment. Vous nous éclairerez. Passez-moi la fourche. »

Comme Robin avait grandi avec trois frères, elle en connaissait un bout sur l'ego masculin. Jugeant inutile de prêcher la raison puisque Strike n'écouterait que son orgueil, elle remonta docilement la pente et se posta au bord du ravin en braquant la torche vers eux et en leur jetant tel ou tel outil, en fonction des demandes. La terre était compacte et truffée de cailloux.

C'était un travail de titan. Barclay creusait trois fois plus vite que Strike dont Robin constatait les efforts désespérés pour tenir le rythme. Il avait beaucoup de mal à enfoncer le fer de sa bêche avec son pied valide, car non seulement sa jambe artificielle n'était pas assez solide pour supporter seule le poids de son corps, mais le mouvement en lui-même lui causait de fortes douleurs. Robin qui brûlait d'intervenir choisit de se taire jusqu'à ce qu'elle l'entende jurer entre ses dents et le voie se plier en deux, les traits crispés.

« Dois-je prendre le relais ? proposa-t-elle.

— Je pense que c'est nécessaire », grogna-t-il.

Il se hissa hors du ravin en évitant de trop pousser sur sa jambe droite, prit la torche que lui tendait Robin et la dirigea d'une main ferme sur la tranchée qui commençait à se dessiner. Il préférait ne pas trop penser à l'état de son moignon dont la chair était à vif.

Barclay avait creusé sur une profondeur de soixante centimètres environ quand il prit sa première pause. Il remonta et alla chercher une bouteille d'eau dans son sac de sport. Tandis qu'il s'hydratait et que Robin reprenait son souffle, appuyée sur le manche de sa bêche, de nouveaux aboiements retentirent au loin. Barclay tourna son regard vers Chiswell House, invisible dans les ténèbres.

« Elle a quel genre de chiens ? demanda-t-il.

— Un vieux labrador et un terrier idiot qui ne sait rien faire d'autre que japper, répondit Strike.

— Si elle les lâche, on est mal, dit Barclay en s'essuyant les lèvres d'un revers de manche. Le terrier va foncer droit sur nous à travers les buissons. Ils ont une foutue oreille, ces clebs.

— Alors, espérons qu'ils sont bien attachés, dit Strike, avant d'ajouter : Robin, venez boire un peu d'eau. » Puis il éteignit la torche.

Robin grimpa jusqu'au bord du ravin et prit la bouteille que lui tendait Barclay. Elle avait la chair de poule maintenant qu'elle ne creusait plus. Les petites créatures de la forêt menaient leur sarabande dans le silence de la nuit. Le chien aboyait toujours. Robin crut entendre une femme crier.

« Écoutez !

— Je crois qu'elle lui ordonne de se taire », dit Barclay.

Dix secondes plus tard, le terrier se calma.

« Attendons encore un peu, proposa Strike. Le temps qu'il s'endorme. »

Ils attendirent, avec le frémissement des feuilles en fond sonore. Puis Robin et Barclay reprirent le travail.

Robin n'avait presque plus de force dans les bras, et ses mains se couvraient d'ampoules malgré les gants de protection. Plus ils creusaient, plus le sol devenait dur et les cailloux nombreux. Côté Barclay, la tranchée était nettement plus profonde.

« Robin, je vais vous remplacer, dit Strike.

— Non, répliqua-t-elle, trop épuisée pour mettre les formes. Vous tenez à vous blesser grièvement ?

— Elle a pas tort, mec, fit Barclay hors d'haleine. Balance-nous une autre bouteille, je crève de soif. »

Une heure plus tard, Barclay avait de la terre jusqu'à la taille et les mains de Robin saignaient sous ses gants trop larges dont le tissu râpeux lui entamait les paumes chaque fois qu'elle plantait la barre à mine dans le sol pour extraire une nouvelle pierre.

« Allez… *dégage*… putain… d'imbécile…

— Un peu d'aide ? proposa Strike en faisant le geste de descendre.

— Restez où vous êtes, répliqua-t-elle, irritée. Je n'aurai pas la force de vous soutenir jusqu'à la voiture, pas après ce… »

Un petit cri lui échappa au moment où la pierre finit par céder. Deux insectes qui logeaient en dessous se carapatèrent dans le faisceau de la torche. Strike redirigea celle-ci vers Barclay.

« Cormoran, dit brusquement Robin.

— Quoi ?

— J'ai besoin de lumière. »

Quelque chose dans sa voix alerta Barclay qui s'immobilisa. Au lieu d'obéir à sa requête, et prenant le risque de la mécontenter, Strike dévala le talus et atterrit sur un tas de terre retournée. Dans sa main, la torche décrivit un cercle, aveuglant momentanément Robin.

« Qu'est-ce que c'est ? demanda-t-il.

— Ici. Sur la pierre. »

Barclay les rejoignit. Son jean était incrusté de terre depuis l'ourlet jusqu'aux poches.

La pierre était couverte de boue mais pas seulement. À un endroit, on voyait quelque chose qui ne ressemblait ni à des feuilles ni à de la terre mais à des fibres de laine d'une couleur indéfinissable qui avait dû être du rose.

Tous les trois se tournèrent en même temps vers le creux laissé dans le sol.

« Oh merde », souffla Robin en collant ses deux gants sales sur ses joues. Sous la lumière intense de la torche, brillait une petite surface de tissu rose.

« Donnez-moi ça, dit Strike en attrapant la tige d'acier qu'elle tenait en main.

— Non… ! »

Il la bouscula presque. Dans la demi-pénombre, elle vit son visage crispé, son air furieux. On aurait dit que cette couverture rose le contrariait au plus haut point, comme si sa présence était un affront personnel.

« Barclay, attrape. »

Il lança la barre à son collaborateur.

« Essaie de dégager ce côté-ci, mais sans rien abîmer. Robin, placez-vous en face avec la fourche. Et fais attention à mes mains », dit Strike à l'intention de Barclay. Il coinça la torche entre ses dents, s'agenouilla et se mit à creuser avec les doigts.

Robin se figea. « Écoutez. »

Le terrier recommençait à hurler dans la nuit.

« Est-ce que j'ai poussé un cri, tout à l'heure, en retournant la pierre ? demanda-t-elle. Oui, c'est ça, j'ai dû le réveiller.

— Ça n'a plus d'importance maintenant, dit Strike en balayant d'un revers de main la terre étalée sur la couverture. *Creusez.*

— Mais si…

— On verra bien. Pour l'instant, creusez. »

Robin planta sa fourche. Au bout de deux minutes, Barclay troqua la barre à mine contre une pelle. Petit à petit, la couverture rose apparut dans toute sa longueur mais elle et son contenu étaient enfouis encore trop profondément pour qu'on les sorte sans risquer de les endommager.

« Ce n'est pas un adulte », observa Barclay.

Le terrier continuait à japper près de Chiswell House.

« On devrait appeler la police, Strike, dit Barclay en s'arrêtant pour essuyer la sueur et la boue collées sur son front. On ne serait pas en train de dégrader une scène de crime ? »

Strike ne répondit pas. Légèrement nauséeuse, Robin le regardait tâter la couverture pour tenter de deviner ce qui se cachait dessous.

« Remontez, lui dit-il. Il y a un couteau dans mon sac. Un couteau Stanley. Dépêchez-vous. »

Le terrier hurlait toujours, et de plus en fort, estima Robin en escaladant le talus. Elle dénicha le couteau au fond du sac et revint avec.

« Cormoran, je crois que Sam a raison, murmura-t-elle. Nous devrions laisser cela à…

— Donnez-moi ce couteau, ordonna-t-il, la main tendue. Vite, allez, j'y suis presque. C'est le crâne. *Vite !* »

Elle s'exécuta à contrecœur. Il y eut un bruit de tissu qu'on perce puis qu'on déchire.

« Qu'est-ce que vous faites ? murmura-t-elle en le voyant empoigner quelque chose et tirer.

— Nom de Dieu, Strike, s'énerva Barclay. Tu vas lui arracher... »

Avec un craquement sinistre, la terre recracha une forme pâle et allongée. Robin poussa un cri étouffé, recula d'un pas et tomba assise sur la pente inclinée.

« Nom de... », fulminait Barclay.

Strike fit passer la torche dans sa main libre et braqua le faisceau sur la chose qu'il venait de déterrer. C'était un crâne de cheval, tout blanc et partiellement défoncé.

66

Ne pas rester là à ressasser des énigmes insolubles.

Henrik Ibsen, Rosmersholm

PROTÉGÉ DURANT DES ANNÉES par la couverture rose, le crâne luisait comme de l'ivoire sous le halo blafard de la torche. Son museau effilé, ses maxillaires étroites lui donnaient un aspect étrangement reptilien. Quelques dents s'y accrochaient encore. Il présentait deux cavités, en plus des orbites oculaires : l'une à la mâchoire, l'autre à la tempe. Leurs bords étaient irréguliers, comme fendillés.

« On lui a tiré dessus », dit Strike en tournant lentement le crâne entre ses mains. Un troisième impact avait brisé l'os mais sans faire de trou.

Robin se serait sentie beaucoup plus mal devant un crâne humain, elle en avait parfaitement conscience, et pourtant, elle était encore secouée par le bruit ignoble qui avait retenti au moment où Strike l'avait arraché à la terre, et par la vision soudaine de cette fragile coquille qui avait abrité la vie et n'était plus à présent qu'une chose inerte, rongée par les bactéries et les insectes.

« Les vétérinaires euthanasient les chevaux en leur tirant une balle dans le front, dit-elle. Pas en les aspergeant de plombs.

— C'était une carabine, précisa Barclay en s'approchant pour examiner les dégâts. Et ils ont tiré au hasard.

— Il n'est pas bien grand. D'après vous, c'est un poulain ? demanda Strike à Robin.

— Peut-être, mais je dirais plutôt un poney, ou un cheval nain. »

Ils continuèrent à observer le crâne sous toutes ses coutures, comme si le mal qu'ils s'étaient donné pour l'extraire lui conférait un caractère mystérieux, au-delà de sa simple existence.

« Donc Billy a bien assisté à un enterrement, dit enfin Strike.

— Mais ce n'était pas un cadavre d'enfant, compléta Robin. Vous ne serez donc pas obligé de revoir votre théorie.

— Quelle théorie ? demanda Barclay dans le vide.

— Je n'en suis pas si sûr, Robin, répondit Strike dont le visage éclairé par en dessous avait pris un aspect fantomatique. S'il n'a pas inventé l'enterrement, pourquoi aurait-il inventé… ?

— Merde, s'écria Barclay. Elle l'a fait. Elle a lâché les chiens. »

En effet, les aboiements aigus du terrier et ceux plus graves du labrador résonnaient maintenant à l'air libre. Strike laissa tomber le crâne.

« Barclay, ramasse les outils et fiche le camp d'ici. Nous tiendrons les chiens à distance.

— Et pour le…

— On laisse tout en l'état. Pas le temps de remblayer, dit Strike en commençant à grimper malgré la douleur qui lui transperçait la jambe. Robin, dépêchez-vous, venez avec moi…

— Et si elle appelait la police ? », dit Robin. Elle sortit du ravin la première et se retourna pour aider Strike.

« On improvisera, répondit-il, hors d'haleine. Il faut rejoindre les chiens avant qu'ils ne trouvent Sam. »

La végétation devant eux était presque inextricable. Comme Strike avait laissé sa canne dans le ravin, Robin lui saisit le bras pour pouvoir le rattraper au cas où il trébucherait. Il avançait aussi vite que possible mais à chaque pas, de terribles élancements lui arrachaient des grognements. Robin vit un point lumineux vaciller entre les feuillages. Quelqu'un était sorti de la maison avec une torche.

Au même instant, le terrier surgit du sous-bois en aboyant frénétiquement.

« Oui, tu es un bon toutou, tu nous as trouvés ! » lui lança Robin, essoufflée.

Peu sensible à son accueil, le chien bondit vers elle, babines retroussées. Robin refroidit ses ardeurs en donnant un coup de pied dans l'air. Le gros labrador n'allait pas tarder à apparaître ; on l'entendait approcher.

« Petit con », rugit Strike en essayant de repousser le Norfolk terrier qui tournait autour d'eux à la recherche d'une ouverture pour attaquer. Dix secondes plus tard, le chien dut capter l'odeur de Barclay car il tourna brusquement la tête et partit ventre à terre vers le ravin.

« Merde, souffla Robin.

— Tant pis, on continue », ordonna Strike en se demandant jusqu'où il pourrait supporter la brûlure atroce qu'il ressentait au niveau du moignon.

Ils avaient à peine fait dix pas que le labrador obèse se campa devant eux.

« Brave toutou, oui, c'est bien », roucoula Robin. Le chien, que cette partie de chasse n'enthousiasmait guère, se laissa facilement attraper par le collier. « Allez, viens avec nous », dit-elle en le tenant d'une main tandis que de l'autre elle soutenait Strike. Et ils se remirent en route. Le point lumineux grossissait à vue d'œil sur la pelouse de croquet envahie par les mauvaises herbes. Une voix perçante appela :

« Badger ! Rattenbury ! Qui c'est ? Qui est là ? » Derrière la torche mouvante se découpait une silhouette dodue.

« Tout va bien, Mrs. Chiswell ! cria Robin. Ce n'est que nous !

— Qui ça "nous" ? Qui êtes-vous ?

— Je m'en charge, marmonna Strike avant de lancer à pleine voix, Mrs. Chiswell, c'est Cormoran Strike et Robin Ellacott.

— Qu'est-ce que vous faites ici ? hurla-t-elle tandis que l'espace entre eux diminuait rapidement.

— Nous sommes allés interroger Tegan Butcher au village, Mrs. Chiswell, dit Strike en fendant péniblement l'herbe haute, escorté de Robin et du paresseux Badger. Nous passions sur la route quand nous avons vu deux individus s'introduire sur votre propriété.

— Deux individus ? Où ça ?

— Vers les bois, par là-bas », répondit Strike. Au loin, le terrier continuait à aboyer comme un fou. « On n'avait pas votre numéro, sinon on aurait appelé pour vous avertir. »

Kinvara n'était plus qu'à quelques mètres d'eux. Elle avait enfilé une grosse veste matelassée sur une chemise de nuit en soie noire, et ses mollets nus dépassaient d'une paire de bottes en caoutchouc. On la sentait choquée, perplexe. Strike lui opposa une totale assurance.

« Nous devions intervenir puisque nous étions les seuls témoins de l'effraction », dit-il, le souffle court, le visage crispé. Il fit encore quelques pas vers elle, toujours avec l'aide de Robin, puis héroïque mais modeste, s'arrêta et dit : « Pardonnez notre tenue. Le terrain est boueux et je suis tombé deux fois. »

Une brise glacée balayait la pelouse sombre. Kinvara le regarda fixement, hésitant entre la surprise et le soupçon, puis elle hurla :

« RATTENBURY ! *RATTENBURY !* »

Elle se retourna vers Strike : « À quoi ressemblaient-ils ?

— Des hommes jeunes, inventa Strike, et sportifs à voir la vitesse à laquelle ils se déplaçaient. Sachant que vous aviez déjà eu de la visite…

— Oui. Oui, en effet », fit Kinvara d'une voix tendue. Puis, elle ajouta, comme si elle venait de remarquer l'état pitoyable de Strike qui s'appuyait lourdement sur Robin en grimaçant de douleur : « Vous feriez mieux d'entrer.

— Merci mille fois, dit Strike avec gratitude. C'est très aimable à vous. »

Kinvara s'approcha de Robin, attrapa sèchement le collier du labrador et se remit à beugler « RATTENBURY ! ». Comme le terrier s'obstinait à japper au loin, elle fit volte-face et partit vers la maison en traînant Badger qui donnait quelques signes de rébellion. Les deux détectives lui emboîtèrent le pas.

« Et si elle appelle la police ? murmura Robin à l'oreille de Strike.

— Ne mettons pas la charrue avant les bœufs. »

L'une des portes-fenêtres du salon était ouverte. Kinvara était sans doute sortie par là car cette issue donnait directement sur les bois.

« Nous sommes crottés, l'avertit Robin quand ils foulèrent l'allée de gravier entourant la maison.

— Pas grave. Vous n'avez qu'à laisser vos bottes dehors, répondit Kinvara en entrant dans le salon sans retirer les siennes. Je prévois de changer la moquette, de toute façon. »

Robin se déchaussa, suivit Strike à l'intérieur et ferma la fenêtre.

Une seule lampe éclairait la pièce sinistre.

« Deux individus ? répéta Kinvara en pivotant vers Strike. Par où dites-vous qu'ils sont passés ?

— Ils ont franchi le mur qui borde la propriété.

— Ils vous ont vus ?

— Oui, dit Strike. Nous avons freiné en les apercevant mais ils se sont enfuis à travers bois. Je pense que notre intervention les a dissuadés d'aller plus loin. Enfin j'espère. D'après vous ? demanda-t-il à Robin.

— Oui, confirma-t-elle. Ils ont fait demi-tour dès qu'ils ont entendu les chiens.

— J'ai l'impression que Rattenbury est toujours aux prises avec l'un d'entre eux, dit Kinvara. Mais ça pourrait tout aussi bien être un renard. Il devient fou quand il en renifle un. »

Strike venait de noter un changement depuis leur dernier passage. Au-dessus de la cheminée, à l'endroit même où il avait vu la toile représentant une jument et son poulain, un rectangle rouge sombre se détachait sur le papier peint délavé.

« Qu'est devenu votre tableau ? », demanda-t-il.

Kinvara suivit le regard de Strike et répondit, après une légère hésitation :

« Je l'ai vendu.

— Tiens ! Je pensais que vous y étiez très attachée ?

— Torquil m'en a dégoûtée avec ce qu'il a dit le jour de votre visite. Je ne supportais plus de le voir accroché là.

— Ah. »

Rattenbury continuait à s'égosiller au fond des bois, preuve selon Strike qu'il avait trouvé Barclay, sans doute pendant que celui-ci regagnait sa voiture en ployant sous le poids des deux sacs d'outils. Le labrador obèse, auquel Kinvara avait rendu la liberté, poussa un simple jappement, trottina jusqu'à la fenêtre et se mit à gratter la vitre en gémissant.

« Même si j'appelle la police, ils ne seront jamais là à temps, dit Kinvara, oscillant entre colère et inquiétude. Je ne suis pas leur priorité. Ils croient que je me fais des idées.

« Je vais aller jeter un coup d'œil dans l'écurie », décida-t-elle soudain. Mais, au lieu de ressortir par la porte-fenêtre, elle traversa le salon, passa dans le vestibule, referma derrière elle et, d'après le bruit de ses pas, pénétra dans une autre pièce.

« J'espère que Rattenbury n'a pas mordu Barclay, murmura Robin.

— Et moi j'espère que Barclay ne lui a pas défoncé le crâne à coups de pelle », répondit Strike sur le même ton.

La porte se rouvrit. Robin frémit en voyant Kinvara s'encadrer sur le seuil, un revolver à la main.

« Donnez-moi ça », dit Strike en clopinant vers elle. Il lui prit l'arme et l'examina. « Un Harrington & Richardson à sept coups ? Sa détention est illégale, madame Chiswell.

— Il appartenait à Jasper, déclara-t-elle comme si cela justifiait tout. Je ferais mieux de…

— Je vous accompagne, dit Strike sur un ton sans appel. Robin restera ici pour surveiller la maison. »

Strike ouvrit la porte-fenêtre sans lui laisser le temps de protester. Profitant de l'occasion, Badger sortit et se transporta jusqu'au jardin où il se remit à donner de la voix.

« Pour l'amour du ciel ! Vous n'auriez pas dû le lâcher. Badger ! », hurla Kinvara. Elle pivota vers Robin, lui ordonna « Ne bougez pas ! » et alla rejoindre le labrador, entraînant dans son sillage Strike qui tenait toujours le revolver. Robin les regarda s'enfoncer dans l'obscurité, clouée sur place par la brutalité avec laquelle Kinvara lui avait parlé.

En s'engouffrant dans le salon, l'air de la nuit avait fait baisser la température de quelques degrés supplémentaires. Robin marcha vers la cheminée. Le panier posé près de l'âtre contenait des feuilles de papier journal, des bûches et des allume-feu. Une bonne flambée ne lui aurait pas déplu mais, en l'absence de Kinvara, elle préféra s'abstenir. La pièce autour d'elle était toujours aussi miteuse, peut-être même plus à présent qu'il ne restait sur ses murs que les quatre gravures montrant des vues de la région. Dehors, on entendait toujours les chiens aboyer mais, dans la maison, tout était calme et silencieux. Robin remarqua toutefois un bruit qui lui avait échappé la dernière fois, à cause des éclats de voix. Le tic-tac puissant d'une grosse horloge comtoise posée dans un coin du salon.

Robin commençait à subir les contrecoups des efforts qu'elle avait fournis en bêchant la terre pendant des heures. Elle avait mal dans tous les muscles et ses paumes couvertes d'ampoules brûlaient. Elle s'assit sur le canapé défoncé, croisa les bras autour d'elle pour tenter de se réchauffer et entendit un craquement venant du plafond, comme si quelqu'un marchait au premier.

Robin leva vivement la tête. Non, elle se faisait des idées. Les vieilles demeures produisaient des tas de bruits insolites qui disparaissaient dès qu'on y était habitué. Chez ses parents, la nuit, les radiateurs toussotaient, les portes gémissaient à cause du chauffage central. Pas de quoi s'affoler.

Le plafond craqua de nouveau, quelques mètres plus loin.

Robin bondit sur ses pieds, cherchant du regard un objet qui pourrait lui servir à se défendre. Sur une table au bout du canapé, elle avisa une horrible statuette en bronze représentant une grenouille. Au moment où ses doigts entrèrent en contact avec la surface froide et rugueuse du presse-papiers, un troisième craquement retentit. Les pas au-dessus d'elle semblaient progresser en ligne droite.

Robin resta immobile pendant près d'une minute, tous ses sens en alerte. Strike lui aurait dit « restez où vous êtes », songea-t-elle avant qu'un autre bruit, un frottement cette fois, la persuade qu'il y avait effectivement quelqu'un au premier.

Sur la pointe des pieds – par chance, elle était en chaussettes –, Robin sortit du salon sans toucher la porte de peur qu'elle ne grince, et se posta au centre du vestibule dallé, sous le lustre qui diffusait une lumière inégale à cause des ampoules grillées. Le cœur battant, elle se représenta la personne à l'étage dans la même position qu'elle, immobile, la tête penchée, les yeux grands ouverts. La grenouille en bronze serrée dans sa main droite, Robin s'avança vers l'escalier. Elle voyait le palier du premier étage plongé dans la pénombre. Du fond des bois, lui parvenaient les aboiements des chiens.

Elle avait gravi la moitié des marches quand, de nouveau, elle crut entendre bouger : une semelle frottant sur la moquette, une porte pivotant sur ses gonds.

Il était inutile de crier « Il y a quelqu'un ? », songea Robin. Si cette personne avait voulu manifester sa présence, elle n'aurait pas laissé Kinvara sortir seule en pleine nuit au risque de se retrouver nez à nez avec les intrus qui avaient effrayé les chiens.

Parvenue sur le palier, Robin vit en travers du sol un rai de lumière tendu comme un doigt. Il provenait de la seule pièce éclairée, la plus éloignée aussi. Un frisson grimpa le long de son dos, lui hérissa le cuir chevelu. Elle poursuivit son chemin en imaginant l'inconnu caché derrière l'une des trois portes entrouvertes qu'elle venait de dépasser. Sans cesser de regarder par-dessus son épaule, elle poussa le battant du bout des doigts et entra en brandissant la grenouille comme pour frapper.

Un grand désordre régnait dans la pièce par ailleurs inoccupée. La chambre de Kinvara vraisemblablement. Une lampe brillait sur la table de chevet, côté porte. Le lit était défait, comme si quelqu'un s'était levé en toute hâte, impression confirmée par le gros édredon blanc crème qui gisait en tas sur la moquette. Les portraits de chevaux qui couvraient les murs étaient tous de piètre facture. Même pour une béotienne comme Robin, ils n'avaient rien de commun avec la toile qu'elle avait vue dans le salon quelques jours plus tôt et que Kinvara disait avoir décrochée depuis. Les portes du placard étaient ouvertes, mais seul un Lilliputien aurait pu se glisser entre les vêtements suspendus à l'intérieur.

Robin revint sur le palier en serrant nerveusement le presse-papiers en bronze. Elle prit le temps de s'orienter. Les bruits de pas qu'elle avait entendus quand elle était au rez-de-chaussée, provenaient d'une pièce située exactement au-dessus d'elle, c'est-à-dire la seule dont la porte était fermée.

Sous les regards dont elle imaginait la présence autour d'elle, Robin tendit le bras, posa la main sur la poignée, poussa la porte, chercha l'interrupteur à tâtons, alluma et entra.

La lumière vive lui révéla une chambre glacée, chichement meublée d'un lit en cuivre et d'une commode. Des tentures suspendues à d'antiques tringles dorées cachaient la fenêtre et le jardin en dessous. Un tableau encadré reposait à plat sur le lit. C'était la jument à la robe blanche tachée de brun, éternellement penchée sur son poulain blanc couché dans la paille.

De la main gauche, l'autre étant toujours crispée sur le presse-papiers, Robin chercha dans sa poche, sortit son portable et prit quelques photos de la « Jument éplorée ». On aurait dit que quelqu'un l'avait abandonnée là avant de s'enfuir, songea-t-elle.

Robin entendit un bruit derrière elle et se retourna vivement, encore éblouie par le cadre doré qui s'était imprimé sur sa rétine à cause du flash. Les voix de Strike et de Kinvara résonnaient à l'extérieur. Ils n'allaient pas tarder à regagner le salon.

Vite, Robin éteignit la chambre d'amis, traversa le palier et dévala les marches le plus discrètement possible. Craignant de ne pouvoir arriver à temps, elle bifurqua vers les toilettes du rez-de-chaussée, tira la chasse, revint en courant dans le vestibule et déboucha dans le salon au moment précis où Kinvara entrait par la porte-fenêtre.

67

*Tu vois – j'avais de bonnes raisons de jeter jalouse-
ment un voile sur notre alliance.*

HENRIK IBSEN, *Rosmersholm*

LE NORFOLK TERRIER SE DÉBATTAIT dans les bras de Kinvara,
collant ses pattes crottées sur ses vêtements. En voyant
Robin, il se mit à aboyer et à gigoter de plus belle.

« Désolée, j'avais très envie de faire pipi », dit Robin, essoufflée,
la grenouille en bronze cachée dans son dos. La citerne de la vieille
chasse d'eau confirma son alibi avec des vrombissements et autres
glouglous qui résonnèrent à travers le vestibule dallé. « Vous avez
trouvé quelque chose ? », demanda-t-elle quand Strike franchit la
porte-fenêtre en claudiquant.

— Rien du tout », répondit-il, les traits marqués par la souffrance. Il attendit que le labrador le rejoigne, langue pendante, et
referma la fenêtre avec la main qui ne tenait pas le revolver. « En
revanche, il y avait bien des rôdeurs dans les bois. Les chiens les ont
sentis mais je crois qu'ils sont partis. C'est une sacrée coïncidence
qu'on soit passés devant juste au moment où ils sautaient le mur.

— Vas-tu la fermer, Rattenbury ! », hurla Kinvara.

Elle fit asseoir le terrier et, comme il continuait à aboyer contre
Robin, le menaça d'une tape. Effrayé, il partit en couinant se coucher dans un coin, près du labrador.

« Ça va les chevaux ? », demanda Robin. Puis elle marcha vers
la petite table où elle avait trouvé le presse-papiers.

« L'une des portes de l'écurie était mal fermée », dit Strike. Il se
baissa pour tâter son genou et fit la grimace. « Mais Mrs. Chiswell

pense que c'est un oubli de sa part. Ça vous ennuie si je m'assois, madame Chiswell ?

— Je... non, bien sûr que non », répondit sèchement Kinvara.

Elle s'approcha d'une table encombrée de bouteilles, déboucha un whisky Famous Grouse et s'en versa une bonne dose. Profitant qu'elle avait le dos tourné, Robin remit la grenouille à sa place en essayant de capter le regard de Strike qui venait de s'affaler dans le canapé en poussant un petit gémissement. Mais Strike n'avait d'yeux que pour Kinvara et ses bouteilles d'alcool.

« Je prendrais bien un verre moi aussi », lâcha-t-il au risque de paraître impoli. Puis il entreprit de se masser le genou droit. « Je crois que je vais devoir retirer ma prothèse. Ça ne vous ennuie pas ?

— Euh, ben... non, pas du tout. Que voulez-vous boire ?

— Un scotch, s'il vous plaît », dit Strike en posant le revolver sur la table à côté de la grenouille. Il retroussa sa jambe de pantalon et d'un coup d'œil appuyé, ordonna à Robin de s'asseoir aussi.

Profitant que Kinvara était occupée à le servir, Strike détacha les sangles qui retenaient sa jambe artificielle. Quand elle se retourna pour lui tendre son verre, elle le regarda faire durant quelques secondes, aussi fascinée qu'embarrassée, mais baissa les yeux dès que le moignon apparut. Strike posa la prothèse contre le canapé et rabattit sa jambe de pantalon.

« Merci beaucoup », dit-il en attrapant son verre. Il prit une bonne gorgée de whisky.

Kinvara était coincée. Comment aurait-elle pu chasser de chez elle cet homme handicapé qui lui avait porté secours, théoriquement du moins, et à qui elle venait d'offrir un verre ? De guerre lasse, elle s'assit en face des deux détectives, le visage fermé à double tour.

« En réalité, madame Chiswell, j'étais sur le point de vous appeler, tout à l'heure, dit Strike. J'ai besoin que vous confirmiez certaines des choses que Tegan nous a apprises, aujourd'hui. On pourrait faire ça maintenant, si vous voulez, on en serait débarrassés. »

Kinvara frissonna et, du coin de l'œil, regarda la cheminée vide. Robin proposa gentiment : « Je peux faire du...

— Non, la coupa Kinvara. Je m'en charge. »

Elle se leva, prit du papier journal dans le panier posé à côté de l'âtre et se mit au travail. Pendant qu'elle entassait des petits bouts de bois par-dessus l'allume-feu et les feuilles de papier froissées, Robin réussit enfin à capter l'attention de Strike.

Elle articula silencieusement : « Il y a quelqu'un là-haut. » Mais avait-il compris ? se demanda-t-elle en voyant son air perplexe. Déjà, il se tournait vers Kinvara.

Cette dernière craqua une allumette. Des flammèches jaillirent du monticule. Kinvara récupéra son verre entamé, le remplit à ras bord et, serrant son manteau autour d'elle, revint près de la cheminée choisir une bûche qu'elle lâcha dans le feu naissant. Après quoi, elle retourna s'asseoir.

« Allez-y, j'écoute, fit-elle platement. Que voulez-vous savoir ?

— Comme je le disais, nous avons discuté avec Tegan Butcher aujourd'hui.

— Et ?

— Et nous savons maintenant pourquoi Jimmy Knight et Geraint Winn faisaient chanter votre mari. »

Kinvara ne manifesta aucune surprise.

« Je leur ai dit, à ces deux sottes, que vous finiriez par comprendre, déclara-t-elle en haussant les épaules. Izzy et Fizzy. Tout le monde par ici savait ce que Jack o'Kent trafiquait dans sa grange. Quelqu'un aurait vendu la mèche un jour ou l'autre, c'était évident. »

Elle prit une bonne gorgée de whisky.

« Vous savez tout, n'est-ce pas ? Les potences ? Le jeune homme au Zimbabwe ?

— Samuel, c'est cela ? tenta Strike.

— Exactement, Samuel Mu… Mudrap ou un truc comme ça. »

Soudain les flammes enveloppèrent la bûche, provoquant une douche d'étincelles.

« Quand on a su que ce garçon avait été pendu, Jasper a paniqué. Il craignait qu'ils n'aient utilisé l'une de ses potences. Mais vous savez déjà tout ça. Vous savez qu'il y avait deux cargaisons mais qu'une seule est arrivée à destination. L'autre a disparu, volée avec le camion qui la transportait, peut-être. Voilà comment l'une des potences s'est retrouvée dans la nature.

« Les photos sont plutôt macabres, il paraît. Les Affaires étrangères pensent qu'il y a eu erreur sur la personne. Jasper doutait que les autorités puissent remonter jusqu'à lui mais Jimmy a dit qu'il pouvait les aider.

« Je *savais* que vous découvririez tout, répéta Kinvara d'une voix amère. Tegan est incapable de tenir sa langue.

— Donc, pour que tout soit bien clair, dit Strike, la première fois où Jimmy Knight est passé vous voir, il réclamait sa part et celle de Billy sur les deux potences dont son père avait achevé la fabrication peu avant sa mort.

— Exactement, confirma Kinvara en sirotant son whisky. La paire valait quatre-vingt mille livres. Il en voulait quarante.

— Mais je suppose, poursuivit Strike, se souvenant que Jimmy était revenu une semaine après en demandant deux fois moins, que votre mari l'a informé qu'il avait seulement touché la moitié de la somme, l'une des potences ayant disparu en cours de route.

— Oui, répondit Kinvara avec un haussement d'épaules. C'est pour ça que Jimmy est descendu à vingt mille. Mais nous avions déjà tout dépensé.

— La première fois qu'il est venu, comment avez-vous réagi ? »

Robin la vit rougir, mais impossible de dire si c'était à cause du whisky ou d'autre chose.

« Eh bien, je comprenais son point de vue, si vous voulez la vérité. Et je trouvais qu'il avait raison de faire valoir ses droits. Selon les termes de l'accord passé entre Jasper et Jack o'Kent, la moitié des recettes tirées de la vente des potences devait revenir aux fils Knight. Mais Jasper soutenait que Jimmy devait faire une croix sur celle qui avait été volée et que, sur la somme restante, il fallait retirer les coûts de stockage dans la grange, les frais de transport…, etc. Il était persuadé que Jimmy ne lui ferait pas de procès même s'il en avait très envie. Il n'aimait pas Jimmy.

— Sans doute parce qu'ils n'étaient pas du même bord politique », dit Strike.

Kinvara esquissa un sourire narquois.

« C'était un peu plus personnel que ça. Vous êtes au courant pour Jimmy et Izzy ? Non, bien sûr… Tegan est trop jeune pour connaître cette histoire-là. Oh, ça ne s'est passé qu'une seule fois, s'empressa-t-elle d'ajouter comme si elle craignait que Strike s'offusque. Mais pour Jasper c'était déjà trop. Un homme comme

Jimmy Knight ne pouvait pas dépuceler sa fille bien-aimée, vous imaginez bien...

« Cela dit, même s'il l'avait voulu, Jasper n'aurait pas pu le dédommager, reprit-elle. L'argent avait servi à combler notre découvert et à réparer le toit de l'écurie. J'ignorais tout, ajouta-t-elle, comme pour devancer un éventuel reproche, jusqu'à ce que Jimmy me parle de l'accord passé entre Jasper et Jack o'Kent. Je n'avais eu que la version de Jasper. Il se disait seul propriétaire de ces potences et moi, *naturellement*, je le croyais. C'était mon mari, après tout. »

De nouveau, elle se leva et alla se resservir. Le labrador obèse se dressa sur ses pattes, contourna le canapé et se laissa tomber devant la cheminée où le feu ronronnait joyeusement. Le Norfolk terrier le suivit en trottinant, mais au lieu de profiter de la douce chaleur, se planta devant Strike et Robin en montrant les dents.

« La ferme, Rattenbury, lui intima Kinvara.

— J'ai encore deux ou trois questions à vous poser, dit Strike. D'abord, est-ce que votre mari avait un code sur son téléphone ?

— Bien sûr. Il était obsédé par la sécurité.

— Donc il ne donnait pas son code à beaucoup de gens ?

— Même moi, je l'ignorais. Pourquoi cette question ? »
Strike ne releva pas.

« Votre beau-fils a changé de version en ce qui concerne son emploi de temps, le matin où votre mari est mort.

— Tiens donc ? Qu'est-ce qu'il raconte maintenant ?

— Qu'il est venu ici pour vous empêcher de vendre un collier qui était dans la famille depuis...

— Il s'est donc décidé à dire la vérité », l'interrompit-elle en se retournant, son verre de whisky dans la main. Avec ses joues vermeilles et ses longs cheveux roux ébouriffés par le vent de la nuit, elle faisait un peu négligé, à présent. En regagnant le canapé, elle oublia de rapprocher les bords de son manteau, si bien qu'ils virent la nuisette noire qu'elle portait dessous et le vertigineux sillon entre ses deux seins. « Oui, reprit-elle en s'écroulant sur les coussins défoncés, il voulait m'empêcher de partir avec le collier, chose que, soit dit en passant, je suis *parfaitement* en droit de faire. Il m'appartient, c'est dans le testament. S'il ne voulait pas que je l'aie, Jasper n'avait qu'à faire un peu plus attention en le rédigeant, n'est-ce pas ? »

Robin se souvenait des larmes que Kinvara avait versées, la fois précédente, dans cette même pièce. Elle l'avait prise en pitié, malgré l'attitude odieuse qu'elle avait eue envers elle peu de temps auparavant. Mais ce soir, Kinvara n'avait plus rien de la veuve accablée de chagrin, songea Robin, peut-être à cause de l'alcool et du choc qu'elle avait reçu en les découvrant sur ses terres.

« Donc, vous confirmez sa version ? insista Strike. Raphael est bien venu jusqu'ici pour vous empêcher de partir avec le collier ?

— Vous ne le croyez pas ?

— Non, pas vraiment.

— Et pourquoi ?

— Ça sonne faux. Je crois que, ce matin-là, votre mari n'était pas en état de se rappeler ce qu'il avait mis ou pas dans son testament.

— Il était assez en forme pour m'appeler et me demander si j'étais vraiment sûre de vouloir le quitter, répliqua Kinvara.

— Lui avez-vous dit votre intention de vendre le collier ?

— Non, pas explicitement. J'ai dit que je partirais dès que j'aurais trouvé un endroit où vivre avec mes chevaux. Je suppose qu'il s'est demandé comment j'allais faire, puisque je n'ai quasiment pas d'argent à moi. Et c'est alors qu'il a dû penser au collier.

— Si je comprends bien, Raphael a agi par loyauté envers un père qui l'avait rayé de son testament. »

Kinvara posa sur Strike un regard long et pénétrant par-dessus son verre de whisky. Puis elle se tourna vers Robin.

« Voulez-vous mettre une autre bûche dans la cheminée ? »

Robin nota l'absence de « s'il vous plaît » mais se leva quand même. Le Norfolk terrier qui avait rejoint le labrador endormi sur le tapis du foyer se mit à grogner et ne se calma que lorsqu'elle eut réintégré sa place.

« Très bien, lâcha Kinvara comme si elle venait de prendre une grande résolution. Très bien, je vais tout vous dire. De toute façon, cela n'a plus aucune espèce d'importance. Ces deux péronnelles finiront par tout découvrir et ce sera bien fait pour Raphael.

« En effet, il a fait tous ces kilomètres pour m'empêcher de prendre le collier mais pas dans l'intérêt de Jasper, de Fizzy ou de Flopsy… J'imagine que vous connaissez tous les surnoms en usage dans la famille, s'interrompit-elle en se tournant vers Robin. Et que ça vous faisait marrer, à l'époque où vous travailliez avec Izzy, hein ?

— Je...

— Ne vous fatiguez pas, grinça Kinvara, je suis au courant. Ils m'appellent "Tinky II", ou quelque chose dans ce goût-là, pas vrai ? Et quand Raphael a le dos tourné, Izzy, Fizzy et Torquil lui donnent du "Fétide", comme l'oncle dans la famille Adams. Vous le saviez ?

— Non, avoua Robin sous le regard cinglant de Kinvara.

— Charmant, n'est-ce pas ? La mère de Raphael a droit à un sobriquet, elle aussi. Ils l'appellent "L'Orque" parce qu'elle est toujours habillée en noir et blanc.

« Enfin bref... quand L'Orque a réalisé que Jasper ne l'épouserait pas, poursuivit Kinvara dont le visage avait viré au cramoisi, vous savez ce qu'elle a fait ? »

Robin secoua la tête.

« Elle a remis le fameux collier à celui qui allait devenir son amant, un diamantaire, pour qu'il retire les pierres et les remplace par des cristaux de zirconium. Des faux diamants, précisa-t-elle au cas où ses interlocuteurs n'auraient pas compris. Jasper ne s'en est jamais aperçu, ni moi non plus, évidemment. Ornella devait bien rigoler chaque fois qu'elle me voyait en photo avec. Et moi qui pensais avoir cent mille livres autour du cou !

« Toujours est-il qu'en apprenant que je quittais Jasper et que je cherchais de l'argent pour acheter des terres, mon cher beau-fils a aussitôt deviné que j'allais commencer par faire évaluer le collier. Et comme il avait très peur que la famille apprenne ce que sa mère avait fait, il a sauté dans sa voiture et il a débarqué ici. Si le pot aux roses était découvert, il n'aurait plus eu aucun espoir de remonter sa cote auprès de son père.

— Pourquoi n'avoir rien dit ? demanda Strike.

— Parce que ce matin-là, Raphael m'a promis que si je restais discrète, il réussirait peut-être à convaincre sa mère de rendre les diamants. Ou au moins, de me rembourser.

— Et vous espérez toujours les récupérer ? »

Kinvara lui lança un regard mauvais par-dessus son verre.

« Je n'ai rien fait dans ce sens depuis la mort de Jasper, mais ça ne signifie pas que j'ai renoncé. Pourquoi je laisserais L'Orque profiter de ce qui me revient de droit ? Jasper l'a écrit dans son testament : tout ce qui est dans la maison m'appartient, hormis les objets spéfi... spéci... spécifiquement nommés », parvint-elle à articuler à force de concentration. Puis, en fixant Strike d'un air provocateur, elle ajouta : « Alors, d'après vous, cette version cadre mieux avec l'image que vous vous faites de Raphael ?

— Oui, dit Strike, en effet, ça lui ressemble davantage. Merci pour votre sincérité. »

Kinvara regarda ostensiblement l'horloge comtoise qui affichait 3 heures du matin. Strike choisit d'ignorer son geste.

« Madame Chiswell, j'ai une dernière chose à vous demander. Une chose très personnelle, je le crains.

— Quoi ? s'énerva-t-elle.

— J'ai parlé à Mrs. Winn récemment. Della Winn, vous savez, la...

— Della-Winn-la-ministre-des-Sports, articula Kinvara comme son mari l'avait fait lors de sa première rencontre avec Strike. Oui, je vois qui c'est. Une femme très bizarre.

— Bizarre comment ? »

Kinvara haussa les épaules, comme si la chose tombait sous le sens.

« Peu importe. Qu'a-t-elle dit ?

— Que vous aviez discuté toutes les deux, voilà un an, un jour où vous étiez très déprimée. D'après ce qu'elle a compris, votre mari venait de vous avouer qu'il avait une maîtresse. »

Kinvara ouvrit la bouche, la referma, attendit quelques secondes, secoua la tête comme pour s'éclaircir les idées, et déclara :

— Je le... soupçonnais de m'avoir été infidèle, mais je me trompais. Je me trompais complètement.

— Selon Mrs. Winn, il vous avait dit des choses assez cruelles.

— Je ne sais plus ce que je lui ai raconté. Je n'allais pas très bien, à ce moment-là. J'étais sur les nerfs, je comprenais tout de travers.

— Pardonnez-moi, dit Strike, mais, pour un observateur extérieur, votre mariage paraissait...

— Vous faites vraiment un sale boulot, fit Kinvara d'une voix perçante. C'est dégueulasse, ce que vous insinuez. Oui, notre mariage battait de l'aile, et alors ? Maintenant qu'il est mort, maintenant qu'il s'est *tué*, vous pensez que j'ai envie de revivre tout ça devant deux inconnus que mon idiote de belle-fille a engagés pour remuer la boue et me rendre la vie dix fois plus pénible ?

— Vous pensez que votre mari s'est suicidé ? Donc, vous avez changé d'avis parce que la dernière fois qu'on s'est vus, vous aviez laissé entendre qu'Aamir Mallik…

— J'ai oublié ce que j'ai dit ce jour-là ! hurla-t-elle, hystérique. Vous ne voyez donc pas ce que j'endure depuis le suicide de Jasper, entre la police, la famille et *vous* ? Je ne savais pas que ça se passerait comme ça, tout semblait tellement irréel – Jasper subissait des pressions énormes depuis des mois, il buvait trop, il était constamment de mauvaise humeur –, le chantage, la peur du scandale – oui, je pense qu'il s'est tué et je vais devoir vivre avec l'idée qu'en le quittant, j'ai sans doute précipité sa fin ! »

Le Norfolk terrier accompagna ses cris par d'autres jappements. Réveillé en sursaut, le labrador joignit sa voix à celle de son congénère.

« Je vous en supplie, partez ! brama-t-elle en bondissant sur ses pieds. Fichez le camp ! Je ne voulais pas qu'elle vous engage. Allez, sortez de chez moi.

— Certainement, dit aimablement Strike en posant son verre vide. Ça vous ennuie que je remette ma jambe d'abord ? »

Robin était déjà debout. Strike rattacha sa prothèse devant Kinvara qui le regardait, le souffle court, son verre à la main. Quand il se sentit prêt, il fit une première tentative et retomba assis sur le canapé. Robin vint à secours et l'aida à se relever.

« Eh bien, au revoir, madame Chiswell. »

En guise de réponse, Kinvara se rua vers la porte-fenêtre, l'ouvrit d'un geste nerveux et, voyant les chiens se dresser sur leurs pattes, leur cria de ne pas bouger.

À peine les deux détectives eurent-ils posé le pied sur le gravier de l'allée qu'elle referma violemment la baie derrière eux. Pendant que Robin renfilait ses bottes en caoutchouc, ils entendirent crisser les tringles des tentures, puis la voix de Kinvara intimant aux chiens de quitter la pièce.

« Pas sûr que je pourrai marcher jusqu'à la voiture, dit Strike en évitant de s'appuyer sur sa prothèse. Tout compte fait, cette expédition était peut-être… peut-être une erreur. »

Sans un mot, Robin prit son bras et le posa en travers de ses épaules. Il se laissa faire. Puis ils s'enfoncèrent dans l'herbe haute, à pas prudents.

« Vous avez compris ce que j'essayais de vous dire, tout à l'heure ? demanda-t-elle.

— Qu'il y avait quelqu'un à l'étage ? Ouais, j'ai compris, répondit-il en ponctuant chaque mot par une grimace de douleur.

— Vous n'avez pas l'air…

— Ça ne me surprend… attendez, fit-il en s'arrêtant net. Ne me dites pas que vous êtes montée ?

— Si.

— Pour l'amour du ciel…

— J'avais entendu des pas.

— Et si on vous avait sauté dessus ?

— J'avais pris de quoi me défendre et je ne… si je n'étais pas montée, je n'aurais jamais vu ça. »

Robin sortit son portable, afficha la photo du tableau sur le lit et lui tendit l'appareil.

« Vous n'avez pas remarqué la tête de Kinvara quand elle a vu qu'il n'était plus au-dessus de la cheminée ? Elle ne s'en était pas aperçue avant que vous en parliez. L'individu qui se cachait à l'étage avait dû le décrocher pendant qu'elle était sortie chercher les chiens. »

Strike fixait l'écran du téléphone comme s'il n'arrivait plus à s'en détacher. Puis, rajustant la position de son bras sur les épaules de Robin, il demanda :

« Est-ce un cheval pie ?

— Vous êtes sérieux ? répondit-elle, incrédule. C'est vraiment le moment de parler cheval ?

— Répondez.

— Non, les chevaux pies sont noirs et blancs, pas bruns et…

— Il faut prévenir la police, dit Strike. Les risques qu'un autre meurtre ait bientôt lieu viennent de grimper en flèche.

— Vous plaisantez ?

— Nullement. Ramenez-moi à la voiture et je vous dirai tout… Mais, s'il vous plaît, ne me demandez rien avant, j'ai trop mal à la jambe. »

68

Parce que maintenant, j'ai pris goût au combat.

HENRIK IBSEN, *Rosmersholm*

TROIS JOURS PLUS TARD, Strike et Robin recevaient une invitation sans précédent. Pour les remercier de les avoir tuyautés à deux reprises – d'abord sur le message volé par Flick puis sur « La Jument éplorée » – au lieu de garder pour eux ces précieuses informations, les policiers du Met les conviaient à pénétrer dans le saints des saints, autrement dit Scotland Yard. Une fois passée la première surprise, Strike et Robin que les forces de l'ordre considéraient habituellement comme des casse-pieds ou des esbroufeurs, s'avouèrent enchantés de ce bienheureux dégel dans leurs relations.

Quand ils arrivèrent sur les lieux, la patronne de l'équipe, une grande femme blonde d'origine écossaise, sortit d'une salle d'interrogatoire pour leur serrer la main. Strike et Robin savaient que la police avait placé deux suspects en garde à vue, mais que, pour l'instant, personne n'était inculpé.

« Depuis ce matin, on a droit à des crises d'hystérie et à des démentis catégoriques, déclara l'inspectrice principale Judy McMurran. Mais je sens qu'elle va se mettre à table avant la fin de la journée.

— Et si on les laissait jeter un œil ? », intervint son subordonné, l'inspecteur George Layborn, qui était chargé de piloter les deux visiteurs. Peut-être à cause de son embonpoint, il rappelait à Robin le policier de la route qui s'était cru drôle, l'autre jour, quand prise de panique elle avait dû se ranger sur le bas-côté.

« Bon d'accord, allez-y », dit en souriant l'inspectrice principale McMurran.

Strike et Robin suivirent Leyborn dans le couloir, tournèrent au coin, franchirent la première porte à droite et entrèrent dans une petite pièce sombre dont un mur était occupé par un miroir sans tain donnant sur la salle d'interrogatoire mitoyenne.

Robin, qui n'avait vu ce dispositif qu'au cinéma et à la télé, découvrit, fascinée, Kinvara Chiswell assise devant un bureau, près d'un avocat aux lèvres minces vêtu d'un costume sur mesure. Son visage blême ne portait aucune trace de maquillage, son chemisier en soie gris perle était froissé comme si elle avait dormi dedans. Elle pleurait à chaudes larmes, un mouchoir en papier posé sur sa bouche. De l'autre côté du bureau, un inspecteur vêtu d'un complet bon marché l'observait d'un œil impassible.

L'inspectrice McMurran entra, s'installa sur la chaise posée à droite de son collaborateur et, après une attente interminable qui ne dura en réalité qu'une minute, prit la parole.

« Toujours rien à dire sur la nuit que vous avez passée dans cet hôtel, madame Chiswell ?

— Je vis un cauchemar, murmura Kinvara. C'est inconcevable. Je n'arrive pas à croire que je suis ici. »

Elle avait les yeux rouges et gonflés. Sans mascara, ses cils étaient invisibles.

« Jasper s'est donné la mort, gémit-elle. Il était déprimé ! Tout le monde vous le dira ! Ce chantage le minait… vous avez contacté les Affaires étrangères ? Rien qu'à l'idée qu'il puisse exister des photos de ce garçon, celui qui a été pendu… il était terrifié. Si ç'avait été rendu public… »

La voix lui manqua.

« Si vous avez une preuve contre moi, reprit-elle, dites-moi laquelle. *Laquelle ?* » Son avocat toussota.

« Parlons de cet hôtel, insista l'inspectrice. Pour quelle raison, d'après vous, votre mari les a-t-il appelés en leur demandant de…

— Aller à l'hôtel n'est pas un crime ! hurla Kinvara avant de se tourner vers son avocat. Mais enfin, c'est ridicule, Charles, comment peuvent-ils me reprocher d'être allée à…

— Mrs. Chiswell répondra à toutes vos questions concernant le jour de son anniversaire, dit l'avocat à McMurran, une

642

affirmation que Robin trouva quelque peu optimiste. Mais par ailleurs... »

En s'ouvrant, la porte de la salle d'observation heurta l'épaule de Strike.

« D'accord, on y va, dit Layborn au collègue qui venait d'entrer. Venez par ici, tous les deux, je vous emmène dans la salle des opérations. Vous n'avez encore rien vu. »

Ils continuèrent le long du couloir, tournèrent encore une fois et aperçurent Wardle qui se dirigeait vers eux.

« Je n'aurais jamais cru que ce jour-là viendrait, dit-il, tout sourires, en serrant la main de Strike. Une invitation du Met !

— Tu restes, Wardle ? demanda Layborn, visiblement contrarié qu'un collègue s'interpose entre lui et les deux civils qu'il cherchait à impressionner.

— Peut-être bien, répondit Wardle. Histoire de savoir ce à quoi j'ai contribué ces dernières semaines.

— Ça fait mal, hein, lui dit Strike en suivant Layborn vers la salle des opérations, d'être passé à côté de tous ces indices ? »

Wardle ricana.

Habituée aux bureaux exigus et vétustes de Denmark Street, Robin n'en revenait pas de voir l'espace que Scotland Yard consacrait à l'enquête sur la mort suspecte d'un personnage en vue. Sur un tableau blanc accroché au mur, une ligne horizontale figurait la chronologie des événements. Un autre panneau accueillait les photos de la scène de crime et du cadavre débarrassé du sac plastique. On y découvrait en gros plan le visage congestionné de Chiswell, sa joue marquée d'une entaille livide, ses yeux mi-clos, sa peau violacée.

Notant son intérêt, Layborn lui présenta les rapports toxicologiques et les relevés téléphoniques sur lesquels le service s'était basé pour démarrer les recherches. Puis, ouvrant la grande armoire sécurisée où les pièces à conviction étaient stockées dans des pochettes étiquetées, il leur montra le tube de lachesis écrasé, la brique ayant contenu le jus d'orange, et la lettre d'adieu de Kinvara à son mari. En apercevant la note volée par Flick et un tirage papier de « La Jument éplorée » photographiée par elle sur le lit de la chambre d'amis, deux éléments clés de l'enquête, Robin ressentit une bouffée d'orgueil.

« Bon, très bien », fit Layborn en refermant l'armoire avant de se diriger vers un écran. Maintenant, voyons la petite dame en action. »

Il inséra un vidéo-disque dans l'unité centrale la plus proche et fit signe à Strike, Robin et Wardle de le rejoindre.

Le parvis de la gare de Paddington apparut sur l'écran, en noir et blanc. Des centaines de petits personnages allaient et venaient d'un pas saccadé. L'heure et la date étaient affichées dans le coin supérieur gauche.

« C'est elle », dit Layborn en mettant sur pause. Il désigna une femme du bout de son doigt épais. « Vous la voyez ? »

Malgré la mauvaise définition, on reconnaissait parfaitement Kinvara. Un homme barbu la regardait avec attention, sans doute parce que son manteau était déboutonné et qu'on voyait en dessous la robe noire moulante qu'elle portait lors de la réception paralympique donnée à Lancaster House. Layborn rappuya sur « play ».

« Regardez-la, regardez – elle donne une pièce au SDF... »

En effet, Kinvara venait de poser quelque chose dans la timbale que tenait un homme emmitouflé, assis dans un coin.

«... Regardez-la, répéta inutilement Layborn. Elle s'avance vers l'employé du métro... lui pose une question... lui montre son ticket. Et regardez, maintenant... elle arrive sur le quai, elle s'arrête devant un autre employé, lui pose une question à lui aussi, juste pour s'assurer qu'on se souviendra d'elle au cas où il n'y aurait pas de caméras... eeeet... elle monte dans le compartiment. »

L'image sauta. À présent, un train entrait dans la gare de Swindon. Kinvara descendit du wagon en discutant avec une femme.

« Vous voyez ? dit Layborn. Elle multiplie les témoins, toujours pour la même raison. Et ensuite... »

Un autre plan. Le parking de la gare s'afficha à l'écran.

«... la revoilà, poursuivit Layborn, elle s'est garée en plein dans le champ de la caméra, comme par hasard. Elle s'installe au volant, et elle part. Quand elle arrive à la maison, elle insiste pour que la fille d'écurie reste toute la nuit, elle va se coucher dans la chambre voisine, et le lendemain matin, elle sort pour faire courir son cheval, tout cela sous le nez de son employée... un alibi en béton.

« Bien sûr, comme vous, nous avions déjà conclu que, dans le cas d'un meurtre, il fallait l'intervention de deux personnes.

— À cause du jus d'orange ? demanda Robin.

— Essentiellement, répondit Layborn. Partant du principe que Chiswell (il prononça le nom comme il s'écrivait) avait pris l'amitriptyline à son insu, il n'avait pu l'absorber que dissoute dans le jus d'orange qu'il s'était versé après avoir sorti la brique du frigo. Or la brique trouvée au fond de la poubelle ne contenait aucune trace de drogue et ne portait que les empreintes de Chiswell.

— C'est facile de coller des empreintes sur un petit objet, dit Strike. En l'occurrence, il suffisait d'y poser la main du cadavre.

— Exactement », confirma Layborn en marchant vers le mur de photos. Il leur montra un mortier et un pilon pris en gros plan. « Donc nous nous sommes penchés sur ces trucs-là. La position des empreintes de Chiswell et l'emplacement des résidus de poudre sur le mortier faisaient penser à une mise en scène. D'où l'hypothèse que le jus de fruits à l'amitriptyline ait été préparé des heures auparavant par quelqu'un qui avait la clé de la maison, connaissait le type d'antidépresseur que prenait Mrs. Chiswell et savait, primo que Chiswell avait quasiment perdu le goût et l'odorat, et deuxio qu'il buvait un verre de jus de fruits chaque matin. Il ne restait plus au meurtrier qu'à demander à son complice de jeter dans la poubelle une brique contenant du jus d'orange normal mais portant les empreintes du mort et de faire disparaître celle qui avait servi à droguer Chiswell.

« Et qui mieux que bobonne pour savoir et faire tout ça ? demanda Layborn pour la forme. Pourtant, elle a un alibi en béton pour l'heure de la mort puisqu'elle était à cent kilomètres de Londres, comme l'attestent toutes ces vidéos. Elle a même écrit une lettre pour rendre son histoire encore plus crédible. Son mari a de gros problèmes d'argent, on le fait chanter, et quand, par-dessus le marché, il apprend que sa femme le quitte, il décide que c'en est trop et se tue.

« Seulement voilà, depuis le début, ce truc-là nous chiffonne », reprit Layborn en posant le doigt sur le visage de Chiswell, agrandi plusieurs fois. Sur la photo, le sac en plastique avait été retiré, si bien qu'on voyait nettement la profonde éraflure sur la joue. « À forte dose, l'amitriptyline peut endormir ou au contraire énerver.

Cette marque prouve que le sac a été enfoncé par quelqu'un d'autre que lui, et avec violence.

« Et puis il y avait le problème de la porte d'entrée. Le fait qu'elle soit ouverte impliquait que la dernière personne à avoir franchi le seuil de la maison, dans un sens ou dans l'autre, ignorait qu'elle fermait mal. Donc ce n'était pas Chiswell. Et la boîte de comprimés que nul n'a jamais retrouvée ? Là c'était carrément louche. Si Jasper Chiswell s'était empoisonné à l'amitriptyline, pourquoi aurait-il fait disparaître l'emballage ? Bref, des tas de petites erreurs dues à la négligence.

— Oui, ils étaient à deux doigts de réussir leur coup, dit Strike. Si Chiswell s'était endormi comme prévu, s'ils avaient pensé à tous les détails – comme fermer correctement la porte, laisser la boîte de médicaments sur place…

— Mais ils ne l'ont pas fait, le coupa Layborn. Et elle n'est pas assez maligne pour inventer encore un truc pour se rattraper, maintenant qu'elle se trouve seule en face de nous.

— "C'est inconcevable. Je n'arrive pas à croire que je suis ici", dit Strike en citant les paroles de Kinvara. Elle ne varie pas dans ses déclarations. Samedi soir, elle nous disait : "Je ne savais pas que ça se passerait comme ça", "tout semblait tellement irréel…"

— Qu'elle essaie ça devant la cour, murmura Wardle.

— Qu'est-ce que tu avais en tête, ma jolie, quand tu broyais ces comprimés pour les verser dans son jus d'orange ? lança Layborn comme s'il s'adressait à Kinvara. Tu es coupable et tu finiras par avouer.

— C'est dingue comme les gens peuvent se mentir à eux-mêmes quand ils sont sous l'influence d'un individu qui les domine, dit Strike. Je veux bien parier dix livres que lorsque McMurran l'aura fait craquer, Kinvara dira qu'au début, ils espéraient que Chiswell se suicide, puis qu'ils ont tout fait pour l'y pousser, et que finalement, ils sont passés à l'acte car, après tout, quelle différence y a-t-il entre pousser quelqu'un à se tuer et l'aider un peu en versant des antidépresseurs dans son jus d'orange.

— Vous avez fait un sacré boulot en trouvant le lien avec cette histoire de potences, reconnut Layborn. On était un peu à la traîne là-dessus mais ça nous a permis d'expliquer des tas de choses, *a posteriori*. C'est hyperconfidentiel, ajouta-t-il en prenant

646

une enveloppe kraft dans le tiroir d'un bureau voisin et en sortant la photo qu'elle contenait. Regardez ce que nous avons reçu des Affaires étrangères ce matin. Comme vous pouvez constater... »

Robin s'était avancée pour mieux voir mais le regretta aussitôt. Franchement, quel intérêt y avait-il à contempler cette horreur ? Le corps d'un adolescent suspendu à un gibet, dans une rue jonchée de détritus, les yeux crevés par les charognards. Il avait les pieds nus, nota Robin. Quelqu'un avait dû lui voler ses baskets.

« Le camion transportant l'autre potence a été volé. Le gouvernement ne l'a jamais reçue et Chiswell n'a jamais été payé. Cette photo prouve qu'elle est tombée entre les mains des rebelles. Ce pauvre gosse, Samuel Murape, s'est trouvé au mauvais endroit au mauvais moment. C'était un étudiant britannique qui avait pris une année sabbatique pour aller voir sa famille. Ce n'est pas très net, dit Layborn, mais regardez ici, juste derrière son pied...

— Ouais, ça pourrait être la marque du cheval blanc », reconnut Strike.

Le portable que Robin avait placé sur silencieux se mit à vibrer au fond de sa poche. Elle attendait un appel important, mais ce n'était qu'un texto accroché à un numéro inconnu.

Je sais que tu as bloqué mes appels mais j'ai besoin de te voir pour un truc urgent qui te concerne autant que moi. Il faut qu'on parle. Matt

« Ce n'est rien », souffla Robin à Strike en rangeant l'appareil.

C'était le troisième message que Matthew lui laissait ce jour-là. *Un truc urgent, mon cul.*

Sans doute Tom avait-il découvert que sa fiancée et son grand ami Matthew couchaient ensemble, et menacé d'appeler Robin ou de passer à l'agence pour essayer d'en savoir davantage. Si Matthew estimait que cela pouvait constituer « un truc urgent » pour elle, qui se tenait en ce moment même devant les photos d'un ministre odieusement assassiné, il se mettait le doigt dans l'œil jusqu'au coude. Robin fit l'effort de se calmer, et se remit à écouter la conversation entre Layborn et Strike.

« ... cette histoire de collier est largement plus convaincante que la version précédente, disait l'inspecteur. Tous ces bobards comme quoi il voulait l'empêcher de faire une bêtise.

647

— C'est Robin qui l'a poussé à revoir sa version, pas moi, répondit Strike.

— Ah… bien, je vous félicite, dit Layborn à Robin sur un ton légèrement condescendant. Quand j'ai pris sa déposition, le premier jour, j'ai bien vu que c'était un petit con prétentieux. Il venait de sortir de prison et tout. Pas un putain de remords pour ce qu'il avait fait à cette pauvre femme.

— Vous avez pu joindre Francesca ? demanda Strike. La fille de la galerie ?

— On a eu le père au Sri Lanka. Pas commode, le type. Je n'ai rien pu en tirer. Il essaie de faire traîner les choses, le temps de trouver un avocat pour la gamine. Et c'est pas simple, vu que toute la famille est à l'étranger. Je lui ai secoué les puces au téléphone. Je peux comprendre qu'il n'ait pas envie que tout soit déballé devant la cour, mais il va devoir s'y faire. Ça donne un bon aperçu de la mentalité de ces gens-là. Il y a des règles pour les riches…

— À ce propos, l'interrompit Strike, vous avez parlé à Aamir Mallik, j'imagine ?

— Ouais, on l'a trouvé là où votre gars – Hutchins, c'est ça ? – disait qu'il était. Chez sa sœur. Il a un nouveau boulot…

— Oh, tant mieux, s'écria Robin spontanément.

— … et au début, il n'était pas vraiment ravi de nous voir débarquer mais, en fin de compte, il nous a parlé très franchement et sans se faire prier. Il prétend avoir trouvé ce gosse dérangé – Billy, n'est-ce pas ? – dans la rue. Comme il hurlait qu'il voulait voir son patron, qu'une enfant avait été étranglée et enterrée sur les terres de Chiswell, il l'a emmené chez lui dans l'idée de le conduire ensuite à l'hôpital. Mais d'abord, il a demandé conseil à Geraint Winn. Winn s'est mis en pétard et lui a interdit d'appeler une ambulance.

— Il a fait ça ? dit Strike en fronçant les sourcils.

— D'après Mallik, Winn craignait que les racontars d'un clochard psychotique n'entachent sa réputation. Il l'a engueulé en disant qu'il n'aurait jamais dû faire entrer Billy dans une maison qui leur appartenait, à sa femme et à lui, et il lui a ordonné de le jeter à la rue. Mais le problème c'est que…

— Billy ne voulait pas partir.

— Exactement. Mallik dit que Billy était complètement à

l'ouest. Il pensait qu'on le retenait contre sa volonté. Il restait tapi dans un coin de la salle de bains, la plupart du temps. Enfin bref, conclut Layborn en reprenant son souffle. Comme Mallik en avait assez de lui servir d'alibi, il a confirmé que Winn n'était pas avec lui le matin de la mort de Chiswell. Winn l'avait obligé à mentir et ensuite seulement, il lui avait parlé d'un coup de fil qu'il avait reçu à 6 heures du matin, ce jour-là, et qui l'avait obligé à sortir de chez lui très tôt.

— Vous avez trouvé la trace de cet appel ? », demanda Strike.

Layborn prit la liasse des relevés téléphoniques, feuilleta rapidement et tendit à Strike deux pages annotées.

« Voilà. Des portables prépayés. Trois numéros différents, pour l'instant. Probablement plus. Chacun a servi une seule fois. Aucune trace, à part ce que vous voyez sur le relevé. Ç'a été planifié longtemps à l'avance.

« Un téléphone à usage unique a servi à contacter Winn, ce matin-là, et les deux autres à appeler Kinvara Chiswell au cours des semaines précédentes. Elle "ne se souvient pas" du nom de son interlocuteur et pourtant, les deux fois, la conversation a duré – vous voyez, c'est indiqué là – plus d'une heure.

— Qu'en dit Geraint Winn ? demanda Strike.

— Il est fermé comme une huître. Pourtant on a tout essayé pour le faire parler, vous pouvez me croire. Un putain d'enculé, ce Geraint W ! – oups, désolé, ma petite dame, dit-il en se tournant vers Robin qui trouva ses excuses plus offensantes que tout ce qu'il avait dit auparavant. Mais vous êtes d'accord avec moi, il ferait aussi bien d'avouer. De toute façon, il est bais... » Il s'interrompit de nouveau puis redémarra. « J'aimerais bien savoir si sa femme était au courant de ses magouilles. Je la trouve bizarre.

— Comment cela ? demanda Robin.

— Ben, vous voyez ce que je veux dire. Je pense qu'elle joue un peu là-dessus, dit Layborn en levant la main vers ses yeux. J'ai franchement du mal à croire qu'elle ignorait tout.

— Puisqu'il est question de cachotteries entre conjoints, l'interrompit Strike qui avait décelé un éclair belliqueux dans le regard de Robin, comment ça se passe avec notre amie Flick ?

— Ah, de ce côté-là, on avance à grands pas. Dans son cas, les parents nous ont été bien utiles. Ils sont tous les deux avocats et ils l'ont poussée à coopérer. Elle a reconnu qu'elle faisait le ménage chez Chiswell, qu'elle avait volé la note manuscrite et pris livraison de la caisse de champagne peu avant que Chiswell la licencie parce qu'il ne pouvait plus la payer. Elle a rangé la caisse dans un placard de la cuisine.

— Qui l'a livrée ?

— Elle ne se rappelle pas. Mais on le découvrira. Je parie que la société de transport a été contactée via un téléphone jetable.

— Et la carte de crédit ?

— Encore un bon point pour vous, reconnut Layborn. Nous ne savions pas qu'une carte de crédit avait disparu. Ce matin, la banque nous a envoyé les infos. Le jour où la colocataire de Flick s'est aperçue que sa carte n'était plus dans son sac, une commande a été passée sur Amazon d'une caisse de champagne et d'autres objets pour un montant d'une centaine de livres et une livraison quelque part à Maida Vale. Comme à l'adresse indiquée il n'y avait personne pour réceptionner le colis, il est retourné au dépôt où quelqu'un l'a retiré en présentant l'avis de passage. Nous recherchons un employé susceptible d'identifier cet individu. Et nous attendons la liste des objets achetés sur Amazon, mais je mettrais ma main à couper qu'il s'agit d'une bonbonne d'hélium, d'un tube en caoutchouc et de gants en latex.

« Tout a été soigneusement réfléchi, organisé des mois à l'avance. *Des mois.*

— Et ça ? renchérit Strike en montrant la photocopie de la note écrite par Chiswell. Elle vous a dit pourquoi elle l'avait piquée ?

— Elle a vu le prénom "Bill" inscrit dessus et cru qu'il s'agissait du frère de son copain. C'est marrant, non ? Si elle n'avait pas volé ce papier, nous n'aurions pas pigé aussi vite. »

L'emploi du « nous » était abusif, songea Robin. C'était Strike et lui seul qui avait « pigé », Strike qui avait fini par déchiffrer le sens de cette note manuscrite, alors qu'ils rentraient en voiture de Chiswell House.

« C'est à Robin que revient l'essentiel du mérite, corrigea Strike. C'est elle qui a mis la main dessus, elle qui a relevé les expressions "Blanc de Blancs" et Grand Vitara. Pour ma part, j'ai simplement assemblé les morceaux épars, après qu'elle les a mis en lumière.

— Ouais, enfin, on n'était pas très loin derrière vous, répondit

Layborn en se grattant le ventre d'un air absent. On en serait arrivés à la même conclusion. »

Le portable de Robin vibra de nouveau. C'était un appel, cette fois.

« Il faut que je réponde. Y a-t-il un endroit où je pourrais… ?

— Par ici », dit obligeamment Layborn en ouvrant une porte latérale.

C'était un local à photocopies, avec une petite fenêtre garnie d'un store vénitien. Robin ferma la porte pour s'isoler du bruit et décrocha.

« Salut, Sarah.

— Salut », dit Sarah Shadlock.

Sa voix avait changé. Ce n'était plus la Sarah qu'elle connaissait depuis presque neuf ans, la blonde tapageuse qui l'avait toujours écrasée de sa superbe et que Robin soupçonnait depuis le début d'espérer secrètement l'échec du couple qu'elle formait avec Matthew. Sarah qui répondait toujours présente, qui gloussait dès que Matthew disait un truc drôle, qui saisissait le moindre prétexte pour lui toucher le bras, qui adorait poser des questions chargées de sous-entendus sur les rapports de travail entre Robin et Strike. Sarah qui était sortie avec d'autres hommes avant de jeter son dévolu sur le plus terne, le pauvre Tom avec son boulot bien payé et sa tonsure. Tom qui lui avait passé la bague au doigt, qui lui avait offert des clous d'oreilles en diamant, mais n'avait pu lui faire oublier sa passion pour Matthew Cunliffe.

Et voilà qu'à présent, toute sa morgue semblait avoir disparu.

« Bon, j'ai interrogé deux experts, reprit-elle timidement comme si elle craignait de se faire insulter, mais ils ne peuvent se prononcer avec certitude à partir d'une photo prise avec un portable…

— Ça me paraît évident, répliqua froidement Robin. C'est ce que je te disais dans mon texto, non ? Je ne m'attendais pas à une réponse définitive. On ne veut ni une identification formelle ni une estimation, juste savoir si quelqu'un aurait raisonnablement pu croire que…

— Oui, dit Sarah. En fait, l'un de nos experts prend cette affaire très à cœur. L'un des vieux carnets fait état d'un tableau représentant une jument et son poulain mort. Or, cette toile n'est répertoriée nulle part.

— Tu parles de quels carnets ?

— Oh désolée », souffla Sarah. Elle n'avait jamais paru si humble, si effarouchée. « Ceux de Stubbs.

— Et si jamais *c'est* un Stubbs ? dit Robin en regardant par la fenêtre la devanture du Feathers, un pub où elle avait parfois retrouvé Strike pour prendre un verre.

— Eh bien, rien n'est sûr, évidemment... mais s'il est authentique, s'il s'agit bien du tableau qu'il a mentionné dans ce carnet à l'année 1760, ça pourrait monter à...

— Donne-moi une estimation à la louche.

— Eh bien, son "Gimcrack" est parti pour...

— ... vingt-deux millions, dit Robin, prise d'un soudain vertige. Oui. Je m'en souviens, tu en as parlé le soir de la crémaillère. »

Sarah ne répondit pas. Peut-être avait-elle tressailli à l'évocation de cette soirée où elle avait débarqué en collant une gerbe de lys blancs dans les bras de l'épouse de son amant.

« Donc si "La jument éplorée" est bien de la main de Stubbs... renchérit Robin.

— Elle pourrait dépasser "Gimcrack" lors des enchères. C'est un sujet unique. Stubbs était anatomiste, il s'intéressait à la science autant qu'à la peinture. S'il a effectivement représenté un poulain porteur de cette maladie létale, il s'agirait de la première œuvre connue sur ce thème. Et elle battrait tous les records. »

Le portable de Robin vibra dans sa main. Un texto venait d'arriver.

« Merci Sarah, tu m'as été très utile. Tu garderas ça pour toi ? C'est confidentiel.

— Oui, bien sûr, dit Sarah, avant d'ajouter précipitamment, Écoute, Robin...

— Non, fit Robin en essayant de rester calme. Je suis sur une affaire.

— ... C'est fini, on a rompu, Matt est effondré...

— Au revoir, Sarah. »

Robin raccrocha, puis elle lut le nouveau texto.

Rejoins-moi après le travail ou je raconte tout à la presse.

Bien qu'impatiente de retrouver les autres et de leur livrer l'information sensationnelle qu'elle venait d'obtenir, Robin resta sans bouger, sous le choc de la menace contenue dans le texto. Puis elle tapa d'un doigt tremblant :

Tout quoi ?

La réponse de Matthew arriva quelques secondes plus tard, émaillée de coquilles traduisant sa colère.

Le Mail a laissé un message au breau ce matin n pour savoir si j'apprécie que ma nana baise avec Cornichon Strike. Cet après-idi c'était le Sun. Tu dois djà savoir qu'il sort avec une autre mais peut-être que tu t'en fiches. Pas question que les journaux m'appellent au travail. Soit tu acceptes de me vr soit je fais une déclation pour qu'ils cessent de me harcelr.

Robin relisait le message quand un deuxième arriva, avec une pièce attachée.

Au cas où t'aurais pas vu

Robin agrandit l'image. Il avait photographié un article de l'*Evening Standard.*

L'ÉNIGME DE CHARLOTTE CAMPBELL
ET DE CORMORAN STRIKE

Grande pourvoyeuse de la presse à scandale depuis qu'adolescente elle s'est enfuie de son collège privé, Charlotte Campbell a toujours vécu sous les feux des projecteurs. Une autre aurait cherché un endroit discret pour s'entretenir avec un détective privé, mais Miss Campbell – à présent Mrs. Jago Ross et future maman – a choisi de s'asseoir près de la vitre dans l'un des restaurants les plus courus du West End.

De quoi ont-ils parlé durant leur tête-à-tête ? Avait-elle besoin de ce détective pour une enquête ou pour quelque chose de plus personnel ? La réputation de Mr. Strike n'est plus à faire. Fils naturel de la rock star Jonny Rokeby, héros de guerre et Sherlock Holmes des temps modernes, il a également à son actif d'avoir été l'amant de Campbell.

On ne doute pas que le richissime mari de la dame s'empressera de résoudre l'énigme – affaires ou plaisir ? – dès son retour de New York.

Un flot d'émotions plus désagréables les unes que les autres prit possession de Robin. Les principales étaient la panique, la colère et l'angoisse à l'idée que Matthew, par pure méchanceté, déclare à la presse qu'en effet il se pourrait bien que sa femme et Strike couchent ensemble.

Elle essaya d'appeler le numéro qui s'était affiché mais tomba sur une messagerie. Deux secondes plus tard, un troisième texto apparut à l'écran.

Je suis chez un client je ne veux pas parler de ça devant lui retrouve moi tout à l'heure

Piquée au vif, Robin lui renvoya :

Et moi je suis à New Scotland Yard. Trouve un coin tranquille.

Elle l'imagina devant son client, un sourire poli plaqué sur le visage, histoire de donner le change. Elle l'entendit presque roucouler « Toutes mes excuses, un problème au bureau » tout en pianotant sur son portable comme un fou furieux.

On a des trucs à régler et tu te comportes comme une gamine. Soit tu viens soit je téléphone aux journaux à huit heures ce soir. Au passage, je note que tu ne nies pas avoir couché avec lui.

N'ayant pas d'autre choix, Robin répondit en fulminant :

Très bien, discutons, où ?

Il lui donna l'adresse d'un bar à Little Venice. Encore secouée, Robin poussa la porte et revint dans la salle des opérations. Les trois hommes étaient regroupés autour d'un écran sur lequel s'affichait une page du blog de Jimmy Knight. Strike lisait à haute voix :

« … "autrement dit, le prix d'une seule bouteille de vin au Manoir aux Quat'Saisons peut être supérieur à la somme hebdomadaire que touche une mère célibataire au chômage pour loger, nourrir et habiller ses enfants." Le choix de l'établissement m'a tout de suite fait tiquer, commenta Strike. Pourquoi Jimmy aurait-il pris l'exemple du Manoir Aux Quat'Saisons pour conspuer le train de vie dispendieux des tories ? J'en ai conclu qu'il en avait entendu parler récemment. Après quoi, Robin m'a appris que "Blanc de Blanc" était le nom d'une de leurs suites. Mais sur le moment, je n'ai pas tilté. Ça m'est venu quelques heures plus tard.

— Ce type est sacrément hypocrite, en plus du reste, dit Wardle qui se tenait bras croisés derrière Strike.

— Vous avez cherché à Woolstone ? demanda ce dernier.

— À Woolstone, dans son taudis sur Charlemont Road, partout, répondit Layborn, mais ne vous inquiétez pas, on a une piste. Mes gars sont en train de perquisitionner chez l'une de ses copines, à Dulwich. Avec un peu de chance, il sera sous les verrous ce soir. »

Layborn aperçut Robin qui les regardait, son portable à la main.

« Je sais que vous avez déjà mis une équipe là-dessus, lui dit-elle, mais j'ai un contact chez Christie's. Je lui ai envoyé la photo de "La Jument éplorée" et je viens d'avoir une réponse. Un de leurs experts pense qu'il s'agirait d'un Stubbs.

— Jamais entendu parler, dit Layborn.

— Ça vaudrait cher si c'était le cas ? demanda Wardle.

— Mon contact estime que ce tableau pourrait dépasser les vingt-deux millions. »

Wardle siffla entre ses dents. Layborn s'écria : « Nom de dieu de bordel !

— Ce n'est pas la somme en soi, leur rappela Strike. Ce qui compte pour nous c'est de savoir qui avait une idée de sa valeur.

— Vingt-deux putain de millions, fit Wardle. C'est un sacré mobile.

— Cormoran, dit Robin en prenant sa veste sur la chaise où elle l'avait laissée, puis-je vous dire un mot ? Je vais devoir vous quitter, désolée, ajouta-t-elle pour les deux autres.

— Tout va bien ? lui demanda Strike dans le couloir, après qu'elle eut fermé la porte de la salle.

— Oui… et puis, non… enfin pas vraiment, dit-elle en lui tendant son portable. Lisez cela. »

D'un air soucieux, Strike prit connaissance de l'échange entre Robin et Matthew, puis fit monter la photo de l'*Evening Standard*.

« Vous y allez ?

— Il le faut. Ça expliquerait peut-être le retour de Mitch Patterson. Si Matthew attise la curiosité des journalistes, ce qu'il est tout à fait capable de faire… déjà qu'ils vous traquent à cause de…

— Laissez tomber ce truc avec Charlotte, dit-il brutalement. Elle a essayé de me manipuler et on a discuté à peine vingt minutes. Lui aussi il cherche à vous manipuler.

— Je le sais pertinemment. Mais il faudra bien qu'on se parle, tôt ou tard. J'ai laissé quasiment toutes mes affaires à Albury Street. Et nous avons un compte joint à la banque.

— Vous voulez que je vienne avec vous ? »

Touchée, Robin répondit :

« Merci, mais ça ne ferait qu'envenimer les choses.

— Alors, appelez-moi après, voulez-vous ? Je veux savoir comment ça s'est passé.

— Promis », dit-elle.

En se dirigeant vers les ascenseurs, Robin croisa quelqu'un mais, plongée dans ses pensées, ne vit pas qui c'était. En revanche, elle reconnut sa voix : « Bobbi ? »

Robin se retourna. C'était Flick Purdue qui revenait des toilettes, escortée par une policière qui, visiblement, ne la quittait pas d'une semelle. À l'instar de Kinvara, Flick avait tellement pleuré que son maquillage avait fondu. Sous le chemisier blanc que ses parents l'avaient sans doute obligée à enfiler pour lui éviter d'apparaître devant la police vêtue de son T-shirt Hezbollah, elle semblait minuscule, comme ratatinée.

« Je m'appelle Robin. Comment ça va, Flick ? »

Dans son regard, Robin vit passer une série d'émotions trop violentes pour qu'elle les exprime.

« J'espère que tu vas coopérer, murmura Robin. Il faut tout leur dire, c'est important. »

Elle crut voir Flick secouer la tête en signe de refus, poussée par une méfiance instinctive ou par les derniers vestiges de la loyauté qui la liait encore à Jimmy, même dans la situation catastrophique où elle se trouvait.

« Fais-le, insista Robin. Tu étais la suivante sur sa liste, Flick. Tu en savais trop. »

69

J'ai paré à toutes les éventualités. Depuis longtemps.

HENRIK IBSEN, *Rosmersholm*

APRÈS VINGT MINUTES DE MÉTRO, Robin descendit à la station Warwick Avenue. Elle connaissait mal Little Venice mais ce quartier en bordure de canal l'intriguait depuis toujours, peut-être à cause de l'extravagant deuxième prénom, « Venetia », que ses parents lui avaient donné en référence à la ville de Venise où ils l'avaient conçue. Désormais, il lui rappellerait Matthew et la discussion amère et tendue qui était sur le point d'avoir lieu.

Elle se retrouva rue Clifton Villas, une allée bordée de platanes dont le vert translucide rehaussait les façades claires que le soleil couchant aspergeait d'or. La douceur de cette belle soirée d'été la rendait excessivement mélancolique. Elle se rappela une scène comparable, vécue une décennie auparavant, dans le Yorkshire, alors qu'elle avait à peine dix-sept ans. Elle venait de sortir de la maison familiale et courait sur le trottoir en se tordant les chevilles à cause de ses talons hauts, pour retrouver un jeune homme nommé Matthew Cunliffe qui venait de passer son permis de conduire et avait promis de l'emmener à Harrogate pour leur premier rendez-vous.

À présent, c'était encore vers lui qu'elle se dirigeait, mais cette fois pour défaire les liens qu'ils avaient tissés et mettre un point final à leur histoire. Robin était furieuse contre elle-même. Pourquoi cette crise de nostalgie ? Pourquoi ressasser les moments de bonheur partagé au lieu de rester concentrée sur la trahison de Matthew et sa méchanceté envers elle ?

658

Elle prit à gauche, traversa la rue et continua son chemin dans l'ombre glacée du mur en brique qui bordait Blomfield Road, côté canal. Une voiture de police franchit en trombe le croisement devant elle. Cette vision lui redonna courage. C'était comme un clin d'œil amical, lui rappelant qui elle était devenue, où était sa vraie vie et à quel point cette vie-là était inconciliable avec le statut d'épouse de Matthew Cunliffe.

Après avoir longé un moment le mur rouge, elle arriva devant le portail en bois noir à double battant qui, d'après le texto de Matthew, donnait accès à un café au bord du canal. Robin le poussa du plat de la main et comme il ne s'ouvrait pas, projeta son regard vers le bout de la rue pour tenter d'apercevoir Matthew. Au même instant, son téléphone vibra au fond de son sac. Elle le sortit. Le portail s'ouvrit automatiquement. Elle entra en tenant l'appareil contre son oreille.

« Cormoran, je viens de…

Strike hurla.

« *Fichez le camp, ce n'est pas Matthew…* »

Plusieurs événements se produisirent en l'espace d'une ou deux secondes.

On lui arracha son téléphone. Elle s'aperçut qu'il n'y avait pas de bar près du canal, juste un pont, une berge couverte de broussailles et la masse sombre d'une vieille péniche, l'*Odile*, amarrée au quai. Un choc au plexus solaire la plia en deux, lui coupant le souffle. Elle entendit un léger plouf. Son téléphone venait de tomber à l'eau après avoir décrit une ellipse par-dessus la berge. Incapable de réagir, elle se sentit empoignée par les cheveux et la ceinture de son pantalon. On la traîna jusqu'à la péniche avant de la précipiter à l'intérieur de la cabine où elle heurta le coin d'une table étroite et s'écroula sur le sol.

Une porte claqua. Une clé tourna dans la serrure.

« Assieds-toi », ordonna une voix masculine.

Pantelante, Robin parvint à se hisser sur un banc muni d'un coussinet presque plat, tourna la tête et se retrouva nez à nez avec le canon d'un revolver.

Raphael s'assit en face d'elle, de l'autre côté de la table.

« C'était qui au téléphone ? », demanda-t-il. Robin en déduisit qu'impatient de la mettre hors d'état de nuire et redoutant qu'elle ne pousse un cri susceptible d'alerter son interlocuteur, il n'avait pas pris le temps de vérifier l'écran de son portable.

« Mon mari », murmura-t-elle.

Il lui avait tiré si fort les cheveux que la peau de son crâne brûlait. Elle craignait d'avoir une côte fêlée tant sa cage thoracique lui faisait mal. Alors qu'elle s'appliquait à reprendre son souffle, Robin vit en une fraction de seconde le sort qui risquait de lui échoir. De minuscules images défilèrent en tremblotant devant ses yeux, comme enchâssées dans une bille de temps. Raphael balançant son cadavre lesté dans l'eau noire, à la nuit close. Matthew interrogé par la police, accusé d'avoir attiré sa femme au bord du canal dans le but de l'assassiner. Le visage défait de ses parents, de ses frères autour de sa tombe, dans le cimetière de Masham. Strike debout au fond de l'église, comme le jour de son mariage, furieux parce que la catastrophe qu'il redoutait depuis le début avait fini par arriver et que son associée était morte, victime de son incompétence.

Quand ses poumons se remirent à fonctionner plus ou moins normalement, la fantasmagorie laissa place à une réalité bien plus prosaïque. Elle était piégée dans le ventre d'une péniche moisie avec, devant elle, le canon d'un revolver comme une pupille dilatée, et au-dessus, les yeux noirs de Raphael.

Sa peur était posée là, dans la cuisine, comme un objet. Qu'elle garde ses distances, songea-t-elle. La peur n'avait pas d'utilité, ce n'était qu'une gêne. Elle devait rester calme, concentrée. Et muette. Si elle refusait de combler les silences, peut-être regagnerait-elle un peu de l'autorité que Raphael venait de lui ravir. C'était l'une des bases de la psychothérapie : ne pas remplir les blancs, laisser la personne la plus vulnérable s'en charger.

« Quel sang-froid ! dit enfin Raphael. Moi qui pensais que vous hurleriez à vous en faire péter les cordes vocales. C'est pour éviter ça que je vous ai frappée. Sinon, je m'en serais abstenu. Prenez-le comme vous voudrez mais je vous aime bien, Venetia. »

Visiblement, il essayait de l'avoir au charme, une méthode qui lui avait assez bien réussi quand ils travaillaient ensemble à la Chambre des Communes. Il semblait croire qu'en exprimant ses regrets, il obtiendrait sa clémence, voire qu'elle lui pardonnerait le tirage de cheveux, le coup de poing dans le ventre et même l'arme pointée sur elle. Mais devant son silence obstiné, le sourire faussement contrit qui jouait sur les lèvres de Raphael disparut subitement.

« Je veux savoir ce que la police a découvert. Si j'ai encore la moindre chance de m'en sortir au culot, je serai malheureusement contraint de... » Il releva légèrement le revolver pour viser le front de Robin (laquelle songea immédiatement au cheval enterré dans le ravin et à la mort propre et rapide qui lui avait été refusée). « J'étoufferai la détonation avec un coussin et je vous jetterai à l'eau dès qu'il fera nuit. En revanche, s'ils savent tout, je mettrai fin à mes jours, parce qu'il n'est pas question que je retourne en prison. Donc c'est le moment ou jamais de jouer franc-jeu, car seul l'un de nous deux sortira vivant de cette péniche. Vous comprenez ? »

Et comme elle ne disait toujours rien, il hurla :

« Répondez !

— Oui. Je comprends.

— Bien, dit-il plus doucement. Vous étiez vraiment à Scotland Yard ?

— Oui.

— Kinvara est là-bas ?

— Oui.

— En état d'arrestation ?

— Oui, je pense. Je l'ai vue dans une salle d'interrogatoire avec son avocat.

— Pourquoi ils l'ont arrêtée ?

— La police croit que vous entreteniez une liaison tous les deux. Que c'est vous qui avez tout orchestré.

— Quoi "tout" ?

— Le chantage et le meurtre. »

Il avança le canon. Robin sentit le contact glacé du cercle de métal sur son front.

« Une liaison ? Mais c'est un ramassis de conneries ! Kinvara n'a jamais pu me blairer et on n'est jamais restés seuls plus de deux minutes.

— Bien sûr que si. Votre père vous a invité à Chiswell House peu après votre sortie de prison. Le soir où il a dû rester à Londres, finalement. Il vous a laissés seuls tous les deux, elle et vous. Nous pensons que tout a commencé à ce moment-là.

— Il y a des preuves ?

— Aucune, admit Robin, mais je vous crois capable de séduire n'importe qui, si vous le voulez vrai…

— N'essayez pas la flatterie, je suis immunisé. Sérieusement, quand vous dites "Nous pensons que tout a commencé à ce moment-là", dois-je comprendre que vous n'avez rien de tangible ?

— Il existe des indices.

— Je veux les connaître. Et n'oubliez rien.

— Ma mémoire fonctionnerait mieux si vous ne braquiez pas une arme sur mon front », répliqua-t-elle.

Il éloigna le revolver, mais sans le poser pour autant.

« Allez. Dépêchons. »

Quelque chose en elle lui ordonnait de lâcher prise, de laisser son corps se dissoudre dans l'inconscience, l'abandon, l'oubli. Ses mains étaient engourdies, ses muscles flasques comme de la guimauve. Le contact glacé du canon de revolver était toujours présent entre ses sourcils, comme un troisième œil incandescent. Raphael n'avait rien allumé dans la cabine, si bien que la pénombre les enveloppait peu à peu. Bientôt, il ferait noir. Quand il déciderait de la tuer, peut-être ne le verrait-elle pas presser la détente…

Une petite voix cristalline déchira le voile de panique. *Concentre-toi. Continue à le faire parler. Gagne du temps. Ils vont finir par te trouver. Strike a compris qu'il t'a piégée.*

Elle pensa à la voiture de patrouille qu'elle avait aperçue en arrivant, au carrefour de Blomfield Road, et se demanda s'ils étaient là pour elle, si la police avait commencé à écumer le quartier, sachant approximativement où Raphael lui avait donné rendez-vous. La fausse adresse indiquée sur le texto se situait à quelque distance de là, sur la rive du canal, au bout d'une allée qui commençait derrière le portail noir. Strike se doutait-il que Raphael était armé ?

Elle respira profondément.

« L'année dernière, Kinvara a pété les plombs dans le bureau de Della Winn, expliqua-t-elle. Quelqu'un lui avait dit qu'il ne l'avait jamais aimée, qu'il s'était juste servi d'elle. »

Elle s'obligeait à parler lentement, en détachant ses mots. Chaque seconde pouvait avoir son importance. Plus longtemps il resterait pendu à ses lèvres, plus grandes seraient ses chances de voir arriver les secours.

« Della a d'abord cru que Kinvara parlait de votre père, puis elle a réfléchi. En fait, elle ne se rappelle pas qu'elle ait prononcé son nom. Nous pensons que vous avez séduit votre belle-mère pour vous venger de votre père, que vous l'avez gardée deux mois et que vous l'avez jetée dès qu'elle a commencé à devenir trop collante.

— Des suppositions, répliqua Raphael. Rien de concret. Quoi d'autre ?

— Pourquoi Kinvara s'est-elle rendue à Londres alors que sa jument bien-aimée risquait d'être euthanasiée le jour même ?

— Peut-être n'avait-elle pas le courage d'assister à cela. Peut-être refusait-elle de voir à quel point cette bête était malade.

— Ou alors parce qu'elle voulait savoir ce qui passait entre vous et Francesca, dans la galerie de Drummond.

— Vous n'avez pas de preuve. La suite.

— À son retour, Kinvara a eu un genre de crise nerveuse. Elle a agressé votre père et on a dû la mettre dans une clinique.

— Elle porte encore le deuil de son bébé, elle est d'une nature dépressive, excessivement attachée à ses chevaux, énuméra-t-il dans un souffle. Izzy et Fizzy s'accrocheront à cette version. Elles ont toujours considéré que Kinvara était une personne instable. Quoi d'autre ?

— Un certain jour, Tegan l'a trouvée inhabituellement joyeuse, voire surexcitée. Surprise, elle lui a demandé pourquoi et Kinvara lui a dit que votre père avait accepté de faire saillir son autre jument par Totilas. En réalité, elle était gaie parce que votre liaison avait repris. Peu de temps auparavant, vous aviez transféré les dernières toiles chez Drummond pour évaluation. Parfait timing. »

Le visage de Raphael s'affaissa brusquement, comme s'il s'était vidé de son énergie vitale. Robin vit l'arme bouger dans sa main. Le duvet de ses bras se hérissa, comme effleuré par la brise. Elle attendit vainement qu'il renchérisse et, au bout d'une minute, poursuivit :

« Nous pensons que c'est à ce moment-là, quand vous avez chargé les toiles dans le véhicule, que vous avez pour la première fois posé les yeux sur "La Jument éplorée" et réalisé que c'était peut-être un Stubbs. Donc, vous avez remplacé ce tableau par un autre, représentant lui aussi une jument et son poulain, et vous avez apporté le tout chez Drummond.

— La preuve ?

— J'ai photographié "La Jument éplorée" dans la chambre d'amis de Chiswell House et, quand Henri Drummond a vu le cliché, il a certifié que cette œuvre ne figurait pas dans le lot qu'il avait évalué à la demande de votre père. Il est prêt à en témoigner. Le tableau qu'il estimait valoir cinq à huit mille livres était de la main de John Frederick Herring, et il montrait une jument noire et blanche avec son poulain. Selon Drummond, vous vous y connaissez suffisamment en peinture pour avoir deviné que "La Jument éplorée" était peut-être un Stubbs. »

Les traits de Raphael avaient repris un peu de substance. Ses iris presque noirs bougeaient très vite de droite à gauche comme s'il lisait un texte invisible.

« J'ai pu emporter le Frederick Herring par inadvertance à la place du… »

Une sirène de police retentit à quelques rues de là. La tête de Raphael pivota sur son axe. La sirène hurla encore dix secondes et se tut brusquement.

Raphael se tourna vers Robin. Il ne semblait plus inquiet, à présent que le calme était revenu. Bien sûr, puisqu'il croyait que c'était avec Matthew que Robin parlait au moment où il l'avait attaquée.

« Eh oui, c'est exactement ce que je dirai, embraya-t-il. Que j'ai pris la jument pie par erreur, que je n'ai jamais vu "La Jument éplorée" et que j'ignorais totalement qu'il pouvait s'agir d'un Stubbs.

— Vous ne pouvez pas avoir pris le Frederick Herring par erreur, répondit tranquillement Robin. Il n'était pas à Chiswell House. La famille pourra le confirmer.

— La famille, comme vous dites, est infoutue de voir ce qui est devant son nez. Un Stubbs a pu passer une vingtaine d'années accroché au mur d'une chambre humide sans que personne le remarque. Vous savez pourquoi ? Parce que c'est une bande de snobinards bêtes comme leurs pieds… "La Jument éplorée" appartenait à la vieille Tinky. Elle en avait hérité du baronnet irlandais gâteux et alcoolique qu'elle avait épousé avant de jeter le grappin sur mon grand-père. Elle n'avait aucune idée de ce que valait cette toile. Elle l'a gardée parce qu'elle aimait les chevaux.

« À la mort de son premier mari, elle est partie en Angleterre pour tenter de nouveau sa chance. C'est ainsi qu'elle a connu mon grand-père puis qu'elle est passée du statut d'infirmière privée à celui d'épouse dispendieuse. Elle est morte sans laisser de testament et tout son bric-à-brac – car l'essentiel de ses biens se résumait à cela – a été intégré au patrimoine des Chiswell. Le tableau de Frederick Herring peut très bien faire partie de sa collection de croûtes et avoir passé des décennies Dieu sait où dans cette foutue baraque sans que personne le sache.

— Et si la police remontait la piste de ce tableau ?

— Impossible. Il appartient à ma mère. Je le détruirai. Quand la police m'interrogera, je dirai que mon père comptait le vendre après avoir appris qu'il valait huit mille livres. "Il a très bien pu le vendre sans en parler, inspecteur."

— Kinvara ne connaît pas cette nouvelle version des faits. Elle ne pourra pas la confirmer.

— C'est là qu'intervient l'élément psychologique. Tout le monde sait qu'elle est à moitié folle et que mon père la rendait malheureuse. Izzy et Fizzy diront qu'elle ne s'intéressait pas à ce qu'il faisait parce qu'elle ne l'aimait pas et l'avait épousé pour son argent. J'ai seulement besoin d'un doute raisonnable.

— Que se passera-t-il quand la police lui apprendra que vous n'avez renoué avec elle qu'après avoir compris qu'elle allait devenir très riche ? »

Raphael siffla longuement entre ses dents.

« Eh bien, dit-il à mi-voix, s'ils arrivent à lui faire croire ça, je suis foutu. Mais pour l'instant, Kinvara est persuadée que son Raffy l'aime plus que tout au monde. Et pour la faire changer d'avis, ils vont devoir se retrousser les manches. Je suis sa raison de vivre. Et je l'ai bien dressée. Je lui répétais constamment : s'ils n'ont rien à se mettre sous la dent, ils ne pourront pas nous atteindre. J'en étais presque à la faire réciter pendant que je la baisais. Et je l'ai prévenue que si l'un de nous était soupçonné, la police essaierait de nous retourner l'un contre l'autre. Elle connaît son rôle par cœur. Je l'ai avertie qu'en cas de doute, elle n'aurait qu'à jouer l'idiote, fondre en larmes et répéter que personne ne la tenait jamais au courant de rien.

— Elle a déjà essayé de vous protéger en racontant une bêtise. La police est au courant.

— Quelle bêtise ?

— Au sujet du collier. C'était dimanche, très tôt dans la matinée. Elle ne vous en a pas parlé ? Peut-être avait-elle peur de votre réaction.

— *Qu'est-ce qu'elle a été raconter ?*

— Strike lui a dit qu'il ne croyait pas à la version selon laquelle vous l'auriez rejointe à Chiswell House à cause du collier...

— Comment ça "il ne croyait pas" ? répliqua Raphael sur un ton où Robin crut déceler de la vanité froissée, mêlée à une petite dose de panique.

— Personnellement, je vous ai trouvé convaincant, reconnut-elle. Pour rendre une chose crédible, quoi de mieux que feindre de l'avoir laissée échapper involontairement ? »

Raphael leva le revolver et, de nouveau, l'approcha du front de Robin. Elle sentit le froid du métal avant même qu'il n'entre en contact avec sa peau.

« Je veux savoir ce qu'elle a dit.

— Ce matin-là, vous auriez débarqué à Chiswell House pour l'informer que votre mère avait retiré les diamants du collier avant de les remplacer par des imitations. »

Raphael prit un air effaré.

« Mais pourquoi a-t-elle inventé une chose pareille, putain ?

— Parce qu'elle était sous le choc, j'imagine. Elle venait de tomber sur Strike et moi, au milieu des bois, en pleine nuit, alors que vous étiez caché à l'étage. Et quand Strike lui a dit qu'il ne croyait pas à cette histoire de collier, elle a paniqué et fourni encore une nouvelle version, celle-ci parfaitement vérifiable, malheureusement pour vous.

— Quelle conne, marmonna Raphael avec une telle haine que Robin sentit des picotements sur sa nuque. Non mais quelle conne... pourquoi ne pas s'en tenir au scénario prévu ? Et... non, attendez... », dit-il, comme s'il venait d'avoir une idée géniale. Mi-consternée mi-soulagée, Robin vit reculer le canon à l'instant même où il allait toucher son front. « C'est pour *ça* qu'elle a caché le collier, dimanche après-midi, reprit-il en ricanant. Soi-disant parce qu'elle craignait qu'Izzy ou Fizzy fouillent la maison et le prennent. Ouais… elle est peut-être conne mais elle a de la suite dans les idées. Donc tout va bien. Pour estimer les pierres, il faudrait d'abord trouver le collier. Or, à moins de démonter l'écurie… Très bien, ajouta-t-il comme pour lui-même. Il n'y a rien d'irrattrapable là-dedans.

« C'est tout, Venetia ? Vous n'avez rien d'autre à me soumettre ?

— Si. Flick Purdue.

— Connais pas.

— Mais si. Vous l'avez draguée il y a quelques mois de cela. C'est vous qui lui avez raconté cette histoire de potences, sachant qu'elle irait tout rapporter à Jimmy.

— C'est fou, le nombre de choses que j'ai pu faire, dit-il en blaguant. Et après ? Flick n'osera jamais avouer qu'elle a baisé avec le fils d'un ministre tory, elle aurait trop peur que Jimmy l'apprenne. Elle est aussi dingue de lui que Kinvara l'est de moi.

— Exact, elle ne voudra jamais l'admettre, mais quelqu'un vous a sans doute vu sortir discrètement de chez elle le lendemain matin. Elle a raconté que vous étiez un serveur indien. »

Robin crut le voir esquisser une moue de surprise agacée. Son amour-propre souffrait qu'on ait pu le décrire ainsi.

« OK, dit-il après une courte hésitation. OK, voyons voir… et si Flick avait effectivement couché avec un serveur et qu'elle m'accusait par pure malveillance, à cause de ses idées politiques et de la haine que son copain voue à ma famille ?

— Vous avez volé une carte de crédit dans le sac que sa colocataire avait laissé traîner dans la cuisine. »

Voyant sa bouche se crisper, Robin comprit qu'il n'avait pas prévu cela. Peut-être avait-il cru qu'étant donné le mode de vie de Flick, les soupçons seraient retombés sur l'une ou l'autre des personnes ayant transité par son minuscule appartement surpeuplé. Jimmy de préférence.

« La preuve ? demanda-t-il encore une fois.

— Flick peut fournir la date, et si Laura témoigne que sa carte de crédit a disparu la même nuit…

— Mais il n'y a aucune preuve solide que j'étais chez…

— Comment Flick aurait-elle su pour les potences ? C'est elle qui en a parlé à Jimmy, pas le contraire.

— Ça ne peut pas être moi. Dans la famille, je suis le seul à ne pas être au courant de cette affaire.

— Si, vous saviez. Kinvara l'avait appris par votre père et elle vous a tout raconté.

— Absolument pas, répliqua Raphael. On supposera que Flick tenait ses infos des frères Butcher. Je sais de source sûre que l'un d'entre eux vit à Londres aujourd'hui. Ouais, j'ai même entendu une rumeur selon laquelle lui ou son frangin couchait avec la copine de leur pote Jimmy. Croyez-moi, les frères Butcher ne feront pas très bonne impression devant la cour. Des individus louches qui trimbalent des potences en profitant de l'obscurité pour couvrir leurs forfaits. Si jamais cette affaire passe en jugement, j'aurai l'air beaucoup plus crédible et présentable que Flick et ces deux gugusses, croyez-moi.

— La police a mis la main sur les relevés téléphoniques, s'obstina Robin. Ils sont au courant pour l'appel anonyme que Geraint Winn a reçu peu après que Flick a entendu parler des potences. Nous pensons que c'est vous qui lui avez donné le nom de Samuel Murape. Vous saviez que Winn avait une dent contre les Chiswell. Toujours grâce à Kinvara.

— J'ignore tout de cet appel, votre honneur, déclama Raphael, et je regrette sincèrement que mon défunt frère se soit comporté comme une ordure avec Rhiannon Winn. Mais je n'y suis pour rien.

— Nous vous soupçonnons d'avoir appelé le bureau d'Izzy, le jour même où vous avez débarqué à la Chambre des Communes, et d'avoir laissé sur le répondeur un message de menace. Vous vous rappelez : "Ils se pissent dessus quand ils meurent" ? Et nous pensons que c'est sur votre conseil que Kinvara a prétendu que des rôdeurs s'étaient introduits sur la propriété. Tout ça pour qu'un maximum de gens puissent attester que votre père avait de quoi être anxieux et parano, et qu'il a craqué parce qu'il était sous pression…

— Il *était* sous pression. Jimmy Knight le faisait chanter. Geraint Winn voulait le pousser à la démission. Ce ne sont pas des mensonges mais des faits avérés et qui risquent de faire sensation auprès des juges, surtout quand la triste histoire de Samuel Murape sera connue.

— Sauf que vous avez commis plusieurs erreurs stupides qui auraient pu être évitées. »

Raphael se redressa sur son siège et se pencha vers elle en faisant glisser son coude sur la table. Robin vit le cercle métallique du canon grandir devant ses yeux. Les prunelles de Raphael, jusqu'alors plongées dans l'ombre, lui apparurent nettement, deux disques d'onyx noir sertis dans l'albâtre. Robin se demanda comment elle avait pu le trouver beau.

« Quelles erreurs ? »

À l'instant où il prononça ces mots, Robin vit une lueur bleue clignoter à la limite de son champ visuel, derrière un hublot donnant sur le pont qui enjambait le canal. Raphael, lui, ne voyait rien de là où il était assis. La lueur disparut et le pont fut de nouveau plongé dans l'obscurité.

« Première erreur, fit Robin d'une voix posée. Vous avez continué à voir Kinvara jusqu'à la veille du meurtre. Elle a dit et répété qu'elle ne savait plus où votre père lui avait donné rendez-vous. Tout ça pour pouvoir passer deux ou trois minutes avec vous, le temps de vérifier que…

— Ce n'est pas une preuve.

— Quelqu'un a suivi Kinvara au Manoir aux Quat'Saisons, le jour de son anniversaire. »

Raphael plissa les yeux.

« Qui ?

— Jimmy Knight. Flick l'a confirmé. Jimmy pensait que votre père était avec elle et il comptait faire un esclandre, l'accuser publiquement de l'avoir escroqué. Or, votre père n'était pas là. À son retour, Jimmy a écrit un article vengeur sur son blog pour dénoncer la manière dont les tories claquent leur argent, et il a cité nommément Le Manoir aux Quat'Saisons.

— Encore des suppositions. À moins qu'il m'ait vu entrer dans la suite de Kinvara, ce dont je doute fort étant donné que j'ai spécialement veillé à ce que personne ne me remarque.

— Très bien, dit Robin. Alors, parlons de la *deuxième* fois où vous avez été surpris en position délicate dans les toilettes de la galerie Drummond. La femme avec vous n'était pas Francesca. C'était Kinvara.

— Prouvez-le.

— Kinvara était venue en ville ce jour-là pour acheter des granules de lachesis et faire une scène à son mari parce qu'il acceptait encore de vous voir. Elle était censée vous haïr, cela faisait partie de sa couverture. Elle lui a téléphoné pour savoir s'il déjeunait quelque part. Strike était là quand votre père a reçu l'appel. Ce qui vous a complètement échappé à tous les deux c'est qu'il se trouvait à une centaine de mètres de l'endroit où vous étiez en train de vous envoyer en l'air.

« Quand votre père a forcé la porte du cabinet de toilette, il a trouvé un tube de lachesis par terre. Raison pour laquelle il a failli avoir une crise cardiaque. Il savait que sa femme était venue à Londres pour en acheter et donc il a compris avec qui vous étiez. »

Le sourire de Raphael ressemblait à une grimace.

« Ouais, on a merdé. Le jour où il a débarqué dans le bureau en parlant de Lachesis, la Parque qui "mesure la durée de vie allouée à chaque homme", j'ai d'abord cru qu'il délirait. Après, je me suis dit qu'il essayait de me filer les jetons. À Chiswell House, quand vous et l'autre éclopé avez fait allusion aux fameuses granules, Kinvara a fini par piger : elles étaient tombées de sa poche pendant qu'on baisait. Au début, on ne voyait pas ce qui avait pu lui mettre la puce à l'oreille… ce n'est qu'en apprenant qu'il avait appelé Le Manoir au sujet de la pince à billets de Freddie que j'ai réalisé qu'il se doutait de quelque chose. Après quoi, il m'a invité à Ebury Street, sans doute pour m'obliger à tout avouer. C'est alors que nous avons décidé de passer à l'action et de le tuer. »

Robin frémit en l'entendant parler d'un acte aussi ignoble qu'un parricide sur ce ton désinvolte.

« Il avait dû prévoir de sortir les fameuses granules pour me les agiter sous le nez au moment de la grande scène du trois "Je sais que tu baises ma femme"… Mais pourquoi je n'ai pas vu qu'elles traînaient par terre ? ajouta Raphael comme s'il pensait tout haut. J'ai remis un peu d'ordre dans la pièce mais elles avaient dû tomber de sa poche ou autre… c'est plus difficile qu'on ne croit, de faire le ménage autour d'un homme que vous venez de tuer. J'étais surpris, franchement, je ne pensais pas que ça m'affecterait autant. »

Robin ne l'avait jamais entendu afficher si clairement son incroyable narcissisme. Il n'éprouvait d'intérêt ou de sympathie qu'envers lui-même. Le fait que son père soit mort n'entrait pas en ligne de compte.

« La police a les dépositions de Francesca et de ses parents, renchérit-elle. Francesca est formelle : elle n'était pas avec vous la deuxième fois. Ses parents ne voulaient pas la croire mais...

— S'ils ne l'ont pas crue, c'est parce qu'elle est encore plus conne que Kinvara.

— Elle faisait du shopping pendant que vous et Kinvara... La police est en train de visionner les vidéos de surveillance des boutiques où elle est entrée.

— OK, dit Raphael. En mettant les choses au pire, s'ils arrivent à prouver que ce n'était pas Francesca, je pourrai toujours arguer que j'étais avec une *autre* femme dont j'essayais de préserver la réputation.

— Comment espérez-vous trouver une femme qui acceptera de mentir pour vous dans un procès pour assassinat ? demanda Robin, incrédule.

— Celle à qui appartient cette péniche est raide dingue de moi, murmura-t-il. Nous étions ensemble avant qu'on me jette en prison. Elle venait régulièrement au parloir, et tout. En ce moment, elle est en cure de désintox. C'est une vraie cinglée, une emmerdeuse. Elle se prend pour une artiste, elle boit trop, elle est chiante mais elle baise comme une lapine. Elle n'a jamais cherché à récupérer la clé d'ici et, dans ce tiroir, là-bas, il y a celle qui donne accès à la maison de sa mère...

— Ce ne serait pas justement dans cette maison que vous avez fait livrer l'hélium, les tubes et les gants ? »

Raphael cligna les yeux. Elle venait de le prendre au dépourvu.

« Vous aviez besoin d'une adresse n'ayant rien à voir avec vous, développa-t-elle. Vous vous êtes arrangé pour que le colis soit livré en l'absence de la mère de votre copine, vous êtes entré avec la clé, vous avez pris l'avis de passage...

— ... je suis allé chercher le colis au dépôt tout aussi discrètement et je l'ai porté chez mon cher vieux papa. Eh ouais.

— Flick en a pris livraison et Kinvara s'est assurée qu'il resterait planqué jusqu'au jour prévu pour le meurtre.

— Exact, dit Raphael. On apprend des tas de trucs en prison. Les fausses identités, les immeubles vacants, les adresses qui ne correspondent à rien, c'est vachement pratique, tout ça. Quand vous serez morte – Robin ressentit des picotements à la surface du crâne – personne ne pourra faire le lien entre moi et ces différents lieux.

— La propriétaire de cette barge…

— … dira à tout le monde qu'elle était avec moi dans les toilettes de la galerie. Elle est dans mon camp, Venetia, murmura-t-il. Je suis navré mais les choses se présentent mal pour vous.

— Il y a eu d'autres erreurs, répondit Robin, la bouche sèche.

— Comme quoi ?

— Vous avez dit à Flick que votre père cherchait une femme de ménage.

— Ouais, parce que le fait qu'elle puisse entrer librement chez mon père faisait retomber les soupçons sur elle et Jimmy. Je vous assure, le jury se focalisera là-dessus, sans chercher à savoir d'où elle tenait que mon père avait besoin d'une femme de ménage. Je vous l'ai déjà dit, Flick ne résistera pas deux minutes à la barre. Elle passera pour une petite salope, une fille pas nette qui ne cherchait qu'à se venger. Un mensonge parmi tant d'autres.

— Et la note qu'elle a volée à votre père ? Celle où il avait listé les choses à vérifier concernant Kinvara et Le Manoir aux Quat'Saisons. Je l'ai retrouvée chez Flick. Kinvara avait raconté à son mari que sa mère partageait sa suite. Normalement, l'hôtel ne livre pas d'informations sur ses clients mais Jasper Chiswell n'était pas n'importe qui et il avait déjà séjourné là-bas. Nous pensons qu'il a réussi à leur soutirer qu'ils avaient vu arriver le véhicule familial et qu'ils regrettaient que la mère de sa femme n'ait pas pu venir. Il a noté le nom de la suite sur le pense-bête et il a demandé qu'on lui envoie la facture, sans doute pour savoir combien de dîners ou de petits déjeuners étaient inscrits dessus. Quand le procureur produira le pense-bête et la facture de l'hôtel devant la cour…

— Alors, comme ça, c'est vous qui avez trouvé la fameuse liste ? »

L'estomac de Robin chavira. Sans le vouloir, elle lui avait donné une raison supplémentaire de la tuer.

« Après notre repas au Nam Long Le Shaker, j'ai compris que je vous avais sous-estimée », dit Raphael. Ce n'était pas un compliment, au contraire. Ses yeux mi-clos, ses narines frémissantes ne traduisaient pas l'admiration, mais la haine. « Vous étiez effondrée et pourtant vous posiez des questions terriblement dérangeantes. J'ignorais que vous et votre boss étiez cul et chemise avec la police. Même après que j'ai appelé le *Mail*...

— C'était vous, dit Robin en se reprochant de ne pas l'avoir compris avant. C'est à cause de vous que la presse et Mitch Patterson ont recommencé à nous harceler...

— Je leur ai dit que vous aviez quitté votre mari pour Strike mais qu'il baisait toujours avec son ex. Ce potin, je le dois à Izzy. Je me suis dit que ça vous ralentirait un peu. Vu que vous ne cessiez de remettre en cause mon alibi... Mais quand je vous aurai descendue – un frisson glacial parcourut le dos de Robin – votre boss devra expliquer aux journalistes comment votre corps a fini dans le canal. Ça l'occupera un certain temps. Et j'aurais fait d'une pierre deux coups.

— Même si je meurs, dit Robin d'une voix aussi ferme que possible, il restera la note de votre père et le témoignage des employés de l'hôtel...

— Bon OK, il voulait savoir ce que Kinvara faisait au Manoir, s'énerva Raphael. Je viens de vous dire que personne ne m'a vu. Cette connasse a commandé du champagne et deux verres mais qu'est-ce qui prouve que c'était moi ?

— Vous ne pouvez plus rien convenir avec elle, dit Robin en essayant de paraître calme et confiante alors que sa bouche était si sèche que sa langue lui collait au palais. Kinvara est en garde à vue et elle n'est pas aussi maligne que vous. En plus, vous avez fait d'autres erreurs, se dépêcha-t-elle d'ajouter. Des erreurs bêtes, commises dans la précipitation. Parce que vous avez dû agir vite quand vous avez compris que votre père savait tout.

— Lesquelles ?

— Kinvara a emporté la boîte d'amitriptyline après avoir drogué le jus d'orange. Elle a oublié de vous dire comment on fermait la porte d'entrée. Et vous vous rappelez, ajouta Robin, consciente qu'elle jouait sa toute dernière carte, quand elle vous a refilé la clé à la gare de Paddington ? »

À un moment, durant la longue plage de silence qui suivit, Robin crut entendre des pas. Elle n'osait pas regarder par le hublot de peur d'alerter Raphael qui la fixait d'un air abasourdi, sonné par ce qu'elle venait de lui dire.

« "Refilé la clé" ? répéta-t-il sur un ton bravache. Mais de quoi parlez-vous, bon sang ?

— Les clés d'Ebury Street étaient peu nombreuses et presque impossibles à reproduire. Vous n'en aviez qu'une pour deux : celle de Kinvara. Comme votre père vous soupçonnait d'entretenir une relation avec elle, il s'était arrangé pour que la clé de secours reste hors de votre portée.

« Or, Kinvara avait besoin d'une clé pour entrer dans la maison et droguer le jus d'orange. Et vous aviez besoin d'une clé pour vous y introduire le lendemain matin de bonne heure et le tuer. Donc vous avez monté un plan *in extremis* : vous deviez attendre Kinvara quelque part dans la gare de Paddington, déguisé en SDF, et elle devait vous remettre sa clé en passant.

« Une caméra a filmé la scène. À l'heure où nous parlons, des techniciens de Scotland Yard sont en train d'agrandir et d'affiner les images vidéo. La police suppose que vous avez acheté vos fringues dans un dépôt-vente au dernier moment, ce qui nous fait encore d'autres témoins. Grâce au réseau de vidéosurveillance, vos déplacements autour de Paddington seront faciles à reconstituer. »

Raphael garda le silence pendant une bonne minute. Ses yeux bougeaient vite, comme s'il cherchait désespérément une issue, une faille dans le raisonnement de Robin.

« C'est… embêtant, lâcha-t-il enfin. Je ne pensais pas me trouver dans le champ d'une caméra. »

Robin crut voir l'espoir l'abandonner. Elle poursuivit à voix basse : « Comme convenu, en arrivant chez elle dans l'Oxfordshire, Kinvara a téléphoné à Drummond et lui a laissé un message disant qu'elle souhaitait faire évaluer le collier. Et cela afin de consolider votre plan B.

« Le lendemain matin très tôt, quelqu'un a appelé Geraint Winn puis Jimmy Knight avec un téléphone prépayé et les a fait sortir de chez eux, sans doute en leur promettant des informations saignantes sur Chiswell. Ce quelqu'un c'était vous. Vous vouliez les rendre suspects aux yeux de la police, au cas où la thèse du suicide serait écartée.

— Pas de preuve », bredouilla Raphael plus par habitude que par conviction. Son regard continuait à chercher des échappatoires qui n'existaient pas.

« Il faisait à peine jour quand vous êtes entré chez votre père. Vous pensiez le trouver à moitié comateux, après son verre de jus d'orange matinal, mais…

— Au début, il l'était », la coupa Raphael. Il avait les yeux fixes, comme s'il revivait la scène tout en parlant. « Je le découvre affalé dans le canapé, presque inconscient. Je file dans la cuisine, j'ouvre ma caisse à jouets… »

Dans un flash, Robin revit la tête de Chiswell compressée à l'intérieur du sac plastique, ses cheveux gris plaqués sur son visage, autour de sa bouche béante, noire comme un gouffre. C'était Raphael qui avait fait cela ; le même qui à présent pointait une arme sur son front.

«… je visse le tube sur la bonbonne d'hélium et tout à coup, je réalise que le vieux schnock est réveillé et qu'il me regarde faire. Il se lève en titubant, décroche l'épée de Freddie au-dessus de la cheminée et me menace avec. Je la lui arrache, la lame se tord, je le pousse dans le fauteuil – il continue à se débattre – et… »

Dans une macabre pantomime, Raphael fit le geste d'enfoncer un sac sur la tête de son père.

« *Kaput.*

— Ensuite, dit Robin, la bouche toujours aussi sèche, vous avez pris son portable et passé les appels destinés à bâtir votre alibi. Kinvara vous avait donné le code secret, bien sûr. Et vous êtes parti sans fermer correctement la porte. » Robin crut voir quelque chose bouger derrière le hublot sur sa gauche, mais c'était peut-être son imagination. De toute façon, elle ne pouvait rien faire sinon fixer Raphael et l'arme qui tremblait légèrement dans sa main.

« Votre raisonnement se base essentiellement sur des présomptions, marmonna-t-il, les yeux vitreux. Flick et Francesca ont toutes les deux des raisons de m'en vouloir… je n'ai pas été correct avec Francesca, je l'ai laissé choir… Je suis sûr qu'il me reste une chance… au moins une…

— Non Raff, c'est fini, dit Robin. Kinvara ne vous couvrira plus. Quand ils lui parleront de "La Jument éplorée", elle réalisera que vous lui mentez depuis le début. J'imagine que si le tableau s'était retrouvé dans le salon c'est parce que vous lui aviez fait remarquer que la chambre d'amis était trop humide. Comment vous y êtes-vous pris ? Vous l'avez baratinée ? Vous lui avez dit que cette toile vous rappelait la jument qu'elle aimait tant ? Votre liaison a repris juste après que vous avez appris la valeur de ce tableau. Ce détail ne lui échappera pas. Du coup, elle comprendra que toutes les horreurs que vous lui avez dites lors de votre rupture reflétaient exactement ce que vous pensez d'elle. Et pire que tout, elle réalisera que le soir où des intrus – des vrais, cette fois-ci – ont pénétré sur sa propriété, vous l'avez laissée sortir seule dans le noir, en nuisette, parce que vous cherchiez avant tout à protéger vos intérêts perso...

— C'est bon ! s'écria-t-il en posant le canon du revolver sur le front de Robin. On arrête de bavasser, OK ? »

Robin ne fit pas un geste. Elle se demandait ce qu'elle ressentirait quand il presserait la détente. Il avait dit qu'il étoufferait la détonation avec un coussin mais peut-être avait-il oublié, peut-être allait-il l'abattre sans réfléchir.

« Vous savez comment c'est la prison ? », reprit-il.

Elle voulut répondre mais la voix lui manqua.

« Le bruit, murmura-t-il. L'odeur. Tous ces types horribles, abrutis. Certains sont comme des animaux. Pire que des animaux. J'ignorais qu'il existait des gens comme ça. Et les endroits où ils vous font manger et chier. On passe son temps à regarder derrière soi, à redouter la prochaine agression. Et les portes en fer qui claquent et les hurlements et l'insalubrité. Putain, je crois que j'aimerais mieux être enterré vivant. Non, je ne revivrai pas ça...

« J'allais enfin avoir la vie dont je rêvais. Être libre, totalement libre. Ne jamais plus courber l'échine devant les Drummond et consorts, cette bande de cons. À Capri, je connais une villa qui me fait envie depuis très longtemps. Avec vue sur le golfe de Naples. Ensuite, je me serais offert une garçonnière à Londres... une nouvelle voiture, enfin, dès qu'on m'aurait rendu mon permis... imaginez, vous marchez dans les rues et vous savez que vous avez les moyens d'acheter et de faire tout ce qui vous plaît. Une vie de rêve...

« Bon, il me restait quelques détails à régler avant d'être totalement sorti d'affaire... Pour Flick ? Pas de problème : la nuit, une rue mal éclairée, un coup de couteau entre les côtes, encore une victime de l'insécurité dans les villes.

« Pour Kinvara... j'aurais attendu quelques années, le temps qu'elle rédige un testament en ma faveur et hop, elle se serait brisé le cou en tombant d'un cheval rétif, ou elle serait morte noyée sur une plage en Italie... elle nage comme un fer à repasser...

« Après quoi, je les aurais tous envoyés se faire foutre. Les Chiswell, ma salope de mère. Plus besoin de rien ni de personne. J'aurais réussi...

« Mais c'est fichu. » Il était blême sous sa peau sombre. Des cernes presque noirs soulignaient ses yeux creusés. « Tout est fichu. Vous comprenez, Venetia ? Tout compte fait, j'ai décidé de vous faire sauter la cervelle. Je ne vous aime pas et ça me plairait bien de voir votre caboche exploser avant la mienne...

« Raff...

— *Raff... Raff...* l'imita-t-il en prenant une voix chevrotante. Pourquoi les femmes se croient-elles toutes différentes ? Vous n'êtes pas différentes, aucune d'entre vous. »

Il tendit la main pour attraper le coussin posé à côté de lui.

« Nous partirons ensemble. Ce sera génial d'arriver en enfer avec une fille sexy à mon br... »

Il y eut un grand bruit, des morceaux de bois giclèrent dans tous les sens, la porte s'ouvrit violemment. Raphael se retourna et pointa son arme sur la silhouette imposante qui venait de s'engouffrer dans la cabine, épaule en avant et peinant à recouvrer son équilibre. Robin se pencha au-dessus de la table pour saisir le bras de Raphael mais reçut un coup de coude qui la projeta en arrière et lui fendit la lèvre.

« Raff, non... ne faites pas ça ! »

Raphael s'était levé, la tête un peu penchée à cause du plafond bas, le canon du revolver enfoncé dans la bouche. Strike se tenait à deux pas de lui, le souffle court. Derrière Strike, Robin aperçut Wardle.

« Allez, vas-y, sale lâche, appuie », l'encouragea Strike.

Robin voulut protester mais aucun son ne sortit de sa gorge.

On entendit un petit déclic.

« J'ai retiré les balles à Chiswell House, pauvre con, dit Strike en lui arrachant le revolver. Et toi qui te prends pour un génie ! »

Un formidable vacarme s'ensuivit. Raphael hurlait, jurait en anglais, en italien, menaçait, se débattait, se tortillait pour tenter d'échapper à Strike qui le maintenait plaqué sur la table pour que Wardle puisse lui passer les menottes. D'un pas vacillant, Robin marcha jusqu'à l'évier minuscule, d'une confondante banalité avec ces casseroles, ces marmites accrochées au-dessus et le rouleau d'essuie-tout posé sur le bord. Sa lèvre fendue par le coup de coude de Raphael enflait à vue d'œil. Elle arracha une feuille de papier absorbant, l'humecta sous le robinet et la pressa sur sa bouche tout en regardant par le hublot des agents en uniforme franchir en courant le portail noir, rejoindre leurs collègues devant la péniche, s'emparer du revolver et de Raphael lui-même que Wardle était parvenu non sans peine à traîner dehors.

On l'avait menacée d'une arme. Robin regardait la scène d'un air hébété. Les policiers arpentaient l'espace autour d'elle. Ils entraient, ils sortaient dans un va-et-vient continuel. Mais tout cela ne la concernait pas. Elle n'entendait que des bruits indistincts, des vibrations. Strike était le seul être tangible.

« Comment avez-vous su ? lui demanda-t-elle d'une voix assourdie par le tampon d'essuie-tout.

— Il m'a fallu cinq minutes pour piger, après votre départ. Les trois derniers chiffres des prétendus textos de Matthew que m'aviez montrés quelques instants plus tôt correspondaient au numéro d'un des jetables. J'ai tenté de vous rattraper mais vous étiez déjà partie. Layborn a envoyé des véhicules de patrouille. J'ai essayé de vous joindre des dizaines de fois. Pourquoi vous n'avez pas décroché ?

— Mon téléphone était sur silencieux au fond de mon sac. Maintenant il est dans le canal. »

Elle aurait tout donné pour un verre d'alcool. Peut-être y avait-il vraiment un café dans le quartier, songea-t-elle vaguement. Mais autant y renoncer tout de suite. Ils ne la laisseraient pas partir comme ça. Elle allait sûrement passer des heures et des heures à New Scotland Yard. Ils prendraient sa déposition. Elle allait devoir revivre les événements de la soirée dans leurs moindres détails. Une grande fatigue s'abattit sur elle.

« Comment avez-vous compris où j'étais ?

— J'ai appelé Izzy, je lui ai demandé si Raphael connaissait quelqu'un autour de la fausse adresse dont il s'était servi pour vous attirer dans ce traquenard. Elle m'a dit qu'à un moment, il était sorti avec une fille qui prenait de la coke et vivait sur une péniche. Il n'avait pas tellement de lieux discrets à sa disposition. La police surveillait son appartement depuis deux jours.

— Et vous saviez que l'arme était vide ?

— Je l'espérais, corrigea-t-il. Mais il aurait très bien pu vérifier et remettre des balles. »

Il chercha dans sa poche, sortit ses cigarettes et en alluma une. Sa main tremblait un peu. Il aspira la première bouffée et reprit :

« Robin, vous avez été géniale. Arriver à le faire parler aussi longtemps… Bravo. En revanche, la prochaine fois que vous recevrez un message d'un numéro inconnu, pensez à le rappeler, juste pour vérifier qui c'est. Et je vous en supplie, ne racontez plus jamais votre vie à un suspect.

— Attendez, pouce, je pourrais souffler deux minutes avant que vous me tombiez dessus ? dit-elle en pressant l'essuie-tout sur sa lèvre saignante. Le temps de me réjouir d'être encore en vie. »

Strike souffla un nuage de fumée.

« Ouais, je veux bien », dit-il. Et il la serra maladroitement contre lui avec son bras libre.

Un mois plus tard

ÉPILOGUE

Ton passé est mort, Rebekka. Il n'a plus de prise sur toi – plus aucun rapport avec toi – telle que tu es maintenant.

HENRIK IBSEN, *Rosmersholm*

LES JEUX PARALYMPIQUES appartenaient déjà au passé. Septembre faisait de son mieux pour effacer le souvenir des longues journées d'été passées sous les couleurs de l'Union Jack, quand Londres était devenu pour un temps le centre du monde. Dans la brasserie Cheyne Walk, la pluie qui tambourinait sur les vitres concurrençait la voix grave de Serge Gainsbourg interprétant « Black Trombone ».

Strike et Robin arrivèrent ensemble et prirent une table. Une minute après, Izzy, qui avait choisi ce restaurant parce qu'il était proche de chez elle, fit une apparition remarquée avec son imper Burberry mal boutonné et son parapluie dégoulinant qui refusait de se fermer.

Depuis la conclusion de l'affaire, Strike n'avait pu lui parler qu'une seule fois et encore, très brièvement. Izzy était trop choquée, trop déprimée pour supporter un long entretien. Le rendez-vous de ce jour-là avait été fixé à la demande de Strike qui souhaitait éclaircir avec elle une toute dernière zone d'ombre. Au téléphone, elle lui avait dit qu'elle ne sortait plus guère depuis l'arrestation de Raphael. « J'ai beaucoup de mal à affronter le regard des gens. Cette histoire est tellement épouvantable. »

« Comment allez-vous ? fit-elle, anxieuse, pendant que Strike s'extirpait de la banquette pour recevoir une bise mouillée. Et ma pauvre Robin. Je suis tellement désolée », ajouta-t-elle en se glissant le long de la nappe blanche pour faire subir le même sort à sa voisine de table. Puis elle lança distraitement : « Oh, s'il vous plaît, merci », à la serveuse impassible qui était venue la débarrasser de ses affaires trempées.

Elle s'assit. « Je m'étais promis de ne pas pleurer », déclarat-elle en prenant une serviette de table pour s'en tamponner les yeux. Désolée… c'est plus fort que moi. J'ai horreur de me donner en spectacle mais… »

Elle s'éclaircit la gorge, se redressa sur son siège.

« Ç'a été un tel choc.

— Oui, je comprends », dit Robin qui reçut en retour un sourire embué de larmes.

« *C'est l'automne… de ma vie,* chantait Gainsbourg. *Plus personne… ne m'étonne…* »

« Cet endroit vous plaît ? lança Izzy, peinant à trouver un sujet de conversation. C'est charmant, n'est-ce pas ? » dit-elle en leur désignant la déco d'inspiration provençale que Strike, en entrant, avait comparée à celle de l'appartement d'Izzy, mais en version française. Il y avait ici le même mélange de tradition et de modernité : des photos en noir et blanc accrochées à des murs d'un blanc immaculé, des chaises, des banquettes en cuir rouge ou turquoise, des appliques, des lustres en bronze avec des pendeloques de verre et des abat-jour roses.

La serveuse revint avec la carte et leur proposa un apéritif.

« On attend ? demanda Izzy en montrant la chaise vide.

— Il est en retard, dit Strike qui avait très envie d'une bière. On ferait aussi bien de commander. »

Après tout, il n'y avait plus rien à découvrir. Le moment était venu des explications. La serveuse alla chercher les boissons et un silence gêné s'abattit sur leur table.

« Au fait, vous êtes au courant, Corm ? s'exclama Izzy, visiblement soulagée d'avoir trouvé un potin qui pour elle ne prêtait pas à conséquences. Charlie est entrée à l'hôpital.

— Vraiment ? répondit-il platement.

— Ouais, elle doit rester allongée. Elle a un problème – perte de liquide amniotique, je crois – enfin bref, ils la gardent sous observation. »

Strike hocha la tête, le regard vide. Robin aurait aimé en savoir davantage et en même temps, elle avait honte de sa curiosité. Les boissons arrivèrent. Izzy, trop tendue pour noter l'air renfrogné de Strike et supposant peut-être qu'il portait au sujet le même intérêt qu'elle, poursuivit en disant :

« Il paraît que Jago a sauté au plafond quand il a lu l'article sur vous deux. J'imagine qu'il est ravi de la savoir dans un lieu où il peut la surveiller... »

Izzy dut voir quelque chose dans le regard de Strike car elle s'arrêta net, prit une gorgée de vin, vérifia que personne n'écoutait et ajouta :

« La police vous tient informés, n'est-ce pas ? Vous savez que Kinvara a tout avoué ?

— Ouais, dit Strike, on est au courant. »

Izzy agita la tête, les yeux débordants de larmes.

« C'est tellement horrible. Nos amis ne savent pas quoi dire... et moi, j'ai encore du mal à y croire. C'est tellement dingue. *Raff*... j'ai essayé de le voir, vous savez. J'avais *vraiment* besoin de le voir... et il a refusé. Il ne veut voir personne. »

Elle but encore un peu de vin.

« Il a dû devenir fou, ou quelque chose comme ça, non ? Il faut qu'il soit malade pour avoir fait une chose pareille. Malade mentalement. »

Robin revit la péniche amarrée au bord du canal, Raphael assis dans l'ombre, lui parlant avec ferveur de la vie qu'il rêvait d'avoir : la villa à Capri, la garçonnière à Londres, la nouvelle voiture qu'il s'achèterait après avoir récupéré le permis qu'on lui avait retiré parce qu'il avait renversé une jeune mère de famille. Elle songea à la méticulosité dont il avait fait preuve en planifiant la mort de son père, aux erreurs qu'il n'avait commises que par précipitation, ayant dû agir plus vite que prévu. Elle revit son visage, au-dessus du revolver, quand il lui avait demandé pourquoi les femmes se croyaient toutes différentes : la mère qu'il avait traitée de salope, la belle-mère qu'il avait séduite, Robin qu'il avait eu l'intention de tuer pour ne pas aller en enfer tout seul. Était-il vraiment malade ? Devait-il purger sa peine dans un hôpital psychiatrique et non dans cette prison qui lui faisait si peur ? Ou bien son projet de parricide avait-il pris naissance dans cette zone obscure et aride de l'être qui se situe entre la démence et la haine ?

« … il a eu une enfance épouvantable », disait Izzy. Et comme personne ne répondait, elle insista : « Mais oui, je vous assure, il en a bavé. Je ne veux pas dire du mal de papa, mais seul Freddie comptait pour lui. Papa n'était pas gentil avec Raff. Et L'Orque – enfin, Ornella, sa mère – eh bien, je suis d'accord avec Torks, elle s'est toujours comportée comme une poule de luxe. Quand Raff n'était pas au pensionnat, elle le traînait partout derrière elle. Et comme elle passait d'un homme à l'autre…

— Il y a des enfances pires que celle-là », l'interrompit Strike.

Robin, qui justement se disait que la jeunesse de Raphael ne différait guère du peu qu'elle savait sur celle de Strike, fut néanmoins surprise de l'entendre s'exprimer si brutalement.

« Sa mère était une fêtarde ? Et alors ? Des tas de gens endurent des choses bien pires et ne commettent pas des meurtres pour autant. Prenez Billy Knight. Lui, il n'a même pas connu sa mère, ou si peu. Son père était une brute, un alcoolo qui le battait, qui le négligeait. À cause de ça, il souffre d'une grave maladie mentale, mais il ne ferait pas de mal à une mouche. Il est venu me voir en pleine crise psychotique et vous savez pourquoi ? Parce qu'il voulait que j'obtienne justice, mais pas pour lui, pour quelqu'un d'autre.

— Oui, se hâta de répondre Izzy. Oui, vous avez raison, bien sûr. »

Malgré cela, Robin sentait que Izzy ne parvenait pas à mettre sur le même plan la souffrance de Raphael et celle de Billy. Même après ce qu'il s'était passé, elle éprouverait toujours plus de pitié envers son frère, pour la seule raison que c'était un Chiswell et qu'il n'avait donc rien de commun avec le jeune orphelin qui se faisait rouer de coups au fond des bois, là où les employés de son père vivaient selon leurs propres règles, à mille lieues des normes raffinées qui régissaient la classe supérieure.

« Tiens, le voilà », dit Strike.

Billy Knight venait d'entrer dans le restaurant. Des gouttes de pluie luisaient sur ses cheveux ras. Il était encore maigre, mais il avait repris des joues et il était propre. On l'avait laissé sortir de l'hôpital une semaine auparavant. Depuis, il vivait chez Jimmy sur Charlemont Road.

« Bonjour, lança-t-il à Strike. Désolé pour mon retard. Le métro a mis plus de temps que prévu.

— Pas de problème, dirent les deux femmes à l'unisson.

— Vous êtes Izzy, dit Billy en s'asseyant à côté d'elle. Ça fait longtemps qu'on ne s'est pas vus.

— Oui, fit Izzy un peu trop cordialement. Un sacré bout de temps. »

Robin lui tendit la main par-dessus la table.

« Bonjour, Billy, je suis Robin.

— Bonjour, redit-il en lui serrant la main.

— Que diriez-vous d'un verre de vin, Billy ? proposa Izzy. Ou de bière ?

— Je ne bois pas. Les médicaments.

— Ah oui, bien sûr, bredouilla Izzy. Heu... eh bien, je vous sers de l'eau. Tenez, voici la carte... nous n'avons pas encore commandé les plats... »

La serveuse se présenta et, quand elle repartit, Strike se tourna vers Billy.

« Je vous ai fait une promesse l'autre jour, quand on s'est vus à l'hôpital. J'ai dit que je découvrirais ce qui est arrivé à l'enfant que vous avez vu mourir.

— Ouais », fit Billy d'une voix pleine d'appréhension. C'était précisément pour connaître la clé de ce mystère vieux de vingt ans qu'il avait fait le trajet depuis East Ham jusqu'à Chelsea sous la pluie. « Vous disiez au téléphone que vous aviez trouvé.

— Oui, mais je préfère laisser la parole à une personne qui était sur place à ce moment-là et qui en sait bien plus que moi.

— Vous ? demanda Billy en se tournant vers Izzy. Vous étiez *là-haut* ? Près du cheval ?

— Non, non, dit précipitamment Izzy avant de démarrer son récit. C'était pendant les vacances scolaires. »

Elle reprit une gorgée de vin pour se donner du courage, posa son verre, respira à fond et reprit :

« Fizz et moi passions quelques jours chez des camarades de classe. Je... je n'ai appris qu'ensuite, après coup...

« Voilà comment c'est arrivé... Freddie était rentré à la maison pour les vacances et il avait invité quelques amis de la fac. Ce soir-là, papa devait assister à un dîner d'anciens combattants à Londres...

« Parfois, Freddie était... disons-le, il pouvait être très méchant

687

des fois. Il est allé dans la cave, il a remonté quelques bonnes bouteilles et ils se sont enivrés. Une fille a dit qu'elle voulait savoir si cette histoire de cheval blanc était vraie... vous en avez entendu parler, dit-elle en s'adressant à Billy, la légende d'Uffington. On tourne trois fois dans l'œil, on fait un vœu et...

— Ouais, dit Billy en hochant la tête, le regard halluciné.

— Donc ils sont sortis de la maison en pleine nuit, mais comme Freddie... il était vraiment méchant... ils ont fait un détour et ils sont passés par chez vous. À Steda Cottage. Freddie voulait acheter un peu de... heu, c'était bien de la marijuana que votre frère faisait pousser ?

— Ouais, répéta Billy.

— Freddie avait décidé de fumer avec ses potes là-haut, près du cheval, pendant que les filles feraient des vœux. Bien sûr, ils n'auraient pas dû y aller en voiture. Ils avaient déjà trop bu.

« Mais quand ils sont arrivés à la ferme, votre père n'était pas là...

— Il était dans la grange, dit brusquement Billy. Il finissait les... vous savez. »

On aurait dit que la mémoire lui revenait au fur et à mesure du récit d'Izzy. Strike le vit saisir sa main gauche avec la droite. Peut-être craignait-il le retour du tic qui l'aidait sans doute à conjurer le mal. La pluie continuait à frapper les vitres du restaurant. Serge Gainsbourg chantait « *Oh, je voudrais tant que tu te souviennes...* ».

« D'après ce que m'a dit l'une des filles de la bande, reprit Izzy après avoir respiré à fond encore une fois. Mais je ne révélerai pas son nom, ajouta-t-elle sur la défensive, en regardant Strike et Robin. De l'eau a coulé sous les ponts et cette histoire l'a traumatisée... Bref, Freddie et ses amis sont entrés dans votre ferme et ils ont fait un tel raffut qu'ils vous ont réveillé, Billy. Ils étaient drôlement nombreux. Jimmy leur a roulé des joints pour la route... et heu, dit-elle en déglutissant, vous aviez faim, et Jimmy... ou peut-être, peut-être que c'était Freddie, je n'en sais rien... Bon, enfin, ils ont pris un peu de ce qu'ils fumaient et l'ont mélangé à votre yaourt. Pour rigoler. »

Robin imaginait la scène. Pour les amis friqués de Freddie, se retrouver dans une masure au fond des bois avec un cul-terreux qui vend de la drogue devait représenter le comble de l'exotisme. Du moins pour certains d'entre eux, car pour d'autres, comme cette fille qui s'était confiée à Izzy, la situation devait paraître plutôt sordide. Mais ils étaient trop jeunes, trop timides, ils avaient peur qu'on se moque d'eux, et donc ils ne sont pas intervenus. Le petit Billy n'avait que cinq ans. À ses yeux, ils passaient pour des adultes alors qu'en réalité, Robin le comprenait nettement à présent, ils avaient tous entre dix-neuf et vingt et un ans.

« Ouais, murmura Billy. Je me doutais bien qu'ils m'avaient donné quelque chose.

— Ensuite, Jimmy a voulu les accompagner sur la colline. Il paraît qu'il avait le béguin pour l'une des filles, dit chastement Izzy. Mais vous n'étiez pas très bien, après avoir mangé ce yaourt. Et comme Jimmy ne pouvait pas vous laisser seul dans cet état, il vous a emmené.

« Ils se sont entassés dans deux Land Rover et sont partis pour Dragon Hill.

— Mais... non, attendez », intervint Billy. Il avait de nouveau cet air étrange, comme s'il était en transe. « Vous ne parlez pas de la petite fille. Mais elle était avec nous, dans la voiture. Je me souviens, ils l'ont fait descendre quand on est arrivés sur la colline. Elle pleurait, elle appelait sa mère.

— Ce... ce n'était pas une fille. C'est juste que Freddie... eh bien, il avait un humour très spécial...

— Je vous dis que c'était une fille. Ils l'ont appelée par son prénom, s'obstina Billy. Je m'en souviens.

— Oui, dit Izzy, d'un air piteux. Raphaela.

— C'est ça ! », s'écria Billy. Dans le restaurant, plusieurs têtes se tournèrent vers lui. « Oui c'est ça ! répéta Billy, beaucoup plus bas. Raphaela, ils l'appelaient comme ça...

— Ce n'était pas une fille, Billy... c'était mon petit... mon petit... »

Izzy pressa la serviette blanche sur ses yeux.

« Pardon... c'était mon petit frère, Raphael. Freddie et ses amis étaient censés le garder pendant que mon père était à Londres. Raff était trop mignon à cet âge-là. Lui aussi, ils l'avaient réveillé, j'imagine, et les filles ont refusé de le laisser seul dans la maison. Elles ont dit qu'il fallait l'emmener. Freddie ne voulait pas avoir Raff dans les pattes. Alors, les filles ont promis de s'occuper de lui.

« Mais quand ils sont arrivés au sommet de la colline, Freddie était complètement soûl et il avait beaucoup fumé et Raff n'arrêtait pas de pleurer. Freddie s'est mis en colère, il lui a dit qu'il gâchait tout et après…

— Il l'a étranglé, compléta Billy, les yeux agrandis par la peur. C'est donc vrai, il l'a tué…

— Mais non, il ne l'a pas étranglé ! répliqua Izzy, désemparée. Enfin, Billy, vous savez bien que non ! Vous vous souvenez de Raff ! Il venait à la maison chaque été. Il est vivant !

— Freddie a mis ses mains autour du cou de Raphael, expliqua Strike, et il a serré jusqu'à ce qu'il perde connaissance. Raphael s'est fait pipi dessus, il s'est évanoui, mais il n'est pas mort. »

La main gauche de Billy était toujours agrippée à la droite.

« Je l'ai *vu*.

— Oui, vous l'avez vu, répondit Strike, et je dois dire que vous êtes très observateur. Si tous les témoins étaient comme vous… »

La serveuse revint avec les assiettes. Izzy attendit que chacun soit servi – un faux-filet et des frites pour Strike, des salades au quinoa pour les deux femmes et une soupe pour Billy qu'aucun des autres plats ne semblait avoir convaincu – pour continuer son récit.

« À mon retour, Raff m'a tout raconté. Il était si petit, si bouleversé. J'ai essayé d'en parler à papa, mais il n'a rien voulu entendre. Il m'a envoyé balader en disant que Raphael était un gamin pleurnichard… toujours… toujours à se plaindre…

« Quand j'y repense, ajouta-t-elle, de nouveau au bord des larmes, je me dis que Raff a dû nous en vouloir énormément, après ça…

— Ouais, j'imagine que ses avocats se serviront de cet argument, lança Strike en attaquant son steak. Mais il n'en demeure pas moins, ma chère Izzy, qu'il n'a mis son projet de meurtre à exécution qu'après avoir découvert un Stubbs dans une chambre au premier.

— Un Stubbs dont l'authenticité n'est toujours pas avérée, le corrigea Izzy en sortant un mouchoir de sa manche et en soufflant dedans. Henry Drummond pense qu'il s'agit d'une copie, contrairement à l'expert de chez Christie's. Un spécialiste de

Stubbs est censé venir des États-Unis pour l'examiner. Il prétend que la toile ne correspond pas aux notes que Stubbs a laissées au sujet du tableau perdu… Mais honnêtement, ajouta-t-elle en secouant la tête, je m'en fiche éperdument. Vous voyez où ce tableau nous a menés ? Le mal qu'il a fait à notre famille… En ce qui me concerne, on peut bien le mettre à la poubelle. Il y a des choses plus importantes que l'argent », conclut Izzy d'une voix rauque.

Strike ne répondit pas – il avait la bouche pleine – mais se demanda si Izzy avait conscience que le jeune homme malingre assis près d'elle vivait dans un minuscule deux pièces à East Ham avec son frère, et qu'il était toujours en droit de réclamer sa part sur la vente de la dernière potence. Peut-être, une fois le Stubbs vendu, la famille Chiswell estimerait-elle le temps venu de rembourser cette dette.

Billy mangeait sa soupe sans rien dire, les yeux perdus dans le vague. Robin lui trouvait un air paisible, peut-être même heureux.

« Alors, j'ai dû me tromper », dit-il subitement. Il s'exprimait avec confiance, à présent, comme un homme bien campé dans la réalité. « J'ai vu un cheval se faire enterrer et j'ai cru que c'était l'enfant. J'ai confondu, voilà tout.

— Je crois que c'est un peu plus compliqué que ça, répondit Strike. Vous aviez raison : l'homme qui a étranglé l'enfant et celui que votre père a aidé à enterrer le cheval dans le ravin n'était qu'une seule et même personne. Freddie ne venait pas souvent à Chiswell House, vous aviez une grosse différence d'âge, donc vous ne saviez pas vraiment qui il était… Je pense que la façon dont ce petit cheval est mort vous a profondément choqué. Mais vous avez occulté ce souvenir. Résultat, ces deux actes de cruauté perpétrés par le même individu se sont mélangés dans votre esprit.

— Qu'est-il arrivé au cheval ? demanda Billy avec une légère appréhension.

— Spotty. Vous vous rappelez ? », intervint Izzy.

Muet de stupeur, Billy posa sa cuillère et leva la main à un mètre du sol.

« Spotty… ouais… c'était pas lui qui broutait sur la pelouse de croquet ?

— C'était une jument miniature à la robe tachetée, une race

ancienne, commenta Izzy pour les deux détectives. Tinky en avait élevé plusieurs, celle-ci était la dernière. Tinky avait très mauvais goût, même pour les chevaux...

(*... personne n'a rien remarqué. Vous savez pourquoi ? Parce que c'est une bande de snobinards...*)

« ... mais Spotty était trop chou, reconnut Izzy. Elle nous suivait comme un petit chien dès qu'on sortait dans le jardin...

« Freddie ne l'a sûrement pas fait exprès..., soupira-t-elle comme si elle défendait une cause perdue. Oh, et puis, je ne sais plus. J'ignore ce qui lui a pris, il a toujours été soupe au lait. Quelque chose avait dû le contrarier. Papa était ailleurs. Il est allé prendre son fusil dans l'armurerie, il est monté sur le toit et il s'est mis à tirer sur les oiseaux. Et puis... eh bien, il m'a dit ensuite qu'il n'avait pas voulu blesser Spotty. Mais pour la toucher, il a bien fallu qu'il pointe son arme sur elle, non ? »

C'était bien le cheval qu'il visait, pensa Strike. *On ne loge pas deux balles dans la tête d'une bête à cette distance sans avoir eu l'intention de la tuer.*

« Après quoi, il a paniqué. Il est allé chercher Jack o' – je veux dire votre père, Billy – pour qu'il l'aide à enterrer la carcasse. Quand papa est rentré, Freddie a essayé de lui faire croire que Spotty s'était écroulée d'un coup, que le vétérinaire l'avait emportée, mais c'était trop énorme. Ça n'a pas tenu deux minutes. Et quand papa a compris ce qui s'était passé, il est entré dans une colère noire. Il ne supportait pas la cruauté envers les animaux.

« J'en ai eu le cœur brisé, dit Izzy tristement. J'adorais Spotty.

— Est-ce que par hasard vous auriez planté une croix dans la terre à l'endroit où ils l'ont enterrée ? demanda Robin, sa fourchette suspendue entre sa bouche et son assiette.

— Comment le savez-vous ? », s'écria Izzy, stupéfaite, en cherchant son mouchoir pour étancher les larmes qui s'étaient remises à couler.

Strike et Robin avaient quitté la brasserie et marchaient sous l'averse le long de Chelsea Embankment en direction d'Albert Bridge. La Tamise déroulait inlassablement ses flots gris ardoise, à peine troublée par la pluie de plus en plus violente qui menaçait d'éteindre la cigarette de l'un et trempait les mèches échappées de la capuche de l'autre.

« Voilà bien la mentalité des classes supérieures, dit Strike. Passe encore d'étrangler des gosses tant qu'on ne touche pas aux chevaux.

— Ce n'est pas tout à fait juste, rétorqua Robin. Izzy était sincèrement révoltée par le traitement qui a été infligé à Raphael enfant.

— Une broutille, comparé à ce qui l'attend à Dartmoor, répondit Strike, indifférent. N'espérez pas que je le plaigne.

— Là-dessus, je n'ai aucune illusion. »

Leurs chaussures mouillées clapotaient sur le trottoir luisant.

« Votre TCC se passe toujours bien ? demanda Strike qui s'efforçait de ne lui poser la question qu'une fois par semaine. Vous continuez vos exercices ?

— Avec application.

— Je ne plaisante pas.

— Moi non plus, dit Robin sans hausser le ton. Je fais tout dans les règles. Je n'ai pas eu de crise de panique depuis des semaines. Et votre jambe ?

— Elle va beaucoup mieux. Je fais mes étirements, je prends garde à ce que je mange.

— Vous venez d'avaler la moitié d'un champ de pommes de terre et les trois quarts d'une vache.

— C'était la dernière fois que je pouvais me régaler aux frais des Chiswell. J'ai fait en sorte de leur soutirer le maximum. Quels sont vos projets pour cet après-midi ?

— J'attends le document que m'a promis Andy. Quand je l'aurai, j'appellerai ce type à Finsbury Park pour lui demander s'il accepte de nous rencontrer. Ah, j'oubliais, Nick et Ilsa voudraient savoir si vous êtes partant pour un curry chez eux, ce soir. »

Devant les assauts conjugués de Nick, Ilsa et Strike, Robin avait fini par céder et reconnaître que vivre à l'étroit dans une maison peuplée d'inconnus n'était pas le meilleur moyen de se remettre d'avoir été enlevée par un assassin qui avait failli lui brûler la cervelle. Elle devait emménager à Earl's Court trois jours plus tard, dans un appartement qu'elle partagerait avec un ami d'Ilsa, un acteur gay recherchant une ou un colocataire qui soit à la fois propre, sain d'esprit et peu regardant sur le plan des horaires.

« Ouais, ça me va, répondit Strike. Mais il faut d'abord que je fasse un saut au bureau. Barclay espère prendre Craignos sur le fait, ce coup-ci. Une autre adolescente. Il les a vus entrer et sortir d'un hôtel ensemble.

— Génial, s'écria Robin. Enfin non, je veux dire…

— Mais si, c'est génial, confirma Strike tandis que la pluie dégringolait sur le trottoir et sur eux. Encore un client satisfait. Nos comptes sont dans le vert, ce qui n'est pas si courant. Je serai peut-être en mesure de vous accorder une petite augmentation. Bon, il faut que j'y aille. On se retrouve ce soir chez Nick et Ilsa. »

Ils se séparèrent sur un signe de main, chacun attendant que l'autre ait tourné le dos pour esquisser un petit sourire joyeux, secrètement ravis à l'idée de se revoir dans quelques heures autour d'un curry et d'une bière. Mais Robin passa vite à autre chose. Elle devait se concentrer sur leur prochain entretien avec l'homme de Finsbury Park.

Elle avançait, tête penchée contre l'averse, trop absorbée par ses pensées pour prêter attention à la splendide demeure sur sa droite, dont les hautes fenêtres détrempées donnaient sur le fleuve majestueux et dont la porte à double battant s'ornait d'une paire de cygnes jumeaux.

REMERCIEMENTS

Pour des raisons qui n'étaient pas toutes liées à la complexité de l'intrigue, *Blanc mortel* est sans doute le roman que j'ai eu le plus de mal mais aussi le plus de plaisir à écrire. Je crois sincèrement que je n'y serais pas parvenue sans l'aide des personnes suivantes.

David Shelley, mon merveilleux éditeur, m'a accordé tout le temps dont j'avais besoin pour réaliser ce projet tel que je l'avais conçu. Sans sa compréhension, sa patience et son talent, *Blanc mortel* n'aurait peut-être jamais vu le jour.

Mon mari Neil a lu le manuscrit au fur et à mesure de son écriture. Ses réactions, ses avis, m'ont été d'une aide précieuse. Il m'a soutenue de toutes les façons possibles et imaginables, mais ce qui m'a le plus touchée c'est qu'il ne m'a jamais demandé pourquoi j'avais décidé d'entreprendre la rédaction d'un ouvrage aussi dense et imposant tout en travaillant sur une pièce et deux scénarios. Je sais qu'il connaît la raison, mais je dois malgré tout le remercier pour le tact dont il a fait preuve et dont peu de gens auraient été capables.

Mr. Galbraith est toujours aussi étonné et ravi d'avoir eu la chance de rencontrer en la personne de Neil Blair (l'autre Neil) un agent formidable doublé d'un ami très cher. Merci à toi.

De nombreuses personnes m'ont aidée à trouver les lieux où nos deux détectives s'aventurent au fil de leur enquête. Je les remercie de m'avoir fait bénéficier de leur savoir et de leur expérience. Je souhaite exprimer toute ma reconnaissance à :

Simon Berry et Stephen Fry, pour m'avoir invitée à partager un repas fabuleux autant que mémorable chez Pratt's et permis de consulter le livre des paris ; la députée Jess Phillips, qui m'a fait découvrir de l'intérieur la Chambre des Communes et Portcullis House et qui, avec Sophie Francis-Canfield, David Doig et Ian

Stevens, a bien voulu répondre à mes innombrables questions sur la vie quotidienne à Westminster ; la baronne Joanna Shields, qui a eu la gentillesse et la générosité de me recevoir au DCMS, de satisfaire ma curiosité et de m'ouvrir les portes de Lancaster House ; Racquel Black, qui m'a secourue en prenant des photos quand je suis tombée en panne de batterie ; Ian Chapman et James Yorke qui m'ont guidée à travers Lancaster House lors d'une visite fascinante ; et Brian Spanner, pour l'excursion à Horse Isle.

Je serais totalement perdue sans l'équipe qui me suit et m'assiste aussi bien au bureau que chez moi. Un énorme merci à Di Brooks, Danni Cameron, Angela Milne, Ross Milne et Kaisa Tiensuu pour leur travail acharné et leur bonne humeur.

Après les seize années que nous avons passées côte à côte, Fiona Shapcott sait toute l'estime et toute l'affection que je lui porte. Merci, Fi, pour tout ce que tu fais.

Mon ami David Goodwin a toujours été pour moi une source inépuisable d'inspiration. Ce livre lui doit énormément.

Merci à Mark Hutchinson, Rebecca Salt et Nicky Stonehill de n'avoir rien lâché durant cette année, même quand les choses devenaient compliquées pour moi.

En dernier sur ma liste, mais en tout premier dans mon cœur, mes enfants : Jessica, David et Kenzie. Merci à vous de me supporter. Avoir une mère écrivaine n'est pas facile tous les jours mais le monde réel ne vaudrait pas grand-chose si vous n'étiez pas là, vous et votre père.

Mise en pages
PCA 44400 Rezé

Cet ouvrage a été imprimé
par CPI Brodard & Taupin
pour le compte des éditions Grasset
à La Flèche (Sarthe)
en mars 2019

N° d'édition : 20936 – N° d'impression : 3033356
Dépôt légal : avril 2019
Imprimer en France